KIM NINA OCKER
Everything I Didn't Say

KIM NINA OCKER

EVERY THING I DIDN´T SAY

Roman

LYX in der Bastei Lübbe AG
Dieser Titel ist auch als E-Book und Hörbuch erschienen.

Originalausgabe

Copyright © 2019 by Bastei Lübbe AG, Köln

Textredaktion: Hannah Brosch
Covergestaltung: ZERO Werbeagentur GmbH
Coverabbildung: © FinePic / shutterstock
Satz: Greiner & Reichel, Köln
Gesetzt aus der Adobe Caslon
Druck und Einband: C.H.Beck, Nördlingen

Printed in Germany
ISBN 978-3-7363-0917-3

3 5 7 6 4 2

Sie finden uns im Internet unter: www.lyx-verlag.de
Bitte beachten Sie auch: www.luebbe.de und www.lesejury.de

Für Tarik. Für alles.

»Bücher sind nur dickere Briefe an Freunde.«
Jean Paul

Lilas Playlist

Dynoro & Gigi D'agostino – In My Mind
»Vaiana«, Andreas Bourani – Voll Gerne
»Die Eiskönigin«, Willemijn Verkaik & Pia Allgaier –
Zum Ersten Mal
»Die Schöne Und Das Biest«, Josh Gad – Gaston
One Voice Children's Choir – Believer
Alcazar – Crying At The Discoteque
»Mulan«, Stefan Erz & Caroline Vasicek & Otto Waalkes &
Thomas Piper & Sebastian Krumbiegel & Uwe Adams –
Sei ein Mann
»Vaiana«, Tommy Morgenstern – Glänzend
Andrew Belle – In My Veins
Passenger – Let Her Go

1

Es gibt viele Arten von Geschichten und mindestens ebenso viele Gründe, sie zu erzählen. Am beliebtesten sind wohl diejenigen, die mit einem Happy End abschließen. Mit Pauken, Trompeten und Herzchen über den Worten. Doch eigentlich ist das vermeintliche Happy End lediglich eine Momentaufnahme. Ein kurzes Standbild einer idealen Vorstellung. Danach folgen oft Jahre, manchmal Jahrzehnte, in denen uns das Leben übel mitspielen kann. Wer weiß, ob Cinderella und ihr Prinz – hat man eigentlich je erfahren, wie der Typ heißt? – sich nach vierzig glücklichen Ehejahren nicht getrennt haben? Eine hässliche Scheidung mit einem blutigen Rosenkrieg um das Königreich und die gemeinsamen Kinder. Nein, Happy Ends sind nicht für die Ewigkeit. Lediglich kurze Einblicke, wie der verstohlene Blick durch die Fenster fremder Menschen, bevor man weitergeht. Deswegen lieben wir Geschichten. Weil wir am schönsten Punkt aufhören uns mit ihnen zu beschäftigen. Wir können uns einreden, dass diese Momentaufnahme ewig währt.

Meine eigene Geschichte hat viele Happy Ends – viele Momente, in denen ich gerne auf ›Stop‹ gedrückt und das Standbild für immer im Herzen eingeschlossen hätte. Und dann ging es weiter.

APRIL 2019

JAMIE

Sie können mich nicht sehen. Zumindest versuche ich mir das einzureden, während ich aus dem dunklen Wohnzimmer auf die schwach beleuchtete Straße hinausblicke. Wie ich mich hier hinter die Gardinen drücke, jederzeit bereit mich zu ducken oder mich auf den Bauch fallen zu lassen, komme ich mir vor wie eine schlechte Geheimagentin. Das ist doch lächerlich! Es ist lächerlich, dass ich mich in meinem eigenen Haus verstecke und es ist lächerlich, dass mein Herz jedes Mal schneller schlägt, wenn es an der Tür klingelt. Als würde ich auf ihn warten.

Vielleicht tue ich das ja wirklich, trotzdem ist das kein Grund für ein Gefühlschaos. Der Grund, warum ich allein bei dem Gedanken an ihn schwitzige Hände bekomme, ist ganz einfach: Ich bin so wütend, dass ich platzen könnte. Das hier ist seine Schuld. Ausnahmslos, von vorne bis hinten. Schließlich bin ich keine derart spannende oder interessante Person, dass es diese Reportermeute rechtfertigt. Nein, *er* ist derjenige, der sich durch Actionfilme oder Fernsehschnulzen schleimt und damit aus irgendeinem mir nicht ersichtlichen Grund haufenweise Fans um sich schart.

Olle Speichellecker.

Nicht, dass Carter kein Talent hat. Im Gegenteil. Allerdings ist er in den vergangenen Jahren von seinem Vater und seinem beschissenen Agenten offenbar derart ausgelaugt worden, dass es nur noch für mittelmäßige, anspruchslose Produktionen reicht. So eine Verschwendung.

»Was machst du da?«

Ich zucke zusammen und werfe mich tatsächlich beinahe bäuchlings auf den Wohnzimmerboden, als Dad ins Zimmer kommt. Im Gegensatz zu mir geht er nicht geduckt oder versucht sich im Schatten zu halten, um von der Straße aus nicht gesehen zu werden.

Ich drehe mich wieder um und beobachte einen der Kerle, der gerade seine Kamera überprüft. Mein Blick schweift durch die Nachbarschaft. Hier und da schwingt eine Gardine zurück an ihren Platz oder eine Haustür wird verstohlen geöffnet. Ich bin definitiv nicht die Einzige, die sich für das Chaos da draußen interessiert.

»Haben die denn alle kein Privatleben?«, frage ich, ohne meinen Vater anzusehen.

Er seufzt, halb belustigt, halb wütend. »Deines scheint im Moment interessanter zu sein.«

»Ich bin mir nicht sicher, ob ich mich geschmeichelt fühlen soll.«

Eine Weile sagt keiner von uns beiden etwas, dann stellt er sich neben mich und sieht ebenfalls hinaus. »Hat er sich schon gemeldet?«

Scheinbar unbeeindruckt zucke ich lediglich mit den Schultern. Dass mein Herz in diesem Augenblick bei seinen Worten erneut schmerzhaft stolpert, muss er nicht unbedingt wissen. »Ganz ehrlich«, sage ich leise. »Ich hab keine Ahnung. Bei den ganzen unbekannten Anrufern könnte er durchaus dabei sein.«

»Ich bin mir sicher, dass wir den Kontakt herstellen könnten«, bemerkt mein Vater und deutet auf die Männer und

Frauen, die auf unserem Gehweg ihr Lager aufgeschlagen haben, »bei allem was hier los ist.«

Ich beiße die Zähne zusammen. »Das ist nicht meine Aufgabe.«

»Denk an …«

»Ich weiß«, unterbreche ich ihn, weil ich es nicht ertragen kann, dass er den Satz zu Ende spricht. Ich weiß, woran er denkt – woran *ich* denken sollte. Er hat recht, auch das weiß ich, doch das ist ein Problem, mit dem ich mich heute Abend nicht mehr beschäftigen werde. Vielleicht morgen. Vielleicht auch nie, ich habe mich noch nicht entschieden.

»Was machen wir jetzt?«, fragt Dad.

»Keine Ahnung«, seufze ich, froh, dass er das Thema nicht vertieft. »Die Polizei sagt, dass sie nichts tun können, solange die Leute unser Grundstück nicht mehr betreten.«

Er brummt, was er ziemlich oft tut. Allerdings kenne ich meinen Vater gut genug, um seine verschiedenen Brummer unterscheiden zu können. Dieser hier zeigt eine Mischung aus Wut, Unzufriedenheit und einer Spur Ratlosigkeit.

»Wie haben sie dich gefunden?«

Wieder zucke ich mit den Achseln. »Tut eigentlich nichts zur Sache, oder? Ehrlich gesagt bin ich überrascht, dass sie so lange gebraucht haben.«

»Immerhin kann man nicht behaupten, dass unser Leben langweilig ist.«

Mir entfährt ein trockenes Lachen. »Langweilig klingt im Moment gar nicht schlecht.«

Wieder ein Brummen, diesmal ein zustimmendes. Dann macht er einen Schritt vor, zieht ruckartig die Gardinen zu und versperrt mir damit die Sicht auf unsere Besucher. Als ich protestieren will, legt er mir einen Arm um die Schultern und schiebt mich energisch Richtung Treppenhaus. »Morgen wird sicher ein langer Tag«, meint er unheilvoll und zieht mich an sich. »Geh schlafen. Vielleicht sieht die Welt mit einem bisschen Tageslicht schon ganz anders aus.«

Das wage ich ernsthaft zu bezweifeln.

1.1

AUGUST 2015

JAMIE

Nervös strich ich über meine Bluse, als ich aus der Bahn stieg und dabei den Pfützen auswich, die den Asphalt säumten. Die letzten Tage hatte es durchgehend geregnet und bei meinem Glück würde ich als Erstes in eine von ihnen treten und mich komplett einsauen. Das würde zu mir passen. Gleich an meinem ersten Tag erklären zu müssen, warum ich aussah wie frisch aus der Gosse gekrochen.

Mein erster Tag. *Wahnsinn!*

Ich war anfangs nicht gerade begeistert von dieser Praktikumsstelle gewesen, weil *Chicago Hearts,* eine überdramatisierte Seifenoper, nicht wirklich zu meinen bevorzugten Genres gehörte. Doch je näher der heutige Tag gerückt war, desto aufgeregter war ich geworden. Nein, das kam nicht dem *Chicago Theatre* oder dem *Oriental Theatre* gleich – keine Produktion der großen Klassiker, wie ich es mir wünschte. Lediglich eine kleine Fernsehserie, die nicht einmal zur besten Sendezeit lief und mit Newcomern oder Nobodys besetzt war. Doch das war mir egal. Es war eine Produktion, ein professionelles Set mit professioneller Ausrüstung und einem Skript. Das allein reichte, um mein Herz vor Freude ein wenig höherschlagen zu lassen.

Das Studio von *CLT Productions,* meinem Arbeitgeber für die kommenden zwölf Monate, lag im Fulton River District, das überwiegend von alten Industriehallen geprägt war. In den letzten Jahren war das Viertel zu einer angesagten Adresse geworden – zahlreiche Läden und New-Age-Cafés hatten sich in den rauen Gebäuden niedergelassen und lockten immer mehr Menschen in die Gegend. Eine Mischung aus alternativer Szene und neureichen Anzugträgern drängte sich durch die Straßen, immer auf der Suche nach dem nächsten Trend. Mir persönlich gefiel der Industriecharme, ich hatte jedoch wenig für das Lebensgefühl übrig, dem die meisten dieser Hipstergeneration hier folgten. Ich aß Fleisch, ernährte mich meistens von Mikrowellengerichten, und mir fehlte schlicht und ergreifend die Zeit für Yoga oder dafür, Bäume zu umarmen. Neben dem Studium arbeitete ich in einer Bar und einer kleinen Bücherei und war schon begeistert, wenn ich es schaffte, den Müll zu recyceln.

Zwischen all den Lädchen und Cafés erhob sich das Gelände von *CLT*, das ich jetzt ansteuerte. Mit jedem Schritt schien mein Herz schneller zu klopfen, was mir allmählich ein wenig Sorgen bereitete. Es schien ernsthafte Ambitionen auf einen Marathon zu entwickeln, allerdings war ich mir sicher, dass der Rest meines Körpers dem nicht zustimmen würde. Eigentlich hatte ich erwartet, gelassener zu sein. Ich war vor zwei Wochen bereits einmal hier gewesen, um meinen Mitarbeiterausweis abzuholen und ein paar Formulare auszufüllen. Da war ich lediglich in ein unspektakuläres Büro geführt worden und hatte von dem eigentlichen Studio nichts zu sehen bekommen.

Ich atmete einmal tief durch, straffte die Schultern und trat entschlossenen Schrittes an das Häuschen neben dem Eingangstor. Der beleibte Wachmann sah von seiner Zeitung auf und musterte mich skeptisch.

»Ja?«

»Mein Name ist Jamie Evans«, sagte ich mit fester Stimme und zückte stolz meinen Ausweis. »Ich arbeite hier.«

Der Typ warf einen langen Blick auf den Mitarbeiterausweis, wendete ihn sogar ein paar Mal, als wolle er ihn auf seine Echtheit prüfen. Jetzt war es an mir, fragend die Augenbrauen hochzuziehen. Hielt er mich etwa für einen Fan?

Nachdem der Wachmann sich ausgiebig davon überzeugt hatte, dass ich berechtigt war, das Gelände zu betreten, winkte er mich durch und öffnete das riesige Tor. Und ja, möglicherweise hörte ich einen kurzen Moment einen Engelschor in meinem Kopf singen. Ich mochte der Serie skeptisch gegenüberstehen, das änderte jedoch nichts an meiner Begeisterung für die Arbeit, die damit in Verbindung stand.

Als ich durch das Tor schritt, klopfte ich mir innerlich auf die Schulter. An meinem Selbstbewusstsein musste ich grundsätzlich noch arbeiten. Ich war zielstrebig und ehrgeizig, allerdings zweifelte ich manchmal daran, wie ich auf fremde Menschen wirkte. Was vielleicht auch der Grund dafür war, dass ich mich in die Arbeit hinter den Kulissen verliebt und nie daran gedacht hatte, selbst auf der Bühne zu stehen.

Seit ich denken konnte, wollte ich ans Theater. Es hatte keinen speziellen Auslöser gegeben, kein Ereignis, das diesen Wunsch in mir geweckt hatte. Mein Dad war Hausmeister an einer Highschool und hatte oft bei der Vorbereitung der Schulaufführungen geholfen. Es gab Fotos von mir, auf denen ich zwischen den Pappkulissen herumkrabbelte oder viel zu große Kostüme der älteren Schüler trug. In den letzten Jahren hatte ich so ziemlich alles werden wollen, was auch nur annähernd mit dem Theater zu tun hatte: Bühnenbildnerin, Maskenbildnerin, Kostümiere – und war schließlich in der Dramaturgie gelandet. Es gefiel mir, wie viele Aufgabenbereiche diese Arbeit abdeckte. Man musste alles im Auge behalten –

von der Entwicklung und Einhaltung der Spielpläne bis hin zur Authentizität des Stücks. Man war quasi ein Koordinator, und es reizte mich, bei sämtlichen Bereichen einer Produktion eingebunden zu sein. Mein Ziel war nach wie vor das Theater, doch dieses Praktikum brachte mir wichtige Berufserfahrung, die sich hoffentlich später bezahlt machen würde.

Ich zog mein Handy aus der Hosentasche und öffnete die Mail, in der Pierce, der Dramaturg und mein zukünftiger Mentor, mir beschrieben hatte, wo ich mich melden sollte: durch das Tor, an der ersten Halle vorbei und zu dem Tor, auf dem die 2 steht.

Stirnrunzelnd sah ich auf und ließ den Blick über den Platz schweifen. Er war karg, aber ziemlich unübersichtlich, weil ständig Leute von A nach B hetzten. Meine Hände begannen aufgeregt zu kribbeln, als ich einen schmächtigen Mann dabei beobachtete, wie er einen gigantischen Kleiderständer über den nassen Asphalt schob. So richtig hatte ich immer noch nicht begriffen, dass ich jetzt beim Fernsehen arbeitete, auch wenn es sich lediglich um ein Praktikum handelte. Die letzten Wochen hatte ich mit Planung verbracht, mir Listen und Post-its geschrieben, um auf alles vorbereitet zu sein. Doch das war lediglich die Theorie gewesen. Wirklich hier zu sein versetzte mich derart in Aufregung, dass ich mich einen Moment sammeln musste. So mussten sich Kinder fühlen, die zum ersten Mal in ihrem Leben Disneyland betraten. Ein wenig orientierungslos sah ich wieder auf mein Handy, während ich vage in die Richtung ging, von der ich hoffte, dass sich dort Halle 2 befand. Ich würde mich definitiv nicht direkt an meinem ersten Arbeitstag verlaufen und zu spät kommen. Nein, das passte weder zu dem Eindruck, den ich hinterlassen wollte, noch zu meinem Wunscharbeitszeugnis.

»Hoppla!«

Ich stolperte und ruderte ein wenig mit den Armen, als ich jemanden mit der Schulter rammte. Jemanden, der ebenfalls zurückwich und spöttisch lachte, als ich überrascht die Luft einsog.

»Oh Gott, es tut mir leid!«, schrie ich beinahe. Ich leuchtete wahrscheinlich wie eine rote Ampel, als mein Blick dem des Kerls begegnete, den ich beinahe über den Haufen gerannt hätte. Ein ziemlich großer Kerl. Ich musste mich beinahe auf die Zehenspitzen stellen, um ihm ins Gesicht zu sehen, während er stirnrunzelnd auf mich herabblickte.

»Ich kenne dich nicht«, bemerkte er trocken und musterte mich eingehend, bevor sich ein wahnsinnig unechtes Lächeln auf seinem Gesicht ausbreitete. »Suchst du vielleicht mich?«

Ich blinzelte verwirrt. Dieser Kerl war nicht Pierce, also warum hätte ich ihn suchen sollen? Pierce hatte lange blonde Haare, keine braunen wie dieser Typ. Und ja, Pierce sah auch nicht halb so gut aus, das musste ich zugeben.

»Ähm, nein«, sagte ich leise und versuchte mich krampfhaft an die Übungen zu erinnern, die meine Freundin Nell mir für den Fall gezeigt hatte, dass ich die Nerven verlor. »Nein, ich suche …«

Doch ich kam nicht einmal dazu, ihm zu sagen, was genau ich suchte. Stattdessen machte der Kerl einen Schritt auf mich zu, legte mir völlig selbstverständlich den Arm um die Schultern und zog mich an sich. »Keine Panik, Süße, ich sag es keinem. Es wundert mich ehrlich gesagt nicht, dass du an Greg vorbeigekommen bist. Er ist nicht gerade die hellste Kerze auf der Torte.«

Abgesehen davon, dass ich weder wusste, wer Greg war, noch, warum meine Anwesenheit irgendetwas über seine Helligkeit aussagte, brachte seine aufgesetzte Freundlichkeit mich völlig aus dem Konzept. Wer war der Kerl, und warum knuddelte er mich quasi?

»Sorry«, sagte ich leise, räusperte mich dann und machte mich energisch von ihm los. »Sorry, aber ich habe keine Ahnung, wovon du sprichst oder wer du bist. Eigentlich suche ich nur Halle 2.«

Erneut runzelte er kurz die Stirn, ehe er sich wieder fing und mich anlächelte. »Soll ich irgendwo unterschreiben?«

»Was?!«

»Ein Autogramm«, sagte er langsam, als sei *ich* diejenige, die schwer von Begriff war. »Wir können auch ein Foto machen, aber wir sollten uns vielleicht ein bisschen beeilen, bevor dich jemand auf dem Gelände erwischt.«

Irritiert schüttelte ich den Kopf. »Hör mal«, sagte ich bemüht ruhig, »ich will weder ein Autogramm von dir noch ein Foto. Ich weiß nicht, wer du bist, und ich habe jedes Recht, hier zu sein. Jetzt lass mich bitte vorbei. Ich komme zu spät.«

Ich wartete gar nicht seine Antwort ab, sondern drängte mich einfach an ihm vorbei. Ich sah mich auch nicht mehr um, um mich zu vergewissern, dass der Kerl mir nicht folgte. Aus der Uni wusste ich, dass Schauspieler und Filmleute manchmal ein wenig merkwürdig waren. Nell befand sich lediglich in der Ausbildung und war bereits sonderbar.

Zu meiner Erleichterung fand ich Halle 2 recht schnell und hatte sogar noch ein paar Minuten, um mich zu sammeln, bevor ich die schwere Tür öffnete und das Set betrat. Den seltsamen Kerl verdrängte ich aus meinen Gedanken und konzentrierte mich auf das Hier und Jetzt. Mein neues Praktikum, der erste Tag vom Rest meines Lebens.

Ich kniff die Augen zusammen, bis sie sich an das schummrige Licht gewöhnt hatten. Das Erste, was mir auffiel, waren die vielen Menschen. Genau wie draußen auf dem Gelände wuselten überall Leute herum, mit ernsten und wahnsinnig professionellen Gesichtern. Einige von ihnen standen herum und beratschlagten sich, andere schleppten Requisiten durch die Gegend oder riefen einander Fachbegriffe zu, mit denen ich nur teilweise etwas anfangen konnte. Kameras ragten zwischen zahllosen Kabelsträngen auf, Scheinwerfer thronten auf Gerüsten oder hingen von der Decke, und dünne Wände unterteilten die eigentlich gigantische Halle in einzelne Separees, in denen verschiedene Räumlichkeiten nachgebaut waren.

Das hier war dermaßen cool, dass ein hysterisches Quieken in meiner Brust aufstieg.

»Hey, Jamie!«

Ich riss meinen Blick von dem geordneten Chaos los und sah mich nach der Person um, die meinen Namen gerufen hatte. Nach ein paar Sekunden entdeckte ich Pierce, der mit einem breiten Lächeln auf mich zukam.

Erleichtert atmete ich aus. Ich hatte Pierce erst zwei Mal getroffen – einmal zum Bewerbungsgespräch und ein zweites Mal, als ich wegen der Papiere hier gewesen war –, hatte ihn aber auf Anhieb gemocht. »Hey, Pierce«, sagte ich und ließ mich von ihm in eine flüchtige Umarmung ziehen. »Ich hab hergefunden!«

»Das sehe ich«, meinte er grinsend, stellte sich neben mich und deutete zum Set. »Willkommen in der Hölle, liebe Jamie.«

»Das klingt aufmunternd.«

Er zwinkerte. »Wenn man sich einmal an das Chaos und den Lärm gewöhnt hat, macht es Spaß, versprochen.«

»Wenn du das sagst«, murmelte ich und versuchte den Anflug von Angst niederzukämpfen, der in mir aufkam. Das hier war meine Chance, mein erster Schritt Richtung Zukunft. Ich würde das schaffen, und ich würde großartig sein. Mein Studium abschließen, eine Stelle als Dramaturgieassistentin bekommen. Mich hocharbeiten und irgendwann einmal den dramaturgischen Bereich einer großen Theaterproduktion übernehmen. Ich hatte einen genauen Plan, was meine berufliche Zukunft anging, und ich war fest entschlossen, ihn in die Tat umzusetzen. Fahrig glättete ich meine gepunktete Bluse, die ich mir extra für heute gekauft hatte, genau wie die dunkle Jeans und die schwarzen Ballerinas. Neue Kleidung war für mich eine Seltenheit – dafür reichte das Geld einfach nicht. Und auch wenn es für diese Stelle keinen Dresscode gab, hatte ich das Trinkgeld von einer Woche zusammengeklaubt und war mit Nell shoppen gegangen. »Passt das?«, fragte ich und ließ mich von Pierce mustern. »Ich wusste nicht genau, was ihr erwartet.« Ich hatte versucht, es herauszufinden, doch die Dame am Telefon war genauso ratlos gewesen wie ich.

Pierce winkte lächelnd ab. »Du bist super so. Es gibt hier Leute, die kommen in Jogginghose ans Set, also mach dir keine Gedanken.«

Ich nickte erleichtert, auch wenn ich jetzt schon wusste, dass ich mir morgen wieder über meine Garderobe den Kopf zerbrechen würde. So war ich einfach.

»Komm mit, ich zeige dir, wo du deine Sachen abladen kannst«, rief er und drehte sich bereits um. Hastig heftete ich mich an seine Fersen, während ich mich umsah und mich bemühte, so viel wie möglich von meiner Umgebung aufzunehmen. Was gar nicht so einfach war, weil ich nebenbei versuchen musste, weder über eines der Kabel zu stolpern, noch gegen irgendeinen Scheinwerfer zu rennen oder mit anderen Menschen zu kollidieren. Hier war eindeutig Multitasking gefragt.

Ich folgte Pierce an ein paar Sets vorbei, von denen ich einige sogar wiedererkannte. Natürlich hatte ich mir die Serie angeschaut, bevor ich meinen Praktikumsvertrag unterschrieben hatte. Ich erkannte das Wohnzimmer der Clarks – eine reiche Familie, die in den fünf Folgen, die ich mir angesehen hatte, so viele Dramen erlebt hatte, dass es vermutlich für ein ganzes Leben reichte – und einen großen Raum, der offensichtlich einen Ballsaal darstellen sollte, auch wenn sich die Kulissen noch im Aufbau befanden. Eine Wand bestand aus einem Greenscreen, und einige der Möbel waren noch an die Wand gerückt und warteten auf ihren Einsatz.

»Hier ist der Pausenraum für die Mitarbeiter«, erklärte Pierce und öffnete eine unscheinbare Tür zu einem Raum, in dem ein paar Tische und eine Kaffeemaschine standen. »Du kannst deine Sachen erst mal hierlassen, später bekommst du einen eigenen Spind.«

Ich nickte und legte mein Zeug auf einen der Stühle in der Ecke, dann strich ich über meine Bluse und salutierte vor Pierce. »Alles klar, ich bin bereit zum Dienst.«

Er lachte. »Gut zu wissen. Allerdings hatte ich gedacht, dass wir mit einer Führung anfangen. Es ist wichtig, dass du dich auskennst, damit ich dich alleine losschicken kann.«

Wir passierten die üblichen Stationen, während Pierce mir die verschiedenen Sets und Wege zeigte und mir Kolleginnen und Kollegen vorstellte, deren Namen ich meist nach einer halben Stunde schon wieder vergessen hatte. Mir brummte der Kopf, dennoch sog ich jeden Anblick, jede Information, jedes noch so unbedeutende Wort auf. Ich folgte Pierce und spürte mein Herz vor Aufregung wild in meiner Brust schlagen. Als könnte es genau wie ich einfach nicht fassen, dass wir tatsächlich hier waren.

Die einzelnen Sets waren um einiges kleiner, als es im Fernsehen wirkte, die gesamte Halle war allerdings gigantisch. Neben den Bühnenbildern verschiedener Räume gab es Sitzgruppen, in denen Menschen mit Klemmbrettern sich wichtig aussehend beratschlagten, Stationen für die Maske und den Ton sowie Büfetttische, auf denen Getränke und Snacks für die Mitarbeiter standen. Das hier war eine eigene kleine Stadt, nur ohne Tageslicht. Wobei die unzähligen Scheinwerfer diesen kleinen Makel locker ausglichen.

»Als Nächstes gehen wir in den Personalraum«, informierte Pierce mich und winkte mich zu einem Seitengang, in dem es etwas ruhiger zuging. »Da lernst du die Schauspieler kennen.«

»Gibt es keine silbernen Trailer im Hinterhof?«, fragte ich und lachte atemlos. Die Aussicht auf ein Treffen mit den Schauspielern machte mich plötzlich nervös. Sie mochten allesamt eher kleine Lichter in der Schauspielerwelt sein, doch ich wusste von Nell, wie schwierig es war, in dieser Branche eine Anstellung zu bekommen. Sie hatten hart für ihre Position gearbeitet und Erfolg mit dem, was sie taten – das flößte mir Ehrfurcht ein. Ich fühlte mich wie ein kleines Mädchen, das neu in die Klasse kam.

Trotz meiner Aufregung straffte ich die Schultern und machte mich innerlich größer, so wie Nell es mir gesagt hatte. Sicheres Auftreten war das A und O.

Pierce lachte. »Ich fürchte, dafür reicht die Gage nicht. Komm.«

Bevor ich mich noch weiter beruhigen konnte, öffnete er erneut eine schlichte Tür und trat zurück, damit ich vorangehen konnte. Ich wünschte, er hätte das nicht getan. Denn sobald wir eintraten, verstummten die Gespräche, und die Leute sahen uns erwartungsvoll entgegen.

»Was gibt's?«, fragte eine große Frau mit zurückgebundenen Haaren. Sie trug breite Klammern links und rechts von ihrem Pony. Offensichtlich musste sie noch einmal in die Maske, bevor es vor die Kamera ging. Ich erkannte sie aus der Serie, konnte sie aber nicht auf Anhieb zuordnen.

»Ich wollte euch kurz Jamie vorstellen«, verkündete Pierce und zog mich neben sich. Alle Augen richteten sich prompt auf mich. »Sie ist die neue Praktikantin und wird mir in den nächsten Monaten ein paar Aufgaben abnehmen. Falls sie also auf einen von euch zukommt, wisst ihr, wo sie hingehört.«

Die Aufmerksamkeit machte mich noch nervöser, und ich spürte, wie mir das Blut ins Gesicht schoss. Trotzdem zwang ich mich den Blick zu heben und meinen neuen Kollegen zu begegnen.

Es waren sechs, und jeder von ihnen schien in unterschiedlichen Stadien der Maske und des Kostüms zu stecken. Ein blonder Kerl, von dem ich wusste, dass er den fiesen Bruder des Protagonisten spielte, trug einen weißen Bademantel und hatte nasse Haare. Die zierliche Frau an seiner Seite hatte Lockenwickler in den Haaren, und einem weiteren braunhaarigen Mann fehlte das Hemd. Einen Moment lang klebte mein Blick förmlich an unrealistisch glänzenden Brustmuskeln, dann riss ich mich zusammen und zwang mich, dem Typen ins Gesicht zu sehen.

Und sog scharf die Luft ein. Das war der merkwürdige Kerl, den ich vorhin auf dem Hof beinahe über den Haufen gerannt hatte.

Na wunderbar.

Mein Selbstbewusstsein schrumpfte mit jeder Sekunde mehr in sich zusammen. Wahrscheinlich wirkte ich in diesem Moment tatsächlich wie der Fan, für den er mich vorhin fälschlicherweise gehalten hatte – mit eingezogenem Kopf, hochrotem Gesicht und verzweifelt nach Worten suchend.

Aber ich war kein Fan. Ich hatte verdammt noch mal genau das gleiche Recht, am Set zu sein, wie er. Zumindest hätte Nell das mit Sicherheit zu mir gesagt, wäre sie hier gewesen. Also hob ich ruckartig den Kopf und begegnete dem selbstsichersten Lächeln, das ich je gesehen hatte. Eine Reihe gerader weißer Zähne, volle Lippen und perfekt unperfekte Bartstoppeln. Der Kerl wirkte beinahe unecht, wie eine überdimensionale Ken-Puppe.

»Ich kenne dich«, sagte er, bevor ich den Mut finden konnte, den Mund aufzumachen.

Ich nickte. »Ich habe dir ja gesagt, dass ich nicht deinetwegen hier bin.«

Sein Lächeln wurde eine Spur breiter – und eine Spur arroganter. »Das bleibt abzuwarten, würde ich sagen.«

Ich hatte keine Ahnung, was er damit meinte. Trotzdem hielt ich seinem Blick stand und zog eine Augenbraue hoch. Mir war klar, dass die anderen uns wahrscheinlich ansahen und sich fragten, was genau wir da taten. Etwas sagte mir, dass dieser Kerl zu einem Problem werden könnte, wenn ich nicht aufpasste. Er war derart von sich überzeugt, dass eine linkische, leicht zu beeindruckende Praktikantin für ihn wahrscheinlich ein gefundenes Fressen war.

Ich starrte ihn förmlich an, definitiv nicht gewillt, dieses Blickduell zu verlieren. Dann streckte ich ihm die Hand entgegen. »Wie gesagt, ich bin Jamie.«

Er schlug ein, ohne mich aus den Augen zu lassen. »Freut mich, Jamie.«

Ein paar Sekunden vergingen, allerdings tat er nichts, als mich weiter anzusehen. Allmählich begann meine Hand in seinem festen Griff zu kribbeln, doch ich würde sie ihm nicht entziehen. »Und du bist …?«

Ich wusste wirklich nicht, wer er war. Entweder war er in den Folgen, die ich mir angesehen hatte, nicht vorgekommen, oder er war noch recht neu in der Serie.

Jetzt war es an ihm, eine Braue hochzuziehen. »Pierce, was hast du dem Mädchen überhaupt beigebracht?«

Pierce lachte hinter mir. »Nur das Wichtigste, Carter. Da gehörst du nicht dazu, tut mir leid, Mann.«

Carter schnaubte und umfasste meine Hand einen Sekundenbruchteil fester, bevor er mich losließ. Am liebsten hätte ich erleichtert aufgeatmet, doch das hätte meine gerade demonstrierte Coolness zunichtegemacht. »Man sieht sich, Jamie.«

»Lässt sich wohl nicht vermeiden.«

Er blinzelte, dann lachte er. Bevor er etwas erwidern konnte, wurde ich vom übrigen Team umringt. Sie alle stellten sich vor, erzählten mir teilweise von ihrer Rolle und wünschten mir für mein Praktikum alles Gute. Sie waren freundlich, und keiner von ihnen wirkte so verwirrend wie dieser Carter. Mein Eindruck von ihm änderte sich auch dadurch nicht, dass er die ganze Zeit in einer Ecke stand und mich beobachtete.

Entweder war er echt gruselig oder echt interessant. Ich hatte mich noch nicht entschieden.

1.2

CARTER

Dieser Tag war eindeutig anstrengender als gewöhnlich. Aus irgendeinem Grund kamen mir die Takes länger, die Dialoge komplizierter und das Licht der Scheinwerfer heißer vor. Wobei ich nicht ausschloss, dass die Temperatur in der Halle an der neuen Praktikantin lag. Vielleicht war es ein Klischee, doch Praktikantinnen waren heiß. Und diese hatte deutlich mehr zu bieten als die anderen Mädchen, die hier alle Jubeljahre hereinmarschierten und sich ein paar Wochen lang unglaublich wichtig fühlten.

Es war offensichtlich gewesen, dass diese Jamie hingegen keine Ahnung von der Serie hatte. Ansonsten hätte sie mich gekannt. Hätte mich erkannt, als sie auf dem Hof in mich hineingerannt war.

Hatte sie aber nicht. Sie war nicht beeindruckt gewesen. Und das reizte mich.

Für gewöhnlich betrachteten andere mich auf zwei Arten: Entweder sie kannten mich aus der Serie und behandelten mich wie den Star, der ich irgendwann einmal werden wollte. Sie baten um Autogramme oder Fotos und waren sicher nicht an mir persönlich interessiert, sondern an der Figur, die ich im Fernsehen verkörperte.

Die andere Art war irgendwie abschätzend. Als erwarteten sie etwas von mir, wovon ich einfach nicht wusste, was es war. Es gab nur wenige Menschen, bei denen ich mich entspannen konnte, ohne darüber nachzudenken, was ich sagte und tat. Vermutlich hatte das mit meiner verkorksten Kindheit zu tun, an der jeder Therapeut seine helle Freude gehabt hätte. Ein Dad, der mich niemals ernst genommen hatte und dem ich nichts hatte recht machen können, und eine Mom, der ihre Freundinnen wichtiger gewesen waren als ich.

»Da bist du ja«, riss mich jemand aus meinen Gedanken.

Ich sah auf. Murray saß in einem der Sessel im Personalraum. Die letzte Szene des Tages hatten nur ich und Prue gedreht, sodass ich den Raum heute Abend für mich allein hatte. Zumindest war ich davon ausgegangen.

»Waren wir verabredet?«, fragte ich meinen Agenten. Ich versuchte wirklich, den genervten Unterton aus meiner Stimme zu verbannen, doch ich schaffte es nicht. Wenn Murray unangekündigt auftauchte, bedeutete das selten etwas Gutes. Im Grunde mochte ich ihn, aber er war mir eine Spur zu ehrgeizig, was bedeutete, dass er enorm hohe Ansprüche an mich hatte. Die hatte ich auch, doch im Gegensatz zu seinen waren meine nicht von denen meines Vaters abhängig. Ich erwartete einiges von mir selbst, sowohl beruflich als auch privat. Ich verfolgte ein bestimmtes Ziel, um das Bild, das ich von mir hatte, zu perfektionieren. Beruflicher Erfolg, finanziell auf eigenen Füßen stehen und vor allem meinem Dad beweisen, dass ich auch außerhalb seiner strikten Vorstellungen etwas wert sein konnte. Murray hingegen verfolgte die Ziele meines Vaters, was vor allem daran lag, dass es dessen Unterschrift war, die die Gehaltsschecks zierte.

»Ich wollte mal sehen, wie es so läuft«, sagte Murray, erhob sich von seinem Sessel und zog mich in eine Umarmung, die allerdings eher geschäftsmäßig als herzlich ausfiel. Murray war kein herzlicher Kerl, grundsätzlich aber kein schlechter Mensch. Er war einer dieser Leute, die es schafften, Schnee in der Arktis zu verkaufen. Ein erstklassiger Agent, manchmal allerdings derart erfolgsfokussiert, dass ich das Gefühl bekam, eine Ware in seinem Sortiment zu sein. Was vermutlich auch stimmte.

»Alles bestens«, antwortete ich und zog mir das T-Shirt über den Kopf, das nach einer Mischung aus Zigarettenrauch und Lufterfrischer roch. Ich brauchte dringend eine Dusche. »Hat Larry dir die Quoten geschickt?«

»Hat er«, meinte Murray und nickte, während er mich eingehend musterte. »Du kommst bei den Zuschauern gut an, wenn man sich in den sozialen Medien und den Foren so umschaut.«

»Hast du etwas anderes erwartet?«, fragte ich mit einem schiefen Grinsen, das er jedoch nur halbherzig erwiderte.

»Wir sollten mehr Sendezeit verlangen.«

Ich stöhnte, jetzt wirklich genervt. »Nein, können wir nicht. Ich bin kaum ein halbes Jahr dabei, Murray.«

»Eben«, sagte er energisch. »Ein halbes Jahr, und du hast bereits Fans, die dich öfter sehen wollen. Das ist eine Verhandlungsbasis.«

»Und was wollen wir bitte verhandeln?«, fragte ich, während ich meine Klamotten aus dem Spind kramte. Ich würde zu Hause duschen. Es war Murray zuzutrauen, dass er mir unter die Dusche folgte, um diese Diskussion fortzuführen.

Murray ließ sich nicht beirren. »Du könntest eine der Hauptrollen übernehmen.«

Ich schnaubte. »Dafür ist meine Figur nicht wichtig genug, das weißt du. Das wussten wir beide von Anfang an.«

»Dann sollen sie das Drehbuch umschreiben«, entgegnete er ungerührt.

Seufzend ließ ich die Klamotten fallen und wandte mich ihm zu. »Woher kommt das?«, fragte ich ihn geradeheraus.

»Was meinst du?«

»Ist das deine Idee oder die meines Dads?«

Er machte sich nicht einmal die Mühe, verlegen auszusehen. »Dass dein Vater der gleichen Meinung ist, bedeutet nicht, dass ich nicht dahinterstehe, Carter.«

»Nein, im Gegenteil.«

»Carter«, seufzte Murray und klang dabei wie ein nachsichtiger Großvater. Wie gesagt, ich mochte ihn, doch ein Teil von mir wollte ihn ständig schlagen. »Dein Vater will das Beste für dich.«

»Das ist eine Floskel.«

»Weil es stimmt. Zumindest in deinem Fall.«

»Mein Vater«, sagte ich langsam, »würde sich freuen, wenn ich das hier in den Sand setze. Weil er mir dann sagen könnte, dass er mich gewarnt hat.«

»Und?«, fragte Murray herausfordernd. »Ein Grund mehr, dich ins Zeug zu legen.«

»Das tue ich auch«, sagte ich trotzig, schulterte meine Tasche und atmete tief durch. »Aber im Gegensatz zu meinem Vater will ich mir etwas Langfristiges aufbauen. Das geht nur, wenn ich mich mit den Produzenten gut stelle und ihnen nicht gleich mit Forderungen auf den Sack gehe.«

»Erfolg führt zu mehr Erfolg«, predigte Murray und sah mich derart eindringlich an, als wollte er mich mit bloßer Willenskraft überzeugen. »Du hast Erfolg mit deiner Rolle, da ist es nur logisch, wenn man ihr mehr Sendezeit einräumt, Carter. Das hier ist ein Geschäft wie jedes andere.«

»Das weiß ich.«

»Dann benimm dich nicht wie ein trotziges Kind, das aus Prinzip gegen seine Eltern rebelliert. Das steht dir nicht und bringt dich mit Sicherheit nicht weiter.«

Am liebsten hätte ich ihm meine ehrliche Meinung über meinen Vater gesagt. Denn in Wahrheit interessierte mein persönlicher Erfolg meinen Dad einen Scheißdreck, solange er ihm selbst nichts brachte. Und Schauspielerei war definitiv nichts, womit man sich bei meinem Dad Respekt verdiente. Für ihn war alles, was auch nur annähernd in die künstlerische Richtung ging, reine Zeitverschwendung. Alles Hippies und Rumtreiber, die nur auf schnelles Geld aus waren und nichts mit ihrem Leben anzufangen wussten. Ohne ein eigenes Büro oder zumindest einen Schreibtisch war man in den Augen meines Vaters ein Niemand. Da brachte es auch nichts, ihm zu erklären, dass diese Welt nicht nur von Menschen hinter Schreibtischen am Laufen gehalten werden konnte.

In dem Moment, in dem ich ihm und Mom eröffnet hatte, dass ich, anstatt wie geplant Medizin zu studieren, eine kleine Rolle in einer Fernsehserie annehmen würde, war beinahe die Welt untergegangen. Das Drama, das die beiden veranstaltet hatten, war einer Apokalypse wirklich lächerlich nahe gekommen.

Sie hatten lediglich eingelenkt, weil ich ihnen versprochen hatte, brav Medizin zu studieren, sollte ich nach zwei Jahren mit der Schauspielerei keinen Erfolg haben. Dabei wurde Erfolg einzig und allein durch die Anzahl der Nullen auf meinem Gehaltsscheck definiert.

Anfangs war es vermutlich sogar mein Dad gewesen, der mich auf die Schauspielerei gebracht hatte. Tatsächlich hatte ich früher einiges getan, einzig und allein, weil es meinen Vater ärgerte. Jedes Mal, wenn ich gegen seine Regeln verstieß, hatte ich das Gefühl, ein wenig aus seinem viel zu engen Käfig auszubrechen.

Doch bereits bei der ersten Probe war meine Liebe zur Schauspielerei entfacht worden. In andere Rollen zu schlüpfen, dem Druck meiner Eltern zu entkommen, eine kurze Zeit lang eine Art Urlaub von meinem Leben zu nehmen. Und so war es noch heute.

Ich wusste nicht recht, was ich von dieser Gier nach der Hauptrolle halten sollte. Entweder mein Dad spekulierte darauf, dass ich zu schnell zu viel wollte und deshalb den Karren gegen die Wand fuhr. Oder er war der Meinung, die Schande, einen Schauspieler großgezogen zu haben, nur kompensieren zu können, indem besagter Schauspieler erfolgreich war.

Was auch immer es war, ich konnte auf seine Sicht der Dinge verzichten. Auch wenn Murray nicht ganz unrecht hatte. Die Hauptrolle sollte mein Ziel sein. Darauf sollte ich hinarbeiten. Und wäre ich nicht sicher gewesen, dass Murray mit diesem Plan den unergründlichen Wünschen meines Vaters folgte, hätte ich ihm auch interessierter zugehört.

»Lass uns morgen darüber reden, einverstanden?«, seufzte ich schließlich und schenkte meinem Agenten ein hoffentlich versöhnliches Lächeln. »Der Tag war die Hölle, und ich will eigentlich nur noch ins Bett.«

»Denk drüber nach«, rief er mir hinterher.

Ich winkte ihm halbherzig zu und floh dann förmlich aus dem Personalraum. Mochte ja sein, dass ich mich ein wenig kindisch benahm, doch ich musste meinem Vater unbedingt deutlich machen, dass ich kein Kind mehr war, das er bevormunden konnte. Ich war erwachsen, hatte endlich die Macht, eigene Entscheidungen zu treffen.

Oder ich wollte Dad einfach nur ärgern.

»Vorsicht, Scheinwerfer.«

Ich drehte mich nach der Stimme um und entdeckte die Praktikantin auf einem der Sofas des Bühnenbildes. Ihre langen blonden Haare wirkten zerzauster als noch heute Morgen, und ihre Augen waren etwas glasig, als müsste sie dringend mal blinzeln. »Was hast du gesagt?«

Mit dem Stift, den sie in der Hand hielt, deutete sie auf einen wuchtigen Scheinwerfer, der etwa einen Meter vor mir stand. »Nicht, dass du ihn über den Haufen rennst und dann erwartest, dass er ein Foto mit dir machen will.«

Ich verzog das Gesicht, musste aber lachen. »Autsch.«

»Das hast du verdient.«

Unschlüssig warf ich einen Blick auf die Uhr. Auf einmal hatte ich nicht mehr das Bedürfnis, die Halle so schnell wie möglich zu verlassen. Stattdessen machte ich ein paar Schritte auf das Mädchen zu. Sie saß in der Kulisse des Wohnzimmers meiner Rollenfamilie, und irgendwie war es merkwürdig, sie hier zu sehen. Klar, das alles war lediglich Fassade, doch auf eine skurrile Weise waren diese Bühnenbilder tatsächlich eine Art Zuhause für mich geworden.

»Was machst du da?«

Sie deutete auf das Klemmbrett auf ihrem Schoß. »Ich sehe mir den Drehplan an.«

Ich runzelte die Stirn. »Wozu?«

»Um zu wissen, wann ich wo sein muss«, erklärte sie achselzuckend. »Ich will die nächsten Tage nicht dauernd mit dem Plan vor dem Gesicht rumrennen.«

Bei der Erinnerung, wie sie tatsächlich planlos über den Hof marschiert war, musste ich grinsen. »Klingt einleuchtend.«

Ein winziges, kaum wahrnehmbares Lächeln huschte über ihr Gesicht. Und es hatte eine erstaunliche Wirkung. Auch grimmig und genervt war diese Jamie wirklich hübsch. Wenn sie lächelte, war sie beinahe umwerfend. Doch kaum hatte ich das entdeckt, war der freundliche Ausdruck schon wieder verschwunden.

»Und du?«, fragte sie, nachdem sie einen weiteren langen Blick auf das Klemmbrett geworfen hatte. »Warum bist du noch hier? Die meisten sind schon heim.«

Ich zuckte mit den Schultern. Die ehrliche Antwort war, dass ich es selten eilig hatte, nach Hause zu kommen. Für die meisten Menschen war das Zuhause ein Zufluchtsort, für mich allerdings nicht. Das Haus meiner Eltern in Old Town war groß und herrschaftlich und genauso unpersönlich wie mein Verhältnis zu ihnen. Trotz allem liebte ich meine Mutter und auch meinen Vater irgendwie, doch ich konnte nicht behaupten, dass ich bei ihnen eine Schulter zum Anlehnen gehabt hätte. Dafür war vor allem mein Dad zu erfolgsorientiert und zu unzufrieden mit mir. Ich hatte seinen Stolz verletzt, indem ich mich gegen ein Studium und für eine Schauspielkarriere entschieden hatte. Und der Stolz meines Vaters verzieh nicht so leicht. Meine Mutter war ein herzensguter Mensch, jedoch sehr auf den Familienfrieden bedacht. Da ich derjenige gewesen war, der ihn gestört hatte, stand ich auch bei ihr nicht mehr besonders hoch im Kurs.

Natürlich hätte ich mir eine eigene Wohnung nehmen können. Ich war dreiundzwanzig. Doch die traurige Realität war, dass ich vom Geld meiner Eltern verwöhnt war. Das Einkommen aus meinen verhältnismäßig kleinen Rollen reichte nicht einmal annähernd für das, was ich mir unter einer angemessenen Wohnung vorstellte.

»Ich hatte länger Dreh«, antwortete ich ein wenig verspätet, als mir auffiel, dass Jamie mich immer noch erwartungsvoll ansah. »Was ist mit dir? Niemand, der zu Hause auf dich wartet?«

Wieder dieses Lächeln, und wieder hatte ich keine Ahnung, was es bedeutete. »Ich wohne im Studentenwohnheim. Ich kann nicht behaupten, dass ich den Lärm vermisse.«

Ich lachte leise. »Weil es an so einem Filmset so entspannt zugeht, meinst du?«

Sie sah sich demonstrativ um. »Im Moment ist es hier beinahe friedlich. Ich überlege ernsthaft, einfach hierzubleiben.«

»Betten wären auf jeden Fall genug vorhanden«, sagte ich

grinsend und deutete auf ein Bühnenbild, das das Schlafzimmer meines Charakters in der Serie darstellte.

Jamie folgte meinem Blick, sah jedoch hastig weg und wurde rot. Sie senkte den Kopf und ließ sich die Haare vors Gesicht fallen, als hoffte sie, dass ich ihre Verlegenheit nicht bemerkte.

»Was ist?«, fragte ich ehrlich neugierig und lachte, als sie den Kopf schüttelte. »Spuck's aus, Evans.«

Es dauerte ein paar Sekunden, dann sah sie mich erneut an, immer noch knallrot. »Ich finde es irgendwie merkwürdig, mich so mit dir zu unterhalten.«

»Wie meinst du das?«

Sie schüttelte den Kopf. »Wir haben uns vorhin einige Folgen angeschaut und sind den Plot durchgegangen. Für mich bist du irgendwie James, weißt du?«

James war der Name meiner Figur. Ich sah noch einmal zu der Kulisse, die sie so aus der Fassung gebracht hatte, und prustete los, als der Groschen fiel. »Du meinst die Sexszenen?«, fragte ich und grinste breit, als sich erneut die Röte auf ihren Wangen ausbreitete. »Du hast dir mich nackt vorgestellt, was? Tu dir keinen Zwang an, Süße, das bin ich gewohnt.«

»Lass den Quatsch«, murmelte sie, doch ich erkannte deutlich, dass sie meinem Blick auswich.

Ich grinste sie an. »Was denn? Bist du etwa schüchtern?«

Sie schüttelte den Kopf. »Ich will einfach nicht mit dir über dein Sexleben sprechen, okay?«, meinte sie. »Ob nun real oder fiktiv spielt keine Rolle.«

»Wir können uns auch gerne über mein reales Sexleben unterhalten, Süße«, fügte ich augenzwinkernd hinzu.

Sie sprang auf und drückte sich das Klemmbrett vor die Brust, während ich wirklich versuchte, mich zusammenzureißen. »Du bist ziemlich überzeugt von dir, oder?«, fragte sie schnippisch, griff nach ihrer Jacke und drängte sich an mir vorbei Richtung Ausgang. »Bis morgen, Dillane!«

»Ach, komm schon!«, rief ich ihr hinterher und rannte neben sie. Sie sah mich nicht an, hielt den Blick starr geradeaus gerichtet, was mich schon wieder glucksen ließ. »Das war nur Spaß! Schon mal davon gehört?«

»Du bringst mich absichtlich in Verlegenheit«, zischte sie. »Ich kenne Leute wie dich und habe da wirklich keine Lust drauf.«

»Leute wie mich?«, fragte ich stirnrunzelnd. Sie beschleunigte ihre Schritte, doch ich blieb mühelos an ihrer Seite. »Zu welcher Art von Leuten zähle ich denn, hm?«

Sobald wir das Eingangstor erreichten, kramte sie nach ihrem Mitarbeiterausweis und hielt ihn hoch. Als würde man sie ansonsten auf dem Gelände festhalten. »Leute, die die Schwächen anderer ausnutzen, um sich über sie zu stellen. Um sie kleinzuhalten, damit sie sich selbst besser fühlen.«

Ich schnaubte verächtlich und auch ein wenig getroffen. »Autsch. Das war wirklich viel Oberflächlichkeit auf einmal, Evans.«

»Ich heiße Jamie!«

»Gut, das war wirklich viel Oberflächlichkeit auf einmal, *Jamie!*«

Sie stoppte so abrupt, dass ich einen Schritt an ihr vorbeilief, ehe ich ebenfalls stehen blieb und mich zu ihr umdrehte. Sie hielt sich immer noch das Klemmbrett an die Brust gedrückt, als wäre es ein Kuscheltier. »Ich bin nicht oberflächlich.«

Nachdenklich legte ich den Kopf schief. »Ich habe einen Witz gemacht. Aus einem Witz zu schließen, dass ich andere ausnutze und sie runtermache, ist ziemlich frei interpretiert, findest du nicht?«

Ihr Mund klappte auf, doch sie schloss ihn rasch wieder und runzelte irritiert die Stirn. »Du bist arrogant.«

Meine Augenbrauen schossen in die Höhe. »Wow. Das wird ja immer schmeichelhafter.«

»Ich will dir nicht schmeicheln«, sagte Jamie und hob herausfordernd das Kinn. »Genau das ist das Problem.«

»Meins oder deins?«

»Deins«, stellte sie klar. »Ich habe dir heute Morgen auf dem Hof keinen Honig ums Maul geschmiert und werde es auch jetzt nicht tun. Ich habe den Eindruck, dass du das nicht gewohnt bist.«

Ich hätte sie einfach meinen Eltern vorstellen können, dann hätte sie ihre Meinung ganz schnell geändert. Doch eigentlich konnte es mir völlig egal sein, was diese Praktikantin von mir hielt. Sie war hübsch, keine Frage, und irgendwie unterhaltsam. Doch sie wäre nur ein Zeitvertreib.

Ich zuckte mit den Schultern. »Du kannst von mir halten was du willst, Evans, aber im Moment bist du diejenige, die vorschnell urteilt.«

Ihre Augenbrauen hoben sich skeptisch, offensichtlich hatte sie diesmal keine schlagfertige Antwort parat. Also drehte ich mich um, winkte noch einmal in ihre Richtung und machte mich aus dem Staub, bevor ihr etwas Passendes einfallen konnte.

Ich hatte die vage Vermutung, dass wir zwei noch Spaß miteinander haben würden.

JAMIE

»Sorry, aber ich finde, du übertreibst.«

Ich blinzelte ein paar Mal und sah Nell über meinen Teller mit Pancakes hinweg an. Diese Worte aus ihrem Mund kamen quasi Blasphemie gleich. Immerhin war sie hier die Diva und sich dessen auch voll bewusst. Sie liebte Aufmerksamkeit und Drama, aber in einem Maße, das für andere noch erträglich war. Ansonsten wären wir sicher keine Freundinnen geworden.

»Das finde ich überhaupt nicht«, grummelte ich, spießte ein Stück Pfannkuchen auf und steckte es mir in den Mund.

»Was hat er denn gemacht?«, fragte sie stirnrunzelnd, warf sich die weiß gefärbten Rastalocken über die Schulter und sah mich an. »Er ist davon ausgegangen, dass du ein Fan bist, richtig? Folglich war er einfach nur nett.«

»Er war irgendwie überheblich. Ein richtiges Klischee«, versuchte ich zu erklären, auch wenn ich selbst merkte, dass ich ein wenig bockig klang. »Als könne er sich keinen anderen Grund als sich selbst vorstellen, warum ich auf dem Gelände sein sollte.«

Sie zuckte mit den Schultern. »Er ist ja auch süß. Du wärst mit Sicherheit nicht das erste Mädchen gewesen, das seinetwegen gekommen ist.« Sie wackelte mit den Augenbrauen, um die Zweideutigkeit ihrer Worte zu unterstreichen.

Ich verdrehte die Augen. »Immerhin arbeiten wir heute nicht zusammen. Ich hab das Gefühl, er hat es auf mich abgesehen.«

»Du bist paranoid«, sagte sie und zählte ihre Punkte an den Fingern ab. »Und du übertreibst. Und du bildest dir etwas ein.«

Schnaubend lehnte ich mich auf meinem Stuhl zurück. »Irgendwie hast du den Job einer besten Freundin nicht so richtig verstanden.«

»Mein Job ist es, dich auf dem Boden der Tatsachen zu halten, solltest du abheben.«

»Ich hebe nicht ab«, erwiderte ich hitzig. »Ich habe nur das Gefühl, dass der Kerl Ärger macht, und ich bin so was von gar nicht auf Ärger aus.«

Sie lächelte mich verheißungsvoll an. »Was, wenn er die gute Art von Ärger macht?«

»Es gibt eine gute Art von Ärger?«, fragte ich skeptisch.

Sie seufzte theatralisch und legte mir einen Arm um die Schultern. »Ein gewisses Maß an Ärger sollte das Leben beinhalten, findest du nicht? Ansonsten wird es langweilig.«

Nein, das sah ich überhaupt nicht so. Ich war der Meinung, mein Soll an Ärger in den vergangenen Jahren zur Genüge erfüllt zu haben. Mein Studium, das Praktikum und zwei Nebenjobs waren für mich mehr als genug Aufregung. Es mochte ja sein, dass andere Menschen mein Leben als langweilig bezeichnet hätten, doch das war mir ganz recht. Stellte ich mir die Art von Drama vor, die Nell mit Sicherheit im Sinn hatte, hatte ich Bilder à la *Chicago Hearts* vor Augen. Das brauchte ich wirklich nicht.

Was mich daran erinnerte, dass ich mit Pierce dringend noch einmal den Plot durchgehen musste. Denn ehrlich gesagt war ich bei den Familienverhältnissen und Beziehungskisten immer noch nicht durchgestiegen. Was ich wusste, war, dass Carters Charakter definitiv kein Kind von Traurigkeit war. Soweit ich bislang mitbekommen hatte, hatte er aktuell ein Verhältnis mit einem reichen It-Girl namens Grace, die ihn aber bald mit ihrer Cousine Helena im Bett erwischen würde. Das Tüpfelchen auf dem i war, dass die Produktion wirklich nicht vor Nahaufnahmen und nackter Haut zurückschreckte. Für mich war es immer noch ein Wunder, dass ich Carter überhaupt hatte ins Gesicht sehen können und erst rot geworden war, als er mich auf sein Bett hingewiesen hatte.

»Ist er eigentlich groß?«, fragte Nell. Als ich sie verständnislos ansah – meine Gedanken waren in die unanständige Richtung abgedriftet, doch ich war mir relativ sicher, dass Nell ihre Frage anders gemeint hatte –, präzisierte sie: »Dieser Carter.

Ist er groß? Ich habe mal gehört, dass die Leute im Fernsehen immer größer wirken. Immerhin ist Tom Cruise winzig, und es fällt keinem auf.«

»Er ist groß«, sagte ich energisch und erinnerte mich daran, wie ich den Kopf in den Nacken legen musste, um ihm ins Gesicht zu sehen.

Nell grinste verschwörerisch. »Erzähl mir, was du willst. Ich bin mir sicher, dass ich von dem Kerl noch hören werde.«

»Ja. Weil ich ihn umgebracht habe«, murmelte ich, während ich mir eine weitere Ladung Pancakes in den Mund schob. Dafür, dass sie aus der Mensa stammten, waren sie überraschend gut.

Nell beugte sich vor und klaute sich ein Stück von meinem Teller, ohne auf meine Proteste zu achten. »Wann musst du heute hin?«

»Nach dem Kurs.« Ich schluckte mühsam. »Und heute Abend bleibe ich länger in der Bücherei, die haben Märchenstunde. Pizza wird also nichts.«

Sie sah so bestürzt drein, als hätte ich ihr gerade gestanden, dass ich ihren Welpen überfahren hatte. »Aber es ist Dienstag! Dienstag ist Pizzatag!«

Ich zuckte mit den Schultern. »Ich habe keine Ahnung, ob ich zusammen mit dem Praktikum meine Schichten schaffe. Da nehme ich jede Stunde, die ich kriegen kann.«

Nell murrte, gab aber nach.

Ich glaubte nicht, dass sie meine Situation tatsächlich nachvollziehen konnte. Ihre Eltern waren zwar nicht reich, aber Nell brauchte sich keinen Kopf um Studiengebühren zu machen oder darum, wo die nächste Mahlzeit herkam. Ich schon. Auch wenn mein Dad mich nach Kräften unterstützte, reichte das Geld hinten und vorne nicht. Der einzige Grund, warum ich studieren und gleichzeitig leben konnte, waren meine Jobs.

Ohne das Geld wäre ich aufgeschmissen gewesen, und ich riskierte einiges, indem ich meine gesamte Freizeit in ein unbezahltes Praktikum steckte. Doch ich vertraute darauf, dass es sich früher oder später auszahlen würde. Die Film- und Theaterbranche waren hart umkämpft, da waren ein wenig Praxiserfahrung und ein ordentliches Studium das Mindeste, was ich würde vorweisen müssen.

»Bleibt es dann wenigstens bei Freitag?«, fragte sie, nachdem sie den Rest meiner Pancakes verdrückt und ihren Stundenplan gecheckt hatte.

Für Freitag hatten wir uns mit ein paar Leuten aus dem Schauspielkurs verabredet. Nell mochte meine beste Freundin sein, doch ich konnte nicht behaupten, dass die anderen zu meinen Lieblingsmenschen gehörten. Trotzdem nickte ich ergeben und erntete dafür ein übertriebenes Jubeln. »Aber ich bleibe nicht lange«, warnte ich sie und hob drohend den Zeigefinger. »Es wird sicher spät, und ich muss am Samstag arbeiten. Ich will nicht das ganze Wochenende in den Seilen hängen.«

Sie verdrehte nur die Augen, warf mir aber eine Kusshand zu, während sie herumwirbelte und ihren Rucksack schulterte. Einen Moment lang sah ich ihren fröhlich wippenden weißen Rastalocken nach, dann packte ich ebenfalls meine Sachen und machte mich zu meinem eigenen Kurs auf.

1.3

JAMIE

Beinahe wäre ich zu spät gekommen. Die EL, die ach so zuverlässige Hochbahn von Chicago, hatte fast zehn Minuten vor einer Haltestelle warten müssen, weil Kinder auf den Gleisen gespielt hatten. Den Eltern hätte ich gerne etwas erzählt, weil diese zehn Minuten mir jetzt beinahe den Tag versauten.

Ich hastete an dem Wachmann vorbei, der heute lediglich einen kurzen Blick auf meinen Mitarbeiterausweis warf und sich dann wieder in seine Zeitschrift vertiefte. Zum Glück hatte ich mir gestern Abend noch einmal das Gelände angesehen und mir zu Hause einen Plan erstellt, sodass ich heute nicht mehr durch die Gegend irrte. Vor der Hallentür nahm ich mir ein paar Sekunden, um meinen hämmernden Herzschlag zu beruhigen, dann strich ich über meinen zartrosa Blazer und betrat das Set.

Obwohl ich gestern den ganzen Tag hier verbracht hatte, war die Wirkung beinahe genauso überwältigend wie gestern. Die Geräusche, das Licht und der Geruch schlugen mir entgegen und ließen meine Haut aufs Neue kribbeln. Gott, ich liebte das hier. Es machte mir beinahe nichts mehr aus, dass ich für eine Soap arbeitete.

Vorsichtig bahnte ich mir meinen Weg an den verschiedenen Bühnenbildern vorbei zum Personalraum, um meine Sachen loszuwerden und mich mit Pierce zu treffen. Heute würden wir den ganzen Vormittag beim Dreh zusehen. Die Szene spielte in einem englischen Herrenhaus, und Pierce' Aufgabe war es, sicherzustellen, dass die Etikette eingehalten wurde und die Situation authentisch blieb. *Meine* Aufgabe war es, nicht im Weg herumzustehen und alles aufzunehmen, was Pierce sagte oder tat. Und darauf zu achten, dass das Drehbuch korrekt umgesetzt wurde.

Mein Herzschlag beschleunigte sich noch einmal, als die Tür des Personalraums in Sicht kam. Seit gestern Abend war ich stolze Besitzerin eines eigenen Spindes, was ziemlich praktisch war. Ein wenig Sorgen bereitete mir allerdings, dass die Spinde der Schauspieler sich im selben Raum befanden. Nach meinen bislang eher schwierigen Zusammentreffen mit Carter fürchtete ich mich ein wenig vor diesen Leuten. Deren Räumlichkeiten fühlten sich für mich an wie die Höhle des Löwen.

Ich richtete mich auf und versuchte so professionell wie möglich auszusehen, als ich die Hand nach der Türklinke ausstreckte und sie herunterdrückte. Vorsichtig lugte ich durch den Spalt und atmete erleichtert aus, als ich niemanden entdeckte. Vielleicht lag es daran, dass ich später dran war als gestern, als sich alle offensichtlich noch in den Vorbereitungen befunden hatten. Vermutlich waren sie inzwischen bereits beim Dreh oder in der Maske.

Deutlich entspannter umrundete ich die erste Reihe Spinde und machte mich auf den Weg nach ganz hinten, wo sich mein kleiner Schrank befand. Die Unterschiede zwischen den Schauspielern und mir waren deutlich. An den Schranktüren der anderen klebten Bilder, Postkarten oder Namensschilder; ihre Spinde waren etwa doppelt so groß wie meiner, manche Leute besaßen sogar mehrere nebeneinander. Ich fragte mich, ob es hier so etwas wie eine Hierarchie gab. Klar, das war kein Hollywoodstreifen, dennoch konnte ich mir vorstellen, dass die Hauptrollen am Set eine andere Stellung hatten als die Nebendarsteller. Ich musste Pierce bei Gelegenheit einmal danach fragen.

Vielleicht war Carter deswegen so mürrisch drauf. Er schien sehr viel von sich zu halten, doch soweit ich mitbekommen hatte, spielte er lediglich eine kleine Rolle. Möglicherweise tat das seinem Ego nicht gut.

»Du siehst entspannter aus als gestern.«

Ich zuckte zusammen und unterdrückte einen Aufschrei, als die fremde Stimme mich aus meinen Grübeleien riss. An einem der hinteren Spinde lehnte ein halb nackter Kerl. Wie hatte ich ihn übersehen können? Immerhin trug er lediglich eine offenstehende Jeans und war mindestens zwanzig Zentimeter größer als ich.

Allerdings kam mir sein Gesicht nicht bekannt vor. »'tschuldige«, sagte ich, immer noch ein wenig außer Atem, und presste mir die Handfläche auf mein hämmerndes Herz. »Ich habe dich überhaupt nicht bemerkt.«

»Kein Problem«, erwiderte er, lachte freundlich und machte einen Schritt auf mich zu, während er mir die Hand entgegenstreckte. Dass seine Hose immer noch nicht zu war und mir eine hellblaue Boxershorts entgegenblitzte, schien ihn offensichtlich nicht zu stören. »Ich bin Christopher, aber nenn mich ruhig Chris. Ich habe dich gestern am Set gesehen.«

Ich schlug ein, wenn auch ein bisschen irritiert. Bei dem Namen klingelte es ebenfalls nicht. »Jamie«, stellte ich mich vor und erwiderte sein Lächeln unsicher. »Entschuldige, aber ich kann dich gerade wirklich nicht einordnen. Gestern war mein erster Tag, und ich habe so viele Gesichter gesehen, dass ich …«

Er winkte ab und ging zurück zu dem Spind, vor dem er gerade so lässig posiert hatte. »Wir wurden einander nicht vorgestellt. Ich bin nur zeitweise hier und springe als Komparse ein. Ich war bei einer Szene im Hintergrund, aber du hast sehr beschäftigt ausgesehen.«

Chris lachte leise, was mich ein wenig erröten ließ. Ich neigte dazu, mich in meiner Arbeit zu verlieren. Nell machte sich beim Lernen oft über mich lustig, weil ich auf der Lippe kaute und anscheinend Grimassen zog, wenn ich mich konzentrierte.

Hastig versuchte ich das Thema zu wechseln, während ich mich gleichzeitig zu meinem Spind umdrehte und mein nagelneues Zahlenschloss aus der Tasche kramte. »Dann bist du also Schauspieler?«

Wieder lachte Chris. Entweder war er ein sehr freundlicher Typ, oder er amüsierte sich immer noch über etwas, was ich nicht mitbekommen hatte. »Ich würde mich gern so bezeichnen, aber eigentlich stehe ich nur als Teil einer Menge im Hintergrund. Ich habe noch keinen einzigen Satz gesprochen.«

»Ist doch nicht schlimm«, sagte ich und nickte ermutigend. »Jeder fängt mal klein an, oder? Ich stelle mir das ganz lustig vor.«

»Du willst schauspielern?«

Energisch schüttelte ich den Kopf. »Nein, das ist nicht mein Ding. Sobald ich etwas sagen müsste, würde ich vor Nervosität wahrscheinlich in Ohnmacht fallen. Aber als Komparse hat man das Problem ja nicht und man ist trotzdem dabei.«

Chris, der ebenfalls in seinem Spind herumgewühlt hatte, drehte sich zu mir um, doch ich wandte mich hastig ab. Seine blonden Haare waren nass und standen in alle Himmelsrichtungen ab, und seine durchaus beeindruckenden Brustmuskeln glänzten, als hätte er sie eingeölt. Er konnte sich zeigen, dennoch wäre ich ihm dankbar gewesen, hätte er sich endlich etwas angezogen.

»Was machst du heute Abend?«

Ich schielte zu ihm hinüber, angestrengt darauf bedacht, ausschließlich in sein Gesicht zu sehen. »Ich arbeite. Warum?«

Er zuckte mit den Schultern. »Ein paar von uns gehen nach Drehschluss etwas trinken«, sagte er. »Du bist neu. Das wäre die passende Gelegenheit, ein wenig Anschluss zu finden.«

Das war nett, doch leider hatte ich dafür keine Zeit. Ich warf ihm einen entschuldigenden Blick zu und wollte gerade antworten, als sich hinter uns die Tür öffnete.

»Jamie?«

Das war Pierce. Hastig sammelte ich meine Sachen ein. »Ich komme!«, rief ich über die Schulter, schloss meinen Spind und winkte Chris noch einmal zu, bevor ich mich in meinen zweiten Arbeitstag stürzte.

CARTER

Ich hob den Kopf, um mir von Lydia, der Stylistin, die Krawatte richten zu lassen und las noch einmal meinen Text. Wir arbeiteten in Blöcken, was im Grunde bedeutete, dass wir innerhalb einer Woche eine Woche Serienzeit abdrehten. Innerhalb dieser Serienwoche blieben wir aber selten chronologisch. Die Szenen wurden teilweise in willkürlicher Reihenfolge abgedreht, und ich kam total durcheinander. Heute spielten wir eine große Gala in England. Ich hatte eigentlich nicht viel zu tun außer zu tanzen und meine Serien-Freundin zu ignorieren. Der Haupttext lag bei ihr, trotzdem hatte ich heute Schwierigkeiten, mir die drei Sätze zu merken, die in meinem Skript standen.

»Alle fertig?«, rief Penny, die Regisseurin, und wedelte mit dem Drehbuch. »Hat jetzt jeder seinen Tanzpartner, oder gibt es immer noch Probleme?«

Innerlich verdrehte ich die Augen, zwinkerte dem blonden Mädchen aber zu, das nervös an meiner Seite zappelte. Sie war zum ersten Mal Komparsin, weshalb ich mich fragte, warum ausgerechnet sie meine Partnerin sein sollte. Vielleicht, weil sie beinahe lächerlich hübsch war. Als hätte man ihr Gesicht aus einer Modezeitschrift ausgeschnitten. Ich hatte vergessen, wie sie hieß, ihren Blicken nach zu urteilen, war es ihr wohl auch nicht so wichtig. Ich erkannte Groupies, wenn ich sie sah. Und ich war mir relativ sicher, dass ich sie nach Drehschluss zufällig auf dem Gelände treffen würde.

»Okay, alle auf Position!«, dröhnte Pennys Stimme durch das Set. Ich nahm Blondie bei der Hand und führte sie in die Mitte der Tanzfläche, während sich die anderen Paare um uns herum positionierten. Amelia alias Grace – meine On-off-Freundin in der Serie – brachte sich ebenfalls in Stellung und ging ein wenig in die Knie, als Lydia zu ihr herüberflitzten, um eine Haarsträhne am Hinterkopf zu fixieren, die sich irgendwie befreit hatte. Im Gegensatz zu Lydia war Amelia hochgewachsen und hatte die Statur eines Supermodels. Ich war wahrlich kein Zwerg, aber mit Absätzen schaffte sie es durchaus, mit mir auf einer Höhe zu sein. Im Licht der Scheinwerfer glänzten ihre dunkelbraunen Haare mit ihrem schwarzen Kleid um die Wette. Sie war einer dieser Menschen, die alle Blicke auf sich zogen, wenn sie einen Raum betraten. Genau wie ich. Ich hatte mehr als einmal versucht, bei ihr zu landen, doch sie hatte nie auch nur das geringste Interesse gezeigt. Zu schade, meiner Meinung nach passten wir perfekt zusammen, auch wenn dieser Gedanke hinfällig war. Laut Vertrag war es mir nicht gestattet, während meiner Zeit bei CLT öffentliche Beziehungen zu haben – das würde meinem Image als Mädchenschwarm schaden. Beziehungen innerhalb des Kollegiums wurden grundsätzlich nicht gerne gesehen.

Die Kameraleute bellten Befehle zu den Beleuchtungsleuten, Penny ermahnte noch einmal alle zur Ordnung und rief dann »Action!«, woraufhin sich sämtliche Tänzer in Bewegung setzten. Auch ich legte die Arme um die Blonde, zog sie zu mir und wiegte mich im Takt der Hintergrundmusik.

Ich wusste, dass in dieser Szene das Augenmerk größtenteils bei Amelia lag, dennoch konzentrierte ich mich auf meinen Gesichtsausdruck, überprüfte immer wieder die Haltung meiner Hände, meiner Schultern und meiner Füße. Ich korrigierte Blondie, wenn sie an Haltung verlor, und zählte im Kopf die Tanzschritte mit. Mir war klar, dass ich oft arrogant wirkte, und das war ich auch. Viele Leute hatten den Eindruck, dass ich die Dinge nicht ernst nahm und alles als Gottesgeschenk an mich ansah. Doch *das* stimmte nicht. Ich hatte hart für diesen Job gearbeitet, tat es immer noch. Jeden Tag kämpfte ich mit den Vorurteilen meiner Eltern und mit meinen eigenen Selbstzweifeln. Ich liebte, was ich tat. Auch wenn ich mir mein Leben durchaus glamouröser vorstellen konnte, gab ich am Set alles. Nach jedem »Action!« lief mein Gehirn auf Hochtouren und versuchte das Beste aus jeder noch so unbedeutenden Szene herauszuholen.

»Cut!«

Ich hielt inne, genau wie Blondie, die sich erwartungsvoll zu Penny umdrehte. Die Aufregung, die sie versprühte, war beinahe körperlich spürbar. Ich konnte es nachvollziehen, dennoch ging sie mir ein wenig auf die Nerven. Ihre Hände waren verschwitzt, und sie war mir beim Tanzen mehr als einmal auf die Füße getreten. Ich wagte zu bezweifeln, dass das auf den Aufnahmen nicht zu sehen war.

Penny schien denselben Gedanken zu haben, denn sie stand von ihrem Stuhl auf und kam in unsere Richtung, während Lydia sich schon wieder um Amelias Haare kümmerte.

»Das funktioniert nicht, fürchte ich.«

Ich nickte, doch Blondie zog eine wirklich unattraktive Schnute. »Warum nicht?«

Penny deutete erst auf das Kleid, dann auf ihre Füße. »Die Pailletten reflektieren das Licht, und leider sieht man, dass du die Schritte verwechselst. Das bringt Unruhe in die Szene, tut mir leid. Außerdem hätte ich für James gerne eine kleinere Tanzpartnerin.«

»Ich kann ein wenig in die Hocke gehen.«

Mir entfuhr ein Lachen, das ich hastig als Husten tarnte, als Penny mir einen warnenden Blick zuwarf. Aber ehrlich, war das ihr Ernst?

»Das geht leider nicht«, erwiderte Penny und bewies damit wieder einmal enorme Selbstbeherrschung. Sie war verhältnismäßig jung für eine Regisseurin, nicht einmal dreißig, aber der professionellste Mensch, den ich je kennengelernt hatte. Während sich sämtliche Beteiligten ein Lachen über Blondies Vorschlag verkniffen, verzog sie keine Miene. »Geh zu Jessica, die gibt dir ein anderes Skript. Wir brauchen dich sicher für eine andere Szene, okay?«

Es war dem Mädchen deutlich anzusehen, dass der Vorschlag alles andere als okay für sie war. Doch zu meiner Erleichterung verzichtete sie auf eine Diskussion, sondern nickte lediglich und bahnte sich einen Weg durch die wartenden Tanzpaare.

»Wer soll einspringen?«, fragte einer der Assistenten und besah sich die Auswahl an Tanzpartnerinnen. »Soll ich jemanden holen?«

Penny schüttelte den Kopf und sah sich um. »Nein, das kriegen wir hin.« Sie richtete sich ein Stück auf und kniff die Augen zusammen. »Ich brauche ein Mädchen, circa eins sechzig groß, am besten blond!«

Ein paar Sekunden lang kam keine Antwort, dann räusperte sich eine männliche Stimme hinter mir.

»Jamie, du bist blond!«

Ich drehte mich um und entdeckte einen der Komparsen. Ich hatte ihn schon öfter gesehen, konnte mich jedoch nicht an seinen Namen erinnern.

»Wer ist Jamie?«, fragte Penny energisch und wandte sich in die Richtung, in die der Kerl blinzelte. »Jamie, komm mal her, bitte.«

Wieder dauerte es ein paar Sekunden bis die Praktikantin ins Licht der Scheinwerfer trat. Ihre blonden Haare waren zu einem strengen Pferdeschwanz zurückgebunden, und sie trug eine schwarze Lesebrille. In dem rosafarbenen Blazer und mit rot angelaufenem Gesicht wirkte sie nicht wie die geborene Femme fatale, die wir für diese Szene brauchten. Allerdings wusste ich, dass sie wirklich hübsch war, wenn sie den verkniffenen Ausdruck einmal ablegte.

Während sie zögernd das Set betrat, drückte sie sich ihr Klemmbrett an die Brust und warf erst dem Komparsen einen zornigen, dann Penny einen entschuldigenden Blick zu. Mich sah sie überhaupt nicht an, was mich gleichzeitig amüsierte und ärgerte.

»Entschuldigen Sie, Ms King«, sagte sie mit erstaunlich fester Stimme, die überhaupt nicht zu ihrem beinahe ängstlichen Auftreten passte, »aber ich habe mich nicht freiwillig gemeldet. Ich bin Praktikantin.«

»Von wem?«, bellte Penny und versuchte erneut in die für uns beinahe stockfinsteren Kulissen zu blicken. »Wessen Praktikantin ist sie?«

»Meine!«, rief Pierce und kam ebenfalls zu uns. Im Gegensatz zu Jamie grinste er allerdings breit. »Das ist meine, Ma'am. Aber ich wäre bereit, sie dir zu leihen, wenn du drauf bestehst.«

Wieder musste ich ein Lachen unterdrücken. Nicht unbedingt wegen Pierce' Worten, sondern eher wegen Jamies Reaktion darauf.

»Entschuldigung?«, japste sie und umfasste ihr Klemmbrett fester. Halb rechnete ich damit, dass sie ihrem Chef damit eins überziehen würde, doch offensichtlich beherrschte sie sich.

»Sehr gut«, grinste Penny und schüttelte Jamie die Hand. »Es dauert nicht lange, versprochen. Danach kannst du weiterarbeiten. Lass dir von Lydia ein Kleid geben und ein bisschen Wimperntusche, dann komm wieder her. Und bitte schnell, unser Zeitplan ist jetzt schon im Eimer.«

Man sah Jamie an, dass sie mit diesem Plan ganz und gar nicht einverstanden war, doch da hatte Lydia sich schon bei ihr untergehakt und zog sie aus der Kulisse. Jamie stolperte neben der Stylistin her und wirkte beinahe genauso verloren wie bei unserer ersten Begegnung. Na, das konnte ja lustig werden.

Es dauerte kaum zehn Minuten, in denen wir eine andere kurze Szene abdrehten, dann waren Lydia und Jamie auch schon wieder da. Jamie ging ein Stück weiter hinten, sodass ich sie im ersten Moment kaum erkennen konnte. Als sie jedoch ins Licht trat, erschrak ich beinahe. Natürlich hatte Lydia nicht einmal halb so viel Make-up anwenden können, wie sie gewohnt war, doch zu meiner Überraschung tat das der Sache keinen Abbruch. Im Gegenteil. Jamies Haut schien von Natur aus zu strahlen, ihre graublauen Augen glänzten aufgeregt und wurden von einem dichten schwarzen Wimpernkranz umrahmt. Die zarten Sommersprossen verliehen ihr eine Leichtigkeit, die Blondie vollkommen gefehlt hatte. Dazu ein enges schwarzes Kleid mit Schlitz und riesige silbergraue Ohrringe, die beinahe dieselbe Farbe wie ihre Augen hatten.

Blondie war um einiges auffälliger gewesen, doch Jamie zog eindeutig mehr bewundernde Blicke auf sich.

Pierce, der sich erneut zu uns gesellt hatte, pfiff anerkennend durch die Zähne. »Wow, wer hätte das gedacht?«

»Ja, ja«, wiegelte Penny ab, zog ihn aus der Kulisse und schob Jamie in meine Richtung, während sie einen prüfenden Blick zur Kamera warf. »Du siehst umwerfend aus, ganz toll. Du kennst ja das Skript. Tanz einfach mit James, und unterhaltet euch, wenn er dich anspricht. Worüber ist egal, es geht nur um die Lippenbewegung und darum, dass ihr flirty ausseht. Verstanden?«

»Flirty?«, wiederholte Jamie beinahe panisch und sah mich zum ersten Mal flüchtig an, ehe sie sich hastig wieder abwandte.

Penny war schon wieder auf dem Weg zu ihrem Platz, zuckte aber kurz mit den Augenbrauen und grinste. »Tu einfach so, als wäre James die witzigste, bestaussehende und höflichste Sahneschnitte auf diesem Planeten, okay? Den Rest übernimmt er, keine Sorge.«

Mir war vollkommen klar, dass Jamie sich sehr wohl Sorgen machte, doch für Einspruch war es zu spät. Licht, Ton und Kamera brachten sich in Position, während Penny uns aufforderte, unsere Plätze einzunehmen. Und anders als gerade eben mit Blondie gefiel mir mein Platz an Jamies Seite ziemlich gut. Vor allem, als sie leicht zusammenzuckte, sobald meine Hände ihre Taille berührten. Das hier war um einiges spannender als die offensichtlichen Flirtversuche ihrer Vorgängerin.

Nicht, dass Jamie mit mir geflirtet hätte. Die Blicke, die sie mir zuwarf, hätten töten können.

»Ich glaube nicht, dass Penny diesen Gesichtsausdruck gemeint hat«, murmelte ich und wartete auf das vertraute »Action!«.

Als es endlich ertönte, schien ein Ruck durch Jamie zu gehen. Ihre verkniffene Miene verwandelte sich von einer Sekunde auf die andere in ein offenes Lächeln, das wütende Funkeln in ihren Augen wurde zu etwas Neckendem, und ihr Körper wurde weicher.

»Wow«, machte ich leise, wobei ich darauf achtete, die Lippen nicht zu bewegen.

Sie antwortete nicht, sondern hob lediglich leicht die Augenbrauen. Wir sollten uns noch nicht unterhalten, und es war nur zu deutlich, dass Jamie diesen Take nicht vermasseln wollte. Wahrscheinlich wollte sie es einfach hinter sich bringen. Was nicht wirklich schmeichelhaft war, wenn ich drüber nachdachte. Wenn es nach mir ging, konnten wir ruhig eine Weile so weitermachen.

JAMIE

Carters Hände schickten kleine Stromstöße durch meinen Körper, während ich verzweifelt versuchte, mich auf die Tanzschritte zu konzentrieren. Es war ein langsamer Walzer, womit ich normalerweise keine Probleme hatte. Allerdings tanzte ich für gewöhnlich auch nicht vor Kameras, beleuchtet von gefühlt hundert Scheinwerfern, beobachtet vom ganzen Team und an der Seite eines Typen wie Carter. Ganz zu schweigen davon, dass diese Szene im Fernsehen ausgestrahlt werden würde, sollte sie nicht noch aus dem Plan gestrichen werden. Was ich ehrlich hoffte! Zwar gab ich mir wirklich Mühe, meine Sache so gut wie möglich zu machen, doch ich kam mir vor wie ein Rehkitz auf Glatteis.

Ich stolperte leicht, aber Carter hielt mich aufrecht, sodass der kleine Patzer vermutlich kaum zu erkennen gewesen war.

Erneut jagte er mir damit ein Gewitter durch die Venen. Ich war mir jedes Zentimeters Haut, mit dem ich mich an seinen Körper presste, sehr bewusst. Wie das wohl aussah? Flirty, hatte die Regisseurin gesagt, vermutlich sogar sexy. Ich wollte nicht sexy wirken, vor allem nicht in Verbindung mit Carter Dillane.

Ich versuchte einen unauffälligen Blick in die Runde zu werfen und hielt nach Chris Ausschau. Wenn ich diesen Kerl erwischte, konnte er etwas erleben. Obwohl er es nach unserer Unterhaltung in der Umkleide vermutlich nur nett gemeint hatte, war ich sauer auf ihn. Er hatte mich in diese Situation gebracht und dafür gesorgt, dass ich im Rampenlicht stand. Ich hätte jetzt gemütlich mit meinem Klemmbrett im Off sitzen können, stattdessen tanzte ich mit Carter auf einer gestellten Gala in einem gestellten Herrenhaus, um seine gestellte Freundin eifersüchtig zu machen.

Nach einer Weile richtete Carter sich kaum merklich auf – wären wir uns nicht so nah gewesen, hätte ich es vermutlich nicht einmal mitbekommen – und seine haselnussbraunen Augen fixierten mich. »Jetzt sollen wir uns unterhalten.«

Auch wenn ich gerne eine Schnute gezogen hätte, erinnerte ich mich an Pennys Worte und zwang mich zu einem derart schmachtenden Lächeln, dass ich mir selbst beinahe geglaubt hätte. Es brachte nichts, mich gegen das hier zu wehren. Ich war Praktikantin, und wenn ich eine Aufgabe zugewiesen bekam, dann erledigte ich sie, so gut ich konnte. Wenn ich mich reinhängte, bestand immerhin die Chance, dass wir schnell mit der Szene fertig waren.

»Und worüber willst du dich unterhalten?«

Eine seiner Augenbrauen wanderte in die Höhe, während er mein Gesicht musterte. Der Blick hatte etwas Intimes und hätte er nicht genauso im Drehbuch gestanden, hätte ich mir wahrscheinlich etwas darauf eingebildet. Man konnte über Carter sagen, was man wollte, schauspielern konnte er.

»Du strebst also eine Schauspielkarriere an?«, fragte er und grinste verschmitzt, als ich leise schnaubte. »Du hast Talent, ist nicht zu bestreiten.«

»Und das schließt du aus meinen beeindruckenden Tanz-künsten?«

Er legte den Kopf schief. »Die sind wirklich beeindruckend. Die meisten Mädchen in deinem Alter bekommen kaum eine saubere Schrittfolge hin.«

Jetzt war es an mir, die Brauen zu heben, dennoch behielt ich das strahlende Lächeln bei.

»Was denkst du, wie alt ich bin?«

Statt einer Antwort umfasste seine rechte Hand meine fester und seine linke wanderte von meinem oberen Rücken gefähr-lich nahe an meinen Hintern. Gerade als ich den Mund öff-nete, um zu protestieren, drückte er mich sanft nach hinten. Ich verstand, was er vorhatte und lehnte mich zurück. Wäh-rend sein Griff noch fester wurde, spürte ich seine Handflä-che durch den dünnen Stoff des Kleides auf meiner überhitz-ten Haut. Es war eine langsame Bewegung, und er ließ mich keine Sekunde aus den Augen. Sein Gesicht war gewagt nahe an meinem, und sein warmer Atem traf meine Wangen. Sein Blick wanderte erneut über meine Züge, als wollte er sie sich genau einprägen.

Mir war klar, dass das zur Szene gehörte. Und auch wenn ich wusste, dass uns schätzungsweise zwei Dutzend Menschen zusahen und wir gefilmt wurden, verblasste für einen Sekun-denbruchteil die Umgebung. Meine Lippen öffneten sich au-tomatisch, als sein Blick meinen Mund fixierte, und meine Fin-ger krallten sich in den Stoff seines Anzugs. Jep, einen Moment lang vergaß ich sogar zu atmen.

Es konnten höchstens Sekunden gewesen sein, dennoch kam es mir vor wie eine Ewigkeit, bis Carter mich wieder in eine aufrechte Position zog. Sofort prasselte die Realität auf mich ein, die Scheinwerfer blendeten mich, und die leise Hintergrundmusik vermischte sich mit den quietschenden Schritten der Tanzpaare um uns herum.

Gott, hatte ich gerade Carter Dillane angeschmachtet? Mein Gesicht glühte, und meine Handflächen wurden feucht, doch ich hielt seinem Blick stand. Jetzt nur keine Schwäche zeigen, dann würde er denken, dass ich genauso gespielt hatte wie er.

»Siebzehn.«

Er hatte leise gesprochen, beinahe schmeichelnd, und seine Augen funkelten immer noch so intensiv, dass ich mich kaum auf seine Worte konzentrieren konnte.

»Was?«, brachte ich heiser heraus. Ich räusperte mich und arrangierte erneut meine Gesichtsmuskeln zu einem hoffentlich entspannten und flirtenden Lächeln.

»Ich glaube, du bist siebzehn«, erklärte er und drehte mich langsam auf der Stelle. »Du wolltest wissen, für wie alt ich dich halte, Evans.«

In meinem Kopf drehte sich alles, trotzdem konnte ich mich vage an das Gespräch erinnern, das wir vor dieser kleinen Demonstration seiner Flirtkünste geführt hatten. »Ich bin neunzehn«, korrigierte ich. Mein strenger Ton passte so gar nicht zu meinem immer noch seligen Lächeln, doch das war mir egal. »Nicht, dass das eine Rolle spielen würde.«

Sein Lächeln wurde zu einem Grinsen. »Du bist zu jung, um offiziell Alkohol zu trinken«, schnurrte er und kam abermals näher. Am liebsten hätte ich ihn weggestoßen, doch das hätte Penny mit Sicherheit nicht gefallen. »Das ist irgendwie niedlich.«

»Nichts, worüber *du* dir Gedanken machen musst.«

»Hast du ein Lieblingskuscheltier?«

Nur mit Mühe konnte ich ein Augenverdrehen unterdrücken. »Was wird das hier, Dillane?«

Sein Gesicht war inzwischen nur noch Zentimeter von meinem entfernt, seine Lippen öffneten sich, um zu antworten, doch aus irgendeinem Grund taten meine es seinen gleich. Erwartungsvoll sah ich ihn an, während ich gleichzeitig versuchte, mein rasendes Herz zur Ordnung zu rufen. Verdammt, was war nur los mit mir? Es mochte eine Weile her sein, dass ich Sex gehabt hatte – und noch eine ganze Weile länger, dass ich *guten* Sex gehabt hatte –, aber das hier war schon armselig.

Die einzige Genugtuung lieferte mir die Tatsache, dass auch Carter nicht mehr ganz so cool wirkte wie noch vor ein paar Minuten. Ich sah seine Kiefermuskeln arbeiten, und er schluckte, als sein Blick auf meinen Mund fiel. Seine Hände umfassten meine fester, und er machte einen Schritt auf mich zu, der definitiv nicht zur Choreografie gehörte.

»Cut!«

Ich wich zurück, so schnell, als hätte Carter mir tatsächlich einen elektrischen Schlag versetzt. Ich bemerkte seine unzufriedene Miene, bevor ich mich von ihm abwandte und nach der Stimme umdrehte, die mich im letzten Moment gerettet hatte.

Penny trat ins Licht der Kulisse, blieb vor uns stehen und stemmte die Hände in die Seiten. »Im Skript steht nichts von einem Kuss zwischen James und der Tanzpartnerin. Oder habe ich mich da verguckt?«

Wie auf Kommando schoss mir das Blut ins Gesicht. Am liebsten wäre ich im Boden versunken. Klar, zwischen Carter und mir hatte es geknistert, doch das hatte einfach an der Situation, dem Kleid und dem ganzen unfreiwilligen Körperkontakt gelegen. Mir war nicht bewusst gewesen, dass es so offensichtlich gewesen war.

»Das war kein Kuss, Penny«, sagte Carter, der sich scheinbar schneller erholt hatte als ich oder dem die Situation schlicht und ergreifend nicht peinlich war. »Wenn du das für einen Kuss hältst, tut mir das ehrlich leid für dich.«

Penny verdrehte die Augen und wedelte ungeduldig mit der Hand. »Wie auch immer, ich denke, wir haben alles. Die Tänzer können gehen und sich beim Koordinator melden. Carter, du ziehst dich um, und Amelia, dich brauchen wir noch für ein paar *Close Ups*.« Sie klatschte in die Hände und wartete, dass die Leute ihren Anweisungen folgten, dann wandte sie sich an mich. »Danke dass du eingesprungen bist, Jamie. Du kannst jetzt wieder zu Pierce gehen.«

Ich nickte hastig, immer noch knallrot, und schaffte meinen Hintern schleunigst vom Set. Ich sah mich weder nach Carter noch nach diesem Chris um. Um die beiden würde ich mir später Gedanken machen.

Der Rest des Tages verging zu meiner Erleichterung ereignislos. Weder musste ich noch einmal als Komparsin einspringen, noch wurde ich von Carter, Chris oder sonst jemandem belästigt. Ich war dankbar, dass für Carter der Drehtag offensichtlich vorbei oder er zumindest woanders beschäftigt war. Denn als ich wieder in meinen gewohnten Klamotten steckte und mich an meinem Klemmbrett festhielt, war mir die Szene auf der Tanzfläche umso peinlicher. Im harten Licht der Realität wurde mir klar, wie lächerlich ich mich verhalten hatte. Und wenn ich ganz ehrlich zu mir selbst war, waren meine Flirtversuche nur zum Teil gespielt gewesen. Einen beschleunigten Herzschlag, feuchte Handflächen und dieses verheißungsvolle Prickeln auf den Lippen konnte man nicht vortäuschen – ich zumindest nicht. Blieb mir nur zu hoffen, dass Carter nichts davon bemerkt hatte oder weiter an seiner Meinung festhielt, dass ich eine hervorragende Schauspielerin war.

Pierce zog mich nur kurz mit meinem kleinen Auftritt als Verführerin auf, dann wurde er Gott sei Dank wieder professionell, und den Rest meiner Arbeitszeit verbrachten wir tatsächlich mit Arbeiten. Auch wenn ich mich natürlich im Vorfeld über die Aufgaben einer Dramaturgieassistentin informiert hatte, war ich überrascht, wie vielfältig seine Arbeit tatsächlich war.

Am Ende des Tages gab er mir einen ganzen Haufen Rechercheaufgaben mit nach Hause, worüber ich sogar froh war. Auch wenn ich in meinem Leben nicht über zu viel Freizeit klagen konnte, würde die Beschäftigung mich hoffentlich von den Gedanken ablenken, die ich mir garantiert über die Tanzszene mit Carter machen würde.

APRIL 2019

CARTER

Mein Handy dudelt den bekannten Klingelton und kündigt damit eine Nachricht von Murray an. Ich verdrehe die Augen und schiebe das Handy zur Seite. Ich habe jetzt echt keinen Bock, mich damit auseinanderzusetzen. Mir ist klar, was er will, und er kennt meine Meinung dazu. Sicher werde ich in keinem Film mitspielen, dessen Drehbuch von einer Zwölfjährigen stammt. Mag ja sein, dass das Buch Wahnsinnskritiken bekommen hat, aber darauf habe ich bei aller Liebe keine Lust.

Und ich habe es auch nicht nötig.

Erneut klingelt das Handy, dieses Mal ist es allerdings Dexters Foto, das auf dem Bildschirm auftaucht. Fluchend pausiere ich den Netflix-Film und greife nach dem Telefon, das einfach keine Ruhe geben will. Verdammte Scheiße, was muss man eigentlich tun, um den Sonntagmorgen entspannt im Bett verbringen zu dürfen?

»Was?«, belle ich ins Handy und lasse mich in die Kissen zurückfallen. Das ist mein erster freier Tag seit Wochen, den will ich nicht mit Drama verbringen. Und Nachrichten von Dexter bedeuten immer Drama.

»Alter«, meldet er sich keuchend. Im Hintergrund höre ich Schritte hallen, als würde er rennen. »Warst du heute schon auf Twitter? Du trendest auf Nummer 1!«

Ich schließe die Augen und kneife mir in den Nasenrücken. »Und?«

»Facebook? Instagram, Tumblr, Snapchat … irgendwo?«

»Dex, komm zur Sache«, fahre ich ihn an.

»Du bist auf der Titelseite, Mann«, hustet er. Im nächsten Moment hallt der Türgong durchs Loft und lässt meine Rottweilerhündin unruhig winseln. »Mach auf, ich steh vor deiner Tür.«

»Was?«, rufe ich genervt und hieve mich ächzend aus dem Bett. »Warum, was ist denn dein Problem?« Dass ich in den Trends bin, ist wirklich nichts, was einen derartigen Stress rechtfertigt. Ich bin kein Unbekannter in Chicago, und die Leute graben immer irgendwas aus, was sie über mich berichten können.

Statt einer Antwort ertönt das Freizeichen. Ich mache mir nicht die Mühe, mir eine Hose anzuziehen oder in den Spiegel zu schauen. Wenn Dexter hier einfach so auftaucht, muss er damit leben, dass ich aussehe wie frisch aus dem Bett. Wo ich jetzt immer noch sein könnte, wenn er nicht so einen Terror schieben würde.

Während ich zur Tür gehe und Turtle auf ihren Platz schicke, fängt das Handy auf dem Bett erneut zu klingeln an. Dieses Mal mein Vater – fuck, was geht denn bei denen allen?

Dexter sieht genauso durch den Wind aus, wie er sich am Telefon angehört hat, als ich die Tür öffne. Seine dunklen Haare stehen in sämtliche Himmelsrichtungen ab, und er atmet schwer, als sei er den Weg hierher gerannt.

»Okay, was gibt's?«, frage ich und reibe mir die Stirn. »Wenn es um eine Frau geht, bin ich echt angepisst. Ich wollte eigentlich …«

Dexter unterbricht mich, indem er sich an mir vorbei in die Wohnung drängt und mir sein Tablet beinahe ins Gesicht knallt. Als ich mich wütend zu ihm umdrehe, steht er mit vor der Brust verschränkten Armen da und ignoriert sogar die völlig verzückt schwänzelnde Turtle.

»Ist es wahr?«

»Ist *was* wahr, Dex?«, frage ich, inzwischen wirklich sauer.

Statt einer Antwort deutet er auf das Tablet in meiner Hand. Wegen seiner Aktion würde ich es am liebsten wegschmeißen, doch inzwischen bin ich neugierig. Also entsperre ich es und – jep – direkt erscheint eine Klatschseite mit einem großen Foto von mir. Es ist eine leicht körnige Aufnahme, eindeutig aus einem Auto geschossen. Ich habe das Handy am Ohr und gucke wirklich grimmig – wahrscheinlich habe ich gerade mit Murray telefoniert.

Doch es ist nicht *mein* Foto, das mich zischend ausatmen lässt. Denn die zweite Hälfte der Titelseite wird von einem anderen Bild eingenommen. Einen Sekundenbruchteil bin ich verwirrt, dann erkenne ich das Gesicht. Mit klopfendem Herzen lese ich die dazugehörige Überschrift.

Ich erstarre. Mir wird eiskalt, als mir die Bedeutung der Worte bewusst wird, meine Finger lösen sich wie von selbst von dem Tablet, und beinahe knallt es auf die Granitfliesen unter meinen Füßen.

Das kann nicht sein.

»Stimmt es?«, fragt Dexter noch einmal. Ich habe fast vergessen, dass er immer noch in meinem Flur steht.

»Nein«, antworte ich nach einer Weile, die ich brauche, um meine Stimme wiederzufinden. Alles in meinem Kopf dreht sich, ich habe das Gefühl, keine Luft mehr zu bekommen. »Nein, tut es nicht. Kann es nicht.«

»Hast du das Foto gesehen?«

»Natürlich habe ich das Foto gesehen!«, fahre ich ihn an und raufe mir die Haare.

»Dann lies den Artikel«, sagt Dex überraschend kalt, ohne den Blick von mir zu wenden. Er ist sauer, und so wie die Dinge für ihn aussehen müssen, kann ich das sogar verstehen. Als mein bester Freund ist er vermutlich nicht begeistert, dass ich ihm etwas Derartiges verheimliche. »Und dann denk mal scharf nach, Alter.«

Ich knurre. Dass ich ihn verstehen kann, heißt noch lange nicht, dass ich ihm diesen vorwurfsvollen Unterton unkommentiert durchgehen lasse. »Du hast doch keine Ahnung, Mann.«

»Brauch ich auch nicht«, sagt er kurz angebunden und tätschelt Turtle den Kopf, die sich mittlerweile in Rage gefiept hat. Sie ist nicht gerade der besterzogene Hund und mag es nicht besonders, wenn man sie ignoriert. »Das ist das Letzte, Carter!«

Ich lache spöttisch. »Ist das dein Ernst? Du glaubst den Scheiß?«

Sein Blick trifft meinen. »Menschen sind scheiße. Mich würde nichts mehr überraschen.« Damit dreht er sich um und verschwindet.

Wie erstarrt stehe ich im Flur und blicke auf die zufallende Wohnungstür. Ohne es anzusehen, pfeffere ich das verdammte Tablet auf die Kommode, die neben mir steht. Ich will es nicht mehr anfassen. Als wüsste mein Körper, dass er sich daran verbrennt. Vielleicht würde meine Haut unverletzt bleiben, mein Herz mit Sicherheit nicht.

Keine Ahnung, wie lange ich so dastehe. Schließlich greife ich nach meinem Handy und setze mich auf die riesige Couch. Turtle sieht mich ein wenig irritiert an, dann springt sie neben mich, rollt sich zusammen und legt den Kopf auf meinen Schoß.

Ich öffne Twitter und lese erneut die Schlagzeile, was nicht so einfach ist – meine Hände zittern so stark, dass ich kaum ein Wort entziffern kann. Das hier ist nicht möglich. Vielleicht hat das Klatschblatt sich geirrt, vielleicht lügen sie einfach. Es wäre wirklich nicht das erste Mal. Leider weiß ein kleiner Teil von mir, dass es die Wahrheit ist, zumindest Bruchstücke davon. Es ist derselbe Teil, der die Mails geschrieben hat. Derselbe Teil, der in den letzten Jahren immer wieder zum Telefon gegriffen und ihre Nummer gewählt hat.

Aber wie ist das möglich?

Ich betrachte das Foto, und mein Herz verkrampft sich, als würde eine kalte Faust es zusammenquetschen, bis ich nach Luft schnappe. Jamie hat sich verändert, sieht erwachsener aus. Ihre Haare sind dunkler und kürzer, der Schnitt ist jedoch derselbe. Ihre Augen sind auf dem wirklich miesen Foto schlecht zu erkennen, doch das Bild in meinem Kopf ist gestochen scharf. Als hätte mein Gehirn nur auf sein Stichwort gewartet, beschwört es in Windeseile sämtliche Erinnerungen an Jamie, die ich in den letzten Jahren so energisch verdrängt habe. Die Gedanken wirbeln so schnell durch meinen Kopf, dass ich mich kaum auf einen konzentrieren kann.

Was soll ich tun? Ihre Nummer hat sie längst geändert, und ich weiß, dass sie nicht mehr in ihrem alten Wohnheim wohnt.

Ein paar Sekunden lang sitze ich da und streichle gedankenverloren Turtles Kopf. Dann setze ich mich abrupt auf. Ich muss Murray anrufen. Er hat mir einiges zu erklären.

1.4

AUGUST 2015

JAMIE

»Ich brauche zwei Bier, eine Cola und einen Wodka-Lemon, bitte.«

Ich blickte auf meinen Block und überprüfte die Bestellung, bevor ich ein volles Tablett auf meine rechte Hand lud und einen Tisch im hinteren Bereich der Bar ansteuerte. Heute war Samstag, was bedeutete, dass ich meine erste Woche im Praktikum überstanden hatte. Die erste Woche, in der ich Praktikum, Arbeit und Uni unter einen Hut hatte bringen müssen. Es hatte erstaunlich gut funktioniert, wenn ich von dem verpassten Treffen mit Nell und ihren Freunden absah. Allerdings konnte ich nicht behaupten, dass mir die Ausrede, länger arbeiten zu müssen, ungelegen gekommen war.

Routiniert brachte ich die Getränke und lief dann erneut zur Bar. Heute war ein verhältnismäßig ruhiger Abend, wofür ich dankbar war. Obwohl ich die Woche gut gemeistert hatte, war sie anstrengend gewesen. Neben dem körperlichen Stress, ständig von einem Ort zum anderen zu hetzen, hatte die Sache mit Carter mich immer mehr beschäftigt. Zwar war ich um eine weitere Szene à la Ballsaal herumgekommen, doch wir waren uns absurd oft begegnet. Ich hatte beinahe das Gefühl, dass er mich stalkte. Und, nein, das bildete ich mir nicht ein, auch wenn Nell mir das vorgeworfen hatte.

Natürlich begegnete ich im Laufe des Tages sämtlichen

Schauspielern. Doch im Gegensatz zu den anderen hatte Carter es beinahe jedes Mal geschafft, mich in ein Gespräch zu verwickeln. Entweder kommentierte er mein Klemmbrett oder meine seiner Meinung nach viel zu spießigen Klamotten. Einmal hatte er sogar in der Garderobe auf mich gewartet, um sich die Ersatzklamotten in meinem Spind anzusehen. Als ich ihn darauf angesprochen hatte, hatte er mir völlig entspannt erzählt, dass ich dringend mal ein bisschen Spaß haben müsste. Und dass er mir dabei gerne behilflich sein würde.

Ich wusste, dass er nur Sprüche klopfte. Immerhin wusste ich, dass Beziehungen innerhalb des Teams nicht gern gesehen wurden und Carter laut Arbeitsvertrag keine ernsthaften Beziehungen führen durfte. Seine ständige Anwesenheit war so auffällig gewesen, dass Pierce mich zur Seite genommen und an diese Kleinigkeit erinnert hatte.

Ich schüttelte den Kopf, um die Erinnerung an dieses wirklich peinliche Gespräch zu vertreiben. In zwei Stunden hatte ich Feierabend, und dann würde mein Wochenende beginnen. Ein ganzer freier Tag, ohne Arbeit und ohne Carter. Ich würde mich einfach in meinem Wohnheimzimmer einschließen, mein Handy ausschalten und lesen. Oder Netflix suchten, eins von beidem. Auf jeden Fall würde ich keinen Gedanken an Carter Dillane verschwenden. Jep, guter Plan.

Mit einem leichten Lächeln auf dem Gesicht lud ich mir das nächste Tablett auf den Arm und drehte mich erneut zum Gastraum um, als die Türglocke läutete. Automatisch sah ich hin, um die Größe der Gruppe zu überprüfen und im Kopf durchzugehen, in welchen Bereich ich die Leute am besten setzen konnte. Doch meine Gedanken stoppten abrupt, als ich Carter entdeckte. Ich blinzelte ein paar Mal, in der Hoffnung, ich hätte ihn mir eingebildet, weil ich so viel über ihn nachdachte.

Leider nein, er war es wirklich. Zusammen mit ein paar der anderen Schauspieler wartete er im Eingangsbereich darauf, dass man sich seiner annahm.

Er hatte mich noch nicht gesehen. Das war meine Chance. Vielleicht setzten sie sich in einen anderen Bereich oder ich konnte plötzliche Migräne vortäuschen und früher Feierabend machen. Beinahe panisch sah ich mich nach meiner Kollegin Brianne um. Doch die nahm gerade die Bestellungen einer anderen Gruppe auf.

Verdammt, verdammt, verdammt. Vielleicht konnte ich auch die neue Tresenkraft bitten, kurz …

»Hey, Jamie!«

Ich zuckte zusammen und schloss einen Moment die Augen. Ich war aufgeflogen. Ohne richtig zu ihnen hinüberzusehen hob ich kurz die Hand und steuerte einen Tisch an, um meine Getränke abzuladen, bevor ich vor lauter Nervosität noch das Tablett fallen ließ. Es war nicht Carter gewesen, der mich gerufen hatte, aber jetzt hatte er mich garantiert ebenfalls bemerkt.

Innerhalb der paar Minuten, die ich brauchte, um die Getränke zu servieren, überlegte ich fieberhaft, wie ich mich verhalten sollte. Carter machte mich nervös, keine Frage, doch ich wollte mich auch nicht vor ihm ducken. Abgesehen davon wäre es irgendwie albern gewesen, die Gruppe zu ignorieren, immerhin waren wir Kollegen.

Als mein Tablett leer war, straffte ich die Schultern, nahm mir ein paar Sekunden, um mich zu sammeln, und drehte mich dann schwungvoll zu den Neuankömmlingen um, das Tablett schützend an die Brust gepresst. Ich würde Carter einfach nicht beachten. Immerhin waren genug andere Leute da, mit denen ich sprechen konnte.

»Hey«, sagte ich so locker und freundlich wie möglich, als

ich sie erreicht hatte. Ich wandte mich an Prue, ein Mädchen, mit dem ich mich die Woche über mehrfach unterhalten hatte.

Sie erwiderte mein Lächeln und deutete auf ihre Kollegen. »Wie cool, dass du hier arbeitest. Hast du Platz für fünf?«

Ich nickte und deutete über die Schulter zu einem freien Tisch. Ich glaubte Carters Blick auf mir zu spüren, doch es war durchaus möglich, dass ich mir das einbildete. Vielleicht war er gar nicht so besessen von mir wie ich von ihm. »Na klar. Setzt euch, ich nehme gleich die Bestellung auf.«

Lächelnd wartete ich darauf, dass sie sich verteilten und winkte dabei dem einen oder anderen, der mich begrüßte. Tatsächlich kannte ich alle, bis auf einen groß gewachsenen Kerl, der ein wenig mürrisch dreinblickte. Falls er ebenfalls am Set arbeitete, waren wir uns noch nicht begegnet. Während sie in die Karte sahen, ging ich betont lässig zum Tresen, an dem Brianne lehnte und mich mit hochgezogenen Augenbrauen ansah. »Kennst du die?«

Ich zuckte mit den Schultern. »Arbeitskollegen. Oder so was Ähnliches, ich mache ja nur ein Praktikum.«

Sie pfiff durch die Zähne, ohne den Blick von dem Tisch abzuwenden. »Wow. Hat man die aus 'ner Zeitschrift ausgeschnitten oder so?«

»Könnte sein«, meinte ich schmunzelnd. »Das sind Schauspieler, die müssen wohl gut aussehen.«

Ihre Augenbrauen wanderten so weit nach oben, dass sie beinahe unter ihrem knallroten Pony verschwanden. »Schauspieler? Im Ernst?«

»Kennst du *Chicago Hearts*?«

Sie nickte aufgeregt. Dann musterte sie erneut den Tisch, und ihre Miene hellte sich plötzlich auf. »Oh mein Gott, ja! Ich hab sie wegen des Lichts nicht erkannt, aber jetzt, wo du es sagst! Und da machst du ein Praktikum?«

Wieder hob ich die Schultern. Super, ein Fan. »Nur in der Dramaturgie«, erklärte ich betont sachlich. »Ich stehe also am Rand und bin intellektuell.«

»Wie cool du bist!«, rief sie und zwinkerte mir zu. »Lass dich nicht davon abhalten, mich vorzustellen, okay? Vor allem James.«

Ich musste ein gespieltes Würgen unterdrücken. War ja klar, dass sie ausgerechnet auf ihn scharf war. »Glaub mir, seine Persönlichkeit ist nicht halb so reizvoll wie sein Aussehen.«

Sie lachte leise und arrangierte ihre perfekt sitzenden Haare. »Aktuell bin ich auch nicht an seiner Persönlichkeit interessiert, Süße.«

Okay, ich hatte verstanden. »Willst du den Tisch übernehmen?«

»Wir dürfen keine Tische mehr tauschen«, erklärte sie beinahe schmollend. »Das gibt Chaos, und Chaos ist Timothys Erzfeind.«

Ich nickte nur und zog meinen Block aus der Gürteltasche. Timothy war unser Boss. Ich würde dringend mit ihm reden und ihm klarmachen müssen, dass es Situationen im Leben gab, in denen es absolut notwendig war, Tische zu tauschen. Jetzt war definitiv eine dieser Situationen.

»Also, was darf's sein?«, fragte ich, nachdem ich Brianne einen Hilfe suchenden Blick zugeworfen und schließlich aufgegeben hatte. Vor mir am Tisch saßen Prue, Amelia, Pete, der unbekannte Mürrische und Carter, dessen Blick ich immer noch mied. Prue war nett, doch mit Amelia war ich bisher nicht richtig warm geworden. »Wollt ihr nur etwas trinken oder auch Essen bestellen? Die Küche schließt nämlich in einer halben Stunde.«

»Ich wusste nicht, dass du hier arbeitest«, meinte Pete und sah sich im Lokal um. »Ich hab dich hier noch nie gesehen.«

»Ich bin montags und samstags hier«, erklärte ich und räusperte mich verlegen, als mir auffiel, wie sachlich ich klang. »Vielleicht hast du mich bislang übersehen.«

»Dich kann man doch nicht übersehen«, meinte er und zuckte mit den Augenbrauen, während er auf meine Beine deutete. Ich lächelte nachsichtig. Vielleicht hätte ich mir etwas auf diesen Kommentar eingebildet, wenn Pete nicht ziemlich offensichtlich auf Männer gestanden hätte. »Dann ist es wirklich eine Schande, dass du meine Beine nicht wiedererkannt hast.«

»Das liegt vermutlich daran, dass du dich am Set kleidest wie eine Chefsekretärin«, bemerkte er grinsend. »Im Ernst, Jamie, du solltest nur noch in Shorts rumlaufen.«

Okay, das wurde mir jetzt peinlich. Ich wandte mich demonstrativ zu Prue um, die unser Gespräch mit einem freundlichen Lächeln beobachtet hatte. Tatsächlich wirkte Prue immer freundlich, beinahe sanft. »Hast du dir was ausgesucht?«

Nachdem ich die Bestellung von vieren aufgenommen hatte, wobei der Griesgrämige insgesamt genau ein Wort zu mir gesagt hatte – Bier –, drehte ich mich schließlich zu Carter um. Ich konnte schlecht so tun, als würde ich ihn nicht bemerken. »Und du?«

Er sah mich einen langen Moment an, doch ich konnte seine Miene nicht recht deuten. Irgendwie nachdenklich musterte er mein Gesicht, er schien beinahe unzufrieden. »Hallo Evans.«

»Hallo Carter.«

»Wie geht's?«

Ich runzelte die Stirn. »Ganz hervorragend. Also, was kann ich dir bringen?«

Eine seiner Augenbrauen hob sich kaum merklich. »Willst du mich nicht fragen, wie es mir geht?«

Bevor ich etwas antworten konnte, stöhne Amelia genervt. »Mach schon, Carter, ich will was trinken!«

Er warf ihr einen kurzen Blick zu, dann deutete er auf den Fremden. »Ich nehme auch ein Bier. Und bring dir selbst ebenfalls eins mit.«

Keine Ahnung, was ich damit anfangen sollte. War es nett, dass er mich einlud? Oder war es wieder einmal unverschämt, dass er es mir quasi diktierte und mich nicht einmal fragte, ob ich wollte? Der Kerl war so verwirrend.

Ich schüttelte den Kopf und schenkte ihm ein hoffentlich nett wirkendes Lächeln. »Nein danke.«

Ein paar Sekunden lang erwiderte er meinen Blick, dann zuckte er mit den Schultern und wandte sich ab.

Das konnte ein lustiger Abend werden.

Zwei Stunden später winkte Brianne mich zu sich und sagte mir, dass ich Feierabend machen konnte. Grundsätzlich freute ich mich darüber, allerdings hatten sowohl Prue als auch Pete mich im Laufe des Abends mehr als einmal aufgefordert, mich zu ihnen zu setzen, sobald ich frei hatte. Und darauf war ich wirklich nicht scharf. Zwar war Carter für seine Verhältnisse relativ ruhig, ich befürchtete jedoch, dass sich das ändern würde, sobald ich mit ihm an einem Tisch saß.

Ehrlich gesagt hatte ich keine Ahnung, was genau mir an Carter nicht passte. Klar, er war immer noch überheblich und bildete sich eine Menge auf seine Person ein, andererseits hatte er mir eigentlich bislang nichts getan. Dennoch machte er mich nervös. Vielleicht lag es an der Tanzszene und an den Mini-Gefühlen, die in diesem Moment in mir hochgesprudelt waren. Vielleicht bedeutete er einfach eine Ablenkung, die ich mir in meinem Praktikum nicht leisten wollte. »Ich kann noch bleiben«, sagte ich mit einem raschen Blick auf meine Praktikumskollegen. Nope, sie machten nicht den Eindruck, als würden sie in den nächsten Minuten verschwinden. Und es gab keinen Hinterausgang, aus dem ich mich schleichen konnte. »Ich könnte das Trinkgeld gut brauchen.«

Brianne machte ein mitfühlendes Gesicht, und sofort bekam ich ein schlechtes Gewissen. »Sorry, Süße, aber Timothy meinte, ich soll dich um Mitternacht nach Hause schicken. Vielleicht kannst du Montag länger bleiben.«

Das wagte ich zu bezweifeln, nickte aber brav, griff nach meiner Kellnertasche und machte mich auf den Weg zum Personalraum, um meine Einnahmen zu zählen. Erneut sah ich rasch über die Schulter und stockte, als mein Blick den von Carter kreuzte. Er hatte mich den Abend über mehr oder weniger ignoriert, doch jetzt starrte er mich regelrecht an. Wie auf Kommando begann mein Herz zu rasen und einen Moment lang vergaß ich sogar zu atmen.

Das war es. Genau aus diesem Grund hielt ich mich von dem Typen fern. Mein Körper wurde einfach irrational, wenn es um Carter Dillane ging.

Als hätte er meine Gedanken gelesen, hob Carter eine Augenbraue, ohne den Blick von mir abzuwenden.

Hastig riss ich mich los, drückte mir meine Kellnertasche an die Brust und verschwand im dunklen Flur.

Während des Geldzählens wanderten meine Gedanken immer wieder zu diesen braunen Augen, sodass ich zwei Mal von vorne anfangen musste. Fluchend lehnte ich mich auf meinem Stuhl zurück und schloss die Augen, als mein Handy in meiner Hosentasche vibrierte. Das war mit Sicherheit Nell, die fragte, wann ich nach Hause kam. Wir teilten uns das Zimmer, und manchmal verhielt sie sich wie eine Mama, wenn ich mich verspätete.

Allerdings war es nicht Nells Nummer, die auf dem Display angezeigt wurde. Tatsächlich kannte ich die Nummer nicht, was so gut wie nie vorkam.

Versteckst du dich dahinten?

Stirnrunzelnd betrachtete ich die Nachricht. Brianne hätte mir nicht geschrieben, sie wäre einfach zu mir gekommen, falls sie etwas von mir gewollt hätte. Blieb also nur der unheilvolle Tisch im Gastraum.

Kurz wollte ich die Nachricht ignorieren, entschied mich dann aber um. Sollte sie von Pete oder Prue gekommen sein, wäre es unhöflich gewesen, nicht zu antworten.

Ich: *Ich arbeite. Kann ja nicht jeder faul rumsitzen und Bier trinken.*

Mit klopfendem Herzen wartete ich auf eine Antwort. Ja, ich ging davon aus, dass die Nachricht von Carter stammte, auch wenn ich keine Ahnung hatte, woher er meine Nummer hatte. Und, ja, das löste schon wieder eine Vielzahl von Gefühlen in mir aus, die ich lieber nicht definieren wollte.

Ich weiß, dass du Feierabend hast. Komm raus und sitz faul rum.

Gegen meinen Willen musste ich grinsen. Ein Teil von mir fand die Vorstellung, den Abend mit meinen neuen Kollegen zu verbringen, verlockend. Andererseits bedeutete Carter Ärger. Ich stand auf ihn, zumindest mein Körper tat es. Wenn man von seiner großspurigen Art einmal absah, war er durchaus charmant, und er sah eindeutig gut aus. Die Aufmerksamkeit, die er mir aus irgendeinem Grund schenkte, schmeichelte mir. Doch ich hatte Pierce' Warnung nicht vergessen.

Ich: *Ich muss Geld zählen.*

Energisch legte ich das Handy zur Seite und widmete mich erneut meinen Einnahmen. Falls ich noch länger brauchte, würde Brianne tatsächlich herkommen, um zu sehen, was ich trieb.

Tatsächlich folgte keine weitere Nachricht, was mich einerseits erleichterte und andererseits ein klein wenig enttäuschte. Als ich schließlich fertig war, schob ich mir mein Trinkgeld in die Hosentasche, packte die Einnahmen in einen Umschlag und legte ihn in den Safe. Kurz erwog ich, mich umzuziehen, entschied mich dann aber dagegen. Pete mochte schwul sein, sein Kommentar über meine Beine in diesen Shorts verpasste meinem Selbstbewusstsein allerdings einen kleinen Kick, den ich im Moment ganz gut gebrauchen konnte.

Während des Zählens hatte ich überlegt, was ich tun sollte und mich letztendlich für Flucht entschieden. Solange mein Körper diese eindeutig zweideutigen Gefühle für Carter hegte, war es das Vernünftigste, ihm aus dem Weg zu gehen. Ich hatte keine Lust auf Gerede am Set und schon gar nicht darauf, meine Praktikumsstelle zu verlieren, weil ich die Finger nicht von den Schauspielern lassen konnte. Das meinen Professoren zu erklären wäre mehr als peinlich gewesen.

»Ich hau ab«, zischte ich im Vorbeigehen in Briannes Richtung und winkte nur kurz, als sie fragend die Augenbrauen hob. Ich würde es ihr später erklären oder niemals.

Ich schaffte es tatsächlich durch die Bar, ohne dass mich jemand aufhielt. Vielleicht bestand ja doch die Chance, dass sie mich nicht bemerkt hatten. Am Montag würde ich einfach behaupten, Kopfschmerzen gehabt zu haben oder einen familiären Notfall oder etwas in der Art.

Als ich in die angenehm kühle Nacht hinaustrat, atmete ich einmal tief durch. Während der Arbeit bemerkte ich nie, wie schlecht die Luft und wie heftig der Geräuschpegel war. Das wurde mir immer erst klar, wenn ich wieder unter freiem Himmel stand.

»Du wolltest also einfach abhauen? Das ist echt unhöflich, Evans.«

Ich erschrak und wandte mich um. Natürlich hatte ich die Stimme erkannt, dennoch milderte das nicht die Wirkung, die Carters Anblick auf mich hatte. Vielleicht lag es daran, dass er im Halbschatten stand und dadurch irgendwie mysteriös aussah. Vielleicht auch daran, dass es das erste Mal war, dass wir uns alleine außerhalb des Sets begegneten.

»Du stalkst mich schon wieder«, bemerkte ich so lässig wie möglich. »Allmählich entwickelt sich das zur Besessenheit.«

Rote Glut glomm auf, und ich hörte sein leises Lachen. »Du bildest dir zu viel ein.«

Ich zuckte mit den Schultern. »Rauchen kann tödlich sein.«

»Genau wie Autofahren, und dennoch tun es die Leute andauernd.«

Mit mehr als einem Augenrollen würdigte ich diese absurde Erklärung nicht. Ein wenig unschlüssig wippte ich auf den Fersen und sah einmal die Straße rauf und runter. Plötzlich hatte ich es nicht mehr so eilig, heimzukommen. Die Bar – *The Mallone* – lag in einem weniger belebten Viertel Chicagos, dennoch trieben sich hier immer noch Nachtschwärmer herum, die entweder gerade auf dem Weg zu einer Veranstaltung oder bereits so voll waren, dass sie dringend nach Hause mussten.

»Also, ich mache mich dann mal auf den Weg«, sagte ich zögerlich, rührte mich aber nicht.

Ein paar Sekunden blieb es still, dann stieß Carter sich von der Wand ab und trat endlich ins Licht. Einen Moment lang konnte ich nicht anders, als ihn anzustarren. Er trug ein eng anliegendes schwarzes T-Shirt mit V-Ausschnitt und eine ebenso enge Jeans, die seinen Hintern wahrscheinlich hervorragend in Szene setzte. Es war ein schlichtes Outfit, nichts Besonderes, doch er wusste es definitiv zu verkaufen. Jemand mit einem solchen Körper konnte vermutlich so ziemlich alles tragen. Ich selbst war durchaus zufrieden mit mir, doch mit meinen naturblonden Haaren, den grauen Augen und dem A-Körbchen sah ich an seiner Seite wahrscheinlich ziemlich unscheinbar aus.

Nicht, dass ich mir mich an seiner Seite vorstellte. Natürlich nicht.

»Du wohnst im Wohnheim?«, fragte er und folgte meinem Blick. Ich nickte. »Ist das weit von hier?«

»Die Preston«, erklärte ich stirnrunzelnd, nicht wissend, worauf er hinauswollte. »In der Nähe der Magnificent Mile.«

Seine Augenbrauen zogen sich nachdenklich zusammen. »Nimmst du die U-Bahn?«

»Nein«, sagte ich langsam. Tatsächlich wäre ich gern mit der EL gefahren, doch diesen Monat hatte es nicht für das Ticket gereicht – die neuen Klamotten für das Praktikum hatten meinem Budget nicht gutgetan. Extrafahrten waren also nicht drin und bis zum Campus nur etwa zwanzig Minuten zu Fuß. Das würde ich überleben.

»Ich rufe dir ein Taxi«, sagte Carter schließlich, nachdem er mich erneut eine Weile missmutig gemustert hatte. Keine Ahnung, was mit ihm los war. Vielleicht war er ja betrunken, wobei ich davon ausgegangen war, dass er mehr vertrug als die zwei Bier, die er heute Abend bestellt hatte. »Es ist weit und spät.«

»Danke, nein«, antwortete ich entschieden. Auf keinen Fall würde ich mir von Carter Dillane ein Taxi bezahlen lassen. »Es ist nicht der erste Abend, an dem ich nach Hause laufe. Und bislang hat das immer wunderbar geklappt.«

»Das ist mir egal«, murrte er und trat einen Schritt vor, wohl um nach einem freien Taxi Ausschau zu halten.

»Ist das dein Ernst?«, fragte ich und konnte ein trockenes Lachen nicht unterdrücken. »Willst du hier wirklich den Ritter spielen? Das steht dir nicht, Carter, wirklich nicht.«

Er warf mir einen scharfen Blick zu. »Ich spiele nicht den Ritter. Aber ich will auch nicht, dass Pierce sich eine neue Assistentin suchen muss, weil du tot in der Gosse liegst.«

Seine harten Worte trafen mich ein bisschen, doch ich schob sie beiseite und legte ihm eine Hand auf den Oberarm. Das hatte eine erstaunliche Wirkung. Sein Kopf ruckte in meine Richtung, und sein Blick bohrte sich förmlich in meinen. Seine braunen Augen wirkten im schwachen Licht beinahe schwarz und der Schatten, der auf seinem Gesicht lag, wie eine Maske.

Ich erschauderte unwillkürlich.

Ein paar Sekunden lang sahen wir einander einfach nur an, während sein Atem mein Gesicht traf. Er roch nach Bier und Zigaretten, dennoch hätte ich eine Ewigkeit hier stehen und ihn ansehen können. Das inzwischen beinahe vertraute Herzrasen setzte ein, während die Luft zwischen uns zu knistern begann. Meine Hand auf der nackten Haut seines Oberarms wurde warm. In diesem Moment hätte ich eine Menge dafür gegeben, sie wandern lassen zu dürfen. Mit den Fingern über seine mit Sicherheit perfekten Bauch- und Brustmuskeln zu streichen, ihm durch die Haare zu fahren, über seine Lippen …

Ich riss mich aus meinen Gedanken, die in die nicht jugendfreie Richtung drifteten. Mein Gott, ich musste mich unter Kontrolle bekommen.

»Du bist ein sonderbarer Mensch, Jamie Evans«, sagte Carter so leise, dass ich es beinahe nicht verstehen konnte.

Ich hob die Augenbrauen, nicht sicher, was ich mit dieser Aussage anfangen sollte, und nahm endlich die Hand von seinem Oberarm. »Danke für das Angebot, Dillane, aber ich laufe lieber. Und du solltest wieder reingehen. Wir sehen uns Montag am Set.«

Damit drehte ich mich um und ging. Innerlich klopfte ich mir selbst auf die Schulter, während ich Carter hinter mir leise fluchen hörte. Eins zu null für mich.

1.5

CARTER

Ich betrat die Bar, auch wenn alles in mir mich in die andere Richtung zog. Verdammte Scheiße, ich hatte keine Ahnung, was diese Jamie mit mir anstellte. Ihr ein Taxi bezahlen zu wollen – wie bescheuert war ich eigentlich? Ich umwarb keine Frauen, aus Prinzip nicht. Ernsthafte Beziehungen durfte ich laut Vertrag nicht haben, zumindest keine öffentlichen, und für einen One-Night-Stand bedeutete Jamie eindeutig zu viel Arbeit. Falls ich auf eine schnelle Nummer aus war, ließ ich die Frauen zu mir kommen. Nicht, dass ich sie ausnutzte. Wenn ich eine von ihnen mit in mein Bett nahm, dann wusste sie sehr genau, worauf sie sich einließ und was sie zu erwarten hatte. Und für sie war es okay, doch ich bezweifelte, dass so was für Jamie okay gewesen wäre.

Irgendetwas hatte dieses Mädchen an sich, was mich reizte. Vielleicht war es genau die Tatsache, dass sie sich nicht von mir einwickeln ließ. Dass sie mir nicht hinterherrannte und darauf wartete, dass ich ihr Aufmerksamkeit schenkte.

Würde war etwas unheimlich Attraktives.

Meine Freunde saßen immer noch am Tisch, unterhielten sich und waren auf dem besten Wege betrunken zu werden. Genau das war eigentlich auch mein Plan gewesen, aber dann war Jamie aufgetaucht und hatte meine Gedanken dermaßen beschäftigt, dass ich mich überhaupt nicht mehr aufs Trinken konzentrieren konnte. Dass sie hier arbeitete, hatte mich genauso überrascht wie Pete. Immerhin war ich nicht das erste

Mal in dieser Bar – wie hatte sie mir bislang nicht auffallen können?

Mein Blick fiel auf Dexter, der sich inzwischen an sein fünftes Bier klammerte, aber nach wie vor auf die Tischplatte starrte. Ich hatte gehofft, dass ein wenig Abwechslung und neue Leute ihn aufmuntern würden, doch das war vermutlich dämlich gewesen. Mein bester Kumpel aus Kindertagen hatte vor einem halben Jahr Eltern und Bruder bei einem Autounfall verloren, und seitdem konnte man quasi dabei zusehen, wie er abstürzte. Ständig besoffen oder einfach nur scheiße drauf. Obwohl ich es verstehen konnte, war es verdammt schwer mit anzusehen. Zumal mein Dad ihm das Leben nicht gerade leichter machte, seit wir ihn bei uns aufgenommen hatten – er redete Dexter genauso ins Gewissen, wie ich es tat, nur fehlte meinem Vater das notwendige Einfühlungsvermögen.

Dexter sah auf, als wären meine Gedanken zu ihm hinüber geschwappt. Er erhob sich und kam ohne ein Wort zu den anderen zu mir herüber.

»Ich haue ab, Mann«, sagte er. Ich wunderte mich, wie klar seine Stimme klang. Durchaus möglich, dass fünf große Bier bei seinem aktuellen Pensum gar keine Wirkung mehr zeigten. »Ich habe lange genug durchgehalten, dass du deiner Mom erzählen kannst, ich wäre unter Leuten gewesen.«

Auch Mom machte sich Sorgen um ihn, doch ich war mir ziemlich sicher, dass Dexter es momentan nicht ertragen konnte, bemuttert zu werden.

Ich dachte nicht einmal drüber nach, Dexter aufzuhalten oder ihm ins Gewissen zu reden. Hätte ich meine Familie verloren – und im Gegensatz zu mir hatte Dexter ein gutes Verhältnis zu ihnen gehabt –, hätte ich auch keinen Bock auf Small Talk gehabt. Und er hatte recht; immerhin war er ein wenig unter Leuten gewesen.

»Sollen wir zusammen fahren?«, bot ich an. Ich war absolut bereit zu verschwinden. Solange ich mir vorstellte, dass Jamie allein durch halb Chicago spazierte, konnte ich ohnehin nicht still sitzen.

Dexter schüttelte energisch den Kopf. »Ich will noch weiter. Lass gut sein, okay?«

Ich wollte es nicht gut sein lassen. Doch die vergangenen Monate, in denen Dexter bei uns im Haus gewohnt hatte, hatten mir gezeigt, dass man ihn in dieser Stimmung am besten in Ruhe ließ. Selbst wenn ich ihn nach Hause geschleift hätte, hätte er sich wieder rausgeschlichen.

Kurz klopfte ich ihm auf die Schulter, dann trat ich einen Schritt zurück. »Pass auf dich auf, Mann.«

»Immer.«

Damit war er verschwunden. Ich sah ihm hinterher, dann stand ich wieder unschlüssig in der Bar herum. Erneut warf ich einen Blick zu dem Tisch, an dem jetzt zwei Stühle leer waren. Prue schaute mich fragend an, aber ich winkte nur ab. Ich hatte keinen Bock, mich wieder hinzusetzen. Wieder wanderten meine Gedanken zu Jamie. Ja, ich hatte Interesse an ihr, doch es gab genug andere Gründe, warum sie um diese Uhrzeit nicht alleine durch die Weltgeschichte laufen sollte. Völlig egal, was wir für Spielchen miteinander spielten – wir waren so etwas Ähnliches wie Freunde, oder? Und Freunde kümmerten sich umeinander.

Erneut sah ich zum Tisch hinüber. Was wäre ich für ein Mensch gewesen, wenn ich mich einfach wieder zu ihnen gesetzt hätte?

Ich zögerte noch ein paar Sekunden, dann drehte ich mich fluchend um und folgte Dexter hinaus auf die Straße.

»Hey!«, rief ich ihm hinterher, als ich seine dunkle Gestalt ein paar Meter entfernt entdeckte.

Zu meiner Überraschung blieb er sofort stehen und wandte sich in meine Richtung. Doch sein Gesichtsausdruck war alles andere als begeistert. »Was willst du?«

»Ich suche die Kellnerin, sie kann noch nicht weit sein. Hast du Bock mitzukommen?« Keine Ahnung, was ich hier tat. Warum ich Jamie hinterherrannte und warum zur Hölle ich auch noch Dexter bat, mich zu begleiten.

Dessen Gesicht wurde, wenn überhaupt möglich, noch grimmiger. »Ich brauche keinen Babysitter, Carter. Da musst du dir was anderes einfallen lassen.«

»Scheiße, Mann, sei doch nicht so misstrauisch«, fuhr ich ihn an, sobald ich zu ihm aufgeschlossen hatte. Rasch sah ich mich um und war mir relativ sicher, dass das die Richtung sein musste, in die Jamie unterwegs war. »Sie ist alleine los und muss bis zur Preston. Ich dachte einfach, du hast sowieso nichts Besseres zu tun.«

Er brummte, begann aber tatsächlich neben mir herzutraben. »Was willst du von der Kleinen?«

»Nichts«, antwortete ich brüsk. »Sie ist 'ne Kollegin, und echte Gentlemen lassen Kolleginnen nicht nachts alleine nach Hause laufen.«

»Und seit wann bist du ein echter Gentleman?«, schnaubte er.

»Schnauze.«

»Nein, im Ernst! Soweit ich sehen konnte, ist die Kellnerin nichts Besonderes, und ich habe seit der Highschool nicht erlebt, dass du 'nem Mädel hinterherrennst.« Er sah mich demonstrativ an. »Im wahrsten Sinne des Wortes.«

War Jamie nichts Besonderes? Ich versuchte mich daran zu erinnern, was ich bei unserer ersten Begegnung über sie gedacht hatte. Als sie gegen mich gerannt war und ich sie für einen Fan gehalten hatte. Vielleicht hatte Dexter recht, ich hatte mir zunächst wenig Gedanken über sie gemacht. Nach der Ansage, die sie mir gemacht hatte, hatte sich das allerdings geändert. Und spätestens nach dieser Tanzszene war ich interessiert gewesen. Diese »Stille Wasser sind tief«-Nummer machte mich neugierig.

»Sie ist eben nett«, sagte ich, auch wenn ich selbst merkte, wie lahm das klang. »Und ich hatte keinen Bock mehr in der Bar rumzusitzen. Das hier ist besser als nach Hause zu gehen.«

Dexter schnaufte. »Da hast du recht.«

Ein paar Minuten liefen wir schweigend nebeneinanderher, während ich nach Jamies blonden Locken Ausschau hielt. »Du müsstest meinen Eltern einfach 'ne Chance geben. Mom versucht wirklich …«

Er unterbrach mich mit einer abrupten Handbewegung. »Deine Mom versucht meine zu ersetzen, und es tut mir leid, Alter, aber das ist verdammt noch mal nicht ihre Aufgabe. Ich bin kein Kind mehr, und ich hatte eine Mom. Die ist tot. Das war's, ich brauche keine neue.«

Ich mochte meine Probleme mit meiner Mutter haben, trotzdem hatte ich das Gefühl, sie verteidigen zu müssen. »Sie meint es nur gut. Sie hat keine Ahnung, was sie machen soll.«

»Nichts«, knurrte Dexter. »Ihr sollt einfach nichts machen.«

Ich knurrte wütend, beließ es aber dabei. Ich verstand meinen besten Kumpel, ich versuchte seine Situation nachzuvollziehen, doch es machte mich wahnsinnig, dass er sich nicht von mir helfen ließ.

Wieder verfielen wir in Schweigen, bis wir um eine Ecke bogen und ich Jamie entdeckte. Sie stand in einem Hauseingang und hämmerte wütend auf ihr Handy ein.

»Komm schon, du Mistding!«, knurrte sie, ließ dann von ihrem Telefon ab, schloss die Augen und legte den Kopf in den Nacken.

Ich hielt Dexter am Arm zurück und deutete mit dem Kinn auf Jamie, die uns noch nicht entdeckt hatte. Ich nahm mir einen Moment, um sie zu mustern. Nein, man konnte sie ganz ehrlich nicht als ›nichts Besonderes‹ bezeichnen. Ihre Gesichtszüge waren weich und irgendwie von Natur aus freundlich, und auch wenn man es im schwachen Licht nicht erkennen konnte, wusste ich, dass ihre Haut auch ohne tonnenweise Make-up glatt und ebenmäßig war. Manchmal funkelten ihre Augen, vor allem wenn sie wütend war oder sich herausgefordert fühlte.

Sie war wirklich schön. Auf eine unaufdringliche Weise zwar, dennoch musste es einem auffallen, wenn man länger mit ihr zu tun hatte.

Neben mir schnaubte Dexter und boxte mir gegen den Oberarm. »Sollen wir hier im Dunkeln rumstehen und sie anstarren? Sorry, Mann, aber da bin ich raus.«

Ich verdrehte die Augen und räusperte mich, woraufhin Jamie zusammenzuckte und aufsah. Im ersten Moment schien sie etwas aus der Fassung, dann verfinsterten sich ihre Züge, und sie stöhnte entnervt auf. »Wirklich, Carter? Das wird allmählich lächerlich.«

Ich grinste. Nicht unbedingt die Dankbarkeit, die man von einer holden Maid in Not erwartet hätte, doch ihre Kratzbürstigkeit amüsierte mich. »Wir sind rein zufällig hier, Evans.« Das war gelogen. »Wieder einmal bildest du dir zu viel ein.« Wieder gelogen – im Moment stalkte ich sie tatsächlich.

»Was willst du?«, fragte sie unbeirrt, schob ihr Handy zurück in die Hosentasche und warf einen raschen Blick auf Dexter. »Ihr«, verbesserte sie stirnrunzelnd.

Dexter an meiner Seite schnaubte, als hätte er auf diese einfache Frage viel zu sagen, hielt aber Gott sei Dank die Klappe.

»Wir sind auf dem Weg nach Hause«, informierte ich sie, wofür ich erneut einen missbilligenden Laut aus Dexters Richtung erntete. Unser Zuhause lag nicht annähernd in dieser Gegend. »Ich kann nichts dafür, dass du in zwielichtigen Hauseingängen rumstehst und mit deinem Handy sprichst.«

Trotz der schwachen Beleuchtung bemerkte ich die leichte Röte, die ihre Wangen überzog. »Wie auch immer«, sagte sie schließlich und drückte sich ihre Handtasche an die Brust. Eine Geste, die mir schon öfter bei ihr aufgefallen war. Als bräuchte sie ständig etwas, was sie vor der Außenwelt abschirmte. »Ihr könnt heimgehen, alles gut.«

Das kaufte ich ihr nicht ab. Da war diese kleine Sorgenfalte auf ihrer Stirn, die nichts damit zu tun hatte, dass sie wütend auf mich war. »Wir bringen dich nach Hause«, sagte ich fest. Vorhin hatte ich es ihr lediglich angeboten, jetzt teilte ich es ihr mit. »Wirklich, Jamie, es wäre lächerlich, wenn wir hintereinander herlaufen würden.«

Sie hob eine Augenbraue. »Und ihr lauft ganz zufällig an der Preston entlang.«

Ich grinste. »Lustiger Zufall, nicht wahr?«

»Und so unwahrscheinlich.«

»Das wirst du uns wohl einfach glauben müssen.«

Wieder ein Schnauben von Dexter, doch ich ignorierte ihn.

Jamie nicht. Sie wandte sich bewusst an ihn und durchbohrte ihn quasi mit ihren Blicken. »Du musst ihn nicht decken, wirklich nicht. Er wird es dir verzeihen, wenn du die Wahrheit sagst.«

Zu meiner enormen Überraschung huschte ein winziges Lächeln über Dexters Gesicht. Er zwinkerte Jamie zu, dann drehte er sich zu mir und klopfte mir auf die Schulter. »Du hast sie gefunden, ich haue jetzt ab. Viel Spaß noch.«

Damit verschwand er. Ich versuchte gar nicht erst, ihn aufzuhalten, es hätte ohnehin keinen Sinn gehabt. Stattdessen sah ich wieder Jamie an, die den Kopf schüttelte.

»Du hast mich also doch gesucht«, sagte sie in vorwurfsvollem Ton und hob die Augenbrauen. »Im Ernst, Carter, was willst du von mir?«

Eine ganze Menge. Doch das auszusprechen hätte Jamie vermutlich nur abgeschreckt. Also zuckte ich mit den Schultern und vergrub die Hände in den Hosentaschen. »Ich finde es nicht gut, dich nachts alleine zu lassen. Ich hatte Zeit und habe nichts dagegen, ein paar Schritte zu laufen. Wo ist also das Problem?«

Sie blinzelte ein paar Mal, als wäre sie überrascht von der Antwort. »Ich bin schon oft alleine gelaufen.«

»Da wusste ich aber nichts davon«, präzisierte ich und deutete mit der Schulter in die Richtung, in die sie unterwegs war. »Komm schon, es wird kalt.«

Einen Moment lang stand sie einfach da und sah mich an, dann gab sie auf. »Das ist seltsam, weißt du?«, murmelte sie, während sie an meiner Seite ging, sorgsam darauf bedacht, genügend Sicherheitsabstand zwischen uns zu wahren.

»Weißt du, *was* seltsam ist?«

»Hm?«

Ich sah sie stirnrunzelnd an. »Dass es dich so aus der Bahn wirft, dass jemand dich nach Hause begleiten will. Ist das noch nie vorgekommen?«

»Klar«, druckste sie und presste erneut die Handtasche gegen die Brust. »Aber ich komme gut alleine zurecht.«

»Das sagtest du bereits.«

»Weil es stimmt. Ich mag es nicht, wenn so getan wird, als bräuchte jedes Mädchen einen starken Kerl, der die Dinge für sie regelt. Das ist unnötig.«

Ich kickte eine leere Dose zur Seite, die im Weg lag. »Du

siehst das zu eng. Das hier ist ein Freundschaftsdienst, mehr nicht. Und wenn du nicht willst, dass ich auf dich aufpasse, dann tu einfach so, als wäre ich zu deiner Unterhaltung hier.«

»Zu meiner Unterhaltung?«, wiederholte sie skeptisch.

Ich zuckte mit den Schultern. »Zu zweit laufen ist lustiger als alleine.«

Sie antwortete nicht darauf, doch immerhin protestierte sie auch nicht. Ein paar Blocks gingen wir schweigend, dann vibrierte das Handy in ihrer Tasche. Hektisch zog sie es heraus und presste es sich ans Ohr, während sie sich ein wenig von mir wegdrehte.

Ich sah neugierig zu ihr.

»Entschuldige!«, meldete sie sich in einem beinahe flehenden Ton. »Ich konnte dich nicht anrufen.«

Ein paar Sekunden lang lauschte sie, doch ihr Gesichtsausdruck wirkte nicht gerade glücklich. Zumindest der Teil, den ich von ihrem Gesicht erkennen konnte.

»Nein, diesen Monat ging es nicht«, murmelte sie. Sie wurde immer leiser, also beugte ich mich näher zu ihr. Dass das unhöflich war, war mir relativ egal. Sollte es einen Freund geben, vor dem sie sich erklären musste, wollte ich unbedingt davon wissen. »Ist doch jetzt egal, einen Monat ohne Handy überlebe ich schon. Nicht wichtig, ich bin auf dem Weg nach Hause … Ja, ja und ja … keine Sorge, ich bin nicht allein … alles klar, bis gleich.«

Sie legte auf und verstaute ihr Handy, bevor sie sich vorsichtig nach mir umsah.

Ich wich hastig zurück. »Alles gut?«

Jamie wandte den Blick ab. »Meine Mitbewohnerin«, erklärte sie zu meiner Erleichterung. Wobei … dass sie gerade nicht mit ihrem Freund telefoniert hatte, bedeutete ja noch lange nicht, dass sie keinen hatte. »Sie wollte wissen, wann ich nach Hause komme. Sie macht sich gerne Sorgen.«

Jetzt, da der Freund aktuell vom Tisch war, fiel mir ein anderes Detail aus den Gesprächsfetzen auf, die ich mitbekommen hatte. »Was ist mit deinem Handy?«

Sie zuckte beinahe zusammen und wedelte mit der Hand, als wollte sie eine lästige Fliege verscheuchen. »Nichts.«

»Klar«, bohrte ich nach. »Du meintest, du könntest nicht mehr telefonieren.«

Erst dachte ich, sie würde tatsächlich nicht antworten, dann seufzte sie. »Das ist mir peinlich.«

»Du hast dabei zugesehen, wie ich Sexszenen drehe«, erinnerte ich sie grinsend. »Vor mir sollte dir gar nichts peinlich sein.«

Sie lachte tatsächlich, wurde dann aber schnell wieder ernst. »Ich musste diesen Monat einiges für das Praktikum kaufen«, erklärte sie zögernd. »Da konnte ich die Rechnung nicht bezahlen, okay? Keine große Sache, kein Drama. Nur peinlich.«

Ich wusste nicht genau, was ich dazu sagen sollte. Geldsorgen waren nichts, was ich nachvollziehen konnte. Meine Eltern waren beide Ärzte. Seit ich denken konnte, hatte ich alles bekommen, was ich mir wünschte. Natürlich hätte ich das ein oder andere Spielzeug liebend gern gegen Liebe und Zuneigung eingetauscht, doch darum ging es im Moment nicht. Dinge wie ein funktionierendes Handy waren für mich immer selbstverständlich gewesen. Und waren es heute noch – ehrlich gesagt hatte ich keine Ahnung, wer jeden Monat meine Handyrechnung beglich. Ich war es jedenfalls nicht.

»Oh«, machte ich schließlich.

Wieder lachte sie, dieses Mal um einiges angespannter. »Oh?«

Hastig schüttelte ich den Kopf. »Nein, sorry, so war das nicht gemeint. Ich hatte nur mit was deutlich Schlimmerem gerechnet.« Gott sei Dank konnte ich lügen, ohne rot zu werden. Ich war eben ein guter Schauspieler. »Gehst du deswegen zu Fuß?«

»Genug Gerede über meine Finanzen«, sagte sie bestimmt, doch da war wieder diese kleine Falte auf ihrer Stirn.

»Soll ich dir Geld leihen oder so?«

Sie blieb abrupt stehen und drehte sich zu mir um, während ich ebenfalls anhielt. Verdammt, sie war so klein. »Ich weiß, dass du gerade wirklich versuchst, nett zu sein, Carter. Und das ist irgendwie niedlich, aber lass es, in Ordnung? Ich will nicht zickig klingen, ich mag es einfach nicht, wenn jemand so tut, als müsste er sich um mich kümmern. Ich komme sehr gut allein zurecht und, nein, ich möchte mir kein Geld von dir leihen. In Ordnung?«

Ich nickte widerstrebend. Als Jamie dieses Mal losmarschierte, waren ihre Schritte deutlich energischer und irgendwie wütender als zuvor. Vielleicht hatte ich ihren Stolz verletzt, auch wenn das wirklich nicht meine Absicht gewesen war. Es wäre absolut kein Problem für mich gewesen, ihr Geld zu leihen. Trotzdem konnte ich verstehen, dass sie ablehnte. Dafür respektierte ich sie.

»Ich bin nicht niedlich«, brach ich schließlich das Schweigen zwischen uns.

Sie grinste. »Nein, bist du nicht. Aber heute Abend gibst du dir Mühe.«

»Warum investierst du so viel Zeit und Aufwand in ein unbezahltes Praktikum, wenn du Geld verdienen könntest?«, fragte ich ehrlich neugierig und hoffte, dass ich ihr damit nicht schon wieder auf den Schlips trat.

Sie schwieg einen Moment, dann legte sie den Kopf schief und musterte mich abschätzend. »Brennst du für das, was du tust?«, fragte sie, ohne mich aus den Augen zu lassen. »Die Schauspielerei, meine ich?«

Das war eine seltsam persönliche Frage, doch ich nickte sofort. »Ja. Ich kann mir nichts anderes vorstellen.«

»Weil du den Applaus magst«, riet sie schmunzelnd.

»Beim Fernsehen gibt es kein Publikum«, erinnerte ich sie.

»Du weißt, was ich meine.«

Ich zwinkerte ihr zu und hob ein wenig ratlos die Schultern. »Nein, das ist es nicht. Ich meine, klar, die Aufmerksamkeit ist ein netter Nebeneffekt, und ich kann es auch kaum erwarten, endlich das Geld von links nach rechts zu schaufeln. Aber wenn ich vor der Kamera stehe, dann denke ich daran nicht. Ich liebe ganz einfach das Schauspielern. Das, was es bedeutet.«

»Und?«, fragte sie vorsichtig. »Was bedeutet es?«

»Ein paar Stunden am Tag jemand anderes zu sein.«

Ich hatte leise gesprochen, fast als hoffte ich, dass sie mich dann nicht verstehen könnte. Ich hatte keine Ahnung, warum ich das gesagt hatte. Denn dieses Geständnis implizierte, dass ich mit mir selbst nicht zufrieden war. Das stimmte zwar, doch eigentlich band ich es anderen Leuten nicht auf die Nase.

Jamie schien zu bemerken, dass ich das Thema nicht weiter vertiefen wollte. Sie drückte sich die Handtasche an die Brust und seufzte leise.

»Ich will unbedingt ans Theater«, meinte sie mit einem kleinen Lächeln. »Leider nehmen die nicht jeden, und ich brauche dringend Praxiserfahrung. Das Praktikum mag unbezahlt sein, aber es zahlt sich sicher später aus.«

»Versteh mich nicht falsch«, begann ich und erntete dafür prompt einen genervten Blick, »aber was reizt dich so an Dramaturgie? Das ist schnarchlangweilig.«

»Für dich vielleicht«, sagte sie schulterzuckend. »Mir macht es Spaß.«

»Und das Kellnern mitten in der Nacht?«, frage ich stirnrunzelnd. »Macht dir das auch Spaß?«

»Was willst du damit sagen?«

Ich hob die Hände, doch sie blickte mich so argwöhnisch an, dass ich beinahe ein paar Schritte auf Abstand gegangen wäre. »Ich meine nur, dass Dramaturgen meines Wissens auch in Festanstellungen kein Vermögen verdienen. Und du scheinst nicht gerade in Geld zu schwimmen. Hast du dich mal gefragt, ob der ganze Aufstand die Sache wert ist?«

Sie blieb so plötzlich stehen, dass ich einen Schritt an ihr vorbeilief und mich umdrehen musste, um sie ansehen zu können.

»Es mag ja sein, dass Geld für dich eine dermaßen große Rolle spielt, dass du dein ganzes Leben danach ausrichtest. Für mich gibt es jedoch Wichtigeres als das, weißt du?«

»Du kennst mich nicht«, erinnerte ich sie brüsk. »Woher willst du wissen, wie ich bin?«

Darüber dachte sie eine Weile nach, so lange, dass ich mich schon fragte, ob ich sie wieder irgendwie gekränkt hatte. Dieses Mädchen war kompliziert. »Mag sein, dass ich zu schnell über dich geurteilt habe«, meinte sie leise. »Aber du trägst ein ganz bestimmtes Bild an die Leute heran, und ich bin mir sicher, dass du sehr gut weißt, wie du auf andere wirkst.«

Da hatte sie recht. »Und?«

Sie zuckte mit den Schultern. »Warum machst du das? Warum möchtest du als Arschloch rüberkommen?«

Ich seufzte leise. »Das hier ist eine dreiste und selbstsüchtige Welt, Evans. Dreiste und selbstsüchtige Menschen haben in ihr Erfolg. Und ich will Erfolg haben.«

»Wow, wie tiefgründig«, schnaubte sie. »Ich glaube, das ist das Traurigste, was ich jemals gehört habe.«

Schmunzelnd schob ich die Hände in die Hosentaschen. »Das bedeutet nicht, dass es nicht wahr ist.«

»Woher kommt das?«, fragte sie.

»Was meinst du?«

»Du bist ja wohl kaum als Kind, eines Morgens aufgestanden, und hast dir gedacht: ›Wenn ich in dieser Welt Erfolg haben will, muss ich selbstsüchtig und dreist sein – also auf geht's!‹«

Ich lachte bei ihrem gespielt kindlichen Ton. »Genauso ist es gewesen, glaub mir!«

»Strenge Eltern?«, riet sie. Sie hatte keine Ahnung, wie richtig sie damit lag. Und ich würde sie nicht darüber aufklären, nicht heute Abend. »Ein übereifriger Lehrer oder Agent oder …«

»Und bei dir?«, unterbrach ich sie. »Was hast du dir gedacht, als du als Kind eines Morgens aufgewacht bist? Was ist dein Motto für deine großartige Zukunft?«

Sie grinste. »Es ist nicht unbedingt ein Motto. Aber ich habe einen Plan, ja.«

»Das dachte ich mir.«

»Daran ist nichts verkehrt«, murrte sie stirnrunzelnd. »Ich wüsste nicht, in welche Richtung ich steuern sollte, wenn ich das Ziel nicht kennen würde.«

»Und was ist das Ziel?«

Sie zögerte, gab sich dann aber einen Ruck. »Ich möchte etwas hinterlassen, weißt du? Ich möchte an großen Produktionen mitarbeiten, vielleicht neue Klassiker erschaffen. Ich weiß, das klingt dämlich, aber immerhin war Shakespeare zu seiner Zeit auch modern. In ein paar Jahrzehnten oder Jahrhunderten wird man auf uns zurückblicken und große Namen aus der Kunst aufzählen. Es wäre irgendwie cool, wenn ich daran beteiligt wäre.«

Wow, das war ein ziemlich klar definierter Plan für jemanden, der noch nicht mal volljährig war. »Du willst also ein großer Name in der Theaterbranche werden? Und arbeitest bei einer Soap?«

Gegen meinen Willen hatte sich ein spöttischer Unterton in meine Stimme geschlichen, den Jamie natürlich witterte wie ein abgerichteter Hund. Sofort verschwand das leicht selige Glitzern aus ihren Augen, und ihr Blick wurde wieder kalt und abweisend, wie ich es gewohnt war.

»Ich will kein großer Name werden, ich will nur an deren Produktionen beteiligt sein«, sagte sie brüsk, beinahe empört. Als wäre es völlig abwegig, dass sie selbst Erfolg hatte und nicht nur am Erfolg anderer mitarbeitete. »Und nein, eine Soap war nicht meine erste Wahl. Aber wenn man in diese Branche will, darf man nicht wählerisch sein.«

Sie klang so beleidigt, dass ich innerlich den Kopf einzog. Dennoch hakte ich nach. »Also, das ist deine Vorstellung von einem guten Leben? Arbeiten, damit man sich an jemand anderen erinnert?«

Schnaubend trat sie nach einem Kiesel vor ihren Füßen, verfehlte ihn aber. »Du bist da anders, was? Dein Leben wäre umsonst gewesen, wenn man sich nicht an deinen Namen erinnern könnte.«

»Ja«, sagte ich, ohne zu zögern. »Warum denn auch nicht?«

»Weil es nicht um dich oder mich geht«, versuchte sie zu erklären, wobei sie hörbar ungeduldiger wurde. »Es sollte um ein Miteinander gehen. Das ist das Problem an dieser Welt – dass alle immer nur an sich selbst denken.«

Unwillkürlich musste ich lachen. »Oh, eine Weltverbesserin also.«

Sie fuhr herum und stemmte die Hände in die Seiten, so schnell, dass ich fast zurückgewichen wäre. »Ja, vielleicht«, schrie sie mir beinahe entgegen. »Allemal besser als ein Egoist, der nicht weiter schaut als über seinen eigenen Tellerrand.«

»Hey, mal ganz …«

»Du bist so ein Idiot«, unterbrach sie mich und verdrehte die Augen. »Und, nein, ich urteile nicht vorschnell. Den Rest schaffe ich allein, Carter. Gute Nacht!«

Bevor ich auch nur den Mund öffnen konnte, war sie herumgewirbelt und davongestapft. Und dieses Mal würde ich ihr nicht folgen.

1.6

JAMIE

Mir ging das Geld aus, und dabei war heute erst der Zehnte. Ich musste mir etwas überlegen, wenn ich den restlichen Monat nicht von Wasser und Brot leben und zum Set laufen wollte. Was sich in der kommenden Woche schwierig gestalten würde, da ich mit einer Menge Überstunden rechnete. Am Freitag wurde eine wichtige Jubiläumsfolge ausgestrahlt, und das ganze Team war in heller Aufregung.

Ich war nach Muskegon, Michigan gefahren, um den Sonntag mit meiner Familie zu verbringen. Mein Vater lebte noch in meinem Elternhaus in meiner Heimatstadt – für gewöhnlich waren mir die drei Stunden Fahrt zu weit für einen Tag, doch Dad hatte mir erzählt, dass es ihm nicht gut ging. Der Todestag meiner Mom näherte sich, und in dieser Zeit kam er nicht besonders zurecht. Also hatte ich Kit, meinen großen Bruder, eingepackt, und wir waren in seinem Auto nach Hause gefahren, was jedes Mal ein bisschen wie eine Zeitreise war. Ich hatte das Gefühl, dass die Straße, in der das verwitterte kleine Haus meines Vaters stand, sich in den letzten Jahren kaum verändert hatte. Das Schlagloch in der Kurve gab es bereits, seit ich denken konnte, und ich war mir ziemlich sicher, dass die Einwohner es inzwischen lieb gewonnen hatten.

Als ich aus dem Auto stieg, nahm ich mir einen Moment, legte den Kopf in den Nacken und betrachtete das Haus. Im Gegensatz zur verspiegelten Skyline von Chicago waren die meisten Gebäude hier aus Backstein oder besaßen schlichte

Putzfassaden. Mein Elternhaus wies hier und da ein paar Risse auf, um die Kit sich im Sommer dringend würde kümmern müssen. Auch der Efeu, den wir drei letztes Jahr so mühsam entfernt hatten, war zurück. Er kletterte bereits wieder um die Fenstersimse und nagte am ohnehin alten Gemäuer. Es war, als wollte der Zahn der Zeit dieses Fleckchen Erde einfach nicht loslassen.

Mein Dad öffnete die Tür, und ich konnte ihm direkt ansehen, wie mies es ihm ging. Tiefe Augenringe verunzierten sein Gesicht, die Falten um seine Augen schienen dominanter geworden zu sein, und sein Hemd war zerknittert, als hätte er darin geschlafen.

Nachdem er und Kit sich ein paar Mal auf die Schulter geklopft hatten, umarmte ich ihn ein wenig länger als sonst und zog ihn dann ins Haus, wo ich erst einmal Kaffee kochte. Auch drinnen hatte sich nichts verändert – dieselben Babyfotos an den Wänden, derselbe ausgelatschte PVC in Holzoptik, dieselbe Küche, von deren Fronten allmählich die Farbe blätterte. Man sah dem Haus sein Alter deutlich an, dennoch liebte ich es. Seine Macken machten es zu etwas Besonderem und erinnerten mich an alles, was ich als Kind hier erlebt hatte.

»Was macht die Arbeit?«, fragte ich Dad.

Kit schlürfte neben mir abwesend seinen Kaffee, und ich warf ihm einem strafenden Blick über meine Lesebrille hinweg zu. Mein Bruder war ein Jahr älter als ich, aber kein Stück reifer. Gestern Nacht hatte er sich ordentlich die Kante gegeben und hing dermaßen in den Seilen, als wäre er immer noch betrunken. Was durchaus möglich war.

Dad grunzte und schenkte mir ein beinahe überzeugendes Lächeln. »Alles wie immer. Nur die Kids werden mit jedem Jahr frecher, habe ich das Gefühl.«

Er arbeitete als Hausmeister der örtlichen Highschool und

war wie alle älteren Menschen der Meinung, dass die Jugend von heute sich einfach nicht zu benehmen wusste.

»Das bildest du dir ein«, meinte ich grinsend, während ich Zucker in meinen Kaffee schaufelte und ihm seine Tasse hinstellte. »Mir gefällt übrigens, was du mit dem Vorgarten gemacht hast.«

»Das war nicht ich«, brummte er, dieses Mal eindeutig amüsiert. »Die Abschlussklasse fand es witzig, ihn mit Klopapier vollzuhängen, also habe ich sie gezwungen, den ganzen Rotz wieder wegzumachen und gleichzeitig ein bisschen Unkraut zu jäten. Mit mehreren geht das einfach schneller als alleine.«

Das holte sogar Kit kurzzeitig aus seiner Trance, und er lachte schnaufend. »Im Ernst? Das haben sie gemacht?«

Dad zuckte lässig mit den Schultern. »Ich hatte die Kids schon immer im Griff, das weißt du doch.« Das stimmte. Mein Vater spielte gerne den Griesgram, in Wahrheit mochte ihn jeder. Er setzte sich für seine Schüler ein, mehr als mancher Lehrer. Und die Schüler revanchierten sich – manchmal eben auch mit Gartenarbeit.

»Wie läuft die Arbeit?«, fragte er Kit, wie jedes Mal. Mein Vater und mein Bruder verstanden sich grundsätzlich gut, waren sich aber überhaupt nicht einig, was Kits Berufswahl anging. Nachdem dieser meinem Dad eröffnet hatte, dass er nicht aufs College gehen und sich stattdessen als Model versuchen wolle, hatte es den größten Krach gegeben, den ich in diesem Haus jemals erlebt hatte. In den Augen meines Vaters waren wir einfache Leute. Einfache Leute gingen arbeiten, hart arbeiten, und verdienten ihr Geld nicht damit, vor einer Kamera rumzuhüpfen. Seine Worte, nicht meine.

Kit grinste. »Vielen Dank, ich kann mich nicht beklagen.«

»Kommst du über die Runden?«

Dieses Mal nickte er und wirkte dabei so stolz, dass mir ein wenig das Herz aufging. Ich wusste, dass Kit Startschwierigkeiten gehabt hatte und freute mich für ihn, dass er inzwischen seine Rechnungen bezahlen konnte. Das war mehr, als ich im Moment von mir behaupten konnte. »Ich komme klar, ja.«

Dad nickte zufrieden und wandte sich mir zu. »Wie läuft das Praktikum?«

Ich rutschte ein wenig auf meinem Stuhl herum. Carter und mein Kontostand schossen mir durch den Kopf – beides Dinge, von denen ich ihm lieber nicht erzählen wollte. Also berichtete ich von der Arbeit am Set und der superwichtigen Folge, die am Freitag ausgestrahlt werden würde. Danach würde es eine Party geben, zu der ich als offizielles Mitglied der Crew natürlich eingeladen war. Ich erzählte ihm alles, worauf man stolz sein konnte und ließ die unschönen Sachen weg – dass ich kein Geld für meine Handyrechnung oder das Monatsticket gehabt hatte; dass Nell sauer auf mich war, weil sie kaum noch Zeit für sie fand; dass ich nächste Woche Nachtschichten in der Bar würde übernehmen müssen, um mehr Trinkgeld zu bekommen. Das alles waren Dinge, die man seinem Vater möglicherweise erzählen sollte, vielleicht sogar um Hilfe bitten, doch das würde ich nicht tun. Dad hätte für uns sein letztes Hemd gegeben, und dazu gehörte auch, seine paar Kröten umgehend auf mein Konto zu überweisen. Das würde ich niemals zulassen. Mein Vater hatte ein turbulentes Leben gehabt, und ich wünschte ihm, dass er sich auf seine alten Tage entspannen konnte, ohne sich um seine Brut zu sorgen.

Der Tag war schön, verging aber mal wieder zu schnell. Ich hätte viel darum gegeben, noch ein paar Stunden in dieser heilen Welt zu verbringen. Vielleicht lag es an der Entfernung von Chicago, vielleicht an meinem Dad – etwas hier veranlasste, dass mir meine Sorgen weniger bedrohlich erschienen. Als könnten sie mich hier, weit weg vom College und der Produktion, nicht erreichen.

Als Kit und ich wieder im Auto saßen, schwieg mein großer Bruder so lange, dass ich mir bereits Gedanken machte. Für gewöhnlich sang er die Songs im Radio mit oder erzählte mir all die Geschichten aus seinem Leben, die er sich vor meinem Vater nicht zu erzählen getraut hatte.

»Brauchst du Geld, JJ?«

Ich schüttelte den Kopf und grinste über den Spitznamen aus Kindertagen. »Nein.«

»Sicher?«, hakte er nach. »Ich rieche Geldsorgen drei Kilometer gegen den Wind.«

»Keine Sorge, ich überlebe«, versicherte ich ihm betont lässig. »Genau wie du all die Jahre überlebt hast, oder?«

Ein paar Minuten lang sagte er nichts, dann nahm er eine Hand vom Lenkrad und verwuschelte mir kurz die Haare, bevor er sich wieder auf die Straße konzentrierte. »Ich sehe, dass etwas nicht stimmt, kleine Schwester. Aber ich weiß, dass du erwachsen und verantwortungsvoll und alles bist. Also, sag Bescheid, wenn du Hilfe brauchst.« Er sah mich an. »Okay?«

Ich nickte und lächelte dankbar. »Mach ich. Jetzt guck nach vorn.«

Er lachte, drehte die Musik auf und begann endlich zu singen.

Wie erwartet war die Woche dermaßen vollgepackt, dass ich keine Ahnung hatte, wie ich Arbeit, College und Praktikum unter einen Hut bekommen sollte. Ich hastete von einer Station zur nächsten und schaffte es sogar zu duschen und mir zwei Mal täglich die Zähne zu putzen, wofür ich meiner Meinung nach einen Orden verdient hatte. Carter sah ich eigentlich nur von Weitem, denn auch er schien mehr zu tun zu haben als normalerweise. Wofür ich zugegebenermaßen dankbar war. Seit unserer seltsamen Begegnung nach meiner Schicht in der Bar wusste ich nicht recht, wie ich mit ihm umgehen oder was ich von ihm halten sollte. Er war nett gewesen, beinahe charmant, als er darauf bestanden hatte, mich nach Hause zu begleiten. Doch dabei war wieder deutlich geworden, wie verschieden wir beide waren.

Am Mittwoch schickte Pierce mich gegen zwölf in die Mittagspause, wobei er mich nicht einmal direkt ansah. Er war gerade in eine hitzige Diskussion mit einem Mann vom Marketing vertieft, zu der ich ohnehin nichts hätte beitragen können. Also machte ich mich auf den Weg in den Personalraum und holte die Brotdose aus meinem Spind, in der ich die Reste meines Mensaessens verstaut hatte. Kalte Lasagne von gestern war nicht unbedingt mein Leibgericht, aber es würde mich satt machen und war umsonst. Zwar gab es am Set ein kleines Büfett, doch das sparte ich mir lieber fürs Abendessen auf. Ich hatte Angst, dass es auffallen würde, wenn ich mich allzu oft daran bediente.

Da das Wetter diese Woche wirklich schön war und ich nicht allzu viel davon genießen konnte, entschied ich mich, meine freie Stunde draußen zu verbringen. Zwar mochte ich die stetige Betriebsamkeit am Set, doch allmählich bekam ich von all dem Lärm und dem künstlichen Licht Kopfschmerzen.

Ich wählte eine alte Wasserfall-Attrappe, die in einer Ecke des großen Platzes zwischen den Produktionshallen vor sich hin witterte. Sie war mir schon früher aufgefallen, weil sie, trotz oder vielleicht gerade wegen ihres stetigen Zerfalls, täuschend echt aussah. Inmitten des Betons und der Technik wirkten die Plastikfelsen wie eine kleine Oase, in der man beinahe vergessen konnte, dass man sich in Chicago befand. Zumindest wenn man es schaffte, die Geräusche auszublenden.

Zufrieden hockte ich mich auf einen der Felsen und stocherte in meiner Lasagne herum, als ein Schatten auf mein Gesicht fiel. Ich sah auf und entdeckte Amelia, Pete und Carter, die mit Styroporschachteln vor mir standen.

»Hi«, sagte ich zu Pete, wobei ich wieder einmal darauf achtete, Carter nicht anzusehen. »Braucht ihr was?«

Er nickte geschäftsmäßig. »Das Bett in James' Schlafzimmer ist eingekracht«, teilte er mir mit und zuckte mit den Augenbrauen in Carters Richtung. »Er hat's ein bisschen übertrieben – du weißt schon. Pierce sagt, du sollst es wieder aufbauen.«

Mir klappte der Mund auf. »Im Ernst? Das Ding ist ein Monster.« Pete prustete los, und ich verdrehte die Augen. »Ich meine das *Bett*, du Trottel. Wie soll ich das alleine machen?«

Er zuckte mit den Schultern, während er sich auf einen der Felsen hockte und in seine Schachtel spähte, aus der es köstlich nach chinesischem Essen duftete. »Du sollst auf jeden Fall fertig sein, wenn Carter aus der Mittagspause zurückkommt, damit es keinen Drehstopp gibt.«

Einen Moment lang saß ich schockiert da, dann schloss ich den Deckel meiner Brotdose und stand schnaufend auf. Ich war wütend und hungrig, aber ich war nun mal die Praktikantin. Obwohl es mich echt überraschte, dass Pierce mich damit beauftragte. Immerhin hatte ich das Recht auf eine Mittagspause.

Ohne ein weiteres Wort drückte ich mir die Dose vor die Brust und stand auf.

»Dein Ernst?«, lachte Pete und hielt sich zum Schutz vor der Sonne die Hand vors Gesicht. »Lass dich nicht so ausnutzen, Mädchen, das war doch nur ein Witz!«

Verwirrt sah ich von ihm zu Amelia und schließlich sogar zu Carter, die allesamt grinsten. »Was denn jetzt? Muss ich gehen oder nicht?«

Carter schüttelte den Kopf und verpasste Pete einen Klaps gegen den Hinterkopf. »Nein, musst du nicht. Meinem Bett geht es gut, Pete versucht nur witzig zu sein.«

»Ich *bin* witzig!«, verbesserte er und schlug mit der flachen Hand auf den Felsen, auf dem ich gehockt hatte. »Das war die Rache dafür, dass du uns neulich in der Bar hast sitzen lassen und dich nicht einmal verabschiedet hast.«

Mir schoss das Blut ins Gesicht, gleichzeitig war ich drauf und dran, es Carter nachzutun und Pete eine zu verpassen. Schnaubend ließ ich mich auf den Plastikstein fallen und platzierte die Dose wieder auf meinen Schoß. »Hättest du mich ernsthaft reingehen lassen?«, fragte ich ihn sauer.

»Vielleicht«, meinte er, wobei das Wort fast bis zur Unkenntlichkeit entstellt wurde, weil er sich so viele Nudeln in den Mund geschaufelt hatte. Er schluckte schwer und warf dann einen skeptischen Blick auf meine Dose. »Was soll das sein?«

Ich folgte seinem Blick. »Lasagne.«

»Warum hast du was mitgebracht? Wir bestellen uns mittags was.«

Peinlich berührt zuckte ich mit den Schultern. »Ich hatte die letzten Tage kaum Pausen und wusste nicht, dass bestellt wird. Ich hab mir einfach was mitgebracht, das ist schon in Ordnung.«

Er wies mit dem Kopf in Carters Richtung, der ein paar Felsen weiter hockte und zwei Styroporschachteln auf dem Schoß balancierte. »Romeo hat darauf bestanden, für dich mit zu ordern. Also pack das weg, was auch immer das darstellen soll.«

Unwillkürlich sah ich Carter an, dessen Blick beinahe vorsichtig geworden war. Er wirkte beinahe schüchtern, wie er da saß und sich an das Essen klammerte. Als unsere Blicke sich trafen, hob er fragend die Brauen und hielt eine der Schachteln hoch. »Ich habe gesehen, dass du die letzten Tage kaum richtig gegessen hast. Ich dachte, wir bringen dir einfach was mit.«

Amelia an seiner Seite verdrehte die Augen. »An dir ist ein wahrer Gentleman verloren gegangen. Jetzt gib ihr das Essen, bevor sie noch davor verhungert.«

Vielleicht bildete ich es mir nur ein, doch ich war mir ziemlich sicher, dass Carter ein klein wenig rot wurde. Dann griff er nach einer der Schachteln und hielt sie mir entgegen.

Es war nur Essen. Keine große Sache, ich hätte genau das Gleiche für meine Kollegen getan. Wahrscheinlich *hatte* er genau das Gleiche schon für andere Kollegen getan. Aber aus irgendeinem Grund hatte ich das Gefühl, dass es weit mehr als ein Essen bedeutete, als ich die Hand ausstreckte und die Schachtel entgegennahm. Das verursachte wieder einmal ganz unterschiedliche Gefühle in meiner Magengegend.

Wir unterhielten uns eine Weile über alles Mögliche, meistens über die Arbeit und die Party am Freitag, und ließen uns die Sonne ins Gesicht scheinen. Irgendwann verabschiedeten sich Amelia und Pete für eine gemeinsame Szene und ließen mich und Carter alleine zurück.

Na toll.

»Danke für das Essen«, sagte ich, weil mir das plötzliche Schweigen unangenehm wurde. »Das wäre nicht nötig gewesen, aber danke.«

Er hob lässig eine Schulter, während er die Augen schloss und den Kopf zurücklegte. »Ich weiß, dass du nicht mitbestellt hättest, wenn wir dich gefragt hätten.«

»Und das weißt du, weil …?«

Langsam öffnete er ein Auge, schloss es dann aber wieder. »Weil jeder selbst bezahlt.«

Wow, das war peinlich. Aber es brachte nichts, es abzustreiten, immerhin wusste er, dass ich einige meiner Rechnungen nicht bezahlen konnte. »Das war überraschend nett von dir.«

»Überraschend?«, wiederholte er lachend. »War das eine Beleidigung oder ein Kompliment?«

»Ein bisschen von beidem wahrscheinlich«, meinte ich schmunzelnd und lehnte mich ebenfalls zurück. Ich hatte noch zwanzig Minuten, und die würde ich definitiv hier in der Sonne verbringen. Notfalls auch mit Carter Dillane.

»Ich habe eine Menge guter Eigenschaften, weißt du?«, fragte er nach ein paar Minuten. »Du wärst überrascht.«

»Nenn mir eine, ohne nachzudenken.«

Die Antwort kam sofort. »Ich bin der Wahnsinn im Bett.«

Ich schnaubte. »Das ist eine Sache, die man nicht selbst beurteilen sollte, weißt du?«

»Ich habe Referenzen«, meinte er, und ich hörte das Grinsen in seiner Stimme. »Willst du sie sehen?«

Energisch schüttelte ich den Kopf, auch wenn er mich nicht sehen konnte. »Nein danke. Ich denke, ich verzichte.«

»Du verpasst was.«

»Natürlich.«

»Jetzt bist du dran«, sagte er herausfordernd, ohne die Augen zu öffnen. »Etwas, was du gut kannst. Und nicht so was wie Aufräumen oder Notizen machen oder so.«

»Wow«, sagte ich trocken. »Du musst mich für die langweiligste Person der Welt halten.«

»Ohne nachzudenken!«

Ich dachte nach, aber nicht lange. »Ich kann hervorragend umarmen.«

Jetzt öffnete er doch die Augen und stemmte sich lachend hoch. »Was?«

»Umarmen«, wiederholte ich absolut ernst. »Umarmen ist eine Fähigkeit, die perfektioniert werden muss. Es gibt nicht viele Menschen, die richtig gut umarmen können. Dabei kommt es auf die richtige Armhaltung an, darauf, wie fest man drückt, was die Hände machen und so weiter. Das ist komplizierter, als man ahnt.«

Er sah mich ein wenig irritiert an. »Ich glaube nicht, dass sich jemals ein Mensch so viele Gedanken übers Umarmen gemacht hat wie du.«

Ich zuckte mit den Schultern. »Es ist eben eine unterschätzte Kunst.« Ich schloss die Augen, lehnte mich zurück und genoss die Wärme. »Du bist wieder dran.«

Dieses Mal überlegte er ein wenig länger. »Ich bin ein guter Schauspieler.«

»Das ist offensichtlich.«

»Wirklich?«, fragte er und klang so überrascht, dass ich ihn ansehen musste. Er saß immer noch aufrecht da, musterte mich jetzt aber mit einem seltsamen Gesichtsausdruck. »Oder war das Sarkasmus?«

Ich hob eine Augenbraue. »Und wenn?«

»Keine Ahnung«, räumte er zögernd ein. »Ich bin nur davon ausgegangen, dass du nicht allzu viel von mir hältst.«

Wenn ich es nicht besser gewusst hätte, hätte ich gemeint, dass ich den großen Carter Dillane verunsicherte. »Ich halte dich für einen guten Schauspieler«, versicherte ich ihm ehrlich. »Das hat nichts mit meiner Meinung von dir als Person zu tun.«

»Du hältst mich immer noch für ein Arschloch.«

Das war keine Frage.

»Vielleicht nicht mehr für so ein großes wie am Anfang«, gab ich zu. Es war albern, doch ich hatte Angst, dass Carter meine wahren Gefühle würde erkennen können, wenn er mir in die Augen sah, also schloss ich sie wieder. Dass er mich nach Hause begleitet hatte, hatte mich bereits verwirrt. Dass er sich jetzt auch noch um meine Ernährung sorgte, war nicht gerade hilfreich. Meine außer Kontrolle geratene Libido im Zaum zu halten war deutlich einfacher gewesen, als ich Carter noch für einen eingebildeten Egoisten gehalten hatte.

»Wow«, lachte er, auch wenn der unsichere Ton noch nicht ganz aus seiner Stimme verschwunden war. »Danke für das Kompliment.«

»Von Herzen kommende Komplimente sind etwas Seltenes.«

»Genau wie gute Umarmungen«, bemerkte er.

Ich lachte und warf ihm einen anerkennenden Blick zu. »Genau.«

Ein paar Sekunden lang sah er mich versonnen an, dann stand er auf und breitete die Arme aus. »Beweis es.«

»Was?«

»Du kannst nicht einfach die Behauptung aufstellen, eine tolle Umarmerin zu sein und es dann nicht beweisen«, meinte er grinsend und wackelte mit den Augenbrauen. »Also, beweis es.«

Ich wollte ihn nicht umarmen. Das hieß, doch, ich wollte, aber ich durfte nicht. Die sorgsame Grenze, die ich zwischen meinem Privatleben und meiner Karriere zog, war bereits bedenklich verwischt. Körperkontakt kam schlicht und ergreifend nicht infrage, wenn ich an die Szene auf der Tanzfläche zurückdachte. Allein der Gedanke an seine Nähe genügte, um meine Hände schwitzig werden zu lassen und bestimmte Körperteile zum Prickeln zu bringen.

Ich lachte gespielt fröhlich und winkte ab. »Lass den Quatsch.«

Er hob die Augenbrauen. »Schiss, dass du nicht annähernd so gut bist, wie du behauptest?«

Mir war klar, dass er mich herausforderte. Und einen Teil von mir überzeugte er damit, doch es reichte nicht aus, um mich dazu zu bringen, mich ihm in die Arme zu werfen. Stattdessen stand ich auf, sammelte den Müll ein und klopfte ihm auf die Schulter. »Irgendwann wirst du deine besondere Umarmung bekommen, Dillane«, sagte ich, wobei es mich einiges an Anstrengung kostete, einfach an ihm vorbeizulaufen und ihn stehen zu lassen. »Aber nicht von mir. Meine Pause ist vorbei.«

So schnell ich konnte, schaffte ich meinen Hintern zurück ans Set, ohne mich noch einmal umzudrehen. Ich hatte das Gefühl, das Angebot meines Lebens ausgeschlagen zu haben. Verdammt.

APRIL 2019

CARTER

Wütend dresche ich auf die Fernbedienung ein und schleudere sie in die nächste Ecke, sobald der Bildschirm schwarz wird. Wieder klingelt mein Handy, aber genau wie in den vergangenen Tagen ignoriere ich es. Es gibt eigentlich nur eine Person, die mich interessiert, doch das scheint die einzige zu sein, die sich strikt weigert, mich anzurufen. Warum meldet sie sich nicht? Ich habe ihr ein paar Tage Zeit gegeben, Zeit, das ganze sacken zu lassen und ihre Gedanken zu ordnen – was weiß ich! Dieser Affenzirkus dauert jetzt schon fast eine Woche, und allmählich drehe ich durch.

Ich springe auf und tigere durchs Zimmer. Das mache ich in letzter Zeit ziemlich oft, und wenn ich nicht aufpasse, habe ich bald eine verdammte Schneise in den Granitboden gepflügt.

Ich habe das Warten satt. Mag sein, dass es unklug ist, mag sein, dass ich die Sache damit noch schlimmer mache, doch ich kann den Gedanken einfach nicht ertragen, dass sie da in diesem ungesicherten Haus sitzen und den Reportern ausgeliefert sind. Das macht mich krank. Am liebsten würde ich hinfahren und all diesen kameraschwingenden Arschlöchern gehörig die Meinung sagen, allerdings wäre das wahrscheinlich alles andere als hilfreich.

Einen Moment lang stehe ich in meinem Wohnzimmer und starre durch die Glasfront hinaus auf die dunkler werdende Stadt. Das alles hier – der scheißteure Fußboden, der Flatscreen, die fantastische Aussicht, alles, worauf ich so stolz war – verliert mit jeder Stunde mehr an Bedeutung, die ich herumsitze und darauf warte, dass mein Handy klingelt.

Wenn ich nicht bald irgendetwas tue, raste ich aus, und damit wäre weder mir noch ihnen geholfen.

Kurz entschlossen greife ich nach meinem Autoschlüssel, stecke das nutzlose Handy ein und durchquere mit langen Schritten das Loft. Murray hat gesagt, dass ich abwarten und Gras über die Sache wachsen lassen soll. Allerdings war das, bevor ich ihm eine reingehauen und ihn gefeuert habe.

Während der Aufzug hinunterfährt, wird das Gewicht auf meiner Brust immer schwerer. So schwer, dass ich beinahe das Gefühl habe, nicht mehr atmen zu können. Ich weiß nicht genau, warum ich so aufgeregt bin. Vor wem ich mich mehr fürchte. Was ich erwarte. Wahrscheinlich eine Ohrfeige – oder sie macht mir gar nicht erst auf. Das könnte ich ihr nicht einmal verdenken. Ich habe keine Ahnung, was sie in den vergangenen Jahren so getrieben hat, was sie gehört hat oder was sie von mir denkt. Was ich allerdings weiß, ist, dass sie hundertprozentig stinksauer ist.

Trotzdem muss ich es versuchen.

Die Türen öffnen sich vor mir und geben den Blick auf das gewaltige Parkhaus frei. Normalerweise liebe ich es, hier durchzuschlendern und mir all die Luxusschlitten anzusehen. Hier unten parkt ein ausgewachsenes Vermögen, und ich bin verdammt stolz darauf, dass ein Teil davon mir gehört. Heute allerdings schreite ich wie mit Scheuklappen durch die Garage, während die Geräusche meiner Schritte unheilvoll von den gefliesten Wänden hallen.

Vielleicht mache ich es schlimmer. Murray war ein Arschloch, aber möglicherweise hatte er recht, als er meinte, dass es keinen Sinn hat, mich einzumischen. Doch wie sollte ich mich nicht einmischen? Es ist *meine* Angelegenheit! Mein Leben, meine Vergangenheit, und wie es aussieht, auch meine Zukunft.

Heilige Scheiße.

1.7

AUGUST 2015

CARTER

Ich war es nicht gewohnt, mich um die Meinung anderer Menschen zu kümmern. Beruflich, klar. Es interessierte mich natürlich, was die Produzenten über mich dachten, was die Zuschauer von mir hielten und so weiter. Dass ich allerdings herumsaß und nachgrübelte, ob ein Mädchen mich mochte, war neu. Seit der Highschool hatte ich mich mit derlei Kram nicht mehr beschäftigt, wenn überhaupt.

»Carter ist verkna-hallt, Carter ist verkna-hallt«, trällerte Amelia vor sich hin und stieß mich in die Seite, als ich sie wütend ansah. Wir hatten es uns auf James' Bett gemütlich gemacht und warteten darauf, dass der Dreh der nächsten Szene begann. Amelia balancierte das Skript auf dem Schoß und deutete auf den Text, als mir klar wurde, dass ich meinen Einsatz verpasst hatte.

»Halt die Klappe«, fuhr ich sie an und las brav meine nächste Zeile.

Sie verdrehte die Augen. »Du benimmst dich wie ein kleiner Junge.«

»Tue ich nicht«, sagte ich bestimmt. »Ich bin nur nett.«

»Du bist zu niemandem nett. Und ich habe noch nie erlebt, dass du dich für eine Praktikantin interessierst, es sei denn, du willst sie ins Bett bekommen.«

Ich hob eine Augenbraue. »Wer sagt, dass ich das nicht will?«

»Ich bin mir sicher, dass du das willst«, präzisierte sie, während sie sich die glatten Haare zurückstrich. »Allerdings legst du dich dafür selten so ins Zeug.«

»Vielleicht ist es der Jagdtrieb. Vielleicht gefällt mir die Herausforderung.«

Sie schnalzte mit der Zunge. »Und sie stellt tatsächlich eine Herausforderung dar?«

»Wie meinst du das?«, fragte ich stirnrunzelnd.

Schulterzuckend klappte sie das Skript zu. »Sie ist so unscheinbar. Sollte sie sich nicht geschmeichelt fühlen?«

»Wow, bist du liebenswürdig.«

»Ich meine das doch nicht böse«, sagte sie ehrlich. »Aber es gibt Menschen wie sie und Menschen wie uns, weißt du? Ich hätte einfach nicht gedacht, dass sie dich reizt.«

Dexter hatte bereits etwas Ähnliches gesagt, und genau wie bei ihm fragte ich mich, wie Jamie auf andere Menschen wirkte. Mich hatte sie jedenfalls um den Finger gewickelt. »Glaub mir, in Wahrheit ist sie ziemlich kratzbürstig.«

Wieder zuckte Amelia mit den Schultern, dann seufzte sie. »Mach was du willst. Aber pass bloß auf, dass du keinen Ärger bekommst.«

»Weil ich mit der Praktikantin flirte?«

»Hast du keine Klausel im Vertrag?«, hakte sie irritiert nach. »Die Sache mit öffentlichen Beziehungen und so? Ich weiß, dass Pete auch eine hat.«

Jetzt war es an mir zu seufzen. »Ich will sie doch nicht heiraten.«

»Die Medien würden diese Cinderella-Story lieben – der Fernsehstar und die Praktikantin. Und es wäre ihnen egal, ob ihr nur einmal miteinander im Bett wart, glaub mir. Wenn dein kleines Vögelchen dann auch noch vor den Reportern zwitschert, wäre es hier für dich zu Ende.«

»Vielen Dank für dein Vertrauen«, murrte ich und ruckte dann mit dem Kopf in Pennys Richtung, die gerade dem Kamerateam Anweisungen gab. »Und jetzt Schluss mit dem Scheiß, wir müssen weitermachen.«

Sie warf einen kurzen Blick zu Penny. Als sie sah, dass die Regisseurin noch beschäftigt war, beugte sie sich zu mir herüber. »Eins von beidem, Carter. Entweder du willst nur 'ne schnelle Nummer: Dann such dir jemanden außerhalb des Teams. Oder aber du hast tatsächlich Gefühle für sie: Dann geh auf Abstand – um deinet- und ihretwillen.«

Bevor ich antworten konnte, stemmte sie sich vom Bett hoch und ging hinüber zu Lydia, um sich die Spangen aus den Haaren entfernen zu lassen. Ich saß noch ein paar Sekunden da und starrte ihren Rücken an. Derart persönliche Gespräche führte ich für gewöhnlich nicht mit Amelia – wir pflegten einen professionellen Umgang. Das lag zum einen daran, dass sie mir zu Anfang mehr als einen Korb gegeben hatte, zum anderen daran, dass ich sie nicht gut genug einschätzen konnte, um wirklich mit ihr befreundet zu sein. Es gab Zeiten, in denen ich glaubte, sie sei zu still und zurückhaltend, um in dieser Branche erfolgreich zu sein. Doch manchmal vertrat sie dermaßen lautstark ihre Meinung, dass es mich beinahe beeindruckte.

Penny rief uns alle auf unsere Plätze. Unauffällig hielt ich nach Jamie Ausschau, was nicht so einfach war, da ich gegen das helle Scheinwerferlicht blinzeln musste. Ich hatte Pierce bereits entdeckt, also konnte auch Jamie nicht weit sein. Ich wusste nicht recht, was ich von ihrer Abfuhr heute Mittag halten sollte. Klar, es war ein bisschen albern, dass ich sie hatte umarmen wollen, dennoch hatte es mich beinahe gekränkt, als sie mich stehen gelassen hatte.

Entweder sie hatte ernsthaft keinerlei Interesse, oder sie spielte dieses Spiel besser, als ich erwartet hatte. Und Amelias

Warnung zum Trotz wollte ich unbedingt herausfinden, woran ich bei Jamie war. Vielleicht nur für mein Ego, vielleicht aus anderen Gründen, doch das war mir im Moment egal.

Wir spielten eine vergleichsweise langweilige Szene, in der viel geredet und viel gestritten wurde. Das waren mir die unliebsamsten Szenen, weil man viel Text lernen musste und wenig kreativ sein konnte. Wobei die Kreativität einer der Gründe war, warum ich mit der Schauspielerei angefangen hatte. Ich mochte es, mir selbst aussuchen zu können, wer ich sein wollte. Was wohl daran lag, dass ich den Menschen, den ich im echten Leben spielte, manchmal nicht mochte.

Falls Jamie am Set war, blieb sie im Schatten, sodass ich keine Gelegenheit hatte, in ihrem Gesicht zu lesen. Der Rest des Tages war dermaßen stressig, dass wir uns nicht einmal über den Weg liefen. Ich fragte mich, ob sie mich mied.

Als endlich Feierabend war, wollte ich nur noch nach Hause. Ich verbannte das Thema Jamie in eine fest verschlossene Schublade in meinem Gehirn und schrieb Dexter eine Nachricht, während ich vom Fahrer meines Dads nach Hause chauffiert wurde. Die meiste Zeit war Dexter unterwegs und kam erst spät abends wieder, heute brauchte ich allerdings ein wenig Gesellschaft. Die Schublade mochte fest verschlossen sein, dennoch traute ich mir selbst nicht und war mir relativ sicher, dass ich Jamie schreiben würde, falls ich allein herumsaß.

Der Fahrer hielt vor dem Einfahrtstor unseres Anwesens in Old Town. Meine Eltern verdienten als plastische Chirurgen ein Vermögen und hatten auch keine Hemmungen, diese Tatsache bei jeder sich bietenden Gelegenheit nach außen zu tragen. Ich konnte nicht bestreiten, dass ich ebenfalls auf Luxus stand, doch ich hatte eindeutig nicht den Geschmack meiner Eltern geerbt. Das hochherrschaftliche Anwesen mit all den Goldverzierungen und dem Türmchen war überhaupt nicht mein Stil. Während ich die lange Auffahrt hinaufging – meine Eltern waren der Ansicht, dass es in meinem Fall besser war zu laufen, als mit dem Auto den Kies aufzuwühlen –, knirschten meine Schritte auf den kleinen cremefarbenen Steinen. Ich wusste aus Erfahrung, dass dieses Geräusch nachts richtig gruselig klingen konnte. Früher, als es beinahe Gewohnheit gewesen war, dass ich erst nach Mitternacht nach Hause kam, hatte ich immer genau hingehört, wie die Steinchen aneinander schabten.

Ich sah auf und betrachtete mein Elternhaus. Es war ein Palast, im wahrsten Sinne des Wortes. Die Villa war irgendwann im späten neunzehnten Jahrhundert errichtet worden, von meinem Ururgroßvater oder so etwas in der Art. Meine Eltern waren mächtig stolz auf den protzigen Familiensitz, und früher war ich es auch gewesen. Ich konnte mich noch gut daran erinnern, wie ich als kleiner Junge durch die langen Gänge gerannt war, mir die unzähligen Goldverzierungen angesehen und gedacht hatte, ich wäre so etwas wie ein Pirat auf Beutezug. Ich hatte sogar besagten Ururgroßvater für einen Piraten gehalten – wie sonst sollte ein Mann an so viel Gold kommen?

Heute war ich schlauer und wusste, dass dieser Mann sein Geld vermutlich auf Kosten seiner Familie verdient hat. Und diese Eigenschaft an seine Kinder weitergegeben hatte, bis sie bei meinem Vater angekommen war. Die Männer dieser Familie schienen allesamt beruflich erfolgreich, aber ziemlich miese Familienmenschen zu sein.

Wie immer war das Haus still und leer, als ich durch die Flügeltür in die Eingangshalle trat. Weiße Marmorfliesen erstreckten sich über den Boden, nur unterbrochen von dem riesigen schwarz-weißen Karomuster in der Mitte, über dem ein glitzernder Kronleuchter hing. Früher, wenn mein Dad nicht im Haus gewesen war, hatten meine Freunde und ich hier Zauberschach à la Harry Potter gespielt. Wir hatten alle möglichen Statuen, Vasen oder Kuscheltiere als Figuren aufgestellt und uns gegenseitig damit angegriffen. Allerdings hatte der Spaß ein jähes Ende gefunden, als eine scheißteure Vase zu Bruch gegangen war und mein Vater es herausgefunden hatte. Seitdem war Schluss mit Zauberschach.

Ich machte mir nicht die Mühe, mich bemerkbar zu machen, sondern lief die große Treppe hinauf zu meinem Zimmer. Mein Vater hockte wahrscheinlich in seinem Arbeitszimmer und war wichtig, während meine Mom entweder kochte oder im Countryclub mit den anderen gestressten Ehefrauen Cocktails schlürfte. Dass sie um diese Zeit noch in der Praxis waren, war eher unwahrscheinlich.

Nachdem ich mein Zeug abgeladen hatte, ging ich hinüber zu Dexters Zimmer und trat ohne anzuklopfen ein. Wie erwartet war das Zimmer verlassen. Auch auf meine Nachricht hatte er nicht geantwortet, was mich nicht wirklich überraschte. Ich sah mich kurz unschlüssig um, dann fiel mein Blick auf eine kleine Pappschachtel neben dem Bett. Keine Ahnung, warum sie mir auffiel. Das Zimmer war nicht wirklich ordentlich, doch aus irgendeinem Grund erregte die unscheinbare Schachtel meine Aufmerksamkeit.

Ich zögerte.

Es gehörte sich definitiv nicht, in Dexters Sachen zu schnüffeln.

Auf der anderen Seite war er in den letzten Monaten derart von der Rolle gewesen, dass ich mich irgendwie für ihn verantwortlich fühlte. Also kniete ich mich neben das Bett und hob vorsichtig den Deckel der Schachtel an. Sie war leer. Ein wenig erleichtert wollte ich sie wieder schließen, als mir der Geruch von Gras in die Nase stieg. Mir war klar, was das bedeutete, jedoch nicht, was ich davon halten sollte. Nicht, dass ich nicht selbst mal gekifft hatte, bei Dexter hingegen war das etwas anderes. Er übertrieb es mit dem Alkohol schon lange, dass er jetzt auch noch zu Drogen griff, war zwar kaum überraschend, jedoch nicht gerade beruhigend. Allmählich driftete er in eine besorgniserregende Richtung ab.

»Was, zur beschissenen Hölle, machst du da?«

Vor Schreck ließ ich den Deckel fallen und wirbelte herum. In der Tür stand Dexter, ein Sixpack Bier unterm Arm, und starrte mich mit einer Mischung aus Wut und Unglaube an.

»Dex?«

»Ja, *Dex!* Was glaubst du, was du da machst?«

Ich sah hinab auf die offene Schachtel. »Hör mal, das ist nicht …«

»Was ist es nicht?«

Keine Ahnung, was ich sagen sollte. Zu leugnen, dass ich einfach in sein Zimmer marschiert war und seine Sachen durchsucht hatte, wäre lächerlich gewesen. Also seufzte ich resigniert. »Ich habe mir Sorgen gemacht. Und ich wollte …«

Wieder unterbrach er mich, indem er die Tür hinter sich zuknallte und sich drohend vor mir aufbaute. Rasch kam ich auf die Beine. »Ich weiß, dass du dir Sorgen machst«, schrie er mich an und ließ das Bier aufs Bett fallen. »Scheiße Mann, ihr alle macht nichts anderes mehr als euch Sorgen! Ich habe es so satt von euch behandelt zu werden, als würde ich jeden Moment von 'ner verdammten Brücke springen!«

Ich hob abwehrend die Hände. »Dex, ich wollte nicht …«

Wieder fuhr er mir dazwischen. »Ist mir scheißegal, was du wolltest!«, knurrte er. »Ich hab deine Nachricht gelesen und dachte mir, wir machen uns 'nen gemütlichen Männerabend. Ich hab keinen Bock auf den Mist. Ich muss mich nicht von dir behandeln lassen wie ein verfluchtes Kind. Von deinen Eltern vielleicht, aber sicher nicht von dir!«

Mein Blick fiel auf das Sixpack, und sofort fraß sich das schlechte Gewissen in meine Eingeweide. Wow, heute war echt mein Tag.

»Hör zu, es tut mir wirklich leid«, versuchte ich die Wogen zu glätten, erkannte aber in seinem Gesicht, dass es keinen Sinn hatte. Scheiße. »Dass ich mir Sorgen mache, hat nichts damit zu tun, dass ich dir nicht vertraue oder dich bevormunden will, sondern ist einfach nur, weil du mein Freund bist! Freunde kümmern sich umeinander – du würdest für mich dasselbe tun!«

»Vielleicht«, schnaufte er und starrte mich an. Es war, als würde jemand die Luft aus einem Ballon lassen, als sämtliche Energie aus seinem Körper wich und er vor meinen Augen in sich zusammenfiel. »Aber es ist nun mal nicht andersrum, Carter. Ich habe meine Familie verloren. *Ich* bin derjenige, der jeden beschissenen Tag damit leben muss. Und soll ich dir mal was sagen? Ich habe keine Ahnung, wie ich das schaffen soll.«

Ich wusste nicht, was ich sagen sollte. Genauso wenig, wie ich es am Tag des Unfalls gewusst hatte. Oder an dem Tag, als wir in Dex' Elternhaus gefahren waren und seine Sachen abgeholt hatten, bevor es zwangsversteigert worden war, um die Schulden seiner Eltern zu bezahlen.

»Was kann ich tun?«, fragte ich leise.

Dex zuckte nur mit den Schultern. »Geh einfach, okay? Lass mich allein.«

»Komm rüber, wenn du was brauchst, in Ordnung? Ich muss noch Text lernen und bin sicher eine Weile wach.«

Er nickte, antwortete aber nicht. Immerhin schrie er nicht mehr. Ich musste mir etwas überlegen. Wegen Dexter, wegen Murray, der immer noch darauf bestand, mit den Produzenten über eine größere Rolle für mich zu sprechen und wegen Jamie, die einfach nicht aus meinem Kopf verschwinden wollte.

JAMIE

Nell stand vor mir, beide Handflächen gegen die Brust gedrückt und mit einem derart gequälten Gesichtsausdruck, dass ich am liebsten aufgestanden wäre und sie in den Arm genommen hätte.

»Warum ich?«, fragte sie mit zitternder Stimme und machte einen Schritt auf mich zu. »Warum muss ich diejenige sein, der du das angetan hast? Warum musste ich diejenige sein, die sich in dich verliebt hat? Warum keine der anderen? Warum?«

Eine Sekunde zu lang starrte ich sie an, dann senkte ich hastig den Blick auf das Skript und räusperte mich. »Du hast am hellsten geleuchtet!«, faselte ich gespielt dramatisch und streckte eine Hand in ihre Richtung. »Wie hätte ich dich übersehen können?«

Eine einzelne Träne kullerte über Nells Wange. »Wie konntest du mir das antun? Mir? Meinem Herzen?«

Nur mit Mühe konnte ich ein Augenverdrehen unterdrücken. »Mir blieb keine andere Wahl – versteh doch!«, las ich die nächste Zeile, dann brach ich ab und sah Nell stirnrunzelnd an. »Was ist das denn für ein Gesülze?«

Sofort gab sie ihre herzzerreißende Haltung auf und seufzte theatralisch. Sie ließ sich neben mich auf mein Bett fallen, nahm mir den Stapel Blätter aus der Hand und überflog ihn kurz. »Keine Ahnung. Das haben irgendwelche Studenten aus der Dramaturgie geschrieben, glaube ich.«

Ich schnaufte. »Sicher nicht aus meinem Kurs.«

Sie lachte. »Warum schreibst du eigentlich nie für uns? Ich wette, das wäre deutlich niveauvoller als dieser Schund.«

»Du bist ein Semester über mir«, erinnerte ich sie und ließ mich nach hinten auf die Matratze fallen. Die Schicht in der Bücherei war ruhig gewesen, dennoch fühlten meine Beine sich an, als wäre ich mindestens einen Marathon gelaufen. »Aber glaub mir, meine Texte sind nicht annähernd so gut, wie du es dir vorstellst.«

Sie legte sich neben mich. »Das könnte daran liegen, dass ich nie etwas von dir lesen darf«, maulte sie und sah mich an. »Im Ernst, ich könnte dir Tipps geben!«

Ich schüttelte energisch den Kopf. »Nein. Es ist mir peinlich, wenn Leute, die ich kenne, meine Sachen lesen.«

»Deine Professoren kennen dich auch, Darling.«

»Das ist etwas anderes.«

»Und was, wenn du groß rauskommst?«, fragte sie herausfordernd. »Dann kann ich einfach in einen deiner Filme gehen.«

»Erstens«, sagte ich und zählte meine Argumente an den Fingern ab, »wäre das etwas anderes, weil ich dann ja schon wüsste, dass es gut ist – zweitens habe ich gar nicht vor, groß rauszukommen, und drittens will ich nicht zum Film, sondern ans Theater.«

»Warum bist du dann bei CLT?«

»Weil die Theater keine Praktikanten wollen«, seufzte ich und rieb mir mit der Hand über die Stirn. »Immerhin ist es Praxiserfahrung.«

Sie überlegte kurz. »Vielleicht solltest du ein Auslandssemester machen«, schlug sie vor. »In Europa oder so. Da ist das Angebot vielleicht größer.«

Ich schüttelte den Kopf. Obwohl sie recht hatte, darüber hatte ich auch schon mehr als einmal nachgedacht. »Viel zu teuer. Glaub mir, ich habe mich informiert.«

»Selbst mit Stipendium?«

»Selbst mit Stipendium«, sagte ich und seufzte. »Egal, ich probiere es nächstes Semester noch mal. Vielleicht sind sie eher bereit mich einzustellen, wenn ich schon einmal an einem Set gearbeitet habe und nicht mehr so grün hinter den Ohren bin.«

Nell lachte. »Apropos – was ziehst du Freitag an?«

Ich runzelte die Stirn über den Themenwechsel. »Heute ist Mittwoch«, erinnerte ich sie.

»Höchste Zeit sich einen Schlachtplan zu überlegen«, rief sie und war schon wieder vom Bett aufgesprungen. Offensichtlich war die Probe offiziell beendet, denn sie wandte sich schwungvoll meinem Kleiderschrank zu. Dann drehte sie sich zu mir um und schenkte mir einen übertrieben mitleidigen Blick. »Lohnt es sich überhaupt, da reinzugucken?«

Schulterzuckend richtete ich mich auf. »Für dich vielleicht nicht. Aber das ist kein Maßstab.«

Sie schnaubte. »Ich kann ja verstehen, warum du während der Arbeit so rumläufst, für deine Geschäftsparty musst du allerdings eindeutig etwas mehr aus dir machen.«

»Warum habe ich dir eigentlich davon erzählt?«

»Weil dein Unterbewusstsein weiß, dass du meine Hilfe brauchst.«

»Ich arbeite vorher doch sowieso«, erinnerte ich sie ungeduldig. »Also trage ich ohnehin meine normalen Klamotten.«

Ihre weißen Rastalocken flogen herum, als sie wild den Kopf schüttelte. Sie sah aus wie ein wütender Wischmob. »Dann ziehst du dich eben um. Im Ernst, Jamie, du stirbst nicht, wenn du dich mal ein bisschen altersgemäß verhältst.«

Ich verdrehte die Augen. Es war nicht das erste Mal, dass wir diese Diskussion führten, und allmählich wurde es langweilig. »Nur weil jemand einen anderen Stil hat als du, ist der nicht zwangsläufig schlecht.«

»Du hast gar keinen bestimmten Stil«, meinte sie, zwinkerte mir aber zu, um dem Kommentar die Spitze zu nehmen. »Gott sei Dank hast du mich.«

Stöhnend ließ ich mich wieder auf mein Bett fallen, als neben meinem Bein das Handy surrte. Ich tastete danach und hielt es mir vors Gesicht. Es war eine Nachricht von der unbekannten Nummer.

Ich will diese Umarmung! Jetzt!

Ich lachte leise auf. Falls es noch Zweifel daran gegeben hatte, dass es sich um Carters Nummer handelte, war es jetzt klar. Ich überlegte, ihn einfach zu ignorieren, antwortete dann aber doch.

Ich: *Die musst du dir erst verdienen.*

Es dauerte kaum zehn Sekunden, da kam die Antwort.

Carter: *Ich habe dir Essen gebracht!*

Ich: *Ich steh eigentlich nicht so auf chinesisch.*

Das war gelogen, aber das musste er ja nicht wissen. Ich ging nicht davon aus, dass ich noch einmal in die Verlegenheit kommen würde, mir mit ihm gemeinsam Essen auszusuchen.

»Jamie!«

Ich schreckte auf und hätte beinahe das Handy fallen lassen, als Nells Gesicht sich in mein Blickfeld schob. »Was?«, fragte ich, ohne den schuldbewussten Ton ganz aus meiner Stimme verbannen zu können.

»Was bedeutet dieser Gesichtsausdruck?«, fragte sie argwöhnisch und deutete auf das Handy in meiner Hand. »Wer ist das?«

Grummelnd schob ich sie zur Seite. »Du klingst wie eine eifersüchtige Ehefrau.«

»Ich habe drei Mal deinen Namen gerufen, und du hast verträumt dein Telefon angelächelt. Ich dachte, du kannst nicht mehr telefonieren?«

»Kit hat die Rechnung bezahlt«, gestand ich. »Also, was willst du?«

Sie warf das Top zur Seite, das sie gerade noch in der Hand gehalten hatte, und setzte sich neben mich. »Wissen, wem du schreibst.«

Weil ich wusste, dass sie ohnehin gewinnen würde, gab ich auf. »Carter. Aber nichts Wichtiges.«

»Weißt du«, meinte sie grinsend, »gerade die Tatsache, dass es nichts Wichtiges ist, macht es interessant. Das bedeutet, dass ihr euch einfach nur aus Spaß schreibt.«

Verdammt, sie hatte recht. Als wolle es mich ärgern, vibrierte das Handy genau in diesem Moment. Gott sei Dank war ich schneller als Nell, die ebenfalls danach griff, was schon ziemlich dreist war.

Carter: *Das nächste mal draft di aussuchen, schatz?*

Ich musste die wenigen Wörter mehrmals lesen, bevor ich sie begriff. Nell, die mir über die Schulter sah, schnalzte mit der Zunge. »Ist der Arme Legastheniker?«

Stirnrunzelnd betrachtete ich die Nachricht. Bislang war Carters Rechtschreibung immer vorbildlich gewesen. Ich: *Geht's dir gut?*

Carter: *mit jeder sec besser, süße*

»Ach du Scheiße«, murmelte Nell. »Was findest du noch mal an ihm?«

Ich: *Bist du betrunken, Carter?*

Es dauerte ein paar Minuten, bis er antwortete. Mein Handy zeigte an, dass er immer wieder tippte, dann aufhörte, wieder tippte und so weiter. Als schließlich die Nachricht kam, war sie deutlich zu kurz für derlei Aufwand.

Carter: *Jop*

Carter: *Mom*

Carter: *hahah*

Carter: *wusstestdu dass man nich durch die nase atmen kann und gleichzeitig die zunge ruasstrecken???*

Carter: *ich Wette du hasstes versucht! Is auch nicht wahr*

»Wow«, murmelte ich.

»Ja.«

»Warum besäuft der sich denn an einem Mittwochabend?«, fragte ich mehr mich selbst als Nell. »Er muss doch morgen drehen.«

Meine beste Freundin zuckte die Achseln und stand wieder auf, offensichtlich nicht mehr sehr beeindruckt von Carter. »Was weiß ich, Schauspieler sind seltsam.« Über die Schulter hinweg zwinkerte sie mir zu. »Aber wenn zwischen euch beiden nichts läuft, kann es dir auch egal sein, oder?«

»Man kann sich auch Sorgen umeinander machen, wenn man nur befreundet ist«, gab ich zu bedenken, während ich überlegte, was ich antworten sollte.

»Ja, rede dir das nur ein«, bemerkte sie, griff sich ihr Skript und marschierte dann zur Tür. »Ich gehe noch zu Meg, ein bisschen üben. Schreib, wenn du was brauchst.«

Ich nickte nur, immer noch am Überlegen, wie ich mit dem betrunkenen Carter umgehen sollte. Nüchtern überforderte er mich schon die meiste Zeit, so mitteilsam wie jetzt hatte ich ihn jedoch noch nie erlebt. Vielleicht war das ja meine Chance, ein wenig mehr über ihn herauszufinden.

Ich: *Hast du niemand anderen, dem du auf die Nerven gehen kannst?*

Carter: *Ohhhhhh*

Carter: *versuchst du rauszufinden ob ichne freundin habe?*

Ich: *Darfst du nicht, das weiß ich inzwischen.*

Carter: *ich darf sexx haben süße! Mit wem ich will*

Ich verstand Anspielungen, wenn ich sie sah. Und ich konnte nicht bestreiten, dass dieses nicht ganz so indirekte Angebot mich reizte. Dass mein verräterisches Gehirn sich all die Dinge ausmalte, die Carter mit mir anstellen würde, wenn wir …

Schluss damit!

Ich: *Du solltest schlafen, Carter. Du musst in ein paar Stunden am Set sein. Und ich auch.*

Carter: *ich will nicht schlagen*

Carter: *schlafen*

Ich: *Sondern?*

Carter: *ich kaufe einen papapageien*

Ziemlich sicher, dass er das so nicht gemeint hatte.

Ich: *Einen was?*

Carter: *Das tier mit den federn. Und dem bringe ich dann sprechen bei i*

Ich: *Und das alles heute Nacht noch?*

Carter: *Weißt du wssd*

Carter: *weißt du was ich ihm beibrigne?*

Grinsend wartete ich auf die Fortsetzung, denn das Handy zeigte an, dass er nach wie vor tippte. Der betrunkene Carter war lustiger, als ich gedacht hätte. Betrunkene Menschen waren meiner Erfahrung nach entweder still, sentimental, albern oder aggressiv. Aus irgendeinem Grund hatte ich angenommen, dass Carter zur letzten Sorte gehörte.

Carter: *HILFE ICH WURDE IN EINEN VOGEL VERWANDELT*

»Was?«

Ich: *Was?*

Carter: *na das würde ich ihm beibringen ... HILFE ICH WURDe IN EINEN VOGEL VERWANDELT*

Carter: *Checkste?*

Obwohl das ein ziemlich flacher Witz war, musste ich lachen. Ich hatte keine Ahnung, warum Carter mitten in der Woche meinte, sich betrinken zu müssen, und warum er ausgerechnet dann auf die Idee kam, mir zu schreiben. Doch es gefiel mir, dass er an mich dachte.

Wir schrieben noch eine Weile, wobei von seiner Seite eigentlich nur Blödsinn kam. Hin und wieder versuchte ich ihn in ein ernstes Gespräch zu verwickeln, doch nach ein paar

Minuten sah ich ein, dass das in seiner derzeitigen Stimmung aussichtslos war.

Als ich ihm schrieb, dass ich jetzt schlafen gehen und ihm raten würde, dasselbe zu tun, klingelte mein Handy. Wieder erschrak ich. Carters Nummer erschien auf dem Display.

Ein wenig schockiert lag ich da und umklammerte das Telefon wie eine Handgranate. Ich wollte nicht mit Carter telefonieren. Schreiben war eine Sache, direkt miteinander zu reden eine ganz andere.

Das Klingeln erstarb, nur um gleich wieder von vorne anzufangen.

Mein Herz begann wild zu klopfen, als ich abnahm.

»Hallo?«

Sein heiseres Lachen ertönte durch den Lautsprecher und ging mir peinlicherweise durch Mark und Bein. »Warum klingst du so angespannt?«

Zu meiner Überraschung wirkte er nicht halb so betrunken, wie ich vermutet hatte. Tatsächlich lallte er nur ein ganz kleines bisschen. Seine mündlichen Kompetenzen schienen mit Alkohol besser klarzukommen als seine schriftlichen.

»Ich hab fast geschlafen«, log ich und zog mir die Bettdecke bis zum Kinn, als könne er mich sehen. »Es ist spät, Carter.«

»Du bist eine Spießerin«, murmelte er. »Im Ernst, hast du auch mal Spaß?«

»Andauernd.«

»Bekomme ich nie mit.«

»Vielleicht habe ich nie Spaß, wenn du dabei bist«, bemerkte ich. »Das würde nicht für dich sprechen.«

Er seufzte leise. »Für mich spricht gar nichts, oder? Zumindest nicht, wenn es nach dir geht.«

Entweder er wurde jetzt sehr tiefgründig, oder ich übersah etwas Offensichtliches. »Gute Nacht, Carter.«

»Warum willst du schlafen?«

»Weil es spät ist! Und ich morgen arbeiten muss!«

Jetzt klang sein Seufzen eher genervt als belustigt. »Es fällt doch sowieso keinem auf, ob du deine Arbeit machst oder nicht! Im Ernst, was *ist* überhaupt deine Arbeit?«

Sein Kommentar traf mich, keine Frage. Allerdings überraschte er mich nicht. »Gute Nacht, Carter«, sagte ich erneut und legte auf. Ich hatte keine Lust auf so ein Gespräch. Was auch immer ihn so sehr angefressen hatte, dass er sich unter der Woche besaufen musste, er sollte seinen Frust nicht an mir auslassen.

Ich drehte mich auf die Seite und schaltete das Licht aus, als mein Handy erneut vibrierte. Es wäre klüger gewesen, es einfach zu ignorieren, den Ton stumm zu schalten oder das Handy gleich lahmzulegen. Klüger und besser für meine Würde. Doch natürlich griff ich nach ein paar Sekunden nach meinem Telefon und öffnete die Nachricht.

Carter: *Nachts bist du noch zickiger als tagsüber.*

Ich löschte den Text, genau wie alle anderen von ihm. Es hatte keinen Sinn. Wir konnten einfach nicht miteinander, da konnte die körperliche Anziehung noch so groß sein.

APRIL 2019

JAMIE

Meine Beine kribbeln inzwischen vom vielen Sitzen, doch ich kann mich einfach nicht dazu bewegen, endlich aufzustehen. Außerhalb dieses kleinen Zimmers im Dachgeschoss meines Elternhauses wartet das Chaos auf mich. Und damit meine ich nicht das übliche Chaos, das einen im Leben hin und wieder überfällt. Sondern Chaos, das meine Kräfte übersteigt. Etwas, mit dem ich nicht umgehen kann und bei dem ich auch nicht weiß, wie ich es jemals lernen soll.

Die ersten zwei Tage nach dem Auftauchen dieser beschissenen Schlagzeile habe ich mir eingeredet, dass es vorübergehen wird. Dass sie das Interesse verlieren und sich anderen, spannenderen Themen zuwenden werden. Doch jetzt, drei Tage später, versammeln sich immer noch regelmäßig Reporter vor unserem Haus und warten darauf, dass sich jemand zeigt. Wahrscheinlich ist ihnen sogar egal wer, Hauptsache sie bekommen endlich ein Interview von einem Mitglied der Familie Evans.

Verdammt, ich habe Carters Berühmtheit unterschätzt. Dass die Medien ein derartiges Interesse an ihm und seinen Angelegenheiten zeigen, sagt eine ganze Menge über seine Karriere aus.

Ich freue mich für ihn.

Das ist gelogen. Ich wünsche ihm die Pest an den Hals.

Das Handy neben meinem Knie summt und lässt das ganze Bett vibrieren. Ich werfe einen hastigen Blick hinter mich auf die andere Seite des Bettes, doch zu meiner Erleichterung rührt sich nichts.

Diesmal erkenne ich die Nummer auf dem Display. Es ist Murray, das weiß ich, seit mein Dad gestern wütend rangegangen ist und den Anrufer angeschrien hat, sich endlich jemand anderen zum Terrorisieren zu suchen. Ich habe keine Ahnung, was Murray beabsichtigt – wahrscheinlich die Wogen glätten, mir ein Statement für die Reporter aufquatschen oder mir einen Umzug nach Alaska organisieren. Es interessiert mich auch nicht, denn dieser Mann ist wirklich der letzte, mit dem ich reden will.

Na ja, der vorletzte.

Es klopft leise an der Tür, bevor sie aufschwingt und Kit sich ins Zimmer quetscht. Mein altes Kinderzimmer ist beinahe zu klein für ihn – er wirkt irgendwie fehl am Platz. Vorsichtig lässt er sich neben mich aufs Bett sinken und stupst mich leicht mit der Schulter an.

»Dad meint, du verschanzt dich hier oben.«

Ich zucke mit den Achseln. »Ist doch egal, wo genau ich mich verschanze. Raus traue ich mich jedenfalls nicht.«

Er schweigt ein paar Sekunden, dann steht er wieder auf, geht zum Fenster hinüber und lugt durch den schmalen Spalt der Gardinen. »Vielleicht solltest du einfach mit ihnen reden«, schlägt er vor, aber ich kann an seiner Stimme erkennen, dass er von diesem Plan nicht überzeugt ist. »Vielleicht geben sie dann Ruhe.«

»Oder sie stürzen sich noch mehr drauf.«

Sein Seufzen klingt beinahe so verzweifelt, wie ich mich fühle. »Kommt mit zu mir. In Chicago kann man sie immerhin besser abhängen. Ihr müsst das Haus doch mal verlassen.«

Ich schüttle den Kopf. »Nein, nicht nach Chicago.«

Gott sei Dank lässt er das Thema fallen. Eine Weile sitze ich schweigend auf meinem Bett, während ich allmählich befürchte, dass meine Beine absterben. Kit steht weiterhin am Fenster, um die drei Reporter zu beobachten, die offensichtlich gerade Wachdienst haben.

»Was hast du ihr erzählt?«, fragt er nach einer Weile, ohne mich anzusehen.

»Nichts«, erwidere ich trocken. »Und das bleibt auch so, bis ich eine Lösung für das Ganze gefunden habe.«

»Viel Glück dabei«, lacht Kit freudlos und macht sich wieder auf den Weg zur Tür. »Ich weiß, du hörst das nicht gern, Schwesterchen, aber du wirst dich mit ihm unterhalten müssen.«

Mein erster Impuls ist zu widersprechen, doch ich bin leider nicht so naiv. Also nicke ich und senke den Blick auf meine ineinander verschränkten Finger. »Ich weiß. Aber nicht heute.«

»Dann morgen«, flüstert er und zwinkert mir zu. »Wer weiß, vielleicht hat er ja die Lösung, nach der du suchst.«

Ich schnaube. »Das glaubst du doch selbst nicht. Wahrscheinlich ist er gar nicht mehr in der Stadt.«

»Das wirst du wohl herausfinden müssen.«

Er hebt kurz die Hand, wirft einen schnellen Blick hinter mich und zieht dann die Tür hinter sich zu.

Die Stille breitet sich erneut in dem kleinen Zimmer aus und droht mich zu erdrücken. Ich liebe mein Zuhause, in den letzten Tagen habe ich allerdings das Gefühl, dass es mich erstickt.

Gerade als ich aufstehen und irgendetwas Produktiveres als Rumsitzen tun will, vibriert mein Handy erneut. Diesmal ist es immerhin kein Anruf, sondern eine Textnachricht. Wahrscheinlich einer meiner Professoren, die sich wundern, warum ich seit Tagen nicht mehr in der Uni erscheine. Wobei, wenn sie Medien konsumieren, werden sie wissen, warum.

Im ersten Moment will ich die Nachricht ungelesen löschen, denn auch davon bekomme ich in letzter Zeit eine Menge. Entweder stammen sie von Medienleuten, Neugierigen, die aus irgendeinem Grund meine Nummer haben oder Freunden, die sich Sorgen machen. Ich kann auf alle verzichten. Gestern hat sogar Pete es bei mir versucht, dessen Nummer ich, warum auch immer, noch eingespeichert habe. Auch ihn habe ich weggedrückt – er stand immerhin die letzten Jahre auf der falschen Seite. Die Einzigen, bei denen ich inzwischen noch ans Telefon gehe, sind meine Familie und Nell.

Aus irgendeinem Grund lösche ich die Nachricht nicht, sondern öffne sie mit klopfendem Herzen. Vielleicht aus dem gleichen Grund, aus dem ich immer noch die Klatschseiten im Internet verfolge – ich will schlicht und ergreifend sehen, was gerade über mich geschrieben wird, auf welchem Stand sie sind.

Geht es euch gut?

Mehr nicht. Vier kleine Worte, kein Absender. Was soll das jetzt? Ein fürsorglicher Reporter, der denkt, ich würde auf den Mist reinfallen? Ich sollte die Nachricht löschen wie alle anderen, doch ich tue es nicht. Das trotzige Kleinkind in mir erhebt sich in all seiner Pracht und macht sich kampfbereit. Ich habe es satt, mich wegzuducken. Den Kopf einzuziehen, mich zu verschanzen, die Uni zu schwänzen und mir jeden Tag neue Ausreden einfallen zu lassen.

Klar, tippe ich wütend, wobei ich hoffe, dass jedes Wort so sarkastisch aufgenommen wird, wie es gemeint ist. *Wir chillen hier ein bisschen im Haus. Macht echt Spaß!*

Ich schicke die Nachricht ab und warte auf eine Antwort, die nicht kommt. Toll. Ich bin gerade wirklich in Stimmung für eine kleine Prügelei, wenn auch nur verbal. Aber offensichtlich hat der Absender bekommen, was er wollte, oder er hat auf etwas anderes gehofft.

Gerade als ich überlege, ob ich noch etwas hinterherschicken soll – ein Foto von meinem Mittelfinger vielleicht –, höre ich Stimmen vor dem Haus. In letzter Zeit nichts Ungewöhnliches, doch diesmal klingen sie lauter und aufgeregter als sonst. Eine Autotür schlägt zu, gefolgt von wilden Rufen und dem Klicken mehrerer Kameras.

Vorsichtig stehe ich auf und gehe zum Fenster. Ich schiebe langsam die Gardine zur Seite, merke aber, dass meine Zurückhaltung völlig unnötig ist. Zum ersten Mal, seit diese Meute hier aufgetaucht ist, ist kein einziges Objektiv auf das Haus gerichtet. Dafür aber auf den Mann, der gerade durch den Vorgarten schreitet, als hätte er das schon Dutzende Male getan.

Trotz der Jahre, die vergangen waren, erkenne ich sofort das mürrische Wieselgesicht, das ich so hasse – Murray.

Die Kavallerie ist da.

1.8

AUGUST 2015

JAMIE

Als am Freitag die Feierabendglocke läutete – nein, es gab keine Glocke, aber es fühlte sich tatsächlich so an –, ging es am Set zu wie im Hühnerstall. Für gewöhnlich gab es keinen festen Zeitpunkt für den Feierabend. Die Schauspieler verließen das Set, wenn sie nicht mehr gebraucht wurden, und alle anderen verschwanden dann, wenn ihre jeweilige Arbeit getan war. Heute jedoch blieben alle gemeinsam bis zum Schluss, um dann die Halle zu wechseln und die Jubiläumsfeier starten zu lassen. Den ganzen Tag über war ich von einer Halle zur anderen gehetzt – immerhin musste die Party von irgendjemandem vorbereitet werden. Ich hatte das Büfett aufgebaut, Kram weggeschafft und die Deko angebracht, zusammen mit ein paar Komparsen, Leuten von der Beleuchtung und vom Ton sowie zwei Praktikanten aus anderen Bereichen, die ich vorher noch nicht kennengelernt hatte. Auch Chris war unter den Helfern gewesen, doch wir hatten kaum Zeit gehabt, uns zu unterhalten. Wobei ich ihm die Sache mit der Freiwilligmeldung bei der Tanzszene auch noch nicht ganz verziehen hatte.

Kurz vor Beginn übernahm dann externes Personal meine Arbeit, und ich durfte mich umziehen gehen. Jetzt war ich ziemlich froh, dass ich mich von Nell zu einem anderen Outfit hatte überreden lassen, denn wie es aussah, warfen sich alle noch einmal in Schale. Ich zog mich auf der Toilette des

Personalraums um, da mir die anderen Räume zu überfüllt waren.

Als ich die Partylocation betrat, zupfte ich nervös an meinen Kleidern herum. Ich trug eine Kombination aus meinen eigenen Klamotten und Teilen, die ich mir von Nell geliehen hatte – einen rosafarbenen Tüllrock, der mir bis knapp übers Knie reichte, ein enges Tanktop, einen dünnen Lederblazer mit Dreiviertelärmeln und dazu High Heels, die ich nur einmal bei einer Hochzeit getragen hatte – alles in schwarz. Meine Haare ließ ich offen, lediglich an der einen Seite hatte ich sie ein Stück zurückgeflochten. Ich fühlte mich um einiges stylisher als sonst, doch leider auch deutlich unsicherer. Ich mochte es, wenn ich nicht allzu sehr auffiel. Dann musste ich mir keine Gedanken darüber machen, was andere Menschen über mich dachten. Der Rock aus Nells Kleiderschrank sorgte in erster Linie dafür, dass ich mir wie eine Leuchtreklame vorkam. Was ziemlich lächerlich war, da meine Kollegen, vor allem die Schauspielerinnen, zum Teil sehr viel auffälliger gekleidet waren als ich. Von Pailletten über Neonfarben bis hin zu Nippelpads unter durchsichtigem Stoff war alles dabei.

Ich nahm mir einen Moment und musterte die Halle, die kaum wiederzuerkennen war. Für gewöhnlich dominierten Stellwände, Kulissen, Scheinwerfer und irgendwelche Gerüste das Bild, genau wie an unserem Set. Jetzt war alles weggeschafft worden, wodurch das gesamte Gebäude um einiges größer wirkte. Von der Decke leuchteten bunte Scheinwerfer, die sich gemächlich drehten und deren Licht von den Kleidern und dem Schmuck der Gäste reflektiert wurde. Überall waren Menschen, es wurde geredet und gelacht, während gedämpfte Musik das Stimmengewirr untermalte.

Ein paar Sekunden lang stand ich etwas unschlüssig herum und suchte in der Menge nach bekannten Gesichtern. Das

Licht war eher sparsam eingesetzt, und bei all den Menschen war es schwierig, überhaupt jemanden zu erkennen. Eine Kellnerin reichte mir ein Glas Sekt, und ich nahm einen großen Schluck, in der Hoffnung, damit meine Nerven beruhigen zu können.

Die erste Stunde verbrachten wir damit, uns gemeinsam die Jubiläumsfolge auf einer riesigen Leinwand anzusehen. Es war nicht das erste Mal, dass ich mir seit des Beginns des Praktikum die Serie anschaute, doch das erste Mal in Gesellschaft. Ich wusste nicht viel über den Drehplan, deswegen wusste ich auch nicht, welche der abgedrehten Szenen heute gezeigt werden würden.

Ich saß auf einem Stuhl ziemlich weit hinten, zwischen Pete auf der einen Seite und Carter auf der anderen. Keine Ahnung, wie es zu dieser Konstellation gekommen war – ich hatte extra einen Platz weit hinten gewählt, weil ich mir sicher gewesen war, dass die Darsteller in den vorderen Reihen sitzen würden. Doch als die beiden aufgetaucht waren, hatte der Vorspann bereits begonnen, und es wäre mir unhöflich vorgekommen, jetzt noch aufzustehen und mir einen neuen Platz zu suchen.

Ziemlich angespannt lehnte ich mich auf meinem Stuhl zurück, während ich versuchte, mich auf die Handlung auf der Leinwand zu konzentrieren. Was nicht so leicht war, denn mein Körper schien Carters Nähe übermäßig wahrzunehmen. Alles in mir kribbelte, summte und war unruhig.

Gerade als ich überlegte, einfach einen Toilettengang vorzuschieben und zu verschwinden, änderte sich das Bild in eine Szene, die mir vage bekannt vorkam. Als mir klar wurde, um welche es sich handelte, entfuhr mir ein leicht panischer Laut. Carter gluckste neben mir, doch ich konnte mich jetzt nicht wirklich auf ihn konzentrieren.

Das war die Ballszene, in der ich mitgespielt hatte. Ich hatte mich bereits gefragt, wann sie ausgestrahlt werden würde, hatte jedoch auf keinen Fall damit gerechnet, dass ich sie mit Carter zusammen ansehen würde. Mit dem gesamten Team. Auf einer Leinwand.

Ganz großes Kino – im wahrsten Sinne des Wortes!

Mir schoss das Blut ins Gesicht, als Carter und ich auf der Leinwand erschienen. Einen Moment lang starrte ich mich selbst an und war überrascht, wie gut ich aussah. Irgendwie anders als sonst – erwachsener und ein wenig verruchter, als ich es gewohnt war. Dann wanderte mein Blick zu Carter, über unsere ineinander verschränkten Hände und seine Brust, die sich während des Tanzes an meine drückte.

Immer wieder tauchte Amelia auf, die irgendetwas sagte, doch ich hörte die Worte nicht einmal. Ich wusste nicht, worum es ging, mein Blick klebte an Carter und mir.

Objektiv betrachtet waren wir ein wirklich schönes Paar. Wir wirkten vertraut, allerdings nicht auf eine geschwisterliche Art. Eher so, als würden wir uns beieinander wohlfühlen. Als würde sich keiner von uns Gedanken darum machen, was er sagen oder tun durfte.

Dieses Bild war so fernab der Realität, dass ich vielleicht wirklich über eine Schauspielkarriere nachdenken sollte.

Pete zu meiner Rechten sagte irgendetwas und lachte, doch ich hörte ihn kaum. Ich sah vermutlich aus wie eine Irre, wie ich da saß und die Leinwand anstarrte, ohne irgendetwas um mich herum wahrzunehmen.

Jetzt kam die Stelle, an der Carter mich nach hinten lehnte und wir einander in die Augen sahen. Heiliger Bimbam, die Funken, die zwischen uns flogen, waren beinahe bis hierher zu spüren. Das war so peinlich.

Ich hatte selten etwas Merkwürdigeres erlebt als das hier: im Halbdunkel zu sitzen, einer hübscheren, selbstsichereren Version von mir beim Tanzen zuzusehen, und das alles neben dem Kerl, mit dem ich da in der Szene übers Parkett schwebte.

Mein Blick wanderte zu Carter. Sein Profil lag im Halbdunkel, doch die dezente Beleuchtung brachte seine markanten Züge noch deutlicher zur Geltung. Ich konnte seine langen Wimpern erkennen, seine gerade Nase, den ebenmäßigen Schwung seiner Lippen.

Als hätten meine außer Kontrolle geratenen Hormone nur auf ihre Gelegenheit gewartet, rasteten sie jetzt völlig aus. Die Spannung zwischen den beiden Figuren auf der Leinwand schien auf mich überzuspringen. Es wäre so leicht gewesen, einfach die Hand auszustrecken und Carter zu berühren. Sein Knie war nur wenige Zentimeter von meinem entfernt, seine Lippen in greifbarer Nähe. Ich hätte mich nur ein kleines Stück zur Seite lehnen müssen und es sogar wie ein Versehen aussehen lassen können.

Als der Moment in der Szene kam, in dem Carter und ich uns beinahe geküsst hätten, hielt ich den Atem an, damit mir kein Seufzer entwich oder ich sonst etwas Peinliches tat.

Plötzlich berührte mich etwas sanft am Oberschenkel. Ich war so in mein Bemühen um Selbstkontrolle vertieft, dass ich zusammenzuckte. Ich sah hinunter und entdeckte Carters Finger, die langsam über den viel zu dünnen Stoff meines Rocks strichen. Ich hob den Blick, doch zu meiner Überraschung blickte Carter starr geradeaus. Lediglich das leichte Zucken seiner Mundwinkel signalisierte mir, dass ich nicht vollkommen durchdrehte und mir seine Berührungen halluzinierte.

Ich sollte seine Hand wegstoßen. Wirklich.

Doch ich tat es nicht.

Stattdessen saß ich einfach da, folgte mehr oder weniger konzentriert der Episode, während seine Finger immer wieder meinen Oberschenkel hinauf- und hinabstrichen. Jedes Mal, wenn sie sich meiner Hüfte näherten, stockte mir der Atem. Ich war mir nicht sicher, was ich wollte – dass er endlich von mir abließ oder dass seine Hand ihren Weg fortsetzte und noch ein kleines Stück weiter wanderte.

Nach ein paar Minuten konnte ich mich nicht länger beherrschen. Ich drehte den Kopf und suchte im Halbdunkel seinen Blick. Er schien es zu bemerken, denn auch er wandte sich in meine Richtung. In seinen dunklen Augen lag ein beinahe gefährliches Funkeln, sein Mund war zu einem halben Lächeln verzogen. Inzwischen war es mir egal, dass wir von Hunderten Leuten umgeben waren, dass wir zusammen arbeiteten und dass er diese verdammte Klausel im Vertrag hatte.

Seine Finger machten erneut an meinem Knie kehrt und fuhren nach oben. Und dieses Mal hielten sie nicht an, sondern tasteten sich noch einen Zentimeter weiter vor.

Mein Mund öffnete sich beinahe widerwillig, Gott sei Dank entfuhr mir kein Ton.

Carter lächelte mich an und hob eine Augenbraue. Keine Ahnung, ob es sich dabei um eine Frage oder eine Aufforderung handelte, doch es war mir egal. Vielleicht lag es am Alkohol oder der merkwürdigen Stimmung im Saal, aber ich wollte um jeden Preis, dass er weitermachte. Als ob der Verlust seiner Berührung mir körperliche Schmerzen zufügte.

Weil ich nicht reagierte, wurde Carters Lächeln eine Spur herausfordernd. Dann eroberten seine Finger ein paar Zentimeter mehr von meiner Haut. Ich zuckte zusammen, hielt seinem Blick aber stand. Gott, wie sehr ich mir wünschte, wir wären allein. Nur wir zwei, bestenfalls ein großes Bett und so wenig Kleidung wie möglich.

Als ich gerade drauf und dran war, Carters Hand zu packen und ihn in eine Besenkammer zu ziehen, brandete um uns herum Applaus auf. Ich erschrak und richtete mich auf. Ohne es zu bemerken, hatte ich mich zu Carter gelehnt, unsere Gesichter waren kaum fünf Zentimeter voneinander entfernt gewesen.

Im ersten Moment war ich völlig verwirrt, doch als ein paar der Neonröhren über unseren Köpfen surrend aufleuchteten, wurde mir klar, dass die Folge zu Ende sein musste.

Wow, ich hatte keinen blassen Schimmer, was auf der Leinwand passiert war.

Rechts von mir ertönte ein Räuspern. Zittrig drehte ich mich zu Pete um, der mich so verblüfft ansah, als hätte ich mich vor seinen Augen in Donald Duck verwandelt.

»Ich habe kurz überlegt, ob ich euch beide alleine lassen soll«, meinte er und trieb mir damit eine ganze Menge Blut ins Gesicht. »Ehrlich, Süße, du solltest dringend mit ihm schlafen, um der Sache ein Ende zu setzen.«

Ich konnte nicht antworten, geschweige denn Carter direkt ansehen. Bevor er eine Chance hatte, mich aufzuhalten, war ich aufgestanden und geflüchtet. Ich würde abhauen, so schnell ich konnte. Oder den restlichen Abend auf der Toilette verbringen. Vielleicht kalt duschen. Völlig egal, aber ich durfte Carter Dillane nie wieder unter die Augen treten.

Mein Plan ging nicht auf. Ich hatte es beinahe zum Ausgang geschafft, als Chris mich fand und darauf bestand, als Entschuldigung für seine Beteiligung an meiner Schauspielkarriere mit mir einen zu trinken. Dagegen sprach in meinen Augen eine ganze Menge, doch mir fiel so schnell keine Ausrede ein. Immerhin hatte die Party gerade erst begonnen, und der Anstand gebot es, dass ich immerhin eine Stunde lang daran teilnahm. Offiziell abhauen kam also nicht infrage und bei meinem Pech bezweifelte ich, dass ich es schaffen würde, mich rauszuschleichen.

Nach einigem Hin und Her gab ich schließlich auf und quetschte mich hinter Chris entlang zur Bar. Die meisten Leute scharten sich um das Büfett, doch mir war der Appetit vergangen. Was eine Schande war, da ich seit dem Mittagessen von Carter nichts Vernünftiges mehr gegessen hatte.

»Auf dich«, sagte Chris, nachdem er es geschafft hatte, uns zwei Tequila zu besorgen. »Du warst großartig, das musst du zugeben.«

Ich gab nichts zu, sondern deutete stattdessen auf das Glas vor mir. »Ist dir klar, dass ich eigentlich zu jung bin, um Alkohol zu trinken?«

Okay, das war vielleicht ein bisschen spießig.

Chris lachte, als hätte ich den Witz des Jahrhunderts gerissen. »Einer wird dich nicht umbringen«, versicherte er mir. »Und keine Sorge, ich verrate dich nicht.«

Seufzend griff ich nach meinem Glas. Vielleicht war das gar keine schlechte Idee – ich mochte Tequila, und manche Probleme erschienen unter Alkoholeinfluss bekanntlich gar nicht mehr so schlimm.

Wir kippten das Zeug hinunter und bissen dann fachgerecht in die Limette. Instinktiv verzog ich das Gesicht, worauf Chris noch lauter lachte. »Ist ja niedlich.«

Ich runzelte die Stirn. »Ich habe schon mal Alkohol getrunken, das ist dir klar, oder?«

»Ich bin mir sicher, dass du bereits vieles getan hast, was man nicht von dir erwartet«, meinte er grinsend und zwinkerte mir zu.

Keine Ahnung, was er mir damit sagen wollte, aber das Gespräch wurde mir unangenehm. In diesem Moment fand ich Chris deutlich weniger sympathisch als bei unserem ersten Treffen im Personalraum.

»Okay«, sagte ich gedehnt und schenkte ihm ein hoffentlich

überzeugendes Lächeln. »Danke für den Drink. Auch wenn die hier kostenlos sind. Man sieht sich!«

»Warum so eilig?«, fragte er stirnrunzelnd. »Du hast es selbst gesagt – die Drinks sind kostenlos. Das sollten wir ausnutzen.«

Ich schüttelte den Kopf, dieses Mal mit mehr Nachdruck. »Nein danke. Die Hälfte dieser Leute sind meine Chefs, da will ich ungern in einer Stunde auf dem Tisch tanzen.«

Wieder lachte er. »Ich bin mir ziemlich sicher, dass einige von denen dich gern auf dem Tisch tanzen sehen würden.«

»Vielen Dank«, sagte ich trocken. »Aber nein danke. Und wie gesagt: Man sieht sich!«

Ich haute ab, ohne ihm die Chance zu geben, noch etwas zu sagen. Damals in dem Personalraum hatte ich nicht bemerkt, wie schmierig Chris war. Er war wohl tatsächlich ein guter Schauspieler. Wie auch immer, auf einen Flirt mit diesem Kerl hatte ich wirklich keine Lust.

Während ich mich jetzt doch Richtung Büfett durch die Menge schob, sah ich auf mein Handy. Noch zwanzig Minuten, dann konnte ich mich guten Gewissens nach Hause verabschieden. Ich hatte ohnehin keine Lust auf diese Party gehabt, und irgendwo in dieser plötzlich viel zu kleinen Halle rannten Carter und Pete herum. Zusammen mit Chris kam ich inzwischen auf drei Kerle, denen ich nicht über den Weg laufen wollte. Ich war wirklich eine Katastrophe.

Wieder wurde ich von einer Hand an meinem Oberarm aufgehalten, dieses Mal war es zu meiner Erleichterung Pierce. Er balancierte drei Sektgläser und strahlte übers ganze Gesicht.

»Da bist du ja!«, rief er und umarmte mich, soweit das mit seiner Getränkeladung möglich war. »Ich hatte dir bei der Vorstellung einen Platz freigehalten, habe dich aber nirgendwo gesehen.«

Ich winkte hastig ab, als meine Gedanken sich auf Wanderschaft begeben wollten. Ich takelte sie nieder und nagelte sie am Boden fest. »Ich saß ganz hinten. Wirklich eine tolle Folge.«

Er nickte begeistert und drückte mir eines der halb vollen Gläser in die Hand. »Das war Teamwork, Jamie. In deinem Fall sogar vor und hinter der Kamera.«

Ich stimmte in sein Lachen ein und hoffte, dass ich dabei genauso überzeugend spielte wie während des Tanzes mit Carter. »Ja, du hast recht. Danke noch mal für die Chance.«

»Nichts zu danken, du bist eine überraschend große Hilfe«, sagte er zwinkernd. Dieses Mal war mein Lächeln echt. »Das meine ich ernst. Wenn du möchtest, kann ich gerne mal mit Penny sprechen und vorschlagen, dass wir dich nach dem Praktikum als bezahlte Kraft übernehmen. Ab und zu bieten wir Studentenjobs an, und bei dir wäre es perfekt, weil wir dich nicht einarbeiten müssten.«

Sprachlos starrte ich ihn an. Ein Teil von mir glaubte, sich bei all dem Lärm verhört zu haben. »Meinst du das ernst?«

Er nickte. »Absolut. Du denkst mit, stehst nicht im Weg rum und kochst hervorragend Kaffee. Du bringst alles mit, was man im Showbiz braucht!«

Wenige Sekunden lang stand ich einfach nur da und starrte ihn an, dann entfuhr mir ein schriller Schrei, und ich hüpfte ein paar Mal auf und ab. »Oh mein Gott, Pierce!«, quietschte ich. Ich erntete ein paar verwirrte Blicke von den Leuten um uns herum, doch das war mir im Moment wirklich egal. »Danke, danke, danke, danke! Das wäre so toll! Ich verspreche dir, ich werde mich absolut reinhängen!«

»Da bin ich mir sicher«, lachte er und stieß mit seinem eigenen Glas an meines. »Aber wie gesagt, ich muss mit Penny sprechen, ich kann also nichts garantieren!«

Ich strahlte ihn an. Allein die Tatsache, dass er mich einstellen wollte, machte mich so stolz, dass es mich nicht gewundert hätte, wenn ich ein paar Meter über dem Boden geschwebt hätte. Plötzlich hatte ich es gar nicht mehr so eilig, nach Hause zu kommen.

Wie bescheuert war ich eigentlich? Ich hatte meine Laune von Carter Dillane abhängig gemacht. Dabei war das hier auch mein Abend, meine Karriere, mein Traum. Wie hatte ich auch nur darüber nachdenken können, einfach abzuhauen, nur um ihm nicht noch mal zu begegnen?

»Apropos Penny«, unterbrach Pierce meine Gedanken, »ich wollte ihr einen Sekt bringen. Komm mit, wir suchen sie.«

Ich musste mich gewaltig zusammenreißen, um nicht hinter ihm auf- und abzuhüpfen. Stattdessen bemühte ich mich um einen professionellen Gesichtsausdruck und folgte ihm durch die Menge.

Zwei Stunden und zwei Glas Sekt später wirkte die Welt nicht einmal mehr annähernd so düster wie noch am Vortag. Im Gegenteil, in meiner aktuellen Stimmung erschienen mir meine Geldsorgen und mein Hickhack mit Carter Dillane total banal. Nichts von beidem war es wert, dass ich überhaupt darüber nachdachte. Irgendwo in meinem Hinterkopf gab es zwar eine leise Stimme, die mich davor warnte, dass ich morgen anders darüber denken würde, doch ich verpasste ihr einfach ein Partyhütchen und beschloss, sie den Rest des Abends zu ignorieren.

Ich hatte Pierce irgendwann verloren, nachdem wir eine Weile mit Penny geredet hatten. Er hatte sie zwar noch nicht gefragt, doch ich war zuversichtlich, dass Penny über meine Einstellung nachdenken würde. Sie hatte mich mehrfach gelobt und meinem Ego damit den Kick verpasst, den es in letzter Zeit so dringend nötig gehabt hatte.

Pete war ich ebenfalls wieder über den Weg gelaufen, aber zu meiner Erleichterung hatte er sich blöde Kommentare verkniffen. Immerhin hatte ich nichts getan. Carter und ich waren ja möglicherweise Freunde, da durfte man sich durchaus mal berühren, Himmelherrgott!

Wie gesagt – in diesem Moment war die Welt wunderbar einfach.

»Jamie!«, hörte ich jemanden rufen und drehte mich, bis ich Natalie entdeckte, eine der Schauspielerinnen. Sie stand mit einer Gruppe Kollegen an der Bar und winkte wild. »Komm her, wir stoßen an!«

Carter war bei ihnen, genau wie Amelia und Pete. Doch das war mir egal, ich würde mich nicht von ihrer Anwesenheit einschränken lassen. Erhobenen Hauptes drängte ich mich an den Leuten vorbei und stellte mich zwischen Amelia und Natalie, die mir ein Weinglas reichte. Ich nahm es, wobei ich mir schwor, dass es das letzte sein würde. Auch wenn ich die Art und Weise mochte, wie ich die Dinge betrunken anging, hatte ich vorhin bei Chris nicht gelogen – ich wollte mich vor meinen Chefs wirklich nicht zum Affen machen.

»Auf uns!«, rief Carter in die Runde und hob sein Glas. »Und auf ein weiteres großartiges Jahr!«

Ich fühlte mich ein wenig fehl am Platz, trotzdem stimmte ich in den allgemeinen Jubel ein und trank mit. Ich trank trockenen Rotwein, weil ich irgendwie der Meinung war, dass er mich professionell aussehen ließ. In Wahrheit schmeckte er bitter, und bei jedem Schluck musste ich mich zusammenreißen, um nicht das Gesicht zu verziehen.

»Unfassbar, dass es schon fünf Jahre sind, oder?«, fragte Natalie und blickte sich suchend um. »Bin ich etwa die Einzige, die von Anfang an dabei war?«

Pete lachte. »Glückwunsch – Dienstälteste!«

Sie verzog das Gesicht und deutete auf ein dünnes Mädchen, dessen Namen ich vergessen hatte. »Du bist die Neuste, oder? Ich habe echt den Überblick verloren, wir sind zu viele geworden.«

Das Mädchen schüttelte den Kopf und zeigte wiederum auf mich. »Nein, ich bin nicht mehr der Frischling – Gott sei Dank.«

Bei der plötzlichen Aufmerksamkeit wurde ich ein wenig rot und hob zögernd die Hand. »Muss ich 'ne Rede halten oder so?«

»Oooooh!«, machte Pete grinsend, quetschte sich zwischen Natalie und mich und legte mir einen Arm um die Schultern. »Das ist eine gute Idee, weißt du? Eigentlich müssen die Neuen von einem der Deckenbalken auf einen Matratzenhaufen springen, aber so eine klassische Antrittsrede hat ja auch was.«

»Echt?«, fragte ich leicht verunsichert. Die Deckenbalken waren verdammt hoch.

»So ähnlich«, meinte Amelia und verdrehte die Augen. »Man muss springen, allerdings auf eines der Luftkissen von den Stuntleuten.«

»Wie konnten wir das vergessen?«, rief Pete übertrieben begeistert. »Aber du hast die Wahl – Rede oder Springen!«

Ich blickte in eine Reihe amüsierter Gesichter, von denen zu meiner Erleichterung keines so aussah, als würden sie sich über mich lustig machen. Sie schienen tatsächlich eine Entscheidung zu erwarten. Und ich hasste es, vor Leuten zu sprechen, also …

»Ich springe«, quiekte ich, wobei ich selbst nicht glauben konnte, was ich da sagte. Wieder brach allgemeiner Jubel aus, gefolgt von einer weiteren Runde Shots, an der ich diesmal nicht teilnahm.

»Okay«, sagte Pete und sah mich so feierlich an, dass ich mich unwillkürlich ein wenig aufrichtete. »Wir sagen dir nicht, wann, wir sagen dir nicht, wo. Wir kommen dich holen, wenn du es am wenigsten erwartest.«

Ich lachte nervös. »Du klingst wie ein Wahnsinniger.«

»Das ist er«, sagte Carter.

Trotz meiner großtönenden Ansprache an mich selbst löste seine Stimme eine ganze Menge Gefühle in mir aus. Doch ich drängte sie zurück, nicht gewillt, mich erneut von ihm einlullen zu lassen.

Ich unterhielt mich ein paar Minuten mit einer Praktikantin aus der Produktion, dann ging ich nach draußen, um ein bisschen frische Luft zu schnappen und Nell anzurufen. Heute Morgen hatte ich ihr versprochen, dass ich mich zwischendurch melden und einen Lagebericht geben würde. Außerdem wollte ich ihr von Pierce' Angebot erzählen und ihr für den fantastischen Rock danken. Sobald ich wieder etwas Geld hatte, würde ich losziehen und mir einen ähnlichen ...

»Siehe da, Miss Evans.«

Ruckartig drehte ich mich nach der Stimme um und entdeckte Chris ein paar Meter rechts von mir. Seine Umrisse zeichneten sich schwach in der Dunkelheit ab. Hätten ihn leichte Nebelschwaden umwabert, hätte er den idealen Bösewicht in irgendeinem Schwarz-Weiß-Krimi abgegeben.

Mein Blick scannte seine Gestalt. Einer seiner Hemdknöpfe stand offen, und seine Augen waren gerötet. Ich hätte wetten können, dass er sich gerade übergeben hatte. Keine Ahnung, ob es an seiner Erscheinung lag oder an dem seltsamen Blick, mit dem er mich betrachtete – etwas an ihm machte mich nervös.

1.9

JAMIE

»Was machst du hier draußen?«, fragte ich und sah mich unauffällig um. Wir waren augenscheinlich allein, und auch wenn
man das Stimmengewirr und die Musik aus der Halle deutlich
hören konnte, schienen die anderen auf einmal sehr weit weg
zu sein.

Er kam näher. Kleine Details sprangen mir ins Auge – ein
Fleck auf seinem Hemd, ein verwischter Abdruck von Lippenstift auf seiner Wange. Er sah nicht einmal annähernd so gut
aus wie sonst.

»War pinkeln«, sagte er und lachte. »Die Toiletten da drin
sind so überfüllt, darauf hatte ich keinen Bock.«

Das kommentierte ich lieber nicht. Stattdessen hob ich mein
Handy, während ich einen Schritt zurück zur Halle machte.
»Meine Freundin ist dran«, log ich und versuchte es mit einem
freundlichen Lächeln. »Wir sehen uns drinnen, nehme ich an.«

Entweder verstand er den Wink mit dem Zaunpfahl nicht
oder er ignorierte ihn einfach. »Du hast nicht telefoniert, als du
rausgekommen bist«, meinte er und grinste so breit, als erwartete er Applaus für diese Feststellung. »Ich habe dich gesehen.«

»Ist ja auch gar nicht gruselig, jemanden aus dem Schatten
heraus zu beobachten.«

»Findest du das nicht romantisch? Deine Blicke vorhin an
der Bar waren doch eindeutig.«

Abwehrend hob ich die Hände. »Ganz im Ernst, ich habe
keine Ahnung, wovon du sprichst. Ich bin zum Telefonieren

raus, und genau das würde ich jetzt gerne tun. Wenn du mich also bitte entschuldigen würdest.«

»Ich habe dich und Carter gesehen«, wechselte er das Thema, ohne meine Aufforderung auch nur im Geringsten zu beachten. »Während der Vorführung. So etwas hätte ich gar nicht von dir gedacht, Evans.«

Natürlich war es mir peinlich, dass er uns gesehen hatte, aber in seinem Zustand war Chris derjenige, der sich über sein Verhalten Gedanken machen sollte. Also richtete ich mich ein Stück auf und erinnerte mich an alles, was Nell mir über selbstsicheres Auftreten beigebracht hatte. Schultern zurück, Kinn hoch und einen festen Stand – auch wenn Letzteres auf den High Heels nicht so einfach war.

»Ich weiß nicht, was du glaubst gesehen zu haben«, sagte ich – so fest und laut ich konnte. »Aber glaub mir, du hast es dir eingebildet. Und wenn du nicht gehst, verschwinde ich jetzt.«

Ich wollte mich an ihm vorbeidrücken, aber er machte einen Schritt zur Seite und versperrte mir den Weg.

»Geh mir aus dem Weg«, sagte ich, inzwischen wirklich genervt. »Ganz ehrlich, Chris, ich habe keinen Bock auf Drama, aber wenn es sein muss, veranstalte ich eins.«

»Komm schon, Evans. Wir verstehen uns doch gut!«

Ich hob eine Augenbraue. »Im Moment sehe ich das ein wenig anders.«

Seine Mundwinkel hoben sich amüsiert, und er beugte sich vor, schwankte dann aber zurück, als sei der plötzliche Perspektivenwechsel zu viel für ihn. »Du hältst dich für sehr wichtig, oder?«

Ich verdrehte die Augen. »Lass es gut sein, Chris. Verletzter Stolz ist etwas sehr Unattraktives.«

»Du bist doch nur eine Praktikantin von vielen«, spuckte er aus. »In ein paar Jahren erinnert sich niemand mehr an dich, und du arbeitest irgendwo an einer Supermarktkasse und trauerst den alten Zeiten hinterher.«

Ich öffnete den Mund, schloss ihn jedoch sofort wieder. Mir war klar, dass Chris nur verbal um sich schlug, weil ich ihn zurückgewiesen hatte, und dass hauptsächlich der Alkohol aus ihm sprach. Trotzdem trafen mich seine Worte, denn das waren genau die Befürchtungen, die mich nachts wach hielten. Dass meine ganzen Mühen und Anstrengungen am Ende umsonst sein und ich es einfach nicht schaffen würde, mich in dieser hart umkämpften Branche durchzusetzen.

»Hau ab, Chris«, sagte ich so energisch wie möglich. »Wenn du morgen früh wieder nüchtern bist, wird dir das hier peinlich sein. Verschwinde, bevor du es noch schlimmer machst.«

Er sah mich noch ein paar Sekunden an, dann schnaufte er und stapfte an mir vorbei. Er hätte mich ernsthaft mit der Schulter gerammt, wenn ich nicht rechtzeitig zur Seite gewichen wäre. So ein Arschloch.

Sobald er in der Halle verschwunden war, wich die Energie aus meinem Körper, und ich sackte ein wenig zusammen. Ich wusste, dass ich nichts auf das geben sollte, was Chris da gerade abgelassen hatte. Doch seine harten Worte und der Alkohol des Rotweins vermischten sich und machten mich ein wenig wehmütig.

Seufzend lief ich über den dunklen Hof und setzte mich auf den Plastikfelsen.

CARTER

Ein stechender Kopfschmerz hatte sich hinter meiner Stirn festgesetzt, und ich brauchte ein wenig Ruhe. Ich war ein Fan solcher Veranstaltungen, vor allem, wenn ich einer der Hauptakteure war. Trotzdem setzten mir der ständige Lärm und die stickige Luft zu.

Ich kämpfte mich bis zum Eingang der Halle vor und versuchte den Leuten auszuweichen, die sich mit mir unterhalten wollten. Gerade als ich glaubte, es geschafft zu haben, rannte ich beinahe in einen der Komparsen hinein, der sich haltsuchend an einem großen Lautsprecher festhielt und offensichtlich versuchte, das Gleichgewicht wiederzufinden.

»Sorry«, murmelte ich. »Alles okay?«

Er schnaufte und betrachtete mich dermaßen verächtlich, dass ich die Stirn runzelte. »Du hast mir gerade noch gefehlt.«

»Was?«

Sein Gesicht verzog sich zu einem abfälligen Grinsen. »Falls du auf 'ne schnelle Nummer mit der Praktikantin da draußen aus bist, vergiss es. Die ist beschissen drauf.«

Mein Hirn brauchte ein paar Sekunden, um die Worte zu verarbeiten. Ich machte einen drohenden Schritt auf ihn zu. »Wie meinst du das?«

Er schüttelte nur den Kopf und quetschte sich an mir vorbei. »Vergiss es, Mann.«

Ich sah ihm nach. Einen Moment lang erwog ich, ihn mir zu krallen und ihn dazu zu bringen, mir zu sagen, was er damit gerade angedeutet hatte. Doch dann wanderte mein Blick zur Tür, und ein Anflug von Panik überkam mich. So wie der Typ drauf war, wollte ich mir lieber nicht vorstellen, was da zwischen ihm und Jamie gelaufen war, wenn die beiden sich begegnet waren.

Meine Schritte beschleunigten sich, und ich rannte beinahe hinaus auf den dunklen Hof. Hektisch sah ich mich um, während ich versuchte, die Bilder zurückzudrängen, die vor meinem inneren Auge aufstiegen.

Meine Augen taxierten die Umgebung, doch ich konnte Jamie nirgends entdecken. Vielleicht hatte dieser Kerl einfach nur Scheiße geredet, und sie war gar nicht hier draußen. Vielleicht sollte ich sie in der Halle suchen, einfach nur, um sicherzugehen, dass alles okay war.

Als ich mich gerade umdrehen und den Rückzug antreten wollte, hörte ich ein Rascheln hinter mir in der Dunkelheit. Ich wirbelte herum und versuchte in den Schatten etwas zu erkennen.

»Jamie?«, rief ich barsch.

Ein paar Sekunden blieb es still, dann hörte ich ein Räuspern. »Ja?«

Eine Welle der Erleichterung überkam mich, während ich ihrer Stimme folgte. Meine Augen gewöhnten sich allmählich an die Dunkelheit, und nach und nach schälten sich die Umrisse der Wasserfallkulisse aus all dem Schwarz. Jamie saß auf einem der Plastikfelsen und sah mir stirnrunzelnd entgegen. Mein Herz hämmerte in meiner Brust.

»Was machst du hier draußen?«, fragte sie und sah an mir vorbei zur Halle. »Solltest du dich nicht feiern lassen?«

Ein paar Sekunden sah ich sie an, scannte ihren Körper, soweit das in der Dunkelheit möglich war. »Geht es dir gut?«

»Ja?«, fragte sie verwirrt. »Warum?«

Nicht überzeugt hockte ich mich neben sie und musterte ihr Gesicht. Ich hob die Hand, ließ sie dann aber zögernd wieder sinken. »Was machst du hier draußen?«

Sie zuckte mit den Schultern. »Ich schnappe frische Luft. Meine Güte, Carter, was ist denn das Problem?«

Ich atmete zischend aus. Mir war gar nicht aufgefallen, dass ich unwillkürlich die Luft angehalten hatte. »Ich hab mir Sorgen gemacht«, gestand ich leise. »Mir ist drinnen so 'n Kerl begegnet, der Scheiße erzählt hat, und ich dachte … er hat dir nichts getan, oder?«

Einen Moment lang erwiderte sie meinen Blick, dann lächelte sie kaum merklich. »Der war nur besoffen und hatte 'ne große Klappe, mehr nicht.«

»Wirklich?«, fragte ich durch zusammengebissene Zähne. »Was hat er zu dir gesagt?«

Sie zuckte mit den Schultern und hob die Augenbrauen. »Tut nichts zur Sache. Ich finde es viel interessanter, dass du mich retten wolltest. Du bist ein richtiger Held.«

Ich wich ein Stück zurück. »Verarsch mich nicht, Jamie. Ich hab mir wer weiß was vorgestellt.«

»Ich verarsche dich nicht«, versicherte sie mir leise. »Ich bin dir dankbar, wirklich. Es war nicht nötig, aber ich finde es nett, dass du nach mir gesucht hast.«

Ich nahm mir ein paar Minuten, um mein immer noch rasendes Herz zu beruhigen. Ich war überrascht, wie sehr es mich beschäftigte, dass dieser Typ Jamie offenbar angemacht hatte.

Energisch schüttelte ich den Kopf, um die dunklen Gedanken zu vertreiben, und setzte mich neben Jamie auf einen der Felsen. Ich kramte nach einer Zigarette und nahm einen tiefen Zug, um mich ein wenig zu entspannen. »Ist wirklich alles okay?«, fragte ich, ohne sie anzusehen. »Warum sitzt du hier draußen rum?«

»Es wurde mir alles ein bisschen viel«, gestand sie zögernd. »Ich will nicht wieder reingehen.«

Ich starrte auf die rote Glut meiner Kippe und nickte. »Ich auch nicht.«

Der überraschte Seitenblick, den sie mir zuwarf, entging mir nicht. »Warum?«

»Ich habe mit allen wichtigen Leuten geredet«, sagte ich achselzuckend.

Wir schwiegen eine Weile. Ich hatte ehrlich gesagt keine Ahnung, worüber ich mich mit ihr unterhalten sollte. Wir tanzten ständig umeinander herum, stritten uns oder waren irgendwie miteinander beschäftigt. Einfach friedlich neben ihr zu sitzen und mich mit ihr zu unterhalten wäre etwas völlig Neues gewesen. Das überforderte mich ein wenig. Ich wusste nicht recht, wie sie es anstellte, doch etwas an ihr machte mich nervös. Für gewöhnlich trat ich anderen Menschen gegenüber selbstbewusst auf, auch Frauen. Was vielleicht daran lag, dass ich nie Schwierigkeiten gehabt hatte, ein Date an Land zu ziehen und mir eine Telefonnummer zu besorgen. Jamie wirkte allerdings teilweise so unnahbar, dass ich mir meiner Wirkung auf sie einfach nicht sicher war. Sie war attraktiv und irgendwie niedlich. Ich interessierte mich menschlich für sie, obwohl ich das nie beabsichtigt hatte.

»Ich gehe nach Hause«, sagte sie schließlich und stand auf. »Ich muss meine Sachen holen. Ich glaube, der Bus fährt alle halbe Stunde, das könnte ich gerade noch schaffen.«

»Wir gehen zum Set, dort ist es wärmer als hier draußen und mit Sicherheit gemütlicher als diese komischen Plastikfelsen«, sagte ich energisch und stand ebenfalls auf. Keine Ahnung, warum, aber ich wollte sie noch nicht alleine lassen. Mochte ja sein, dass der Kerl ihr nichts getan hatte, doch der Schreck saß mir immer noch in den Knochen. »Und später rufe ich dir ein Taxi.«

»Das ist wirklich nicht nötig. Ich fahre einfach nach Hause und …«

»Sei kein Frosch«, unterbrach ich sie und streckte auffordernd die Hand aus. »Komm schon, warst du schon mal nachts am Set? Das ist eine Erfahrung, die man definitiv einmal im Leben gemacht haben sollte.«

Als sie lachte, fiel mir ein Stein vom Herzen, von dem ich überhaupt nicht gemerkt hatte, dass er da gewesen war. »Ach ja?«

Ich nickte entschlossen. »Deine Chance!«

Darauf antwortete sie nicht, sondern deutete auf die Tür, die ich ansteuerte. »Die Halle ist sicher abgeschlossen. Zumindest sollten wir vorhin alle Sachen aus den Spinden holen, bevor wir zur Feier gegangen sind.«

»Möglicherweise habe ich einen Schlüssel«, sagte ich und zwinkerte ihr zu.

In der Halle war es dunkel und still – ziemlich ungewohnt. Ich spürte, wie Jamie zögerte, und griff nach ihrer Hand. Selbst im Dunkeln kannte ich diese Räume wie meine Westentasche. Ein wenig unschlüssig betrat ich das Set. Ich wollte nicht mit ihr in den sterilen Personalraum. Ein Bett, und sei es nur Teil einer Kulisse, kam mir aber auch unpassend vor. Also entschied ich mich spontan fürs Wohnzimmer, in dem wir uns bereits am Ende ihres ersten Tages hier unterhalten hatten.

Ich schaltete zwei der kleinen Stehlampen an und drückte Jamie aufs Sofa, dann holte ich Wasser von einem der Beistelltische und legte ihr die Flasche in den Schoß.

»Danke«, sagte sie und trank einen Schluck. »Aber du musst nicht so seltsam sein, es ist nichts passiert.«

»Wenn du meinst.«

Jetzt lachte sie. »So dramatisch kenne ich dich gar nicht. Normalerweise habe ich das Gefühl, dass du nichts ernst nimmst.«

»Ich nehme dich ernst«, versicherte ich ihr und sah sie an. Ich wollte unbedingt, dass sie mir glaubte. »Vielleicht wirkt es manchmal nicht so, aber du … bist mir nicht egal, okay?«

Ich sah, wie sie schluckte. Sie erwiderte meinen Blick und auch ich war nicht in der Lage, woanders hinzusehen. Als würden ihre Augen mich anziehen, konnte ich mich gegen die Wirkung einfach nicht wehren. »Danke, dass du mich gesucht hast.«

»Der Gedanke, dass er dich angefasst hat, war scheiße.«

Sie lachte leise. »In dir steckt ja doch ein guter Kerl, Dillane.«

Sie wandte sich mir zu und beugte sich ein paar Zentimeter zu mir herüber. Plötzlich lag ein seltsam entschlossener Ausdruck in ihren Augen. Ich machte den Mund auf, um etwas zu sagen, doch in dem Moment legte sie die Hände um mein Gesicht und zog mich zu sich.

Bevor ich in der Lage war, irgendetwas zu sagen oder zu tun, lagen ihre weichen Lippen auf meinen.

JAMIE

Seine Lippen bewegten sich an meinen und fegten damit sämtliche Gedanken aus meinem Kopf, die mir gerade noch beinahe die Luft zum Atmen genommen hatten. Ich hatte einfach gehandelt, ohne Nachzudenken. Vielleicht zum ersten Mal in meinem Leben tat ich, wonach mir gerade war und dachte nicht über die drohenden Konsequenzen nach. Der Abend war ereignisreich gewesen, und ein Teil von mir sehnte sich nach einer Pause. Einer Möglichkeit, nicht zu denken.

Sobald er mich berührte, leerte sich mein Kopf, und ich fühlte nur noch. Sein warmer weicher Mund auf meinem, sein Atem, der meine Haut streichelte, seine Hand, die sanft meine Wange berührte. Er protestierte nicht, wirkte nur kurz überrascht. Dann rutschte er an mich heran, und sein freier Arm legte sich um meine Taille. Carter war überraschend sanft, beinahe zärtlich. Vorsichtig zog er mich an sich, während meine Zunge sich vortastete.

Ich seufzte leise. Das hier war tausendmal besser als Reden. Tausendmal besser, als ich es mir vorgestellt hatte. Und ich hatte es mir oft vorgestellt.

Ich richtete mich auf und legte die Hände an seine warme Brust. Sofort wurde sein Griff fester, auch wenn das nicht ganz einfach war in der Position, in der wir auf der Couch saßen. Deshalb machte ich mich von ihm los und setzte mich rittlings auf seinen Schoß, ohne den Kuss zu unterbrechen.

Er stöhnte, drückte mich aber nicht weg. Stattdessen umfing er mich mit seinen Armen und hielt mich fest, während wir uns küssten.

Seine Zunge eroberte meinen Mund, und mir entfuhr ein weiteres Seufzen. Ich presste mich enger an ihn, schlang die Arme um seinen Hals. Der Kuss wurde unbeherrschter, genau wie unsere Bewegungen. Zögerlich drückte ich mein Becken gegen die sich nun deutlich abzeichnende Beule in seiner Jeans und erntete dafür erneut ein Stöhnen. Ich wurde mutiger, rieb mich an ihm, während unser Atem immer schneller ging. Das hier war, was ich wollte. Was ich seit Tagen wollte, woran ich nachts dachte oder wenn ich unter der Dusche stand. Die ganze Zeit hatte ich es mir selbst verboten, aber jetzt wusste ich nicht mehr, warum.

Carter und ich benahmen uns lächerlich. Da war etwas zwischen uns, und sei es nur körperliche Anziehung. Es war kindisch, dass wir uns zurückhielten, dass wir dieses Spielchen miteinander spielten.

Ich wollte Carter – mit Haut und Haaren. Und er wollte mich, das spürte ich deutlich durch den Stoff, der uns beide voneinander trennte.

Seine linke Hand wanderte meinen Rücken hoch in meinen

Nacken und dann zu meinen Schultern. Sanft schob er den Blazer zur Seite, bis er nackte Haut berührte. Mir stockte der Atem, und ich richtete mich so weit wie möglich auf, damit er mir die Jacke ganz und gar abstreifen konnte. Ich erschauderte, was jedoch nichts mit der Raumtemperatur zu tun hatte. Im Gegenteil – mir war auf einmal unendlich heiß.

Entschlossen umfing ich seine Hand und führte sie zu meiner Brust. Ich spürte, wie er überrascht die Luft einsog, doch er übernahm sofort die Kontrolle. Als seine Handfläche die Rundung meiner Brust berührte, sah ich beinahe Sterne. Gott, wie sehr hatte ich mich nach seiner Berührung gesehnt. Es schien eine Ewigkeit her zu sein, dass ich das letzte Mal Sex gehabt hatte, dabei waren es gerade einmal ein paar Monate. Und jetzt, da wir das hier angefangen hatten, konnte und wollte ich nicht mehr aufhören.

»Jamie«, stöhnte Carter, als ich mich gegen seine Hand drückte. Mit mir auf dem Schoß drehte er sich ein wenig, dann lehnte er sich vor, sodass ich die Rückenlehne der Couch berührte. Er bedeckte meinen Körper mit seinem, bis ich das Gefühl hatte, jeder Zentimeter meiner Haut stünde in Flammen.

Als seine Hand Kreise auf meinen Bauch zeichnete und schließlich den Bund meines Rocks erreichte, bäumte ich mich auf.

»Nicht aufhören«, hauchte ich, als er kurz stockte.

»Nicht aufhören«, wiederholte ich und sog scharf die Luft ein, während er mit den Fingern an der Außenseite meiner Oberschenkel entlangstrich.

»Vielleicht …«

Bevor er noch weiter protestieren konnte, nahm ich erneut sein Gesicht zwischen die Hände und erstickte seine Worte mit einem Kuss. Dann wich ich ein kleines Stück zurück und versuchte so viel Überzeugung in meinen Blick zu legen, wie ich nur konnte. »Ich meine es ernst. Ich will das hier. Es sei denn, du willst nicht …«

Ich kam nicht dazu, den Satz zu Ende zu sprechen, denn in diesem Moment schob er meinen Rock hoch und berührte mich endlich an der Stelle, an der ich es mir schon seit Wochen wünschte. Ich stöhnte, dieses Mal deutlich lauter. Doch es war mir egal. Gerade war mir alles egal, außer dass er mich berührte.

Meine Finger krallten sich in sein Haar, während er den Kopf senkte und eine Reihe von Küssen auf meinem Dekolleté verteilte.

»Du bist so weich«, flüsterte er zwischen den Küssen und fuhr gleichzeitig sanft über meinen Slip. »So warm.«

Ich erzitterte erwartungsvoll. Langsam schob er den Stoff beiseite, und Haut traf auf Haut. Sollte ich noch Zweifel gehabt haben, waren sie spätestens jetzt verschwunden. Ich wollte nur noch fühlen, ihn in mir, wie wir uns zusammen bewegten.

Fahrig tasteten meine Hände nach seiner Gürtelschnalle und öffneten sie. Kurz wurden Carters Bewegungen unkonzentriert, dann fing er sich wieder und tauchte mit einem Finger in mich ein. Ich schrie auf.

»Gott, Jamie«, murmelte Carter erstickt an meinem Hals. »Du bringst mich um den Verstand.«

Ich lachte rau. »Tut mir leid.«

Meine Finger kämpften eine Sekunde lang mit dem Knopf seiner Jeans, dann war sie endlich auf, und ich konnte sie ihm von der Hüfte schieben. Ich war beinahe traurig, dass ich Carters Körper in dem schummrigen Licht und meiner Position nicht genau erkennen konnte, doch damit musste ich leben. Ich wollte ihn mit einer Dringlichkeit, die beinahe erschreckend war.

»Hast du etwas dabei?«, fragte ich. *Gott, bitte lass ihn einen von diesen Männern sein, die immer Kondome mit sich herumtragen.*

Sein Grinsen war entwaffnend, als er die Hand hob und mir ein kleines silbernes Päckchen zeigte. »Allzeit bereit«, scherzte er.

Ich dachte nicht darüber nach, wie oft dieses ›Notfallkondom‹ bei ihm wohl zum Einsatz kam, dachte nicht darüber nach, dass wir Kollegen waren und es gute Gründe dafür gab, dass wir uns voneinander ferngehalten hatten. Stattdessen hob ich das Becken und presste mich gegen seine Hand, die immer noch an meiner Mitte lag.

Wir stöhnten gemeinsam auf. Carter wich ein Stück zurück und zog sich so schnell Hose und Boxershorts von den Füßen, dass ich beinahe lachen musste. Dann streifte er sich das Kondom über und senkte sich erneut auf mich.

»Ich bin bereit«, flüsterte ich, als ich seinen fragenden Blick sah. Ich spreizte die Beine ein wenig mehr, in der Hoffnung, dass er selbst spürte, *wie* bereit ich war.

Er lächelte leicht und küsste mich dann so stürmisch, dass mir beinahe schwindelig wurde. Gleichzeitig umfing er erneut meine Brust.

Mit einem einzigen Stoß drang er in mich ein. Ich stöhnte in seinen Mund, schlang die Arme um seinen Hals und genoss das Gefühl, endlich mit ihm vereint zu sein. Und auch wenn ich wusste, dass dies nicht der Beginn einer großen Liebesgeschichte war, hatte ein Teil von mir das Gefühl, endlich angekommen zu sein.

Als wäre ich die vergangenen Wochen auf etwas zugerannt, von dem ich bis jetzt nicht gewusst hatte, was es war.

APRIL 2019

JAMIE

»Nein.«

Murray zieht die Augenbrauen hoch und sieht mich so entgeistert an, dass es beinahe komisch wirkt. Beinahe. »Wie bitte?«

»Nein«, wiederhole ich und sehe ihm fest in die Augen. »Ich lasse mich nicht kaufen. Genauso wenig wie vor vier Jahren.«

Er seufzt theatralisch. Mir ist klar, dass er mich für ein dummes kleines Mädchen hält. Soll er doch. Männer mit einem Händedruck wie Pflanzenmargarine im Hochsommer kann und will ich einfach nicht ernst nehmen.

»Vor vier Jahren hast du die Dinge vielleicht nicht ganz … klar gesehen. Doch meinst du nicht, dass sich die Lage inzwischen ein wenig verändert hat?«

»Sie dürfen mich gerne siezen«, sage ich und lächle, als er den Mund verzieht. »Und ich sehe die Dinge sehr klar. Meine Antwort lautet trotzdem Nein.«

»Was denken Sie, was passiert?«, fragt er herausfordernd. Der heuchlerische Ton ist verschwunden, der Spaß ist ihm offensichtlich vergangen. »Dass er auftaucht und die Lage rettet? Dass er den Helden spielt? Sind Sie wirklich so naiv?«

Ich lache freudlos. »Daran glaube ich genauso wenig wie vor vier Jahren, Mr Murray. Aber ich bin bislang gut allein zurechtgekommen, und das werde ich auch in Zukunft. Und zwar hier. Ob es Ihnen nun passt oder nicht.«

»Sie ruinieren sich Ihr Leben«, prophezeit er unheilvoll. »Und nicht nur Ihres, daran sollten Sie denken. Wollen Sie das wirklich?«

Mein Lächeln verrutscht ein wenig, doch ich reiße mich zusammen. Ich werde mich nicht auf sein Niveau hinab begeben. »Ich habe Sie in mein Haus gelassen und bin bereit, mich mit Ihnen zu unterhalten. Sollten Sie allerdings persönlich werden oder mir unterstellen, unverantwortlich zu handeln, schmeiße ich Sie raus. Oder rufe die Polizei, wie Sie wollen.«

Er hebt die Hände und schaut mich derart verbittert an, dass man meinen könnte, *ich* hätte *ihn* persönlich beleidigt. »Kein Grund mir zu drohen, Miss Evans.«

»Das war keine Drohung. Lediglich eine freundliche Aufzählung Ihrer Möglichkeiten.«

Murray grunzt und blättert in seiner Ausgabe der Verschwiegenheitserklärung. Meine liegt zu meinen Füßen, wo sie hingehört. »Wie ich bereits erwähnt habe, wird der Vertragsbruch Ihrerseits Folgen für Sie haben. Ich hoffe, das ist Ihnen klar.«

»Ich habe den Vertrag nicht gebrochen«, wiederhole ich. »Das habe ich Ihnen bereits mehrfach gesagt. Ich habe keine Ahnung, wie die Medien davon erfahren haben. Von mir jedenfalls nicht.«

Er zieht eine Augenbraue hoch. »Das wollen Sie mir wirklich weismachen?«

Ich beuge mich in dem Sessel vor, der unter mir knarzt. »Was genau hätte ich davon, hm? Was genau ist an diesem ganzen Rummel in Ihren Augen für mich wünschenswert? Seit Tagen können wir das Haus nicht verlassen und wer weiß, wann ich wieder zur Uni gehen kann!«

Nachdenklich sieht er mich an. »Die Studiengebühren bezahlen sich vermutlich nicht von allein.«

»Was wollen Sie damit sagen?«

»Dass ich nur erahnen kann, was der Presse eine solche Story wert ist. Sicher würde sich mit der Summe ein Großteil Ihrer Kosten decken lassen.«

»Die Summe wäre sicher nicht einmal die Hälfte von dem, was ich an Sie zahlen müsste, sollte ich *tatsächlich* reden«, entgegne ich, ohne mit der Wimper zu zucken. Gott, ich hasse diesen Mann so sehr.

»Ganz genau«, sagt er beinahe zufrieden.

»Womit ich nicht sagen will, dass ich es getan habe. Sie müssen wohl nach einer undichten Stelle in Ihrem Team suchen, Mr Murray.«

»Nun, das wird sich noch zeigen«, murmelt er und mustert mich erneut aus seinen Wieselaugen. »Das ändert nichts an der Tatsache, dass wir klären müssen, wie es jetzt weitergeht.«

»Nein, das müssen wir nicht«, stelle ich klar. »Der Vertrag regelt nur, dass ich die Klappe halte. Nicht, was ich mit meinem Leben anstelle. Das geht Sie nichts an.«

»Jetzt schon«, sagt er stirnrunzelnd. »Es geht Mr Dillane etwas an, und ich bin sein Vertreter.«

Ich hebe herausfordernd eine Augenbraue. »Und Mr Dillane hat Sie persönlich geschickt?«, frage ich und beobachte ihn genau. Ich hasse Carter, sogar noch mehr als Murray, doch ich kann mir beim besten Willen nicht vorstellen, dass er seinen Hund vorbeischickt, um mich in die Schranken zu weisen. Wobei es nicht das erste Mal wäre. Vielleicht ist es nur Wunschdenken. »Er hat Ihnen aufgetragen herzukommen und mir Geld dafür zu bieten, dass ich umziehe?«

Ich sehe den Muskel in seinem Gesicht zucken. Das reicht mir als Antwort.

»Das, Miss Evans«, sagt Murray mürrisch, »geht Sie wiederum nichts an. Ich mache hier nur meinen Job.«

»Ja, das haben Sie schon immer getan, nicht wahr?«

Er versteht den Seitenhieb, kommentiert ihn aber zu seinem Glück nicht.

»Sie machen sich das Leben schwerer, als es sein müsste, wissen Sie das?«

Das hier ist sinnlos. Keine Ahnung, warum ich mich überhaupt auf ein Gespräch mit ihm eingelassen habe. Es erinnert mich so schmerzhaft an die Szene vor vier Jahren, dass mein Herz beinahe genauso sehr wehtut wie damals. Und das werde ich nicht zulassen. Ich bin nicht mehr dieselbe, und mein Herz ist es ebenso wenig.

»Ich möchte, dass Sie jetzt gehen«, sage ich mit fester Stimme und stehe auf. »Sagen Sie Mr Dillane, dass ich mich an die Vereinbarung gehalten habe. Und ich werde es auch in Zukunft tun. Er kann sich also in seinem Penthouse zurücklehnen und beruhigt zur Tagesordnung übergehen.«

Murray hebt eine gezupfte Augenbraue. »Woher wissen Sie, dass er in einem Penthouse wohnt?«

Weil ich ihn gestalkt habe. Doch das werde ich Murray nicht auf die Nase binden. »Gehen Sie jetzt«, sage ich noch einmal und deute zur Haustür. »Und nehmen Sie Ihren Vertrag mit.«

Einen Moment lang steht er da, öffnet den Mund und schließt ihn dann wieder. Murray ist kein geheimnisvoller Mann, man sieht ihm an, wie unzufrieden er ist. »Denken Sie darüber nach«, meint er und macht sich endlich auf den Weg nach draußen. »Meine Nummer haben Sie.«

»Hängt an meinem Badezimmerspiegel«, entgegne ich und lächle freundlich, als er mich stirnrunzelnd ansieht.

Als er endlich draußen ist und ich die Tür hinter ihm zuschlage, um ihn und die Rufe der Reporter auszusperren, lehne ich mich gegen das Holz und schließe die Augen. Ich mag selbstsicher und absolut überzeugt gewirkt haben, doch das bin ich nicht. Ein Teil von mir hat ernsthaft in Erwägung gezogen, einfach das Geld zu nehmen, unsere Sachen zu packen und abzuhauen. Irgendwo in die Sonne, weit genug weg, dass sich niemand mehr für Carter Dillane und seine Angelegenheiten interessiert. Nach Europa vielleicht – es würde mich wundern, wenn dort überhaupt jemand Carters Namen kennt.

Ich seufze leise. Jedes Mal, wenn Carters Name gefallen ist, hat mein Herz sich schmerzhaft verkrampft. Immerhin ist es auch nur ein Muskel. Und ich ärgere mich über mich selbst, dass er immer noch diese Macht über mich besitzt. Vielleicht ist das normal. Vielleicht kann ich ihn nicht ganz und gar hassen, weil ich einen Teil von ihm liebe.

Verdammt, verdammt, verdammt.

Ich höre ein Rufen aus dem ersten Stock und atme tief durch. Ich muss weiter schauspielern, bis das Ganze überstanden ist. Augen zu und durch.

1.10

AUGUST 2015

JAMIE

Als unser Atem sich wieder beruhigte, seufzte ich leise. Ich hatte keine Ahnung, wann ich mich das letzte Mal so entspannt gefühlt hatte. Ich führte kein entspanntes Leben, war immer irgendwie in Eile und plante Wochen im Voraus. Es gab nur wenige Momente, in denen ich mich voll und ganz im Jetzt fühlte.

Das hier war einer dieser Momente. Und ich hätte viel darum gegeben, ihn festzuhalten und einfach in ihm zu verweilen.

Carter bewegte sich träge und stützte sich neben meinem Kopf ab. »Sorry, ich glaube, ich zerquetsche dich gerade.«

Ich lachte erstickt. »Ja, aber es gefällt mir.«

»Das ist sonderbar, Evans.«

Der Klang meines Nachnamens ließ meine Empfindungen ein wenig abkühlen. Als würde er die Intimität zwischen uns verringern.

»Ich habe einen Namen, weißt du«, sagte ich ächzend und schob ihn von mir herunter. Er legte sich neben mich, was auf der schmalen Couch nicht einfach war.

»Ich kenne deinen Namen, *Jamie*«, sagte er und hauchte mir einen Kuss auf die Nase. »Aber ich mag ›Evans‹. Das erinnert mich an unseren ersten Streit.«

»Unseren zweiten«, murrte ich. »Der erste war, als du mich für einen Fan gehalten hast.«

Er lachte. »Nimmst du mir das ernsthaft immer noch übel?«

Ich nickte grimmig. »Ich bin sehr nachtragend.«

Lächelnd hob er die Hand und fuhr mit dem Finger über meinen Nasenrücken, dann die Konturen meiner Lippen entlang. Als ich ihn ansah, war sein Blick so eindringlich, dass mir kurz der Atem stockte. »Geht es dir gut?«

Wieder nickte ich, dieses Mal allerdings schmunzelnd. »Ja, alles paletti. Hör auf dir Sorgen zu machen, das steht dir nicht.«

»Du bist ein komplizierter Mensch«, bemerkte er stirnrunzelnd. »Erst machst du einen auf Eiskönigin, und dann fällst du quasi über mich her.«

Ich spürte, wie mir das Blut ins Gesicht schoss. »Ich bin nicht über dich hergefallen.«

Er lehnte sich vor und fuhr mit der Nase über meine Wange. Ich erschauderte, als sein Atem über meine Haut strich. »Ich wollte mich nicht beschweren, Jamie.«

»Gut zu wissen«, lachte ich, seufzte dann und setzte mich vorsichtig auf, um Carter nicht aus Versehen von der Couch zu stoßen. »Aber allmählich setzt mein Gehirn wieder ein, und ich würde ungern von Kollegen erwischt werden. Also sollten wir uns vielleicht wieder anziehen.«

»Müssen wir?«, quengelte er beinahe, stand zu meiner Erleichterung aber ebenfalls auf. »Weißt du, wenn ich gewusst hätte, was du vorhast, wäre ich in James' Schlafzimmer gegangen. Ich hatte noch nie echten Sex in diesem Bett.«

Bilder von ihm und Amelia während des Drehs erschienen in meinem Kopf, doch ich schob sie energisch beiseite. Das war sein Job. Das hier allerdings war Wirklichkeit. »Tut mir leid für dich«, sagte ich und zog mir meinen Blazer über. Tatsächlich war er das einzige Kleidungsstück, das ich ausgezogen hatte. Dass mein Höschen in einem peinlichen Maße nass war, war eine andere Sache.

Auch Carter zog sich an, wobei er einen Moment unschlüssig mit dem Kondom herumstand. Ich wurde schon wieder rot, was lächerlich war, wenn man bedachte, was wir gerade getan hatten. Doch im Sog der Ereignisse hatte ich mich gut und selbstsicher gefühlt. Jetzt, da ich allmählich wieder zu Verstand kam, war mir die ganze Sache irgendwie peinlich.

Carter hingegen war selbstbewusst wie eh und je, wickelte das Kondom kurzerhand in ein Taschentuch und warf es in einen der großen Mülleimer, die überall herumstanden.

»Hast du Hunger?«, fragte er, sobald wir wieder vollständig bekleidet waren und ich überlegte, wie ich diesen unangenehmen Moment überspielen konnte.

»Einen Bärenhunger«, antwortete ich, dankbar für den Themenwechsel.

Er grinste und hielt mir die Hand entgegen. Das war ein Angebot – ich konnte es ablehnen und meiner Wege gehen. Ein klassischer One-Night-Stand, ohne lästigen anschließenden Small Talk, ohne Bedeutung. Oder ich konnte mit ihm gehen, und wir würden sehen, was passierte.

Mein Magen nahm mir die Entscheidung ab. Ich hatte Hunger und ließ mich von ihm aus der Halle ziehen.

Das erste Mal seit Wochen freute ich mich auf den Montag. Normalerweise war der Sonntag mein Lieblingstag – der einzige, an dem ich nicht arbeiten musste, keine Verpflichtungen hatte und auch nichts für die Uni tat. Manchmal unternahm ich etwas mit Freunden oder besuchte meinen Bruder, manchmal blieb ich auch einfach im Bett, schaute einen Film oder las ein Buch. Dieser Tag war mir heilig, und wenn er dem Ende zuging, war ich immer ein bisschen melancholisch.

Heute jedoch zählte ich beinahe die Stunden. Was ein wenig jämmerlich war, da mir durchaus bewusst war, warum ich derart auf Montag hin fieberte.

Carter und ich hatten uns das Wochenende über nicht gesehen. Nach dem ereignisreichen Abend auf der Party hatte er mich in die Stadt mitgenommen, und wir hatten bei einem kleinen Burgerlokal gegessen. Die seltsame Stimmung zwischen uns war verflogen gewesen, und wir hatten es tatsächlich geschafft, uns ein paar Stunden lang nicht zu streiten. Der Sex hatte etwas verändert, doch ich war noch nicht bereit, dieses Etwas zu benennen.

Auch wenn wir uns gestern und heute nicht gesehen hatten, hatte er mir am Samstagmorgen geschrieben. Er hatte mich mehrfach aufgezogen, dennoch war der Ton plötzlich ein anderer. Irgendwie persönlicher, intimer. Und ich mochte es, das konnte ich nicht bestreiten.

»Morgen muss ich vorsprechen«, unterbrach Nell meine träumerischen Gedanken und holte mich zurück ins Hier und Jetzt. »Ich habe Angst, dass ich es versaue.«

Ich schüttelte energisch den Kopf. »Ach Quatsch, wir haben so viel geübt!«

Sie seufzte. »Ich würde sterben für diese Rolle.«

»Stirbt die Figur nicht sogar wirklich? Dann würde das doch passen.«

Sie verdrehte die Augen, während sie nach ihrem dritten Bagel griff. Wir hatten es uns auf einer Wiese auf dem Unigelände gemütlich gemacht und genossen die Nachmittagssonne. Unter der Woche war hier kaum etwas los, am Wochenende versammelten sich allerdings die Studenten, um zu frühstücken, zu kicken oder heimlich Alkohol zu trinken.

»Wie steht's mit Carter-Boy?«, fragte sie und schnitt damit das Thema an, das ich eigentlich vermeiden wollte.

Ich hatte Nell nicht erzählt, dass Carter und ich Sex gehabt hatten. Als würde ich die Büchse der Pandora öffnen, indem ich darüber sprach.

Also zuckte ich nur mit den Achseln. »Keine Ahnung. Wir schreiben, wir flirten. Aber mehr wird das auch nicht.«

»Und da bist du dir so sicher, weil …?«

»Keiner von uns seinen Job für Sex riskieren würde«, sagte ich und tat damit genau das, was ich nicht hatte tun wollen – ich setzte mich mit der Realität auseinander. »Beziehungen sind gegen Carters Vertrag.«

»Ist das eigentlich rechtsgültig?«, fragte sie stirnrunzelnd. »Ich meine, man kann doch niemandem eine Beziehung verbieten.«

Darüber hatte ich auch schon nachgedacht. »Ich glaube, heimlich wäre es okay. Es geht eher darum, dass er nach außen hin der attraktive Junggeselle bleibt und die unzähligen weiblichen Fans weiterhin davon träumen können, irgendwann einmal die *Eine* für ihn zu sein.«

»Schön gesagt.«

Ich nickte. »Amen, Schwester.«

»Aber wenn es heimlich in Ordnung wäre?«

Entschieden schüttelte ich den Kopf. »Das wäre nichts für mich. Außerdem wären die von CLT mit Sicherheit trotzdem nicht begeistert.«

»Ich weiß ja nicht«, überlegte Nell laut und tippte sich mit einem rot lackierten Finger gegen die Lippen. »Dieses Verbot macht es doch irgendwie nur noch verlockender, oder?«

»Ja, mag sein«, seufzte ich. Meine gute Laune schwand mit jeder Sekunde mehr. »Aber egal. Wie steht es bei dir?«

»Ich habe mir überlegt, dass ich Norman daten will«, teilte sie mir würdevoll mit und brachte mich damit zum Grinsen. In den zwei Jahren, die wir befreundet waren, hatte Nell es irgendwie immer geschafft, sich genau die Kerle zu angeln, für die sie sich vorher entschieden hatte. Als hätten die Typen einfach kein Mitspracherecht. Ein wenig beneidete ich sie darum.

Eine Weile redeten wir über Norman – einen süßen Typen aus ihrem Kurs –, dann wieder über ihr Vorsprechen und schließlich über meine Wochenplanung. Das Thema Carter schnitt keiner von uns mehr an, worüber ich froh war. Ich wusste, dass Carter und ich keine gemeinsame Zukunft hatten. Das bedeutete aber nicht, dass wir keine gute Zeit miteinander würden haben können. Wenn wir zusammen Spaß hatten, was sprach dann dagegen, dass wir uns trafen? Es musste ja niemand davon wissen, es musste nicht kompliziert werden. Eine einfache Kiste, die eben dann vorbei war, wenn sie vorbei war.

Wäre es doch nur so einfach gewesen.

CARTER

Jamie: *Ich suche eine gute Serie – irgendwelche Vorschläge?*

Gegen meinen Willen stiegen Bilder von Jamie vor meinem inneren Auge auf, wie sie in Schlafshorts und Top auf ihrem Bett saß, ganz alleine. Ich hätte einiges dafür gegeben, einfach zu ihr zu fahren und da weiterzumachen, wo wir am Freitag auf dieser Couch aufgehört hatten. Diese Couch, an der ich wahrscheinlich nie wieder würde vorbeilaufen können, ohne einen Ständer zu bekommen.

Ich ging gerade im Kopf mögliche Serien durch, als es an der Tür klopfte und sie quasi im selben Moment geöffnet wurde. Mein Dad stand im Türrahmen, mit verschränkten Armen und düsterem Gesicht. Na wunderbar.

»Kommst du bitte in mein Arbeitszimmer?«

Ich hob die Brauen. »Was gibt's?«

Falsche Frage. Sein Gesichtsausdruck wurde, wenn überhaupt möglich, noch unfreundlicher. »Das besprechen wir in meinem Büro.«

Damit war er verschwunden. Menschen, die nicht zu dieser Familie gehörten, hätten vielleicht befürchtet, irgendetwas sei passiert. Oder hätten wegen seiner unheilvollen Einleitung Angst vor dem Gespräch gehabt. Ich nicht. Ich wusste, dass, selbst wenn Dad mit mir über das Wetter hätte sprechen wollen, die Aufforderung dazu nicht herzlicher ausgefallen wäre. Dass er einfach mit mir in meinem Zimmer redete, wenn er schon einmal hier war, war offensichtlich undenkbar.

Seufzend erhob ich mich und folgte ihm in die zweite Etage, in der die Arbeitszimmer meiner Eltern eingerichtet waren. Es war erst acht Uhr abends, trotzdem wirkte das Haus bereits wie im Tiefschlaf. Wobei, eigentlich hatten die Räume auf mich nie den Eindruck gemacht, als würde in ihnen besonders viel Leben herrschen, nicht mal, als ich noch ein Kind gewesen war. Als Einzelkind hatte man es wohl nie einfach, dennoch war ich mir sicher, dass meine Kindheit um einiges einsamer gewesen war als die der meisten anderen.

Dad saß hinter seinem Schreibtisch und hatte die Hände im Schoß gefaltet, als ich reinkam. Er sah für dieses herrschaftliche Zimmer zu jung aus, doch ich wusste, dass mein Vater eine alte Seele hatte. Seine Haare waren bereits vor Jahren ergraut, allerdings auf diese coole Neu-Hipster-Art. Seine Augen waren stahlgrau, und er trug immer Hemden. Ich hatte ihn noch nie ohne gesehen, wahrscheinlich schlief er sogar darin. Die schwarzumrandete Brille verlieh seinem Gesicht die nötige Härte, nur für den Fall, dass man sich von den lässigen Haaren täuschen ließ. Alles in allem verkörperte mein Vater für mich den Inbegriff von Strenge – sowohl in seinem Aussehen als auch in seinem Verhalten.

»Was gibt's?«, fragte ich erneut, als ich auf dem Besuchersessel vor seinem Schreibtisch Platz genommen hatte.

Eine seiner Augenbrauen zuckte, doch er blieb erstaunlich

gelassen. »Ich möchte mit dir über deine berufliche Zukunft sprechen.«

»Das dachte ich mir schon.« Seit Jahren sprachen wir über nichts anderes.

»Mr Murray hat mir erzählt, dass du dich weigerst, mit den Produzenten über eine Veränderung deiner Stellung zu sprechen«, sagte er ungerührt. »Und ich möchte wissen, warum.«

Nur mit Mühe konnte ich ein Stöhnen unterdrücken. »Ich habe es Murray schon erklärt. Ich bin noch nicht lange genug dabei, um irgendwelche Forderungen zu stellen. Am Ende schmeißen sie mich raus, und damit wäre wohl niemandem geholfen.«

Dad sah drein, als hätte er diesbezüglich seine eigene Meinung. Welche das war, konnte ich mir vorstellen.

»Es ist Zeitverschwendung«, sagte er streng. Ich hatte keine Ahnung, ob er damit meine Arbeit oder mich im Gesamtbild meinte. »Du sagtest, du würdest uns beweisen, dass deine Mühen sich auszahlen. Das war vor zwei Jahren, Carter.«

»Und ich habe eine feste Rolle«, erinnerte ich ihn wütend. »Ich habe Erfolg in dem, was ich tue.«

»Du wohnst immer noch in unserem Haus«, meinte er schlicht. Er klang, als wäre das ein Verbrechen. »So erfolgreich kannst du nicht sein.«

Ich lehnte mich vor. »Soll ich ausziehen?«, fragte ich. »Geht es darum?«

Ein paar Sekunden lang sah er mich an, doch da war nichts Liebevolles in seinem Blick. Nichts, was man in den Augen eines Vaters erwartete, wenn er seinen Sohn ansah. Ich wusste, dass Dad mich liebte. Auf seine eigene Art und Weise, die ich nicht immer verstand. Zeigen tat er es eher selten.

»Wir geben dir einen Monat«, sagte Dad und neigte sich ebenfalls in seinem Stuhl vor. »Deine Mutter und ich sind der

Meinung, dass du einen kleinen Schubs aus dem Nest vertragen kannst. Wenn du dich bewährst und Fortschritte machst, kannst du das nächste Jahr an deiner Schauspielkarriere arbeiten, danach wirst du auf eigenen Beinen stehen müssen. Falls wir allerdings der Meinung sind, dass du auf der Stelle trittst, werden wir die finanzielle Unterstützung einschränken müssen.«

»Du traust es mir immer noch nicht zu, oder?«, fragte ich zwischen zusammengebissenen Zähnen. »Du glaubst immer noch nicht daran, dass ich es schaffe.«

»Ich halte Rücksprache mit Mr Murray«, sagte er, ohne wirklich auf meine Fragen einzugehen. »Er berichtet mir von deinen Frauengeschichten und deinen Partys nach der Arbeit. So verhält sich kein verantwortungsbewusster Erwachsener.«

»Ich bin dreiundzwanzig!«, rief ich und sprang auf. Ich hasste es, mich jeden Tag vor meinen Eltern rechtfertigen zu müssen. Ich hasste es, nicht stolz auf das sein zu dürfen, was ich geleistet hatte. Ich hasste das alles! »Nicht Mitte vierzig – ich muss noch nicht in meinem Leben angekommen sein, Dad!«

»Mit dreiundzwanzig war ich mitten im Medizinstudium«, sagte er ungerührt von meinem kleinen Ausbruch. »Und das könntest du ebenfalls sein, wärst du nicht in dieser rebellischen Phase.«

»Rebellische Phase?«, wiederholte ich und lachte trocken. »Das ist mein Traum, Dad! Das Einzige, was ich jemals machen wollte!«

Er zuckte nicht einmal mit der Wimper. »Träume sind für Träumer, Carter. Vielleicht wird es Zeit, endlich aufzuwachen und sich mit der Realität auseinanderzusetzen.«

Den Mist konnte und wollte ich mir nicht länger anhören. Ich wartete nicht ab, ob er noch etwas hinzufügen wollte oder mich vielleicht direkt auf die Straße setzte. Schäumend vor Wut stand ich auf und marschierte aus dem Zimmer.

Ich würde ihm beweisen, dass ich kein Träumer war, würde ihm beweisen, dass das, was ich tat, wichtig war.

Es war an der Zeit, mich reinzuhängen. Wenn nötig würde ich mit Penny über meine Rolle sprechen. In diesem Punkt hatte mein Vater recht – ich konnte mehr erreichen, und ich sollte härter an mir arbeiten. In einem Jahr konnte man durchstarten oder alles verlieren.

Ich würde durchstarten. Ihm klar und deutlich zeigen, dass er mich unterschätzte.

1.11

JAMIE

Als ich am Montag in der Bahn zur Arbeit saß, hämmerte mein Herz so energisch in meiner Brust, als wolle es herausklettern und sich aus dem Staub machen. Es war eine Mischung aus Vorfreude und Nervosität, die mich so wuschig machte. Vorfreude, weil meine außer Kontrolle geratenen Hormone es kaum erwarten konnten, Carter wiederzusehen. Und Nervosität, weil dieser meine letzten Nachrichten ignoriert hatte. Was nichts heißen musste, wir hatten einander nichts versprochen. Ich konnte nur raten, was für ein Leben Carter führte. Vielleicht hatte er einfach keine Zeit zum Antworten gehabt oder ich hatte ihn genervt. Nicht gerade ein schöner Gedanke, doch ich versuchte mich selbst ein wenig zu drosseln. Immerhin wusste ich nicht, was diese Nacht Carter bedeutet hatte. Wir hatten nicht darüber gesprochen, und ich sollte mich auf alles vorbereiten. Dass meine Gefühle für ihn immer stärker wurden, musste ich ganz einfach ignorieren, bis ich wusste, was Sache war.

Als ich zum Set kam, zwang ich mich, den Blick nach vorn gerichtet zu halten. Mein Herz drängte mich dazu, mich direkt umzusehen und nach Carter zu suchen, doch ich wollte nicht wie eine irre Stalkerin wirken. Trotzdem konnte ich nicht verhindern, dass ich im Personalraum seinen Spind anstarrte und mich nach seinen Schuhen umsah, die wie immer unter der Bank standen und bewiesen, dass er bereits am Set war.

Es war Nachmittag, als ich ihn schließlich das erste Mal sah. Den Vormittag über hatte ich nicht mit ihm gearbeitet, jetzt war ich bei einer seiner Szenen eingeteilt. Wieder legte mein Herz an Tempo zu, doch nach außen hin gab ich mich cool. Ein paar Minuten lang beobachtete ich ihn unauffällig, wie er sein Skript durchging und die Krawatte zurechtzupfte, die er in dieser Szene tragen musste.

Als sein Blick schließlich meinen traf, huschte ein vorsichtiges Grinsen über sein Gesicht. Irgendwie verhalten, allerdings bemerkte ich die Wärme in seinen Augen. Sofort setzten die Schmetterlinge in meinem Bauch zum Sturzflug an, und ich hob zögernd die Hand.

Ehe ich jedoch etwas sagen konnte, legte er das Drehbuch zur Seite und kam auf mich zu. Ich fühlte mich wie ein Reh im Scheinwerferlicht, und all meine hart antrainierte Selbstsicherheit schwand unter seinem Blick.

»Du siehst nervös aus«, murmelte er, sobald er mich erreicht hatte. Erleichterung legte sich um mein Herz. Keine Ahnung, warum, doch ein Teil von mir hatte befürchtet, dass er mich einfach ignorieren und zur Tagesordnung übergehen würde.

»Du überschätzt deine Wirkung auf mich«, log ich und zwinkerte. »Das hier wird einfach eine sehr spannende Szene.«

Sein Grinsen wurde verschmitzt, und er beugte sich zu mir herunter. »Du siehst gut aus.«

Ich spürte, wie mir das Blut ins Gesicht schoss und bemühte mich um einen entspannten Gesichtsausdruck. »Du auch. Smoking steht dir.«

Mit einer Hand öffnete er den Knopf seines Jacketts und richtete sich auf. »Bei unserem nächsten Date kann ich das gerne anziehen«, sagte er in einem seltsamen Ton, der mich erschaudern ließ. »Nur das.«

Wow. Das war so plump, dass es mich eigentlich überhaupt

nicht berühren sollte. Tat es aber. »Du scheinst dir deiner Sache ziemlich sicher zu sein«, sagte ich. »Vielleicht habe ich ja kein Interesse an einem zweiten Date.«

Er musterte mich. »Ich denke schon.«

Ich öffnete den Mund, um etwas zu erwidern, doch ein energisches Rufen unterbrach uns.

»Carter!«

Wir zuckten gleichzeitig zusammen. Carter wirbelte herum und begegnete Pennys wütendem Blick.

»Wenn du damit fertig bist, mit meinen Praktikantinnen zu flirten, könntest du dich ja vielleicht auf deinen Job konzentrieren!«

Wieder schoss mir das Blut ins Gesicht, und ich wäre am liebsten im Boden versunken. Ich warf Penny einen entschuldigenden Blick zu, sie wandte sich allerdings nur ab und marschierte zurück zu Amelia, die mich und Carter stirnrunzelnd musterte.

Ich sah, wie dessen Mimik sich verdüsterte, dann drehte er sich um und stapfte ohne ein weiteres Wort in meine Richtung zurück zum Set.

Scheiße.

Hastig senkte ich den Blick auf den Drehplan und versuchte zu ignorieren, dass wahrscheinlich jeder am Set mich gerade angesehen hatte. Pierce stellte sich neben mich und seufzte.

»Carter, hm?«, fragte er und trieb mir damit erneut die Röte ins Gesicht. »Er ist der Praktikantinnenschreck.«

Ich wagte kaum zu fragen, doch ich konnte mich nicht zurückhalten. »Wie meinst du das?«

Er zuckte mit den Schultern. »Er flirtet gern. Und lenkt gerne ab. Allerdings ist es das erste Mal, dass er sich ablenken lässt.«

Ich wusste nicht recht, was ich mit dieser Information anfangen sollte, fragte aber auch nicht nach. Die Situation war unangenehm genug, ich wollte sie nicht noch weiter in die Länge ziehen.

Also vertiefte ich mich wieder in den Drehplan und zog mich tiefer in die Schatten zurück, so weit, dass ich vom Set aus nicht mehr zu sehen sein würde. Die gesamte Szene über hielt ich den Kopf gesenkt und zwang mich, nicht Carters Blick zu suchen.

Am nächsten Tag fing Carter mich im Personalraum ab. Wir hatten am Abend zuvor lange miteinander geschrieben, und die Nachrichten waren irgendwann ein wenig schlüpfrig geworden. Den ganzen Tag über hatte ich versucht, die Spannung zwischen uns beiden zu ignorieren, hatte aber kläglich versagt. Jedes Mal, wenn ich ihn gesehen hatte, waren die Worte aus seinen Nachrichten durch meinen Kopf geschallt und hatten mich von der Arbeit abgelenkt. Und ihn dummerweise auch, wie ich zugeben musste. Einmal hatte er seinen Einsatz verpasst, weil er anzügliche Gesten in meine Richtung gemacht und nicht bemerkt hatte, dass Penny ans Set gekommen war. Sie war nicht begeistert gewesen und hatte ihn zu Überstunden verdonnert.

»Hau ab«, zischte ich und wehrte Carters Hände ab, die irgendwo in Richtung meines Pos zielten, während ich meine Sachen aus meinem Spind holte. »Wir müssen uns professionell verhalten.«

Sein Grinsen verrutschte ein wenig. Ich war mir sicher, dass irgendetwas in ihm vorging, doch seine sorglose Miene war so schnell zurück, dass ich seine Stimmung kaum zu fassen bekam.

»Ich bin professionell«, sagte er beinahe brüsk. »Aber was wir nach Feierabend tun, kann uns keiner vorschreiben, oder?«

Bevor ich etwas erwidern konnte, hatte er sich von hinten an mich gedrückt und mich mit seinen Armen umschlungen. Ich fühlte mich gefangen, doch das war ein aufregendes Gefühl. Seine muskulösen Arme bildeten einen Käfig um mich herum, und sein Becken drückte sich so eindrucksvoll gegen meinen Hintern, dass ich beinahe weiche Knie bekam.

»Du machst mich wahnsinnig«, flüsterte er in meiner Halsbeuge und jagte mir damit eine Gänsehaut über die Arme. »Ich muss dich heute Abend sehen. Ich kann mich kaum noch auf etwas anderes konzentrieren.«

Ich legte den Kopf in den Nacken und schloss kurz die Augen. »Wann?« Es ergab keinen Sinn die Unnahbare zu spielen. Mein Körper reagierte so eindeutig auf Carters Nähe, dass ich ihm ohnehin nichts vormachen konnte.

Ich spürte, wie sein Mund an meinem Hals sich zu einem Lächeln verzog. »Um acht im Diner. Wo wir neulich zum Frühstücken waren, okay?«

Nickend griff ich nach hinten und legte meine flache Hand auf seinen Schritt. »Okay.«

Er machte ein knurrendes Geräusch, dann drückte er einen Kuss in meinen Nacken und ließ von mir ab.

Ein wenig schwindelig drehte ich mich um und sah ihm hinterher. Kurz vor der Tür sah er noch einmal zurück und musterte mich. Wieder lag dieser seltsame zweifelnde Ausdruck in seinen Augen. »Du machst Probleme, Jamie Evans«, sagte er. »Ich hoffe, das hier ist es wert.«

Bevor mir Zeit für eine Antwort blieb, wandte er sich um und verschwand. Ich wurde einfach nicht schlau aus ihm.

CARTER

Ich sah auf die Uhr. Noch zwanzig Minuten, dann würde ich mich mit Jamie treffen. Und hoffentlich endlich diesen Druck loswerden, der sich den ganzen Tag angestaut hatte. Es war, als hätte ich durch diese eine Nacht mit Jamie die Büchse der Pandora geöffnet. Jetzt, da ich wusste, wie es sich anfühlte, mit ihr zusammen zu sein, wollte ich nicht mehr darauf verzichten.

Ich schaffte es einfach nicht, mich von ihr fernzuhalten. Auch wenn ich es versuchte, zog mich etwas in ihre Nähe. Ein Teil von mir, ein trotziger Teil, wollte meinem Vater beweisen, dass er unrecht hatte. Dass Jamie mich nicht ablenkte, dass ich beides konnte. Klar, ich war in den letzten beiden Tagen ein wenig kopflos gewesen, hatte zwei Mal meinen Einsatz verpasst, doch das würde ich in den Griff kriegen.

Leise pfeifend verließ ich den Personalraum und sah erneut auf mein Handy.

»Carter, hast du einen Moment Zeit?«

Ich sah auf und entdeckte Penny auf einem der Klappstühle sitzen, die hier überall herumstanden. Sie hatte ein Tablet auf dem Schoß und sah mich so eindringlich an, dass mir das Herz in die Hose rutschte.

»Klar.« Ich setzte mich auf den Stuhl neben ihrem und sah sie vorsichtig an. »Was gibt's?«

Sie erwiderte meinen Blick. »Jamie Evans.«

»Was?«, fragte ich in der Hoffnung, mich verhört zu haben.

»Ihr seid nicht gerade diskret«, präzisierte sie. »Es wundert mich ehrlich gesagt, dass ihr so gar keinen Stress damit habt, wer etwas von dieser Beziehung mitbekommt.«

Ich öffnete den Mund, brauchte jedoch mehrere Anläufe, bevor ich antwortete. »Wir haben keine Beziehung«, sagte ich reflexartig. »Wir flirten nur ein bisschen. Und wir haben doch nicht …«

Sie unterbrach mich, und ich war froh darüber. Ich hatte ohnehin keine Ahnung, was ich sagen sollte. »Darum geht es nicht, Carter. Es geht darum, dass du einen Vertrag unterschrieben hast. Und nicht mehr voll bei der Sache bist. Das sind zwei Tatsachen, die ich nicht ignorieren kann.«

Ungläubig schüttelte ich den Kopf. »Was soll das bitte heißen?«

»Dass ich über deine Sendezeit nachgedacht habe«, bemerkte sie stirnrunzelnd. »Ich aber nicht bereit bin, dir größere Chancen einzuräumen, wenn du deine Rolle nicht ernst nimmst. Ich kann es mir nicht leisten, mit Leuten zu arbeiten, die nicht voll und ganz bei der Sache sind. Und ich will es auch nicht.«

»Ich bin bei der Sache!«, rief ich und richtete mich auf. »Ich schwöre es dir, Penny, ich beweise es dir!«

Sie sah mich stirnrunzelnd an. »Ich will hier nicht das Biest spielen, wirklich nicht. Solche Kindereien kann ich einfach nicht gebrauchen.«

»Ich habe verstanden.« Ich nickte, um meine Worte zu unterstreichen. »Keine Ablenkungen mehr, versprochen.«

Einen Moment lang wirkte sie nicht überzeugt, dann seufzte sie und deutete auf das Tablet auf ihrem Schoß. »Ich muss noch arbeiten. Wir reden noch mal über die Sendezeit, in Ordnung? Jetzt mach Feierabend.«

Zögernd stand ich auf. Ich wollte noch etwas sagen, beließ es aber dabei. In meinem Inneren tobten gegensätzliche Gefühle, doch ich schaffte es einfach nicht, Ordnung reinzubringen. Erneut warf ich einen Blick auf mein Handy – ich war zehn Minuten zu spät für mein Treffen mit Jamie.

Während ich zu dem wartenden Wagen lief, überlegte ich, was ich tun sollte. Ich ließ mich auf die Rückbank fallen und

warf dem Fahrer meines Vaters im Rückspiegel einen kurzen
Blick zu.

»Nach Hause«, sagte ich knapp und zog das Handy heraus.
Schaffs nicht. Sorry., tippte ich hastig und schickte die Nachricht ab, bevor ich es mir anders überlegen konnte. Mein Herz
verkrampfte sich für den Bruchteil einer Sekunde, doch ich
ignorierte es. Das hier war vielleicht ein hoher Preis für meine Karriere. Doch es würde sich auszahlen. Das musste es
einfach.

JAMIE

Zwei Wochen lang ignorierte Carter mich.

Er hatte mich am Set halbherzig gegrüßt, ansonsten aber
gemieden. Anfangs hatte ich mir einzureden versucht, dass ich
einfach zu viel erwartete. Dass ich mich vielleicht in etwas hi-
neingesteigert hatte, was gar nicht da war. Dass er einfach zur
Tagesordnung überging, so wie wir es tun sollten.

Das hier war allerdings wirklich lächerlich. Er ging mir aus
dem Weg, er stand auf, wenn ich mich an einem Tisch zu ihm
setzte, und er verschwand vom Set, sobald es ihm möglich war.
Zwei Mal hatte ich versucht, mit ihm zu sprechen, beide Male
hatte er mir versichert, dass ich nichts falsch gemacht hätte.
Dass er einfach nur beschäftigt wäre und wir nicht mehr aus
der Sache machen sollten, als es wirklich war.

Zu Beginn hatte mich das verletzt. Es war nicht so, dass ich
mich Hals über Kopf in ihn verliebt hatte, doch ich hatte definitiv mehr erwartet. Natürlich war mir klar gewesen, dass er
mich nicht heiraten würde oder wir ab diesem Abend Händchen haltend durchs Set marschieren würden. Dafür sprachen
zu viele Umstände gegen uns.

Aber mich gleich komplett ignorieren? Das war einfach total übertrieben. Und kindisch. Er gab mir das Gefühl, ein hirnloses Mädchen zu sein, das nicht verstand, dass es keine Chancen bei einem Typen hatte. Als wäre ich tatsächlich der fanatische Fan, für den Carter mich bei unserer ersten Begegnung gehalten hatte.

»Was ist los, mein Mädchen?«, fragte Pete und setzte sich neben mich. Wie inzwischen jeden Tag saß ich auf der Felsenattrappe und aß mein mitgebrachtes Essen. Die Zeiten, in denen für mich mitbestellt worden war, waren offensichtlich vorbei. Vor allem in der vergangenen Woche hatte Pete häufig seine Mittagspause mit mir verbracht, was ich ziemlich nett fand. Ich mochte Pete – er war unkompliziert.

Ich schüttelte den Kopf, um die Gedanken an Carter zu vertreiben. Er war gerade über den Hof gelaufen, und möglicherweise hatte ich ihm die Zunge rausgestreckt, als er mich nicht sehen konnte. »Nichts. Es wird nur langsam zu kalt, um draußen zu essen.«

»In Chicago ist es immer kalt«, bemerkte er und sah mich so intensiv von der Seite an, dass ich die Augen verdrehte.

»Du bist doch nicht hergekommen, um mit mir über das Wetter zu reden, oder?«, fragte ich und biss in mein weiches Sandwich. »Ich weiß, dass ihr gerade keine Mittagspause habt. Also, was willst du?«

»Ich habe schon zwei Mal mit Carter gesprochen, aber der hat miese Laune«, sagte er und traf damit ziemlich ins Schwarze. »Also frage ich dich: Was ist los bei euch?«

Erneut schüttelte ich den Kopf. »Ich habe keine Ahnung, wovon du sprichst.«

»Carter hatte auch keine Ahnung, wovon ich spreche, und auch ihm habe ich nicht geglaubt.«

»Das ist dann wohl dein Problem«, erwiderte ich, lächelte

aber, um den zickigen Tonfall auszugleichen. »Vielleicht solltest du lernen, dich aus den Angelegenheiten anderer Leute herauszuhalten.«

»Weißt du«, begann Pete langsam und legte mir einen Arm um die Schultern. »Hier am Set sind wir eine große glückliche Familie. Und während deiner ersten Wochen hier habe ich gedacht, dass du, Carter, Amelia und so weiter zum engsten Kern werden könntet, verstehst du? Mama, Papa, Bruder, Schwester, vielleicht 'ne seltsame Tante. Und jetzt habt ihr euch gestritten und bringt schlechte Stimmung in die Familie. Das ist nicht schön.«

Ich seufzte und machte mich von ihm los. »Du klingst wie ein Mafiaboss.«

»Diese Sache auf der Party neulich, erinnerst du dich?«, fragte er vorsichtig. »Du und Carter, ihr seid euch während der Vorstellung quasi an die Wäsche gegangen. Und das heftige Geflirte danach. Also, was ist passiert?«

»*Nichts* ist passiert, Pete«, seufzte ich. Ich wickelte mein Sandwich zurück in die Alufolie. Mir war der Appetit vergangen. »Du machst dir zu viele Gedanken um uns, wirklich. Ich … ich kenne ihn gar nicht.«

Das stimmte sogar. Ich wusste nichts über Carter, er hatte niemals etwas Privates erzählt.

Pete sah mich an, dann hielt er mir seinen Energydrink unter die Nase. »Du siehst müde aus, Jamie.«

Das war ich auch. Ich arbeitete viel und schlief schlecht, was sich allmählich bemerkbar machte. Ich fühlte mich krank, wusste aber nicht so richtig, was genau ich ausbrütete. Wahrscheinlich war es einfach der Stress oder eine aufkommende Winterdepression. Hatte man so etwas im September?

Der Geruch des Energydrinks stieg mir in die Nase und mir drehte sich beinahe der Magen um. Energisch schob ich

Petes Hand zur Seite. »Nein danke. Und jetzt muss ich arbeiten.«

Er beobachtete mich, während ich aufstand und mir meine Sachen unter den Arm klemmte. »Rede mit ihm, okay?«, rief er mir hinterher. »Diese Stimmung ist nicht zu ertragen!«

Ich winkte und ersparte mir eine Antwort. Ich hatte keine Lust auf dicke Luft, doch solange Carter keinen Redebedarf sah, wusste ich nicht, was ich hätte ausrichten können.

Am Mittwoch wurde ich tatsächlich krank. Wahrscheinlich war es einfach eine Lebensmittelvergiftung, was nicht gerade unwahrscheinlich war, wenn ich bedachte, was ich so alles in mich reinschaufelte. Keine Ahnung, wann ich das letzte Mal etwas Frisches gegessen hatte, wenn man mal von dem Obst absah, das ich mir hier am Set klaute.

Ich musste nach Hause. Ich hatte es zwei Stunden lang geschafft, mich zusammenzureißen, doch wirklich produktiv war ich nicht gewesen. Allerdings fühlte ich mich auch nach einer halben Stunde Kotzen nicht wirklich besser. Mein Hals tat weh, meine Augen tränten, und die Haare klebten mir nass in der Stirn. Das war eine Katastrophe. Warum war ich zum Kotzen nicht in die Personalräume gegangen statt in das Personalklo am anderen Ende der Halle? Dann hätte ich mich direkt umziehen, vielleicht sogar duschen können.

»Bist du fertig?«

Ich zuckte zusammen und hätte mir beinahe die Stirn an der Klobrille gestoßen, so sehr erschreckte ich mich. Das war Carters Stimme, und er war so ziemlich der Letzte, den ich in dieser Situation sehen wollte.

»Was machst du hier?«, fragte ich durch die geschlossene Kabinentür und räusperte mich hastig, als ich bemerkte, wie furchtbar ich klang.

»Amelia meinte, ich soll mal nach dir sehen«, meinte er und klang so grimmig, wie ich mich fühlte. »Offensichtlich bin ich die Lösung für alles, wenn es um dich geht. Zumindest in ihren Augen.«

»Ich habe dich nicht drum gebeten«, fauchte ich und rappelte mich auf, um mich auf den Klodeckel setzen zu können. »Und sie auch nicht, nur dass du's weißt.«

»Was ist los?«, fragte er. Seine Stimme kam näher, dann sah ich seine Schuhspitzen durch den Spalt zwischen Tür und Fußboden. »Hast du 'n Kater oder so?«

Ich schnaufte, riss ein bisschen Klopapier ab und fuhr mir damit über das schweißnasse Gesicht. »Es ist Mittwoch, Carter. Unter der Woche trinke ich nicht.«

»Was hast du dann?«

Genervt schloss ich die Augen und legte den Kopf in den Nacken. Ich wollte nur noch schlafen. »Keine Ahnung. Mein Magen hat mir kein Memo geschickt und mir sein Anliegen geschildert.«

»Kein Grund, sarkastisch zu werden«, murmelte er.

Ich lachte freudlos. »Wie auch immer.«

Er schwieg ein paar Sekunden, dann machte er noch einen Schritt auf die Tür zu. »Vielleicht was Schlechtes gegessen. Wäre ja kein Wunder bei dem Fraß, den du ständig anschleppst.«

»Was geht es dich an, Carter?«, seufzte ich müde. »Ich meine es ernst, warum bist du hier?«

»Habe ich gerade gesagt. Amelia meinte …«

»Und Amelia ist eine so Furcht einflößende Person, dass du dich nicht getraut hast, dich zu widersetzen?«, unterbrach ich ihn unwirsch. Ich war kacke drauf, und seine Anwesenheit machte die Lage nicht gerade besser. »Du hast mich drei Wochen lang ignoriert, Dillane, und jetzt stehst du vor der Klotür und hörst mir beim Kotzen zu? Ist das dein verdammter Ernst?«

Wieder Stille und ein Teil von mir hoffte, betete, dass er verschwinden würde. Dann hörte ich ihn geräuschvoll ausatmen und lehnte mich stöhnend auf dem Klo zurück. Dass ich dabei die Spülung auslöste, war mir egal.

»Ich habe dich nicht ignoriert.«

»Doch.«

Er lachte trocken. »Okay, habe ich.«

Ich wartete, aber er redete nicht weiter. »Und?«

Sein Seufzen klang nun genauso ratlos, wie ich mich fühlte. »Ich wollte nicht, dass diese Sache zwischen uns etwas bedeutet, okay? Ich kann mir das nicht leisten.«

Ich hätte gerne nachgefragt, doch ich ließ es bleiben. Erstens, weil ich sauer auf ihn war, zweitens, weil ich mir dringend die Zähne putzen wollte, und drittens, weil ich die Antwort auf meine Frage vielleicht nicht würde hören wollen. Denn auch wenn ich Pete und mir selbst oft genug versichert hatte, dass mich die ganze Sache nicht kümmerte, wollte ein Teil meines Herzens zurückspulen. Zurück zu der Nacht der Party und dem Moment, in dem ich mir kurz eingebildet hatte, dass mehr aus uns werden könnte als ein unbedeutender One-Night-Stand.

»Geh einfach, Carter«, sagte ich schließlich und schloss die Augen. »Wirklich, es ist doch egal.«

Ich hörte, wie er Luft holte. Einerseits wollte ich wirklich, dass er ging. Andererseits wünschte ich mir, dass er nicht auf mich hörte und bei mir blieb.

Doch er ging, seine Füße verschwanden, und ich hörte, wie er die Tür hinter sich schloss. Und ich hasste es, dass mir tatsächlich Tränen in die Augen stiegen – Tränen, die dieses Mal nichts mit dem Kotzen zu tun hatten.

Nach ein paar Minuten verließ ich die Kabine auf wacke-

ligen Beinen. Ich fühlte mich, als hätte mich ein Panzer über-
rollt, und meine Sicht verschwamm immer wieder. Mit den
Händen stützte ich mich auf dem Waschbecken ab und wagte
einen Blick in den Spiegel.

Böser Fehler. Meine Haut war aschfahl und irgendwie
durchscheinend, unter meinen Augen lagen Schatten, und um
meinen Mund herum war die Haut gerötet. Ich sah richtig
scheiße aus.

Hastig wandte ich den Blick ab, drehte den Hahn auf und
spritzte mir eine Ladung kaltes Wasser ins Gesicht. Nachdem
ich einigermaßen wiederhergestellt war, machte ich mich auf
die Suche nach Pierce, um mich krankzumelden. Zu meiner
Erleichterung machte er keine große Sache draus und schickte
mich nach Hause. Bei meinem Aussehen bedurfte es vermutlich keiner weiteren Erklärungen.

Ich trat nach draußen auf den Hof und schirmte meine Augen mit der Hand ab. Ich fühlte mich tatsächlich, als hätte ich
einen Kater.

»Sind Sie Miss Evans?«

Ich ließ die Hand sinken und musterte den Kerl im Anzug,
der neben Greg stand und mich höflich ansah. »Ja?«

»Kommen Sie bitte«, sagte er und deutete auf eine schwarze
Limousine am Straßenrand. »Ich fahre Sie heim.«

»Ganz sicher nicht«, widersprach ich irritiert. »Ich habe kein
Taxi gerufen, und ich habe keine Ahnung, woher Sie meinen
Namen kennen.«

»Mr Dillane hat mich beauftragt, Miss. Er sagte, Sie fühlen
sich nicht wohl und müssen nach Hause.« Er runzelte kurz die
Stirn. »Wenn Sie möchten, rufe ich ihn an, damit Sie sich vergewissern können, dass alles …«

»Nein!«, sagte ich hastig, als der Kerl sein Handy zückte.
Ich war einfach zu fertig, um jetzt noch mit ihm oder Carter

zu diskutieren oder mir Gedanken darüber zu machen, ob das hier gerade eine Entführung war. Wobei, so, wie ich im Moment aussah, würde mich wohl niemand freiwillig kidnappen. »Nein, schon gut, ich komme.«

Normalerweise hätte ich abgelehnt. Was auch immer Carter mit dieser Geste bezweckte, ich wollte sie nicht annehmen. Doch ich fühlte mich immer noch nicht gut, und die Vorstellung von einer vollgestopften U-Bahn brachte mich beinahe wieder zum Würgen.

Blieb nur zu hoffen, dass ich mich nicht auf die sicher teuren Ledersitze übergeben würde.

APRIL 2019

JAMIE

Ich fühle mich wie eine Superheldin, die versucht, aus dem Versteck des Superschurken zu entkommen. Und so ist es ja auch irgendwie. Nur, dass die Schurken draußen auf mich warten – mit Kameras im Anschlag.

»Das schafft ihr nicht«, verkündet Kit, der neben dem offenen Fahrerfenster steht, die Arme in die Seiten gestützt und die Stirn gerunzelt.

»Wir müssen mal raus«, sage ich das Gleiche, was ich auch Dad schon tausendmal gesagt habe. »Im Ernst, ich werde wahnsinnig, wenn ich einen weiteren Tag hier drin verbringen muss. Und sie auch.«

Er wirft einen Blick auf den Rücksitz. »Sie werden Bilder machen, selbst wenn du Gas gibst. Du wirst kaum durchkommen, weil sie die Einfahrt blockieren.«

Ich zucke mit den Schultern. »Wenn ich einen von ihnen überfahre, ist das eher ein Pluspunkt, oder nicht?«

Seine Mundwinkel heben sich kaum merklich. »Bist du dir sicher?«

»Was soll schon passieren?«, meine ich seufzend. »Dass sie ein Foto machen. Und? Was denkst du, wie lange wir das noch verhindern können? Irgendwann müssen wir das Haus ja mal verlassen.«

Ich sehe, wie er mit sich ringt, doch schließlich spricht er aus, was ihm im Kopf herumschwirrt. »Ich will ihn wirklich nicht in Schutz nehmen, das weißt du. Aber bist du dir wirklich sicher, dass er nicht auftaucht? Und die Sache irgendwie regelt?«

Energisch schüttle ich den Kopf. »Er hat Murray geschickt. Das sagt alles.«

»Meintest du nicht selbst, dass Murray auf eigene Faust gehandelt hat?«

Ich zucke mit den Schultern und umfasse den Schalthebel. »Wir werden es wohl nie sicher erfahren. Und es tut nichts zur Sache. Ich werde nicht hier herumsitzen und darauf warten, dass er uns rettet.«

Er sieht mich noch einen Moment lang an, dann scheint er aufzugeben und geht hinüber zu dem Schalter für das elektrische Garagentor. »Bereit?«

Ich nicke entschlossen, den Fuß über dem Gaspedal, den anderen über der Bremse. Ich habe durchaus Lust, jemanden zu überfahren, auf der anderen Seite will ich nicht unbedingt ins Gefängnis. »Mach auf.«

Kit wirft mir noch einen zweifelnden Blick zu, dann öffnet sich ratternd das Garagentor.

Mein Herz beginnt zu rasen, während ich auf den immer größer werdenden Spalt zwischen Tor und Einfahrt starre. Verdammt, hat das schon immer so lange gedauert? Ich habe darauf spekuliert, dass wir bereits auf der Straße sein würden, wenn die Reporter reagieren. Doch das monotone Rattern und das Quietschen der Scharniere machen sicher auch den verträumtesten Reporter auf uns aufmerksam.

Allerdings ist es jetzt zu spät für Zweifel. Es gibt kein Zurück mehr. Sobald ich denke, dass wir durchpassen, drücke ich aufs Gas, und das Auto macht einen Satz vorwärts. Ich bin keine wirklich gute Fahrerin, das ist mir im Moment jedoch ziemlich gleichgültig. Als die Reporter zu rufen anfangen und ich auf die Hupe drücke, um sie zur Seite zu treiben, wird es hinter mir unruhig.

»Mommy?«

Ich blicke in den Rückspiegel und begegne verschlafenen Augen. Beruhigend lächle ich. »Hey, Schnecke. Wir machen einen Ausflug.«

Der eben noch verwirrte Blick klärt sich, und ein umwerfendes Lächeln breitet sich auf dem kleinen Gesicht aus. »Nach draußen?«

»Ja, nach draußen«, bestätige ich betont lässig und werfe einen Blick in den Seitenspiegel. Kit steht immer noch in der Garage und fuchtelt wild mit den Armen, als wolle er eine Wespe vertreiben.

Ich folge seinem Blick. Die Reporter haben sich auf dem Gehweg versammelt und machen Fotos, doch das ist es nicht, was meine Aufmerksamkeit erregt. Hinter ihnen am Straßenrand parkt ein Auto. Ein Auto, das ich noch nie live gesehen habe, das ich jedoch sofort wiedererkenne. Die Scheiben sind getönt, und es steht zu weit weg, um den Fahrer hinterm Steuer zu sehen. Trotzdem weiß ich, wer es ist. Und mein Herz weiß es auch, denn inzwischen schlägt es so heftig, dass ich befürchte, es springt mir aus der Brust.

»Warum fahren wir nicht?«

Erneut lächle ich in den Rückspiegel, umfasse das Lenkrad fester und gebe Gas. Die Reporter springen aus dem Weg, halten die Kameras jedoch gegen die Scheiben und schaffen es ganz sicher, ein paar Schnappschüsse zu machen.

Sobald wir auf der Straße sind, atme ich zitternd aus. Ich bin mit den Nerven am Ende, was nur wenig mit den Paparazzi zu tun hat. Ich sehe, wie das Auto hinter uns sich in Bewegung setzt und uns folgt.

Verdammt.

1.12

SEPTEMBER 2015

CARTER

»Vielen Dank!«, sagte ich aufrichtig und umarmte Penny. Nach der Teambesprechung hatte sie mich noch einmal zurückgerufen und mir eröffnet, dass meine Rolle mehr Sendezeit bekommen würde. Damit wurde sie noch nicht zu einer der Hauptfiguren, doch immerhin war ich nicht mehr nur ein Nebendarsteller. Ich war irgendetwas dazwischen und wenn die Zuschauer gut auf James' gesteigerte Präsenz reagierten, war mit Sicherheit noch mehr drin.

Im Stillen dankte ich auch Murray, dass er sich durchgesetzt hatte. Auch wenn das natürlich nicht allein sein Verdienst war. In den vergangenen Wochen hatte ich mich mehr reingehängt als jeder andere. Ich hatte Text gelernt wie ein Irrer, sämtliche Verabredungen abgesagt und besser gespielt als je zuvor. Was nur bewies, dass harte Arbeit belohnt wurde.

Dass ich damit eine Menge Menschen verärgert hatte, war mir in diesem Moment herzlich egal. Dexter war sauer auf mich, weil ich keine Zeit mehr hatte. Pete und Amelia waren sauer auf mich, weil ich Jamie in ihren Augen mies behandelte.

Paradoxerweise schien Jamie die Einzige zu sein, die nicht sauer auf mich war. Klar, zuerst war sie irritiert gewesen, doch als ich ihr erklärt hatte, dass nichts aus uns werden würde, hatte sie sehr vernünftig reagiert. Erwachsen. Also war meiner Meinung nach alles in Ordnung.

Dass ich sie heute auf dem Klo belästigt hatte, war vielleicht ein Schritt in die falsche Richtung gewesen. Doch nur weil ich mich aktuell auf meine Arbeit konzentrierte, war Jamie mir ja nicht egal. Jedes Mal, wenn ich sie mit ihrem Klemmbrett in der Hand sah, setzte mein Herz einen Schlag aus. Jeden Abend, wenn ich im Bett lag und meine Gedanken auf Wanderschaft gingen, landeten sie unweigerlich bei der Nacht, in der wir miteinander geschlafen hatten.

Ja, dieses Mädchen hatte etwas in mir berührt. Und als Amelia mir gesagt hatte, dass es ihr nicht gut ging, hatte ich mich vergewissern müssen, dass mit ihr alles in Ordnung war. Dieses kleine Eingeständnis konnte mir wohl kaum jemand vorwerfen.

Ich verdrängte die Gedanken an Jamie und machte mich auf den Weg ans Set, um die nächste Szene abzudrehen. Murray lungerte hinter einer der Kameras herum, wie er es in letzter Zeit andauernd tat. Er beobachtete mich und schien zu kontrollieren, dass ich meine Sache gut machte. Wahrscheinlich hatte mein Dad ihn geschickt. Immerhin blieb nur noch etwa eine Woche, bis meine Eltern entschieden, ob sie mir den Geldhahn zudrehten oder nicht.

Vorsorglich hatte ich mich nach Wohnungen umgesehen, war von dem Ergebnis jedoch nicht wirklich beeindruckt. Mein Gehalt war nicht schlecht, reichte allerdings nicht annähernd für den Standard aus, den ich mir vorstellte. Ich mochte über meine Eltern und meine Kindheit sagen, was ich wollte, in Sachen Finanzen hatte ich mich nie beschweren können. Ich war Luxus gewohnt, Personal und eine schöne Umgebung. Jetzt in eine WG zu ziehen oder in ein heruntergekommenes Einzimmerapartment kam einfach nicht infrage. Wenn es nach mir ging, blieb ich bei meinen Eltern, bis ich erfolgreich genug war, um mir etwas Angemessenes leisten zu können.

Beim Gehen warf ich einen Blick auf den Drehplan. Und wäre beinahe gestolpert, als mir auffiel, welche Szene anstand. In all der Aufregung hatte ich es verdrängt, doch jetzt brach mir fast der Schweiß aus. Ich sammelte mich kurz, dann straffte ich die Schultern und ging hinüber zu der Kulisse des Wohnzimmers, in dem es zwischen mir und Jamie zur Sache gegangen war. Diesen Raum hatte ich ehrlich gesagt gemieden, auch wenn das übertrieben war. Wir hatten Sex gehabt, mehr nicht. Ich sollte keine große Sache daraus machen.

Amelia wartete bereits auf mich. Sie stand neben dem Kaffeetisch und studierte das Skript, sah jedoch auf, als ich mich neben sie stellte.

»Glückwunsch«, sagte sie und lächelte mich ehrlich an. »Ich habe gehört, dass du mehr Sendezeit bekommst.«

Einen Moment lang vergaß ich, was wir gleich tun würden und nickte stolz. »Ja, war längst nötig.«

Sie runzelte die Stirn. »Zu schade, dass ich mit dir Schluss machen muss.«

Natürlich meinte sie ihre Rolle, trotzdem zog ich einen Flunsch, und sie lachte. »Versuch nicht allzu hart mit mir zu sein.«

»Ich weiß nicht, warum in Filmen immer alle noch einmal Schlussmach-Sex haben müssen«, sagte sie und deutete auf das Skript in ihrer Hand. »Wirklich, hast du das schon mal gemacht? In der Realität, meine ich?«

Ich schüttelte den Kopf. Allerdings konnte das daran liegen, dass die Zahl meiner ernsthaften Beziehungen erschreckend klein war. An der Highschool hatte ich hier und da eine Freundin gehabt, doch die hatten entweder mit mir Schluss gemacht, oder es war einfach irgendwann stillschweigend auseinandergegangen. Seit ich in einem Alter war, in dem man ernsthaft mit jemandem zusammen war, hatte ich derartige Beziehungen immer gemieden. Sie bedeuteten Verpflichtungen, auf die ich keine Lust hatte, außerdem mochte ich mein Single-Leben. Ich war niemandem Rechenschaft schuldig und konnte schlafen, mit wem ich wollte. Aus diesem Grund war es mir auch nicht schwergefallen, der Klausel in meinem Vertrag zuzustimmen.

Ehrlich gesagt hatte ich mir überhaupt keine Gedanken darum gemacht. Nie. Bis Jamie aufgetaucht war, doch auch dieses Kapitel hatte ich beendet.

Penny unterbrach unser Gespräch, in dem sie uns alle auf unsere Positionen schickte. Wir hatten den Dialog bereits abgedreht, jetzt stand nur noch wildes Rumgeknutsche ohne Text an. Diese Szenen sparten wir uns meistens bis zum Ende auf, weil sie wenig Denken erforderten.

»Licht«, verlangte Penny und schaute auf ihre eigene Ausgabe des Skripts. »Kamera und Action.«

Amelia kam sofort zur Sache. In dieser Szene war sie die treibende Kraft, immerhin würde sie danach herzzerreißend mit James Schluss machen. Sie küsste mich, so wie sie es schon Hunderte Male getan hatte. Meistens blieb es den Schauspielern selbst überlassen, ob sie sich wirklich küssten oder nur die Lippen bewegten. Da ich nie ein Problem damit gehabt hatte, hatten Amelia und ich uns anfangs geeinigt, uns richtig zu küssen. Es sah besser aus, und immerhin waren wir erwachsene Leute.

Doch heute hatte ich zum ersten Mal meine Schwierigkeiten damit. Es fiel mir schwer, meine Gedanken abzuschalten, mich auf die Gefühle zu konzentrieren, die ich spielen musste. Ihre Lippen fühlten sich rau auf meinen an, ihre Zunge einfach fehl am Platz. Der Körper unter meinen Händen wirkte zu drahtig, die Stimme, die leise meinen Namen flüsterte, war die falsche.

Ich wusste, was in meinem Kopf vor sich ging, auch bevor Jamies Gesicht vor meinem inneren Auge auftauchte. Diese Couch war schuld. Mein Körper schien ein Eigenleben zu entwickeln und sich wie von selbst an all das zu erinnern, was sie und ich auf diesem Sofa veranstaltet hatten.

Verdammt. Ich spürte, wie ich hart wurde, und das war ein absolutes No-Go. Natürlich waren solche Szenen erregend und sexy, aber noch nie war es mir passiert, dass ich körperlich darauf reagiert hatte.

Ich verlagerte das Gewicht und versuchte mich unauffällig wegzudrehen, doch keine Chance. Amelia bemerkte, dass etwas nicht stimmte und zog fragend die Brauen hoch.

»Cut!«, rief ich und machte mich von ihr los. Ich brauchte eine Pause. Ich musste meine Gedanken ordnen und diese verdammten Erinnerungen aus meinem Kopf vertreiben, bevor ich mich vollkommen zum Deppen machte. »Ich … ich muss mal pinkeln. Einen Moment.«

Penny sagte irgendetwas, ich hörte ihr allerdings kaum noch zu.

Wie von der Tarantel gestochen sprang ich auf und floh Richtung Toiletten.

JAMIE

Wie betäubt schloss ich die Tür meines Wohnheimzimmers hinter mir, ließ mich aufs Bett fallen und starrte auf die kleine Papiertüte in meiner Hand. Gott sei Dank war Nell nicht zu Hause, ich hatte keine Ahnung, wie ich ihr meine Stimmung hätte erklären sollen.

Ich stand unter Schock, ganz sicher. Ich spürte weder meine Hände noch meine Füße und mir war warm und kalt zugleich.

Ich musste träumen.

Das war die einzig logische Erklärung für das, was gerade passiert war. Das konnte einfach nicht der Realität entsprechen, denn wenn das der Fall sein sollte, war mein Leben zu Ende. Aus und vorbei, verschluckt von einem riesigen Chaos, das ich mir lieber nicht genau vorstellen wollte.

Mein Blick fiel erneut auf die Tüte. Mit zitternden Fingern kippte ich den Inhalt auf meine Bettdecke und musterte ihn. Ein halbes Dutzend Prospekte und Broschüren, ein Mittel gegen die Übelkeit und ein Döschen Vitamintabletten.

Das konnte einfach nicht wahr sein.

Ich konnte nicht schwanger sein. In den letzten Wochen hatte ich nur mit einem Mann Sex gehabt, und wir hatten ein Kondom benutzt. Die Erklärung des Arztes, zu dem ich gegangen war, um mir eine Krankschreibung für die Arbeit zu holen, überzeugte mich ganz und gar nicht. Wenn Kondome in einem Portemonnaie kaputtgehen konnten, warum wurde dann nicht jede zweite Frau schwanger? Ich meine, das war doch so ziemlich der gängigste Aufbewahrungsort für Kondome. Und dass Carters abgelaufen waren, konnte ich mir beim besten Willen nicht vorstellen. Ich war mir ziemlich sicher, dass Carter oft genug Sex hatte, um eine Packung innerhalb des Haltbarkeitsdatums aufzubrauchen.

Unterm Strich war es also nicht möglich, dass ich schwanger war.

Der Arzt musste sich irren, ganz einfach. Der Urintest musste falsch sein, und die winzige Blase, die man im Ultraschall gesehen hatte, war vielleicht einfach nur … etwas anderes gewesen. Irgendetwas eben, was da unten rumschwamm und wie ein Fötus aussah.

Oh Gott, allein das Wort bewirkte, dass mir schwindelig wurde.

Nein, wie gesagt – unmöglich. Ich würde einfach auf die Auswertung des Bluttestes warten, auf dem ich bestanden hatte. Der würde Klarheit bringen, und vielleicht konnte ich dann ja sogar den Arzt verklagen, wegen emotionalem Stress oder so.

Ich spürte, wie meine Brust eng wurde und mein Atem schneller. Bemüht ruhig atmete ich ein und aus und drückte dabei reflexartig die flache Hand auf meinen Bauch. Da konnte kein Mensch drin sein. Das war eine derart abstrakte Vorstellung, dass ich sie einfach nicht mit der Wirklichkeit in Einklang bringen konnte.

Ein kompletter Mensch sollte da wachsen? In mir drin? Wegen einer beschissenen Nacht mit Carter, in der wir auch noch verhütet hatten?

So war ich nicht. Ich war keines dieser Mädchen, die das Studium abbrachen, weil sie sich von irgendeinem Kerl hatten schwängern lassen. Keine von denen, die sich durch die Weltgeschichte schliefen und bei denen man sich nicht wunderte, wenn sie einem irgendwann mit Babybauch begegneten.

Oh Gott. Wieder presste ich die Hand auf den Bauch, als hätte ich Angst, dass er sich sonst direkt rundete.

Nein, unmöglich.

Mein Handy surrte in meiner Handtasche. Mechanisch griff ich danach und erkannte die Nummer des Arztes. Mein Herz stolperte schmerzhaft, und ein Teil von mir wollte das Telefon gegen die Wand werfen. Doch dann entschied ich mich um und hob ab. Das Chaos musste schließlich ein Ende haben.

»Hallo Miss Evans, Praxis Dr. Levester hier. Ich habe die Laboruntersuchungen da, würden Sie mir zur Identifizierung Ihr Geburtsdatum nennen?«

Mir schwirrte der Kopf, sodass es mich wunderte, dass ich mich tatsächlich an mein Geburtsdatum erinnern konnte.

»Sehr schön«, sagte die Frau am anderen Ende, beinahe so, als wäre sie stolz auf mich. »Nun, Miss Evans, Ihr Bluttest sagt genau dasselbe wie die vorherigen Untersuchungen. Sie sind schwanger, vermutlich in der siebten Woche.«

»Aber ...«, sagte ich und schüttelte den Kopf. Ich hatte keine Ahnung, was ich denken sollte, dennoch erhob sich ein neues großes Fragezeichen in meinem Kopf. »Sieben Wochen? Wir hatten vor ... drei Wochen Sex.«

Die Arzthelferin lachte verständnisvoll. Ein Lachen, das ich im Moment wirklich nicht erwidern konnte. »Die Berechnung einer Schwangerschaftswoche ist ein wenig komplizierter. In einer der Broschüren ist eine Tabelle, da können Sie sich alles ganz genau ansehen.«

Ich nickte mechanisch.

»Der HCG-Wert sieht gut aus, es ist im Moment also alles in Ordnung.«

»Alles in Ordnung«, wiederholte ich leise. Die Worte klangen seltsam, beinahe lächerlich in Anbetracht der Tatsachen.

»Sie sollten sich auf jeden Fall in den nächsten Tagen melden und einen weiteren Kontrolltermin ausmachen, damit der Doktor sehen kann, ob die Schwangerschaft sich gesund entwickelt. Sollten Sie Beschwerden oder Fragen haben, wenden Sie sich bitte an uns. Bei Blutungen oder Schmerzen gehen Sie bitte sofort in die Notaufnahme.«

Das alles hatte der Arzt mir bereits gesagt, doch da hatte ich mir noch eingeredet, dass das nur ein riesiger Irrtum war. Jetzt waren Worte wie »Schwangerschaft« und »HCG-Wert« einfach zu viel für mich. Ich bedankte mich halbherzig und versprach wegen eines Termins zurückzurufen, dann legte ich auf und ließ das Handy auf meine Bettdecke fallen, als hätte ich mich daran verbrannt. Es landete zwischen den Broschüren und Schwangerschaftsvitaminen.

Das konnte alles nicht wahr sein.

Tränen sammelten sich in meinen Augen und liefen sofort über. Ich hatte mich entschieden zu heulen, tatsächlich hätte ich lieber geschrien und auf irgendetwas oder irgendjemanden eingeschlagen. Am liebsten auf Carter, immerhin war er Schuld an alldem.

Scheiße. Carter. Ich musste ihm Bescheid sagen.

Oder?

Die Gedanken fuhren Achterbahn in meinem Kopf, und mir wurde wieder schwindelig. Bevor ich Carter davon erzählte, bevor ich irgendjemandem davon erzählte, musste ich mich entscheiden, was ich tun sollte. Ob ich wirklich schwanger sein wollte und vor allem – ob ich es bleiben würde. Ich kannte mich mit alldem nicht aus, doch ich wusste, dass ich Möglichkeiten hatte. Möglichkeiten, mein Leben wieder in die richtige Bahn zu lenken und mich selbst vor all dem Chaos zu bewahren, das auf mich zukam.

Auf uns.

Heilige Scheiße.

Ich war nicht in der Lage klar zu denken. Vielleicht waren es die Hormone, doch im Moment konnte ich beim besten Willen nicht benennen, was ich fühlte. Nicht einmal genau, was ich dachte. Das Einzige, was ich sicher wusste, war, dass ich nicht mit Carter reden konnte. Noch nicht, vielleicht niemals.

Vielleicht würde er mir nicht einmal glauben, dass das Kind von ihm war. Wir wussten kaum etwas voneinander, und er hatte es selbst gesagt – ich war an besagtem Abend quasi über ihn hergefallen. Wahrscheinlich traute er mir zu, so etwas häufiger zu tun. Himmel, was, wenn er dachte, ich wollte ihm ein Kind unterschieben?

Ich stützte den Kopf in die Hände und schluchzte. So hatte ich mir das alles nicht vorgestellt. Ich hatte doch einfach nur mein Praktikum machen, mein Studium abschließen und mein Leben in die Hand nehmen wollen. Eine Schwangerschaft oder ein Kind waren in diesem Plan verdammt noch mal nicht vorgesehen. Penny würde mir sicher keinen Job geben, wenn ich einen Kinderwagen durch die Gegend schob.

Bei dem Gedanken an Kinderwagen, volle Windeln und Milchfläschchen wurde mir schlecht. Ich sprang auf, stürzte durch das kleine Zimmer, schlug die Badezimmertür auf und beugte mich über die Kloschüssel. Schwallartig erbrach ich mein spärliches Frühstück, bis ich nur noch trocken würgte. Mein Bauch verkrampfte sich. Das war bestimmt nicht gut für den … Fötus.

Als ich mir sicher war, dass die Gefahr vorerst vorüber war, ließ ich mich gegen die Duschwand sinken, legte den Kopf in den Nacken und schloss die Augen. Kotzen war anstrengend. Wenn ich mir vorstellte, dass ich das die nächsten Monate dauernd tun würde, kam es mir beinahe wieder hoch. Dauerte Morgenübelkeit mehrere Monate an? Oder vielleicht nur Wochen? Ich wusste nichts über diese Dinge, hatte keine Ahnung, was ich tun durfte und was nicht. Das stand mit Sicherheit in einer der Broschüren auf meinem Bett, allerdings konnte ich mich damit im Moment beim besten Willen nicht befassen.

Eine Mom wäre jetzt hilfreich gewesen, leider war meine gestorben, als ich noch ein Kind war. Ich vermisste sie selten, dafür konnte ich mich zu wenig an sie erinnern, doch in diesem Moment hätte ich viel dafür gegeben, sie an meiner Seite zu haben. Die Vorstellung, mit meinem Vater über die ganze Sache zu sprechen, war absurd. Was würde er von mir denken? Wahrscheinlich hielt er mich für eine Jungfrau – der Gedanke, dass sein kleines Mädchen unverfänglichen Sex mit Arbeitskollegen hatte, würde ihn wahrscheinlich nicht gerade stolz machen.

Ich könnte Kit anrufen. Er hatte immer zu mir gestanden, egal was war. Allerdings waren die Probleme, die ich bislang in meinem Leben gehabt hatte, nicht annähernd mit diesem hier zu vergleichen. Und auch mit Nell wollte ich nicht sprechen.

Nein, diese Sache würde vorerst mein kleines Geheimnis bleiben. Ein Geheimnis zwischen mir und dem unbekannten Wesen, das sich ungebeten in meiner Gebärmutter breitgemacht hatte.

Vorsichtig rappelte ich mich auf. Meine Kehle war trocken und meine Haut von einem leichten Schweißfilm überzogen. Ich fühlte mich eklig, doch zum Duschen war ich zu wackelig auf den Beinen. Ich hatte Angst, dass ich nicht wieder würde aufstehen können, wenn ich mich in die Dusche setzte.

Langsam tapste ich zurück zu meinem Bett. Eine Weile musterte ich die Sachen, die der Arzt mir mitgegeben hatte, dann verstaute ich die Prospekte in meinem Nachtschrank und schluckte widerwillig eine der Vitamintabletten. Ich hatte keine Ahnung, wofür sie gut waren und ob ich sie brauchen würde, doch schaden konnten sie auch nicht. Vielleicht halfen sie ja gegen die Kreislaufprobleme.

Als ich alles so weit versteckt hatte, zog ich Bluse und Jeans aus, legte mich unter meine Bettdecke und zog sie mir bis zum Kinn hoch. Ich fühlte mich wie früher, wenn ich Angst vor den Monstern unter meinem Bett gehabt hatte und der Meinung gewesen war, dass die Bettdecke sie allesamt von mir fernhalten würde. Allerdings wagte ich zu bezweifeln, dass sich diese Methode auch auf meine aktuellen Probleme anwenden ließ.

Stunden später erwachte ich. Es war bereits dunkel. Ein paar wunderbare Sekunden lang wusste ich weder, warum ich im Bett lag, noch, warum meine Augen vom Weinen brannten und mein Hals trocken wie die Sahara war. Dann fiel es mir wieder ein, und ich hätte am liebsten eine Runde geheult.

Ich entschied mich dagegen. Ich musste irgendetwas tun. Irgendetwas, das mir selbst Klarheit bringen würde. Einen Plan, ja, ich brauchte dringend einen Plan.

Zuerst öffnete ich meinen Browser und recherchierte alles, was ich für den Anfang wissen musste. Nein, das Ding in mir drin hatte noch keine Gefühle, zumindest nicht, soweit die Wissenschaft sagen konnte. Und, nein, es konnte nicht hören, was ich dachte. Ich fand den Gedanken selbst ein wenig lächerlich, aber die Tatsache, dass es im Internet mehrere Einträge zu dem Thema gab, bewies mir, dass ich nicht die Einzige sein konnte, die sich diese Frage stellte.

Ich konnte es also ruhig ›das Ding‹ nennen, ohne seine Gefühle zu verletzen. Oder ihre. Wie auch immer.

Dann starrte ich auf das Suchfeld. Ich zögerte, tippte schließlich langsam das Wort ›Schwangerschaftsabbruch‹ und drückte auf ›Suchen‹. Sofort bauten sich unzählige Seiten auf – eine Mischung aus Kliniken, die Abtreibungen anboten und Hilfsorganisationen, bei denen man sich beraten lassen konnte. Und davon gab es einige: kirchliche, ehrenamtliche, staatliche. Ich hatte keine Ahnung, wo ich anfangen sollte. Zwischen all den Kliniken und Institutionen, die mir ihre Hilfe anboten, stieß ich auch auf ein paar sachliche Texte. Ich öffnete einen und begann zu lesen, schloss die Seite aber beinahe augenblicklich wieder. Nein, das würde ich mir nicht antun. Sollte ich mich dafür entscheiden, war es vielleicht besser, wenn ich nicht genau wusste, wie es gemacht wurde.

Ich legte das Handy beiseite und starrte eine Weile an die Wand. Konnte ich diese Entscheidung wirklich alleine fällen? War das eine Sache, über die ich allein nachdenken sollte?

Mein Verstand kannte die Antwort, mein Herz war allerdings anderer Meinung. Mir war klar, dass der Vater ein Mitspracherecht hatte. Auf der anderen Seite hatte der Vater mich in den vergangenen Wochen gemieden und nur zu deutlich gemacht, dass unser Verhältnis beendet war. Dennoch ... spielte das überhaupt eine Rolle? Er war ebenso an dieser Sache beteiligt, und hier ging es nicht um mich. Zumindest nicht in erster Linie.

Seufzend griff ich erneut zum Handy und öffnete den Chatverlauf. Was sollte ich schreiben? Nicht, dass ich ihm diese Nachricht am Telefon oder gar schriftlich übermitteln wollte, doch ich wusste nicht einmal, wie ich ihn zu einem Treffen bewegen konnte. Immerhin hatten wir uns in letzter Zeit gemieden, da würde er sicher nachfragen, wenn ich ihn einfach so zu mir einlud.

Mein Gott, warum war das alles nur so kompliziert? Ich hatte ehrlich gesagt nie richtig über Kinder nachgedacht, war mir nicht einmal sicher, ob ich welche wollte. Doch wenn überhaupt, sollte das eine freudige Sache sein. Etwas, von dem ich kaum erwarten konnte, es meinem Ehemann und meiner Familie zu erzählen.

Erneut sammelten sich Tränen in meinen Augen und meine Hand wanderte reflexartig zu meinem Bauch. Ich nahm mir noch ein paar Minuten, um mich zu sammeln, dann stand ich auf und suchte nach meinen Schuhen. Ich musste hier raus. An die frische Luft, den Kopf klar kriegen und nachdenken.

1.13

CARTER

Ich war erleichtert, als endlich Freitag war und das Wochenende vor der Tür stand. Ich brauchte dringend ein paar freie Tage, auch wenn ich nicht genau wusste, was mich so schlauchte. Der Tag hatte mit einem kleinen Schock angefangen – ich hatte erfahren, dass Jamie übernommen werden würde. Studentenjobs waren hier nicht ungewöhnlich, allerdings hatte ich bislang nicht gedacht, dass man Jamie mehr als nur ein Praktikum anbieten würde. Innerlich hatte ich auf ihren letzten Tag hin gefiebert, denn auch wenn ich mich die meiste Zeit über im Griff hatte, war es anstrengend, sie tagtäglich zu sehen. Der Teil in mir, der sich einen feuchten Dreck um die Meinung meines Vaters und meines Agenten kümmerte, fühlte sich nach wie vor zu Jamie hingezogen und wollte nicht einsehen, dass ich mich von ihr fernhalten musste. Mehr als einmal war ich drauf und dran gewesen, ihr während der Mittagspause diese verdammte Tupperdose aus den Händen zu reißen und etwas für sie zu ordern. Oder mich einfach zu ihr zu setzen.

Sie verkörperte eine Versuchung, der ich nicht nachgehen durfte. Und es wäre um einiges leichter gewesen, wenn sie zurück an ihre Uni gegangen wäre und wir uns nicht mehr tagtäglich über den Weg gelaufen wären.

»Hast du das von Jamie gehört?«, fragte Pete, der sich von Lydia die Haare zurechtzupfen ließ. »Dass sie eingestellt wird?«

Ich nickte, tat aber so, als wäre ich zu sehr in den Drehplan vertieft, um etwas zu antworten.

»Das freut mich für sie«, meinte er, vielleicht eine Spur zu beiläufig. »Ich glaube, sie kann das Geld gebrauchen.«

Der Kommentar versetzte mir einen Stich. Ich wusste, dass Jamie Geldsorgen hatte. Ich hatte bereits darüber nachgedacht, ob ich das irgendwie für sie regeln konnte, mir fiel jedoch nichts ein. Zumindest nichts, was die sorgsam aufgebaute Mauer zwischen uns nicht zum Einsturz bringen würde.

»Und?«, fragte ich und sah ihn kurz an.

Sein nachdenkliches Gesicht verwandelte sich in ein Grinsen. »Heute Abend ist sie dran. Ich habe schon mit Penny und Diesel geredet.«

Im ersten Moment hatte ich keine Ahnung, wovon er redete, doch beim zweiten Namen fiel der Groschen. Diesel war ein Typ aus der Stuntabteilung. Nicht, dass es in *Chicago Hearts* sonderlich viele Stunts gab, doch er arbeitete auch für andere Produktionen auf dem Gelände und zeigte uns hin und wieder, was er draufhatte. Außerdem stellte er uns die Luftkissen zur Verfügung, die wir für das Willkommensritual brauchten.

»Jamie hat um sechs Schluss«, fuhr Pete aufgeregt fort. »Das Set vom Ballsaal wurde letzte Woche verlegt, da können wir es machen. Penny hat's genehmigt.«

»Okay«, sagte ich, weil ich wirklich keine Ahnung hatte, welche Reaktion er von mir erwartete.

»Du kommst doch, oder?«, fragte er stirnrunzelnd. »Ich weiß nicht, was für eine Sache ihr da am Laufen habt, aber es wäre echt gemein, wenn du nicht auftauchst.«

Ich zuckte mit den Schultern. »Machen wir den Quatsch nicht eigentlich nur für neue Darsteller?«

»Wir haben es angekündigt, also ziehen wir es auch durch«, meinte er, wobei seine Stimme einen schneidenden Ton annahm. »Du hast noch nicht Feierabend, die eine Stunde wirst du also warten können. Das Ganze dauert vielleicht zwanzig

Minuten – ich denke, dir bricht kein Zacken aus dem Krönchen, wenn du dich an den Rand stellst und zuguckst.«

»Ist ja gut!« Ich hob abwehrend die Hände und verdrehte die Augen. »Mein Gott, mach nicht so 'n Drama draus.«

Eine seiner Augenbrauen wanderte in die Höhe. »Ich bin nicht derjenige, der Drama macht, Carter.«

»Was soll das jetzt wieder heißen?«

Er seufzte. »Dass keiner von euch zugibt, dass zwischen euch etwas vorgefallen ist. Und das nervt.«

»Es nervt dich nur, weil du neugierig bist«, bemerkte ich grimmig. »Würdest du mal in Ruhe drüber nachdenken, würdest du merken, dass es dich eigentlich nichts angeht.«

»Tut es sehr wohl«, beharrte er. »Diese miese Stimmung ist nicht gut fürs Team.«

Wieder verdrehte ich die Augen, verkniff mir aber eine Antwort. Pete tat beinahe so, als wären wir eine Clique, die sich nun für eine Seite entscheiden musste. Mochte ja sein, dass er sich Gedanken machte, auch, dass ich schlechte Stimmung verbreitete. Doch das war mir ehrlich gesagt egal, solange ich meinen Job gut machte.

»Ich werde da sein«, sagte ich schließlich, als ich bemerkte, dass Pete mich immer noch eindringlich ansah. »Und jetzt hör auf zu nerven.«

Sein Stöhnen klang sehr angestrengt, doch ich bemerkte das Zucken um seine Mundwinkel, als er sein Handy hervorzog und eine Nachricht tippte. Was auch immer er dachte mit dieser Aktion bewirken zu können, er täuschte sich. Wahrscheinlich bildete er sich ein, dass Jamie und ich einander um den Hals fallen würden und wir uns danach allesamt an den Händen fassten und im Kreis herumtanzten.

Auf gewisse Weise bewunderte ich Pete. Ich hatte ihn in meiner Zeit bei der Serie noch nie schlecht gelaunt erlebt, und er schien mit jedem hier am Set befreundet zu sein. Trotzdem hatte er Erfolg mit dem, was er tat. Seine Rolle war beliebt, und ich wusste, dass er eine Menge Fans hatte – männliche und weibliche.

Die letzten Szenen für diese Woche waren schnell im Kasten – es waren ein paar einfache Close-ups und ein Dialog mit Amelia, den wir neu aufnehmen mussten. Danach machte ich mich zähneknirschend auf zu der Stelle, an der das Luftkissen bereits aufgepustet wurde. Jamie war nirgends zu sehen, allerdings standen bereits einige der Darsteller in Grüppchen zusammen und sahen erwartungsvoll zu.

»Ich hole Jamie!«, rief Pete, der hinter dem Kissen zum Vorschein kam und aufgeregt in die Hände klatschte. Für ihn war das hier ein großes Ding, immerhin hatte er dieses kleine Ritual eingeführt. Penny durfte es nicht offiziell erlauben, hatte es aber auch noch nie offiziell verboten. Vielleicht sollte ich mal mit ihr reden.

»Machen das normalerweise nicht nur Darsteller?«

Ich drehte mich zu der Stimme um und entdeckte Pierce, der ein wenig abseits stand und skeptisch die Szenerie musterte. Ich zuckte mit den Schultern. »Ja. Aber Pete hat Jamie adoptiert, glaube ich.«

Er lachte. »Ja, die Wirkung hat sie auf andere.« Seine Miene wurde wieder nachdenklich. »Was lief da zwischen ihr und dir?«

Himmelherrgott, konnte sich hier niemand um seinen eigenen Dreck scheren? »Nichts«, sagte ich und wandte mich demonstrativ ab.

»Hör zu«, beharrte Pierce. »Ich will mich nicht in eure Angelegenheiten einmischen, aber Jamie ist ein liebes Mädchen. Sie gibt sich wirklich Mühe und hängt sich rein für diesen Job. Und du weißt genauso gut wie ich, dass man sie eher feuern würde als dich.«

»Was versuchst du mir hier durch die Blume mitzuteilen?«, fragte ich geradeheraus.

»Dass du dir überlegen sollst, was du tust«, sagte er schlicht. »Ihr seid erwachsene Leute und könnt machen, was ihr wollt, aber denk einfach dran, dass für sie mehr auf dem Spiel steht als für dich, in Ordnung?«

Ich nickte nur. Hätte ich geantwortet, wäre vermutlich nichts allzu Nettes rausgekommen, deswegen ließ ich es bleiben. Nicht, dass Pierce unrecht hatte. Ich wusste, dass Jamie für die Serie entbehrlicher war als ich und, sollte es Probleme geben, auf sie verzichtet werden könnte. Aber machte ich etwa den Eindruck, als würde ich sie in irgendetwas hineinziehen? Gut, am Anfang hatte ich möglicherweise ein wenig zu deutlich Interesse gezeigt, doch abgesehen von der Szene im Badezimmer hatte ich in den vergangenen Wochen kaum mehr als ein paar Worte mit ihr gewechselt.

Wie auch immer, Pierce bestätigte nur, was ich nach dem Gespräch mit Penny verstanden hatte – dass ein Flirt mit Jamie mich nicht weiterbrachte. Und sie auch nicht. Blieb zu hoffen, dass sie das ähnlich sah.

Nach ein paar Minuten kam Pete mit einer sehr verwirrt dreinblickenden Jamie zurück. Ich runzelte die Stirn, als ich sie sah. Seit sie ein paar Tage krank zu Hause geblieben war, hatte ich sie nicht mehr gesehen, zumindest nicht richtig. Doch jetzt erschrak ich regelrecht. Sie wirkte dünner als sonst, beinahe zerbrechlich. Unter ihren Augen lagen tiefe Schatten, und ihr Blick wirkte irgendwie verschreckt, wie bei einem verängstigten Tier.

Wenn ich sie so sah, konnte ich verstehen, dass Pierce sich Sorgen machte. Scheiße, ein Blinder konnte sehen, dass mit ihr etwas nicht in Ordnung war. Doch das musste daran liegen, dass sie krank gewesen war. Damit hatte ich sicher nichts zu tun.

Ich beobachtete argwöhnisch, wie Pete sie vor dem Luftkissen positionierte. Sie sagte irgendetwas, was ich nicht verstehen konnte. Reflexartig machte ich ein paar Schritte in ihre Richtung. Ich hatte das Gefühl, sie beschützen zu müssen, auch wenn mir klar war, dass das nicht meine Aufgabe war. Nie gewesen war und auch nie sein würde.

»Warum hat mir keiner vorher Bescheid gesagt?«, fragte sie leise und legte nervös den Kopf in den Nacken, um zum Deckenbalken hinaufzusehen. »Ich wusste überhaupt nicht, dass ich das heute machen muss.«

Pete verdrehte die Augen. »Das wäre ja auch nicht Sinn der Sache gewesen, Schätzchen.«

Sie sah sich kurz um. »Ich kann das nicht, Pete.«

»Ach, sicher kannst du das«, sagte er und winkte ab. »Glaub mir, es kann nichts passieren. Das Kissen ist groß genug, die Stuntleute springen aus viel größeren Höhen.«

Ich sah, wie sie sich auf die Lippen biss. »Ich bin aber keine Stuntfrau.«

»Wir haben das alle gemacht.«

Pete versuchte eindeutig, sie zu beruhigen, aber Jamie wurde immer nervöser. Von meiner Position aus sah ich sie zwar nicht sehr gut, doch meiner Meinung nach war sie sogar noch blasser geworden. Was mich ziemlich wunderte, da sie am Abend der Party so selbstsicher geklungen hatte.

»Hast du echt Schiss?«, fragte Pete beinahe enttäuscht, als er Jamies Zögern bemerkte.

Sie schüttelte den Kopf. »Nein, aber ich … ich kann nicht. Wirklich. Glaub mir einfach.«

»Im Ernst?«

»Pete, ich …« Sie brach ab und schien nach Worten zu suchen. Sie presste sich die Hand auf den Bauch, und einen Moment lang befürchtete ich, dass ihr wieder schlecht wurde. Es mochte ja sein, dass ich mich aus Selbstschutz von ihr fernhalten wollte, allerdings wünschte ich ihr wirklich nicht, dass sie vor allen Leuten auf den Fußboden kotzte.

»Hey!«, rief ich so laut, dass sämtliche Zuschauer sich zu mir umdrehten, Pete und Jamie eingeschlossen. »Penny sagt, wir sollen das lassen.«

Pete schnaubte. »Hat sie nicht gesagt, ich habe das mit ihr besprochen.«

Ich nickte mit dem Kopf in Jamies Richtung. »Sie hat noch keinen Arbeitsvertrag und ist nicht versichert. Falls sie sich den Fuß verdreht oder so, gibt's richtig Ärger.«

»Es hat sich noch nie jemand dabei verletzt, Dillane, komm mal runter.«

Ich zog die Augenbrauen hoch. »Und du willst die Arztrechnung zahlen, falls sie die Erste ist, ja?«

Pete sah mich an, dann Jamie und dann wieder mich. Die Enttäuschung in seinem Gesicht war so herzzerreißend, dass man meinen könnte, ich hätte ihm seinen Welpen weggenommen. »Verdammt, warum wusste ich das nicht?«

»Macht's ein anderes Mal«, sagte ich und versuchte es mit einem überzeugenden Grinsen. Dann sah ich Jamie an. »Gerade noch mal davongekommen. Komm mit, du musst noch was unterschreiben.«

Allgemeines Gemurmel wurde laut – offensichtlich war Pete nicht der Einzige, der sich auf eine kleine Show gefreut hatte. Doch zu meiner Erleichterung spielte Jamie mit und folgte mir, als ich sie hinter mir herwinkte. Ich fing Pierce' Blick auf, sah aber schnell wieder weg. Was auch immer er dachte, er sollte es für sich behalten.

JAMIE

Völlig perplex folgte ich Carter. Ich war kurz davor gewesen in Tränen auszubrechen, als er mich gerettet hatte. Pete hatte mich mit diesem Sprung überrumpelt – ich war so überrascht gewesen, dass mir auf die Schnelle einfach keine vernünftige Ausrede eingefallen war. Ich war mir nämlich ziemlich sicher, dass ein derartiger Sprung nicht gut für den kleinen Parasiten gewesen wäre. Glaubte ich zumindest. Noch ein Punkt, den ich in meinem Fragenkatalog für den Arzt ergänzen konnte.

»Ich bin versichert«, bemerkte ich stirnrunzelnd, als wir außer Hörweite der anderen waren. Ich mied Carters Blick, hatte viel zu viel Angst, dass ich einfach mit allem herausplatzen würde, wenn ich ihm in die Augen sah.

»Das weiß ich«, murmelte er, ohne langsamer zu werden. »Aber du hast ausgesehen, als würdest du jeden Moment kotzen, deswegen dachte ich, du hast nichts dagegen abzuhauen.«

Ich nickte nur. »Danke.«

Er brummte, lief aber weiter. Ich folgte ihm, weil ich nicht wusste, was ich sonst tun sollte. Klar, ich sollte ihm aus dem Weg gehen, doch im Moment war es mir wichtiger, von den anderen wegzukommen und dem Sprung zu entgehen, bevor ich wieder in Erklärungsnot kam.

Als wir schließlich den Personalraum erreicht hatten, wartete Carter, bis ich eingetreten war und schloss dann die Tür hinter uns beiden. Plötzlich wurde mir deutlich bewusst, dass wir alleine waren. Das erste Mal seit einer Woche, als wir uns durch die Klotür unterhalten hatten.

Und das war etwas völlig anderes gewesen. Es hatte sich etwas Wichtiges verändert.

Ich war schwanger. Von ihm. Der Vater meines ungeborenen Kindes stand direkt vor mir und musterte mich, als befürchtete er immer noch, dass ich ihm auf die Füße kotzte. Was durchaus im Bereich des Möglichen lag, allerdings aus anderen Gründen, als er sich vorstellte.

»Geht es dir gut?«, fragte er schließlich, nachdem er mich ein paar Sekunden lang angesehen hatte.

Beinahe hätte ich laut losgelacht. »Klar«, antwortete ich, wobei ich ein kleines lautloses Glucksen nicht unterdrücken konnte.

»Du siehst beschissen aus«, bemerkte er leise. Seine Stimme war ein winziges bisschen weicher geworden, jedoch nicht genug, um wirklich freundlich zu klingen. »Bist du sicher, dass du schon wieder arbeiten solltest?«

Ich zuckte mit den Schultern, weil ich schließlich schlecht die Wahrheit sagen konnte – dass sich mein Zustand in den kommenden neun Monaten vermutlich nicht sonderlich verbessern würde und ich schlecht eine so lange Zeit zu Hause bleiben konnte.

Wobei – warum sollte ich nicht die Wahrheit sagen? Die letzten Tage hatte ich hin und her überlegt, ob und wie ich Carter die frohe Botschaft übermitteln sollte. Ich hatte großartige Pläne gemacht, jedoch keinen davon in die Tat umgesetzt. Was, wenn das hier die Gelegenheit war, auf die ich gewartet hatte?

»Tja, wenn du dir sicher bist«, sagte Carter, dem das Schweigen offensichtlich zu blöd wurde. »Ich sorge dafür, dass die anderen verschwinden, dann kannst du nach Hause gehen. Und ... leg dich hin oder so, okay? Du siehst aus, als würdest du gleich aus den Latschen kippen.«

»Carter, warte«, sagte ich leise, bevor der Mut mich wieder verlassen konnte. Jetzt oder nie. Ich musste es ihm sagen, selbst wenn ich mich entschied, das Kind nicht zu behalten. »Ich muss ... mit dir reden. Es ist wichtig.«

So, jetzt hatte ich es gesagt. Und wenn mir nicht schnell eine andere Geschichte einfiel, musste ich mit der Sprache herausrücken, denn jetzt würde er sich in jedem Fall unterhalten wollen. Ich hatte mich quasi selbst in die Enge getrieben und war gleichzeitig wütend und stolz auf mich.

»Was?«, fragte er stirnrunzelnd und sah auf mich herab.

Mir wurde schlecht. Tatsächlich war mir die ganze Zeit schlecht, doch jetzt gerade musste ich ordentlich mit mir kämpfen, um den Apfel drinnen zu behalten, den ich zum Frühstück gegessen hatte.

»Scheiße, Jamie, setz dich mal hin«, meinte Carter, bevor ich überhaupt ein Wort sagen konnte. Ich nickte und setzte mich auf eine der Bänke, dann atmete ich tief durch, wie ich es in dem Prospekt gelesen hatte. Ein und aus, ein und aus. »Soll ich dir'n Wasser holen?«

»Geht schon«, antwortete ich entschlossen und sah ihn an. Ich bereute es sofort. Seine braunen Augen, die mir so vertraut waren, funkelten beinahe vor Gefühlen, die ich nicht benennen wollte. Ich bekam einen Kloß im Hals und spürte, wie Tränen in mir aufstiegen. Verdammt, ich konnte jetzt nicht heulen. Das hier war wichtig, da hatten meine übereifrigen Hormone nichts zu suchen.

»Ich muss dir etwas sagen«, begann ich schließlich und senkte den Blick auf meine Hände, nur für den Fall. »Wegen der Nacht der Party, du weißt schon, als wir …«

»Jamie, warte«, unterbrach er mich brüsk. Überrascht sah ich auf. Er konnte unmöglich wissen, worauf ich hinauswollte. Er konnte nicht wissen, dass ich schwanger war. »Lass mich zuerst, in Ordnung? Ich glaube, ich ahne, worauf das hier hinausläuft und wir können das gleich abkürzen.«

»Ich glaube nicht, dass du …«

»Wir müssen damit aufhören«, fuhr er dazwischen. Seine

Worte klangen hart und unnachgiebig, und auch wenn er nicht wusste, was hier gerade wirklich vor sich ging, schnitt mir jedes seiner Worte ins Herz. »Jetzt, wo du hier angestellt wirst, erst recht. Ich mag dich wirklich, mehr sogar, als ich erwartet hätte, und hätte ich einen anderen Job – wer weiß? Aber mir ist das hier wichtig, und ich werde es nicht wegen eines Flirts aufs Spiel setzen, okay? Ich habe in meinem Leben Prioritäten, und an erster Stelle steht meine Arbeit.«

Er hatte Prioritäten. Und ich war keine davon.

Der Parasit in meinem Bauch war keine davon.

Ich saß da und ließ seine Worte auf mich wirken. Dachte darüber nach, was sie bedeuteten. Er würde kein Kind in seinem Leben akzeptieren. Nicht, wenn es seine Karriere in Gefahr brachte. Und das würde es ganz sicher, immerhin würde es das Bild des lebhaften Junggesellen zerstören, das CLT von ihm malen wollte.

»Ist es wirklich das, was du willst?«, fragte ich leise, auch wenn ich mir sicher war, dass ich die Antwort nicht hören wollte. »Keine Verpflichtungen? Keine Beziehungen, nichts? Alles für den Job?«

»Mein Job *ist* alles für mich«, sagte er fest.

Ich konnte nichts dagegen tun, die verdammten Tränen liefen einfach über. Ich schluchzte leise und hasste mich selbst dafür. Keine Ahnung, warum ich heulte. Nicht, dass ich ernsthaft erwartet hatte, er würde mich auf sein Pferd ziehen und mit mir – mit uns – gen Sonnenuntergang reiten.

Einen Moment lang wirkte er fast überrascht, als würde er sich fragen, woher all das Wasser in meinem Gesicht kam. Dann legte er mir die Hand auf die Schulter und beugte sich zu mir. »Hör mal, ich will dir wirklich nicht wehtun.« Er schluckte. »Falls es zu schwer für dich ist, könntest du ja vielleicht Penny bitten, ob sie dich woanders …«

Dieses Mal war ich diejenige, die ihn unterbrach. »Hörst du dir überhaupt selbst zu?«, fragte ich entgeistert und stand auf. »Hältst du dich wirklich für so unwiderstehlich, dass ich deinetwegen zu Penny rennen würde? Denkst du ernsthaft, dass mich diese eine beschissene Nacht so beeindruckt hat? Oh, Carter, glaub mir, wenn ich könnte, würde ich diese Nacht sofort ungeschehen machen! Ich müsste keine Minute darüber nachdenken!«

Er sah mich verwirrt an, und ein Teil von mir konnte ihn verstehen. Doch der andere Teil, der, der von meinen Hormonen befeuert wurde, war noch lange nicht fertig.

»Glaubst du wirklich, dass du so gut im Bett bist, dass ich einfach nicht mehr von dir loskomme?«, schrie ich wütend. »Oder denkst du, es liegt an deiner beeindruckenden Persönlichkeit? Was genau sollte mich in deinen Augen daran reizen, hm? Deine Hochnäsigkeit vielleicht? Oder dein kaltes Herz? Oh, ich weiß, es ist dein Talent dafür, in jeder Situation genau das Falsche zu sagen!«

Ich atmete heftig und starrte auf Carter herab, der mich so erschrocken ansah, dass es beinahe komisch wirkte. Allerdings war mir nicht nach Lachen zumute. Auch nicht mehr nach Heulen. Am liebsten hätte ich auf etwas eingeschlagen. Oder jemanden. Vorzugsweise auf Carter, der jetzt ebenfalls aufstand.

»Was ist eigentlich dein beschissenes Problem?«, fragte er, jetzt deutlich barscher als noch vor ein paar Sekunden. »Ich habe dir nichts getan, Jamie, gar nichts! Ich habe dir erklärt, dass ich kein Interesse an irgendeiner Art von Beziehung habe und mich einfach nur dementsprechend verhalten! Du bist diejenige, die hier rumheult, nicht ich! Was genau sollte ich deiner Meinung nach tun, außer zu versuchen, dich zu trösten? Was passt dir jetzt schon wieder nicht?«

»Was mir nicht passt?«, schrie ich. »Mir passt nicht, dass ich nichts lieber täte, als zu verschwinden und dich nie wieder zu sehen! Nie wieder an dich zu denken oder mit dir zu sprechen oder auch nur deinen Namen zu hören! Aber das geht nicht, weil du keine Ahnung hast, wie man Kondome richtig transportiert, verdammte Scheiße!«

APRIL 2019

CARTER

Ich habe Jamie kaum erkannt, dennoch hat mein Körper beinahe instinktiv auf sie reagiert. Mein Herz ist ein paar Mal gestolpert, und einen wahnsinnigen Augenblick lang war ich kurz davor, aus meinem Wagen zu steigen und sie in meine Arme zu ziehen. Ich habe sie vermisst, das wird mir erst jetzt klar.

Das Kind habe ich nicht gesehen. Falls es auch im Auto sitzt, habe ich es durch die getönten Scheiben nicht erkannt.

Gott, das Kind. Mein Kind. Wenn die Medien recht haben, habe ich eine Tochter. Eine Tochter, die inzwischen wie alt ist? Zwei? Zweieinhalb?

Der Gedanke ist immer noch total abwegig, doch allmählich wird mir bewusst, dass ich mich daran gewöhnen muss. Wie auch immer Jamie und ich uns einigen, dieses Mädchen wird ab heute ein Teil meines Lebens sein.

Himmelherrgott.

Ich fahre hinter ihr her, ohne zu wissen, wohin es geht. Ich bin mir relativ sicher, dass sie mich gesehen hat, als sie die Garage des Hauses verlassen hat. Dieses Haus – keine Ahnung, was ich davon halten soll. Ich weiß inzwischen, dass sie bei ihrem Vater untergekommen ist und die letzten Jahre dort gewohnt hat. Doch der Anblick des heruntergekommenen Gebäudes hat eine Vielzahl an Gefühlen in mir ausgelöst, als ich vor etwa einer Stunde das erste Mal daran vorbeigefahren bin.

Darin lebt meine Tochter. Und die Mutter meiner Tochter.

Die Mauern sind mit Efeu überwuchert, es gibt keinen Zaun, und lediglich eine Haustür trennt die beiden von der Reportermeute, die draußen vor der Einfahrt ihr Lager aufgeschlagen hat. Ich will mir gar nicht ausmalen, was geschieht, wenn einer der Fotografen übermütig wird und zu dem Schluss kommt, dass eine Geldstrafe wegen Hausfriedensbruch durchaus ein vertretbarer Preis für das Bild seines Lebens ist.

Darüber muss ich mit Jamie reden. Unbedingt. Vorausgesetzt natürlich, sie lässt sich überhaupt auf ein Gespräch ein, wovon ich nicht überzeugt bin. Es würde mich nicht wundern, wenn gleich ein Streifenwagen hinter mir auftauchen würde, weil sie die Polizei gerufen hat.

Wir fahren so lange, dass ich mir schon sicher bin, sie will mich abschütteln. Was eine ziemlich lächerliche Vorstellung ist, immerhin sitzt sie in einem klapprigen Kombi und ich in einem neuen 4er BMW. Würde ich es drauf anlegen, könnte ich sie locker einholen. Doch das wäre vermutlich kein guter Start, wenn man bedenkt, was alles zwischen uns steht.

Mein Handy vibriert in meiner Hosentasche und gleichzeitig wird die Anrufernummer auf dem Display in der Mittelkonsole angezeigt. Es ist Jamies. Das weiß ich, weil ich Murray auf sie angesetzt habe. Das war seine letzte Amtshandlung.

Mein Herz rast, während ich überlege, was ich machen soll. Abzulehnen wäre albern, wenn man bedenkt, dass ich sie gerade mehr oder weniger verfolge. Warum sie allerdings nicht einfach anhält und direkt mit mir spricht, ist mir nicht ganz klar.

»Jamie«, sage ich, als ich den Anruf annehme.

»Carter Dillane. Was denkst du, was du da tust?« Mir stockt der Atem, als ich ihre Stimme höre. Sie bringt eine Flut an Erinnerungen mit sich, von der ich mir nicht sicher bin, dass ich mich ihr stellen will.

Ich atme einmal lautlos ein und aus. »Wir müssen reden.«

»Ich will nicht, dass sie dich sieht«, sagt sie kühl. Ihre Stimme klingt wie früher, doch ein Unterton hat sich in den vertrauten Klang gemischt, den ich nicht genau identifizieren kann. Erwachsener vielleicht, abgeklärter. Ernster. Ich weiß nicht, was ich davon halten soll. Und noch weniger von dem, was sie sagt.

»Warum nicht?«, frage ich vorsichtig.

»Ich habe es ihr noch nicht erklärt«, antwortet Jamie. »Sie wird nichts mit dir anzufangen wissen.«

Etwas an dieser Erkenntnis ist überraschend schmerzhaft. Dass meine Tochter mich nicht als einen Teil ihres Lebens bemerken würde, wenn ich vor ihr stünde. Nicht, dass ich ihr oder Jamie einen Vorwurf mache. Immerhin war ich kein Teil ihres Lebens. Sie hat mich vermutlich noch nie gesehen, nicht einmal ein Foto.

»Können wir nicht trotzdem reden?«, frage ich zögernd. Ich habe das Ganze nicht so richtig durchdacht, muss ich zugeben. »Sie muss ja nicht wissen, wer ich bin. Ich bin einfach ein Freund oder so.« Ich rümpfe die Nase, als ich das sage. Ich bin so viel mehr als nur ein Freund, doch jetzt ist sicher nicht der passende Moment, um das auszudiskutieren.

Sie überlegt ein paar Sekunden. Sekunden, die mir wie eine Ewigkeit vorkommen. Keine Ahnung, was ich machen soll, wenn sie ablehnt. Was, wenn sie sich einfach weigert, mit mir zu sprechen, sich weigert, mir meine Tochter vorzustellen?

»Gut«, sagt sie schließlich, auch wenn ich die Zweifel in ihrer Stimme höre. »Ich fahre zu einem Spielplatz in der Nähe. Da ist sie abgelenkt.«

Erleichtert atme ich aus. »Okay. Ich folge euch.«

Wieder Schweigen. Dann: »Okay.«

1.14

SEPTEMBER 2015

JAMIE

»Was?«

Ich starrte ihn an und war kurz davor, mir die Hand vor den Mund zu schlagen und einfach abzuhauen. Verdammt, warum hatte ich das gesagt? Das war bestimmt nicht die richtige Art und Weise, mit so etwas herauszurücken. Auch wenn er sich unmöglich benommen hatte.

»Carter, ich …«

»Was hast du gesagt?«, fragte er und unterbrach mich damit schon wieder. Das wurde allmählich zu einer lästigen Angewohnheit, doch ich war mir relativ sicher, dass er sich darüber gerade nicht mit mir unterhalten wollte. »Wiederhole das Letzte!«

»Darüber wollte ich mit dir sprechen«, sagte ich beinahe flehend und atmete einmal tief durch, um mich zu beruhigen. Ich befürchtete, dass Carter jeden Moment ausflippen würde. Da konnte es vielleicht nicht schaden, wenn wenigstens einer von uns beiden sachlich blieb. »Wie gesagt, wir müssen reden.«

Er schüttelte den Kopf und machte einen stolpernden Schritt zurück. »Du verarschst mich.«

Ich lachte freudlos. »Was hätte ich davon?«

Wieder ein Kopfschütteln. »Aufmerksamkeit vielleicht? Oder Geld? Glaubst du, dass es bei mir etwas zu holen gibt?«

Fassungslos sah ich ihn an. »Ist das dein Ernst?«

Er raufte sich die Haare und ging ein paar Schritte vor mir auf und ab. »Woher soll ich das wissen, Jamie? Ich kenne dich nicht! *Wir* kennen uns nicht!«

»Ich weiß«, erwiderte ich bemüht ruhig. »Trotzdem solltest du nachdenken, bevor zu redest.«

»Das kann nicht sein!«, sagte er und blieb abrupt stehen. »Wir haben ein Kondom benutzt. Es kann nicht sein. Du musst dich irren.«

»Ich war beim Arzt«, erklärte ich. »Glaub mir, ich wollte es auch nicht wahrhaben.«

»Das Kondom …«

»Kann kaputtgehen, wenn man es im Portemonnaie herumschleppt«, sagte ich und konnte meinen leicht vorwurfsvollen Unterton nicht ganz verbergen. »Die Wahrscheinlichkeit ist gering, aber, hey, wir haben den Jackpot geknackt.«

Er starrte mich den Bruchteil einer Sekunde an, dann lachte er. Er lachte einfach, wenn auch ein wütendes und ungläubiges Lachen. »Du verarschst mich, oder? Das ist irgendein blöder Witz, den ihr euch überlegt habt, um mir eins auszuwischen.«

Ich verstand, dass er es nicht glauben konnte, doch allmählich musste er sich einkriegen. »Carter, ich bin schwanger«, sagte ich und zuckte ein wenig zusammen, als ich das Wort zum ersten Mal laut aussprach. »Und, nein, das ist kein blöder Witz. Ich bin in der achten Woche schwanger. Von dir.«

Wieder raufte er sich die Haare. »Von mir? Bist du dir sicher?«

Ich hatte befürchtet, dass diese Frage kommen würde, dennoch tat es weh, sie wirklich zu hören. »Ja. Bin ich.«

»Scheiße«, murmelte er. »Scheiße, scheiße, scheiße. Fuck!«

Das letzte Wort schrie er. Ich zuckte zusammen und unterdrückte den Drang, mir die Ohren zuzuhalten. Möglicherweise machten die Hormone mich ein klein wenig empfindlich.

Schweigend saß ich da und ließ ihn ausflippen. Er fluchte übel und schlug gegen ein paar Spinde. Ich konnte ihn verstehen. Ich hätte selbst gerne auf etwas eingeschlagen, doch stattdessen saß ich auf der Bank und hielt die Hände über meinem Bauch gefaltet. Der kleine Parasit konnte nichts für das Ganze, und irgendwie hatte ich das Bedürfnis, ihn vor dem Ausbruch seines Vaters zu beschützen.

Gott, sein Vater. Allein der Gedanke war lächerlich. Carter als Vater. Und ich? Würde ich mich daran gewöhnen können, irgendjemandes Mom zu sein? Irgendwann vielleicht, aber jetzt?

»Carter«, sagte ich nach einer Weile, in der er weiter vor sich hin wütete und mich kaum noch beachtete. »Bist du fertig?«

»Nein«, flüsterte er und ließ sich erschöpft neben mich fallen. Die Bank unter mir erzitterte, und ich presste die Hand fester gegen meinen Bauch. Er folgte meinem Blick. »Nein.«

»Ich weiß.«

Eine Weile saßen wir einfach nur schweigend da, weil keiner von uns eine Ahnung hatte, was er sagen sollte. Es gab so viel zu besprechen, so unendlich viel, doch das hätte die ganze Situation nur noch realer gemacht, noch Furcht einflößender. Und es gab nichts zu sagen, was die ganze Sache irgendwie besser gemacht hätte.

Schließlich beugte Carter sich seufzend vor und senkte den Kopf in die Hände. »Mein Dad bringt mich um.«

»Meiner dich auch«, bemerkte ich nüchtern und lächelte, als er schnaubte.

Er sah mich an. »Was hast du vor?«

Ich lehnte mich zurück. »Was meinst du?«

»Willst du … willst du es behalten?«

»Keine Ahnung.« Wahrscheinlich hatte er erwartet, dass ich

bei der Frage ausrastete, doch ich konnte sie nachvollziehen. Ich dachte selbst darüber nach, tat nichts anderes mehr. Doch weder mein Herz noch mein Kopf konnten sich für eine Antwort entscheiden. In diesem Fall auf mein Bauchgefühl zu hören war wahrscheinlich eher ineffizient. Ich lachte schnaufend über meinen eigenen Witz und schüttelte den Kopf, als Carter mich fragend ansah.

»Es gibt eine Menge, was für einen Abbruch spricht«, versuchte ich es sachlich. »Aber auch eine Menge dagegen.«

»Was spräche dagegen?«, fragte er und klang dabei so müde, wie ich mich bereits seit zwei Wochen fühlte.

Ich zögerte, sprach es dann aber aus. »Ein schlagendes Herz zum Beispiel.«

Er sah mich an. »Im Ernst?«

»Laut Internet schlägt es schon«, flüsterte ich.

Sein Blick heftete sich erneut auf meinen Bauch. »Man kann es aber nicht fühlen. Oder?«

Gegen meinen Willen musste ich grinsen. »Nein«, versicherte ich ihm. »Kann man nicht.«

»Woher soll ich so was wissen?« Er stöhnte und stand erneut auf. Ich wünschte, er hätte sich gesetzt. Sein Hin- und Hergerenne machte mich unruhig. »Ich weiß nichts über Babys, Jamie. Ich weiß nicht mal, ob ich Kinder mag. Meistens nerven die mich nur!«

»Ja, mich auch.«

»Also, was machen wir?«

›Wir‹ hatte er gesagt. Und dieses kleine, scheinbar unbedeutende Wort bedeutete mir mehr, als er sich vorstellen konnte. Erneut sammelten sich Tränen in meinen Augen, doch ich blinzelte sie hastig weg.

»Ich weiß es nicht«, antwortete ich. »Ich habe ganz ehrlich keine Ahnung.«

Er musterte mich. »Wie geht es dir denn? Hast du deswegen so viel gekotzt?«

Mir schoss das Blut ins Gesicht. »Keine große Sache. Ich hab mir sagen lassen, das ist normal.«

»Okay.« Er nickte und wirkte dabei so von der Rolle, dass ich nicht anders konnte, als aufzustehen und ihm die Hände auf die Schultern zu legen. Ich wartete darauf, dass er mich ansah, doch sein Blick huschte hin und her, als sei er sich nicht sicher, ob er mir zuhören oder einfach abhauen sollte.

»Hör zu«, sagte ich langsam und wartete darauf, dass er mich ansah. »Wir müssen jetzt gar nichts entscheiden, in Ordnung? Wir gehen jetzt beide nach Hause und reden später. Okay?«

Sein Blick verflocht sich mit meinem, und eine Weile standen wir einfach nur da und sahen uns an. Dann nickte er. »Okay.«

Vier Jahre später

2

APRIL 2019

JAMIE

Ich fahre auf den kleinen Parkplatz und werfe einen Blick in den Rückspiegel. Lila sprüht über vor Begeisterung, endlich mal wieder das Haus zu verlassen. Ich kann es ihr nachfühlen. Ich würde wahrscheinlich selbst vor Freude herumspringen, wüsste ich nicht im Gegensatz zu ihr, wer uns gefolgt ist.

Seine Stimme zu hören war seltsam. In den vergangenen drei Jahren habe ich mir unzählige Male vorgestellt, wie es wohl sein würde. Nicht, dass ich ernsthaft damit gerechnet habe, Carter Dillane jemals wiederzusehen. Für mich ist die Geschichte genau in dem Moment zu Ende gewesen, als Murray mir Geld angeboten hat. Dennoch hat es die ganze Zeit über einen Teil gegeben, der sich ausgemalt hat, wie es sein würde, Carter zu treffen.

Niemals hat dieses imaginäre Treffen auf einem Spielplatz in meinem Heimatort stattgefunden. In meinem Kopf sind wir uns in Chicago über den Weg gelaufen – zufällig. Manchmal bin ich in ihn reingerannt, genau wie bei unserem ersten Treffen. Genauso unterschiedlich wie die Orte sind die Reaktionen gewesen, die ich mir vorgestellt habe. Manchmal hat er sich gefreut, manchmal hat er mich ignoriert. Nie jedoch hat er nach Lila gefragt.

»Willst du schaukeln?«, frage ich sie und sehe ihre braunen Augen vor Aufregung strahlen.

»Ja!«, schreit sie und umklammert ihre Elsa-Puppe wie einen Schatz.

»Dann los!« Ich schnalle mich ab und löse den Gurt, ohne das Auto, das neben uns geparkt hat, aus den Augen zu lassen. Ich bin mir nicht sicher, was ich tun soll. An seine Scheibe klopfen oder einfach so tun, als sei er nicht da, bis er selbst auf die Idee kommt auszusteigen? Immerhin bin ich nicht diejenige, die in Erklärungsnot ist. Ich bin nicht diejenige, die abgehauen ist und ihren Agenten geschickt hat, um die Sache zu regeln.

Nein, das ist alles er gewesen. Und das sollte ich bei aller Wiedersehensfreude nicht vergessen.

Ich steige aus und schnalle Lila aus ihrem Kindersitz. Ihre braunen Locken sind zu einem unordentlichen Dutt zurückgebunden, aus dem sich schon jetzt wieder sämtliche Haare lösen. Dad hat einfach keine Begabung in Sachen Frisuren.

Sobald sie aus dem Gurt befreit ist und auf eigenen Füßen steht, rennt sie los und stürmt auf die Nestschaukel zu. Ich lasse sie rennen und bleibe an dem kleinen Tor stehen, das den Parkplatz vom Spielplatz trennt. Ich sehe nicht zum Auto hinüber, hoffe jedoch, das Carter versteht.

Da höre ich die Autotür zuschlagen, und mein Herz beginnt zu rasen. Es ist, als würde mein Körper sich nach all den Jahren an seine Anwesenheit erinnern, so sehr steht er unter Spannung. Lila sieht zu mir herüber, und ich lächle ihr beruhigend zu.

»Ich komme gleich«, rufe ich. Innerlich richte ich mich ein wenig auf, als ich Schritte hinter mir auf dem Kies höre.

Ein paar Sekunden lang ist es still, dann atmet er hörbar aus. Ich drehe mich bewusst nicht um. Seine Anwesenheit zu ertragen ist schwer genug, für seinen Anblick bin ich einfach noch nicht bereit.

»Jamie«, sagt er nur, genau wie gerade im Auto.

Ich weiß nicht genau, was der Klang seiner Stimme mit mir macht. Mit ihr sind so viele Erinnerungen verbunden – gute wie schlechte –, aber sie gehören allesamt der Vergangenheit an. Einem Kapitel, das ich eigentlich abgeschlossen habe.

»Carter«, erwidere ich, ohne den Blick von Lila abzuwenden, die gerade ihrer Puppe auf der Schaukel Anschwung gibt. »Ich gebe zu, ich bin überrascht.«

Aus den Augenwinkeln sehe ich, dass er sich neben mich stellt. Mein Herz legt noch weiter an Tempo zu, doch nach außen hin bleibe ich cool. In mir drin herrscht das reinste Chaos, aber das lasse ich ihn nicht sehen.

»Du hast geglaubt, ich ignoriere das Ganze einfach?«, fragt er leise.

Ich schnaube. »Du hast uns vier Jahre lang ignoriert«, bemerke ich wütend. »Was hat sich geändert?«

»Ich habe euch nicht ignoriert«, meint er zwischen zusammengebissenen Zähnen. »Du weißt nicht alles.«

»Ich weiß, dass du nicht da warst«, sage ich, nicht bereit, auch nur einen Zentimeter zurückzuweichen. Wenn er seine Tochter aus der Nähe sehen will, wird er nach meinen Regeln spielen. »Unterm Strich ist das das Einzige, was zählt.«

Ich spüre beinahe körperlich, dass er mehr zu sagen hat. Dass er ganz und gar nicht meiner Meinung ist – eine Sache, die sich zwischen uns anscheinend nicht geändert hat. Doch zu seinem Glück hält er die Klappe.

»Sie ist hübsch«, sagt er leise. Seine Stimme klingt ein wenig atemlos, nicht wirklich wie seine. »Sie hat braune Haare.«

Ich nicke. »Und deine Augen.«

Er macht ein merkwürdiges Geräusch – eine Mischung aus Keuchen und Lachen. Ich versuche mir vorzustellen, was er gerade denkt. Was muss es für ein Gefühl sein, seine dreijährige Tochter zu sehen?

»Wie heißt sie?«, fragt er kaum hörbar. Wahrscheinlich ist ihm auch klar, wie lächerlich diese Frage klingt.

Kurz überlege ich, es ihm einfach nicht zu sagen. Er hat es nicht verdient, und ein Teil von mir will ihn ausschließen. Ausschließen aus unserem Leben, aus ihrem Leben, weil er bislang keine Rolle darin gespielt hat.

»Lila«, sage ich schließlich, weil ich weiß, dass er es ohnehin herausfinden kann. »Sie heißt Lila.«

»Lila«, wiederholt er langsam. »Gefällt mir.«

Ich schnaube. Als würde mich seine Meinung interessieren.

»Mommy, kommst du?«, ruft Lila, ohne ihre Elsa aus den Augen zu lassen. *Die Eiskönigin* ist zurzeit ihre absolute Lieblingsgeschichte, und es wäre sicher ein Drama, wenn Elsa im feuchten Sand landen würde.

Ich lächle sie an. »Ich komme gleich, Süße.«

»Geh ruhig hin, wenn du musst«, sagt Carter leise. Seine Stimme klingt schon wieder seltsam, doch ich kann mich einfach nicht dazu bewegen, mich zu ihm umzudrehen.

Seufzend lehne ich mich mit dem Hintern gegen den Zaun. »Also, Carter, was willst du?«

Ein paar Sekunden lang schweigt er, als wüsste er selbst nicht, was er darauf antworten soll. »Du hast wirklich nicht damit gerechnet, dass ich auftauche? Nach alldem?«

»Falls du erwartest, dass ich mich darüber freue, muss ich dich leider enttäuschen«, sage ich kalt und deute auf das kleine Mädchen vor uns. »Und sie auch nicht. Sie kennt dich nicht. Und, nein, genau deswegen habe ich nicht mit dir gerechnet.«

»Jamie«, sagt er energisch, und aus den Augenwinkeln sehe ich, dass er sich mir zuwendet. Ich halte den Blick starr auf Lila gerichtet. »Was damals passiert ist, war nicht meine …«

Ich hebe die Hand, bevor er den Satz beenden kann. »Ganz ehrlich, Carter, es interessiert mich nicht mehr. Das habe ich hinter mir gelassen, und ich habe keine Lust, das Ganze hier vor Lila auszubreiten. Das Thema ist durch, und jetzt gerade habe ich wirklich keinen Kopf dafür. Falls du also reden willst, dann ausschließlich über die Gegenwart oder die Zukunft. Und falls dir das zu anstrengend ist, kannst du dich gleich wieder in dein supertolles Auto setzen und verschwinden.«

Verdammt, der letzte Kommentar hat meine Rede ein klein wenig kindisch klingen lassen. Nicht gerade die Wirkung, die ich erzielen will.

»Ist es das, was du willst?«, fragt er herausfordernd. »Dass ich abhaue und euch in Ruhe lasse?«

Ich zucke mit den Schultern. »Wir brauchen dich nicht. Das soll dir klar sein. Wir kommen gut ohne dich zurecht.«

»Das sehe ich.«

Jetzt drehe ich mich um. Einen Moment nehme ich mir Zeit, um ihn zu mustern – ich kann nicht anders. Sein Haar ist anders als früher – länger und dunkler. Sein Gesicht ist markanter, auf seinen Wangen zeichnet sich ein Dreitagebart ab. Ansonsten ist alles, wie ich es in Erinnerung habe. Ein schwarzes enges Shirt, das sich um seine Brust- und Oberarmmuskeln spannt, eine tief sitzende Jeans und schwarze Armbänder um beide Handgelenke.

Doch trotz der Ähnlichkeiten ist dieser Mann ein völlig anderer als der aus meiner Vergangenheit. In meinem Kopf existieren zwei Carters: der böse und der gute. Der von damals ist der gute Carter, der, mit dem ich Spaß hatte und der mir versichert hat, dass wir eine Lösung für all das finden würden. Der Carter, der jetzt vor mir steht, ist der gleiche, der mich vor knapp vier Jahren schwanger ohne finanzielle Mittel sitzen gelassen hat.

»Komm mir ja nicht auf die Tour, Dillane«, zische ich so leise, dass Lila uns nicht verstehen kann. »In die Lage, in der wir im

Moment sind, hast du uns gebracht. Wir haben immer friedlich gelebt – dass die Reporter mein Haus belagern, ist sicher nicht meine Schuld. So interessant bin ich nicht, glaub mir.«

Ich sehe, wie er die Stirn runzelt und einen Augenblick nachdenkt, als wisse er nicht, ob er das, was in seinem Kopf vorgeht, wirklich aussprechen sollte. Vermutlich nicht.

»Ich verstehe das nicht.«

Nur mit Mühe unterdrücke ich ein Stöhnen. »Akustisch, bildungstechnisch oder IQ-mäßig?«

»Du hast sie nicht angerufen?«, fragt er, ohne auf meinen Seitenhieb einzugehen. Zu schade, ich finde ihn ziemlich gut. »Die Medien, meine ich.«

Ich verschränke die Arme vor der Brust. »Nein«, sage ich kalt. »Das Gleiche habe ich Murray auch schon erklärt, aber ich tue es gerne noch einmal. Nein, ich habe niemanden angerufen. Ich kann mir nicht vorstellen, dass irgendeine Summe diesen Stress wert ist.« Ich sehe zu Lila hinüber, die inzwischen zusammen mit Elsa auf der Schaukel sitzt. »Das würde ich ihr nicht antun.«

Carter folgt meinem Blick, stutzt dann und mustert mich schneidend. »Wann hast du mit Murray geredet?«

»Gestern«, sage ich und runzle die Stirn. »Warum?«

Sein Blick wird beinahe bedrohlich. »Weil ich ihn gefeuert habe. Ich weiß nicht, warum er bei dir auftauchen sollte.«

Insgeheim bin ich erleichtert. Ein Teil von mir wollte glauben, dass Carter den Kerl nicht geschickt hat, sicher war ich mir allerdings nicht. »Warum hast du ihn gefeuert?«

Er sieht mich an und vergräbt die Hände in den Hosentaschen. »Ich dachte, wir reden nicht über die Vergangenheit.«

Ich zucke mit den Schultern. »Und was ist jetzt dein Plan?«, frage ich, ehrlich neugierig. »Mich auszuzahlen? Kurz für die Fotografen posieren?«

Wieder wird sein Blick wütend, doch er hat sich im Griff. Gut für ihn. »Ich bringe euch von hier weg.«

»Was?«, lache ich. Das kann nicht sein Ernst sein.

»Ich habe gesehen, in welchen Zuständen ihr lebt«, meint er völlig sachlich, während es in mir zu brodeln beginnt. »Das geht auf Dauer nicht gut, glaub mir. Die Medien werden die Story weiter ausschlachten wollen. Und sie werden nicht aufhören, bis sie ihre Schlagzeile mit Fotos von Lila haben. Ihr könnt da nicht bleiben, das ist für dich und für sie zu gefährlich.«

»In welchen Zuständen wir leben?«, wiederhole ich, wobei ich mich wirklich anstrengen muss, um ihn nicht anzuschreien. »Ist das dein verdammter Ernst? Das ist mein Leben, von dem du da sprichst – *unser* Leben! Es mag nicht viel sein, und es ist vermutlich absolut unter der Würde des großen Carter Dillane, aber ich bin verdammt stolz auf das, was ich uns aufgebaut habe! Und du bist wirklich der Letzte, der es sich erlauben darf, darüber zu urteilen!«

Er hebt die Hände und weicht einen Schritt zurück. »Das wollte ich damit doch gar nicht sagen!«

»Du hast von Anfang an auf mich herabgesehen, genau wie Murray!«, fauche ich. »Ihr habt uns unserem Schicksal überlassen, und jetzt kritisiert ihr das, was daraus geworden ist. Aber soll ich dir mal was sagen, Carter? Eigentlich sollte ich euch dafür danken! Denn wäre es anders gekommen, würde Lila womöglich genauso arrogant werden wie du! Also, danke! Danke, dass du kein Teil ihres Lebens bist, und danke, dass du mich noch einmal daran erinnerst, dass das auch so bleiben sollte!«

»Jamie, ich …«

»Nein!«, fahre ich hart dazwischen. »Nein, ich will es gar nicht hören. Du kannst nicht nach vier Jahren hier auftauchen – nach *vier* Jahren, Carter! – und Ansagen machen, nur weil es ungemütlich für dich wird! Erzähl den Medien von mir aus, was immer du willst. Es interessiert mich nicht.«

»Ich mache dir keine Ansagen«, braust er auf und verschränkt die Arme vor der Brust. »Was erwartest du von mir, Jamie? Dass ich nach Hause fahre und das Ganze einfach ignoriere?« Er deutet auf Lila und trifft damit genau den wunden Punkt. »Dass ich *sie* ignoriere? Dass ich seelenruhig dabei zusehe, wie die Reporter euch langsam zerfleischen und sie zum Gerede der Leute machen?«

»Dir passt es doch nur nicht, dass du der Böse in der Geschichte bist!«, halte ich dagegen. »Ich habe die Artikel gelesen, Carter, und ich weiß, dass du als das Arschloch hingestellt wirst, dass seine schwangere Freundin sitzen gelassen hat.«

»Nein, das passt mir tatsächlich nicht«, knurrt er wütend. »Aber soll ich dir mal was sagen? Noch weniger passt mir, dass *du* offensichtlich dasselbe denkst.«

»Ich denke nicht, ich *weiß*«, verbessere ich ihn. »Über Tatsachen kann man nicht unterschiedlicher Meinung sein.«

»Das sehe ich anders.«

»Du hast schon immer in deiner eigenen Welt gelebt, also wundert mich das nicht. Hol den Kopf aus den Wolken, Carter, und schau dich mal ein bisschen in der Realität um.«

»Jamie«, sagt er bemüht ruhig. Er hat keine Ahnung, was der Klang meines Namens aus seinem Mund in mir auslöst. Ich bin auch nicht scharf darauf, dass er es herausfindet, also halte ich seinem Blick stand. »Ich habe keine Ahnung, was du glaubst zu wissen, aber ich schwöre dir, dass ich nichts von alldem gewusst habe.«

»Von was?«, frage ich herausfordernd. »Von unseren *Zuständen*?«

Ich spucke ihm das Wort entgegen und sehe, wie die Wut in seinen Augen förmlich explodiert.

Bevor er darauf reagieren kann, spüre ich, wie jemand an meiner Bluse zupft. Ich sehe hinab und entdecke Lila, die ihre Puppe ehrfürchtig im Arm hält und Carter anstarrt.

»Was ist, Süße?«, frage ich und hocke mich zu ihr. »Keine Lust mehr zu schaukeln?«

»Wer ist das?«, fragt sie leise, offenbar in der Hoffnung, dass Carter sie nicht hört.

Das ist genau die Frage, auf die ich keine Antwort habe. »Sein Name ist Carter«, erkläre ich ein wenig hilflos. Irgendwie erscheint mir sein Vorname bedeutungslos, ihn ›Dad‹ oder ›Daddy‹ zu nennen jedoch noch absurder. »Mommy und er haben früher zusammen gearbeitet.«

»Er ist groß«, meint sie ehrlich beeindruckt. »Wie Kit.«

Ich lächle. »Stimmt. Du kannst ihm Hallo sagen, wenn du möchtest.«

Sie schüttelt den Kopf und hält sich Elsa vors Gesicht. Ich schaue kurz zu Carter, der mit zusammengebissenen Zähnen vor uns steht und ziemlich verloren aussieht. Dann entspannt sich sein Gesicht, und er hockt sich ebenfalls hin. Mir bricht der Schweiß aus.

»Hallo Lila«, sagt er leise, beinahe schmeichelnd. »Wer ist das denn?«

Lila folgt seinem Blick und drückt Elsa an sich. »Elsa.«

Carter sieht nicht so aus, als würde der Name ihm was sagen. Nur ein weiterer Beweis dafür, dass er sie nicht kennt. Obwohl ich wirklich keine weiteren Beweise brauche.

»Die hat ein schönes Kleid«, meint er und lächelt. Das Lächeln, das bis jetzt vermutlich jedes Frauenherz zum Schmelzen gebracht hat. Verdammt.

Wie erwartet huscht ein kleines Lächeln über Lilas Gesicht. »Finde ich auch.« Sie dreht die Puppe ein wenig. »Es glitzert, siehst du?«

Carter tut, als würde das Kleid ihn blenden, und sie lacht. »Ziemlich cool.«

Jetzt taut Lila auf. Sie nickt eifrig und richtet sich ein wenig auf.

»Hast du auch so ein Kleid?«, fragt er.

Wieder nickt sie. »Aber es ist zu groß. Ich trete immer drauf.«

»Hm«, macht Carter nachdenklich. »Soll ich dir mal verraten, was wir da bei der Arbeit immer machen, wenn ein Kleid zu lang ist?«

»Du hast Kleider an bei deiner Arbeit?«, fragt sie und runzelt die Stirn.

Er lacht. »Nein, aber Freundinnen von mir. Deine Mom hat doch bestimmt Haargummis, mit denen sie dir einen Zopf macht, oder?«

Lila nickt und berührt den Knoten an ihrem Hinterkopf, der kaum noch hält.

»Genau«, sagt Carter. »Damit kann Mommy deinem Kleid hinten einen Zopf machen, dann ist es kürzer, und du trittst nicht mehr drauf.«

Ich mache den Mund auf, um ihm zu sagen, dass ich wirklich keine Erziehungstipps von ihm brauche. Doch Lila lacht und strahlt ihn so dankbar an, dass ich den Mund halte.

»Okay«, sagt sie und schaut über die Schulter zurück zum Spielplatz. »Willst du wippen?«

Statt zu antworten, sieht Carter mich fragend an. In mir kocht immer noch die Wut, aber immerhin hat er den Anstand zu fragen. Also nicke ich.

»Meinst du nicht, dass ich zu schwer bin?«, fragt er.

Lila schaut drein, als wäre ihr das Problem auch gerade klar geworden. Dann greift sie nach meiner Hand. »Mommy ist auch schwer!«, ruft sie begeistert.

»Na, vielen Dank«, murre ich, lasse mich aber von ihr mit-
ziehen. Nicht, dass ich scharf darauf bin, mit Carter Mutter-
Vater-Kind zu spielen. Doch Lila hat in der vergangenen Woche so viel zurückstecken müssen, dass ich ihr den Wunsch
einfach nicht abschlagen kann. Und sie hat recht – mit zwei
Erwachsenen lässt es sich einfach tausendmal besser wippen!

Alles in mir sträubt sich dagegen, trotzdem steuere ich
scheinbar gut gelaunt die Wippe an. Das hier ist einfach zu
viel, droht mir über den Kopf zu wachsen. Die vergangene Woche zerrt ohnehin an mir, die Belagerung durch die Reporter,
die Sorge um Lilas und meine Zukunft und Murrays Dro-
hungen. Carters Auftauchen ist die Krönung, und ein Teil von
mir würde sich am liebsten in Fötushaltung zusammenrollen
und irgendwo in einer stillen Ecke heulen. Dieses gemeinsame
Spielen überfordert mich. Ich weiß nicht, wohin mit meinen
Gefühlen, und meine Zukunft ist unsicherer denn je.

Will ich das hier? Natürlich freue ich mich irgendwie für
Lila, dass sie gerade im Begriff ist, mit ihrem Vater zu wippen,
auch wenn sie das nicht weiß. Ich bin rational – ich weiß, dass
zwei Elternteile in der Regel schöner für ein Kind sind als eins.
Doch nach allem, was passiert ist, kann ich mich unmöglich
darauf verlassen, dass Carter eine Konstante in Lilas Leben
sein wird. Und ist es nicht nur noch schlimmer für sie, endlich
ihren Dad kennenzulernen und dann wieder zuzusehen, wie er
sich aus dem Staub macht?

Und für mich?

Ich schüttle den Kopf und versuche, mich auf das Hier und
Jetzt zu konzentrieren. Ich muss über all das nachdenken, doch
der erste Spielplatzbesuch nach einer Woche Hausarrest ist dafür wohl nicht der richtige Anlass.

Lila klettert auf die Sitzfläche der Wippe und schaut mich
auffordernd an, Carter nimmt ihr gegenüber Platz. Ich neh-

me mir einen Augenblick, um dieses Bild auf mich wirken zu lassen – die beiden gemeinsam auf der Wippe. Dann atme ich tief durch und setze mich hinter Lila. Mit einem Arm halte ich sie fest, mit dem anderen umklammere ich den Griff, um uns beide davor zu bewahren, einfach an der Seite hinunterzukippen.

»Bereit?«, fragt Carter und sieht dabei erst unsere Tochter, dann mich an. Ich habe keine Ahnung, ob ich mehr in diese Frage hineininterpretieren soll oder nicht, nicke aber schließlich.

Er stößt sich vom Boden ab, und Lila quietscht begeistert. Als ich den Laut höre, muss ich ebenfalls lächeln. Ich habe versucht, den ganzen Stress von ihr fernzuhalten, doch mir ist klar, dass sie etwas mitbekommen hat. Sie jetzt so unbeschwert zu erleben lässt mein Mamaherz höherschlagen.

»Mehr!«, ruft sie und klammert sich an meinen Arm vor ihrem Bauch.

Ich stoße mich gerade mit den Füßen vom Boden ab, als ich hinter mir ein Klicken höre. Grundsätzlich nichts Dramatisches, doch die letzte Woche hat mich beinahe auf dieses Geräusch abgerichtet. Sofort schrillen in mir die Alarmglocken – ich ziehe Lila die Kapuze über den Kopf, hole sie von der Wippe und drücke sie an meine Brust, während ich mich hastig umsehe.

»Was ist?«, ruft Carter beinahe panisch, während er ebenfalls aufsteht. Sein Blick fällt auf etwas hinter uns und wird so kalt, dass mir das Herz in die Hose rutscht.

Ich drehe mich um und entdecke die drei Männer mit Kameras, die hinter uns im Busch hocken.

»Verdammte Scheiße«, flucht Carter.

Die Mom in mir will seine Ausdrucksweise kommentieren, aber das ist wohl im Moment unser kleinstes Problem. Ich wende hastig den Kopf ab, umschlinge Lila und renne zum Auto hinüber. Ich höre Carters Schritte hinter mir, jedoch auch das Klicken der Kameras.

Warum habe ich darüber nicht nachgedacht? Warum ist mir nicht klar gewesen, dass sie uns folgen würden und mit Sicherheit auch Carters Auto erkannt haben? Auf der anderen Seite bin ich kein Promi und den ganzen Rummel nicht gewohnt. Carter hingegen schon. Er hätte es wissen müssen.

Oder …

Ich wirbele so schnell herum, dass Carter beinahe in uns hineinrennt. Er bremst im letzten Moment, wirft einen Blick über die Schulter zu den Reportern und sieht mich dann ungeduldig an. »Was denn? Was ist los?«

»Wusstest du davon?«, frage ich ihn mit vor Wut zitternder Stimme. Ich deute auf die Reporter, die wahrscheinlich gerade den Job ihres Lebens abschließen. »Hast du ihnen Bescheid gesagt?«

Er sieht mich so verständnislos an, dass ich ihm beinahe glaube. Allerdings weiß ich, was für ein hervorragender Schauspieler er ist. Die Rolle des ahnungslosen Unschuldigen habe ich ihn schon einmal spielen sehen. »Was?«, fragt er fassungslos. »Nein, warum sollte ich?!«

»Diese Bilder werden dein Image aufpolieren, oder nicht?«, rate ich. »Du bist jetzt nicht mehr das Arschloch, das seine Familie sitzen gelassen hat, sondern der liebende Vater, der mit seiner Tochter wippt. Du Schwein, wie konntest du …«

»Du bist auf dem Holzweg«, faucht er und macht einen Schritt auf uns zu, bis er so nahe bei mir steht, dass ich seinen Atem auf meinem Gesicht spüre. »Wir können das Ganze gerne in Ruhe besprechen, okay? Fürs Erste schaffen wir aber Lila hier weg. Bitte, Jamie.«

Wieder weckt ihr Name aus seinem Mund eine ganze Menge Gefühle in mir, dennoch werde ich nicht ruhiger. Die Vorstellung, dass ich mich von ihm habe einwickeln lassen, macht mich wahnsinnig. Trotzdem nicke ich und setze mich wieder in Bewegung.

»Jamie!«, schreit einer der Reporter hinter mir.

Ich zucke zusammen, drehe mich jedoch nicht um.

»Miss Evans! Warum verstecken Sie sich in Muskegon? Warum sind Sie nicht in Chicago?«

Mit zusammengebissenen Zähnen gehe ich weiter.

»Haben Sie das Kind vor ihm versteckt?«

»Wird es offizielle Fotos von Ihnen dreien geben?«

»Wird Ihre Tochter zu Carter ziehen?«

»Haben Sie eine Abfindung erhalten, bei ihrer Geburt?«

Ich kneife die Augen zusammen, dann renne ich das letzte Stück. Am liebsten würde ich mir die Ohren zuhalten, doch dafür müsste ich Lila runterlassen, die auf meinem Arm allmählich ein wenig zappelig wird.

Um den Fragen zu entkommen, folge ich Carter zu seinem Auto und lasse mich auf den Beifahrersitz fallen, als er die Tür für mich öffnet. Mein eigenes Auto ist noch verschlossen, und der Schlüssel ist in meiner Tasche unter Lilas Oberschenkel eingeklemmt.

»Mom!«, sagt Lila energisch und befreit sich ein kleines Stück aus meiner Umklammerung. »Warum gehen wir?«

Ich suche nach Worten und halte die Tränen zurück, die in mir aufsteigen. Ihr enttäuschter Gesichtsausdruck ist einfach zu viel. »Wir suchen einen anderen Spielplatz, okay? Der hier ist nicht so schön.«

»Ich finde den schön!«

Carter, der neben mir sitzt und die Reporter beobachtet, startet den Motor. »Ich finde einen guten Spielplatz für dich, in Ordnung?«

Lila nickt, wenn auch grimmig. Ich würde gerne protestieren, bin mir aber sicher, dass wir den Rest des Gesprächs ohne unsere Tochter fortsetzen sollten. Also lasse ich den Kopf gegen die Rückenlehne sinken, umfasse Lila fester und schließe die Augen, während Carter losfährt.

2.1

CARTER

Am liebsten würde ich auf irgendetwas einschlagen. Ich bin so sauer, dass die Straße beinahe vor meinen Augen verschwimmt, doch ich reiße mich zusammen. Ich habe erschreckend wenig Ahnung von Kindern, allerdings bin ich mir ziemlich sicher, dass ein Wutausbruch in Lilas Anwesenheit mein Verhältnis zu ihr nicht gerade verbessern würde. Nicht, dass es ein Verhältnis gibt.

Mir bleibt beinahe die Luft weg, wenn ich daran denke, wie sie mich angesehen hat. Sie ist ein so hübsches Mädchen, und Jamie hat recht – sie hat meine Augen. Das ist eine Floskel, doch als ich sie das erste Mal angesehen habe, ist meine Welt für den Bruchteil einer Sekunde stehen geblieben. Auch wenn sie eine Fremde ist. Eine Fremde, die von jetzt an ein Teil meines Lebens sein wird, zumindest, wenn es nach mir geht.

Ich habe keine Ahnung, was ich fühle. Man sollte seine Kinder lieben, oder nicht? Aber kann ich diesen kleinen Menschen lieben, den ich nicht kenne? Ich weiß es nicht. Ich bin beeindruckt und überwältigt und irgendwie stolz, dass ich etwas so Hübsches erschaffen habe. Aber Liebe ist ein ziemlich großes Wort.

Was ich Jamie gegenüber im Moment empfinde, ist nicht so schwer zu analysieren. Ich bin wütend.

Dass sie wirklich denkt, ich hätte das alles veranstaltet und geplant, um in den Medien gut auszusehen, verletzt mich und verletzt meinen Stolz. Ich habe keine Ahnung, was sie glaubt zu wissen, aber das geht zu weit. Klar, die letzten Jahre waren mit Sicherheit scheiße für sie, keine Frage. Auch wenn ich nicht genau weiß, was in ihren Augen passiert ist, bin ich mir sicher, dass sie eine Menge durchgemacht hat. Wahrscheinlich mehr, als ein Mensch in ihrem Alter durchgemacht haben sollte.

Doch dafür kann ich nichts. Bis Dexter mit dieser verdammten Meldung in meinem Loft aufgetaucht ist, hatte ich keine Ahnung, dass es eine Lila gibt. Oder wo Jamie steckt. Sie hat ja wirklich alles getan, um nicht gefunden zu werden.

Meine Hände umkrallen das Lenkrad fester. Aus den Augenwinkeln sehe ich, wie Jamies Arme Lila enger umschließen. Die Kleine hockt auf ihrem Schoß und sieht wirklich unzufrieden aus, was ich absolut nachvollziehen kann. Den ersten Ausflug seit der Belagerung der Reporter hat sie sich wahrscheinlich anders vorgestellt.

»Fahr uns nach Hause«, sagt Jamie, ohne mich anzusehen.

Am liebsten würde ich ihr einen Spruch drücken und sie daran erinnern, dass ich kein verdammtes Taxi bin, aber ich reiße mich zusammen. Immerhin ist sie die Mutter meines Kindes.

»Denk bitte über das nach, was ich gesagt habe«, meine ich und sehe, wie ihr Blick sich verdüstert. Ich stöhne. »Ich meine das mit dem sicheren Unterschlupf. Mein Gott, Jamie, hör auf jedes meiner Worte umzudrehen.«

Sie deutet demonstrativ auf Lila. »Ich drehe deine Worte nicht um. Und, nein danke, uns geht es zu Hause bestens.«

»Ihr könnt euch jedes Hotel aussuchen, das ihr wollt«, versuche ich es weiter. »Von mir aus auch hier. Gibt es in diesem Kaff überhaupt Hotels?«

Ihr Kiefer arbeitet, und sie hält den Blick starr auf die Straße gerichtet. »Bring uns einfach nach Hause, Carter.«

»Aber ...«

»Nein!«, sagt sie scharf und lässt damit keinen Zweifel daran, dass das Gespräch beendet ist. »Wir gehen nicht ins Hotel – weder in Chicago noch sonst wo. Also spar dir den Atem.«

Ich schnaube, halte aber die Klappe.

Als ich in ihre Straße einbiege, sehe ich schon von Weitem, dass die Medienleute offenbar Blut geleckt haben. Die Anzahl der Reporter hat sich augenscheinlich verdoppelt, und einige von ihnen hängen am Telefon, um die Neuigkeit meines Auftauchens zu verbreiten. Vielleicht war es nicht unbedingt meine beste Idee, einfach unangemeldet herzukommen. Auf der anderen Seite ist Jamie nicht an ihr Handy gegangen, und ich habe keine andere Möglichkeit gesehen, endlich mit ihr zu sprechen.

»Warum bist du aufgetaucht?«, fragt Jamie leise, den Blick ebenfalls auf ihr Haus gerichtet. »Warum heute?«

Ich überlege, was ich darauf antworten soll. Ich verstehe ihre Sicht der Dinge – für sie muss mein Verhalten vollkommen willkürlich erscheinen. Meine Wut verraucht mit jeder Sekunde ein wenig mehr, auch wenn ich wirklich versuche, sie aufrechtzuerhalten. Jamie versucht Lila zu beschützen, wenn nötig auch vor mir. Und ein Teil von mir kann ihr deshalb nicht böse sein, im Gegenteil. Habe ich ihr nicht im Grunde das Gleiche unterstellt wie sie mir? Die Reporter informiert zu haben, um selbst einen Nutzen daraus zu ziehen?

»Ich hab's nicht mehr ausgehalten«, antworte ich schließlich wahrheitsgemäß und zucke die Schultern.

Sie schweigt ein paar Sekunden. »Murray war bei mir.«

»Hast du schon gesagt. Aber ich habe ihn nicht geschickt.«

Endlich sieht sie mich an. In ihren Augen stehen so viele Gefühle, dass ich sie kaum auseinanderhalten kann. Am liebsten würde ich sie in den Arm nehmen, auch wenn mir klar ist, dass ich kein Recht dazu habe und dass sie es mit Sicherheit nicht zulassen wird. Aber in diesem Moment erinnert sie mich an das eingeschüchterte Mädchen von früher, das sich das Klemmbrett gegen die Brust drückt und irgendwie fehl am Platz wirkt.

»Wirklich nicht?«, fragt sie leise.

Ich schüttle den Kopf. »Nein. Falls er noch mal auftaucht, ruf mich bitte an, okay? Hast du meine Nummer noch?«

Sie schüttelt den Kopf.

»Ich habe dir neulich geschrieben, du hast geantwortet«, bemerke ich stirnrunzelnd. »Du wusstest nicht, dass ich das bin?«

»Ich dachte, du wärst ein Reporter.«

»Ruf mich an, versprochen?«, beschwöre ich sie erneut. »So oder so.«

Sie antwortet nicht direkt. Wahrscheinlich versucht sie ihre Möglichkeiten abzuwägen. »Ich weiß nicht, wie es weitergehen soll«, meint sie und drückt Lila einen Kuss auf den Kopf. »Ich weiß nicht, was ich mit dir anfangen soll.«

»Ich werde nicht wieder gehen«, sage ich und bin mir nicht sicher, ob es als Versprechen oder als Drohung gemeint ist. »Ich bin jetzt da, und wenn du mich lässt, erkläre ich dir, was passiert ist. Aber fürs Erste wirst du mit mir leben müssen.« Ich sehe Lila an. »Für sie, oder nicht?«

»Erklär mir nicht, was das Beste für sie ist«, fährt sie mich an. »Dazu hast du kein Recht.«

»Das weiß ich«, versichere ich ihr. »Trotzdem. Denk drüber nach, ja? Und dann ruf mich an. Morgen.«

Sie wirft mir einen herausfordernden Blick zu. »Und wenn nicht?«

»Dann komme ich wieder her«, sage ich unbeeindruckt. »Ich meine es ernst, Jamie. So leicht wirst du mich nicht mehr los.«

Sie seufzt leise, dann deutet sie auf ihr Haus. »Wie kommen wir da rein?«

Ich überlege einen Moment, dann biege ich kurzerhand in eine Seitenstraße ein und bleibe stehen. »Steigt aus und wartet hier. Ich locke sie weg.«

Jamie überlegt, dann nickt sie und schnallt sich ab. Als Lila sich neugierig umsieht, senkt Jamie den Kopf, damit die Kleine sie besser ansehen kann. »Hey, Schnecke, hast du Lust auf ein Spiel?«

Lila nickt eifrig. »Schnick, Schnack, Schnuck?«

Jamie lacht. »Nein, wir spielen Fangen, okay? Wir steigen aus und rennen ganz schnell weg, und keiner der Männer vor unserem Haus darf uns fangen. Schaffst du das?«

Lila wirkt so entrüstet über die letzte Frage, dass ich grinse. »Ich habe meine Turnschuhe an, Mommy. Damit bin ich schnell!«

»Bereit?«, frage ich, als Jamie mich ansieht. Beide nicken. »Dann los!« Ich zwinkere Lila zu, die aufgeregt von Jamies Schoß klettert und auf ihre Mom wartet, die mich noch einen Moment lang ansieht.

»Ich rufe dich morgen an«, sagt sie, während sie ebenfalls aussteigt. »Tauch nicht mehr unangemeldet hier auf, okay? Ich muss mir überlegen, was ich ihr erzähle.«

Ich nicke, weil ich es für besser halte, das Ganze nicht zwischen Tür und Angel auszudiskutieren – im wahrsten Sinne des Wortes.

Nachdem ich mich vergewissert habe, dass Jamie und Lila in Startposition sind, fahre ich los, am Haus vorbei bis zur nächsten Straßenecke. Ich stoppe mit quietschenden Reifen, um sicherzugehen, dass die Leute vorm Haus mich auch bemerken. Dann drücke ich mir das Handy ans Ohr und tue so, als würde ich telefonieren. Ich steige aus, gehe ums Auto herum und öffne die hintere Tür, während ich wild diskutiere.

Es dauert nicht lange, da bin ich von Kameras und Re-

portern umringt. Die Fragen prasseln auf mich ein wie Platz-
regen.

»Sind Sie hier, um Ihre Tochter abzuholen?«

»Stimmt es, dass Sie vier Jahre lang keinen Kontakt zu der
Mutter hatten?«

»Wie geht es mit Ihnen weiter?«

»Wird die Sache die Premierentour beeinflussen?«

»Wird der Sender ein Statement dazu abgeben?«

Ich ignoriere sie alle, aber die Fragen gehen mir an die Nie-
ren. Weil ich keine Antwort darauf habe und einfach nicht
weiß, wie ich sie jemals beantworten soll, ohne Jamie und
Lila nur noch weiter ins Rampenlicht zu zerren. Ich bereue
nicht, dass ich Murray gefeuert habe, trotzdem wäre ich jetzt
dankbar für ein bisschen Unterstützung. Man kann von dem
Mann halten, was man will, doch er kann mit den Medien umgehen.

Fürs Erste allerdings sage ich einfach ›Kein Kommentar‹
und werfe einen Blick zum Haus. Lila und Jamie tauchen hinter einer Hecke auf und rennen in einem Affentempo auf die
Haustür zu. Selbst bis hierher kann ich Lilas Gekicher hören, und der Klang macht etwas sehr Seltsames mit meinem
Herzen.

Als die Reporter bemerken, was los ist, rennen sie zurück.
Ich bleibe noch ein paar Sekunden neben meinem Wagen
stehen und starre das kleine Haus an, in dem meine Tochter
wohnt. Und es schmerzt beinahe körperlich, als ich ins Auto
steige und davonfahre.

JAMIE

Lila rennt an mir vorbei durch den Flur und lacht so laut, dass Dad stirnrunzelnd seinen Kopf durch die Küchentür steckt.

»Wir haben gewonnen!«, ruft sie und hüpft auf ihren Grandpa zu. »Sie haben uns nicht gekriegt!«

»Der Wahnsinn!«, sagt er grinsend und hält ihr die Hand hin, damit sie einschlagen kann. »Ich habe Sieger-Pancakes gebacken – stehen auf dem Tisch!«

Lila hopst davon, um sich ihre Portion zu sichern, und Dad schaut mich fragend an. »Wer hat euch nicht gekriegt?«

»Die Reporter«, erkläre ich müde und fahre mir mit beiden Händen übers Gesicht. »Wir haben ein Spiel draus gemacht, dass sie reinrennen muss, bevor die Reporter uns erwischen.«

»Die stehen doch direkt vorm Haus«, bemerkt er skeptisch. »Wie habt ihr das geschafft?«

Es hat keinen Sinn, um den heißen Brei herumzureden – wahrscheinlich wird es schon in der Abendausgabe Fotos von uns geben. Also seufze ich und lehne mich gegen die Wand, um meinem erschöpften Körper ein wenig Ruhe zu gönnen. »Carter hat sie weggelockt.«

Dads Augenbrauen wandern so hoch, dass sie beinahe unter seinem spärlichen Haaransatz verschwinden. »Ach ja?«

»Er ist uns zum Spielplatz gefolgt.«

»Okay?«

Wieder seufze ich. »Sieh mich nicht so an. Ich habe auch keine Ahnung, was ich damit anfangen soll!«

Dad scheint eine Sekunde lang zu überlegen, dann verengen sich seine Augen beinahe bedrohlich. »Was will er?«

Ich zucke mit den Schultern. »Das weiß er auch nicht so genau, glaube ich. Er hat keine Forderungen gestellt oder so. Es klang, als wollte er einfach … ich weiß nicht, nach uns sehen vielleicht.«

»Er hatte vier Jahre lang Zeit, nach euch zu sehen«, bemerkt er wütend. »Aber jetzt macht er sich die Mühe und kommt her?«

»Scheint so«, sage ich und schließe einen Moment die Augen. »Er hat sich eigentlich ganz anständig verhalten. Zumindest anständiger, als ich erwartet habe.«

»Das ist nun wirklich nicht bemerkenswert, Jamie. Der Vater deines Kindes sollte sich dir gegenüber mindestens anständig verhalten, meinst du nicht?« Er sieht mich an und legt dann den Kopf schief, als wäre ihm etwas eingefallen. »Irgendetwas über das Geld, das dieser Murray dir angeboten hat? Darüber, dass du das Land verlassen und dich tot stellen sollst?«

Ich schüttle den Kopf. »Er sagt, er habe Murray nicht geschickt.«

»Und das glaubst du ihm? Ich meine, es ist schon ziemlich auffällig, dass er ausgerechnet dann hier auftaucht, als du Murrays Angebot ablehnst, oder nicht?«

Seufzend lege ich den Kopf in den Nacken. »Ganz ehrlich, Dad, er klang aufrichtig.« Ich höre, wie Dad nach Luft schnappt, und hebe die Hand. »Aber, ja, ich weiß auch, dass er ein guter Schauspieler ist und ich ihm nicht trauen kann. Das habe ich nicht vergessen.«

»Und das wirst du auch nicht vergessen?«, fragt Dad skeptisch.

Ich öffne die Augen und sehe ihn an, sehe die Sorge und Angst in seinen müden Augen. Auch an ihm sind die vergangenen vier Jahre nicht spurlos vorbeigegangen. Ich erinnere mich, dass er vor Lilas Geburt nicht so viele graue Haare hatte, dass weniger Falten sein Gesicht zerfurcht haben und er nicht so dünn gewesen ist. Sein Anblick ist nur ein weiterer Beweis dafür, was Carter uns allen angetan hat. Nicht, dass ich und mein Dad nicht gut zurechtgekommen sind, doch mit Carters Hilfe wäre es sicher einfacher gewesen. Und schöner.

»Nein, das werde ich nicht vergessen«, sage ich und mache mich auf den Weg in die Küche, um nach Lila zu sehen. »Aber was soll ich deiner Meinung nach machen? Ihn ignorieren?«

»Zum Beispiel.«

»Es ist auch seine Tochter«, bemerke ich leise, wenn auch widerwillig. »Wenn er will, hat er ein Recht darauf, sie zu sehen.«

Dad schnaubt verächtlich. »Warum ausgerechnet jetzt, Jamie? Wer auch immer die Medien informiert hat, hat Carter Dillane in keinem guten Licht dastehen lassen. Was glaubst du also, warum er ausgerechnet jetzt hier auftaucht?«

Ich lasse mich neben Lila auf einen der Küchenstühle fallen.

»Ich war diejenige, die verschwunden ist, oder?«, sage ich und bemerke selbst den leicht verzweifelten Unterton in meiner Stimme. »Ich bin weggezogen, habe meine Nummer geändert, zu allen den Kontakt abgebrochen. Vielleicht hat er mich nicht gefunden.«

Wieder schnaubt er. »Für seine Tochter hätte er es herausfinden können, Schatz. Wo ein Wille ist, ist auch ein Weg. Meinst du nicht?«

Ich nicke, antworte aber nicht. Ich bin mir nicht sicher, warum ich Carter in Schutz nehme. Immerhin ist es nicht so, dass ich mir eine heile Familie mit ihm vorstelle oder wünsche. Nein, der Zug ist abgefahren. Doch ich bin realistisch. Ich weiß, dass Carter ein Recht auf Kontakt zu Lila hat, falls er es sich wünscht. Jedes Gericht dieser Welt würde es ihm zusprechen. Ist es dann nicht einfacher, wenn Mommy und Daddy sich gut verstehen? Wenn wir Lila nicht einfach nur hin- und herreichen wie einen Wanderpokal und nur das Nötigste miteinander reden? Und das die nächsten fünfzehn Jahre?

»Der Mann war nett«, sagt Lila mit vollem Mund und unterbricht damit meine Grübeleien. »Kommt der uns noch mal besuchen?«

Dieses Kind hat ein Gespür für schwierige Fragen. Ich schaue ein bisschen Hilfe suchend zu Dad, der nur mit den Schultern zuckt. Na, vielen Dank.

»Ich weiß es nicht«, antworte ich wahrheitsgemäß und streiche ihr ein paar braune Strähnen hinter die Ohren. »Willst du, dass er uns noch mal besucht?«

Sie nickt eifrig. »Wir müssen doch noch wippen!«

Ich lächle. »Meinst du, er ist schwer genug?«

Ihre kleinen Gesichtszüge verändern sich, und sie sieht aus, als würde sie wirklich stark über die Sache nachdenken. »Vielleicht«, meint sie diplomatisch. »Er ist groß, oder?«

»Ja, das ist er.«

»Dann geht das«, beschließt sie überzeugt. »Mit Kit geht das auch.«

»Okay«, sage ich und gebe ihr einen Kuss auf den Kopf. »Iss auf und dann wasch dir mit Grandpa das Gesicht, okay? Du siehst aus, als wärst du in einen Eimer Sirup gefallen.«

»Ihhhh!«, lacht sie und leckt sich über die Lippen, was die ganze Sache nicht unbedingt besser macht. »Was machst du jetzt?«

Wieder eine gute Frage. »Ich muss mal schnell telefonieren, okay? Ich bin oben, wenn du mich suchst.«

Sie nickt und widmet sich wieder ihren Pancakes. Ich gebe Dad einen Kuss auf die Wange und sprinte dann die Treppe hoch in mein Zimmer.

Es ist mein altes Kinderzimmer und leider nicht einmal annähernd groß genug für all mein Zeug. Lila hat Kits ehemaliges Zimmer bezogen, sodass wir immerhin jede unser eigenes Reich haben. Trotzdem ist mir klar, dass das hier eine Lösung auf Zeit ist. Eigentlich habe ich damals nur ein paar Monate bleiben wollen, so lange, bis das Kind geboren war und wir uns ein bisschen aneinander gewöhnt hatten. Aber dann hat Dad mich überredet, das Studium wieder aufzunehmen, und es hat weder finanziell noch zeitlich für eine eigene Wohnung gereicht. Doch das hier wird nicht mehr lange funktionieren. Lila wird größer und braucht immer mehr Platz und allmählich sehne ich mich danach, wieder ein wenig Privatsphäre zu haben. Ich liebe meinen Dad, das Zusammenleben mit ihm ist allerdings nicht immer einfach. Es hat definitiv seinen Grund, dass Kinder ausziehen, wenn sie erwachsen werden.

Ich setze mich auf die Bettkante und lasse mein Gesicht in die Hände sinken. Einen Moment lang sitze ich einfach nur da und versuche an nichts zu denken, doch das klappt nicht. Immer wieder wandern meine Gedanken zu Carter, zu Lila, den Reportern vor meinem Haus, der Uni. Meine Probleme sind endlos, und ich habe keine Ahnung, wie ich jemals alle von ihnen lösen soll. Für diese Situation gibt es einfach keinen leichten Ausweg, auch wenn ich mir nichts sehnlicher wünsche.

Wieder einmal vibriert mein Handy, dieses Mal sehe ich direkt nach. Und mein Puls beschleunigt sich, als ich die Nummer auf dem Display erkenne.

Carter: *Habt ihr's geschafft?*

Ich überlege, ob ich ihn ignorieren soll. Meiner Meinung nach war ich ziemlich nett zu ihm, wenn man bedenkt, was er mir angetan hat. Dennoch greife ich schließlich zum Handy und antworte mit einem einfachen ›Ja‹.

Zwei Sekunden später kommt die nächste Nachricht.

Carter: *Wir sollten uns alleine treffen. Wir müssen reden.*

Er hat recht, das weiß ich. Trotzdem habe ich ein bisschen Angst davor, mich alleine mit ihm zu treffen. Lila war eine Art

Puffer, den ich als Ausrede benutzen konnte, wann immer mir die Themen zu heikel wurden.

Ich: *Wenn du einen Plan hast, kannst du dich melden. Wenn du weißt, wie es weitergehen soll und was du willst. Dann können wir reden.*

Dieses Mal dauert es ein wenig länger, bis er antwortet.

Carter: *Hast du denn einen Plan?*

Ich: *Ich brauche keinen. Zumindest keinen, der dich etwas angeht.*

Carter: *Früher oder später musst du dich mit mir auseinandersetzen.*

Ich: *Ich muss gar nichts.*

Ich schicke die Nachricht ab und schalte sofort mein Handy aus. Auch wenn ich ihm nicht zugehört habe, ist mir klar, dass es nicht nur meine Seite der Geschichte geben kann. Dass er damals von Menschen wie Murray und seinem Vater umringt war und sicher nicht jedes Wort, das ich von ihm gehört habe, auch wirklich aus seinem Mund gekommen ist.

Doch das ist mir egal. Was zählt, ist, dass ich die letzten vier Jahre alleine gewesen bin. Dass Lila keinen Vater hatte und dass ich jeden Dollar dreimal umdrehen musste.

Ich lasse mich auf den Rücken fallen und schließe die Augen. Wer hätte gedacht, dass mein Leben noch chaotischer werden könnte als ohnehin schon?

2.2

JAMIE

Drei Tage sind vergangen, seit Carter vor unserem Haus aufgetaucht ist. Zwei Tage, seit die Fotos von uns auf der Wippe veröffentlicht wurden und die Medien darüber berichtet haben, dass der große Carter Dillane ganz offensichtlich all die Jahre eine heimliche Familie gehabt haben muss. Ich habe mich vom sitzen gelassenen Aschenputtel in eine Art Femme fatale verwandelt, die es geschafft hat, einen der bekanntesten Schauspieler Amerikas für sich zu gewinnen.

Die Reportermeute vor unserem Haus hat sich locker verdreifacht. Sie sitzen auf dem Gehweg und warten darauf, dass sich etwas tut, während wir hinter den Gardinen hocken und auf eine Gelegenheit zur Flucht warten.

Gott, wie ich sie alle hasse. Obwohl ein Teil von mir ihr Durchhaltevermögen durchaus bewundert – immerhin ist nach wie vor keiner von uns bereit, eine Stellungnahme abzugeben, und Lila hat sich auch nicht mehr blicken lassen.

»Im Ernst, allmählich wird es lächerlich«, schimpft Dad, als erneut ein handgeschriebener Zettel durch den Briefschlitz geschoben wird. »Wie viel wollen sie uns denn noch bieten, bis sie es aufgeben?«

Kit steht auf und holt den Zettel. Er pfeift leise, als er die Nachricht liest. »Jamie, du solltest darüber nachdenken«, meint er zwinkernd, zerknüllt den Zettel und wirft ihn in den Müll. »Wenn wir noch ein paar Tage warten, können wir uns eine ganze Villa leisten.«

Ich schnaube. »Ich hoffe doch, dass sie in ein paar Tagen das Interesse verlieren.«

»Dann renn einmal nackt durch den Vorgarten oder so«, schlägt er grinsend vor. »Das hält das Interesse oben.«

»Wirklich?«, fragt Lila stirnrunzelnd.

Ich lache. »Nein, Schnecke, *nicht* wirklich. Kit redet Quatsch.«

Mein Bruder beugt sich vor und wuschelt Lila durch die Haare. Die quietscht und versucht auszuweichen, hat jedoch keine Chance. »Mein Elsa-Zopf!«

Dad schaut mich fragend an. Ich verdrehe die Augen. »Ein geflochtener Zopf über der Schulter ist ein Elsa-Zopf, Grandpa. Bleib doch mal auf dem Laufenden.«

»Wie viele Prinzessinnen gibt's eigentlich?«

Lila reißt den Mund auf, offensichtlich schockiert über die Unwissenheit ihres Großvaters. Sie hält eine Hand hoch und beginnt die Prinzessinnen an den Fingern abzuzählen, während sie meinem Dad einen detaillierten Überblick über die dazugehörigen Geschichten gibt. Ich sehe die Hilflosigkeit im Gesicht meines Vaters und lache, denke jedoch nicht daran, ihm zu Hilfe zu eilen.

Gerade, als ich Lila an ein paar Märchen erinnern will, die sie vergessen hat, höre ich ein Rumpeln aus der oberen Etage. Kit sieht ebenfalls nach oben, dann zu mir. Er runzelt die Stirn und blickt mich auffordernd an.

»Keine Ahnung«, sage ich leise und vergewissere mich mit einem Seitenblick auf Lila, dass sie immer noch mit meinem Dad beschäftigt ist.

Kit steht auf. »Ich muss mal.«

»Ich auch«, sage ich und folge ihm hastig aus der Küche.

»Warte hier unten«, meint er und wirft einen Blick die Treppe hinauf. Wieder rumpelt es.

Ich schüttle den Kopf. »Ich denk nicht mal dran«, sage ich bestimmt.

Er verdreht die Augen. »Dann bleib wenigstens hinter mir.«

Auch das passt mir nicht, doch ich gebe nach, um nicht noch länger hier herumzustehen und zu diskutieren. Ich folge Kit auf dem Fuß nach oben. Sämtliche Zimmertüren in dem schmalen Flur stehen offen. Nur eine nicht, und zwar die, die in mein Zimmer führt.

Kit dreht sich halb zu mir um und bedeutet mir leise zu sein. Ich unterdrücke ein ungeduldiges Seufzen und deute auf die Tür vor uns. Es ist nichts mehr zu hören, dennoch legt mein Herz einen Zahn zu, als Kit mit der Hand die Klinke umschließt.

Die Tür öffnet sich, und dahinter kommt ein Chaos zum Vorschein. Ich schnappe entsetzt nach Luft. Mein Bettzeug liegt auf dem Boden verteilt und Papiere verstreut auf der nackten Matratze. Und in all der Unordnung stehen zwei Typen, die viel zu groß für das kleine Zimmer wirken und erschrocken herumwirbeln, als Kit hereinsprintet.

»Was ist denn hier los?«, schreie ich und folge meinem Bruder.

Einer der Kerle flucht und macht einen Satz rückwärts. Erst jetzt bemerke ich, dass mein Fenster offen steht. Der Groschen fällt, als der erste Typ hindurchklettert.

»Ist das euer beschissener Ernst?«, schreie ich den anderen Reporter an.

Er versucht seinem Kumpel hinterherzuklettern, doch Kit packt ihn am Handgelenk. »Schön hierbleiben, Freundchen!«

»Scheiße«, flucht er und versucht sich aus Kits Griff zu befreien. Kit stolpert einen Schritt zurück, während ich vorspringe und mich vor das offene Fenster stelle. Ich koche vor Wut und werde diesen Kerl sicher nicht so leicht abhauen lassen wie seinen Kollegen. Es ist eine Sache, dass sie seit Tagen mein Haus belagern und mich zwingen, meine Tochter daheim einzusperren. Eine ganz andere jedoch, in mein Zimmer einzubrechen. Hier einzudringen, meine privaten Sachen zu durchsuchen und mir das Gefühl zu geben, in meinem eigenen Kinderzimmer nicht mehr sicher zu sein.

Der Typ windet sich aus Kits Griff, der mehr damit beschäftigt ist, nicht in dem ganzen Chaos zu Boden zu gehen.

»Verpiss dich!«, schreit er mich an, als er herumwirbelt und mich vor dem offenen Fenster stehen sieht.

Ich stemme die Hände in die Seiten und mache mich so groß es nur geht. Was ein bisschen lächerlich ist, angesichts der Tatsache, dass er mich um mindestens einen Kopf überragt. »Vergiss es. Wir warten auf die Polizei, und dann sehen wir ja, ob sich die Sache für dich gelohnt hat.«

Er starrt mich an, dann springt er vor. Ehrlich gesagt habe ich nicht damit gerechnet, dass er wirklich handgreiflich werden könnte, deswegen bin ich nicht darauf vorbereitet, dass er mich mit voller Wucht zur Seite stößt.

Ich versuche mich an meinem kleinen Schreibtisch festzuhalten, doch keine Chance. Mit einer Wucht, die mir die Luft aus den Lungen treibt, knalle ich erst gegen die Schreibtischkante und dann auf den Fußboden.

»Heilige …«, japse ich, während ich versuche, mich aufzurappeln. Beiläufig fällt mir auf, dass ich auf meinen verstreuten Uninotizen gelandet bin und wünsche diesen verdammten Kerlen stumm die Pest an den Hals. Es wird Ewigkeiten dauern, dieses Chaos wieder in den Griff zu kriegen.

»Scheiße, Jamie!«

Kits Gesicht taucht über mir auf, dann liegen seine Hände auf meinen Schultern, und er richtet mich vorsichtig auf. »Geht es dir gut?«

»Bestens«, murre ich wütend. »Dieses Arschloch hat mich geschubst!«

»Du blutest«, bemerkt mein Bruder und greift nach einem herumliegenden T-Shirt, das er mir an die Schläfe drückt. »Wir müssen ins Krankenhaus.«

»Müssen wir nicht«, stelle ich nüchtern klar. »Ist nur'n Kratzer. Wir müssen aber die Polizei rufen!«

»Was war denn das für eine Nummer?«, fragt er mich zähneknirschend. »Dachtest du echt, du könntest dich mit dem Kerl anlegen?«

Ich zucke mit den Schultern. »Ganz ehrlich? Ich hab nicht erwartet, dass der so etwas macht. Gibt es bei denen denn keine Berufsehre?« Ich ziehe scharf die Luft ein, als ich die Stirn runzle und mir ein stechender Schmerz durch den Kopf jagt.

»Ich bringe dich ins Krankenhaus«, sagt Kit streng und hilft mir auf. »Vielleicht hast du eine Gehirnerschütterung.«

Ich schüttle den Kopf und verziehe sofort das Gesicht. »Mach bitte kein Drama draus, okay? Ich will Lila keine Angst machen.«

»Um Lila kümmert sich Dad«, sagt er bestimmt. »Wir müssen die Polizei rufen, und das da an deinem Kopf muss sich ein Arzt ansehen. Keine Widerrede.«

Ich habe tatsächlich eine Gehirnerschütterung. Eine leichte zwar, aber eine Gehirnerschütterung. Ich kann nicht fassen, dass ich tatsächlich im Kampf gegen einen aufdringlichen Reporter verletzt wurde. So etwas gehört nicht zu den Dingen, die in meinem Leben passieren. Ich wische verschüttete Apfelschorle auf, weiche Grasflecken ein und versuche eine plausible Erklärung dafür zu finden, warum Santa das gleiche Geschenkpapier benutzt wie wir. Einbrüche, Rangeleien und mein Gesicht auf der Titelseite gehören einfach nicht in mei-

nen Alltag. Ich komme damit nicht klar und habe keine Ahnung, was die Lösung für derartige Probleme sein könnte. Gerade habe ich mit meinem Dad telefoniert und mich nach Lila
erkundigt. Sie findet die ganze Situation superspannend, vor
allem die beiden Cops, die nach einem Anruf von Kit in unser
Haus gekommen sind. Sie haben versprochen, sich die Sache
anzusehen, haben uns aber wenig Hoffnung gemacht. Wir haben keine Namen, und unsere Personenbeschreibung war eher
dürftig, was die Dinge kompliziert macht. Eine Anzeige gegen
Unbekannt hat wenig Erfolgschancen.

Ich bin frustriert. Nicht wegen des Kopfes – nach der Dosis
Schmerztabletten und mit dem Pflaster auf meiner Stirn geht
es mir eigentlich ganz gut. Sondern weil ich gerade noch weniger als ohnehin schon weiß, wie ich weitermachen soll. Wenn
es zwei Reporter mitten am Tag geschafft haben, in mein Zimmer zu gelangen, kann ich mir nicht sicher sein, dass sie es
nicht auch bei Lilas schaffen. Was, wenn sie einfach einsteigen,
während sie schläft? Wenn sie Fotos von ihr machen oder sogar versuchen, ihr Fragen zu stellen? Zwar haben die Polizisten
mir versichert, dass solche Medienleute die absolute Ausnah-
me sind, trotzdem bin ich alles andere als beruhigt. Es würde
mich nicht wundern, wenn noch mehr dieser absoluten Aus-
nahmen in meinem Vorgarten hocken würden.

Der Vorhang, der mich von den anderen Patienten in der
Notaufnahme trennt, wird klirrend beiseitegeschoben.

»Du sieht übel aus«, sagt Kit und setzt sich an mein Fuß-
ende.

»Vielen Dank«, murre ich und taste nach dem Pflaster auf
meiner Stirn. »Schmerzmittel hätte ich auch zu Hause nehmen
können, weißt du?«

Er lächelt, wird aber sofort wieder ernst. »Sei nicht sauer auf
mich. Noch nicht, zumindest.«

Ich verenge die Augen. »Was meinst du damit?«

Statt einer Antwort sieht er über die Schulter. Ich folge seinem Blick und erstarre.

Ein paar Meter von uns entfernt steht Carter, die Arme vor der Brust verschränkt und mit so ausdruckslosem Gesicht, dass ich mir sofort Sorgen mache.

»Ist etwas passiert?«, frage ich leicht panisch.

Eine seiner Augenbrauen wandert in die Höhe, und er macht einen Schritt auf mich zu. »Du fragst ernsthaft, ob etwas passiert ist?«

Ich verdrehe die Augen, als sein Blick zu meiner Stirn gleitet. »Du bist doch nicht wirklich nach Muskegon gefahren, weil ich mir den Kopf gestoßen habe!«

»Genauer gesagt bin ich geflogen«, sagt er unbeeindruckt. »Und doch, genau deswegen bin ich hier.«

»Woher weißt du eigentlich …« Ich breche ab, als Kit abrupt aufsteht. Anklagend sehe ich ihn an. »*Du* hast ihn angerufen?«

»Wir brauchen Hilfe, Jamie«, sagt er streng. »Das wächst uns allmählich alles über den Kopf.«

»Und da ist dir niemand Besseres eingefallen als Carter Dillane?«

Carter öffnet den Mund, doch ich werfe ihm einen wütenden Blick zu, und er schließt ihn wieder.

»Mir ist niemand eingefallen, den diese ganze Sache mehr etwas angeht als ihn«, hält Kit stur dagegen und verschränkt ebenfalls die Arme vor der Brust. »Und niemand, der reicher ist.«

»Wow«, murmelt Carter. »Schön, wenn man als Mensch wertgeschätzt wird.«

Kit funkelt ihn an. »Sei froh, dass ich dir überhaupt Bescheid gesagt habe, Dillane. Ich hätte sie auch einfach irgendwo in ein Hotel bringen können.«

»Hotel?«, wiederhole ich verwirrt. »Wieso Hotel?«

»Weil du nicht wieder nach Hause kannst«, meint Kit. »Das ist zu gefährlich.«

»Ich kann gut selbst auf mich …«

»Das ist zu gefährlich für dich *und* für Lila«, unterbricht er mich und nimmt mir damit komplett den Wind aus den Segeln. »Wir können das Risiko nicht eingehen, dass sich noch so ein Arschloch bei uns reinschleicht, Jamie.«

Ich stöhne genervt. »Schön. Aber selbst wenn du recht hast, verstehe ich nicht, warum *er* hier ist!« Ich deute auf Carter, der immer unzufriedener dreinblickt. Wahrscheinlich ist er es nicht gewohnt, dass man ihn ignoriert. »Ein Hotel kann ich mir gerade noch leisten.«

Okay, das ist gelogen. Aber meine Finanzen gehen Carter wirklich nichts an.

»Ein Hotel kommt nicht infrage«, wirft der jetzt ein und macht noch einen Schritt vor, sodass er auf der anderen Seite meines Bettes steht. »Wir können nicht sicher sein, dass sich einer der Angestellten nicht ein bisschen dazuverdient und die Leute reinlässt. Das kann ich nicht riskieren.«

Ich ziehe die Augenbrauen hoch. »Das kannst *du* nicht riskieren?«

Er zuckt nicht einmal mit der Wimper. »Sie ist auch meine Tochter, Jamie. Und du kannst nicht erwarten, dass ich seelenruhig zusehe, wie du meinetwegen verletzt wirst. Diese Sache geht mich genauso etwas an wie dich.«

Es gibt eine ganze Menge Dinge, die ich ihm gerne an den Kopf werfen würde. Doch ich muss leider zugeben, dass er recht hat. Ich habe selbst drüber nachgedacht, dass es schwierig ist, zu Hause wohnen zu bleiben. Allerdings passt es mir ganz und gar nicht, dass Kit und Carter so tun, als wären sie meine Babysitter.

»Schön«, sage ich schließlich und richte mich auf, wobei die Umgebung sich kurz zu drehen beginnt. »Dann also kein Hotel. Was sonst?«

»Ihr geht zu ihm.« Kit wirft Carter einen zweifelnden Blick zu, als wäre er nicht mehr wirklich überzeugt von dem Plan. »Da ist es am sichersten.«

Ich schnaube. »Und ihr denkt wirklich, dass die Reporter nicht draufkommen werden, dass wir bei dir sind?«

Carter zuckt mit den Schultern. »Klar werden sie das. Aber im Gegensatz zum Haus deines Vaters ist meine Wohnung gesichert. Glaub mir, die Angestellten sind unbestechlich, und ich versichere dir, dass kein Reporter einfach durch ein Fenster einsteigen kann.«

»Und wir wären genauso eingesperrt, wie wir es hier sind«, bemerke ich trocken.

»Ich habe Autos mit getönten Scheiben und Fahrer. Keiner wird es merken, wenn ihr das Haus verlasst – es sei denn, sie verfolgen jeden Wagen, der aus der Parkgarage fährt. Und das wäre ein Fulltime-Job, glaub mir.«

Ich sehe ihn zweifelnd an. In meinem Inneren kämpfen mehrere Gefühle gegeneinander, und ich habe keine Ahnung, welches von ihnen die Oberhand hat. Ich will nicht bei Carter unterkommen, auf keinen Fall. Aus mehreren Gründen. Auf der anderen Seite verstehe ich auch, warum es unverantwortlich wäre, wenn Lila zu Hause bliebe oder in ein Hotel ginge.

»Also habe ich wohl keine andere Wahl.«

Carters Lippen verziehen sich kaum merklich, und Kit nickt erleichtert. »Gut. Lila ist schon auf dem Weg, und du fliegst mit Carter und mir nach Chicago.«

Mein Kopf fährt herum, und ich sehe meinen Bruder an. »Warum fliegt Lila nicht mit uns?«

»Dad wollte sie bringen«, erklärt er lächelnd. »Er denkt, ein kleiner Roadtrip mit Opa tut ihr ganz gut.«

Sofort habe ich ein schlechtes Gewissen. Was wird Dad wohl denken, wenn Lila und ich ausziehen und nach Chicago gehen, wenn auch nur vorübergehend? Er hat all die Jahre absolut klargemacht, was er von Carter hält – dem reichen Schnösel, der seine kleine Tochter geschwängert und dann sitzen gelassen hat. Wie muss es ihm damit gehen, mich und Lila bei genau diesem Typen zu lassen und in das leere Haus zurückzukehren?

»Ich sehe nach ihm, versprochen«, murmelt Kit, der offensichtlich spontan gelernt hat, Gedanken zu lesen. »Ich fahre mit ihm zurück und bleibe ein paar Tage, bis sich die Lage beruhigt hat. Dann komme ich nach Chicago.«

Ich nicke überfordert. Keine Ahnung, ob es an meiner Schramme, dem Stress oder dem aktuellen Gespräch liegt, doch auf einmal bin ich furchtbar müde.

»Na komm«, sagt Carter und tritt jetzt neben mich. »Der Flieger wartet, wir müssen los.« Bevor ich darauf reagieren kann, ist Kit an meiner Seite und hilft mir vom Bett. Er wirft Carter einen eisigen Blick zu. »Überschätz deine Position nicht, Dillane«, zischt er.

Carter weicht zurück und hebt die Hände, als wolle er sich ergeben.

Das wird sicher eine lustige Reise.

2.3

CARTER

Während des Flugs nach Chicago erlebe ich die längsten dreieinhalb Stunden meines Lebens. Und normalerweise mag ich die Ruhe des Privatjets, den ich mir immer mal wieder von einem Kollegen leihen darf. Allerdings ist es schwer, den Luxus und den Champagner zu genießen, wenn einen die ganze Zeit über ein Hüne wie dieser Kit anstarrt.

»Kann ich dir helfen?«, frage ich irgendwann und halte ihm eine Schale mit Erdnüssen entgegen, die er nicht einmal eines Blickes würdigt.

»Dass ich dich angerufen habe, bedeutet noch lange nicht, dass ich dir traue«, sagt er leise.

»Kit«, seufzt Jamie, die neben ihm sitzt und von der ich eigentlich gedacht habe, sie würde schlafen. »Für so was ist es jetzt ein bisschen spät, meinst du nicht?«

Kit hebt die Hände, lässt mich aber nicht aus den Augen. »Er hat gefragt.«

Jamie blinzelt und sieht ihn genervt an. »Weil du ihn anstarrst, als würdest du ihn gleich anspringen. Wir haben noch zwei Stunden vor uns, also entspann dich, okay?«

Er grummelt, steht auf und marschiert in den hinteren Bereich des Flugzeuges, in dem es ein Schlafzimmer und ein Bad gibt, das besser ausgestattet ist als das in meiner Wohnung.

»Er hat trotzdem recht«, sagt Jamie und schließt erneut die Augen, als ihr Bruder außer Hörweite ist. »Keiner von uns traut dir, das ist dir klar, oder?«

»Das erwarte ich auch nicht«, erwidere ich und lehne mich in meinem Sitz zurück. »Auch wenn ich es durchaus verdient hätte.«

»Was?«, fragt sie, ohne mich anzusehen.

»Dein Vertrauen«, sage ich leise. »Ich habe dich nie angelogen, Jamie.«

Ihre Gesichtszüge verhärten sich. »Doch. Das hast du.«

»Wann?«

Einen Moment bleibt sie still, und ich bin mir schon sicher, dass sie einfach nicht antworten wird. Dann öffnet sie die Augen und sieht mich so schmerzerfüllt an, dass ich die Luft einsauge. »Als ich dir von Lila erzählt habe, damals am Set. Weißt du noch?« Ich nicke – wie könnte ich diesen Moment jemals vergessen? »Du hast gesagt, wir schaffen das zusammen. Ich weiß, dass uns beiden damals nicht klar war, was genau wir schaffen sollen, doch du hast es gesagt. Was auch immer es ist, wir machen es zusammen.« Sie sieht mich noch ein paar Sekunden an, schließt wieder die Augen und legt den Kopf zurück. »Aber ich war alleine.«

Das schlechte Gewissen nagt an mir, dennoch bin ich der Meinung, dass es langsam mal an der Zeit ist, die Lücken zu füllen. Meine und ihre. Denn auch wenn wir uns seit der großen Enthüllung kaum ernsthaft unterhalten haben, ist mir inzwischen klar, dass vor vier Jahren irgendetwas furchtbar schiefgegangen ist. Sie glaubt offensichtlich, dass ich sie im Stich gelassen habe. Und damit hat sie recht, jedoch nicht so, wie sie sich zu erinnern meint.

»Ich habe nichts von Lila gewusst«, sage ich und lasse sie dabei nicht aus den Augen. Ein Muskel zuckt an ihrem Kiefer, ansonsten erhalte ich keinerlei Reaktion. »Ich schwöre es dir, Jamie, ich weiß von ihr aus der Zeitung.«

»Darüber habe ich nachgedacht, weißt du?«, sagt sie nach

einer Weile. »Dass du es vielleicht nicht wusstest. Aber das ist Blödsinn, Carter. Du wusstest, dass ich schwanger war. Das letzte Mal, als wir miteinander gesprochen hatten, *war* ich schwanger. Selbst wenn du dachtest, dass ich es nicht mehr war, hättest du dich vergewissern müssen. Du hättest anrufen müssen, vorbeikommen, 'ne Eule schicken, ein Fax – irgendwas! Doch das hast du nicht gemacht. Also erzähl mir nicht, dass du keine Schuld an alldem hast.«

»Das habe ich auch nie behauptet«, erwidere ich eine Spur schärfer als beabsichtigt. Jamie sieht mich herausfordernd an. »Natürlich hätte ich mich melden müssen. Aber *du* warst diejenige, die umgezogen ist, ihre Nummer geändert hat und von einem Tag auf den anderen nicht mehr bei der Arbeit erschienen ist.«

Sie zuckt nicht einmal mit der Wimper. »Ich wollte nicht gefunden werden. Nicht von dir.«

»Dann hast du genauso …«

»Ich war schwanger, Carter!«, sagt sie, deutlich lauter jetzt. »Ich war neunzehn Jahre alt und schwanger von einem Typen, den ich kaum kenne. Schwanger von einem Kerl, der lieber seinen Agenten schickt, als persönlich mit mir zu reden.«

»Ich habe ihn nicht geschickt!«, sage ich heftig. »Er wollte mit dir unsere Möglichkeiten durchsprechen, wollte herausfinden, was du willst! Und ich war auch geschockt, Jamie! Ich war genauso wenig bereit für ein Kind und dafür, mein Leben radikal zu ändern. Als Murray mir seine Hilfe angeboten hat, habe ich angenommen, ja und? Wenn ich gewusst hätte, dass du danach auf Nimmerwiedersehen abhaust, hätte ich es sicher nicht getan, aber das wusste ich eben nicht!«

Sie sieht mich an, und in ihren Augen stehen so viel Wut und Verletzlichkeit, dass sich mein Herz schmerzhaft verkrampft. Für einen Moment sieht sie wieder aus wie damals –

wie die neunzehnjährige Praktikantin, die ihren Träumen hinterherjagt.

»Hast du Murray gefragt, wie das Gespräch gelaufen ist?«, fragt sie mich knapp. »Hat er dir gesagt, was er mir gesagt hat?«

»Das dachte ich zumindest«, weiche ich aus und versuche mich an das Gespräch zu erinnern, das Murray und ich vor vier Jahren geführt haben. »Er sagte mir, du wärst nicht bereit für eine gemeinsame Lösung und dass du dir sicher wärst, was du tun willst. Dass du kein Kind mit mir haben möchtest und dich darum kümmerst.«

Sie lacht trocken auf. »So ähnlich, Carter. Aber bei einer Sache war er immerhin ehrlich: Ich habe mich um das Problem gekümmert. Sie kann laufen, sie kann sprechen, sie ist ein anständiger Mensch – soweit man das von einer Dreijährigen behaupten kann.«

»Dann rede mit mir«, fordere ich sie auf und lehne mich zu ihr. Sie schaut zur Seite, aber so schnell bin ich nicht bereit, aufzugeben. Es mag ja sein, dass ich eine Menge Fehler gemacht habe, doch ich habe verdammt noch mal das Recht zu erfahren, was damals passiert ist. »Sag mir, was er dir erzählt hat! Bitte, Jamie, das kann so nicht weitergehen.«

Sie zuckt mit den Schultern. »Es spielt keine Rolle mehr«, meint sie, während sie aus dem Fenster sieht. »Es ist vorbei, und wir können es nicht mehr ändern.«

»Es ist nicht vorbei, solange du es mir immer noch vorwirfst«, erinnere ich sie wütend. »Das ist nicht fair.«

»Das Leben ist nicht fair«, meint sie gleichgültig. »Und ich werfe dir nichts vor, Carter. Ich vertraue dir nur nicht.«

»Ich bin der Vater deiner Tochter!«

»Du bist ihr biologischer Erzeuger«, korrigiert sie mich. »Zum Vatersein gehört mehr als nur Sex.«

Kopfschüttelnd lehne ich mich in meinem Sitz zurück. Ich

habe mir im Vorfeld geschworen, vorsichtig zu sein. Jamie und Lila Zeit zu geben, sich an die neue Situation zu gewöhnen, sich an mich zu gewöhnen. Denn auch wenn Jamie und ich früher vertraut waren, ist eine Menge Zeit vergangen. Ich erwarte nicht, dass sie mir in die Arme springt und wir dort weitermachen, wo wir damals aufgehört haben. Trotzdem … ich habe eine Chance verdient.

»Du bist nicht fair«, sage ich erneut und verschränke die Arme vor der Brust. »Du bist nur zu stolz, um auch nur einen Millimeter von deinem Standpunkt abzurücken.«

»Ich kann es mir nicht leisten, von meinem Standpunkt abzurücken«, faucht sie. »Für dich steht hier maximal deine Karriere auf dem Spiel, Carter, für mich meine Familie.«

Ich würde sie gerne daran erinnern, dass ein Teil ihrer Familie auch meine ist, trotzdem halte ich die Klappe. Wir drehen uns im Kreis, und wenn Jamie nicht bald einen Geistesblitz bekommt, wird das auch so bleiben. Allerdings ist es Zeit, dass wir uns überlegen, wie es weitergehen soll. Wir haben keine andere Wahl.

JAMIE

Wir erreichen Chicago vor meinem Dad und Lila, worüber ich froh bin. Ich mag zugegeben haben, dass Lila und ich Carters Hilfe und einen sicheren Ort brauchen, das bedeutet aber noch lange nicht, dass ich mir diesen sicheren Ort nicht vorher einmal ansehen will. Aus irgendeinem Grund erwarte ich eine dreckige Junggesellenbude mit leeren Pizzaschachteln und gebrauchten Kondomen in jeder Ecke. Falls das der Wahrheit entspricht, bin ich absolut bereit, mir ein Hotelzimmer auf Carters Rechnung zu nehmen. Ein teures.

Am Flughafen erwartet uns ein Fahrer, der Carter mit Vornamen begrüßt und mir und Kit distanziert zunickt. Es ist nicht der Fahrer, den ich von früher kenne, trotzdem ist mir das Bild irgendwie vertraut. So vertraut, dass ich einen schmerzhaften Stich in der Magengegend spüre. Ich hoffe sehr, dass diese nostalgischen Momente sich in Grenzen halten, ansonsten wird das Ganze hier schwerer als ohnehin schon.

Während der Fahrt durch Chicago klebe ich am Fenster und sauge die Umgebung in mich auf. Ich liebe Chicago. Früher als Kind habe ich immer davon geträumt, hier zu leben. Und dann hatte ich mir diesen Traum erfüllt, bis Carter und das Leben ihn wieder zerstört haben. Jetzt fahre ich nur noch ein oder zweimal im Monat zur Uni, mache aber selten Ausflüge in die Stadt. Ich muss unbedingt Nell anrufen und ihr sagen, dass ich hier bin. Ich habe sie bestimmt seit zwei Monaten nicht mehr gesehen, und immerhin ist sie der einzige Mensch, der mir aus meinem alten Leben noch geblieben ist. Auch wenn wir uns mehr und mehr auseinanderleben, gehört sie für mich zu Chicago dazu.

»Wo wohnst du?«, frage ich Carter, der vorne neben dem Fahrer sitzt und auf seinem Handy tippt. »Früher hast du in Old Town gelebt, oder nicht?«

»Bei meinen Eltern«, bemerkt er nickend. »Inzwischen wohne ich allein, in Kenwood. Beim Hancock Center.«

Ich pfeife leise und werfe Kit einen bedeutungsvollen Blick zu. Ich habe mitbekommen, dass Carter erfolgreich ist. Selbst wenn ich ihn in den vergangenen Jahren nicht hin und wieder gestalkt hätte, würde ich sein Gesicht kennen. Seine kleinen Rollen in Daily Soaps sind Geschichte, und inzwischen sieht man ihn recht häufig auf Filmplakaten von großen Actionfilmen. Auch wenn ich keinen seiner Filme bislang gesehen habe, weiß ich, dass er gerne für die Rollen des heißen

Sonnyboys besetzt wird. Eine Wahl, die ich durchaus nach-vollziehen kann. Mit den schwarzen Shirts, den Lederjacken und dem Dreitagebart wirkt Carter wie der perfekte Bad Boy. Trotzdem muss er schon einen Haufen Geld verdienen, wenn er sich ein Apartment in Kenwood leisten kann. Nicht, dass ich in Sachen Immobilienpreise auf dem Laufenden bin, trotzdem kenne ich die Gegend. Hier reihen sich luxuriöse Wolkenkrat-zer und Wohnanlagen aneinander, die vermutlich mit Dollar-scheinen tapeziert sind.

»Was, wenn uns jemand vom Flughafen aus gefolgt ist?«, fragt Kit und dreht sich auf seinem Sitz um, um durch die Heckscheibe sehen zu können. »Dass wir geflogen sind, ist ja irgendwie naheliegend.«

Carter zuckt nur die Schultern. »Sollen sie doch. Sie kom-men nicht ins Gebäude.«

Er scheint sich sehr sicher zu sein, im Gegensatz zu mir. Ich bin der Meinung, dass jeder Mensch bestechlich ist, sogar das Personal seines Wohnhauses. Dennoch ist es allemal sicherer als unser Haus in Muskegon.

Wir fahren noch ein paar Minuten, dann deutet Carter auf eines der Hochhäuser. »Home sweet home.«

Ich sehe hinaus. Eine verspiegelte Glasfront, ein dunkel-blauer Teppich vor der Eingangstür und ein Kerl im Anzug, der Besuchern und Bewohnern die Tür aufhält. Die Umge-bung ist sauber und ordentlich – genau, wie man es von einer Gegend dieser Preisklasse erwartet. Das Gebäude ist nicht auffällig, lediglich ein weiterer Glasturm in der Skyline von Chicago. Trotzdem ist der Gedanke, dass Lila und ich in der nächsten Zeit hier wohnen sollen, irgendwie seltsam.

Der Fahrer lenkt den Wagen in die Tiefgarage. Selbst hier unten ist es schicker als unser Haus in Muskegon, was bei all den Luxusschlitten, die hier geparkt sind, allerdings auch kein

Wunder ist. Wir steigen aus, und Carter winkt uns zu einem Aufzug, der nur mit Passwort geöffnet werden kann.

»Die Zugangscodes bekommst du noch von mir«, murmelt er und lässt mich vorangehen, als die Türen sich öffnen.

»Ich fühle mich wie in einem Film«, sage ich, als die Fahrstuhlmusik einsetzt. »Hier wohnst du?«

»Wie meinst du das?«, fragt Carter irritiert.

»Es wirkt mehr wie ein Luxushotel als wie ein Zuhause.«

Er zuckt mit den Schultern, als hätte er nicht die geringste Ahnung, was ich meine. Was durchaus denkbar ist. Ich weiß kaum etwas über ihn, doch nach allem, was ich damals mitbekommen habe, waren Carters Eltern nicht unbedingt herzlich.

»Hast du eine Freundin oder eine Frau, auf die ich mich einstellen muss?«, frage ich geradeheraus, jedoch ohne ihn anzusehen.

Er runzelt die Stirn, schüttelt aber den Kopf. »Nein. Warum?«

Ich zucke mit den Schultern. »Lila hat Stress genug. Sie braucht nicht noch eine eifersüchtige Freundin, die sich einmischt.«

Der Aufzug piept leise und kündigt das Erreichen der zehnten Etage an, dann öffnen sich die Türen. Ich folge Carter in ein Apartment, das aussieht, als hätte man es aus einer Zeitschrift ausgeschnitten: grauer Granitboden, weiße und ebenfalls graue Teppiche, hohe weiße Wände, an denen verschiedene Fotografien hängen. Die spärlichen Möbel wirken, als würden sie kaum benutzt, und nirgendwo ist etwas Persönliches zu erkennen, wenn man von dem Paar Turnschuhe und dem Rucksack einmal absieht, die neben der dunkelblauen Couch liegen. Die gesamte Wohnung scheint mehr oder weniger aus einem gigantischen Raum zu bestehen, lediglich die

Küche und das Schlafzimmer werden von einer Halbwand vom Rest getrennt. Ich hoffe inständig, dass wenigstens das Badezimmer eine Tür besitzt.

Carter geht voraus, wirft seine Schlüssel auf ein Sideboard und geht dann hinüber zum Kühlschrank, der in die Wand eingelassen ist.

»Fühl dich wie zu Hause. Im Kühlschrank ist Essen und Trinken, Geschirr findest du in den Schränken, und das Bad ist um die Ecke beim Schlafzimmer. Deine Klamotten kannst du erst mal aufs Bett legen, heute Nachmittag kommt jemand, der einen eigenen Schrank für euch aufbaut.«

Ich sehe ihn irritiert an und rühre mich nicht vom Fleck. »Was?«

Er dreht sich stirnrunzelnd zu mir um. »Was *was?*«

»Es kommt jemand, der einen Schrank aufbaut?«, wiederhole ich verwirrt und mache eine Geste, die seine ganze gigantische Wohnung einschließt. »Du hast hier keine Kommode oder so etwas, in der du ein Fach freiräumen kannst?«

So wie er mich ansieht, hat er über diese Möglichkeit überhaupt nicht nachgedacht. »Warum sollte ich, wenn ihr einen ganzen Schrank haben könnt? Ihr habt doch bestimmt viel Kram dabei.«

Demonstrativ halte ich die kleine Sporttasche hoch, die Kit für mich gepackt hat, damit ich nicht noch einmal zum Haus fahren muss. Ich habe keine Ahnung, wie Lilas Gepäck aussieht, doch ich gehe nicht davon aus, dass sie ihren Kleiderschrank dabeihat.

»Wow, Dillane«, sage ich kopfschüttelnd und stelle meine Tasche auf das riesige Bett. »Aus dir ist ein echter Snob geworden.«

Er zieht eine Augenbraue hoch. »Wer sagt, dass ich das nicht immer schon war?«

»Hast recht.« Ich sehe mich ein wenig ratlos um und entdecke die Tür zum Bad. »Wo sollen wir schlafen?«

Carter deutet auf eine weitere Tür, die ich bislang nicht bemerkt habe, weil sie genau wie die Wand gestaltet ist. »Mein Fitnessraum. Tut mir leid, ich habe kein Gästezimmer. Aber nachher kommt jemand ...«

»Der ein Bett aufbaut, schon klar«, beende ich seinen Satz. Ich werfe Kit einen Blick zu, der sich auf die Lippen beißt und immer noch vor dem Aufzug steht.

»Okay, Leute«, sagt er, als hätte er auf eine Aufforderung gewartet. »Ich verschwinde dann. Ich war schon eine Woche nicht mehr zu Hause und muss mal nach dem Rechten sehen. Jamie, melde dich, wenn Lila und Dad hier sind, okay?«

Ich bin ehrlich gesagt überrascht, dass Kit mich alleine lässt. Im Flugzeug hat er noch den Eindruck erweckt, als würde er Carter keinen Meter über den Weg trauen. Aber ich bin ein großes Mädchen, also hebe ich die Hand und schaue ihm hinterher, als er wieder den Aufzug betritt.

Einen Moment lang stehen Carter und ich herum und sehen uns unschlüssig an, dann seufze ich und drehe mich einmal im Kreis. Zu meiner Linken erstreckt sich eine Glasfront, die eine atemberaubende Sicht auf Chicago bietet. Dann fällt mein Blick auf ein gerahmtes Schwarz-Weiß-Poster an der Wand, dessen Schriftzug mir vage bekannt vorkommt.

Mein Gesicht verzieht sich zu einem Grinsen. Als ich näher herantrete, erkenne ich, dass es sich um ein Werbeplakat von *Chicago Hearts* handelt. Es ist nach meiner Zeit bei CLT aufgenommen worden, dennoch erinnere ich mich an ein paar der Gesichter.

»Pete!«, rufe ich und deute auf den Menschen, den ich wohl am meisten vermisse, wenn ich an meine Praktikumszeit zurückdenke. »Hast du noch Kontakt zu ihm?«

»Hin und wieder«, murmelt Carter, der zu mir herübergekommen ist und sich jetzt neben mich stellt.

»Was ist aus ihm geworden?«

»Ich glaube, er macht bei einer Theaterproduktion mit, irgendwas mit Comedy. Dragqueens oder so?«

Gegen meinen Willen muss ich lachen. »Wow. Passt aber zu ihm.« Ich deute auf Amelia. »Und sie? Was ist mit ihr?«

»Immer noch bei *Chicago Hearts*«, sagt Carter. »Wir haben uns vor einem Jahr einmal gesehen. Ich glaube, sie ist verlobt.«

»Freut mich für sie.«

Er nickt und mustert das Plakat.

Zögernd deute ich auf die jüngere Version seiner selbst und sehe ihn an. »Vermisst du die Serie?«, frage ich leise. »Ich hatte immer den Eindruck, dass es dir Spaß macht.«

»Das Schauspielern macht mir Spaß«, präzisiert er, ohne mich anzuschauen. »Es macht keinen Unterschied, an welchem Set man gerade arbeitet.«

»Wirklich?«, frage ich stirnrunzelnd. »Ihr wart Freunde, oder nicht?«

»Nach …«, er stockt kurz. »Nach *der Sache* habe ich mich sehr auf meine Karriere konzentriert. Pete ist eigentlich der Einzige, mit dem ich noch Kontakt habe. Es war nur ein Job.«

Ich sehe mich demonstrativ um. »Aber es ist das einzige Plakat, das hier hängt. Oder?«

Er folgt meinem Blick, und einen Moment lang meine ich so etwas wie Schmerz in seinen Augen zu erkennen. Doch der Moment ist schnell vorüber. Schließlich lacht er und geht hinüber in die Küche. »Die anderen achthundert Plakate von mir selbst habe ich vorhin noch schnell abgehängt. Du sollst mich ja nicht für egozentrisch halten.«

»Mission gescheitert, würde ich sagen«, murmle ich und werfe noch einen Blick auf den Carter auf dem Plakat. Mir ist klar, dass er in diesem Augenblick vor der Kamera eine Rolle gespielt hat, dennoch ist mir dieser Carter vertrauter als der Kerl, der gerade vor dem Kühlschrank steht und den Inhalt studiert. Dieser Carter vor vier Jahren hatte etwas Jungenhaftes, Unbedarftes, das der Carter von heute nicht mehr zu haben scheint. Diese ganze Show – der Privatjet, der Fahrer, das Apartment – passen nicht zu dem Mann, an den ich die vergangenen vier Jahre lang gedacht habe. Auf der anderen Seite bin ich wohl auch nicht mehr dieselbe wie früher. Und das ist gut so.

»Außerdem war die Stimmung am Set ohnehin nicht mehr so gut, nachdem du weg warst«, ruft Carter aus der Küche und grinst, als ich ihn fragend ansehe. »Weißt du noch, wie ich behauptet habe, du seist nicht versichert, um dich vor diesem Sprung ins Kissen zu retten?« Ich nicke. »Tja, damit habe ich Penny wohl daran erinnert, dass die ganze Aktion versicherungstechnisch tatsächlich schwierig ist, und sie hat sie verboten. Das haben mir die anderen übel genommen.«

Ich sehe ihn mitleidig an. »Das tut mir fast leid.«

Er zuckt mit den Schultern und kommt mit zwei Wasserflaschen zu mir herüber. »Du hast damals ausgesehen, als würdest du uns allen gleich vor die Füße kotzen. Ich denke, die Sache war es also wert.«

»Ich habe mich auch gefühlt, als würde ich euch allen gleich vor die Füße kotzen«, sage ich grimmig und nehme die Flasche, die er mir hinhält. »Mir war damals öfter schlecht, weißt du?«

Das Lächeln auf seinem Gesicht erstirbt. »Ja, Jamie. Das weiß ich.«

Ich seufze. »Vielleicht sollten wir einfach nicht mehr über früher reden. Im Nachhinein sind alle Erinnerungen irgendwie negativ behaftet, findest du nicht?«

Kurz sieht er mich nachdenklich an und schüttelt anschlie-ßend den Kopf. »Nein, finde ich nicht. Es gibt Sachen, an die ich mich gern erinnere.«

»Zum Beispiel?«

»Die Tanzszene«, zählt er lächelnd auf. »Oder unser erstes Treffen, an dem du mich hast stehen lassen wie einen Trottel. Oder den Abend in der Bar. Du warst so nervös, dass du bei-nahe dein Tablett hast fallen lassen.«

»Das stimmt nicht!«, sage ich energisch. »Ich bin eine tolle Kellnerin.«

»Das mag ja sein, aber meine bloße Anwesenheit hat dich nervös gemacht.«

Gegen meinen Willen stimme ich in sein Lachen ein, und einen Moment lang fühlt es sich tatsächlich so an, als stünde nichts zwischen uns. Keine vier Jahre voller Hass und Vorwür-fe. Nichts von alledem.

Doch dann vibriert das Handy in meiner Hosentasche. »Dad ist da.«

Ich sehe, wie Carter tief Luft holt, als müsse er sich wapp-nen. »Los geht's.«

Unsicher folge ich ihm zum Aufzug. Der Gedanke, dass wir jetzt gemeinsam unsere Tochter holen, ist genauso abwegig wie die Tatsache, dass wir alle drei in Chicago sind.

»Eins noch«, sagt Carter und bleibt so abrupt stehen, dass ich beinahe in ihn hineinrenne. »Ich weiß, dass es kompliziert ist zwischen uns, Jamie, und dass wir sehen müssen, wie es mit uns weitergeht. Aber ich habe eine Bitte.«

Mein erster Impuls ist, ihm zu sagen, dass er nicht in der Po-sition ist, mich um etwas zu bitten, doch ich halte mich zurück. Auf die Tour kommen wir nicht weiter. »Was willst du?«, frage ich stattdessen und sehe ihn argwöhnisch an.

»Ich erwarte nicht, dass sie mich ›Dad‹ nennt, okay?«, sagt

er langsam und unsicher. »Aber erzähl ihr nicht, dass ich irgendein Bekannter oder Onkel oder so bin, ja? Das fühlt sich irgendwie … falsch an.«

Ich würde gerne nachfragen, woher dieser Gedanke kommt, doch ich nicke nur. »Okay.«

2.4

CARTER

Jamie schiebt mich demonstrativ zur Seite, als die Aufzug-türen sich öffnen und ihr Dad und Lila die Wohnung betreten. Ehrlich gesagt habe ich Angst vor ihrem Dad – er mag nicht mehr der Jüngste sein, doch er ist einer dieser Männer, denen man selbst im Alter ansieht, dass sie etwas draufhaben. Einen Mann, der sein Leben lang körperliche Arbeit geleistet hat, sollte man nie unterschätzen.

Ich muss mich einen Moment sammeln, bevor ich Lila anse-he. Es ist immer noch total abstrakt, dass dieses kleine braun-haarige Mädchen meine Tochter sein soll.

Insgeheim befürchte ich, dass mit mir etwas nicht stimmt. In den vergangenen Tagen habe ich mir immer wieder ihr Bild angesehen und versucht herauszufinden, was ich ihr gegenüber empfinde. Ich bin mir sicher, dass ich mehr fühlen sollte, inten-siver irgendwie. Natürlich bleibt mir jedes Mal das Herz ste-hen, wenn ich sie sehe, und mein Puls beschleunigt sich schon beim Klang ihres Namens. Allerdings gleichen diese Reak-tionen eher Angst statt Vatergefühlen. Sollte so etwas nicht eigentlich vorprogrammiert sein? Oder wächst diese Art von Gefühlen mit der Zeit? Ich habe keine Ahnung.

Lila wirkt ein wenig zerknautscht, als hätte sie auf der Fahrt geschlafen. Was ihrer Begeisterung aber offensichtlich keinen Abbruch tut, denn sie hüpft auf Jamie zu wie ein Flummi. Die geht in die Hocke und nimmt die Kleine so fest in den Arm, als hätten sie sich Monate nicht gesehen.

»Na, Schnecke«, sagt sie liebevoll, hält Lila auf Armeslänge weg und mustert sie. »Alles gut bei dir?«

Lila nickt stolz. »Ich habe die Karte gelesen!«

»Wow«, macht Jamie und klingt dabei so ehrlich beeindruckt, dass ich lachen muss. Dann sieht sie ihren Dad fragend an.

»*Sie denkt, ihr macht Urlaub. Mit eurem guten Kumpel Carter*«, sagt er zu meiner Verwirrung auf Französisch.

Jamie wendet sich kurz mir zu. »Unsere Geheimsprache für Sachen, die … unter uns bleiben sollen.«

Lila sieht ihre Mama neugierig an. »Redet ihr über Weihnachten? Oder meinen Geburtstag?«

Jamie schüttelt lächelnd den Kopf. »Geht dich gar nichts an, du Zwerg! Geh in die Küche und sieh mal nach, ob was Brauchbares im Kühlschrank ist.«

Sobald die Kleine außer Hörweite ist, wendet Jamie sich an ihren Dad, und ihre Miene wird ernst. »Was ist zu Hause los? Hat die Polizei noch etwas gesagt?«

»Nicht wirklich.« Er schüttelt wütend den Kopf. »Sie haben Fingerabdrücke in deinem Zimmer genommen, aber solange die Kerle nicht vorbestraft sind, bringt uns das auch nicht weiter. Jason meinte, wir sollen uns darauf einstellen, dass die Sache ins Leere läuft.«

»Wer ist Jason?«, frage ich stirnrunzelnd.

»Der Sohn eines ehemaligen Klassenkameraden«, erklärt er knapp. »Er und sein Partner haben uns hergefahren, damit die Paparazzi uns fernbleiben.«

Ich nicke langsam. »Und sind sie von Ihrem Haus abgezogen?«, frage ich. »Es wäre wahrscheinlich gar nicht so schlecht, wenn sie mitbekommen, dass Lila und Jamie jetzt in Chicago sind. Dann haben Sie wieder Ihre Ruhe.«

»Meine Ruhe ist im Moment das geringste meiner Probleme«, brummt er und sieht mich dabei so abschätzend an, dass ich beinahe einen Schritt zurückweiche. »Das Pack kann gerne Tag und Nacht vor meinem Haus rumlungern, solange sie meine Tochter und Enkelin in Frieden lassen!«

»Dad«, sagt Jamie leise und nickt zur Küche. »Er hat recht, auch wenn ich das nicht gerne zugebe. Wir sind hier sicher, sollen sie doch wissen, dass wir hier sind. Aber diese Belagerung zu Hause muss aufhören.«

Er brummt erneut, was offenbar eine Antwort darstellen soll. Jamie nickt bedächtig, als hätte ihr Vater die weisesten Worte dieser Welt gesprochen und legt ihm dann eine Hand auf die Schulter. »Fahr nach Hause, in Ordnung? Lila und ich kommen klar, und wir melden uns gleich morgen früh bei dir. Ruh dich ein bisschen aus.«

»Ich will mich nicht ausruhen. Es passt mir nicht, euch bei ihm zu lassen.«

»Sir, ich …«

»Klappe halten!«, unterbricht er mich barsch. »Um eines von vornherein klarzustellen, Junge. Der einzige Grund, warum ich dieser Schwachsinnsaktion zugestimmt habe, ist, dass ich meine Mädchen in Sicherheit wissen will. Und Sicherheit bedeutet in diesem Fall dicke Mauern und eine Menge Schlösser vor der Tür. Aber unter normalen Umständen hätte ich keine von ihnen auch nur in deine Nähe gelassen.« Er tritt einen Schritt auf mich zu und hebt drohend die Hand. »Das hier ist eine Übergangslösung, klar? Wenn dieser ganze Scheiß vorbei ist, sorge ich dafür, dass du wieder in der Versenkung verschwindest, in der du die vergangenen vier Jahre gesteckt hast.«

»Dad!«, sagt Jamie, deutlich energischer jetzt. »Das bringt uns nicht weiter – hör auf ihm zu drohen.«

»Das ist keine Drohung«, stellt er klar, ohne mich aus den Augen zu lassen.

Sie seufzt und lächelt verkniffen, was wohl einen Versuch darstellen soll, die Stimmung zu heben. »Komm schon, Dad, was soll passieren? Er kann mich ja schlecht noch mal schwängern.« Als ihr klar wird, was sie da gerade gesagt hat, schießt ihr das Blut ins Gesicht. »Also, ich meine ... Du weißt schon.«

Ihr Dad brummt. »Was auch immer. Ich behalte dich im Auge, Dillane.«

Ich nicke, weil ich mich ehrlich nicht traue, ihm zu widersprechen. »Ich passe auf die beiden auf, versprochen.«

»Davon gehe ich aus«, sagt er streng. »Denk dran, ich komme aus einer Kleinstadt. Das bedeutet, dass ich sowohl Polizisten als auch Metzger, Jäger und Bestatter in meinem Freundeskreis habe.«

Wow.

»Dad!«, kreischt Jamie und schiebt ihn an den Schultern hastig Richtung Aufzug. »Lila! Sag deinem Grandpa Tschüss, er muss jetzt los!«

Lila kommt angehopst – in der einen Hand eine Brezel, in der anderen einen Smoothie – und umarmt ihren Opa, so gut es mit der wertvollen Fracht eben geht. Ich atme erleichtert aus, als die Aufzugtüren sich schließen. Um ein Haar hätte ich salutiert oder mich sonst irgendwie lächerlich gemacht.

Jamie dreht sich zu mir um und wirft mir ein beinahe entschuldigendes Grinsen zu. »Mein Dad hasst dich.«

Ach was. »Dein Bruder auch.«

»Stimmt.« Sie zuckt die Achseln.

»Und du?«, frage ich herausfordernd und ziehe eine Augenbraue hoch. »Hasst du mich auch?«

»Ja«, sagt sie, ohne zu zögern, legt dann aber den Kopf schief und seufzt. »Aber manchmal vergesse ich das.«

Nur mit Mühe kann ich ein zufriedenes Lächeln unterdrücken. Das ist doch schon mal ein Anfang.

JAMIE

Der Tag verläuft irgendwie seltsam. Was vor allem an der Dynamik zwischen mir, Carter und Lila liegt. Ich habe das Gefühl, dass wir versuchen, Vater-Mutter-Kind zu spielen, keiner von uns aber wirklich die Regeln kennt. Wir kennen einander nicht, die Einzige, die das jedoch nicht zu stören scheint, ist Lila. Sie bindet Carter einfach mit ein, auch wenn ich denke, dass er keine Ahnung hat, was er eigentlich tun soll.

Ich komme gerade aus dem Bad und renne beinahe zurück ins Wohnzimmer. Ich habe Lila davon zu überzeugen versucht, im Badezimmer zu spielen, während ich dusche. Der Gedanke, sie einfach mit Carter alleine zu lassen, ist merkwürdig. Doch sie wollte nicht, und ein Teil von mir befürchtet das Schlimmste, als ich das Wohnzimmer betrete.

Ich sehe mich hastig um und entdecke meine Tochter auf der Couch sitzen. Sie bemerkt mich nicht einmal, weil sie viel zu sehr in den Kinderfilm vertieft ist, den Carter ihr offensichtlich eingeschaltet hat.

»Was guckst du, Schnecke?«, frage ich und stelle mich hinter die Couch.

Sie deutet mit ihrem kleinen Finger auf den Fernseher. »Das ist total cool!«

»Die Simpsons?«, schreie ich beinahe, als ich bemerke, was genau da gerade läuft. Ich sehe mich um und suche die Fernbedienung, kann sie jedoch nirgends finden. »Carter?«

Er kommt aus der Küche und sieht mich so panisch an, als hätte ich ›Feuer‹ gerufen. »Was ist?«

»Du kannst sie das doch nicht anschauen lassen!«, zische ich und deute auf die Serie. »Sie ist drei!«

Sein Gesicht nimmt einen schuldbewussten Ausdruck an, und er greift nach seinem Handy, das auf der Rückenlehne des

Sofas liegt. Er tippt kurz darauf herum, dann wird der Fernseher schwarz. »Sorry«, sagt er hastig und sieht von Lila zu mir. »Ich dachte, das ist Zeichentrick.«

»Zeichentrick für Erwachsene«, sage ich und lange über die Lehne hinweg nach Lila, um sie auf den Arm zu nehmen. »Hast du 'ne Ahnung, was die da alles von sich geben?«

»Es tut mir leid!«, sagt er und hebt die Hände. »Sie wollte Elsa-Musik, und ich habe keine Ahnung, was das ist.«

Ich verdrehe die Augen, zügle mich aber, bevor ich noch mehr sagen kann. Wahrscheinlich sollte ich nicht so hart zu Carter sein, immerhin hat er keine Ahnung von Kindern. Allerdings ist das nicht meine Schuld.

»Sollen wir ein Buch lesen?«, frage ich Lila, die inzwischen auf meinem Arm schmollt, weil der lustige Film nicht mehr läuft.

Sie schüttelt den Kopf. »Carter hat gesagt, ich darf fernsehen!«

Erneut werfe ich ihm einen Blick zu und wende mich Lila zu. »Wir können heute Abend vielleicht noch ein bisschen fernsehen, wenn etwas Schönes läuft, in Ordnung? Jetzt spielen wir.«

Ich kenne Lila und ich weiß, wann sie anfängt zu heulen. Ihr kleines Gesicht verzieht sich zu einer Grimasse und beinahe sofort schießen ihr dicke Tränen in die Augen. Und dann geht die Sirene los. Aus den Augenwinkeln sehe ich, wie Carter einen Schritt auf uns zu macht, aber ich weiche demonstrativ zurück.

»Frag mich das nächste Mal, wenn du sie fernsehen lässt, okay?«, rufe ich über Lilas Weinen hinweg und marschiere an ihm vorbei in unser provisorisches Zimmer.

Nach einer Weile habe ich Lila doch noch davon überzeugt, ein Buch zu lesen, und sie ist dabei eingeschlafen. Ich sehe ihr schlafendes Gesicht an und frage mich, was genau wohl in ihrem kleinen Kopf vorgeht. Die Situation überfordert mich, wie muss es wohl für eine Dreijährige aussehen?

Vorsichtig ziehe ich den Arm unter ihrem Kopf hervor und stehe auf. Eigentlich wollte ich im Zimmer bleiben, doch ich habe Hunger und muss dringend noch einmal ins Bad. Also schleiche ich zur Tür und öffne sie einen Spaltbreit, um ins Wohnzimmer zu sehen. Ja, es ist lächerlich, aber ich hoffe, dass Carter schon ins Bett gegangen ist. Irgendwie kann ich darauf verzichten, ihm über den Weg zu laufen.

So viel Glück habe ich allerdings nicht.

»Hey«, sagt er und richtet sich auf der Couch auf, als ich durch die Tür schlüpfe und sie hinter mir schließe. »Es tut mir wirklich leid mit dem Film. Ich habe nicht drüber nachgedacht. Ich weiß nicht, was …«

Ich unterbreche ihn. »Schon gut. Mir ist klar, dass du … Na ja, dass du dich da nicht auskennst.«

Unschlüssig greift er nach seinem Handy, legt es aber wieder neben sich und sieht sich kurz um, als würde er nach einem Ausweg suchen. »Willst du etwas schauen oder so?«, fragt er und deutet auf den Fernseher, auf dem irgendein Actionfilm läuft. »Ich kann umschalten.«

Hastig schüttle ich den Kopf und beiße mir auf die Lippen. Die ganze Situation ist mehr als unangenehm, und mir wird ganz schlecht, wenn ich daran denke, dass es die nächsten Wochen so laufen könnte. »Mach dir keinen Stress. Ich gehe ins Bad, esse schnell was und gehe auch schlafen. War ein langer Tag.«

Er nickt nachdenklich. »Geht's deinem Kopf gut?«

Im ersten Moment weiß ich überhaupt nicht, was er meint. Seit dem Einbruch ist so viel passiert, dass ich die Gehirnerschütterung beinahe vergessen hätte. »Alles okay«, sage ich und winke ab. »Wenn ich ein bisschen schlafe, wird es sicher besser.«

»Ja, bestimmt.«

Ein paar Sekunden lang stehe ich unschlüssig da und sehe ihn an, dann hebe ich die Hand, lasse sie aber schnell wieder sinken, weil es ziemlich dämlich wäre, ihm jetzt zuzuwinken. »Okay, dann … schlaf gut. Nachher, meine ich.«

Wieder nickt er und lächelt mir verlegen zu. Ich erwidere das Lächeln halbherzig, schaffe meinen Hintern dann aber aus dem Wohnzimmer. Das läuft ja großartig.

CARTER

Ich ziehe meine Basecap tiefer ins Gesicht und weiche einem Fahrradkurier aus, der es anscheinend auf unschuldige Passanten abgesehen hat. Ich liebe Chicago – jede Ecke und jeden Winkel –, allerdings hasse ich die Menschenmassen. Normalerweise werde ich gerne erkannt, das bringt mein Beruf eben so mit sich. Doch in der derzeitigen Lage kann ich wirklich darauf verzichten. Zum einen, weil ich schnell wieder nach Hause will, zum anderen, weil ich immer noch keine Ahnung habe, wie ich mit der ganzen Geschichte umgehen soll.

Ich habe Jamie und Lila in der Wohnung gelassen, damit die beiden ein bisschen Ruhe haben. Jamie und ich geben uns zwar alle Mühe, vor Lila entspannt und freundschaftlich miteinander umzugehen, aber das ist wirklich einfacher gesagt als getan. Seit unserer gemeinsamen Zeit bei CLT hat sich eine Menge verändert. Wir lagen uns damals schon ständig in den Haaren, doch heute gibt es um einiges mehr Zündstoff.

Als ich das Gebäude der *Chicago Tribune* erreiche, bleibe ich einen Moment stehen, um mich zu sammeln. Ich habe lange darüber nachgedacht, ob es klug ist, hier aufzutauchen. Das war das Blatt, das als erstes die Schlagzeile über Lila und Jamie veröffentlicht hat. In gewisser Weise ist es die Höhle des Löwen, und eine Menge Menschen würden mir wahrscheinlich davon abraten, geradewegs hinein zu marschieren.

Doch auf der anderen Seite muss ich wissen, von wem sie die Informationen haben. Von mir jedenfalls nicht – ich wusste ja nicht einmal von Lila, geschweige denn, wo sie zu finden war. Zum einen muss ich Jamie ein für alle Mal beweisen, dass ich nicht hinter der Sache stecke, zum anderen werde ich dem Typen, der es tut, den Arsch aufreißen. Oder ihm Blumen schicken, ich habe mich noch nicht entschieden. Immerhin würde ich ohne ihn vermutlich immer noch alleine und unwissend in meinem Apartment hocken.

Ich überprüfe mein Spiegelbild, rücke Sonnenbrille und Cap zurecht und schreite durch die gläsernen Eingangstüren. Die Zeitung sitzt im Tribune Tower, einem etwas altmodischen Wolkenkratzer am Chicago River. Er ist hübsch, doch dafür habe ich im Moment nicht wirklich ein Auge. Ich weiß, dass ich ruhig sein sollte, innerlich koche ich trotzdem vor Wut. Das hier sind diejenigen, die die Reportermeute nach Muskegon geschickt haben und in der Ereigniskette sind sie schuld daran, dass Jamie bei dem Einbruch verletzt wurde.

Eine adrett gekleidete Dame am Empfang begrüßt mich mit einem distanzierten Lächeln. So distanziert, dass sie mich unmöglich erkannt hat.

»Ich möchte mit einem Verantwortlichen sprechen«, sage ich bestimmt. »Am besten mit dem, der für die Story über Carter Dillanes Privatleben verantwortlich ist.«

»Es tut mir leid, Sir«, sagt die Dame irritiert und runzelt die ansonsten glatte Stirn. »Haben Sie einen Termin, oder weiß jemand, dass Sie hier sind?«

Statt einer Antwort nehme ich Sonnenbrille und Basecap ab und sehe ihr direkt ins Gesicht. Und hoffe dabei, dass sie mich auch wirklich erkennt, ansonsten wäre meine dramatische Enthüllung eher peinlich.

Zu meiner Erleichterung weiten sich ihre Augen, und einen Moment lang verrutscht die professionelle Fassade. »Mr Dillane!«, ruft sie beinahe, senkt dann aber hastig die Stimme und sieht sich verschwörerisch um. »Verzeihen Sie, Sir, ich habe Sie nicht erkannt.«

»Wie sieht es jetzt aus?«, frage ich ungeduldig. »Kann ich jetzt mit jemandem sprechen?«

»Es tut mir wirklich leid, aber ich kann Sie nicht einfach …« Sie stockt, als sie meinen Gesichtsausdruck sieht und greift nach dem Telefon auf ihrem Schreibtisch. »Ich werde jemanden anrufen, Sir, bitte gedulden Sie sich einen Moment. Kann ich Ihnen etwas bringen? Einen Kaffee vielleicht oder ein Wasser?«

Ich schüttle den Kopf und wende mich ab, damit sie ihr Telefonat führen kann. Ich verstehe kaum, was sie sagt, erkenne jedoch deutlich meinen Namen. Wenn die Leute hier nicht dümmer sind, als ich denke, werden sie mit mir sprechen. Schließlich wartet immer noch ganz Chicago auf meine Stellungnahme zu der Story.

Nach ein paar Sekunden legt die Frau auch schon wieder auf, und das höfliche Lächeln ist zurück. »Mr Liu empfängt Sie gern, Mr Dillane.«

Ich nicke zufrieden, während sie mir den Weg erklärt und mir einen Besucherausweis zuschiebt, auf den sie lediglich meinen Namen gekritzelt hat. Dann wünscht sie mir einen schönen Tag und brennt förmlich ein Loch in meinen Rücken, als sie mir hinterherstarrt. Wahrscheinlich fragt sie sich, warum ich ausgerechnet hier aufkreuze.

Im Gehen setze ich mir die Sonnenbrille wieder auf, schließlich wimmelt es hier drinnen von Reportern. Als ich das Büro im siebten Stock erreiche, öffnet sich bereits die Tür, und ein deutlich in die Jahre gekommener Kerl asiatischer Abstammung hält mir die Hand hin.

»Mr Dillane, was für eine Überraschung!«, sagt er sichtlich erfreut und schüttelt mir die Hand. »Verzeihen Sie, aber hatten wir einen Termin, den meine Sekretärin möglicherweise verschusselt hat?«

»Nein, keine Sorge. Nennen wir es einen spontanen Besuch.«

»Das freut mich umso mehr«, versichert er mir und winkt mich in sein Büro. »Bitte setzen Sie sich. Darf ich Ihnen etwas zu trinken anbieten?«

»Vielen Dank, ich bin versorgt«, sage ich und setze mich auf einen der Besuchersessel vor seinem Schreibtisch. Kurz überlege ich, ob ich mich einfach auf seinen Stuhl setzen soll, um ihn zu ärgern. Doch vielleicht sollte ich nicht direkt auf Konfrontationskurs gehen. Wenn ich auch nur eines von Murray gelernt habe, dann, dass man sich mit den Medien immer gut stellen sollte. Auch wenn mir das im Moment wirklich schwerfällt.

»Was kann ich für Sie tun, Mr Dillane?«, fragt Liu und mustert mich abschätzend. »Ich nehme an, Sie sind wegen der Headline letzte Woche hier.«

Immerhin redet er nicht um den heißen Brei herum. »Da haben Sie recht.«

»Möchten Sie einen Kommentar abgeben?«

»Vorerst nicht«, sage ich und sehe die Enttäuschung in seinem Blick. »Wir benötigen noch ein paar Tage, um das Ganze zu besprechen, wie Sie sich sicher vorstellen können.«

»Nein, das kann ich ehrlich gesagt nicht«, meint er ungerührt, aber freundlich. »Es existieren verschiedene Versionen dieser Geschichte, wie Sie sicher wissen. Die größte Frage dabei ist wohl, inwiefern Sie und Miss Evans in Kontakt zueinander stehen. Oder standen.«

Ich lächle. »Wie gesagt, ich möchte keinen Kommentar abgeben.«

»Vorerst.«

Ich nickte bedächtig. »Vorerst.«

»Nun, was kann ich dann für Sie tun, Mr Dillane?«

Automatisch richte ich mich ein bisschen auf und straffe die Schultern. Ich kenne die Antwort auf meine Forderung schon, doch ich werde dieses Gebäude nicht ohne Informationen verlassen. »Ich möchte von Ihnen wissen, wer Ihnen die Story verkauft hat«, sage ich ohne Umschweife. »Ich bin es nicht gewesen und Miss Evans ebenso wenig.«

Liu erwidert meinen Blick, ohne mit der Wimper zu zucken. »Sie wissen, dass ich das nicht kann. Sie sind selbst lange genug in der Branche, um zu verstehen, dass ich meine Quellen nicht preisgeben darf. Andernfalls habe ich bald keine mehr, Mr Dillane.«

»Das ist mir klar, Mr Liu«, erwidere ich genauso ungerührt. »Aber wir wissen ebenfalls beide, dass diese bestimmte Quelle Ihnen nicht mehr von Nutzen ist. Falls Sie noch mehr über mich und meine aktuelle Beziehung zu Miss Evans wüsste, hätten Sie das bereits abgedruckt. Da Sie und Ihre Reporter aber so scharf auf eine Stellungnahme sind, gehe ich davon aus, dass Ihre Informationen ausgeschöpft sind.«

»Das mag sein, ändert aber nichts an der Tatsache, dass die Person nicht genannt werden möchte und ich zur Verschwiegenheit verpflichtet bin.«

Unwillkürlich lehne ich mich in meinem Sessel vor. »Ich erwarte keine offizielle Information, Mr Liu. Außer Ihrer reizenden Empfangsdame weiß niemand, dass ich hier bin. Und Sie haben mein Wort, dass es auch sonst niemand erfährt.«

»Darauf kann ich mich leider nicht verlassen«, beharrt er und hebt die buschigen Augenbrauen. »Mr Dillane, ich würde Ihnen von Herzen gern helfen, doch wenn Sie ehrlich zu sich selbst sind, wissen Sie, dass es in dieser Richtung kein Weiterkommen gibt. Wir sind kein zwielichtiges Käseblatt. Unser Ruf wäre ruiniert, wenn herauskäme, dass ich den Namen eines Informanten preisgegeben habe.«

Ich lasse mich in meinem Sessel zurückfallen und mustere ihn. »Würde Geld in dieser Sache helfen?«, frage ich ohne Umschweife.

Er lächelt schmallippig. »Ich fürchte nicht.«

Ich überlege einen Moment, dann seufze ich ergeben. »Und ein Statement?«

Dieses Mal kommt die Antwort nicht so schnell, und ich schöpfe ein wenig Hoffnung. Der Typ ist ein Geschäftsmann, und ich weiß, dass er gerade im Kopf zusammenrechnet, wie viel Geld ihm diese Stellungnahme einbringen würde. Schließlich verschränkt er die Hände vor dem Bauch und mustert mich eine Weile.

Ich halte seinem Blick stand. »Ihnen ist klar, dass ich zu jeder anderen Zeitung dieser Stadt gehen und meine Geschichte erzählen kann, oder? Ich bin mir sicher, dass die *Sun-Times* mir einen roten Teppich ausrollt, wenn ich da auftauche.«

Wieder dieses verkniffene Lächeln. Bestimmt gibt es eine Menge, das er mir gerne an den Kopf werfen würde, trotzdem ist die Presse auch auf Menschen wie mich angewiesen. »Nun, das ist durchaus möglich«, sagt er und steht auf. »Leider kann ich jedoch nichts an der aktuellen Lage ändern. Bitte geben Sie Ihren Besucherausweis wieder am Empfang ab. Und denken Sie an uns, sollten Sie sich für ein Interview entscheiden.«

Beinahe lache ich, aber ich verkneife es mir. Das ist ein waschechter Rauswurf, und neben meiner Enttäuschung ist vor allem mein Ego verletzt. Ich weiß, was er hier tut. Er setzt mir die Pistole auf die Brust, und zum Teil bin ich selbst daran schuld, weil ich ihm deutlich gemacht habe, wie wichtig diese Information für mich ist. Natürlich kann er mir keinen Namen geben, darf ihn nicht direkt aussprechen. Allerdings ist mir klar, dass er einen Weg finden wird, mir seine Information zu übermitteln, solange ich ihm meine nicht vorenthalte.

»Nun gut«, seufze ich und kralle mich in den Armlehnen meines Besucherstuhls fest. »Ich nehme an, wenn ich Ihnen ein exklusives Statement gäbe, würde die Sache anders aussehen, richtig?«

Er legt den Kopf schief, als wäre ihm dieser Deal überhaupt nicht in den Sinn gekommen, bis ich ihn selbst genannt habe. Nur mit Mühe kann ich ein Augenverdrehen unterdrücken. Dieser Typ nervt mich, aber ich muss anerkennen, dass er seine Sache gut macht.

»Es ließe sich in jedem Fall darüber sprechen«, sagt er mit einem schmallippigen Lächeln und beugt sich erwartungsvoll ein Stück in meine Richtung. »Ist es Ihnen recht, wenn ich unser Gespräch aufzeichne?«

Ich erwidere sein Lächeln genauso herzlich. »Geben Sie mir einen Moment.«

Er macht eine auffordernde Geste und lehnt sich wieder zurück. »Nur zu.«

Mit einem letzten berechnenden Blick stehe ich auf und verlasse das Büro. Falls dieser Kerl blufft, werde ich ihm den Hals umdrehen. Draußen auf dem Flur überprüfe ich mit einem schnellen Blick, ob ich allein bin, dann zücke ich mein Handy und rufe Jules an. Sie macht meine PR, verwaltet meine Auftritte und Social Media und ist mit Sicherheit nicht begeistert von den neuesten Entwicklungen. Ehrlich gesagt bin ich nicht gerade scharf drauf, sie jetzt anzurufen. Sie hat in den letzten Tagen mehr als einmal versucht, die aktuelle Lage mit mir zu besprechen, doch ich habe sie entweder abgewürgt oder bin gar nicht erst ans Telefon gegangen. Die ganze Sache mit Lila und Jamie überfordert mich ohnehin schon, da war es mir einfach zu viel, mir einen Plan für die Medien zu überlegen. Jetzt komme ich wohl nicht mehr drum herum.

»Ich versuche seit einer beschissenen Ewigkeit, dich zu erreichen!«, meldet sie sich nach dem zweiten Klingeln. Jep, sie hat beste Laune.

»Es tut mir leid, verzeih mir«, erwidere ich tonlos und drehe mich ein wenig zur Wand, als ein Kerl mit Nickelbrille an mir vorbeigeht. »Nach der Geschichte mit Murray hatte ich keine Lust, dass mir noch mehr Leute reinreden. Ich musste erst mal klarkommen.«

Sie schweigt kurz, und halb befürchte ich, dass sie auflegt. »Ich habe gehört, dass ihr Stress habt. Aber niemand wusste genau, wieso. Worum geht's denn?«

Allein der Gedanke an diesen Mann lässt mich die Hände vor Wut zu Fäusten ballen, doch das ist jetzt nicht das Thema. »Erkläre ich dir ein andermal. Jetzt gerade brauche ich erst mal deine Hilfe. Ich muss ein Statement abgeben, und du musst mir bei der Formulierung helfen.«

Wieder braucht sie offensichtlich eine Sekunde, um sich zu sammeln, dann: »Bist du dir sicher? Warum jetzt auf einmal?«

Knapp erkläre ich ihr meine Situation, wobei ich in Sachen Jamie nicht allzu sehr ins Detail gehe. Mir ist klar, dass wir uns bald damit auseinandersetzen müssen, was genau wir an die Öffentlichkeit durchsickern lassen und was nicht, aber für Einzelheiten ist es definitiv noch zu früh.

Jules hört mir zu, stellt hier und da ein paar sehr professionelle Fragen und seufzte schließlich. »Zwei, drei Sätze, maximal. Das reicht für eine Meldung und ein dramatisches Zitat auf Twitter.«

Ich nicke, dann wird mir klar, dass sie mich nicht sehen kann. »Ja, denke ich auch.«

»Gib mir zwei Minuten, ich schicke dir 'n Text aufs Handy. Und ich erwarte, dass du dich die Tage noch mal meldest, verstanden? Wir müssen Dinge besprechen.«

»Schon klar«, sage ich eilig und seufze dann erleichtert auf. »Danke.«

»Bekomm deinen Scheiß auf die Kette«, mault sie, allerdings höre ich das Schmunzeln in ihrer Stimme. Hastig verabschiede ich mich und laufe ein paar Schritte auf und ab, bis schließlich mein Handy piepst. Rasch lese ich mir den kurzen Text durch, zweimal. Dann gehe ich zurück ins Büro.

»Okay«, sage ich, sobald ich wieder sitze. »Sind Sie bereit?«

Liu beugte sich erneut vor und drückt auf ein winziges Diktiergerät. »Am wichtigsten wäre wohl, ob Sie und …«

Ich unterbreche ihn, ohne auf seinen frustrierten Gesichtsausdruck zu achten. »Ich gebe kein Interview. Sie bekommen ein kurzes Statement von mir, das ist alles. Nehmen Sie es oder lassen Sie es bleiben.«

Eine Weile sieht er mich ungerührt an und nickt schließlich ruckartig. Mir ist klar, dass es ihm nicht passt, von mir die Richtung gewiesen zu bekommen, doch das ist mir im Moment herzlich egal.

»Ja, ich habe eine Tochter«, sage ich und gebe damit in etwa das wieder, was Jules mir per Nachricht geschickt hat. »Allerdings habe ich sie weder geleugnet, noch habe ich ihre Mutter damals im Stich gelassen. Die Umstände sind kompliziert, und ich bitte alle, unsere Privatsphäre und vor allem die unserer Tochter zu respektieren. Wir tun unser Bestes, und das gelingt nur, wenn wir uns eine Weile auf uns konzentrieren können.« Ich hebe eine Augenbraue und sehe Liu an. »Haben Sie das?«

Er blinzelt einmal. »Das war's?«

Mit einem kurzen Nicken stehe ich auf. »Vorerst. Allerdings bin ich mir sicher, dass Sie Ihr Wort halten und sich revanchieren.«

Er hat sich offenbar wieder erholt, denn er zuckt nicht einmal mit der Wimper. »Ich kann Ihnen nichts sagen, das wissen Sie doch. Aber meine Mitarbeiterin unten am Empfang ist ein Fan. Melden Sie sich bei ihr.«

Ich muss mich gewaltig anstrengen, meine entspannte Fassade aufrechtzuerhalten, während er sich verabschiedet und ich mit dem Aufzug zurück in die Eingangshalle fahre.

Ich knalle meinen Besucherausweis auf den Tresen und setze Sonnenbrille und Cap wieder auf. Die Dame am Empfang nimmt die kleine Plastikkarte entgegen.

»Ich soll Ihnen dies geben«, sagt sie emotionslos und legt einen zusammengefalteten Zettel auf den Tresen.

Hastig greife ich nach dem Zettel und reiße ihn an mich, als wäre er eine Trophäe. »Vielen Dank! Einen schönen Tag noch.«

»Mr Liu hat mich außerdem gebeten, Ihnen seine Karte mitzugeben, Sir. Ich wünsche Ihnen ein angenehmes Wochenende.«

Ohne sie aus den Augen zu lassen, nehme ich die Visitenkarte, die sie mir hinhält. Beinahe erwarte ich, dass sie anfängt zu lachen und mir sagt, dass sie mich verarscht hat. Aber sie lächelt mich lediglich höflich an und nickt, als ich mich erneut bedanke. Dann wende ich mich eilig ab und schaffe meinen Hintern aus dem Gebäude.

Draußen falte ich den Zettel auseinander. Ein Name steht

darauf, der mir allerdings nicht das Geringste sagt. Vielleicht kennt Jamie ihn ja.

Ich schiebe die Karte und den Zettel in meine Tasche und trete hinaus ins verhältnismäßig helle Sonnenlicht, als neben mir ein Wagen hält. Zuerst denke ich, dass es mein eigener ist, doch dann öffnet sich surrend das hintere Fenster. Und ich stöhne innerlich auf, als ich den Mann erkenne, der drin sitzt.

»Hi, Dad«, sage ich bemüht lässig. »Zufällig in der Gegend?«

Auch wenn er keine Miene verzieht, weiß ich, dass er stinksauer ist. Er ist immer stinksauer.

»Steig ein«, bellt er.

Ich weiß, dass es keinen Sinn hat, mich zu weigern. Also umrunde ich das Auto und steige ein. Völlig egal, was mein Vater von mir möchte, ich bin mir ziemlich sicher, dass dieses Gespräch tausendmal unangenehmer wird als das gerade mit Liu. »Was gibt's?«, frage ich, ohne ihn anzusehen, während ich dem Fahrer im Rückspiegel ein Grinsen schenke. Natürlich ist er meinem Vater treu ergeben – eine Tatsache, die sich aus den Nullen auf seinem Gehaltsscheck automatisch ergibt –, doch ich mag ihn. Er hat mir früher, wenn er mich von der Schule abgeholt hat, immer eine Bananenmilch mitgebracht.

Mein Dad, der offensichtlich bemerkt, dass meine Aufmerksamkeit nicht voll und ganz bei ihm liegt, räuspert sich. Ich drehe mich zu ihm herum und nehme mir einen Augenblick, um ihn zu mustern. Leinenhose mit Bügelfalten, hellblaues Hemd, scharfkantige Brille. Ich glaube, ich habe ihn noch nie in einem anderen Outfit gesehen.

»Was treibst du hier, Carter?«, fragt er leise, allerdings schwingt in seiner Stimme ein drohender Unterton mit.

Ich sehe mich gespielt ratlos um. »Genau hier? Ich war auf dem Weg nach Hause, um ehrlich zu sein. Aber du kannst mich gerne mitnehmen.«

Seine buschigen Augenbrauen ziehen sich so weit zusammen, dass sie sich beinahe in der Mitte treffen. »Spiel nicht den Dummen, das steht dir nicht«, fährt er mich an. Dann seufzt er. »Du hast meine Anrufe ignoriert.«

»Ich weiß, was du sagen willst«, meine ich achselzuckend. »Und ich will nichts davon hören.«

»Du verhältst dich wie ein kleines Kind.«

Wut kocht in mir hoch, aber ich versuche mich zusammenzureißen. Als ich von Lila erfahren habe, bin ich explodiert und habe meinen Vater angeschrien – immerhin ist er damals dabei gewesen, als Murray mir die Geschichte mit dem Schwangerschaftsabbruch aufgetischt hat. Ich bin mir zwar sicher, dass mein Vater weit mehr als eine Standpauke verdient hat, doch ich kenne ihn gut. Niemals würde er zugeben, im Unrecht zu sein. Ihn anzuschreien macht die ganze Sache nicht besser, im Gegenteil. Ich mag erwachsen sein, doch mit meinem Dad sollte man sich nicht anlegen.

»Wie willst du mit der Sache umgehen?«, fragt er, als ich darauf nichts erwidere. Er klingt, als ginge er im Kopf einen Fragenkatalog durch und macht mich damit nur noch wütender. Als hätten Emotionen mit alldem nichts zu tun. »Was hast du vor?«

»Mit ›der Sache‹ meinst du meine Tochter?«, frage ich geradeheraus und sehe ihn eindringlich an. »Deine Enkelin?«

Ich sehe, wie er die Zähne zusammenbeißt. »Provoziere mich nicht, Carter.«

»Ich provoziere dich?« Fassungslos lache ich auf. »Womit denn? Indem ich dich an die Tatsachen erinnere? Indem ich von einem frischgebackenen Großvater etwas anderes erwarte als bloßes Pläneschmieden, wie man ›die Sache‹ so unkompliziert wie möglich regeln kann?«

»Dieses Kind ist das Ergebnis eines Fehlers, das hast du damals selbst gesagt«, erinnert er mich kalt. Seine Worte treffen mich hart, doch ich versuche, mir nichts anmerken zu lassen. »Ich kenne seine Mutter nicht, und im Gegensatz zu dir bin ich nicht so leichtgläubig. Wenn die Frau rechnen kann, wird sie wissen, dass sie Ansprüche hat, solltest du so dumm sein, das Mädchen anzuerkennen.«

Mir platzt beinahe der Kragen. »Weiß Mom davon?«, frage ich mit vor Wut zitternder Stimme. »Weiß sie, was du damals abgezogen hast und wie viel Interesse du an deiner Enkelin hast?«

»Deine Mutter und ich sind einer Meinung, Carter«, sagt er streng. »Kein Grund, sie da mit reinzuziehen.«

Ich würde gerne protestieren, allerdings glaube ich ihm. Meine Mom ist kein Monster, sie liebt mich definitiv mehr als mein Dad. Aber sie ist vor allem in den letzten Jahren so abgestumpft, dass sie kaum noch etwas interessiert, abgesehen von sich selbst. Sie führt das Leben, das sie sich vorstellt, da passen meine Probleme nicht hinein. Und sie würde sich niemals gegen ihren Mann stellen. Das bedeutet einfach zu viel Stress für sie.

Diese Familie ist zum Vergessen. Ich werde nicht zulassen, dass meine Tochter dasselbe mit mir und Jamie erleben muss.

»Ich muss jetzt gehen«, sage ich und balle die Hände zu Fäusten, um mich davon abzuhalten, mehr zu sagen. Obwohl mir zu diesem Thema noch einiges einfallen würde, aber es bringt nichts. Er hält mich nur weiter davon ab, nach Hause zu gehen. Er ist meine Zeit einfach nicht wert. »Melde dich bei mir, falls du deine Enkelin kennenlernen willst. Vielleicht ist es noch nicht zu spät.«

»Du wirst es bereuen«, sagt er, als ich zur Tür rutsche und meine Hand nach dem Griff ausstrecke. »Glaub mir, das Ganze mag jetzt aufregend erscheinen, aber du wirst es bereuen, wenn die Realität dich einholt.«

Ich drehe mich noch einmal zu ihm um und mustere sein Gesicht. »Es ist wirklich schön zu hören, wie sehr du selbst Kinder offensichtlich liebst. Es tut mir wirklich leid, dass du so denkst.«

Er sieht mich ungerührt an. Ich kenne diesen Gesichtsausdruck, trotzdem schmerzt es, dass er keinerlei Interesse an meinem Leben hat. Daran, was mir wichtig ist, was ich denke und fühle.

Statt einer Antwort greift er nach seiner Aktentasche und holt eine schlichte graue Mappe heraus, die er mir auf den Schoß legt.

»Was ist das?«, frage ich, ohne sie anzurühren. Etwas, was von meinem Vater kommt, kann nichts Gutes bedeuten.

»Du solltest es dir ansehen.«

Ein paar Sekunden lang erwidere ich seinen Blick, dann gebe ich es schließlich auf. Ich bin schneller hier raus, wenn ich mitspiele. Als ich den Ordner öffne, kommen ein paar sehr offiziell wirkende Papiere zum Vorschein. Ich runzle die Stirn, als mir der Briefkopf unseres Anwalts ins Auge fällt.

»Ist das dein Ernst?«, keuche ich, nachdem ich den ersten Absatz gelesen habe. »Sorgerechtsunterlagen?«

»Wenn du zu diesem Kind stehen willst, ist das vielleicht eine Möglichkeit, positiv aus diesem Desaster herauszugehen.«

»Ich soll das alleinige Sorgerecht beantragen?« Jetzt schreie ich beinahe, aber das ist mir egal. Ich habe viel von meinem Vater erwartet, doch das geht zu weit, selbst für seine Verhältnisse. »Hast du völlig den Verstand verloren?«

»Carter ...«

»Nein!«, unterbreche ich ihn barsch. »Spar dir den Scheiß!«

Ich habe keine Lust, mir seinen Plan anzuhören. Bevor er

weiter ausführen kann, was ich seiner Meinung nach alles in meinem Leben verbocke, öffne ich die Tür und steige aus.

»Schau es dir wenigstens an!«, ruft er und drückt mir die verdammten Unterlagen in die Hand. Ich nehme sie, wenn auch nur, um ihn endlich loszuwerden, dann knalle ich die Tür zu.

Kaum zwei Sekunden später höre ich den Motor hinter mir aufheulen, und mein Dad braust davon, zurück in sein perfektes Leben. Fast perfekt. Ich bin der unschöne Fleck, den er einfach nicht akzeptieren kann.

Ein paar Herzschläge lang stehe ich da, schließe die Augen und lasse mir die Sonne ins Gesicht scheinen. Dann wird der Lärm Chicagos um mich herum wieder lauter, holt mich zurück ins Hier und Jetzt. Ich brauche meinen Vater nicht, auch nicht meine Mutter. Sie sind Vergangenheit, genau wie Murray und der Mensch, der ich damals war. Die Zukunft wartet zu Hause auf mich.

Erst in diesem Moment wird mir das so richtig klar. Eigentlich sollte ich meinem Dad dafür dankbar sein.

2.5

JAMIE

Carter ist bereits seit Stunden weg, und allmählich mache ich mir Sorgen. Nicht, dass ihm etwas passiert sein könnte oder er eine Autopanne hat oder etwas in der Art. Nichts, worüber sich normale Menschen Sorgen machen, wenn sich jemand kommentarlos Stunden verspätet.

Nein, ich habe Angst, dass er seine Meinung geändert haben könnte. Dass er an die Medien gegangen ist oder beim Jugendamt hockt. Mir fallen verschiedene Szenarien ein, mit denen er mir das Leben zur Hölle machen könnte.

Ich sehe erneut auf mein Handy, allerdings hat er sich nicht gemeldet. Natürlich könnte ich ihn anrufen oder ihm schreiben, doch aus irgendeinem Grund habe ich das Gefühl, kein Recht dazu zu haben. Wir sind nicht zusammen, nicht einmal befreundet. Er kann tun und lassen, was er will, und ist mir mit Sicherheit keine Rechenschaft schuldig, wohin er geht und wie lange er wegbleibt.

Vielleicht ist er bei einer Frau.

Der Gedanke kommt so schnell, dass ich ihn einfach nicht aufhalten kann. Er durchzuckt meinen Kopf wie ein Blitz und hinterlässt darin einen passenden Brandfleck. Die Vorstellung von Carter zusammen mit einer anderen Frau, in diesem Moment, ist überraschend unangenehm. Nicht wirklich schmerzhaft, doch ich kann nicht mehr aufhören daran zu denken.

Was Schwachsinn ist. Carter kann sich vergnügen mit wem er will. Genau wie ich. Und es sollte mir egal sein.

»Lila!«, rufe ich und sehe mich im Loft um. Lila liebt den Luxus und die Aussicht und ist schon den ganzen Nachmittag damit beschäftigt, die Wohnung zu erkunden.

Ihre helle Stimme kommt aus dem Badezimmer. Ich folge ihr und entdecke sie in der riesigen Badewanne sitzend. »Guck mal, Mommy, ein Pool!«

»Das ist eine Wanne, Süße«, sage ich grinsend und setze mich auf den Rand. »Grandpa hat auch eine.«

»Aber die von Grandpa ist viel kleiner!«

»Das stimmt.«

»Das hier ist die Mama-Badewanne, und bei Grandpa ist die Baby-Badewanne.«

»Du hast recht«, sage ich lachend und wuschle ihr durch die Haare, die schon wieder in sämtliche Himmelsrichtungen abstehen. »Vielleicht kannst du heute Abend baden, was hältst du davon?«

Sie nickt begeistert und sieht sich erneut staunend um. So klein, wie sie ist, wirkt die Wanne tatsächlich wie ein Pool. »Können wir dann Schaum reinmachen?«

»Klar.«

»Richtig viel?«

»Wenn du das willst.« Zu Hause erlaube ich ihr nicht zu viel Schaum, weil es jedes Mal ein Akt ist, danach das Bad zu putzen. Doch ich bin mir ziemlich sicher, dass Carter das notwendige Personal für so etwas hat. »Wir machen eine Schaumparty!«

»Ja! Mit …« Sie überlegt, und ihre kleine Stirn legt sich in Falten. »Wie heißt der Mann noch mal?«

»Carter«, sage ich mit einem halben Lächeln. Ich denke an seine Bitte von vorhin und gebe ihm im Stillen recht. Irgendwie fühlt es sich falsch an, ihn vor Lila Carter zu nennen. Er ist ihr Dad, und sie sollte das wissen. Allerdings habe ich keine

Ahnung, wie ich es ihr erklären soll, ohne dass sie Fragen stellt, auf die ich keine Antwort habe. Noch nicht.

»Kommt er wieder?«, fragt Lila und berührt beinahe ehrfürchtig den silbernen Wasserhahn.

»Ja, ich denke schon.« Ich zucke mit den Schultern. »Vielleicht können wir ihn ja fragen, ob es hier einen Spielplatz gibt.«

»Können wir dann wippen?«

»Na klar können wir wippen.«

»Mit Carter?«

Ich unterdrücke ein Seufzen. Es ist beinahe lächerlich, was für einen Narren sie an Carter gefressen hat, wenn man bedenkt, dass sie ihn nicht kennt. »Ich weiß es noch nicht, Süße. Carter muss arbeiten, aber ich frage ihn, okay?«

»Okay«, sagt sie nickend.

In diesem Moment höre ich das ›Pling‹, das den Fahrstuhl ankündigt. Es gibt zwei Wege in die Wohnung – einmal über den Privataufzug, einmal durch die normale Eingangstür. Ich kneife Lila in die Nase und gehe dann in den Flur, um zu sehen, wer es ist. Zwar erwarte ich niemand anderen als Carter, aber immerhin ist es nicht meine Wohnung.

»Hey«, sagt er, als er aus dem Aufzug tritt. Die Erleichterung steht mir offenbar ins Gesicht geschrieben, denn er runzelt sofort die Stirn und kommt auf mich zu. »Was ist?«

»Nichts«, sage ich hastig. »Ich hab nur nicht gedacht, dass du so lange weg sein würdest.« Ich schüttle den Kopf und fange noch mal an. »Damit meine ich nicht, dass du zu lange weg warst oder so, ich dachte nur … Ja. Keine Ahnung. Hallo.«

Sein Stirnrunzeln verwandelt sich in ein verhaltenes Lächeln. »Mir ist was dazwischengekommen«, sagt er und geht an mir vorbei zur Kücheninsel. Erst jetzt fallen mir die beiden Papiertüten auf, die er in der Hand hält. Und die verdächtig

duften. »Ich wollte dir schreiben, aber ich wusste nicht, ob …
Na ja, ob wir das machen.«

»Was?«, frage ich schmunzelnd. »Miteinander schreiben?«

»Ja«, erwidert er schlicht. »Wir schaffen es kaum einen Satz
miteinander zu reden, ohne zu stottern oder nach Worten zu
suchen. Ich weiß einfach nicht, wie ich mit dir umgehen soll.«

Damit trifft er ins Schwarze, doch da ich keine Lösung für
ihn habe, deute ich auf die Tüten. »Was ist das?«

»Burger«, sagt er feierlich und holt ein paar Styroporschachteln heraus. »Die besten in Chicago.«

»Sagt wer?«

»Ist eine Prominentenempfehlung.«

Ich stelle mich neben ihn, wobei ich sorgsam darauf achte, gebührenden Sicherheitsabstand zu halten, und spähe unter
einen der Deckel. »Lass mich raten – der Promi bist du.«

»Die Quelle möchte anonym bleiben«, meint er feixend,
wird dann aber sofort ernst. »Willst du nicht wissen, wo ich
heute gewesen bin?«

Ich zucke unsicher mit den Schultern. »Geht mich nichts
an.«

»Ich war bei der *Tribune*«, sagt er und wirft mir einen vorsichtigen Blick zu. »Der Zeitung, die die Geschichte mit dir
und Lila gebracht hat.«

»Ich kenne sie.« Mir gefriert das Blut in den Adern. Ich
habe darüber nachgedacht, ob Carter vielleicht die Gunst der
Stunde nutzen und aus dem Ganzen seine eigene Story machen würde. Jede Schlagzeile bedeutet immerhin Werbung für
ihn als Marke, und wenn wir nur lange genug die Füße still-
halten, verschwindet die Aufmerksamkeit womöglich wieder.
Doch richtig zugetraut habe ich es ihm nicht. Dafür gibt er
sich zu viel Mühe. Oder das alles gehört zu seinem Spiel. »Was
wolltest du dort?«

Er verteilt das Essen auf dem Tresen und geht zum Kühlschrank, um etwas zu trinken zu holen. »Ich wollte wissen, wer ihre Quelle ist.«

Überrascht sehe ich ihn an. »Mehr nicht?«

Er runzelt die Stirn. »Was hast du denn gedacht?«

»Dass du ihnen etwas erzählst«, sage ich ohne Zögern. »Deinen Namen reinwäschst.«

Gerade, als er den Mund öffnet, um etwas zu erwidern, hüpft Lila auf uns zu. Sie hat wie immer ihre Elsa in der einen und einen Waschlappen mit Spiderman-Motiv in der anderen Hand. »Du bist wieder da!«, sagt sie und strahlt Carter so erfreut an, als wäre er ein lang verschollener Freund.

Carter erwidert etwas zögerlich ihr Lächeln – ein Anblick, der besorgniserregende Dinge mit meinem Herzen anstellt. »Und du auch! Wo warst du, Zwerg?«

»Ich bin kein Zwerg«, ruft sie empört. Sie streckt ihm die Hand entgegen und hält drei kleine Finger hoch. »Ich bin schon so.«

»Na, wenn das so ist«, meint Carter ernst und wirft mir einen schnellen Blick zu, als wolle er sich vergewissern, dass er überhaupt mit ihr sprechen darf, »bist du ja schon fast erwachsen. Dann brauchst du auch einen eigenen Burger.«

Lila klatscht und klettert auf einen der Barstühle. Trotzdem reicht ihr Kinn kaum über die Arbeitsplatte.

»Ihr seid keine Vegetarier, oder?«, fragt er, wobei er mich ansieht, als gäbe es nur eine vernünftige Antwort auf diese Frage.

»Nein«, beruhige ich ihn und nehme neben Lila Platz, um ihr zu helfen. »Burger sind perfekt.«

»Na dann.« Er greift nach einer der Schachteln und stellt sie vor Lila ab. »Euer Burger, Prinzessin.«

Sie lacht verlegen. »Ich bin keine Prinzessin.«

»Aber was sonst?«

Sie überlegt kurz. »Ich bin doch Lila.« Sie öffnet vorsichtig die Schachtel, und ich sehe, wie ihre Augen zu strahlen beginnen. In der Schachtel liegt ein Mini-Burger, kaum größer als ein Tennisball, aber mit allem Drum und Dran. Daneben stapeln sich ein paar Kroketten, die wie Blumen geformt sind.

»Beeindruckend«, sage ich und hebe die Augenbrauen. »Welcher Burgerladen hat so etwas auf der Karte?«

»Keiner«, meint Carter und beißt in seinen eigenen Burger – eine dreimal so große Version von Lilas. »Aber als Prominenter bekommt man Extrawürste.«

Erneut sehe ich zu Lila, die stolz von einer der Blumen abbeißt. »Du hast das extra für sie bestellt?«

Sein Blick wird vorsichtig. »Sollte ich nicht? Oh, Kinder essen kein Fast Food, oder? Verdammt. Sorry, Jamie, ich hab gedacht, für den ersten Abend – und ich schwöre dir, das ist gutes Fleisch, und ich habe …«

»Beruhig dich«, unterbreche ich ihn und lache unwillkürlich, während mein Herz einmal stolpert. Verdammtes Organ, es macht einfach, was es will. »Alles ist gut. Lila mag Burger, ich mag Burger, wir beide essen Burger. Alles ist gut.«

»Gut«, er nickt und beißt erneut ab, dann kaut er bedächtig. »Wir müssen wegen der nächsten Woche ein bisschen planen. Was wir an Lebensmitteln und Getränken kaufen und … Na ja, was ein Kind noch braucht. Das weißt du mit Sicherheit besser als ich.«

»Wir sind nicht anspruchsvoll«, sage ich leise. »Mach dir nicht so viele Gedanken, wir arrangieren uns schon.«

Dieses Mal meine ich es tatsächlich so. Und das erschreckt mich ein bisschen. Auch wenn wir hier im Moment nur Mutter-Vater-Kind spielen und das Ganze nicht annähernd der Realität entspricht, bemerke ich, dass ich es ein bisschen genieße. Das hier, dieses einfache Abendessen, ist wie eine Luxusversion von dem, was ich mir in den vergangenen Jahren gewünscht habe. Wenn ich es jetzt bekomme, und sei es nur für ein paar Tage, bin ich mir nicht sicher, ob ich die Kraft habe, dazu Nein zu sagen. Vielleicht macht mich das schwach oder naiv, doch für diesen Abend ist es mir egal.

»Mir ist heute noch eine Sache eingefallen, über die ich mit dir sprechen wollte«, sage ich und beiße in meinen eigenen Burger, der tatsächlich fantastisch schmeckt.

Er hebt die Augenbraue. »Ja?«

»Rauchst du noch?« Als er die Stirn runzelt, rudere ich eilig zurück. »Ich weiß, das hier ist deine Wohnung, aber mir ist aufgefallen, dass es keinen Balkon gibt und, na ja, für Kinder ist es nicht gut, wenn man in der Wohnung raucht. Aber ich weiß natürlich, dass ich dir das nicht verbieten kann.«

»Ich rauche nicht«, sagt er und macht meiner Erklärungsnot damit ein Ende. »Keine Sorge.«

Ich nicke und nehme einen weiteren Bissen, um mich vom Sprechen abzuhalten. Möglicherweise ist das die beste Lösung für ein Zusammenleben – wir sollten Gespräche vermeiden.

Lila neben mir gibt einen derart genüsslichen Laut von sich, dass ich lachen muss. Sie ist erst bei der Hälfte ihres Burgers angekommen, sieht aber bereits jetzt so aus, als hätte sie sich einmal in der Soße gewälzt.

Ich lege meinen Burger beiseite und stehe auf, um ihr ein Tuch zu holen. Ich wische ihr damit über Mund und Finger, halte jedoch inne, als Carter einen seltsamen Laut von sich gibt.

»Was ist?«

Er sieht ein bisschen aus, als hätte er Schmerzen, trotzdem arrangiert er seine Gesichtsmuskeln zu einem fast überzeugenden Lächeln. »Das ist von Brunello Cucinelli«, sagt er und deutet auf den Lappen in meiner Hand.

Verwirrt folge ich seinem Blick auf den jetzt mit Soße beschmierten Stoff. »Was?«

Wieder zeigt er auf den Lappen. »Das ist ein Einstecktuch«, sagt er mit einem gezwungenen Lächeln. »Das Ding kostet ein Vermögen.«

Ich schnappe entsetzt nach Luft, während wohl sämtliches Blut aus meinem Körper in mein Gesicht schießt. Es ist ein Wunder, dass ich nicht ohnmächtig werde. »Oh Gott, tut mir leid!«, rufe ich und renne hinüber zur Spüle, um das Tuch auszuwaschen.

»Nicht!«, sagt er hastig, folgt mir und nimmt mir das Ding aus der Hand. »Ich bringe es zur Reinigung, alles in Ordnung.«

»Aber das Ding ist ganz weiß«, sage ich, während mein Blick unruhig über den Boden huscht und das Loch sucht, in dem ich verschwinden kann. »Es tut mir wirklich leid, Carter, ich dachte, das wäre ein Geschirrtuch.«

Wieder dieses tapfere Lächeln, doch ich bemerke, wie er das Tuch hinter seinem Rücken versteckt, als ob er befürchtet, dass ich es ihm aus der Hand reiße, um es erneut in Soße zu tunken. »Ist bestimmt halb so wild, das bekommen die wieder hin.«

Mein Gesicht brennt immer noch, als ich mich wieder neben Lila setze und einen großen Bissen von meinem Burger nehme.

Lila schlummert neben mir, und ich stehe vor einem dieser Momente im Leben, in denen man sich nicht entscheiden kann, was einem dämlicher vorkommt. Hierbleiben und im Endeffekt um acht Uhr abends schlafen oder zurück ins Wohnzimmer gehen und … ja, was? Mich neben Carter auf die Couch setzen, Popcorn essen und einen Film sehen? Das erscheint mir irgendwie zu normal. So etwas tun Pärchen oder Freunde oder Kollegen. Was auch immer, wir sind nichts von alledem. Wir sind nur zufällig die Eltern desselben Kindes. Mir ist klar, dass das eine starke Verbindung sein sollte, doch es ist ganz sicher eine, die wachsen muss. Carter und ich hatten nie die Gelegenheit, herauszufinden, was das zwischen uns ist. Es jetzt zu versuchen ist nicht richtig. Dafür ist zu viel passiert, und dafür stehen zu viele ungesagte Dinge zwischen uns.

Vorsichtig, mit angehaltenem Atem, ziehe ich meinen Arm unter Lilas Kopf weg – eine heikle Situation. Aber ihr Gesicht bleibt ungerührt, sie seufzt nur und schläft seelenruhig weiter. Ihr Bett zu Hause quietscht höllisch, dieses neue in Carters Fitnessraum gibt nicht einen Ton von sich. Ein paar Sekunden lang sitze ich da und schaue in Lilas friedlich schlafendes Gesicht. Sie war stehend k. o., was kaum verwunderlich ist bei dem Stress, den ihr kleiner Geist im Moment mitmacht.

Mir steigen Tränen in die Augen bei dem Gedanken, was ich ihr damit antue. Kinder sollten unbeschwert sein, spielen, sich allerhöchstens Sorgen darüber machen müssen, was im Kindergarten los war oder ob ihnen das Mittagessen schmeckt. Auch wenn mir klar ist, dass Lila nur einen Bruchteil von dem versteht, was gerade abgeht, ist ihr Leben unruhiger, als es sein sollte. Und das ist zum Teil meine Schuld, weil es mir nicht gelingt, endlich Frieden zu schaffen.

»Es tut mir leid«, flüstere ich und streiche ihr eine Haarsträhne aus der Stirn. »Ich verspreche dir, dass es besser wird.«

Leise stehe ich auf und schleiche mich aus dem Zimmer. Wenn ich schon nicht für mich versuche, das Verhältnis zu Carter in irgendeine geregelte Bahn zu lenken, dann wenigstens für Lila. Das bin ich ihr schuldig.

Als ich die Zimmertür hinter mir schließe – ein weiterer heikler Moment –, entdecke ich Carter, der mit nacktem Oberkörper mitten im Raum liegt und Sit-ups macht.

Sein verdammter Ernst?

»Was machst du da?«, flüstere ich, während ich versuche, irgendwo anders hinzuschauen als auf die Muskeln, die sich unter seiner ebenmäßigen Haut abzeichnen.

»Ich trainiere«, sagt er, hält in der Bewegung inne und sieht mich entschuldigend an. »Mein Fitnessraum ist belegt, also musst du da jetzt durch.«

»Und du wirst schlagartig fett, wenn du einen Tag lang nicht trainierst?«

Er grinst, als er sich aufsetzt und sich mit beiden Fäusten auf die nackte Brust schlägt. »Die Leute bezahlen für das alles, Baby. Ich muss das Kapital in Form halten.«

Peinlich berührt wende ich den Blick ab. »Wow.«

»Willst du etwas trinken?«, fragt er, steht auf und schnappt sich ein Handtuch von einem der Barstühle. »Limo, Cola, Bier … Wein?«

»Auf jeden Fall Wein«, seufze ich und setze mich nach einigem Zögern auf die gigantische Couch. Nach der Sache mit dem Einstecktuch habe ich Angst, irgendetwas durch meine bloße Anwesenheit zu zerstören. »Das ist eindeutig ein Tag für Wein.«

»Rot und trocken, richtig?« Er hält eine Flasche Rotwein hoch und sieht mich fragend an.

»Woher weißt du das?«

Er zuckt mit den Schultern und wendet sich dann ab, um mir ein Glas einzuschenken. Jetzt starre ich unwillkürlich auf seinen nackten Rücken, doch das ist mir egal. Carter sieht wahnsinnig gut aus, daran ändert auch unsere Vergangenheit nichts.

»Auf der Party damals, weißt du noch? Bei der Jubiläumsfeier«, meint er beiläufig, ohne mich anzusehen. Ihm ist wohl klar, dass das schon wieder ein heikles Thema ist, immerhin spricht er von der Nacht, in der wir Sex hatten. »Da hast du trockenen Rotwein getrunken.«

Ich stutze. »Das weißt du noch?«

»Ich hab mich über dich lustig gemacht«, sagt er und kommt zu mir herüber. »Welche normale Neunzehnjährige trinkt auf einer Party trockenen Rotwein?«

»Ganz ehrlich?«, erwidere ich grinsend. »Ich mochte ihn nicht mal besonders. Aber ich wollte cool und erwachsen aussehen, und Rotwein erschien mir irgendwie passend.«

Er lacht, hält das Rotweinglas hoch. »Also doch nicht?«

»Ich bin auf den Geschmack gekommen«, versichere ich ihm und nehme ihm das Glas ab, bevor er es außer Reichweite bringen kann. »Ich persönlich bin der Meinung, dass jede alleinerziehende Mom ein alkoholisches Getränk ihres Vertrauens braucht.«

Sein Lächeln verrutscht ein wenig. Schon wieder ein Thema mit Diskussionspotenzial. Himmel, das hier ist das reinste Minenfeld.

»Übrigens muss ich noch ein paar Dinge mit dir besprechen«, sagt er und setzt sich neben mich, jedoch mit anständigem Sicherheitsabstand. »In der Küchenschublade liegt ein Plan, auf dem das Personal aufgeführt ist. Wer wann kommt und so weiter. Die Einkäufe werden mir nach Hause geliefert, du musst also nur eine Liste schreiben, was du und Lila braucht. Ich gebe dir außerdem die Nummer von meinem Fahrdienst, falls ihr irgendwo hinwollt und ich nicht da bin, okay? Und ich habe einen Hund.«

Ein wenig überwältigt von den ganzen Informationen schüttle ich den Kopf. »Du hast einen Hund?«

Er nickt. »Ich wusste nicht, ob das mit Lila klargeht, deswegen übernachtet sie bei einem Kumpel. Ich wollte das erst mit dir besprechen, bevor ich sie wieder zu mir hole.«

Ich lege den Kopf ein wenig schief. »Wie reif, erwachsen und umsichtig von dir.«

»Ich bin ein reifer, erwachsener und umsichtiger Mann, Evans«, sagt er lässig und stößt kurz mit seinem Bier gegen mein Glas. »Spricht nicht gerade für dich, dass du so lange gebraucht hast, um das zu begreifen.«

»Solange sie nicht aggressiv ist, kann sie gerne wieder einziehen«, sage ich grinsend. »Lila wird begeistert sein.«

Er nickt bedächtig. »Hast du über Lila und mich nachgedacht?«

»In Bezug auf was?«, frage ich stirnrunzelnd.

»Was ich für sie sein soll«, meint er. »Was wir ihr sagen, wer ich bin.«

Ich nehme einen großen Schluck aus meinem Glas, um nicht direkt antworten zu müssen. Natürlich habe ich darüber nachgedacht. Was nicht bedeutet, dass ich auch zu einer Lösung gekommen bin. »Ich denke, wir sagen ihr die Wahrheit. Es bringt ja nichts, es ewig vor ihr zu verbergen. Aber erst, wenn ich mir sicher bin, dass du nicht auf Nimmerwiedersehen wieder verschwindest.«

Langsam hebt er eine Augenbraue. Ich glaube etwas wie Schmerz in seinen Augen aufblitzen zu sehen, doch es ist so schnell wieder verschwunden, dass ich mir nicht sicher bin. »Erwartest du, dass ich einfach verschwinde?«

Ich zucke mit den Schultern. »Ich erwarte nichts von dir. Ich lasse mich überraschen, denke ich.«

»Keine Ahnung, ob das gut oder schlecht ist«, murmelt er kopfschüttelnd, dann seufzt er. »Okay, was hältst du davon: Heute Abend keine ernsten Themen mehr? Mir schwirrt der Kopf.«

Mir ebenfalls, allerdings befürchte ich, dass das allmählich zur Gewohnheit wird. »Okay. Was schlägst du vor?«

2.6

JAMIE

Wir haben uns für einen Film entschieden und geben damit exakt das Bild ab, das ich befürchtet habe. Wir beide im Halbdunkel, nebeneinander auf der Couch mit einem Glas Wein … Wenn ich bedenke, dass ich ihn vor gerade mal einem Monat noch gehasst und verteufelt habe, komme ich mir vor wie eine Heuchlerin. Doch Carter hat recht – wir hocken momentan nun einmal gezwungenermaßen aufeinander, ob uns das gefällt oder nicht. Es ist nur richtig, dass wir versuchen, das Beste daraus zu machen.

»Der ist so schlecht«, sage ich und nicke in Richtung Fernseher. »Im Ernst, warum hast du den ausgesucht?«

»Ähm, Liam Neeson?« Er sieht mich an, als wäre dieser Name Begründung genug.

Ich schnaube. »Das ist so unrealistisch! Ich meine, er lässt seine gerade befreite Frau einfach da sitzen? ›*Hey, Baby, bleib einfach hier, umringt von mordenden Terroristen, ich komme dich dann holen. Falls nicht einer von uns beiden vorher draufgeht, verstehst schon!*‹«

Carter lacht schamlos über meine Imitation. »Wow, das ist richtig schlecht.«

»Und dabei dieser Dackelblick!«, mache ich weiter, ohne auf seinen Kommentar zu achten. »Als würde alles Leid dieser Welt auf seinen Schultern lasten.«

Er deutet zum Fernseher. »Das tut es auch!«

»Dann nimm es wie ein Mann!«, fordere ich Liam Neeson

auf, der gerade um ein Haar erschossen wird. »Ganz ehrlich, hör auf rumzuheulen!«

Carter lacht erneut, schüttelt aber den Kopf. »Du bist schrecklich. Liam Neeson ist ein grandioser Schauspieler.«

Ich sehe ihn über den Rand meiner Lesebrille hinweg an. »Sagte der Schauspieler.«

»Nicht so gut wie ich natürlich. Schön, dass du das ansprichst!«

Ich verdrehe die Augen. »Ich wette, du kriegst diesen Dackelblick nicht hin«, sage ich und zeige auf den Bildschirm. »Ich wette, du kannst nur den sexy Verführer, dem die Weiber aus irgendeinem Grund ständig halb nackt in den Schoß fallen.«

Er sieht mich so schockiert an, dass ich lachen muss. »Hast du auch nur einen meiner Filme gesehen?«

Nein, habe ich nicht. Ihn ein bisschen auf Instagram und Twitter zu stalken ist etwas ganz anderes, als mir zwei Stunden lang sein Gesicht ansehen zu müssen. Das habe ich mich nie getraut.

»Vielleicht einen oder zwei«, sage ich ausweichend und nehme einen großen Schluck Wein.

Sein Mund klappt auf. »Du hast *keinen* gesehen!«

Ich schüttle den Kopf und deute auf meinen Mund, um ihm zu signalisieren, dass ich unmöglich antworten kann.

»Oh mein Gott, Jamie Evans, ich bin wirklich gekränkt«, sagt er trocken und fasst sich dabei an die Brust. »Aber immerhin habe ich den einzigen Menschen in ganz Chicago gefunden, der noch keinen Film mit mir gesehen hat. Das ist doch etwas.«

»Ooooh, wirklich?«, frage ich und lache. »Deine Bescheidenheit beeindruckt mich.«

»Bescheidenheit war noch nie meine Stärke.«

»Das weiß ich.«

»Soll ich es dir beweisen?«, fragt er und setzt sich auf, sodass er mir zugewandt ist.

»Was?«

»Den Dackelblick«, sagt er und nickt zum Fernseher. »Den schaffe ich locker.«

Ich ziehe die Augenbrauen hoch, stelle mein Glas ab und drehe mich ebenfalls zu ihm um. Auch wenn ich sein Gesicht im schwachen Licht des Bildschirms nicht richtig sehen kann, erkenne ich die Herausforderung in seinem Blick.

»Bereit?«, fragt er bedeutungsschwer.

Ich grinse. »Mach mir den Neeson.«

Er lacht, wird dann jedoch ernst und starrt mich geradezu an. Einen Moment lang fühle ich mich wie bei einem Blickduell, dann verändert sich der Ausdruck in seinen braunen Augen. Aus belustigt wird verzweifelt. Seine Augenbrauen ziehen sich kaum merklich zusammen, seine Mundwinkel wandern nach unten, und sein Blick wird so intensiv, dass ich mich zwingen muss, nicht wegzugucken. Die Kampfgeräusche vom Film treten in den Hintergrund, genau wie das dunkle Wohnzimmer um uns herum. Mein ganzes Denken fokussiert sich auf dieses eine Augenpaar, das mir so vertraut und gleichzeitig so fremd ist.

Ich will weggucken. Aus irgendeinem Grund schreit alles in mir, dass ich jetzt wirklich den Blick abwenden muss. Doch ich tue es nicht. Stattdessen lehne ich mich unwillkürlich in seine Richtung, und meine Hand fängt an zu kribbeln, als ob sie sich nichts sehnlicher wünscht, als Carter zu berühren. Ich sehe, wie sein Blick zu meinen leicht geöffneten Lippen wandert.

Mir ist klar, dass Carter nur schauspielert. Mir ist klar, dass ich ihn selbst dazu aufgefordert habe und dass mein Mitgefühl in diesem Moment einzig und allein meiner übereifrigen Vorstellungskraft entspringt. Trotzdem muss ich schlucken, und meine Brust wird merkwürdig eng. Der kleine Teil von mir, der noch immer der Zeit vor vier Jahren hinterhertrauert, will Carter unbedingt berühren. Diesen bedrückten Gesichtsausdruck fortwischen wie einen unschönen Fleck.

Doch der Rest von mir ist Realistin. Erinnert sich noch zu gut an die Tage, Wochen, vielleicht sogar Monate, die ich weinend im Bett verbracht habe, während mein Bauch gewachsen ist und mich immer mehr daran erinnert hat, was aus meinem Leben geworden ist. Erinnert sich an die Tage, in denen ich mich kaum aus dem Haus getraut habe, weil ich Angst vor dem Gerede der Leute hatte.

Ich weiche ruckartig zurück und unterbreche die seltsame Verbindung zwischen uns. Meine Sicht klärt sich, die Geräusche von Schusswaffen und Explosionen werden wieder laut, und ich höre Liam Neeson irgendwelche dramatischen Anweisungen brüllen.

»Tja«, sage ich und räuspere mich hastig, als ich höre, wie rau meine Stimme klingt. »Liam macht das besser, wenn du mich fragst.«

Er sieht mich immer noch an und in seinem Blick liegt eine Spur Bedauern, das er nicht ganz verbergen kann. »Jamie …«

Ich schüttle den Kopf. Was auch immer er zu sagen hat, ich bin mir sicher, dass ich es nicht hören will. »Ich sollte ins Bett gehen. Lila schläft im Moment nicht gut, und ich will nicht, dass sie aufwacht und nicht weiß, wo sie ist.«

Er nickt langsam, steht dann jedoch abrupt auf. »Warte, eins noch.«

»Was?«

»Ich war ja bei der Zeitung«, meint er, während er Richtung Küche geht.

»Und?«, frage ich ungeduldig. Ich habe mich immer noch

nicht ganz von diesem merkwürdigen Moment erholt, doch Carter wirkt, als hätte er nichts davon mitbekommen.

»Der Herausgeber hat für den Namen der Quelle eine Gegenleistung gefordert«, sagt er langsam und sieht mich erneut so vorsichtig an, als würde er erwarten, dass ich ihm jede Sekunde an die Kehle springe. »Ich habe ein Statement abgegeben.«

»Was?«, frage ich und setze mich so schnell auf, dass das Zimmer vor meinen Augen verschwimmt. »Ohne das mit mir abzusprechen?«

Er hebt die Hände und schüttelt den Kopf. »Ich schwöre dir, ich habe ihm nichts gesagt, was irgendwie pikant oder zu intim ist. Lediglich, dass Lila meine Tochter ist und wir um Privatsphäre bitten, um unsere Sachen zu regeln.«

Ich lasse mich wieder in die Kissen sinken und versuche meine Gedanken zu ordnen. »Wollten wir es nicht erst einmal aussitzen?«

»Der Rummel wird umso größer, je länger wir warten«, argumentiert er. »Jetzt haben sie erst einmal etwas, worüber sie schreiben können und sind beschäftigt, okay? Und ich habe einen Namen.«

Eigentlich würde ich das Thema gerne noch ein wenig vertiefen, doch im Moment habe ich das Gefühl, dass mein Kopf platzt. Er und ich brauchen eine Pause, zumindest vorerst. Zeit, darüber nachzudenken, was dieses Einbeziehen der Öffentlichkeit für uns bedeutet.

»Kennst du einen Norman Striker?«

Verwirrt schüttle ich den Kopf. »Nie gehört.«

»Ganz sicher?«

»Keine Ahnung«, sage ich ehrlich überfordert.

»Scheiße«, murmelt er und fährt sich mit der Hand über die Stirn. »Ich hatte gehofft, du wüsstest, wer das ist. Hast du denn eine Idee, wer es gewesen sein könnte?«

Wieder schüttle ich den Kopf. Die Zahl meiner Freunde lässt sich an einer Hand abzählen, und keinem von ihnen traue ich zu, dass er mich an die Medien verraten würde. Zumal ich mit meiner Lebensgeschichte nicht gerade hausieren gehe, also müsste es jemand sein, der mich schon damals gekannt hat. Damit wird der Kreis noch kleiner.

»Ich weiß es wirklich nicht.« Er sieht mich so grimmig an, dass ich abwehrend die Hände hebe. »Was? Ich hab nun mal nicht so eine Riesenclique, und in Muskegon weiß kaum jemand, dass du Lilas Vater bist. Ich habe keine Ahnung.«

»Das war unser einziger Hinweis. Verdammt.«

Ich beiße mir auf die Lippe und denke scharf nach, doch der Groschen fällt immer noch nicht. »Ist es denn wichtig?«, frage ich vorsichtig. »Ich meine, die Sache ist durch, oder? Es ist raus. Im Grunde bringt es uns nichts, wenn wir wissen, wer uns verpetzt hat.«

»Mag schon sein«, gibt er stirnrunzelnd zu. »Aber es ist seine Schuld, dass dieser Kerl bei euch eingebrochen ist. Und dass du verletzt wurdest.«

Meine Hand wandert zu dem Kratzer an meiner Stirn. »Das ist nicht der Rede wert.«

»Für mich schon«, sagt er kalt. »Aber du hast recht, die Sache ist durch. Sag einfach Bescheid, falls dir etwas einfällt, okay?«

»Okay«, sage ich leise und deute zur Tür. »Ich geh dann mal ins Bett.«

»Du kannst in meinem schlafen, wenn du willst«, bietet er halbherzig an, doch es ist vollkommen klar, dass er mit den Gedanken immer noch bei dem mysteriösen Namen ist. »Ich penne dann auf der Couch.«

»Nein, ich lege mich zu Lila.« Ich hebe unschlüssig die Hand. »Gute Nacht.«

»Gute Nacht, Jamie.«

Hastig drehe ich mich um und fliehe förmlich aus dem Raum. Ich traue meiner Selbstbeherrschung nicht, und im Gegensatz zu Carter habe ich deutlich die Energie gespürt, die zwischen uns beiden vorhin in der Luft lag. So etwas darf nicht wieder vorkommen.

Das würde niemals gut gehen.

Lila kreischt vor Begeisterung, als die Aufzugtüren sich öffnen und Carter samt Riesenhund die Wohnung betrifft. Automatisch weiche ich einen Schritt zurück. Dieser Hund ist gigantisch und ähnelt erschreckend sämtlichen bösartigen Bluthunden, die ich in Filmen gesehen habe. Die Tatsache, dass Carter ihn an einer kurzen Leine hält, beruhigt mich nicht.

»Bist du dir sicher, dass die beiden sich vertragen?«, frage ich und halte Lila an den Schultern zurück, um zu verhindern, dass sie direkt vorstürmt.

Carter nickt und tätschelt dem Rottweiler den Kopf. »Sie ist wirklich lieb. Ich glaube, ich habe sie noch nie auch nur knurren gehört.« Sein Blick richtet sich auf Lila, und er hockt sich hin. Turtle – seltsamer Name für einen Hund – schwänzelt begeistert und schnüffelt vertraut an seinem Ohr.

»Hock dich auch hin«, sagt er zu Lila und streckt mit einem Seitenblick zu mir die Hand nach ihr aus. »Lass sie an dir schnüffeln, dann kann sie dich kennenlernen.«

Ich halte den Atem an, als Lila sich von mir löst und sich hinkniet, genau wie Carter. Der Unterschied zwischen den beiden ist allerdings, dass Lila in ihrer Position gut einen Kopf kleiner ist als der Hund.

»Sei vorsichtig«, ermahne ich sie, als Lila die Hand ausstreckt und sie vor Turtles Schnauze hält.

Carter wirft mir einen skeptischen Blick zu, dann grinst er, als Turtle wieder mit dem Schwanz wedelt und sich vor Lila auf den Rücken rollt. Hunde haben wohl keine richtige Mimik, doch im Moment macht es tatsächlich den Eindruck, als würde Turtle grinsen.

Lila lacht und streichelt ihr über den Bauch. »Die hat ja gar keine Haare am Bauch!«

»Stimmt«, sagt Carter und krault das Hinterbein der Hündin. Sofort fängt es an zu zucken, und Lila lacht noch begeisterter. »Das macht sie, wenn sie die Stelle gut findet«, informiert Carter uns beide.

Vorsichtig mache ich einen Schritt auf die drei zu. Grundsätzlich habe ich keine Angst vor Hunden, bin aber durchaus der Meinung, dass ein bisschen Vorsicht nicht schaden kann. Ich gehe ebenfalls in die Hocke und streichle Turtle kurz über den Kopf, was sie mit einem freundlichen Schnaufen quittiert.

Lila steht auf, und die Hündin folgt ihr sofort, was Lila nur noch mehr freut. Sie hüpft davon, um ihre Elsa zu holen, die schwänzelnde Turtle im Schlepptau.

Ich sehe den beiden hinterher und muss lächeln. »Für sie ist das hier ein einziges Abenteuer.«

»Das ist doch gut, oder nicht?«, fragt Carter und stellt sich neben mich. »Wenn sie Spaß hat, meine ich.«

Unschlüssig zucke ich mit den Schultern. »Wir führen so ein Leben nicht, Carter«, erinnere ich ihn leise. »Das hier ist nur vorübergehend. Wenn sie sich an all das gewöhnt, wird ihr unser normales Leben ganz öde vorkommen.«

»Vielleicht ändert sich ja etwas«, bemerkt er. Mir ist klar, dass er eigentlich noch mehr dazu sagen möchte, doch ich bin froh, dass er es nicht tut.

Ich lege den Kopf schief und seufze, bevor ich mich auf die Suche nach Lila mache. Durchaus denkbar, dass sie den armen Hund im Badezimmer einshampooniert oder etwas in der Art.

»Wir werden sehen.«

CARTER

Die Nummer meines Vaters erscheint auf meinem Handy-
display, doch ich ignoriere ihn. Das Gespräch nach meinem
Besuch bei der Zeitung letzte Woche und die Sorgerechtsunterlagen haben meinen Bedarf an Daddy-Drama fürs Erste
gedeckt. Natürlich war mir klar, dass er sich einmischen würde.
Er hat seine Meinung schon damals, als Jamie schwanger war,
deutlich zum Ausdruck gebracht.

Dennoch. Ich bin noch nie in meinem Leben so nahe dran
gewesen, meinen Vater zu schlagen. Und in den letzten fünfundzwanzig Jahren war ich ziemlich oft wütend auf ihn. Doch
nichts hat je an diesen Moment herangereicht. Er wollte mir
nicht verraten, was damals vor vier Jahren gelaufen ist, und das
kann ich ihm einfach nicht verzeihen. Inzwischen ist mir klar,
dass ich irgendetwas nicht mitbekommen habe. Jamie ist der
Meinung, dass ich sie schwanger habe sitzen lassen. *Ich* war
vier Jahre lang der Meinung, dass sie sich gegen das Kind entschieden, gekündigt, ihre Nummer geändert hat und weggezogen ist. Das zumindest hat Murray mir damals gesagt. Murray
und mein Vater.

Doch Lila existiert, was nur bedeuten kann, dass entweder
Jamie oder mein Dad und Murray gelogen haben.

Wieder ruft mein Vater an, dieses Mal drücke ich ihn
einfach weg. Sollte er doch merken, dass er zu weit gegangen
ist. Vielleicht rüttelt ihn das ja endlich wach, auch wenn ich das
ehrlich bezweifle. Ich bin mir ganz sicher, dass er mein kurzes
Statement gelesen hat, das – wie zu erwarten – durch sämtliche
Medien gegeistert ist. Doch nicht einmal darauf hat er reagiert.

Ich sehe auf und winke Dexter, der sich suchend in dem
kleinen Bistro umschaut. Ich habe einen Tisch hinten in der

Ecke gewählt, in der Hoffnung, so lange wie möglich unentdeckt zu bleiben.

Dexter sieht mich und kommt zu mir herüber, auch wenn sein Gesichtsausdruck nicht gerade freundlich ist. Allerdings habe ich ihn seit Jahren nicht mehr wirklich glücklich erlebt, also ist das keine Überraschung.

»Hey«, sage ich, als er sich setzt und mich anstarrt. »Du verstehst es, einem ein gutes Gefühl zu geben.«

Er zieht eine Augenbraue hoch. »Was ist los?«

Ich seufze. Unser Verhältnis ist angespannt, was hauptsächlich damit zu tun hat, dass ich die Art und Weise, wie er mit seiner Trauer um seine Familie umgeht, nicht gutheiße. Doch heute ist nicht der passende Zeitpunkt, um darüber zu reden. Heute geht es um meine Probleme. »Jamie wohnt bei mir. Sie und Lila.«

Ein überraschter Ausdruck huscht über sein Gesicht, doch er fängt sich schnell wieder. »Lila?«

Ich atme einmal tief durch. »Meine Tochter.«

»Oha.«

»Ja.« Diese Worte aus meinem eigenen Mund zu hören ist immer noch sehr seltsam, doch ich bin irgendwie stolz darauf. In der vergangenen Woche habe ich Lila ein bisschen kennengelernt und, ja, sie ist ein tolles Mädchen. Auch wenn mir klar ist, dass das nicht mein Verdienst ist. »Dex, ich habe nichts von ihr gewusst, das schwöre ich.«

Er sieht mich weiter ungerührt an. »Du hast nicht gewusst, dass du sie geschwängert hast? Sie hat nichts erzählt?«

»Doch, das habe ich gewusst«, sage ich und lehne mich vor, als sein Gesicht sofort wieder grimmig wird. »Aber ich dachte, sie hätte es nicht bekommen. Glaub mir, das ist komplizierter, als es sein sollte. Irgendjemand hat uns beide da ziemlich verarscht.«

»Und wer?«, fragt er ungerührt.

»Murray?«, rate ich und lache trocken. »Mein Vater? Keine Ahnung, das versuche ich herauszufinden.«

Dexter schüttelt den Kopf und fährt sich mit der Hand übers Gesicht. »Ich habe dir immer gesagt, dass dein Agent ein Arsch ist. Und dein Dad auch, tut mir leid.«

Ich winke ab. »Das weiß ich.«

Bevor Dex etwas sagen kann, klopft es neben uns an der Scheibe. Wir sehen beide zur Seite und entdecken eine Gruppe Teenies, die wild winkt und die Kameras im Anschlag hält. Ich stöhne entnervt.

»Hast du echt gedacht, dass du hier in Ruhe sitzen kannst?«, fragt er und schnaubt. »Bei allem, was gerade bei dir los ist?«

Ich setze mein charmantes Lächeln auf und winke zurück. »Ich musste mal raus. Wir hocken ständig in der Bude, weil draußen die bösen Reporter lauern. Aber ich brauche einen Rat«, sage ich durch zusammengebissene Zähne. Nicht, dass ich eines dieser Mädels tatsächlich für eine Lippenleserin halte, aber sicher ist sicher.

»Ach ja?«, fragt Dexter und zieht die Augenbrauen hoch. »Und da fragst du ausgerechnet mich?«

»Sei kein Arsch, okay?«, antworte ich knapp und sehe ihn an. »Du bist mein bester Freund, Dex. Ich kann verstehen, dass du deine eigenen Probleme hast, aber ich weiß nicht, wo mir der Kopf steht. Jamie denkt, ich hätte sie verarscht. Aber ich hätte sie nie mit einem Kind sitzen lassen. Du kennst mich, Mann.«

Er sieht mich nachdenklich an. »Und sie wohnen bei dir? Warum?«

Ich gebe ihm ein kurzes Update über die letzten zwei Wochen, und er pfeift durch die Zähne, während er sich auf seinem Stuhl zurücklehnt. »Wow. Ihr geht ja ab.«

»Glaub mir, ich habe nicht drum gebeten«, sage ich und füge

hinzu: »Um das Drama. Der Rest ist … keine Ahnung. Darüber wollte ich mit dir reden.«

»Und was genau wäre das?«

Ich überlege, wie ich es erklären soll, wenn ich selbst nicht einmal sicher bin, was ich denke. Fuck, dieser ganze Mist ist so kompliziert, dass ich keine Ahnung habe, was ich tun soll. »Das mit Jamie und mir hat damals nicht geklappt«, fange ich an und runzle die Stirn. »Bevor ich von der Schwangerschaft erfahren habe, habe ich sie möglicherweise nicht so richtig gut behandelt.«

»Möglicherweise?«, schnauft Dexter und hebt die Augenbrauen. »Was hast du gemacht? Sie nicht angerufen? Ihr kein Frühstück angeboten?«

»So ähnlich«, murmle ich und seufze. »Mir war meine Karriere wichtiger als sie.«

»Sehr sympathisch.«

»Aber hat sich daran etwas geändert?«, frage ich mehr mich selbst. Dexter runzelt die Stirn. »Ich meine, ich habe immer noch keine Zeit für eine Freundin, geschweige denn für eine Familie.«

»Aber du hast jetzt nun mal eine, Mann. Was willst du machen? Abhauen und so tun, als gäbe es das Mädchen nicht?«

»Natürlich nicht«, sage ich schnell. »Aber was haben *wir* für Möglichkeiten? Jamie und ich? Nicht als Eltern, sondern als … na ja, wir eben.«

Er legt den Kopf schief. »Willst du mit ihr zusammen sein? So richtig?«

»Keine Ahnung«, seufze ich überfordert. »Wir versuchen Freunde zu sein und für Lila irgendwie miteinander klarzukommen. Jedes Mal, wenn ich sie ansehe, frage ich mich, wie es gelaufen wäre, wenn wir uns nicht … Na ja, aus den Augen verloren hätten. Was wir beide jetzt wären.«

»Und sie?«

Ich zucke mit den Schultern. »Hab sie nicht gefragt.«

»Was spricht dagegen, dass ihr es versucht?«, fragt er und nimmt einen Schluck von seinem Kaffee. »Was habt ihr zu verlieren?«

»Das wäre nicht fair«, überlege ich laut und kneife mir mit den Fingern in den Nasenrücken. »Wir müssen die nächsten fünfzehn Jahre miteinander leben, für Lila. Es wäre für alle Beteiligten scheiße, wenn Jamie und ich es miteinander versuchen und es dann in einer Katastrophe endet. Danach wäre es nur noch schlimmer als vorher.«

»Dann lass die Finger von ihr.«

»Und dann?«, frage ich beinahe wütend. »Sehe ich zu, wie sie andere Kerle datet?«

Dexters Gesicht verzieht sich zu einem wissenden Grinsen. »Willst du meine Meinung hören, Dillane?«

»Deswegen habe ich dich angerufen.«

Er faltet die Hände auf dem Tisch und beugt sich zu mir herüber. »Für mich klingt das, als wärst du ein verliebter Trottel. Vielleicht warst du's damals schon. Vielleicht hat sich weniger geändert, als du denkst.«

»Es hat sich alles geändert«, bemerke ich grimmig.

»Mag ja sein, dass die Umstände heute andere sind«, meint er ungerührt. »Aber du und Jamie, ihr seid immer noch dieselben Menschen, oder nicht?«

Ich verziehe das Gesicht. »Das hilft mir nicht, Mann.«

Er zuckt mit den Schultern. »Wenn du mehr willst, sag es ihr. Entweder sie liebt dich auch, und ihr reitet zusammen in den Sonnenuntergang, oder du bekommst einen Korb und kannst dich mit der Situation anfreunden. Aber es bringt nichts, wenn ihr weiter umeinander herumschleicht. Das hat euch damals nicht weitergebracht und wird es auch heute nicht. Immerhin kommt ihr nicht mehr voneinander los, oder? Ihr habt ein Kind.«

»Eben«, sage ich und lächle unwillkürlich. »Sie ist verdammt süß.«

Er grinst. »Bei den Genen habe ich nichts anderes erwartet.«

Ich lache. »Scheiße, Mann. Wer hätte das gedacht, oder?«

»Der große Carter Dillane ist Familienvater. Nein, das hätte wohl niemand erwartet.«

Eine Weile reden wir noch über die Arbeit und die anstehende Premierentour, die mir Bauchschmerzen bereitet. An sich bin ich gerne unterwegs, doch der Gedanke, Lila und Jamie allein zu lassen, passt mir nicht. Allerdings habe ich noch eine Woche Zeit, mir etwas dazu zu überlegen. Ich kann mich nicht daran erinnern, wann ich mich das letzte Mal mit Dexter unterhalten habe, ohne dass einer von uns am Ende rumgebrüllt hat. Seine Probleme und seine schwierige Vergangenheit machen es für gewöhnlich beinahe unmöglich, ein normales Gespräch zu führen. Irgendwie tat das gut.

Um sechs verabschiede ich mich schließlich von Dex, um Jamie vor der Uni zu treffen. Sie hat mir erzählt, dass sie ihr Studium nachholt, was bei dem plötzlichen Chaos allerdings schwierig geworden ist. Also habe ich meinen Fahrer gebeten, sie quasi bis in den Hörsaal zu begleiten, während Lila das Wochenende bei Kit verbringt.

Das bedeutet, dass Jamie und ich zwei Nächte allein in der Wohnung vor uns haben. Was mich ziemlich nervös macht, weil Lila die vergangene Woche wunderbar als Puffer fungiert hat.

Jamie wartet bereits vor dem Gebäude auf mich und tippt auf ihrem Handy herum, sodass sie mich nicht kommen sieht. Ich nehme mir einen Moment Zeit, um sie ungestört anzusehen. Sie trägt ein schmales Sommerkleid mit Blumen drauf. Die Haare, die ihr nur noch bis auf die Schultern reichen, hat sie an einer Seite zurückgesteckt, die andere Seite fällt locker um ihr Gesicht. Auch wenn die Ereignisse der vergangenen Jahre sie gezeichnet haben, ist sie immer noch eine verdammt schöne Frau. Nicht so gemacht wie die meisten Frauen, mit denen ich meine Zeit verbringe. Nein, Jamie hat etwas Reines, Unschuldiges an sich. Und wenn sie lächelt, was sie in meiner Gegenwart leider nicht sehr oft tut, ist sie wieder das Mädchen aus meiner Erinnerung. Eine Tatsache, die es nicht leicht macht, mich von ihr fernzuhalten.

»Solltest du nicht drinnen warten?«, frage ich, sobald ich in Hörweite bin.

Sie verdreht die Augen. »Ich bin nicht die Queen. So sehr interessieren die Leute sich nun auch wieder nicht für mich.«

»Darauf würde ich nicht wetten«, sage ich und halte ihr den Arm hin, damit sie sich unterhaken kann. »Ich will nicht, dass die dich wieder belästigen.«

Jamie seufzt verdrossen. »Ich brauche keinen Mann, der meine Probleme für mich löst, Carter. Einer, der nicht selbst zu einem wird, würde mir schon reichen.«

Ich verstehe den Wink mit dem Zaunpfahl und halte es für das Beste, ihn einfach zu ignorieren. »Wie war die Vorlesung?«

Sie zuckt mit den Schultern. »Ich hinke mit dem Stoff ziemlich hinterher. Wenn man die Kurse online belegt, ist es irgendwie nicht das Gleiche.«

Ich denke einen Moment nach, dann sage ich vorsichtig: »Wenn du hierbleiben würdest, könntest du wieder richtig zur Uni gehen. Ich könnte in der Zeit auf Lila aufpassen.«

»Wie meinst du das?«, fragt sie, ohne mich anzusehen. »Hier in Chicago oder hier bei dir?«

»Beides.« Ich zucke mit den Schultern. »Es klappt doch ganz gut so, oder nicht? Und meine Wohnung reicht allemal für drei. Ich könnte die Fitnessgeräte aus dem Zimmer räumen und ein bisschen Spielzeug und so einen Kram kaufen.«

Sie lächelt, schüttelt aber bestimmt den Kopf. »Deine Wohnung ist nichts für ein Kind, Carter. Selbst mit Spielzeug und so einem Kram.«

Ich bin mir nicht sicher, ob das ein Korb für mich oder meine Wohnung ist, doch ich belasse es fürs Erste dabei. Kleine Schritte und so weiter.

»Wo ist Phil?«, fragt sie und sieht sich nach meinem Fahrer um, als wir den Parkplatz erreichen. »Wollte er uns nicht abholen?«

»Ich dachte, wir gehen vielleicht etwas essen?«, schlage ich bemüht beiläufig vor. »Immerhin wartet niemand auf uns, oder? Ich kenne einen diskreten Laden, da können wir ungestört sitzen, versprochen.«

Sie sieht mich an, und ich kann beinahe die Gedanken in ihrem Kopf rattern hören. Wahrscheinlich versucht sie herauszufinden, ob das hier ein Date ist oder nicht. Falls sie auf eine Antwort hofft, muss ich sie leider enttäuschen, denn ich weiß es selbst nicht.

»Okay«, sagt sie schließlich. »Aber nur was Schnelles. Ich muss noch Stoff nachholen.«

Ich nicke zufrieden.

Das war keine wirklich überschwängliche Antwort, aber ich nehme, was ich kriegen kann.

2.7

JAMIE

Aus dem kurzen Essen wurde eine zweistündige Diskussion darüber, wer unserer nicht gleichen Meinung nach am besten dafür geeignet war, den eisernen Thron der sieben Königslande aus *Game of Thrones* zu besteigen. Das geriet so außer Kontrolle, dass Carter irgendwann sämtliches Personal des kleinen Diners antanzen ließ und wir abstimmen mussten. Ich verlor, blieb aber bei meiner Auffassung.

»Warum ist es schon neun?«, frage ich stöhnend, als wir hinaus auf die Straße treten und ich auf die Uhr sehe. »Ich hab noch einen Arschvoll zu tun.«

»Wow, Mom, achte auf deine Ausdrucksweise«, sagt Carter und stößt mir sanft den Ellbogen in die Seite. Ich verdrehe die Augen, und er lacht. »Jetzt ist es sowieso zu spät für produktive Arbeit, würde ich sagen.«

»So, würdest du also sagen.«

Er nickt die Straße hinunter. »Hast du Lust, noch etwas zu unternehmen?«

Ich runzle die Stirn. »Du meinst, feiern gehen oder so etwas?«

»Nein«, meint er und zwinkert mir zu. »Komm schon, das wird lustig.«

Ich sollte wirklich nach Hause und lernen. Oder mir Gedanken über meine Zukunft machen oder mit Carter unser weiteres Vorgehen besprechen oder meinen Dad anrufen oder …
Mir fallen eine ganze Menge Dinge ein, die ich tun könnte, solange Lila bei meinem Bruder ist. Doch auf der anderen Sei-

te ist die Aussicht auf eine Weile unbeschwerten Spaß einfach zu verlocken. Es ist ziemlich lange her, dass ich mit Freunden weg oder in Chicago unterwegs war.

»Na gut«, sage ich schließlich und hake mich zögernd bei ihm unter, als er mir den Arm hinhält. »Sollte ich mich nicht vorher umziehen?«, frage ich und sehe hinab auf meine schlichte Kombination aus Kleid und Turnschuhen. Auch wenn ich nicht weiß, was er vorhat, bin ich mir sicher, dass in seinen Kreisen ein anderer Kleidungsstil angesagt ist.

»Du bist perfekt«, versichert er mir und sieht mich einen Moment lang an, bevor er auf eine Straßenecke deutet, hinter der grelles Licht zu sehen ist. »Hier war ich früher öfter, in den letzten Jahren aber kaum. Ich hoffe, sie machen es noch.«

»Was?«, frage ich neugierig und stelle mich auf die Zehenspitzen, kann außer dem üblichen Chicago-Trubel aus Menschen und Autos allerdings nichts erkennen.

»Wirst du sehen«, meint er und grinst, als er seine Schritte beschleunigt. »Gut, dass du bequeme Schuhe anhast.«

Ich sehe ihn fragend an, doch er lacht nur. Als wir um die Straßenecke biegen, entdecke ich einen dieser eingezäunten Basketballplätze, auf dem sich gerade eine Gruppe Leute versammelt, die auf den ersten Blick überhaupt nicht zusammenpassen. Sie haben weder das gleiche Alter noch einen ähnlichen Kleidungsstil. Ich entdecke zwei halbstarke Jugendliche mit Baseballcap, die kaum älter als siebzehn sein können, eine Frau in High Heels und einen älteren Mann mit Vollbart, der beinahe ein Obdachloser sein könnte. Sie alle stehen beieinander, und einige von ihnen halten einen Ball unterm Arm, während sie sich anscheinend miteinander besprechen.

Carter marschiert geradewegs auf die Gruppe aus geschätzt zehn Leuten zu, ohne auf mein Zögern zu achten. Als er die Hand nach dem Gittertor ausstreckt, halte ich ihn zurück.

»Was soll das werden?«

Er lächelt mich beruhigend an. »Komm schon, das wird lustig.«

Die Mom in mir will sich weigern, bevor sie nicht sämtliche Informationen hat. Doch der andere Teil will sich einfach fallen lassen und vielleicht eine Nacht lang so tun, als wäre das ganze Drama um uns herum nicht existent. Also nicke ich und folge Carter hinein auf den Platz.

Bei unserem Erscheinen drehen sich ein paar der Leute zu uns um, einer der Männer in unserem Alter hebt die Hand, die anderen sehen uns fragend an.

»Braucht ihr noch zwei Mitspieler?«, fragt Carter und klopft mir auf die Schulter. »Wir sind gut, versprochen.«

Die Frau in High Heels grinst. »Wir wollten gerade anfangen, ihr könnt also noch einsteigen.«

»Perfekt«, sagt Carter zwinkernd und zieht mich mit in den Kreis. Als die anderen ihre Besprechung fortsetzen, wird mir klar, was hier gespielt werden soll.

»Völkerball?«, zische ich Carter zu, der neben mir steht. »Im Ernst? Das habe ich seit der Middleschool nicht mehr gespielt.«

Er runzelt demonstrativ besorgt die Stirn. »Ich hoffe, du warst gut in der Middleschool. Wir haben hier Erwartungen zu erfüllen.«

Unwillkürlich lächle ich. »Ich mache dich fertig, Dillane.«

Er hebt die Augenbrauen, kommentiert das jedoch nicht. Als die Gruppen aufgeteilt werden, stelle ich mich bewusst auf die Seite ihm gegenüber, womit klar ist, dass wir in gegnerischen Teams sind. Er lacht und sinkt in eine halbe Verbeugung, während wir uns auf unsere jeweiligen Hälften des Spielfeldes verteilen und eine Mittellinie aus Taschen und Rucksäcken bilden.

»Dürfen wir uns wieder reinwerfen?«, frage ich und sehe, wie Carter mich überrascht mustert. Wahrscheinlich hat er nicht damit gerechnet, dass ich überhaupt die Regeln kenne. In Wahrheit liebe ich dieses Spiel und bin fest entschlossen, ihn vom Feld zu fegen.

»Wer raus ist, ist raus«, sagt Ella, die Frau in High Heels und zwinkert mir zu. »Hier geht es um Leben und Tod.«

Ich nicke und sehe erstaunt dabei zu, wie sie sich in Position bringt. So wie es aussieht, hat sie tatsächlich vor, in diesen Schuhen zu spielen. Ich habe erwartet, dass sie sie auszieht, aber Fehlanzeige.

Das Spiel wird angepfiffen und es geht sofort zur Sache. Der Ball fliegt so schnell von links nach rechts, dass ich Mühe habe, ihm überhaupt zu folgen. Es wird absolut klar, dass die Leute hier nicht zum ersten Mal spielen, und mir wird schnell bewusst, dass meine geringe Spielerfahrung aus der Middleschool mich kaum weiterbringen wird. Ich hechte zur Seite und lasse mich auf den Boden fallen, als der Ball haarscharf an meinem linken Ohr vorbeifliegt.

»Heiliger«, murmle ich und hieve mich wieder auf. Ich funkle Carter an, der mich schamlos auslacht.

Zwei weitere waghalsige Sprünge später schaffe ich es endlich, den Ball zu fassen zu bekommen. Inzwischen sind wir nur noch zu dritt, das gegnerische Team hat noch fünf Spieler, inklusive Carter.

Ich mache zwei Schritte zur Seite, ziele genau auf seinen Kopf und werfe, er fängt den Ball allerdings mit Leichtigkeit. Ich kreische lachend auf, als er sofort ausholt und zum Gegenschlag ansetzt.

Der Ball trifft mich mit voller Wucht in den Bauch, und ich gehe theatralisch zu Boden.

»Du bist raus!«, ruft Carter und führt einen kleinen Freudentanz auf, während ich hoffentlich tödliche Blicke auf ihn abfeuere und das Spielfeld verlasse.

Kaum zwei Minuten später wird auch er getroffen und trollt sich zu mir und den anderen Ausgeschiedenen. Sein Atem geht schneller und sein Gesicht ist gerötet, doch er sieht glücklicher aus als sonst.

»Du warst nicht schlecht«, meint er und greift dankbar nach der Wasserflasche, die einer der anderen ihm hinhält. »Wenn du nicht so davon besessen gewesen wärst, mich zu schlagen, hättest du vielleicht länger überlebt.«

Lachend stoße ich ihn gegen die Schulter und deute auf Ella, die als Einzige aus meinem Team noch übrig ist und verbissen um den Sieg kämpft. »Es kratzt ein wenig an meinem Ego, dass ich vor den High Heels rausgeflogen bin.«

»Sie war damals schon dabei«, sagt er grinsend und beobachtet Ella, die gerade den Ball fängt und einen der Halbstarken ins Aus befördert. »Sie ist cool. Und wirklich gut.«

Der Stich Eifersucht, der mich bei seiner Aussage durchfährt, überrascht mich beinahe so sehr wie Ellas Erfolg in diesen Schuhen. Doch ich komme nicht dazu, meine Gefühle zu ergründen, denn in diesem Moment wird es unruhig vor dem Spielfeld. Auch wenn ich durch das Gitter nicht allzu viel erkennen kann, merke ich, dass sich eine seltsam große Gruppe Schaulustiger davor versammelt hat.

Ich frage mich gerade, warum so viele Chicagoer ihren Freitagabend damit verbringen, anderen Leuten beim Völkerball zuzusehen, als die ersten Kameras klicken. Carter schaltet schneller als ich und dreht mich an der Schulter herum, sodass wir den Leuten da draußen den Rücken zuwenden.

»Was ist das denn?«, frage ich beinahe panisch, während ich mich so dicht wie möglich an Carter drücke.

»Irgendjemand hat die Medien informiert, würde ich tippen«, sagt er grimmig und wirft einen kurzen Blick über die Schulter. Sofort wird das Klicken lauter, und die Blitze um uns herum erzeugen beinahe eine Art Stroboskoplicht.

Mein Gott, darüber habe ich überhaupt nicht nachgedacht. Dass es für Carter vermutlich schwierig ist, sich unentdeckt in Chicago zu bewegen. Und meine Anwesenheit macht es wahrscheinlich nicht besser, immerhin ist auch mein Gesicht ein, zwei Mal in den Medien erschienen.

Ella kommt zu uns herüber und drückt Carter einen pinkfarbenen Regenschirm in die Hand. »Gern geschehen. Und jetzt haut ab, wir wollen hier spielen.« Sie zwinkert, was ihren Worten die Spitze nimmt und trabt dann zurück zum Spielfeld, als wäre nichts gewesen. Dass die anderen Mitspieler nur noch herumstehen und zwischen uns und den Fotografen hin- und hersehen, scheint sie nicht einmal zu registrieren.

Carter sieht mich kurz an und hebt die Augenbrauen. »Bereit, Evans?«

Überhaupt nicht. Doch ich habe wohl keine Wahl, also nicke ich brav und nehme die Hand, die er mir hinhält. In der anderen hält er den Regenschirm, den er wie einen Schild vor uns positioniert, ehe er losrennt.

Ich versuche mit ihm Schritt zu halten, was gar nicht so einfach ist. Die Kameras klicken, während er sich, den Schirm voran, durch die Meute schiebt und mich hinter sich herzieht. Ich halte den Kopf gesenkt, hebe ihn nur zwischendurch einmal kurz, damit ich nicht aus Versehen in jemanden hineinrenne.

Die Reporter schreien uns Fragen entgegen, doch es sind immer dieselben. Fragen zu unserer Vergangenheit, zu mir, zu Lila, zu unserem Verhältnis. Wir ignorieren sie alle und rennen einfach weiter die verhältnismäßig dunkle Straße entlang.

Mein Herz hämmert wie wild in meiner Brust, das Blut rauscht so laut in meinen Ohren, dass ich beinahe unsere

Schritte auf dem feuchten Asphalt nicht mehr hören kann. Carter rennt um eine Straßenecke in eine schmale Gasse zwischen zwei Gebäuden und wirft einen Blick zurück zu mir.

Er lacht. Während in mir beinahe die Panik ausbricht, lacht er laut und schwenkt den quietschpinken Schirm wie ein Schwert.

Keine Ahnung, ob es am Adrenalin liegt oder an Carter, doch ich stimme in sein Lachen mit ein. Es ist tausendmal besser, als sich Sorgen zu machen und fühlt sich so gut an, dass ich beinahe nicht mehr aufhören kann. Unsere Stimmen hallen in der schmalen Gasse wider und vermischen sich mit den Geräuschen Chicagos, als würden sie einfach dazugehören.

Und in diesem Moment tun sie das auch.

Lachend erreichen wir den Diner, in dem wir früher am Abend gegessen haben. Er hat inzwischen geschlossen, aber das Licht der Innenbeleuchtung wirft noch immer seltsame Muster auf den nassen Gehweg. Es hat zu regnen begonnen, was in Chicago nicht wirklich erwähnenswert ist. Doch dieses Mal bin ich dankbar für die kühlen Tropfen, die auf meine überhitzten Wangen treffen.

»Immerhin haben wir einen Schirm«, meint Carter lachend und will ihn mir über den Kopf halten, doch ich weiche ihm aus.

»Lass mich«, sage ich grinsend, breite die Arme aus und drehe mich einmal im Kreis. »Ich finde den Regen toll.«

»Du bist high vom Adrenalin«, sagt er. »Ich kenne das, damit ist nicht zu spaßen, weißt du?«

Ohne auf seine Worte zu achten, drehe ich mich weiter. Ich schließe die Augen, während der Regen über mein Gesicht perlt. »Du bist eine Spaßbremse, Dillane. Zieh dir den Stock aus dem Arsch und mach mit!«

»Was?« Er lacht, als ich die Hand nach ihm ausstrecke.
»Mich wie ein kleines Kind im Regen drehen? Du siehst aus
wie aus einer schnulzigen Komödie, Jamie.«

»Ist doch voll dein Gebiet, oder nicht?«, frage ich, ohne ihn
anzusehen. »Komm schon, tu so, als wäre es ein Job.«

»Du hast wirklich keinen meiner Filme gesehen«, höre ich
ihn murmeln.

»Außerdem würden wir tanzen, wenn das hier eine schnul-
zige Komödie wäre«, bemerke ich und kreische auf, als mir
schwindelig wird und ich zur Seite stolpere. Laut lachend halte
ich mich an Carters Schulter fest. »Du hast ja keine Ahnung
von Romantik.«

Statt einer Antwort greift er nach meiner Hand auf seiner
Schulter und hält sie dort fest, während er mit der anderen
meine andere nimmt. »Wann lernst du endlich, dass ich in allem gut bin, Evans?«, fragt er leise, während er uns langsam
nach links und dann nach rechts wiegt. Ohne Musik ist so ein
Engtanz eher schlecht zu erkennen, dennoch sackt mein Magen eine Etage tiefer. Mag sein, dass wir von außen betrachtet
ein wenig lächerlich aussehen, doch Carter hat recht – das hier
ist verdammt romantisch.

»Du hast so deine Momente«, räume ich ein. »Allerdings
hätte ein echter Profi mindestens Blumen organisiert.«

»Shit«, murmelt er gespielt betroffen. »Ich wusste, dass ich
was vergessen habe.«

Lachend lege ich die Stirn an seine Brust, ohne genauer darüber nachzudenken. Hier und jetzt ist die Sache zwischen uns
einfach. Seine Nähe fühlt sich natürlich an, als hätte ich in meinem Leben niemals etwas anderes gemacht, als ihn zu berühren. Doch Carter erstarrt für den Bruchteil einer Sekunde, und
auch ich halte die Luft an, als mir klar wird, was für ein Bild
wir wohl abgeben.

»Carter …«, flüstere ich, breche dann jedoch ab, weil ich im Grunde keine Ahnung habe, was ich sagen soll.

Ich spüre seine Hände auf meinen Wangen, als er mein Gesicht umfasst und mich sanft zwingt, ihn anzusehen.

An seinen Wimpern hängen feine Regentropfen, und seine Wangen sind noch gerötet von unserer kleinen Flucht vor den Reportern. Doch es sind seine Augen, die es mir unmöglich machen, wegzusehen. Sie scheinen direkt in mich hineinzusehen, an einen Ort, den ich normalerweise sorgsam vor der Außenwelt abschirme. Diese Wirkung hat er schon immer auf mich gehabt – aus irgendeinem Grund schafft Carter es, die mühsam errichteten Mauern um mein Herz einzureißen.

»Ich weiß«, flüstert er, ohne auch nur eine Sekunde den Blick von mir abzuwenden. »Wir haben schon genug Probleme, richtig?«

Ich nicke, bewege mich jedoch keinen Zentimeter. Dazu bin ich körperlich einfach nicht in der Lage. Denn auch wenn mein Verstand weiß, dass ich dringend ein paar Schritte auf Abstand gehen sollte, weigert sich der Rest von mir schlicht, mich von der Stelle zu rühren.

Carters Mundwinkel verziehen sich zu einem Lächeln. »Dann kommt es auf eins mehr oder weniger auch nicht an.«

Als seine Lippen meine berühren, explodieren Millionen Gedanken und Gefühle in meinem Kopf. Die Stimme, die mich ermahnt, dass das hier ein großer Fehler ist, wird leiser und verstummt schließlich komplett, als er die Arme um meine Taille schlingt und mich an seine Brust zieht. Ich spüre seinen Herzschlag, der genauso schnell rast wie meiner. Der Regen prasselt immer noch auf uns herab, benetzt mein Gesicht und meine nackten Arme, sickert durch mein leichtes Sommerkleid und bleibt in meinen Haaren hängen. Doch das ist mir egal. Im Moment zählt nichts anderes als Carters weiche Lippen, seine

Hände, die mich berühren, und sein Atem, der auf meine überhitzte Haut trifft.

Ein Seufzen entweicht mir, und ich kralle die Finger in seine
Haare, während er ein paar Schritte nach vorn macht und mich
gegen die Hauswand des Diners drückt. Wir sehen vermutlich
aus wie zwei verliebte Teenager, was wir irgendwie auch sind.
Wir mögen älter geworden sein, erwachsen, doch die Gefühle
sind die von damals. Als wäre ich wieder neunzehn und könnte
nicht fassen, dass der Star der Show sich tatsächlich für mich
kleine Praktikantin interessiert.

Carters Hände wandern von meinem Rücken zu meinen
Oberschenkeln. Er umfasst mich fester und hebt mich mit
einem Ruck hoch, sodass sein Becken sich zwischen meine
Beine presst. Ich stöhne erstickt auf. Es ist verdammt lange her,
dass ich Sex hatte, und meine Hormone drehen in diesem Moment so sehr auf, dass ich befürchte, Carter jeden Moment die
Kleider vom Leib zu reißen. Wären wir nicht auf offener Straße, würde ich vielleicht drüber nachdenken.

»Wir sollten nach Hause fahren«, murmelt Carter, während
seine Lippen zu meinem Hals wandern. »Es ist kalt hier draußen.«

Ich lache erstickt. »Also kalt ist mir gerade wirklich nicht.«

Sein Atem streift meine Halsbeuge. Ich lege den Kopf in
den Nacken und umklammere ihn fester, während seine Küsse meine Haut bedecken. Meine Gedanken wirbeln durcheinander, vermischen sich mit meinem Herzschlag und all den
Schmetterlingen in meinem Bauch. Mein ganzes Denken re-
duziert sich auf Carters Berührungen, seine rauchige Stimme, als er meinen Namen flüstert, seine Lippen auf meinem
Körper.

»Wir sollten nach Hause«, bringe ich mühsam heraus und
ernte dafür ein kehliges Lachen. Nur mit Mühe kann ich ein

paar Zentimeter zurückweichen, doch Carter versteht den Hinweis und rückt von mir ab. Er greift nach meiner Hand und dreht sich schwer atmend Richtung Straße um. Als ein Taxi vorbeifährt, streckt er den Arm aus und bringt es tatsächlich zum Stehen.

»Was ist mit deinem Fahrer?«, frage ich atemlos, während ich versuche, mich auf meine Beine zu konzentrieren. Sie fühlen sich an wie Pudding, und halb befürchte ich, dass sie einfach unter mir wegknicken.

Carter zieht mich zu sich und küsst mich stürmisch. »Dauert zu lange«, sagt er, bevor er die Tür öffnet und mich ins Taxi schiebt.

2.8

CARTER

Die kaum zehnminütige Fahrt nach Hause kommt mir unerträglich lang vor. Ich sitze so nahe wie möglich an Jamie, und die Energie summt zwischen uns, als wären wir elektrisch aufgeladen. Genauso fühlt es sich an – mein Atem geht immer noch stoßweise, und mein gesamter Körper steht unter Spannung. Am liebsten würde ich sie bereits im Wagen ausziehen, doch das wäre vermutlich problematisch.

Als das Taxi endlich hält, werfe ich dem Fahrer ein paar Scheine zu und führe Jamie an der Hand hinaus auf die Straße. Es sind keine Reporter zu sehen, doch sogar das wäre mir im Moment egal.

Sobald die Aufzugtüren sich vor uns schließen, ziehe ich sie erneut an mich. Ihre Lippen sind warm und weich und fühlen sich so vertraut an, dass ich beinahe das Gefühl habe, wir wären nie getrennt gewesen. Ich greife unter ihre Achseln und hebe sie hoch, so wie vorhin vorm Diner. Ihre langen Beine umschließen mich und drücken mich enger an sie heran, was mich beinahe um den Verstand bringt. Meine Erektion presst sich gegen ihre Mitte.

Wir stöhnen beide gleichzeitig auf.

»Bett«, murmelt sie an meinen Lippen, als die Türen sich öffnen und ich sie in die Wohnung trage.

Das muss sie mir nicht zweimal sagen. Blind stolpere ich durch mein Apartment, ohne auch nur eine Sekunde lang die Lippen von ihrer Haut zu nehmen. Als wir endlich das riesige

Bett erreichen, lasse ich sie vorsichtig herunter, bis ihr Rücken die Laken berührt.

Einen Moment nehme ich mir Zeit, sie zu betrachten. Der Träger ihres Kleides ist an einer Seite heruntergerutscht, und ihre Haut glänzt immer noch vom Regen. Ihr Haar ist zerzaust, ihre Lippen vom Küssen gerötet. Sie sieht umwerfend schön aus.

»Carter«, murmelt sie, als ich mich über sie lehne und ihr einen zarten Kuss gebe. Beinahe ehrfürchtig berühre ich ihre Schläfe, ihre Wange, ihre vollen Lippen. Ich kann kaum glauben, dass sie tatsächlich hier ist. In meiner Wohnung, in meinem Bett.

»Wir können auch aufhören«, sage ich leise und sehe sie eindringlich an. »Sag einfach ein Wort, und ich höre sofort auf.«

Ich merke ihr an, dass es in ihrem Kopf arbeitet. Doch sie erwidert lediglich meinen Blick und fährt mit den Fingerspitzen über die Bartstoppeln an meinem Kinn. Dann packt sie erneut meine Haare.

Das ist die Einladung, auf die ich gewartet habe.

Ich beuge mich zu ihr hinab, küsse sie mit einer Leidenschaft, die mich selbst ein wenig überrascht. Meine Hände erkunden ihren Körper, fahren über ihre nackten Arme, den Hals, die Schultern und die Rundungen ihrer Brüste. Sie stöhnt kaum hörbar auf und beugt sich mir entgegen, während sie nach meinem T-Shirt greift und daran zerrt.

»Ungeduldig?«, necke ich sie grinsend, helfe ihr aber und ziehe mir das Shirt über den Kopf. Ihr Blick wandert über meine nackte Brust, bevor sie seufzend die Augen schließt, als meine Hand ihren Oberschenkel hinauffährt. Meine Finger streichen über ihren Slip, und ein ersticktes Stöhnen entweicht ihren Lippen. Gott, dieser Laut ist ab jetzt mein absolutes Lieblingsgeräusch. Und ich bin wild entschlossen, ihn heute Nacht noch ein paar Mal von ihr zu hören.

Sie lacht kehlig. »Vielleicht sollte ich jetzt aufhören, einfach nur, um dich in die Schranken zu weisen.«

Ich schiebe den dünnen Stoff zur Seite und dringe mit einem Finger in sie ein. »Ach wirklich?«

Sie japst und hebt das Becken, um mir entgegenzukommen. »Carter«, flüstert sie erneut, schlingt die Arme um meinen Hals und zieht mich zu sich. Ihr Kuss ist ungeduldiger als zuvor, zielstrebiger. Als hätte sie die letzten Zweifel, die sie noch zurückgehalten haben, endgültig besiegt.

Widerstrebend löse ich mich von ihr und greife nach dem Saum ihres Kleides, um es endlich loszuwerden. Sie hilft mir, lacht leise, als sich der Stoff in ihrem Haar verheddert, und schließt die Augen, als mein Finger am Rand ihres BHs entlangfährt. Am liebsten würde ich ihr den übrigen Stoff einfach vom Leib reißen, doch ich will mir Zeit lassen. Damals, vor knapp vier Jahren, sind wir übereinander hergefallen wie Tiere. Ich habe mir kaum die Zeit genommen, sie zu betrachten, ihren Körper kennenzulernen und jedem Zentimeter nackter Haut zu huldigen. Ein Versäumnis, das ich heute unbedingt nachholen will. Dass Jamie mit jeder Sekunde ungeduldiger wird, macht es mir allerdings nicht gerade leichter.

Sie zerrt an meiner Gürtelschlaufe und öffnet meine Hose, was mich beinahe um den Verstand bringt. Als sie es endlich geschafft hat, schiebt sie, ohne zu zögern, die Jeans beiseite und umfasst meine Erektion.

Ich stöhne auf.

»So schnell gewinnt eine Frau die Oberhand«, sagt sie und lacht erstickt, als ich das Gesicht verziehe. »Das ist traurig für euch Männer, ganz ehrlich.«

»Willst du wirklich über Geschlechterrivalität diskutieren?«, frage ich an ihren Lippen. Erneut streichle ich sie, und sie schließt kurz die Augen. »Jetzt?«

Sie schüttelt den Kopf und lässt von mir ab, um nach dem Verschluss ihres BHs zu tasten. Als der Stoff endlich verschwunden ist, stockt mir für einen Moment der Atem. Es ist total absurd, wenn man bedenkt, was alles geschehen ist, doch ich habe Jamie tatsächlich noch nie nackt gesehen. Damals am Set hatten wir keine Zeit, uns gegenseitig auszuziehen. Jetzt liegt sie vor mir, trägt lediglich ihren lächerlich kleinen Slip und verschlägt mir damit beinahe den Atem. Ihre Haut ist perfekt, daran können auch die leichten Dehnungsstreifen an ihrem Bauch nichts ändern.

Ich beuge mich zu ihr herab und fahre die zarten Linien mit den Lippen nach, küsse jede einzelne von ihnen und wandere dann weiter nach unten.

Ein nervtötendes Summen dringt an mein Ohr. Im ersten Moment weiß ich nicht einmal, was es ist, dann wird Jamie unruhig.

»Sag mir nicht, dass du jetzt an dein Handy gehen willst«, flüstere ich ungläubig, als sie sich zur Seite rollt und nach ihrer Handtasche greift, die neben dem Bett steht.

»Nur einen Moment«, murmelt sie.

Fassungslos beobachte ich, wie sie in ihrer Tasche kramt und schließlich das Telefon herausholt.

Als ihr Blick auf das Display fällt, verändert er sich. Ich sehe beinahe, wie die Leidenschaft aus ihren Augen verschwindet und einem Ausdruck Platz macht, den ich nicht recht deuten kann. Der mir aber ganz und gar nicht gefällt.

»Was ist?«, frage ich mit ungutem Gefühl und versuche auf ihr Handy zu schauen.

Sie antwortet nicht direkt, sondern starrt noch ein paar Sekunden lang auf die Nachricht, dann dreht sie das Telefon so, dass ich es sehen kann. Ich habe schon das Schlimmste erwartet, doch stattdessen erkenne ich lediglich zwei Selfies von Kit und Lila.

»Was ist?«, frage ich erneut und blicke sie stirnrunzelnd an. »Sieht doch aus, als hätten sie Spaß.«

Jamie schüttelt den Kopf. »Ich hatte keinen Empfang oder so. Kit hat die Fotos schon vor Stunden geschickt.«

»Und?«, frage ich und werde immer nervöser. Jamie schüttelt nur den Kopf, meidet aber deutlich meinen Blick. Ich nehme sie sanft bei den Schultern und drehe sie zu mir herum. »Was ist los, Jamie?«

Ihr Blick richtet sich auf mich, und ich entdecke so viel Schmerz darin, dass es mir beinahe das Herz bricht. »Wir können das nicht tun, Carter.«

Wie vor den Kopf geschlagen sehe ich sie an. »Warum nicht?«

Sie deutet auf die Bilder. »Ich kann Lila das nicht antun«, sagt sie leise, während ihr Tränen in die Augen steigen. »Ich habe mir geschworen, dass sie das Wichtigste in meinem Leben ist. Ich bin zuerst ihr verpflichtet, verstehst du?«

»Jamie«, sage ich langsam und lege ihr, so gut es geht, das Laken über die Schulter. »Lila ist bei deinem Bruder. Alles ist in Ordnung. Das hier«, ich deute zuerst auf sie und dann auf mich, »ist nichts, weshalb du ein schlechtes Gewissen haben müsstest.«

»Du bist ihr Vater«, meint sie schlicht. »Trotz allem was passiert ist, bist du ihr Vater. Und sie braucht ihren Vater, auch wenn sie das selbst noch nicht versteht. Wenn wir zwei etwas miteinander anfangen und es wieder schiefgeht, ist *sie* diejenige, die darunter leidet. Wir können das nicht machen.«

»Jamie, ich …«

»Nein«, unterbricht sie mich, lauter dieses Mal. »Nein, ich

meine es ernst. Es tut mir leid wegen … wegen dem hier gerade, aber wir müssen damit aufhören. Sofort.«

Mein Herz zieht sich so schmerzhaft zusammen, dass ich einen Moment lang keine Luft mehr bekomme. Ich beiße die Zähne aufeinander und sehe sie an. »Und dann?«, frage ich sie eine Spur zu scharf. »Tun wir so, als wäre nichts gewesen? Machen wir weiter wie bisher und reden uns ein, dass nichts zwischen uns ist?«

»Sie ist unsere Tochter«, erinnert sie mich überflüssigerweise. »Zwischen uns wird immer etwas sein, Carter. Sie.«

»Und mehr nicht?« Ich hebe die Hände und lasse sie wieder fallen. »Meinst du nicht, dass sie auf Dauer glücklicher wäre, wenn Mom und Dad zusammen wären?«

Jamie zieht eine Augenbraue hoch. »Wenn du ehrlich zu dir selbst bist, willst du das doch gar nicht. Eine feste Freundin, vielleicht sogar eine Ehefrau. Das hast du noch nie gewollt.«

»Das ist nicht fair«, sage ich wütend. Auch wenn ich keine Ahnung habe, auf wen genau ich wütend bin. »Als du mich kennengelernt hast, war ich ein anderer. Es ging um etwas anderes. Wir kannten uns kaum!«

»Tun wir immer noch nicht«, sagt sie trocken. »Und ich will nicht, dass du mit mir zusammen bist, nur weil wir eine Tochter haben, Carter. Das ist nicht richtig, und das wird nicht gut gehen.«

Ich schüttle den Kopf. »Das habe ich nie gesagt.«

Sie sieht mich ein paar Sekunden lang an, dann wendet sie den Blick ab und steht auf, das Laken fest vor ihre nackte Brust gepresst. »Ich gehe jetzt ins Bett. Ich … es tut mir leid. Wirklich.«

Wie erstarrt sitze ich da und sehe auf ihren nackten Rücken, während sie sich umdreht und in ihrem Zimmer verschwindet.

Was, zum Teufel, ist gerade passiert?

JAMIE

Ich erwache mit einem unguten Gefühl im Bauch, und einen Moment lang ist mir nicht klar, warum genau ich mir Sorgen machen sollte. Dann prasseln die Bilder von letzter Nacht auf mich ein, und ich vergrabe stöhnend das Gesicht in meinen Kissen. Scheiße. Ich habe mit Carter rumgeknutscht, und das ist eine sehr harmlose Beschreibung dessen, was wir tatsächlich getan haben.

Wie konnte ich es nur so weit kommen lassen?

Ich fühle mich zu Carter hingezogen, ja, doch tief in mir drin weiß ich, dass das nicht alles ist. Carter hat recht – da ist etwas zwischen uns. Etwas, was wir schon damals nicht haben ignorieren können und was nichts damit zu tun hat, dass wir eine gemeinsame Tochter haben.

Trotzdem war es die richtige Entscheidung, die Sache zu beenden, bevor sie richtig anfangen konnte. Ich meine, wir sollten aus unseren Fehlern lernen, oder nicht? Das letzte Mal, als wir uns aufeinander eingelassen haben, habe ich am Ende schwanger und alleine dagestanden.

Eine Weile liege ich einfach da und starre die Decke an. Die Trainingsgeräte sind an die Wand gerückt worden und haben einem gigantischen Doppelbett Platz gemacht, in das ich und Lila locker drei Mal hineinpassen würden. Außerdem gibt es jetzt zwei Kleiderschränke, die beide viel zu groß für unsere wenigen Klamotten sind. Alles hier drinnen ist wie ein höhnischer Beweis dafür, wie unterschiedlich Carter und ich sind. Was für Maßstäbe er in seinem Leben hat und dass Lila und ich einfach nicht in der Lage sind, da mitzuhalten. Und es wahrscheinlich auch niemals sein werden. Selbst wenn ich irgendwann mein Studium abschließe und einen Job bekomme, wird der vermutlich nur halbtags sein. Und als Dramaturgin verdient man sich nun mal keine goldene Nase.

Seufzend richte ich mich auf und sehe die Tür an. Ich sollte aufstehen, habe aber Angst davor, Carter zu begegnen. Mag ja sein, dass wir inzwischen erwachsene Menschen sind und total reif mit der ganzen Situation umgehen. Das alles ändert nichts daran, dass das hier verdammt unangenehm für uns beide ist.

Ich bummle ein wenig herum, während ich mich anziehe, und öffne schließlich vorsichtig die Zimmertür. Kurz habe ich überlegt, einfach in meinem Zimmer zu bleiben, bis Lila wiederkommt. Doch Kit will heute noch mit ihr zum Navy Pier und sie vielleicht sogar bis morgen bei sich behalten, was das Ganze schwierig macht.

Auf den ersten Blick ist niemand zu sehen, also wage ich mich hinaus und tapse barfuß Richtung Kaffeemaschine. Ein rosafarbener Zettel klebt am Kühlschrank.

Bin joggen – ne Weile weg. Denk dran, dass heute die Reinigungskraft kommt. C

Ich habe nie verstanden, warum Leute derartige Nachrichten mit ihrem Anfangsbuchstaben unterzeichnen. Denkt Carter, dass ich ansonsten nicht draufkäme, von wem der Zettel stammt? Dass ich von einem Einbrecher ausgehen würde, der willkürliche Nachrichten an Kühlschränken hinterlässt?

Ich reiße den Zettel ab, zerknülle ihn und schmeiße ihn in den Müll. Carter ist sauer. Die Wut tropft quasi aus der Tinte des Kugelschreibers, mit dem er die Worte notiert hat.

Hinter meiner Stirn braut sich bereits jetzt ein tödlicher Kopfschmerz zusammen, und wir haben noch nicht einmal Mittag. Während ich mir meinen Kaffee mache, denke ich darüber nach, wie ich Lila die Sache mit Carter erklären soll. Manchmal habe ich Probleme damit, mich in die Denkweise einer Dreijährigen hineinzuversetzen. Wie erklärt man jemandem, der denkt, die Babys kommen aus einer Art Tierheim, dass der nette Onkel vom Spielplatz ihr Vater ist? Ich bin mir nicht einmal sicher, ob sie eine Vorstellung davon hat, was ein Vater ist. Natürlich haben wir schon einmal darüber gesprochen, aber wie gesagt – sie ist drei. Für sie bin ich einfach eine Tatsache, die zufällig Mom genannt wird. Einen Dad hat sie niemals vermisst, macht es für sie also einen Unterschied, ob sie nun einen hat oder nicht?

Als mein Kaffee fertig ist, sehe ich mich ein wenig unschlüssig nach dem Zucker um. Bislang hat jeden Morgen ein fertiger Kaffee auf mich gewartet, ich habe keine Ahnung, wo Carter seinen Zucker aufbewahrt. Stirnrunzelnd öffne ich ein paar Schränke und Schubladen und schüttle den Kopf darüber, wie viel unbenutzten Kram Carter hat. An manchen Teilen kleben sogar noch die Preisschilder. Eine völlig andere Welt.

Ein Klingeln an der Tür reißt mich aus meinen Gedanken. Stirnrunzelnd betrachte ich die Gegensprechanlage. Wenn es hier oben klingelt, bedeutet das, dass jemand unten am Fahrstuhl steht und hoch möchte. Ohne Schlüssel oder Anmeldung schafft es niemand in die oberen Etagen – ein Argument dafür, dass Lila und ich hier eingezogen sind.

Zögernd drücke ich auf einen der Knöpfe. »Hallo?«, rufe ich beinahe und warte mit klopfendem Herzen. Dass Lila und ich hier wohnen, ist kein gut gehütetes Geheimnis, es ist durchaus möglich, dass die Medien davon Wind bekommen haben. Doch würde ein Reporter einfach so bei mir klingeln?

Ein Knistern ertönt. »Jamie?«

Ich kann die Stimme wegen des Rauschens nicht erkennen, bin mir jedoch relativ sicher, dass sie weiblich ist. »Wer ist da?«

»Hier ist Nell!«, ruft die Person am anderen Ende. »Lass mich rauf!«

Mein Herz macht einen aufgeregten Hüpfer, und ein Lächeln breitet sich auf meinem Gesicht aus. Ich drücke auf den hoffentlich richtigen Knopf. Wenige Sekunden später piepst der Aufzug, und die Türen öffnen sich.

Als ich Nell erblicke, entfährt mir ein Quietschen, und ich springe vor, um sie zu umarmen. Mir war nicht klar, wie sehr ich meine ehemals beste Freundin vermisst habe. Mag sein, dass wir in letzter Zeit weniger Kontakt hatten, doch sie zu sehen ist ein bisschen wie nach Hause kommen.

»Was machst du denn hier?«, frage ich und halte sie auf Armeslänge von mir. »Woher weißt du, dass ich hier bin?«

»Du bist ja schwerer zu erreichen als der Präsident!«, sagt sie etwas vorwurfsvoll, zwinkert mir aber zu. »Kit hat mir gesagt, dass du hier bist. Ich dachte, ich versuche mal mein Glück!«

Kurz muss ich tatsächlich mit den Tränen kämpfen. Bei allem, was im Moment um mich herum los ist, tut es verdammt gut, meine Freundin zu sehen. Ich muss wirklich mit jemandem sprechen, der nicht zu meiner Familie gehört.

Nell hat sich nicht groß verändert. Sie sieht immer noch aus wie aus einer alternativen Modezeitschrift herausgeschnitten, ihre Rastalocken sind inzwischen zwar deutlich länger als während unserer Collegezeit, doch sie leuchten immer noch schneeweiß. Der einzige Unterschied zu damals ist die goldene Brille, die sie, wie ich vermute, aus rein stylishen Gründen trägt.

»Es ist so schön, dich zu sehen!«, sagt sie und zieht mich erneut in ihre Arme. »Wo ist das kleine Monster?«

»Lila ist bei Kit«, erkläre ich und lasse mich von ihr zur Couch schieben, wo wir uns einander gegenübersetzen. »Du hättest doch Bescheid sagen können, dann hätte ich mir wenigstens die Haare gekämmt!«

Sie zuckt mit den Schultern. »Bei dir ist gerade so viel los, da kommt man ja kaum noch an dich heran. Ich habe Dutzende Male versucht dich anzurufen.«

»Oh, das tut mir leid!«, sage ich ehrlich betroffen. »Das Telefon war kaum noch still. Irgendwann bin ich gar nicht mehr rangegangen.«

»Das kann ich mir vorstellen.« Nell seufzt und mustert mich forschend. »So, die Katze ist also aus dem Sack.«

»Das kann man so sagen.«

»Und wie geht's dir damit?« Sie legt mir eine Hand auf den Unterarm. »Ehrlich gesagt überrascht es mich, dass du bei Carter bist. Ich dachte immer, er sei der Teufel persönlich.«

»Das dachte ich auch«, sage ich leise und lächle sie ein wenig verlegen an. »Aber es ist leider nicht so einfach.«

»Wegen Lila?«

Ich nicke langsam. »Ich kann ihn nicht einfach ignorieren, immerhin ist er ihr Vater.«

»Und deswegen musst du bei ihm einziehen?«, fragt sie und hebt die Augenbrauen.

»Ich bin nicht bei ihm eingezogen«, korrigiere ich und sehe mich in dem teuren Apartment um. »Wir sind nur eine Weile hier, bis die Aufregung sich ein bisschen gelegt hat. Die Reporter wurden ein wenig zu aufdringlich.«

Sie sieht mich mitfühlend an. »So schlimm?«

Ich lege den Kopf schief und streiche mir ein paar verirrte Haarsträhnen aus der Stirn. »Wir werden es überleben. Aber ich denke, es ist einfacher, sich ganz offensichtlich zu verstecken als auszuwandern oder so. Das war zumindest das, was dieser Murray mir angeboten hat.«

Sie zieht eine perfekt nachgezogene Augenbraue hoch. »Murray war der Manager, richtig?«

»Agent.«

»Ist das nicht das Gleiche?« Ich zucke die Schultern, und sie schüttelt ungeduldig den Kopf. »Wie auch immer. Murray hat dir *was* angeboten?«

»Geld«, seufze ich. »Einen ganzen Haufen, tatsächlich. Ich sollte mit Lila verschwinden, irgendwohin, wo es niemanden interessiert, dass ich das Kind von Carter Dillane mit mir herumschleppe.«

Sie lacht ungläubig. »Seine Worte?«

»Oh ja.«

»Wow«, macht sie und schüttelt den Kopf. »War er es nicht auch, der dir damals Geld dafür angeboten hat, das Kind wegmachen zu lassen?«

Ihre harten Worte treffen mich ein bisschen, doch ich lasse mir nichts anmerken. Mir ist klar, dass wahrscheinlich eine ganze Menge Leute damals die Meinung vertreten hätten, dass eine Abtreibung die einfachste Lösung wäre. Dennoch höre ich es nicht gerne.

»Jep«, sage ich und lehne mich auf der Couch zurück. »Er sagte damals, dass Carter ihn geschickt hätte.«

»Und?«

»Inzwischen bezweifle ich das«, gebe ich zum ersten Mal laut zu. »Carter schien ehrlich schockiert darüber zu sein, dass Lila existiert. Wenn Murray wirklich in seinem Auftrag gehandelt hätte, hätte er Carter erzählt, dass ich ihm das Geld um die Ohren gehauen und das Kind behalten habe.«

Sie runzelt die Stirn. »Dillane ist ein guter Schauspieler«, bemerkt sie und trifft damit genau den wunden Punkt.

»Ich weiß.« Ich fahre mir mit den Händen übers Gesicht und deute dann auf Nell. »Was ist mit dir? Wie läuft es bei dir?«

Ihr Lächeln gerät ein wenig schief, doch sie fängt sich schnell. Ein übertrieben strahlendes Grinsen breitet sich auf ihrem Gesicht aus. »Ich kann nicht klagen. Könnte durchaus besser laufen, aber ich bin mir sicher, das kommt alles noch.«

Ich nicke. Ich habe nicht gerade viel Ahnung vom Schauspielbusiness, doch ich weiß, dass es hart umkämpft ist. »Wenn du willst, kann ich Carter mal fragen, ob er dir irgendeinen Kontakt vermitteln kann. Also, nur wenn du willst.«

Sie sieht mich eine Weile an, dann greift sie nach meinen Schultern und zieht mich in eine Schraubstockumarmung, die mir beinahe die Luft nimmt. »Das würdest du tun?«

Ich versuche zu nicken, was bei all dem Körperkontakt gar nicht so einfach ist. »Klaro.«

»Danke«, murmelt sie. »Du bist eine tausendmal bessere Freundin als ich, Jamie, ganz ehrlich.«

»Erzähl mir von deinem Leben«, sage ich, nachdem wir uns wieder voneinander gelöst haben. »Meins ist gerade so chaotisch, ich brauche ein bisschen Normalität.«

Sie grinst und legt los. Wenn es etwas gibt, was Nell gut kann, dann ist es über sich selbst sprechen. Sie ist ein wenig exzentrisch, doch das war schon immer okay für mich.

»Morgen habe ich ein Date«, verkündet sie, nachdem sie eine Weile über einen Werbespot geredet hat, bei dem sie eine kleine Sprechrolle ergattert hat. »Norman ist mit Sicherheit nicht der beste Fang, aber er hat gute Kontakte, und selbst wenn er nicht die Liebe meines Lebens ist, bekomme ich durch ihn vielleicht ein paar Möglichkeiten.«

Ich stocke kurz, weiß allerdings selbst nicht genau warum. Stirnrunzelnd sehe ich sie an, und sie zieht die Augenbrauen hoch. »Was ist?«

Ich schüttle den Kopf und lache. »Ich hatte irgendein Déjàvu. Egal, was habt ihr morgen vor?«

Sie zuckt mit den Schultern. »Essen gehen vielleicht. Er hat auf jeden Fall Geld.«

»Definitiv ein Pluspunkt«, sage ich lachend. Nell von ihrer Oberflächlichkeit abzubringen, habe ich schon vor Jahren aufgegeben.

»Sehe ich auch so.« Sie nickt zufrieden. »Die Strikers haben eine große Baufirma oder so was in der Art. Viel altes Geld von Daddy also.«

Wieder klingelt es in meinem Kopf. Einen Moment versuche ich die Gedankenfetzen zusammenzusetzen, dann fällt der Groschen, und ich erstarre. Ich kenne diesen Namen und zwar nicht aus Nells Geschichten. Das ist der Name, den die Zeitung Carter als Quelle der Story über Lila und mich genannt hat.

Der Typ, mit dem Nell ausgeht, ist der Informant. Das kann nicht sein. Oder vielmehr: Das kann kein Zufall sein.

»Was ist denn los?«, dringt ihre Stimme durch das Rauschen in meinen Ohren. »Himmel, Jamie, du siehst aus, als hättest du einen Geist gesehen.«

»Dein Date heißt Norman Striker?«, frage ich mit bebender Stimme. Vielleicht habe ich mich verhört. Vielleicht gibt es mehrere Norman Strikers in Chicago, und das Ganze ist ein unglaublicher, riesengroßer Zufall.

Nell nickt mit gerunzelter Stirn. »Ist das ein Ex von dir oder so?«

Langsam schüttle ich den Kopf, dann sehe ich sie an. Meine Freundin sitzt vor mir und sieht aus, als könne sie kein Wässerchen trüben. Ich kann einfach nicht glauben, wonach das aussieht. Ich kann nicht glauben, dass das gerade passiert.

»Weißt du, woher die Medien meine Geschichte haben?«, frage ich sie geradeheraus, ohne sie aus den Augen zu lassen. »Ich habe es ihnen nicht erzählt. Und kaum jemand wusste, wer Lilas Vater ist.«

Ich sehe, wie Nell das Blut aus dem Gesicht weicht. Ihre Augen weiten sich, und sie sieht mich so entsetzt an, dass ich keine Antwort mehr brauche. Ihre Miene sagt alles.

»Warum?«, frage ich leise. Meine Stimme klingt rau, beinahe erstickt. »Warum hast du das getan?«

Sie hebt die Hände an den Mund. Ich sehe, wie sich Tränen in ihren Augen sammeln, doch das berührt mich nicht wirklich. »Es tut mir so leid, Jamie!«, sagt sie schließlich und richtet sich auf, bis sie auf den Knien neben mir auf der Couch hockt. »Es war keine Absicht, ich schwöre es!«

»So etwas rutscht einem nicht einfach heraus!«

»Doch!«, ruft sie und greift nach meinen Händen, als ich den Kopf schüttle. Ich weiche zurück. »Norman ist ein Schauspielkollege, und wir waren mit ein paar Leuten essen. Ich hatte das Gefühl, das keiner von ihnen mich ernst nimmt und dachte, dass ich ein bisschen professioneller wirke, wenn sie merken, dass ich Insiderinformationen habe. Dass ich mit Carter befreundet bin oder so was. Ich hätte nie gedacht, dass Norman direkt zur Presse rennt!«

»Und dann datest du ihn?!«, schreie ich und springe auf. »Als die Story herauskam, hättest du wissen müssen, dass er es war! Und trotzdem gehst du mit ihm aus?«

»Ich wusste es nicht!« Ihre Tränen laufen über, allerdings kann ich im Moment kein Mitleid für sie empfinden. »Ich wusste nicht, dass er es war! Als die Schlagzeilen aufgetaucht sind, dachte ich …« Sie bricht ab und senkt den Blick.

Ich verschränke die Arme vor der Brust. Im Gegensatz zu ihr sind meine Augen trocken. Mir ist nicht nach Weinen, im Gegenteil. Ich bin wütend. So wütend, dass ich am liebsten irgendetwas von dem scheißteuren Zeug um mich herum durch die Gegend werfen würde.

»*Was* hast du gedacht, Nell?«

Sie hebt die Schultern und sieht mich flehend an, doch ich zucke nicht einmal mit der Wimper. »Ich dachte, du hättest es ihnen erzählt.«

Ich schnaube. »Dein Ernst?«

»Du hattest ständig Geldsorgen!«, sagt sie kleinlaut. »Dein

Leben lief nicht besonders gut, oder? Ich dachte, dass du vielleicht einfach die Chance genutzt hast und ... keine Ahnung!«

Ein paar Minuten lang starre ich sie an und versuche ihre Worte zu verarbeiten. Dann deute ich in Richtung Aufzug. »Verschwinde!«

»Jamie«, fleht sie und steht auf. »Bitte, es tut mir wirklich ...«

»Nein«, fahre ich durch zusammengebissene Zähne dazwischen. »Ich kann das jetzt nicht. Ich will, dass du gehst!«

»Aber ...«

»Ich muss darüber nachdenken. Geh jetzt.« Scheinbar ungerührt sehe ich sie an. In Wahrheit rasen so viele Gedanken durch meinen Kopf, vermischen sich so viele Gefühle in meinem Inneren, dass ich kaum eines von ihnen benennen kann. Aber ich werde nicht einknicken. Dass Nell mich für ihren eigenen Erfolg verraten hat, tut so weh, dass ich am liebsten zu Boden sinken würde.

Nell sieht mich noch einmal bittend an, doch ich reagiere nicht. Schließlich greift sie nach ihrer Handtasche und geht zum Aufzug.

Sie verschwindet ohne ein weiteres Wort. Mir wird schwindelig.

Ich lasse mich auf die Couch fallen und vergrabe das Gesicht in den Händen. Noch ein Teil meines Lebens, der in sich zusammengebrochen ist. Noch ein Teil, von dem ich keine Ahnung habe, ob ich ihn wieder reparieren kann.

2.9

JAMIE

Der Rest des Tages geht irgendwie an mir vorbei. Carter meldet sich nicht, taucht nicht zu Hause auf und ist einfach wie vom Erdboden verschluckt. Meine Gedanken wabern wie durch Watte – vielleicht ein Schutzmechanismus, der mich davor bewahrt, der Realität ins Auge zu sehen. Dass meine beste Freundin mich und meine Tochter quasi verkauft hat, ist kaum zu ertragen.

Am Nachmittag telefoniere ich mit Lila und Kit, wobei die beiden mir erzählen, dass Lila erst morgen wieder nach Hause kommt. Auf der einen Seite freue ich mich über die freie Zeit, auf der anderen Seite fühlt es sich seltsam an, Lila nicht bei mir zu wissen.

Ich versuche mich auf die Uni zu konzentrieren, doch auch das will nicht so richtig funktionieren. Mein Kopf wird so von meinem Privatleben beansprucht, dass er sich schlicht und ergreifend weigert, Kapazitäten fürs Lernen freizugeben. Dazu kommt, dass sich in den letzten Wochen so einiges an Stoff angehäuft hat. Es ist so viel, dass sich sämtliche Motivation, die ich mühsam aufbringe, sofort wieder in Luft auflöst, als ich die Unterlagen sehe.

Auf der Suche nach Druckerpapier ziehe ich gedankenverloren ein paar Schubladen heraus. Vielleicht hilft es ja, wenn ich das Material ordne und zumindest in diesen Teil meines Lebens ein wenig Struktur bringe. Ich öffne eine Tür, und ein Schwung Papiere kommt mir entgegen. Hastig fange ich sie auf und versuche sie wieder zu sortieren, doch sie rutschen immer wieder heraus. Das Logo einer Anwaltskanzlei fällt mir ins Auge, und ich werde neugierig. Ich sollte wirklich nicht schnüffeln. Das gehört sich nicht. Andererseits wohne ich inzwischen hier, und wenn er die Sachen rumliegen lässt, dann kann ich ja nicht verhindern, dass …

»Jamie?«, dringt Carters Stimme zu mir herüber und lässt mich zusammenzucken. Er ist daheim.

Mit einer Mischung aus Erleichterung und dem Gefühl, ertappt worden zu sein, schließe ich eilig die Schreibtischtür und setze meine Brille auf, bevor ich aufstehe und mich ein paar Schritte entferne.

Als Carter um die Ecke kommt, sammle ich gerade meine Unterlagen ein. »Sorry, ich habe nicht gefragt, ob ich ihn benutzen darf«, sage ich, ohne ihn anzusehen. Keine Ahnung, warum, doch ich will ihm noch nicht von Nell erzählen. Vielleicht will ich nicht zugeben, was für beschissene Freunde ich habe, vielleicht will ich mich auch nur nicht damit auseinandersetzen.

»Was?«, fragt er irritiert.

»Deinen Schreibtisch«, meine ich kleinlaut. »Ich habe auch deinen Laptop benutzt, meiner ist steinalt und schafft es irgendwie nicht, sich in dein WLAN einzuloggen.«

Er winkt ab und verdreht die Augen. »Sei nicht albern, du darfst meinen Laptop benutzen. Solange dich meine Pornosammlung nicht stört, bin ich ein offenes Buch.«

Ich verziehe das Gesicht. »Danke.«

Carter sieht sich suchend um. »Wo ist Lila?«

»Bei Kit«, sage ich und drücke mir die Unterlagen gegen die Brust. »Noch bis morgen.«

»Oh«, macht er. Er greift in seinen Rucksack und zieht einen verpackten Karton heraus. »Ich habe ihr etwas mitgebracht.«

Neugierig betrachte ich den Karton, doch von außen ist nicht zu erkennen, was drinsteckt. »Was ist das?«

Er runzelt die Stirn. »Anne?«, rät er, schüttelt dann aber den Kopf. »Anna, richtig? Die braunhaarige Schwester von Elsa.«

»Elsa hat nur eine Schwester«, sage ich und unterdrücke tatsächlich ein Grinsen. »Wie konntest du eine Puppe kaufen, von der du nicht einmal weißt, wie sie heißt?«

»Ich habe die Verkäuferin gefragt«, meint er schulterzuckend. »Lila hat mir neulich erzählt, dass sie eigentlich die Anna-Puppe braucht, aber dass sie sie erst zum Geburtstag bekommt und der noch soooo lange hin ist«, sagt er und macht dabei eine Geste, die Lila so ähnlich sieht, dass ich innerlich ein wenig dahinschmelze.

Ich rücke die Unterlagen in meinen Armen zurecht. »Das ist überraschend aufmerksam von dir«, sage ich und räuspere mich. »Sie wird dich lieben.«

»Dabei ist mir übrigens etwas aufgefallen«, sagt er, ohne mein Lächeln zu erwidern.

»Und das wäre?«

»Ich … ich weiß nicht, wann sie Geburtstag hat«, gibt er mit einem seltsamen Unterton in der Stimme zu. »Lila. Wann wurde sie geboren?«

Ich muss schlucken. Ich weiß nicht genau warum, aber etwas an der Frage und seinem Gesichtsausdruck macht mich unendlich traurig. »Im Juni«, sage ich leise und lege ihm zögernd die Hand auf den Arm. »Am ersten Juni hat sie Geburtstag.«

»War … verdammt«, er stockt und schließt kurz die Augen, als müsse er sich zwingen, die Worte auszusprechen. »War bei der Geburt alles in Ordnung? Bei ihr und bei dir? Alles okay?«

Die Frage rührt mich, doch ich versuche es mir nicht anmerken zu lassen. Ich kann nur ahnen, wie schwer ihm dieses Gespräch fällt und will es nicht versauen. »Alles nach Plan«, versichere ich ihm. »Ich bin mir ziemlich sicher, dass du keine Details willst, aber, nein, es gab keine Probleme.«

»Ich sollte aber Details wissen«, murmelt er und wendet sich dann ab. Die Puppe verschwindet wieder in seinem Rucksack, bevor er ihn auf einen der Stühle wirft und Richtung Küche davon marschiert.

Einen Moment lang stehe ich da und suche nach Worten. Ich habe keine Ahnung, woher seine plötzliche Wehmut kommt und bin davon ein wenig überfordert. Meine eigene Niedergeschlagenheit nimmt mich mehr als genug in Anspruch, im Moment auch noch auf ihn Rücksicht zu nehmen ist ein bisschen zu viel. Ich weiß nicht, ob ich ihn jemals so verletzlich gesehen habe.

Ich höre ihn in der Küche rumoren, dann das Klirren eines Flaschenöffners. »Was hast du so getrieben, heute?«

Der plötzliche Themenwechsel verwirrt mich, und einen Moment lang überlege ich, einfach nicht zu antworten und den Rest des Abends in meinem Zimmer zu verbringen. Dieses ständige Hin und Her zwischen mir und Carter zerrt mehr an meinen Nerven, als ich erwartet habe.

Allerdings müssen wir durch diese Phase wohl einfach durch. Nur so lange, bis wir uns aneinander gewöhnt haben und alles einfacher wird.

Ich schlendere betont beiläufig in die Küche und nehme das Bier, das er mir hinhält. »Habe mich mit einer alten Freundin getroffen«, sage ich ausweichend. Allein die Erinnerung an den Besuch lässt mein Herz schmerzhaft stolpern, und einen Moment muss ich blinzeln, um die Tränen zurückzuhalten. Ich weiß, dass ich es Carter erzählen muss. Doch nicht jetzt. Ein paar Stunden lang möchte ich einfach so tun, als wäre alles in bester Ordnung. Den Umständen entsprechend, natürlich.

Vielleicht war etwas in meiner Stimme, vielleicht kann er inzwischen auch Gedanken lesen. Jedenfalls dreht er sich zu mir herum und legt forschend den Kopf schief. »Was ist?«

Ich weiche seinem Blick aus. »Nichts. Warum?«

»Du wirkst seltsam«, meint er und verengt die Augen. »Du hattest also Besuch?«

»Und?«, frage ich schulterzuckend. »Was ist schon dabei?«

Er seufzt leise. »Hast du mit den Medien gesprochen?«

»Was?«

»Hast du dich heute mit Medienleuten getroffen?«, wiederholt er. »Du siehst irgendwie schulbewusst aus.«

Ich lache freudlos auf. »Ich habe eine Freundin getroffen«, sage ich noch einmal, lauter dieses Mal. »Warum sollte ich mit den Medien sprechen? Der einzige Grund, warum ich in dieser Wohnung bin, ist, dass ich nicht mit ihnen reden will.«

»Ach, der einzige Grund, ja?«, wiederholt er und verzieht den Mund zu einer Grimasse. »Na, vielen Dank.«

»Wo liegt denn dein Problem?«, frage ich beinahe verzweifelt und greife nach meinem Handy, das in meiner Hosentasche vibriert. »Ich habe keinen Grund …« Ich breche ab, als ich das Foto sehe, das gekommen ist. Nell hat es geschickt, und auch wenn ich die Nachricht eigentlich ungelesen löschen will, kann ich es nicht. Das Foto stammt aus unserer Zeit am College – wir zwei mit Kaffeebechern in der Hand auf der Wiese vor dem Wohnheim. Die Sonne scheint uns ins Gesicht, und wir wirken so sorglos, wie es nur Kinder können.

»Du hast keinen Grund?«, fragt Carter, der meine Bestürzung offensichtlich nicht bemerkt. »Du hast mir den Korb des Jahrhunderts gegeben, Jamie. Scheiße, wie kann ich mir sicher sein, dass du nicht zum nächsten Reporter rennst, irgendeine Geschichte verkaufst und dich einfach absetzt? Vielleicht willst du dich ja an mir rächen – die Medien wären mit Sicherheit nur allzu gerne bereit, mich als den bösen Kerl hinzustellen, der Frau und Kind …«

»Halt doch mal die Klappe!«, fahre ich tonlos dazwischen.

Tränen sammeln sich in meinen Augen und laufen beinahe sofort über. Das Gefühlschaos bricht erneut wie eine Riesenwelle über mir zusammen, und einen Moment lang habe ich tatsächlich Angst, nicht richtig atmen zu können. Vielleicht nutzt mein Körper die Gelegenheit, sich endlich all dem Kummer und der Hilflosigkeit hinzugeben, die in den vergangenen Wochen einen festen Knoten in meinem Magen gebildet haben. Meine Beine geben unter mir nach, und ich rutsche langsam am Küchenschrank hinunter, bis ich auf dem Fußboden sitze.

Ich lasse meinen Kopf auf die Knie sinken, als zwei starke Arme mich umfassen. Kurz versteife ich mich, doch dann breche ich zusammen. Nur eine Minute lang möchte ich die Kontrolle abgeben, aufhören stark zu sein, und einfach so tun, als könne Carter alle Probleme dieser Welt für mich lösen.

»Was ist los?«, dringt Carters panische Stimme an mein Ohr. Ich kann mir vorstellen, wie schlimm das Ganze auf ihn wirken muss, doch ich bekomme kaum ein Wort heraus. »Himmel, Jamie, was ist?«

Ich halte ihm mein Handy hin, und er besieht sich stirnrunzelnd das Foto. »Sie ist meine Freundin vom College«, erkläre ich stockend und vergrabe das Gesicht an seiner Brust. »Sie hat Norman Striker von uns erzählt.«

»Was?«

Meine Wange streicht über den Stoff seines T-Shirts, als ich nicke. »Sie hat es ihm erzählt, und er ist zur Presse gegangen. Sie ist schuld. Sie war meine Freundin!«

Mir ist klar, dass er noch Fragen haben muss, doch er stellt sie mir nicht. Und dafür bin ich ihm unendlich dankbar.

»Shhht«, macht er stattdessen leise und wiegt mich sanft in seinen Armen. »Es wird wieder gut, ich verspreche es dir.«

Das ist eine Lüge, und das weiß ich. »Alles bricht zusammen«, schluchze ich und drücke mich fester an ihn. »Vor ein paar Wochen war noch alles in Ordnung, und jetzt …«

»Wir bringen es wieder in Ordnung!« Ich spüre seine Lippen auf meinem Kopf. »Nichts wird so heiß gegessen, wie es serviert wird.«

»Wie es gekocht wird«, verbessere ich ihn und lache trocken auf. Meine Hand krallt sich um seinen Arm. »Sie ist meine Freundin, Carter.«

»Ich weiß.«

»Warum hat sie das getan?«, frage ich verzweifelt, während immer neue Tränen über mein Gesicht laufen. »Warum macht sie mein Leben kaputt und tut dann so, als wären wir noch Freundinnen?«

Ich spüre, wie er tief einatmet. Er drückt mich fester an sich, so fest, dass ich kaum Luft bekomme. Doch ich lasse ihn, denn ein Teil von mir ahnt, dass er meinen Halt genauso sehr braucht wie ich seinen. Irgendwie sitzen wir im selben Boot, auch wenn ich mir ziemlich sicher bin, dass ich in den letzten Jahren um einiges mehr zu kämpfen hatte als er. Trotzdem steht auch sein Leben im Moment Kopf – vielleicht sogar noch mehr als meines. Im Gegensatz zu ihm habe ich neun Monate Zeit gehabt, mich auf Lila vorzubereiten. Mich von meinem Leben als freie Junggesellin zu verabschieden. Er ist von einem Tag auf den anderen ins kalte Wasser geworfen worden und muss jetzt mit den Konsequenzen klarkommen. Und auch wenn ich ihm noch einiges vorwerfe, muss ich zugeben, dass er seine Sache gut macht. Immerhin hat er genug Geld, dass er sich einfach hätte absetzen können. Oder mir Unterhalt zahlen, ansonsten aber den Kontakt vermeiden.

»Danke«, murmle ich nach einer Weile, in der wir schweigend auf dem Küchenboden gesessen haben.

Er versteift sich kaum merklich. »Wofür?«

Ich versuche mit den Schultern zu zucken, was bei seiner Umklammerung gar nicht so einfach ist. »Dass du da bist.«

Vorsichtig zieht er mich an sich. »Solange ihr wollt.«

Vielleicht ist das der Moment, in dem ich mich endgültig in Carter Dillane verliebe. Dieses eine kleine Wort hat viel mehr Bedeutung für mich, als er es sich vermutlich vorstellen kann. Er hat ›ihr‹ gesagt, nicht ›du‹. Kein großer Unterschied, mir bedeutet er jedoch die Welt.

»Hast du schon gegessen?«, fragt Carter nach einer Weile und steht auf, wobei er mich ebenfalls auf die Beine zieht. »Wir könnten uns was bringen lassen.«

Ich schüttle den Kopf und versuche mir unauffällig die verschmierte Mascara unter den Augen wegzuwischen. »Lass mich was kochen«, sage ich und reibe mir mit der Handfläche über die Stirn. »Ich brauche Ablenkung. In dieser verdammten Wohnung gibt es einfach nichts zu tun.«

»Muss ich mich dafür entschuldigen?«, lacht er, wird aber schnell wieder ernst, als würde ihm in diesem Moment einfallen, wie die Stimmung aktuell ist.

Ich seufze. »Was für ein Drama für einen einzigen Tag.«

»Ja. Mir reicht es auch erst mal für die nächsten Wochen.«

»Mindestens für ein Leben«, schnaube ich und sehe ihn von der Seite an. »Hast du dich daran gewöhnt? An all diesen Rummel um dich?«

»Keine Ahnung«, sagt er und kratzt sich am Kinn. »Irgendwie ist das so schleichend gekommen, verstehst du? Ich war nicht auf einmal – bum! – berühmt, sondern es war ein Prozess. Für mich gehört es dazu.«

»Ich werde mich nie daran gewöhnen können«, sage ich und

öffne den Kühlschrank, um das Inventar zu überprüfen. »Huhn oder Nudeln? Wobei, das Hühnchen muss sicher morgen weg, dann mache ich uns das.«

Ein Lächeln huscht über sein Gesicht. »Soll ich dir helfen?«
Ich schüttle den Kopf. »Bloß nicht. Setz dich einfach da hin und nerv mich nicht.«

»Ob ich das hinbekomme?«, murmelt er sarkastisch, hält aber tatsächlich vorerst die Klappe. Als ich die Tomaten klein schneide, wird er ein wenig übermütig und klaut mir ein paar Stücke. Ich drohe ihm kurz mit dem Messer, doch dann entscheide ich mich dagegen, ihm die Finger abzuhacken.

»Was ist Lilas Lieblingsessen?«, fragt er, während er sich die Tomate in den Mund schiebt.

»Pfannkuchen«, sage ich und tippe mir mit dem Messer gegen die Unterlippe. »Oder Fischstäbchen. Falls sie gerade keine vegetarische Phase hat.«

Er zieht die Augenbrauen hoch. »Sie hat vegetarische Phasen?«

Ich zucke mit den Schultern. »Sie isst nicht gerne Fleisch, es sei denn, es ist ein Burger oder Chicken Nuggets. Keine Ahnung, von wem sie das hat.«

»Okay.« Er nickt und sieht dabei so aus, als würde er einen Punkt auf einer imaginären Liste abhaken. »Ihr Lieblingstier?«

»Seepferdchen.«

»Seepferdchen?«, wiederholt er irritiert. »Wie seltsam.«

»Das sind quasi die Ponys der Meerjungfrauen«, gebe ich zu bedenken. »Wie kann man die nicht mögen?«

»Hm.« Er blickt drein, als hätte ich gerade schlagende Argumente geliefert. »Okay, dann also Seepferdchen. Lieblingsfarbe?«

Ich grinse. »Pink. Ganz eindeutig.«

Er verdreht die Augen. »Lieblings-Disneyprinzessin?«

»Was?«, lache ich und lege das Messer zur Seite. »Was soll das werden?«

Er sieht mich ernst an. »Als ich diese seltsame Puppe gekauft habe, hat die Verkäuferin mich Sachen gefragt, die ich nicht beantworten konnte. Das soll mir nicht noch mal passieren. Also: Lieblings-Disneyprinzessin?«

»Das solltest du aber wissen«, sage ich und sehe ihn skeptisch an. »Sie schleppt sie den ganzen Tag mit sich herum.«

»Elsa, richtig?«, fragt er und schlägt triumphierend mit der Faust auf den Tresen, als ich nicke. »Ha, dann hatte ich wenigstens eine Sache richtig.«

»Noch was?«, frage ich und verkneife mir ein Grinsen. »Ihre Sozialversicherungsnummer vielleicht?«

»Könnte tatsächlich nicht schaden, denke ich«, meint er und sieht mich nachdenklich an. »Wir müssen uns darüber Gedanken machen, wie es weitergeht. Bezüglich Unterhalt, Sorgerecht und solcher Dinge.«

Ich nicke und versuche mich weiter aufs Kochen zu konzentrieren. Der Tag ist so ein Chaos gewesen, so dramatisch, dass ich es irgendwie genieße, hier bei Carter zu sein und einen Teil meiner Sorgen auf ihn abladen zu können.

Ja, in diesem Moment bin ich froh, dass er da ist. Dass er Lilas Vater ist. Denn das bedeutet, dass ich nicht länger allein die Verantwortung trage. Wenn ich Glück habe, ist er das Sicherungsseil, das ich mir vier Jahre lang gewünscht habe. Wenn ich Glück habe, befinde ich mich nicht länger im freien Fall.

2.10

JAMIE

Mein Dad ist in die Stadt gekommen, und den Sonntag verbringe ich mit ihm, Kit und Lila im Park, ohne Carter. Ich habe das Gefühl, dringend einmal durchatmen zu müssen. Keine leichte Aufgabe, denn ich bin mir ziemlich sicher, dass Dad mich mit Argusaugen beobachtet und auf irgendein Zeichen wartet, das es ihm erlaubt, Carter eine reinzuhauen. Ich kann es ihm nicht verdenken, immerhin ist er mein Vater, und aus seiner Perspektive ist Carter der Bösewicht in dieser Geschichte.

Was meine Sicht der Dinge angeht, werde ich immer unentschlossener. Bis vor einer Weile war die Sache ganz einfach: Ich war das arme Mädchen, das sitzen gelassen wurde und alle Lasten dieser Welt mehr oder weniger allein auf ihren Schultern zu tragen hatte. Ich gebe es nicht gerne zu, doch ein Teil von mir mochte es, hin und wieder in Selbstmitleid zu zerfließen. Carter für alles, was in meinem Leben schiefgelaufen ist, die Schuld zu geben hatte etwas Befreiendes.

Aber jetzt ist die Situation eine andere und, ja, das überfordert mich.

Ich richte mich ein wenig auf und schirme die Augen gegen die Sonne ab, während ich Dad und Lila dabei beobachte, wie sie sich den Ball zukicken. Oder es zumindest versuchen, denn Lila ist so aufgeregt, dass sie beinahe im Stehen stolpert.

»Sie wirkt glücklich«, bemerkt Kit, und ich sehe, dass er ebenfalls Lila beobachtet.

Stirnrunzelnd sehe ich ihn an. »Und das überrascht dich?«

Er zuckt mit den Schultern, erwidert meinen Blick jedoch nicht. »Willst du meine ehrliche Meinung oder die, die man seiner kleinen Schwester in schlimmen Situationen eben so sagt?«

»Du hast nie Rücksicht auf meine Situation genommen«, schnaube ich, lächle aber, als er die Stirn in Falten legt. »Sag schon.«

»Ich hab es für eine ganz miese Idee gehalten, euch zu ihm ziehen zu lassen.« Er winkt ab, als ich den Mund öffne, um etwas zu erwidern. »Ich weiß, ich habe es vorgeschlagen. Aber das war aus der Not heraus, oder nicht? Wäre es nicht die einzige Möglichkeit gewesen, die mir eingefallen ist, hätte ich es bestimmt nicht unterstützt.«

»Warum?«, frage ich, auch wenn ich mir die Antwort schon denken kann.

»Ich habe Angst, dass du dich von ihm einlullen lässt.« Er wirft mir einen Seitenblick zu. »Wäre nicht das erste Mal, oder?«

Seufzend lasse ich mich wieder nach hinten sinken, bis ich auf dem Rücken im Gras liege. Lilas Lachen schallt zu uns herüber, und ich muss grinsen. »Ich bin heute älter, Kit. Und weiser und reifer und vernünftiger.«

»Wow.«

»Genau. Die Situation ist eine andere.«

»Ach ja?«, fragt er und sieht mich eindringlich an. »Du bist also immer noch wütend auf ihn? Du hältst ihn immer noch für den Teufel persönlich?«

Szenen von Freitagnacht tauchen vor meinem inneren Auge auf, und ich kann nicht verhindern, dass ich rot anlaufe. Gott sei Dank sieht Kit mich nicht an, er würde mir vermutlich auf den ersten Blick ansehen, was los ist. Und das sind Details, die ich ihm sicher nicht auf die Nase binden will.

»Die Geschichte ist nicht mehr so schwarz und weiß, wie ich dachte«, versuche ich zu erklären und ringe die Hände. Ich werfe ihm einen Blick zu. »Wie *wir* dachten.«

Ein paar Sekunden schweigt er, dann stöhnt er ein wenig genervt und setzt sich auf, um mich besser ansehen zu können. Ich kenne diesen Blick. Er hat ihn über die Jahre perfektioniert, und auch wenn ich erwachsen und schon lange nicht mehr auf seine Meinung angewiesen bin, löst er Schuldgefühle in mir aus.

»Das ist doch alles Quatsch, JJ«, sagt er und fährt sich mit der Hand durch die Haare. »Versteh mich nicht falsch, ich kann mir vorstellen, dass es im Moment toll sein muss, einen möglichen Vater für Lila zu haben. Aber wenn du ehrlich zu dir selbst bist, hat sich nicht viel verändert. Er ist immer noch derselbe wie vor vier Jahren.«

»Es hat sich eine ganze Menge verändert«, seufze ich und bemühe mich um einen überzeugten Tonfall.

»Ach ja? Und das wäre?«

Ich zucke mit den Schultern. »Die Gefühlsebene? Keine Ahnung, ich misstraue ihm nicht. Mag sein, dass du das nicht verstehen kannst, aber du kennst ihn auch nicht.«

»Du kennst das, was er dich von sich kennen lässt, Schwesterchen.«

Ich pfeife leise durch die Zähne und winke dann Lila zu, die gerade ein imaginäres Tor geschossen hat. »Du verteufelst ihn.«

»Dazu habe ich auch allen Grund!«

Langsam schüttle ich den Kopf. »Das ist in der Realität nicht umsetzbar, Kit. Er ist der Vater und wird es bleiben, solange er es will. Wir kommen nicht voneinander los, das ist eine Tatsache. Und wenn wir ohnehin aufeinander hocken, dann können wir auch … ich weiß auch nicht. Uns mögen oder so.«

Sein Gesicht nimmt einen nachdenklichen Zug an. Er legt

den Kopf schief und mustert mich so eindringlich, dass ich mich am liebsten wegducken würde. »Du bist in ihn verliebt!«

»Quatsch!«

»Und ob!« Wieder seufzt er, dieses Mal deutlich lauter. »Mann, Jamie, warum kannst du nicht eine Sache in deinem Leben unkompliziert angehen?«

»Ich bin nicht in ihn verliebt«, sage ich energisch. Möglich, dass er nicht der einzige Mensch ist, den ich gerade zu überzeugen versuche, doch darüber mache ich mir später Gedanken. »Ich mag ihn, ja. Und wäre die Situation eine andere, würde ich sicher versuchen, etwas mit ihm anzufangen. Er ist ein guter Mensch.«

»Aber?«

Ich beginne ein paar Grashalme herauszurupfen und suche nach Worten. »Es ist kompliziert. Wegen Lila und dem ganzen Drumherum.«

»Wegen der Medien?«

»Auch.« Ich lache freudlos. »Sie mögen auf Carters erstes Statement gut reagiert haben, allerdings war das auch ziemlich flach. Es hat nichts über ihn und mich ausgesagt. Er ist ein verdammter Filmstar. Und ich? Ich bin irgendwie … durchschnittlich. Auf eine gute Art und Weise vielleicht, trotzdem passe ich da irgendwie nicht rein.«

Nun scheint auch Kit nach Worten zu suchen. »Ich weiß nicht, was ich dazu sagen soll«, gesteht er und wuschelt mir durch die Haare. »Auf der einen Seite will ich dich definitiv von diesem Kerl fernhalten, auf der anderen Seite muss ich dich aber auch davon überzeugen, dass du alles andere als durchschnittlich bist. Mit Carter Dillane kannst du auf jeden Fall locker mithalten.«

Ich lächle meinen großen Bruder an und winke ab. »Das ist alles zu viel Drama für mich.«

»Das kannst du laut sagen.«

»Ich wünschte, wir könnten die große Aufregung einfach hinter uns bringen und zur Normalität übergehen, verstehst du? Die Medien werden nicht Ruhe geben, bis sie ihre Story haben, und Carter wird ein Teil unseres Lebens bleiben. Also ist es irgendwie unnötig anstrengend, sich zu verstecken.«

»Du willst mit den Reportern reden?«, fragt Kit stirnrunzelnd. »So richtig offiziell?«

»Möglicherweise?«, sage ich und lache erneut über die Absurdität dieser ganzen Situation. »Vielleicht rede ich mit Carter mal drüber. Ich hab neulich mitbekommen, wie er mit seinen PR-Leuten telefoniert hat. Vielleicht haben die einen Plan.«

Ich rutsche ein wenig dichter an Kit heran, schließe die Augen und lausche Lilas Lachen, während ich versuche, meine Gedanken zu ordnen.

»Du bekommst das schon hin, JJ«, murmelt Kit nach einer Weile. Ich taste nach seiner Hand neben mir und verflechte meine Finger mit seinen, so wie ich es als Kind immer getan habe. Ich weiß, dass das ein leerer Spruch ist – eine Floskel, die man kleinen Kindern erzählt, damit sie besser einschlafen können. Doch in diesem Moment kann ich das vergessen. Ich möchte ihm einfach zu gern glauben.

CARTER

»Ist es dir eigentlich unangenehm, wenn man uns zusammen sieht?«

Ich sehe auf und mustere Jamie, der meine Basecap schätzungsweise fünf Nummern zu groß ist. »Wie kommst du darauf?«, frage ich und zeige auf all die Menschen um uns herum. Wir haben heute Morgen gemeinschaftlich beschlossen, dass wir aus der Bude rausmüssen. Lila verbringt den Tag mit Jamies Vater, der in die Stadt gekommen ist, also nutzen wir den Vormittag, um ein wenig einzukaufen. Was mich ehrlich gesagt nervös macht, weil ich das seit Jahren nicht mehr getan habe.

Jamie deutet auf Cap und Sonnenbrille. »Weiß nicht. Mir ist klar, dass wir das wegen der Medien veranstalten, aber … na ja, wäre es so schlimm, wenn sie uns zusammen sehen?«

Ich stocke und halte sie am Arm fest, bis sie samt Einkaufswagen stehen bleibt. »Denkst du etwa, du bist mir peinlich?«

Sie zuckt mit den Schultern. »Die Leute erwarten eine andere Art von Begleitung von dir, nehme ich mal an.«

»Ich dachte, *du* willst den Stress nicht«, sage ich stirnrunzelnd. »Ich will nicht, dass es dir zu viel ist.«

Das Blut steigt ihr ins Gesicht, und ich bin mir sicher, dass sie sich an ihren kleinen Zusammenbruch in unserer Küche erinnert. Ich weiß, dass ihr das Ganze peinlich ist. Immerhin hat sie sich, bevor wir beide in unseren jeweiligen Betten verschwunden sind, ein gutes Dutzend Mal dafür entschuldigt. Zwei Wochen sind seitdem vergangen, zwei Wochen, in denen wir umeinander herumgeschlichen sind und versucht haben, einen Weg zu finden, miteinander umzugehen. Wir haben eine Art vorsichtige Freundschaft entwickelt, aber auch nur, weil wir die meiste Zeit über schwierige Themen vermeiden. Wie zum Beispiel ihre verräterische Freundin. Ich weiß, dass Jamie diese Nell seit dem Abend ignoriert, doch meiner Meinung nach hat sie weitaus mehr verdient als eisiges Schweigen.

Ich frage mich jeden Tag, ob Jamie mit dem Status quo zufrieden ist. Ich bin es nämlich ganz und gar nicht. Lila ist mir ans Herz gewachsen, und mir gefällt das Zusammenleben mit den beiden, doch ich hasse diesen Schwebezustand, in dem wir uns gerade befinden. Wir wissen beide, dass das hier keine Dauerlösung ist – Lila braucht ein eigenes Zimmer, und diese Version einer WG tut weder mir noch Jamie gut.

Wieder zuckt Jamie mit den Schultern und schiebt den Wagen in den Gang mit den Drogerieartikeln. »Versteh mich nicht falsch, ich hasse die Kameras und all das Chaos, aber ich habe mir gedacht, dass es vielleicht nicht schlecht wäre, wenn sie uns zusammen sehen. Wir könnten ein Statement setzen, weißt du? Ihnen zeigen, dass ihre Schlagzeilen uns egal sind.«

Ich sehe sie von der Seite an. Sie hat keine Ahnung von dem Business, und ich wage zu bezweifeln, dass ihr das Ausmaß des Ganzen bewusst ist. »Aber dir ist klar, was sie schreiben werden, wenn sie uns zusammen einkaufen sehen, oder?«

Sie sieht mich fragend an. »Dass uns das Klopapier ausgegangen ist?«

Lachend schüttle ich den Kopf. »Dass wir ein Paar sind. Sie werden sich fragen, wo Lila abgeblieben ist und warum man uns vorher nie zusammen gesehen hat. Vielleicht schreiben sie so was wie: *Vereinte Zweisamkeit. Kind auf dem Abstellgleis.*«

Eine ihrer Augenbrauen wandert in die Höhe. »Gut, dass du kein Reporter geworden bist.«

»Du weißt, was ich meine«, sage ich und verdrehe die Augen.

Sie schiebt den Wagen weiter durch den Gang und bleibt nachdenklich vor der Kosmetik stehen. »Aber vielleicht ist alles besser als diese Hetzjagd. Sie sind so scharf darauf, ein Bild von uns oder Lila zu bekommen, dass wir uns kaum noch auf die Straße trauen.« Wieder deutet sie auf ihre Cap. »Das kann doch so nicht weitergehen.«

»Wir könnten die Sache aussitzen«, schlage ich halbherzig vor. »Irgendwann verlieren sie vielleicht das Interesse.«

»Und wenn nicht?« Sie greift nach einem Set aus Lockenstab, Glätteisen und Föhn, stellt es dann aber ins Regal zurück. »Wir können uns ja nicht ewig in deiner Wohnung verschanzen.«

Bei den Worten »deine Wohnung« verziehe ich das Gesicht. Vor ein paar Tagen habe ich versucht, sie davon zu überzeugen, *meine* Wohnung als *unsere* zu bezeichnen. Doch sie hat sich geweigert, aus mehreren Gründen: Sie sei kein Schmarotzer, es sei nur eine vorübergehende Lösung und die Wohnung kein langfristiger Ort für ein Kind.

Ich lasse das Thema fallen und deute auf das Set, das sie sich eben noch angesehen hat. »Brauchst du das?«

Sie drückt sich die Handtasche an die Brust – ein klares Zeichen dafür, dass sie nervös ist. »Nein.«

Argwöhnisch mustere ich sie. »Raus damit.«

Sie sieht mich an, wahrscheinlich um herauszufinden, wie ernst ich es meine, dann seufzt sie. »Mein Dad hat meine Sachen gepackt, als wir zu dir gekommen sind. Mir fehlt eine ganze Menge. Aber ich brauche eigentlich nur einen Föhn, den Rest nicht unbedingt, und dafür ist es mir zu teuer.«

Einen Moment lang sehe ich sie an, dann nehme ich das Set und lege es in ihren Einkaufswagen, ohne sie aus den Augen zu lassen.

»Was machst du denn da?«, protestiert sie und versucht an mir vorbei zu greifen, doch keine Chance. »Ich hab doch gesagt, ich brauche es nicht.«

»Benutzt du das normalerweise, wenn du zu Hause bist?«, frage ich sie, gehe aber nicht aus dem Weg.

Sie sieht mich wütend an. »Was soll das?«

Seufzend lege ich ihr die Hände auf die Schultern und ducke mich, um ihr in die Augen sehen zu können. »Ich will, dass du dich zu Hause fühlst, okay? Es ist nur ein verdammtes Glätteisen, also entspann dich.«

»Das kostet hundert Dollar, Carter«, murmelt sie. »Ich gebe nicht so viel Geld für etwas aus, was ich zu Hause habe.«

»Sieh es als Geburtstagsgeschenk«, sage ich und schiebe demonstrativ den Wagen in den nächsten Gang. »Ich habe schließlich ein paar verpasst, oder nicht?«

Sie holt auf und verschränkt die Arme vor der Brust. »Das ist nicht nötig, wirklich nicht.«

»Das sehe ich anders.«

»Du nervst.«

»Ich bin liebenswert.«

»Danke.«

Ich lache und fahre ihr durch die Haare. Ich weiß, dass sie das nervt, und sie weicht schimpfend aus. »Gern geschehen, Evans.«

Bevor sie etwas erwidern kann, werden wir von zwei Mädels angesprochen, nicht älter als sechzehn.

»Sie sind Carter Dillane, oder?«, fragt die eine, die mutig einen Schritt auf uns zu macht und ihre Freundin an der Hand hinter sich herzieht. »Dürfen wir ein Foto machen?«

»Klar«, sage ich und lächle die beiden an. »Wie habt ihr mich trotz dieser beeindruckenden Tarnung erkannt?«

Sie lachen nervös und stellen sich links und rechts von mir auf. Ich lege die Arme um sie und lächle in die Kamera. Als ich mich wieder von ihnen löse, schauen sie zu Jamie hinüber, die den Einkaufswagen umklammert und einen Stapel Dosenravioli mustert.

»Mit Ihnen auch?«, fragt die Mutige und grinst schüchtern.

Jamie sieht aus, als würde sie sich fragen, ob sie sich verhört hat. Sie sieht über die Schulter. »Meinst du mich?«

Die Mädels nicken. »Sie sind Jamie Evans, richtig?«

Jamie nickt verwirrt. »Ja. Aber warum wollt ihr ein Foto mit mir?«

Das Mädchen, das sich zu fragen getraut hat, sieht ein wenig überfordert von Jamie zu mir. »Vielleicht mit Ihnen beiden zusammen? Falls es Ihnen recht ist, natürlich. Wir wollen Sie nicht stören, Sie werden wahrscheinlich häufig angesprochen, oder nicht?«

Ich schenke ihr ein beruhigendes Lächeln, bevor sie sich noch an ihrer Zunge verschluckt. »Ja, schon«, sage ich und zwinkere beiden zu. »Aber soll ich euch mal was verraten? Die meisten sind nicht annähernd so höflich wie ihr.« Wie auf Knopfdruck fangen sie an zu strahlen, die eine wird sogar rot. Ich sehe Jamie an und strecke die Hand nach ihr aus. »Ein Foto zusammen klingt gut, was meinst du?«

Sie erwidert meinen Blick. Nach kurzem Zögern lässt sie den Wagen stehen und kommt an meine Seite. Ich lege den Arm um sie und ziehe sie an mich heran, was ihr nicht entgeht. Sie wirft mir ein amüsiertes Grinsen zu, dann positionieren sich die Mädchen zu unseren Seiten und schießen ein schnelles Foto.

»Sie sind ein bisschen wie Lady Di, wissen Sie das?«, sagt eine der beiden leise und sieht Jamie an.

Die lacht und schüttelt den Kopf. »Was?«

»Oder Cinderella«, wirft die andere ein und nickt heftig. »Sie sind so nett und normal.«

»Ähm, vielen Dank«, murmelt Jamie perplex und lächelt, als die beiden sich tausendmal bedanken, ehe sie den Rückzug antreten. Sobald sie hinter dem nächsten Regal verschwunden sind, dreht Jamie sich zu mir um und zieht die Augenbrauen hoch. »Lady Di, hast du das gehört?«

»Du bist die Königin der Herzen«, sage ich und lache, als sie das Gesicht verzieht. »Also, Mylady, was wünscht Prinzessin Lila heute Abend zu speisen?«

Jamie verdreht die Augen und deutet auf die Ravioli. »Sie liebt das Zeug.«

Ich mache eine Grimasse. »Hab ich noch nie gegessen, aber ich bin auch nicht scharf drauf.«

»Du hast nie Ravioli gegessen?«, fragt sie so ungläubig, dass man meinen könnte, ich hätte mir noch nie im Leben die Zähne geputzt oder etwas in der Art. »Direkt aus der Dose?«

Ich schüttle den Kopf und ernte dafür ein sehr dramatisches Seufzen. Sie greift nach dem Stapel und drei Dosen wandern in den Einkaufswagen. »Gott, du musst so viel lernen«, murmelt sie kopfschüttelnd, nimmt mir den Wagen ab und lässt mich einfach stehen. Grinsend folge ich ihr.

Lila schiebt sich einen großen Löffel Ravioli in den Mund und hat Mühe, zu kauen, aber sie kämpft wacker. Jamie hat ihr die Nudeln klein schneiden wollen, doch sie hatte sich geweigert, weil die Teigtaschen dann weniger hübsch aussehen würden. Wie auch immer.

»Also, erklärt es mir noch mal«, sage ich und stochere mit dem Löffel in meiner Dose herum. »Warum bekommt ihr Teller und ich muss aus der Dose essen? Bin ich ein Hund?«

Lila lacht und zeigt auf Turtle, ihre offiziell beste Freundin seit einer Woche. Turtle erwidert diese Liebe, was vermutlich hauptsächlich daran liegt, dass die Hündin mit Begeisterung sämtliche Essensreste aufsammelt, die Lila fallen lässt. Wenn das so weitergeht, muss ich sie überhaupt nicht mehr füttern.

Jamie sieht mich streng an. »Das ist eine Erfahrung, Carter. Ravioli aus der Dose essen ist quasi eine Lebenseinstellung. Sei froh, dass du sie warm essen darfst.«

Ich ziehe die Augenbrauen hoch. »Ich bin dir ja so dankbar.«

»Guten Appetit«, sagt Jamie fröhlich und positioniert ihren eigenen Teller vor sich.

»Guten Appeti-T-Rex!«, ruft Lila, wobei sie vor allem Turtle ansieht.

Angewidert stochere ich in der roten Pampe vor mir herum. Ich bin wirklich nicht pingelig, aber was Essen angeht, habe ich so meine Ansprüche. Und das hier würde vermutlich nicht einmal warm und auf einem Silbertablett meinen Ansprüchen genügen. Argwöhnisch lade ich eine der Teigtaschen auf meinen Löffel, schiebe ihn mir in den Mund und kaue bedächtig.

Lila und Jamie beobachten mich erwartungsvoll.

»Und?«, fragt Lila.

»Jep«, ich nicke. »Ist ekelig.«

Lila lacht, und Jamie schüttelt langsam den Kopf. »Das ist so traurig, Dillane.«

»Dir steht kulinarisch die ganze Welt offen, und du entscheidest dich für Dosenravioli?«, frage ich und lasse eine der Nudeln von meinem Löffel in die Dose fallen. Es platscht überraschend laut, und einige der roten Spritzer landen auf Lilas Arm, die begeistert quietscht. »*Das* ist traurig, Cinderella.«

Sie verdreht die Augen. »Lass das.«

»Was denn?«, frage ich unschuldig und grinse. »Kommt nicht von mir.«

»Warum ist Mommy Cinderella?«, fragt Lila neugierig, bevor sie sich eine weitere Ravioli in den Mund manövriert.

»Weil«, sage ich verschwörerisch und beuge mich zu ihr hinüber, »Mommy in einem blauen Glitzerkleid bestimmt wunderschön aussieht, meinst du nicht?«

Lila nickt ernst. »Und mit Krone!«

»Du hast recht. Wir sollten Mommy eine Krone besorgen.«

»Kronen kosten ganz viel Geld«, gibt sie stirnrunzelnd zu bedenken. »Kit hat mir erzählt, die sind aus echtem Gold.«

Ich lege den Kopf schief und seufze theatralisch. »Meinst du, wir können uns das leisten?«

Sie schüttelt den Kopf. »Nein. Ich habe mir mit Kit von meinem Taschengeld einen Kreisel gekauft.«

Nachdenklich tippe ich mir mit dem Löffel gegen das Kinn. »Stimmt, das ist natürlich ein Problem. Aber ich habe eine Idee, glaube ich.«

»Was?«

Ich beuge mich ein wenig weiter vor und halte die Hand zwischen uns und Jamie, sodass sie uns ganz bestimmt nicht hören kann. »Wir basteln eine«, flüstere ich verschwörerisch. »Sie wird den Unterschied bestimmt nicht merken.«

»Jaaa!«, kreischt Lila, jedoch ohne Stimme, sodass es sich anhört wie ein Krächzen. Ich muss ein Grinsen unterdrücken, als sie versucht mit den Augenbrauen zu zucken. »Wir können kleben!«

»Au ja!«, murmle ich begeistert. »Aber nicht Mommy sagen, okay?«

Lila nickt verschwörerisch. Dann lehne ich mich zurück und zwinkere ihr zu. »Faust drauf«, sage ich und berühre mit meiner ihre winzige Faust, bevor ich mich zu Jamie umdrehe. Sie sitzt uns gegenüber, hat den Löffel aus der Hand gelegt und beobachtet uns mit glänzenden Augen. Als sie bemerkt, dass ich sie ansehe, senkt sie hastig den Blick und greift wieder nach ihrem Besteck. Sie schnieft leise.

»Was machen wir morgen?«, fragt Lila, die inzwischen nur in ihrem Essen herumstochert.

Jamie sieht sie bedauernd an. »Du musst morgen mit mir zur Uni kommen, Schnecke. Kit muss leider arbeiten, und bei Grandpa zu Hause sind Männer, die das Dach reparieren, deshalb kann er nicht bleiben.«

Lila zieht eine Schnute. »Ich will nicht mitkommen.«

Ich sehe zwischen den beiden hin und her. »Sie kann bei mir bleiben.«

Jamie runzelt die Stirn. »Musst du nicht arbeiten?«

»Ich nehme sie einfach mit«, schlage ich vorsichtig vor. »Bei mir ist es bestimmt spannender als bei dir, und ich muss nicht lange hin. Eigentlich besprechen wir nur die Tour und gehen ein paar Interviews durch. Ich könnte ihr die Kulissen zeigen, das wird bestimmt lustig.«

Ich sehe die Zweifel in Jamies Augen, halte ihrem Blick jedoch stand. Schließlich wendet sie sich an Lila. »Willst du mit Carter gehen?«

»Ja!«, sagt Lila beinahe flehend und sieht mich an. »Darf ich?«

Stolz breitet sich in mir aus und legt sich um mein Herz wie eine warme Decke. Ich drücke ihr einen Kuss auf den Kopf und setze mich dann schnell wieder hin. »Jederzeit.«

2.11

JAMIE

Nervös stehe ich vor der geschlossenen Bürotür und warte darauf, dass das Mädchen vor mir ihre Probleme in den Griff bekommt und ich zu meinem Termin bei der Vertrauenslehrerin gehen kann. Oder Vertrauensprofessorin, wie auch immer. Nicht, dass ich um einen Termin wie diesen gebeten habe, doch Professor Geeson wollte mich sprechen. Ich hoffe nur, ich bin nicht durchgefallen. Geeson lehrt darstellende Kunst – einen Kurs, den ich online nicht belegen konnte und an dem ich in letzter Zeit daher kaum teilgenommen habe.

Gefühlte drei Stunden später verlässt das Mädchen mit geröteten Augen das Büro und meidet meinen Blick, während sie hastig an mir vorbeiläuft.

»Miss Evans, bitte kommen Sie herein«, ertönt Miss Geesons Stimme.

Ich atme einmal tief durch und betrete das Büro. Ich bin mir nicht sicher, ob ich Miss Geeson leiden kann. Sie ist nicht unfreundlich, jedoch wahnsinnig streng, und manchmal würde ich ihr gerne raten, den Stock aus dem Hintern zu ziehen. Keine Ahnung, ob ich sie überhaupt einmal lachen gesehen habe. Meiner Meinung nach ist sie auf jeden Fall eine fragwürdige Wahl für die Person, die sich um die persönlichen Probleme der Studierenden kümmern soll.

Zögernd betrete ich den Raum, schließe die Tür hinter mir, stelle meine Tasche ab und setze mich dann auf den geblümten Besucherstuhl, der so gar nicht zu der strengen Frau mir gegenüber passen will. Miss Geeson hat silbergraues Haar, das sie immer zu einem strengen Zopf mit Mittelscheitel zurückgebunden hat, auch wenn sie kaum vierzig sein kann. Ich habe sie noch nie in etwas anderem als hochgeschlossener Bluse und Marlene-Hose gesehen, weshalb ich davon ausgehe, dass sie dieses Ensemble mehrmals im Schrank hängen hat.

»Jamie, wie geht es Ihnen?«, fragt sie und schenkt mir tatsächlich die Andeutung eines Lächelns.

Ich zucke mit den Schultern. »Ich kann nicht klagen, danke.«

Sie zieht eine Augenbraue hoch. »Sind Sie sicher? Nach allem, was man so hört, geht es bei Ihnen zurzeit ziemlich hektisch zu.«

»Was hört man denn so?«, frage ich und mustere sie irritiert. Diese Frau kam mir eigentlich nicht wie jemand vor, der die Klatschseiten verfolgt.

»Ich lebe nicht hinterm Mond«, sagt sie lächelnd, als hätte sie meine Gedanken gelesen. »Auch ich schaue Nachrichten.«

»Mir geht es gut«, wiederhole ich mit fester Stimme. »Natürlich ist gerade viel los, aber ich habe eine Menge Unterstützung.«

Sie wirft einen Blick auf die Unterlagen, die vor ihr auf dem Tisch liegen. »Sie waren lange nicht mehr in meinem Kurs«, bemerkt sie leicht tadelnd. »Und ich sehe, dass sie auch einige der Abgabetermine bei ihren Onlinekursen nicht eingehalten haben.«

»Das tut mir leid.«

»Sie müssen sich vor mir nicht rechtfertigen«, versichert sie mir überraschend sanft. »Allerdings haben Sie in Ihrem Studium bereits zwei Jahre pausiert, und ich kann mir vorstellen, dass Sie Ihren Abschluss lieber heute als morgen in der Tasche hätten.«

Unwillkürlich richte ich mich ein Stück auf. »Ich habe ein

Kind bekommen«, bemerke ich trocken. »Da war eine kleine Pause nötig.«

»Ich mache Ihnen keinen Vorwurf«, sagt sie. »Ich habe mich nur gefragt, ob Sie vielleicht Hilfe brauchen.«

Ich blinzle ein paar Mal. »Wollen Sie zum Babysitten kommen?«, rutscht es mir heraus. Ich schlage mir die Hand vor den Mund und spüre, wie mir das Blut ins Gesicht schießt. »Oh Gott, entschuldigen Sie. Das war unpassend.«

Ihr Mund verzieht sich zu einem schmalen Lächeln. »Sie sind nur ehrlich, kein Grund, sich zu entschuldigen. Ich kann mir vorstellen, dass es in Ihrer Situation nicht immer leicht ist und, nein, das kann ich Ihnen nicht abnehmen, fürchte ich.«

»Natürlich nicht«, sage ich hastig.

»Trotz alledem bin ich mir sicher, dass wir Ihnen anders helfen können«, fährt sie fort. »Zum Beispiel mit einer besseren Planung.«

»Wie meinen Sie das?«, frage ich unsicher. »Ich habe mit der Studienberatung gesprochen, mit meinen Onlinekursen schaffe ich einen soliden Abschluss.«

»Ist es das, was Sie wollen?« Sie sieht mich nachdenklich an und legt den Kopf schief. »Einen soliden Abschluss?«

Ich schüttle verwirrt den Kopf. »Sind wir nicht genau deswegen hier? Wollen das nicht alle?«

»Nun«, macht sie und faltet vor mir auf dem Tisch die Hände. »Ich hatte im Laufe meiner Karriere eine Menge junger Frauen hier sitzen, die während oder vor dem Studium ein Kind bekommen haben, Jamie. Diejenigen, die das Studium danach wieder aufgenommen haben, haben oftmals lediglich das Ziel verfolgt, einen Abschluss zu bekommen. Oder eine Grundlage für einen *soliden* Job. Ist es das, was Sie wollen?«

»Ich verstehe nicht«, gestehe ich ehrlich ratlos.

»Studenten sind selten Studenten, weil sie gerne studieren«, erklärt sie wenig hilfreich und klingt dabei wie einer dieser weisen Sprüche, die in Glückskeksen versteckt sind. »Sie verfolgen ein Ziel, das sie lediglich mit einem Studium erreichen können. Einen Traum, für den sie sich jeden Tag in diese Hörsäle setzen und an den Wochenenden pauken. Zumindest an manchen.«

»Und?«

»Was ist Ihr Ziel?«, fragt sie und sieht mich so eindringlich an, dass mir ein bisschen unwohl wird. »Wollen Sie nach dem Studium zu Hause bleiben, wollen Sie einen Beruf ergreifen und, wenn ja, welchen? Haben Sie sich Gedanken darüber gemacht, wie es in Zukunft mit Ihrem Kind vereinbart wird, oder welche langfristigen Ziele Sie verfolgen? Oder geht es Ihnen nur darum, einen soliden Abschluss zu machen?«

Ein wenig überfordert zucke ich mit den Schultern. »Ich weiß nicht genau. Ich habe ein Praktikum als Dramaturgieassistentin gemacht, es aber nicht beendet.«

»Wegen Ihrer Tochter.«

Ich nicke. »Genau. Ich denke nicht, dass das als Beruf noch infrage kommt.«

Sie sieht mich an. »Warum nicht?«

»Die Arbeitszeiten sind nicht gerade der Hammer«, sage ich kleinlaut. »Vor allem am Anfang nicht, man muss abends und teilweise nachts arbeiten. Wie soll ich das mit Lila anstellen?«

»Und wie lautet Ihr Plan B?«

»Ich weiß es nicht«, gebe ich betroffen zu.

»Denken Sie darüber nach«, sagt Miss Geeson. »Machen Sie sich zwei Pläne – einen, der realistisch erscheint und der Ihre Grundbedürfnisse abdecken wird, und einen Plan, den Sie aufstellen würden, wenn Sie keinerlei Verpflichtungen oder Einschränkungen hätten. Und dann sehen wir uns nächste Woche wieder. Okay?«

»Und was soll das bringen?«, frage ich skeptisch. »Ich *habe* Verpflichtungen und Einschränkungen.«

»Das besprechen wir nächste Woche«, sagt sie und steht auf. »Ich freue mich, dass Sie hergekommen sind, Jamie. Grüßen Sie Ihre Tochter von mir.«

Ich soll eine Dreijährige grüßen? Immer noch verwirrt stehe ich auf, schüttle ihr die Hand und verabschiede mich. Dieser abrupte Rausschmiss irritiert mich mindestens so sehr wie das komplette Gespräch. Es ist ja sehr nett, dass die Dozenten sich Gedanken um die Zukunft ihrer Studenten machen, doch ich bin kein Kind mehr. Oder die orientierungslose Schwangere, die ich vor vier Jahren gewesen bin.

Während ich durch die ruhigen Flure gehe, sehe ich auf mein Handy. Keine Nachricht, wobei ich nicht weiß, ob das ein gutes oder ein schlechtes Zeichen ist. Natürlich freue ich mich darüber, dass Lila den Tag mit Carter verbringt. Ich freue mich für sie. Meine eigenen Gefühle dazu sind eher schwierig. Ein Teil von mir, ein sehr bösartiger, verwerflicher Teil, ist eifersüchtig auf die Beziehung, die die beiden zueinander haben. Lila hat einen Narren an Carter gefressen und spätestens, seit er ihr die Anna-Puppe geschenkt hat, ist er ihr persönlicher Held. Die beiden verstehen sich gut, während Carter und ich umeinander herumschleichen und versuchen, einen gemeinsamen Nenner zu finden, der nichts mit Sex zu tun hat.

Außerdem gibt es immer noch diese Stimme in meinem Hinterkopf, die mich davor warnt, mich auf ihn zu verlassen. Ober besser, mich darauf zu verlassen, dass er auch in Zukunft ein Teil unseres Lebens sein wird. Vielleicht dauert es noch Wochen oder Monate, dann ist er uns leid. Die Verantwortung leid, die er für ein Kind tragen muss, die Verpflichtungen, die ihn von heute auf morgen überrumpelt haben. Vielleicht hat er sich sein Leben anders vorgestellt, und bald fällt ihm ein, dass er das alles gar nicht will.

Ich denke an das Gespräch mit Miss Geeson. Was will *ich* eigentlich? Klar, ich würde Lila um nichts in der Welt hergeben und kann mir ein Leben ohne sie nicht vorstellen. Im Moment bin ich noch voll und ganz mit ihr beschäftigt, doch sie ist schon kein Baby mehr. Vielleicht wird es allmählich Zeit, mir Gedanken darüber zu machen, was aus mir wird, wenn ich mich nicht länger komplett auf sie konzentrieren muss. Wenn sie zur Schule geht und ich dann dastehe, mit nichts, was wirklich mir gehört.

Wieder werfe ich einen Blick auf mein Handy. Ich muss zugeben, dass mein Leben leichter wäre, wenn Carter ein Teil davon wäre. Wenn ich nicht alleine für dieses winzige Leben verantwortlich wäre und jemanden hätte, der sich die Probleme und die Sorgen mit mir teilt.

Zögernd entsperre ich das Telefon und tippe eine schnelle Nachricht an Carter. Vielleicht ist es an der Zeit, einen Schritt auf ihn zu zu machen. Ich kann immer noch den Rückzug antreten, sollte sich dieser Weg als Sackgasse erweisen.

Zwei Stunden später verlasse ich den Aufzug und werde von einem Schlachtfeld empfangen. Der Lärm ist ohrenbetäubend, und überall liegt Zeug herum, sodass ich einen verwirrenden Moment lang denke, jemand wäre in die Wohnung eingebrochen. Dann erkenne ich die Melodie von einem Lied aus *Vaiana* und entspanne mich ein bisschen. Wohl doch kein Einbrecher – es sei denn, er ist Disney-Fan. Ich stelle meinen Kram ab und mache vorsichtig ein paar Schritte in das Chaos hinein, sehe aber weder Lila noch Carter.

»Auf sie!«, ertönt ein ohrenbetäubendes Brüllen von der Seite.

Ich ducke mich instinktiv, leider viel zu spät – kaum drei Sekunden später trifft mich eine Ladung Kunstschnee. Ja, Kunstschnee.

»Was soll das denn?«, frage ich nach Luft schnappend, während Turtle um mich herumspringt und aufgeregt bellt.

»Du bist raus«, teilt Lila mir würdevoll mit. Was gar nicht so leicht ist, immerhin trägt sie ein pinkfarbenes Horn auf dem Kopf und hat beunruhigend viel Glitzer im Gesicht.

»Wie siehst denn du aus?«, frage ich und versuche ihr den Glitzer von der Wange zu wischen, keine Chance. »Ist das Schminke?«

»Keine Sorge, das geht in der Wanne wieder ab«, sagt Carter, der gerade hinter der Couch auftaucht. Ich will nachfragen, doch sein Anblick bringt mich einen Moment lang völlig aus der Fassung. Denn auch er trägt ein Horn und hat Glitzer im kompletten Gesicht.

»Was ist hier los?«, frage ich verwirrt, kann ein Grinsen aber nicht unterdrücken.

»Wir waren am Set«, erklärt er und stellt sich neben Lila, die stolz ihr Horn berührt. »Und wir haben uns schminken lassen, oder, Lila?«

Sie nickt stolz. »Und da war Schnee, der nicht kalt ist! Ich durfte was mitnehmen!«

»Das sehe ich.«

Carter zuckt mit den Schultern. »Die Stylistin hat sie gefragt, als was sie sich schminken lassen möchte, und Lila hat sich für ein Glitzer-Einhorn entschieden. Und ... na ja, sie hat auch für mich entschieden.«

»Du bist ein wunderschönes Glitzer-Einhorn«, sage ich zu Lila und versuche ihr einen Kuss auf eine freie Stelle zu geben, was gar nicht so einfach ist. Dann sehe ich Carter an. »Und du auch.«

»Ich weiß«, meint er grinsend, dann zieht er Lila sanft am Pferdeschwanz. »Erzähl Mommy, wen wir getroffen haben!«

»Olaf!«, schreit Lila mich beinahe an, und ich bin mir ziemlich sicher, dass ihre Wangen sich unter all dem Gefunkel vor Aufregung röten. »Der ist viel größer als im Fernsehen, Mom!«

»Wirklich?«, frage ich übertrieben überrascht. »Wie groß?«

Sie streckt beide Arme in die Luft und geht sogar auf Zehenspitzen. »So groß!«

»Wahnsinn!«

»Ja!«

Ich stehe auf und besehe mir das Chaos aus Klamotten, Kissen, Decken und Kunstschnee, der überall auf dem Boden verteilt ist. »Und hat Olaf einen Schneesturm mitgebracht?«

»Neeein«, sagt sie lachend und berührt kurz Carters Bein. »Wir haben eine Höhle gebaut.«

Ich muss schlucken, reiße mich aber zusammen. »Das klingt ja nach einem tollen Tag.«

»Ich gehe jetzt jeden Tag mit ihm zur Arbeit!«

»Ach ja?« Mit hochgezogenen Augenbrauen sehe ich Carter an.

Der grinst verlegen und legt den Kopf schief. »Vielleicht nicht jeden Tag. Aber ab und zu, ich habe sie nämlich eingestellt.«

»Was du nicht sagst.«

Lila hüpft auf der Stelle. »Ich bin seine Asistin.«

»Cool«, sage ich lachend und gebe ihr noch einen Kuss auf den Kopf. »Jetzt ist die Spielverderberin zu Hause, und das heißt, dass es in die Badewanne geht. Es dauert wahrscheinlich Stunden, das ganze Zeug von dir runterzukriegen.«

»Och neee!«, ruft sie und zieht einen Flunsch.

»Och neee!«, sagt auch Carter, stellt sich neben Lila und sieht mich mindestens so flehend an wie sie.

Ich lache, schüttle trotzdem den Kopf. »Schnecke, du musst baden. Keine Widerrede.«

Sie sieht Carter an, merkt dann wohl, dass sie keine Chance hat und trottet Richtung Badezimmer. Sobald sie außer Hörweite ist, drehe ich mich zu Carter um und muss direkt wieder grinsen. »Du bist wunderschön«, sage ich erneut und tippe mit dem Zeigefinger gegen das Horn auf seiner Stirn.

Er wirft sich ein wenig in die Brust. »Ich bin ein magisches, majestätisches Wesen. Ich bitte um Respekt.«

»Natürlich«, sage ich hastig, mache einen Schritt auf ihn zu und gebe ihm einen kurzen Kuss auf die Wange. »Danke.«

»Wofür?«

»Für diesen Tag.«

Sein Blick trifft meinen, als er die Hand hebt und mir leicht mit dem Handrücken über die Wange streicht. »Sehr gerne.«

Das ganze Badezimmer glitzert, als Lila endlich sauber und eingeschlafen ist. Sie war weg, sobald ihr Kopf das Kissen berührt hat, was mir nur noch mehr beweist, wie aufregend ihr Tag mit Carter gewesen sein muss. Turtle hat sich neben ihrem Kopf zusammengerollt – ihr neuer Lieblingsplatz in dieser Wohnung.

Als ich zurück ins Wohnzimmer schlurfe, wartet Carter mit einem riesigen Glas Wein auf mich. Ich setze mich neben ihn, nehme ihm das Glas ab und lasse den Kopf auf die Rückenlehne sinken. »Ich bin total erledigt«, sage ich und schließe die Augen. »Obwohl ich eigentlich kaum was gemacht habe.«

»Wie war die Uni?«, fragt er, streckt einen Arm nach mir aus und beginnt, meine linke Schulter zu massieren. Eigentlich zählt Körperkontakt zu meinen selbst auferlegten No-Gos, doch es fühlt sich so gut an, dass ich mich nicht wehre.

»Irgendwie seltsam«, sage ich, immer noch mit geschlossenen Augen. »Eine Professorin hat mich rausgerufen und wollte mit mir über meine Zukunft sprechen.«

»Ach ja?«

Ich zucke mit den Schultern. »Sie ist Vertrauenslehrerin oder so etwas in der Art. Wahrscheinlich muss sie sich um mich kümmern, wenn man bedenkt, was gerade los ist. Berufsehre, verstehst du?«

»Hat sie nach mir gefragt?« Seine Stimme klingt forschend, also öffne ich die Augen und sehe ihn an.

»Warum?«

»Diese Nell wollte dich benutzen, um Informationen zu bekommen«, sagt er. »Du musst aufpassen, mit wem du worüber redest.«

»Sie ist meine Professorin«, erinnere ich ihn und seufze genervt. »Du tust so, als würden wir unter Zeugenschutz stehen.«

»Ich will euch nur beschützen«, meint er beinahe beleidigt. »So etwas wie mit dieser Nell soll nicht noch einmal vorkommen. Wenn die Medien etwas über unser Privatleben erfahren, dann von uns.«

»Wie auch immer«, sage ich und setze eine ernste Miene auf. Ich richte mich ein Stück auf und nehme einen großen Schluck von meinem Wein, dann sehe ich ihn an. »Ich muss etwas mit dir besprechen.«

»Ach ja?« Er klingt ängstlich, und ein Teil von mir genießt es, dass er in der Defensive ist.

»Ich habe einen Anwalt«, informiere ich ihn und sehe die Furcht in seinen Augen größer werden. Okay, jetzt tut er mir ein wenig leid. »Ich denke, mein Anwalt sollte sich mit deinem Anwalt unterhalten und eine Einigung bezüglich des Sorgerechtes und Unterhalts arrangieren. Ich möchte keine Schlammschlacht mit dir, aber ich habe selbst keine Ahnung davon. Sie sollen uns sagen, welche Möglichkeiten es für uns gibt, und dann entscheiden wir, was wir tun. Okay?«

Er nickt skeptisch. »Okay.«

»Und dann, denke ich …« Ich breche ab und atme einmal tief durch. »Ich meine, du musst es dir gut überlegen. Wenn du dich entscheidest, ein Teil von Lilas Leben zu sein, dann ist das eine Entscheidung für immer. Nichts Vorübergehendes oder etwas, was man sich später noch anders überlegen kann. Denk drüber nach, und es ist mir lieber, wenn du jetzt abhaust als in zwei Jahren.«

Sein Blick wird hart, während er die Zähne aufeinanderbeißt. »Ich werde es mir nicht anders überlegen.«

Ich sehe ihn lange an, versuche herauszufinden, ob er es ernst meint. Auf der anderen Seite kann ich mir nicht vorstellen, warum er mich anlügen sollte. Natürlich ist es möglich, dass er es in diesem Moment so meint und in ein paar Wochen merkt, dass er einen Fehler begangen hat. Doch das Risiko muss ich eingehen.

»Was ist damals passiert?«, fragt er leise, als ich nicht antworte. Als ich die Augenbraue hochziehe, legt er den Kopf schief. »Ich denke, was geschehen ist, ist geschehen, oder nicht?«

Ich schlucke und senke den Blick. »Spielt es eine Rolle?«

»Im großen Plan des Lebens vielleicht nicht«, meint er eindringlich. »Aber für uns zwei möglicherweise.«

»Murray ist in mein Wohnheim gekommen«, erzähle ich stockend und versuche die Bilder zu verscheuchen, die sich in meinem Kopf materialisieren. Das Ganze mag inzwischen vier Jahre her sein, doch mein Herz schmerzt immer noch, wenn ich daran denke. »Er meinte, du hättest ihn geschickt, um *die Sachlage zu klären.* So hat er es umschrieben, damals.«

»Mistkerl«, flucht Carter, presst dann aber die Lippen aufeinander, als ich ihn streng ansehe.

»Er hat mir gesagt, dass du ein Kind und eine Freundin gerade nicht gebrauchen könntest und mich gefragt, ob ich vorhätte, das Kind zu behalten. Falls nicht, würde er sich um den finanziellen Aufwand kümmern, falls ja, Geld anbieten, damit ich abhaue.«

Ich sehe, wie seine Kiefermuskeln arbeiten. Ich kann nur ahnen, was gerade in ihm vorgeht, aber sein Blick ist mörderisch. »Was hast du gesagt?«

»Dass du dir deine Kohle sonst wohin stecken kannst«, sage ich mit einem freudlosen Lachen. »Mein Vergangenheits-Ich hat sich jedoch nicht ganz so förmlich ausgedrückt, fürchte ich.«

Carter stimmt nicht in mein Lachen ein, was ich ihm nicht wirklich verdenken kann. »Und dann?«

Ich zucke mit den Schultern. »Ich musste eine Verschwiegenheitserklärung unterzeichnen, und Murray ist abgedampft. Ich habe ihn erst wiedergesehen, als er neulich bei mir aufgetaucht ist und mir im Grunde das gleiche Angebot gemacht hat wie damals.«

Carter entfährt ein Knurren. Sein Blick richtet sich auf mich, und wenn ich nicht wüsste, dass sein Zorn nicht mir gilt, würde ich vermutlich zurückweichen. »Du hast eine Verschwiegenheitserklärung unterschrieben?«

Nickend nehme ich einen Schluck Wein. »Wäre übrigens nett, wenn du mich daraus entlässt. Jetzt, da die Katze aus dem Sack ist, meine ich. Einen Vertragsbruch kann ich mir beim besten Willen nicht leisten.«

Ihm ist deutlich anzusehen, dass er eine ganze Menge zu der Sache zu sagen hat, doch irgendwie bin ich froh, dass er es nicht tut. Mag sein, dass wir uns darüber austauschen müssen, was damals abgelaufen ist, allerdings bringt es nichts, sich aufzuregen. Es ist Vergangenheit.

»Als du weg warst, hat Murray auch mit mir gesprochen«, sagt er nach ein paar Minuten, in denen wir schweigend die Wand anstarren. »Etwa einen Tag danach. Mein Dad hat mich in sein Büro gerufen, und Murray war dabei. Ich war völlig am Durchdrehen, und dann haben sie mir gesagt, dass du dich gegen die Schwangerschaft entschieden hättest und mich nicht mehr sehen wolltest. Deswegen hättest du gekündigt und seist weggezogen.«

Wieder lache ich hart auf und proste ihm mit meinem Weinglas zu. »In dem Punkt hatten sie recht – ich wollte dich wirklich nicht mehr sehen.«

Sein Blick richtet sich wieder auf mich, und ein paar Sekunden sehen wir einander einfach nur an.

»Es tut mir leid«, flüstert er schließlich, so leise, dass ich ihn kaum verstehen kann. »Alles, was damals gelaufen ist. Wirklich. Du hättest Besseres verdient.«

Ich nicke abgehackt. »Mir auch. Ich hätte Murray nicht glauben sollen.«

Er seufzt. »Und jetzt?«

»Ich denke, wir sollten es Lila sagen«, sage ich leise, ohne ihn aus den Augen zu lassen. »Zeit, dass sie erfährt, wer ihr Dad ist, meinst du nicht?«

2.12

JAMIE

Das große Gespräch mit Lila ist für Sonntag geplant. Wir wollen in den Zoo gehen und ihr dann irgendwie verklickern, dass Carter ihr Dad ist. Ich habe keine Ahnung, ob Lila überhaupt verstehen wird, was wir ihr sagen. Die Bedeutung dieser Information ist ihr mit Sicherheit nicht bewusst, und ich bin mir ziemlich sicher, dass das Ganze für mich und Carter eine emotionalere Aktion wird als für sie. Dennoch erscheint es mir falsch, mit etwas Derartigem einfach beim Abendbrot herauszuplatzen.

Am Freitag habe ich wieder Uni, und wieder passt Carter auf Lila auf. Dieses Mal bin ich ein wenig entspannter, auch wenn ich immer noch alle paar Minuten auf mein Handy sehe. Doch außer einer Nachricht von Carter, dass er seinen Fahrer schickt, um mich abzuholen, passiert nichts Spannendes. Heute Abend ist Carter unterwegs, was bedeutet, dass ich den Abend alleine verbringen werde, sobald Lila im Bett ist. Ein merkwürdiger Gedanke, auch wenn das lächerlich klingt. Ich bin seit drei Jahren alleine, abgesehen von Dad und Kit. In den vergangenen Wochen habe ich mich allerdings so sehr an Carters Anwesenheit gewöhnt, dass es mir seltsam vorkommt, ganz alleine auf der Couch zu sitzen.

Ich muss zugeben, dass ich Carter vermisse, wenn er nicht da ist. Eine besorgniserregende Entwicklung, wenn man bedenkt, dass ich mir geschworen habe, bei ihm auf Abstand zu gehen.

Seufzend verlasse ich das Universitätsgebäude und versuche meine Gedanken zu ordnen. Bei all dem Chaos, das seit geraumer Zeit in meinem Kopf herrscht, habe ich das Gefühl, die Dinge nicht mehr klar zu sehen. Bei jedem Plan scheint es ein ›Aber‹ zu geben, zu jedem möglichen Ausweg hundert Alternativen, zwischen denen ich mich entscheiden muss.

Wie versprochen wartet Phil an der Straße, lässig gegen den Wagen gelehnt und mit dem Handy in der Hand. Er ist ein Mann mittleren Alters mit braunem Haar und unscheinbarem Gesicht. Er ist höflich und nett, jedoch auch etwas distanziert, was ich als professionelle Zurückhaltung verbuche.

»Hey, Phil«, sage ich und bleibe wie immer etwas zögerlich vor dem Auto stehen. »Wie geht's?«

»Wie immer gut, Miss«, antwortet er gewohnt freundlich. »Wie geht es Ihnen?«

Ich zucke mit den Schultern. »Wie immer gut.«

Ein kaum wahrzunehmendes Lächeln huscht über sein Gesicht, bevor er das Telefon wegsteckt und eine kleine Verbeugung andeutet. »Können wir?«

»Klar«, antworte ich und gebe ihm meine Tasche, als er die Hand danach ausstreckt. »Können wir auf dem Weg irgendwo anhalten? Ich verhungere, und ich dachte mir, Lila und ich gönnen uns eine Pizza oder so.«

Wieder ein Lächeln – wow, das ist ein Rekord –, dieses Mal jedoch irgendwie amüsiert. »Ich denke, das wird nicht nötig sein, Miss Evans.«

Ich stutze und blinzle ein paarmal. »Wie bitte?«

»Nun, ich denke, dass es nicht nötig sein wird, einen Zwischenstopp einzuplanen«, erklärt er sachlich und ohne mit der Wimper zu zucken. »Wir sind ein wenig spät dran, Miss.«

»Wofür?«, frage ich verwirrt. Carter wartet möglicherweise auf mich, doch das ist noch lange kein Grund, mich vom Essen fernzuhalten. Ich habe nicht besonders viel für dieses Ich-Chef-Du-mein-Angestellter-Gehabe übrig, aber das hier ist schon beinahe frech. »Wenn es Ihnen zu viele Umstände macht, dann fahre ich mit der U-Bahn.«

Jetzt lacht er tatsächlich. Abgehackt und leise, aber dennoch. »Nein, Miss, es macht mir keine Umstände. Aber wenn Sie erlauben, würde ich Sie einfach bitten, mir in dieser Sache zu vertrauen.«

Ich schüttle den Kopf. Vielleicht sollte ich wirklich mit der U-Bahn fahren. Ich traue es Phil zwar eigentlich nicht zu, doch vielleicht ist er betrunken. Oder high. Unschlüssig sehe ich mich um, dann gebe ich nach und steige in den Wagen.

Während Phil losfährt und im Radio einen Sender ohne Sportübertragung sucht, hole ich mein Handy heraus und wähle Carters Nummer. Wenn Phil sich weigert, mir bei der Essensbeschaffung behilflich zu sein, soll Carter etwas bestellen, bevor ich verhungere. Außer dem nervtötenden Freizeichen erreiche ich allerdings nichts, und auch die Nachricht, die ich ihm schicke, liest er nicht. Allmählich werde ich nervös, rede mir aber ein, dass er sich melden würde, falls etwas mit Lila wäre.

Ich schaue aus dem Fenster, sehe zu, wie die Wolkenkratzer von Chicago an mir vorbeiziehen und die Menschen auf den Straßen geschäftig ihrer Wege gehen. Nach ein paar Minuten beuge ich mich stirnrunzelnd vor.

»Gibt es eine Straßensperrung oder so?«, frage ich und sehe erneut aus dem Fenster. »Wir sind immer noch auf der Chicago Avenue.«

»Das ist mir bewusst, Miss«, antwortet er und wirft mir im Rückspiegel einen belustigten Blick zu. »Wir sind richtig, keine Sorge.«

»Wenn Sie mich entführen wollen, können Sie mir das ruhig sagen«, versuche ich die Stimmung aufzuheitern, doch in Wahrheit beginnt mein Herz zu rasen. Nicht, dass ich ernsthaft davon ausgehe, Phil will mich entführen, trotzdem irritiert mich sein Verhalten. »Die Medien mögen ja hinter einer Story her sein, aber ich glaube nicht, dass sie Lösegeld für mich bezahlen.«

Er lacht verhalten. »Nun, falls ich Sie entführen wollen würde, Miss, würde ich wohl eher Mr Dillane um Lösegeld bitten.«

»Der zahlt nicht«, versichere ich ihm nur halb im Scherz. »Glauben Sie mir, das ist es ihm nicht wert.«

Ich sehe, wie er mich kurz mustert. »Er vergöttert Sie, Miss.«

Ich öffne den Mund, schließe ihn aber wieder. Ich habe keine Ahnung, was ich sagen soll, zumindest nicht in dieser Sache. »Okay, Phil, was läuft hier?«

»Lehnen Sie sich zurück, und genießen Sie die Fahrt, Miss Evans. Wir sind in fünf Minuten da.«

Da ich offensichtlich keine andere Wahl habe, als ihm zu vertrauen – oder aus dem fahrenden Wagen zu springen –, lehne ich mich zurück und versuche erneut Carter zu erreichen. Ohne Erfolg.

Wir fahren tatsächlich kaum fünf Minuten, dann parkt Phil am Straßenrand und dreht sich erwartungsvoll zu mir um. Ich blicke aus dem Fenster, um zu erkennen, wo wir sind, kann jedoch nichts sehen, was mir irgendwie Aufschluss darüber gibt, was hier vor sich geht.

»Und jetzt?«, fauche ich und hebe die Augenbrauen, als er grinst. »Was?«

Er deutet auf einen Schönheitssalon an der Straßenecke. »Sie werden erwartet.«

Verwirrt sehe ich ihn an. »Von wem?«

»Ich soll Ihnen schöne Grüße von Mr Dillane ausrichten und Ihnen sagen, dass Sie einen Termin für Haare und Make-up haben. Sie sollen sich verwöhnen lassen, und dann holt er Sie dort ab.«

»Warum?«, frage ich langsam und sehe erneut zu dem kleinen Laden. Der Name sagt mir nichts, genauso wenig wie die Gegend hier. Ein Friseurbesuch ist ja schön und gut, allerdings auch nicht gerade schmeichelhaft, wenn man das als Aufforderung deutet. »Und was ist mit Lila? Carter ist heute Abend unterwegs, ich muss nach Hause!«

»Soweit ich weiß, ist Ihre Tochter bei Ihrem Bruder, Miss«, erklärt er und nickt in Richtung Friseursalon. »Glauben Sie mir, Miss, es ist alles in bester Ordnung.«

Einen Moment überlege ich, einfach im Auto sitzen zu bleiben. Auf der anderen Seite vertraue ich Carter, zumindest so weit, dass ich sicher bin, dass er sich um Lila gekümmert hat. Trotzdem greife ich nach meinem Handy und wähle Kits Nummer.

»Hey, JJ«, meldet mein Bruder sich nach ein paar Sekunden. »Was gibt's?«

»Ist Lila bei dir?«, frage ich misstrauisch.

»Seit etwa einer Stunde«, antwortet er verwundert. »Weißt du das nicht?«

»Nein«, sage ich mürrisch. »Carters Fahrer hat mich entführt und zu irgendeinem Friseur gefahren. Was geht hier ab, Kit?«

»Ohhhh«, macht er und lacht so laut, dass ich das Telefon ein Stück von meinem Ohr weghalte. »Wie kitschig. Na ja, Kleine, so gerne ich auch derjenige wäre, der ihm die Tour versaut, halte ich mich da raus. Hab einen schönen Abend, ich melde mich morgen und gebe Bescheid, wann ich Lila rumbringe.«

»Kit, was …«, rufe ich, werde jedoch vom Freizeichen unterbrochen. Fassungslos starre ich auf mein Handy. Der Mistkerl hat mich weggedrückt! Blödes verschwörerisches Pack – allesamt!

»Wenn die da drin nicht wissen, was ich hier soll, werde ich Sie suchen und erwürgen«, verspreche ich Phil, greife nach meiner Handtasche und öffne dann die Wagentür.

Er zwinkert mir zu, was mich beinahe so sehr verwirrt wie die ganze Aktion. »Ich freue mich schon darauf, Miss.«

Ich steige aus. »Und hören Sie auf, mich ›Miss‹ zu nennen!«, rufe ich, bevor ich die Tür zuknalle.

Phil fährt weg. Einfach so. Halb habe ich damit gerechnet, dass er mir hinterherruft, er hätte einen Witz gerissen, oder wenigstens wartet, bis ich mein Ziel erreicht habe.

Mit Wut im Bauch stapfe ich auf den Salon zu. Ich mag keine Überraschungen. Mir ist klar, dass ich mit dieser Einstellung einer Minderheit angehöre, doch ich bleibe dabei. Meiner Meinung nach sind Überraschungen etwas für die Leute, die die ganze Sache planen. Der Überraschte hat entweder Glück, und es gefällt ihm tatsächlich, oder er hat Pech und muss so tun, als wäre er wahnsinnig begeistert.

Ich checke noch einmal mein Handy, hinterlasse Carter eine Sprachnachricht und drücke zögernd die Eingangstür auf. Ein Klingeln ertönt, ansonsten ist es vollkommen still. Keine Angestellte, keine Kunden, gar nichts. Es ist ein niedlicher kleiner Laden mit gerade einmal zwei Frisierspiegeln und moderner Blumentapete. Verwirrt trete ich einen Schritt zurück und sehe auf das Schild mit den Öffnungszeiten. Demnach sollte der Laden geöffnet haben.

»Jamie!«

Ich drehe mich um und entdecke ein bekanntes Gesicht. Mein Mund verzieht sich zu einem Lächeln, als ich Lydia erkenne, die mit wehenden Haaren auf mich zugestürmt kommt.

»Oh mein Gott, Lydia!«, sage ich und nehme sie in den Arm. Sie ist immer noch ein gutes Stück größer als ich, allerdings ist deutlich mehr an ihr dran als früher, was ihr ziemlich gut steht. »Was machst du denn hier?«

»Ich arbeite hier!« Sie löst sich von mir und macht stolz eine Geste, die ihren gesamten Laden einschließt. »Der ganze Rummel am Set wurde auf Dauer ein bisschen viel.«

»Du arbeitest nicht mehr für CLT?«, frage ich erstaunt.

Sie schüttelt den Kopf. »Nicht mehr am Set. Allerdings habe ich dank ihnen einen guten Kundenstamm.«

Ich lächle, dann fällt mir der Unterton in ihrer Stimme auf. »Carter zum Beispiel?«

Lachend zieht sie mich am Ellbogen zu einem der Stühle. »Ganz genau. Und heute habe ich quasi geschlossene Gesellschaft.«

Stirnrunzelnd setze ich mich und mustere sie in dem gigantischen Spiegel vor mir. »Was soll denn das alles? Wenn er mit mir ausgehen will, ist dieser ganze Aufwand echt unnötig. Oder hält er mich für eine so große Baustelle, dass ich eine Stylistin brauche?«

»Er hat dir wirklich gar nichts erzählt?«, fragt sie und lacht erneut, als ich mürrisch den Kopf schüttle. »Mensch, dein Leben wird aber auch nicht langweilig.«

»Langweilig erscheint mir im Moment eigentlich ganz reizvoll.«

»Das kann ich mir vorstellen.« Sie sieht mich mit einer Mischung aus Neugierde und Mitleid an.

Ich seufze. »Du kannst ruhig fragen.«

»Stimmt es?« Ich weiß, dass sie respektvoll sein will, trotzdem lieben wir alle gute Klatsch-und-Tratsch-Geschichten.

»Was genau?«

»Dass er dich hat sitzen lassen? Mit dem Kind?«

Ich brauche einen Moment, bis ich antworte. Carter und ich machen immer noch einen Bogen um dieses Thema, doch wahrscheinlich ist es allmählich an der Zeit, reinen Tisch zu machen.

»Nein, ich denke nicht«, sage ich schließlich und klinge dabei überzeugter, als ich erwartet habe. »Es gab da anscheinend das eine oder andere Missverständnis.«

»Aber er ist der Vater?«

»Ja.« Ich zucke mit den Schultern. »Solche Dinge passieren.«

Sie zieht die Augenbrauen hoch. »Krass. Wir hatten keine Ahnung.«

Ich lache nervös. »Das war auch mein Plan. Ich hatte keine Lust, die kleine Praktikantin zu sein, die sich vom Schauspieler hat schwängern lassen.«

»So hätten wir nicht über dich gedacht«, sagt sie ernst und fährt mit den Fingern durch meine Haare. »Alle waren traurig, als du gegangen bist.«

Ich lächle nur, weil mir darauf ehrlich keine gute Antwort einfällt. Rückblickend betrachtet hätte die ganze Situation vermutlich anders gelöst werden können. Wenn Carter und ich miteinander gesprochen hätten, hätte ich mein Praktikum vielleicht beenden können. Vielleicht sogar nach der Geburt den Job annehmen können, den Penny mir angeboten hatte.

Doch das ist ein endloses Spiel. Mir bleibt nichts anderes übrig, als mich auf die Gegenwart zu konzentrieren.

»Also«, sagt Lydia, die meine Stimmung wohl bemerkt hat, »was machen wir mit dir?«

Ich zucke mit den Schultern. »Keine Ahnung. Ich weiß ja nicht, wohin es geht.«

»Das wirst du von mir auch nicht erfahren«, meint sie zwinkernd. »Was gefällt dir denn grundsätzlich? Den Fokus auf die Lippen oder auf die Augen? Haare offen oder zusammen? Locken oder glatt?«

»Überrasch mich«, sage ich und verdrehe die Augen, als sie begeistert in die Hände klatscht. »Aber keine Farbe!«

»Ich bin doch kein Amateur.«

Seufzend lehne ich mich zurück und überlasse Lydia meine Fassadenerneuerung. Früher hatte ich durchaus ein Faible für Haare und Make-up, doch seit Lila auf der Welt ist, hat dieses Thema ein wenig hinten angestanden. Als sie noch ein Baby war, habe ich mir jeden Tag einen Zopf gemacht, weil ihre kleinen Finger ständig in meine Haare gegriffen haben. Geschminkt habe ich mich auch weniger, was eher daran lag, dass meine Augenringe selbst durch das deckendste Make-up geschimmert haben. Und später, als meine Haare nicht mehr in Gefahr waren und ich wieder durchschlafen konnte, hatte ich einfach andere Prioritäten.

Dieser Ausflug in die Welt der Menschen, die noch Zeit für Haarkuren und Feuchtigkeitsmasken haben, ist eigentlich ganz schön. Ich schließe die Augen und lasse Lydia eine Pflegecreme auftragen, die sie mit sanften Bewegungen in meine Haut einmassiert. Dann werden meine Haare gewaschen, zweimal, und mit irgendetwas eingesprüht, was nach Urlaub duftet.

»Ich denke, wir stecken einen Teil zurück«, sagt sie und streicht an einer Seite meines Kopfes das Haar nach hinten. »Und den Rest vielleicht locken? So eine Art Wasserwelle?«

»Wenn du das gut findest«, sage ich und drehe den Kopf hin und her, um mir vorzustellen, wie sie es haben will. »Hochstecken ist bei der Länge eher schwierig.«

»Offen finde ich auch besser.« Sie lächelt mich im Spiegel an. »Beim Make-up würde ich, denke ich, den Fokus auf die Lippen legen. Du hast einen so schönen Mund.«

»Vielen Dank.«

»Ich habe kussechten Lippenstift.«

»Gut zu wissen.«

Sie lacht und macht sich erneut ans Werk. Wie die Fee aus Cinderella wuselt sie um mich herum, jongliert mit Cremetiegeln, Pinseln und Schwämmchen und quasselt dabei ununterbrochen. Über ihren Salon, ihren Verlobten, ihre Arbeit bei CLT und darüber, wie unerhört sie es findet, wie die Medien sich mir gegenüber verhalten haben. Kurz wird sie ein wenig hektisch, als ihr auffällt, dass meine Nägel nicht gemacht sind, doch sie hat sich schnell wieder im Griff. Und auch wenn ich Überraschungen nach wie vor hasse, habe ich tatsächlich Spaß.

Ich sehe in den Spiegel und beobachte meine Verwandlung von der grauen Maus mit Hang zu Oversize-Pullis zum Topmodel, das man dank Lydias Einsatz durchaus in einem Modemagazin abdrucken könnte. Ich erkenne mich kaum wieder. Meine Haare glänzen beinahe unnatürlich und bewegen sich trotz tonnenweise Haarspray in sanften Wellen um mein Gesicht. Meine Haut ist ebenmäßig und beinahe porenfrei, hat einen leichten Schimmer und wirkt wie eine Leinwand für die Kunst, die Lydia bei meinem Augen-Make-up vollbracht hat. Meine Lippen sehen voller und gleichmäßiger aus dank der knallroten Farbe, und der leichte Blaustich meiner Augen kommt ziemlich gut zur Geltung.

Ich sehe verdammt gut aus. Ich neige nicht gerade zu Selbstüberschätzung, doch hier und jetzt muss ich zugeben, dass ich verdammt heiß bin.

Halsaufwärts. Der dunkelgraue Hoodie, die ausgewaschenen Jeans und die Turnschuhe wollen nicht so richtig zu meinem Kopf passen.

Lydia folgt meinem Blick und schüttelt lachend den Kopf. »Keine Sorge, das bleibt nicht so.«

»Was?«, frage ich mit einem nervösen Unterton. »Hat er ein

Kaufhaus schließen lassen, damit ich in Ruhe shoppen gehen kann?«

»Nein«, sagt sie und erscheint beinahe unzufrieden. »Das wäre allerdings eine gute Idee gewesen.«

»Um Gottes willen.«

Sie grinst mich an und hebt einen Finger. »Warte hier.«

Wo sollte ich auch hin? Phil ist verschwunden, und mir fällt gerade ein, dass mein Ticket für die U-Bahn noch in meiner Unitasche steckt. Die bei Phil im Auto liegt. Großartig. Ich hoffe sehr, dass Carter noch auf dem Schirm hat, dass er mich hier hat abladen lassen. Immerhin ignoriert er mich schon den ganzen Nachmittag.

Ein paar Minuten sitze ich da und betrachte mich im Spiegel, dann höre ich Lydias Schritte im Flur. Wenige Sekunden später steht sie wieder hinter mir, einen gewaltigen schwarzen Kleidersack in der Hand.

Ich ziehe eine Augenbraue hoch. »Im Ernst?«

Sie nickt. »Er hat an alles gedacht.«

»An alles wofür?«, frage ich und drehe mich in dem Friseurstuhl zu ihr um. »Sag's mir, was hat er vor? Allmählich werde ich nervös.«

»Vielleicht will er einfach essen gehen.«

Ich deute zuerst auf meine Haare, dann auf den Kleidersack. »Dann bin ich overdressed«, bemerke ich trocken. »Okay, zeig mir das Kleid.«

»Ein bisschen mehr Begeisterung, bitte«, sagt sie stirnrunzelnd. »Das Kleid hat es verdient.«

Ich lächle übertrieben. »Bitte?«

Lydia verdreht die Augen, tritt allerdings einen Schritt zurück und öffnet den Reißverschluss. Zum Vorschein kommt ein schwarzes Kleid, das zugegebenermaßen auf dem Bügel nicht allzu viel hermacht. Die drei Lagen fester Stoff am Rock lassen jedoch erahnen, dass es angezogen um einiges voluminöser sein wird.

»Wow.«

»Ist es nicht schön?«, meint Lydia und streicht mit der Hand beinahe ehrfürchtig über den leicht glänzenden Stoff. »Es ist von Vera Wang. Das war mit Sicherheit teuer.«

Wieder frage ich mich, wofür dieser ganze Aufwand gut sein soll, doch allmählich habe ich mich damit abgefunden, dass ich vorerst wohl nichts erfahren werde. Lydia sieht auf die Uhr und wird erneut hektisch.

»Probier es an, wir müssen in einer halben Stunde fertig sein!«

Gehorsam stehe ich auf, nehme das Kleid und verschwinde in eine kleine Kabine im hinteren Teil des Ladens. Ich habe noch nie ein richtiges Abendkleid getragen, wenn man von Schulbällen und einer Hochzeit einmal absieht. Doch die Kleider waren nichts im Vergleich zu diesem hier. Es ist überraschend schwer und trotz des festen Stoffes samtweich.

Zögernd ziehe ich Shirt, Hose und Socken aus und blicke dann hinab auf meine Unterwäsche. Der schlichte schwarze Slip geht mit Sicherheit klar, doch ich habe keine Ahnung, ob ich den BH anlassen soll, weil der Ausschnitt ziemlich tief ist. Was Carter wohl nicht bedacht hat, ist, dass ich ein Kind bekommen habe und meine Brüste leider nicht mehr das sind, was sie einst waren.

Ich zucke mit den Schultern, nehme das Kleid vom Bügel und steige nach einigem Hin und Her von oben hinein. Ich ziehe mir die breiten Träger über die Schultern und versuche den Reißverschluss an meinem Rücken zu schließen, aber keine Chance.

»Hilfe!«, rufe ich und öffne den Vorhang der Kabine.

Und stolpere beinahe über den Saum, als ich Carter vor mir

sehe. Er steht neben Lydia, die mit einem verträumten Lächeln von mir zu Carter sieht und mit den Augenbrauen wackelt, als unsere Blicke sich treffen.

»Ach, du lässt dich auch mal blicken«, sage ich verlegen, während ich versuche, den Stoff vor meiner Brust in Position zu halten. »Das war ja eine lustige Nummer.«

Statt einer Antwort starrt er mich nur weiterhin an. Erst jetzt fällt mir auf, dass auch er sich verändert hat. Seine Haare sind unordentlich, doch zweifelsfrei gestylt worden, und er trägt einen schwarzen Anzug samt Hemd, Krawatte und sogar Einstecktuch.

Als er anscheinend endlich seine Stimme wiedergefunden hat, macht er einen Schritt auf mich zu und streckt die Hand nach mir aus, lässt sie dann aber wieder fallen. »Jamie«, sagt er und mustert mich erneut von oben bis unten. »Du bist atemberaubend schön.«

Ich erröte, auch wenn ich mir ziemlich sicher bin, dass ich wegen des offenen Reißverschlusses im Moment eher unförmig aussehe. Trotzdem versetzt mir das Kompliment einen kleinen Kick, und mein Herz beginnt ein wenig schneller zu schlagen.

»Danke«, sage ich mit belegter Stimme und räuspere mich. »Ebenso.«

Sein Mund verzieht sich zu einem halben Lächeln. Dann tritt er um mich herum und schließt mein Kleid. Ich halte die Luft an, als seine Finger meinen nackten Rücken streifen. Heiliger, mir war nicht klar, dass Anziehen genauso sexy sein kann wie Ausziehen. Sein warmer Atem trifft meinen Nacken, als er sich kurz nach vorne beugt und mir eine verirrte Haarsträhne hinters Ohr streicht.

»Ich meine es ernst«, sagt er leise. Seine Finger berühren sanft meine Taille, und ich erschaudere. »Du bist umwerfend.«

»Keinen Sex in meinem Laden!«, ruft Lydia mit zusammen-
gekniffenen Augen, bevor ich etwas erwidern kann. Erneut
schießt mir das Blut ins Gesicht.

»Wollen wir?«, fragt Carter und bietet mir seinen Arm an.

Ich atme einmal tief durch, dann hake ich mich unter. »Dann
mal los.«

2.13

CARTER

Die Atmosphäre zwischen Jamie und mir ist so aufgeladen, dass es mich nicht wundern würde, wenn zwischen uns Funken fliegen würden. Trotz des guten halben Meters Abstand zwischen uns kann ich ihre Anwesenheit beinahe körperlich spüren. Und das liegt nicht nur an der Tatsache, dass sie verdammt sexy aussieht.

Ich bemerke, dass sie mir einen unruhigen Blick zuwirft. »Sag es mir jetzt!«

Lachend schüttle ich den Kopf. »Ich bin ein bisschen beleidigt, dass du keine Ahnung hast, wohin wir gehen.«

Sie wird blass. »Oh Gott, hast du Geburtstag?«

»Nicht einmal nah dran.«

»Namenstag? Wurdest du befördert? Kann man als Schauspieler überhaupt befördert werden?«

Als hätte das Schicksal auf ein Kommando gewartet, fahren wir genau in diesem Moment an einem der großen Plakate vorbei, die überall in der Stadt verteilt sind. Ein Radiosender hat VIP-Tickets verlost und in Sachen Werbung offensichtlich alles gegeben.

Ich nicke in Richtung Plakat und lasse Jamie nicht aus den Augen, während sie meinem Blick folgt. Zuerst schaut sie einfach nur verwirrt drein, doch ich bemerke genau die Sekunde, in der es ihr dämmert.

»Oh mein Gott!«, sagt sie und schlägt sich die Hände vor den Mund. »Oh nein!«

»Das ist nicht gerade die Reaktion, die ich beabsichtigt habe«, sage ich lachend. *Oh nein?*

Sie schüttelt den Kopf. »Sag mir, dass ich irgendwo hinter den Kulissen stehe und dir bei deiner Show zugucke!«

»Denkst du, ich habe dir so ein Kleid gekauft, damit du hinter den Kulissen rumstehst?«

»Aber das ist eine Premiere!«, ruft sie beinahe panisch. »Da gibt es rote Teppiche und so.«

»Ja, ich weiß. Ab und zu gehe ich zu solchen Veranstaltungen.«

»Nein!«, sagt sie wieder, dieses Mal energischer. »Was ist denn mit dieser ausgeklügelten Zieh-den-Kopf-ein-Nummer? Warum tragen wir Sonnenbrillen und Kappen beim Einkaufen und laufen dann zusammen über den roten Teppich?«

Ich nehme ihre Hand. Dieses Herumgezappel macht mich nervös. »Erstens«, sage ich und hebe einen Finger, »hast du noch nie einen Film von mir gesehen. Das müssen wir ändern. Zweitens hast du selbst gesagt, dass es sinnvoll ist, wenn wir in die Offensive gehen.«

»Aber doch nicht so!«, sagt sie beinahe verzweifelt und zupft an ihrem Kleid. »Die werden Fotos machen. Und Interviews, oder nicht? Das hätten wir besprechen müssen!«

»Wir müssen keine Interviews geben«, verspreche ich ihr. »Im Ernst, Jamie, wir können das alles ganz straight durchziehen. Wir lassen sie ein paar Fotos machen, zeigen ihnen, dass wir zusammen sind, gucken uns den Film an und verschwinden. Oder wir gehen danach zur After-Show-Party, wie du willst.«

Sie lässt sich in den Sitz zurückfallen. »Warum hast du das getan?«

Verunsichert zucke ich mit den Schultern. Ehrlich gesagt habe ich eine andere Reaktion erwartet. »Ich wollte dich nicht vorführen, wirklich. Ich fand das einfach eine gute Möglichkeit, der Welt zu zeigen, dass wir … Ja, keine Ahnung, dass sie aufhören können zu spekulieren.«

»Dass wir zusammen sind«, sagt sie schlicht und sieht mich an. »Du hast selbst gesagt, dass sie genau das denken werden.«

»Und wäre das so schlimm?«

Sie wendet den Blick ab und seufzt. »Nein, wäre es nicht. Ich habe einfach gedacht, dass wir uns selbst erst einmal sicher sein sollten, was genau das hier ist, bevor wir es mit Amerika teilen.«

»Wir könnten es ihnen erklären«, schlage ich ein wenig demotiviert vor. »Ich kenne ein paar der Reporter, und manche von ihnen sind wirklich in Ordnung. Wir könnten einem von ihnen ein Interview geben und ihm sagen, dass wir zueinanderstehen und gute Eltern für Lila sind. Gemeinsam. Was das für uns beide bedeutet, müssen sie ja nicht wissen.«

Wieder ein Seufzen. »Bist du dir sicher?«

Ich drücke ihre Hand. »Ganz sicher. Ich könnte mir niemand Besseren an meiner Seite vorstellen.«

Ihre Mundwinkel verziehen sich zu einem kleinen Lächeln, und ich atme erleichtert aus. »Das hier bin noch nicht mal ich. Ich sehe aus wie jemand anderes.«

»Du siehst aus wie du«, versichere ich ihr energisch. »Von mir aus hättest du auch im Schlafanzug mitgehen können, aber ich habe vermutet, dass du damit ein Problem gehabt hättest.«

»Das war eine gute Entscheidung.«

Ich grinse. »Das nächste Mal.«

»Okay.« Sie atmet einmal tief durch und streicht über den Stoff ihres Kleides. »Eine Filmpremiere also. Himmel, Carter, ein Essen hätte es auch getan.«

»Im Grunde ist es ein Essen und ein Film. Ein klassisches Date.«

Sie lacht und boxt mich gegen die Schulter. »Okay. Du beantwortest ein paar Fragen, aber nur jemandem, den du schon kennst. Und du redest, in Ordnung? Ich bekomme wahrscheinlich kein Wort heraus, und am Ende hält man mich für 'ne dumme Nuss.«

»Niemand hält dich für eine dumme Nuss«, versichere ich ihr. Zögernd hebe ich die Hand, dann streichle ich ihr sanft über den nackten Arm. Sie zuckt zusammen, lässt es aber zu. »Das wird schon, versprochen. Wenn du nicht aufpasst, hast du vielleicht sogar Spaß.«

»Wenn ich nicht aufpasse, stolpere ich über mein Kleid und mache 'ne Bauchlandung vor einer Horde Reportern.«

»Damit kommst du immerhin auf die Titelseite.«

»Kommen wir das nicht auch so?«, fragt sie und zieht die Augenbrauen hoch. »Chicagos begehrtester Junggeselle plötzlich ein fürsorglicher Familienvater? Das sollte doch mindestens zwei Seiten wert sein.«

Die *Sun* hat mich letztes Jahr tatsächlich zu Chicagos begehrtestem Junggesellen gekürt, allerdings wundert es mich, dass Jamie das weiß. »Du hast mich gestalkt!«, rate ich und lache, als sie rot wird.

»Ich lese Zeitung«, erwidert sie würdevoll und zieht energisch ihre Hand aus meiner. »Die letzten zwei Jahre konnte man dir in den Medien ja kaum aus dem Weg gehen.«

»Du warst schon früher von meinem Erfolg geblendet«, ziehe ich sie auf. »Du kannst es ruhig zugeben, Baby, das ist ganz normal.«

Sie wirft mir einen skeptischen Blick zu, beißt sich dann aber auf die Lippe und weicht meinem Blick aus.

»Was ist?«, frage ich besorgt. Ich bin es nicht gewohnt, mich so unsicher zu fühlen. Scheiße, normalerweise bin ich derjenige, um den geworben wird, teilweise sogar ziemlich schamlos.

Hier zu sitzen und mich ständig zu fragen, was Jamie gerade denkt, ist überraschend anstrengend.

Ihr Blick wird forschend, doch dann schüttelt sie den Kopf. »Nichts.«

Ich ziehe eine Augenbraue hoch. »Komm schon.«

Sie seufzt und hebt abwehrend die Hände. »Ich habe mich nur gefragt, ob du zurzeit … na ja, ob du jemanden hast. Du weißt schon. Ob du mit jemandem schläfst.«

Verwirrt sehe ich sie an. »Jetzt gerade?«

Sie zuckt mit den Schultern. »Könnte doch sein.«

»Du denkst, ich veranstalte das alles hier, während ich eine Freundin habe?«, frage ich ehrlich schockiert. »Dass ich mit dir schlafe, obwohl ich 'ne Freundin habe?«

»Wir haben nicht miteinander geschlafen.«

»Wenn es nach mir gegangen wäre, hätten wir.«

Wieder wird sie rot, aber dieses Mal hält sie meinem Blick stand. »Mir ist klar, dass du keine feste Freundin hast. Aber wir haben uns keine Exklusivität versprochen. Ich kann mir ungefähr vorstellen, was für ein Leben du geführt hast, bevor du von Lila erfahren hast. Wahrscheinlich könnte man dir nicht einmal einen Vorwurf machen. Ich würde es nur gerne wissen.«

Fassungslos sehe ich sie an. »Jamie«, sage ich langsam und drehe mich in meinem Sitz zu ihr. »Mag ja sein, dass ich kein Kind von Traurigkeit bin, aber ich schwöre dir, dass es niemanden gibt. Niemanden außer dir.«

Sie blinzelt ein paar Mal. In ihren Augen spiegeln sich so viele Gefühle, dass ich kaum eines von ihnen klar erkennen kann. »Okay«, sagt sie schließlich und richtet sich ein Stück auf.

»Okay?«, frage ich verwirrt. Ich habe keine Ahnung, ob ich wütend über ihre Unterstellung sein soll oder erleichtert, dass sie mir glaubt.

Sie nickt. »Okay. Jetzt lass uns über etwas anderes reden, sonst übergebe ich mich vor Aufregung auf deine Schuhe. Und die sehen teuer aus.«

JAMIE

Die Limousine hält an, und mir rutscht das Herz in die Hose. Seit Carter mir verraten hat, wohin die Reise geht und was das Ganze für uns bedeutet, kämpfen in meinem Inneren Nervosität, Angst und Aufregung miteinander. Denn trotz meiner Zweifel und Sorge ist mir klar, dass das hier etwas Besonderes ist. Vielleicht nicht für Carter – ich jedoch bin noch nie über einen roten Teppich gelaufen. Wäre das hier nicht teilweise eine Inszenierung für die Medien und würde ich nicht befürchten, mein Privatleben damit noch mehr ins Chaos zu stürzen, würde ich mich wahrscheinlich sogar richtig darauf freuen.

So überwiegt allerdings ein Gefühlswirrwarr, das mir inzwischen ziemlich auf die Verdauung schlägt. Das Glas Sekt, das ich bei Lydia im Salon getrunken habe, liegt mir ungewöhnlich schwer im Magen. Ich hätte vielleicht vorher etwas essen sollen.

»Wollen wir?«, fragt Carter, als der Fahrer – nicht Phil, der Verräter – mir die Tür öffnet.

Ich sehe ihn an, sehe die Sicherheit in seinem Blick und steige aus, was bei den Massen an Stoff gar nicht so einfach ist. Sobald Carter an meiner Seite ist, bietet er mir den Arm an. Ich hake mich dankbar unter. Normalerweise habe ich kein Problem mit hohen Schuhen, allerdings fühlen sich meine Beine normalerweise auch nicht an wie Wackelpudding, den man in ein Paar Seidenstrümpfe gefüllt hat.

Carters Hand legt sich auf meine, dann lächelt er mir aufmunternd zu, und wir betreten das Gebäude. Wir sind an einem Hintereingang, doch es herrscht viel Betrieb. Überall rennen Menschen herum – Security, Leute mit Klemmbrettern und Headsets im Ohr, Menschen in Anzügen und Kostümen sowie Kellnerinnen und Kellner mit Tabletts. Zwischen all dem Personal drückt sich die wichtige Gesellschaft herum und überstrahlt einander, während sie auf ihren Auftritt auf dem roten Teppich wartet.

»Vor vier Jahren war ich noch die mit dem Klemmbrett«, murmle ich und beobachte eine junge Frau, die sich durch die Massen drängt und ein wenig verloren aussieht.

»Jetzt bist du die im Abendkleid.«

»Ganz ehrlich?«, frage ich leise und nicke in Richtung des Mädchens. »Ich fühle mich ihr da zugehöriger.«

Er lacht und gibt mir einen Kuss auf den Kopf, der mir durch Mark und Bein geht.

Wir stehen noch eine Weile herum, in der ich versuche, die Eindrücke zu verarbeiten, die auf mich einprasseln. Hier hinten gibt es anscheinend noch keine Reporter, und wir werden weitestgehend in Ruhe gelassen. Zwar glaube ich ein paar Blicke auf mir zu spüren, doch es ist durchaus möglich, dass ich allmählich paranoid werde.

Als dann schließlich ein junger Mann mit Headset und Klemmbrett zu uns kommt und uns bittet mitzukommen, klammere ich mich an Carters Arm. »Geht's jetzt los?«

»Wir können auch einfach drüber rennen, wenn du willst«, schlägt er schmunzelnd vor.

»Ich habe immer gedacht, dass du einen Haufen Assistenten hast, die an deinen Haaren herumzupfen, ehe du vor eine Kamera trittst.«

»Habe ich normalerweise auch«, bemerkt er schulterzuckend. »Aber heute brauche ich sie nicht. Mit dir an meiner Seite wird sowieso niemand auf mich achten.«

Ich huste übertrieben. »Wow. Das war schmalzig.«

Er lacht laut auf, und ich stimme mit ein, werde aber schnell wieder ernst, als der furchterregende Teppich in Sicht kommt. Wenn man sich solche Sendungen im Fernsehen ansieht, erweckt es immer den Eindruck, als würden die Stars einfach direkt aus ihrer Limousine steigen und über den roten Teppich schlendern. In Wahrheit geht es hektischer und systematischer zu. Der Backstage-Bereich ist eher karg und vergleichsweise unglamourös, was mir trotzdem ganz lieb ist. Als würden die Kabelstränge auf dem Boden mich irgendwie erden.

»Bereit?«, fragt Carter mich erneut.

Ich nicke tapfer. In Wahrheit ist mir schlecht, mein Herz rast, und meine Hände sind schwitzig. Vermutlich kippe ich einfach um, genau vor den Reportern, oder mein Magen erinnert sich an seinen ursprünglichen Plan und kotzt Carter auf die teuren Schuhe. Alles Szenarien, auf die ich nicht besonders scharf bin. Wenn ich ehrlich bin, ist Carters Plan ziemlich gut. Würden wir uns mit einem Reporter treffen, um ein Interview zu geben, wäre es um einiges leichter, uns Informationen zu entlocken, die wir eigentlich nicht preisgeben wollen. Ein Gespräch beinhaltet weit mehr als nur das Gesagte. So können sie uns fotografieren, wir setzen ein Statement aus sicherer Entfernung und können lediglich vereinzelte Fragen im Vorbeigehen beantworten, wenn wir das wollen.

Trotzdem ist und bleibt es eine heikle Angelegenheit. Selbst wenn es nicht so viel bedeuten würde, würde ein Gang über den roten Teppich mich nervös machen.

Sobald wir aus der Sicherheit der Trennwand heraustreten, beginnen auch schon die Kameras zu klicken. Blitzlichter blenden mich, und einen Moment würde ich völlig die Orientierung verlieren, wenn ich mich nicht an Carter klammern würde. Scheinwerfer beleuchten uns von vorne, dazu die Blitze, sodass ich von den Reportern kaum etwas erkennen kann. Ich höre Fragen auf uns einprasseln, aber ich versuche sie auszublenden.

Carter geht ein paar Schritte, dann bleibt er vor der Wand stehen und dreht sich in meine Richtung. Sein Arm legt sich um meine Taille, und ein verdammt charmantes Lächeln breitet sich auf seinem Gesicht aus. Seine Bewegungen wirken ganz natürlich, wie eine Choreografie, die er bereits seit Ewigkeiten auswendig kann. Ich hingegen fühle mich irgendwie unförmig – trotz des fantastischen Kleides, das sich um meine Beine bauscht. Was zur Hölle mache ich normalerweise mit meinen Händen?

Ich lächle ebenfalls und entscheide mich, die Arme einfach herabbaumeln zu lassen.

Ein paar Sekunden lang stehen wir so da, dann geht Carter ein Stück weiter, greift nach meiner Hand und zieht mich mit. Die nächste Pose ist etwas intimer – seine eine Hand liegt wieder an meiner Taille, allerdings verzichtet er dieses Mal auf die paar Zentimeter Sicherheitsabstand zwischen uns beiden. Ich drehe mich in seine Richtung und lege eine Hand auf seinen Bauch, während ich ihm einen fragenden Blick zuwerfe.

Das Lächeln, das er mir schenkt, ist so strahlend, dass es mir für eine Sekunde den Atem verschlägt. Keine Ahnung, ob er das für die Kameras oder für mich macht, doch es verfehlt seine Wirkung nicht. Das Klicken wird hektischer, die Fragen lauter, und es wird unruhig unter den Reportern. Carters Grinsen wird ein wenig listig, dann beugt er sich vor und küsst mich auf die Stirn.

Wie ein Stromschlag durchfährt mich die Berührung, sodass ich einen Moment wirklich vergesse, wo wir gerade sind und was wir tun. Obwohl Carter mich schon öfter berührt oder geküsst hat, überrascht mich seine Wirkung auf mich jedes Mal.

Wir wiederholen dieses Spiel; einige Schritte gehen, in Pose werfen, fotografiert werden und weiter. Und allmählich werde ich lockerer, auch wenn ich mich immer noch unwohl fühle. Ich weiß, dass das hier zu Carters Job gehört, aber das wäre eindeutig nichts für mich. Es ist mir unbegreiflich, wie man sich an all diese Aufmerksamkeit gewöhnen kann. Immerhin weiß ich, dass Carter ein normaler Mensch ist. Ein Mensch, der sein dreckiges Geschirr in die Spüle statt direkt in den Geschirrspüler räumt, dessen getragene Socken sich auf mysteriöse Weise in der gesamten Wohnung verteilen und der seine Cornflakes mit Wasser statt mit Milch isst. Widerlich.

Das Ende des roten Teppichs kommt endlich in Sicht – das Ding muss mindestens eine Meile lang sein –, und Carter berührt mich sanft am Arm. Als ich ihn ansehe, nickt er in Richtung der Reportermeute und zieht fragend die Augenbrauen hoch.

Ich atme einmal tief durch, dann nicke ich und nehme seine Hand.

Gemeinsam gehen wir auf die Absperrung zu, die die Reporter von den Stars trennt. Die Fragen tönen uns entgegen, doch ich mache mir nicht die Mühe, sie verstehen zu wollen. Das würde mich vermutlich nur noch nervöser machen.

»Zwei Fragen«, sagt Carter bestimmt, als wir vor einer hübschen Frau mit Nickelbrille und marineblauem Hosenanzug halten. Sie hält ein Mikrofon in der Hand, und hinter ihr steht ein Mann, der eine riesige Kamera auf der Schulter balanciert.

»Wie gefällt es Ihnen auf dem roten Teppich?«, fragt sie mich mit einem deutlichen britischen Akzent. Ich hatte mit etwas Forschem oder sehr Persönlichem gerechnet, sodass die harmlose Frage mich ein wenig aus der Fassung bringt.

»Ähm …«

»Stell mir die Fragen, okay?«, unterbricht Carter mein Ge-
stammel und zieht die Augenbrauen hoch. »Ich zähle auf dich,
Allie.«

Der Frau lächelt mich an und will sich abwenden, doch ich
hebe die Hand und halte sie auf. Das Letzte, was ich will, ist,
wie eine kleine graue Maus neben dem großen Filmstar zu
wirken.

»Ist schon gut«, murmle ich Carter zu, dann setze ich mein
strahlendstes Lächeln auf und sehe Allie an. »Danke, es ist
recht überwältigend. Und heiß, finden Sie nicht? Am liebsten
würde ich Ihnen allen ein Glas Wasser bringen.«

Allie ist so nett und lacht über meinen halbherzigen Witz.
»Sie sind das erste Mal an Carters Seite bei solch einer Veranstaltung, richtig?« Ich nicke. »Haben Sie vor, ihn in Zukunft
auch zu begleiten?«

»Ehrlich gesagt mache ich das ein wenig vom Verlauf des
Abends abhängig«, antworte ich und grinse kurz in Carters
Richtung. »Ich muss noch entscheiden, ob seine Schauspiel-
künste die schmerzenden Füße wert sind.«

Dieses Mal lacht Allie wirklich, genau wie Carter und der
Kameramann.

»Sie hat noch keinen meiner Filme gesehen«, wirft Carter
ein und schlingt erneut den Arm um meine Taille. »Das hier
wird ein bedeutender Abend.«

»Aber Sie kennen ihn aus seiner Zeit bei *Chicago Hearts*,
richtig?«, fragt Allie lächelnd. »Hat er Sie damals nicht überzeugt?«

Ich lege den Kopf schief und frage mich, ob mehr hinter
dieser Frage steckt als ich bemerke.

Carter übernimmt schnell. »Sie ist nicht leicht zu beeindru-
cken«, sagt er mit einem Lächeln in meine Richtung. »Aber ich
höre nicht auf es zu versuchen.«

»Schön«, sagt Allie und bedankt sich dann. Als ich mich erleichtert abwende, hält sie uns noch einmal zurück. »Eine Frage noch, wenn es okay ist. Wie geht es Ihrer Tochter, Jamie?«

Ich wende mich ihm zu und überlege, ob ich darauf antworten soll. Das hier ist die Realität, mit der wir uns auseinandersetzen müssen, also lächle ich in die Kamera. »*Unserer* Tochter geht es ganz hervorragend, vielen Dank. Einen schönen Abend noch.«

Ich umfasse Carters Hand fester und schaffe meinen Hintern aus dem Rampenlicht. Sobald wir außer Sichtweite der Reporter sind, hält Carter mich zurück, dreht mich zu sich und nimmt mein Gesicht in seine großen Hände.

»Du warst der Wahnsinn«, sagt er, bevor er mich erneut auf die Stirn küsst. Ein Teil von mir wünscht sich, er würde mich richtig küssen, ein anderer ist erleichtert, dass er es nicht tut.

2.14

CARTER

»Lass uns ein Selfie machen!«

Überrascht sehe ich Jamie an. Sie ist deutlich entspannter geworden, dennoch irritiert mich ihre plötzliche Freude an der ganzen Sache. Vielleicht geht es ihr auch nur wie mir, und sie ist erleichtert, endlich einen Schritt vorwärts gemacht zu haben. Bis heute ist mir gar nicht klar gewesen, wie sehr mich dieses Versteckspiel vor der Presse genervt hat. Jetzt, da wir ein Zeichen gesetzt haben, geht es mir um einiges besser. Zumal Jamie mit ihrer Formulierung – *unsere* Tochter – mehr als deutlich gemacht hat, wo wir stehen. Bleibt nur zu hoffen, dass sich die Medien nach dem ersten großen Aufbäumen schnell wieder beruhigen.

Der Film ist vorbei, und ich bin optimistisch, dass er Jamie gefallen hat. Es ist ein Action-Streifen, in dem ich eine Nebenrolle spiele. Leider stirbt meine Figur im letzten Drittel des Films, und ich könnte schwören, dass Jamies Augen feucht geworden sind, als ich dramatisch den Löffel abgegeben habe.

Ich hole mein Handy aus der Hosentasche und werfe mich neben ihr in Pose. Das hier wird ein nicht ganz so würdevolles Bild wie die, die wir vor der Fotowand inszeniert haben, denn Jamie streckt die Zunge raus, und ich schiele.

Lachend löst sie sich von mir und sieht sich dann neugierig um. Gott sei Dank hat sie zugestimmt, auf die After-Show-Party zu gehen. Zwar habe ich ihr versprochen, dass ich mich nach ihr richte, doch ich bin mir ziemlich sicher, dass ich Ärger bekommen hätte, wenn ich mich einfach aus dem Staub gemacht hätte. Allgemein war die Produktion nicht gerade begeistert, dass ich mich in den letzten Wochen so rargemacht und die Premiere in New York verpasst habe. Das hier besänftigt sie vielleicht ein bisschen.

Ich nehme Jamie bei der Hand, und gemeinsam machen wir unsere Runde. Wir unterhalten uns mit ein paar Kollegen, wobei ich bemerke, dass Jamie sich jedes Mal ein wenig versteift. Wahrscheinlich rechnet sie immer noch mit unangenehmen Fragen, aber die meisten Leute sind höflich und ignorieren, was zurzeit in den Medien abgeht. Unter Schauspielern herrscht eine Art stillschweigendes Einverständnis darüber, dass man die gegenseitige Privatsphäre schützt. Immerhin sitzen wir alle irgendwie im selben Boot.

»Carter«, höre ich eine bekannte Stimme hinter mir und drehe mich reflexartig um. Hätte ich es doch lieber nicht getan.

»Murray«, sage ich knapp und nicke ihm zu. Seit ich ihn geschlagen und gefeuert habe, haben wir uns nicht mehr gesehen. Was vor allem daran liegt, dass ich weder auf Anrufe und Nachrichten noch auf E-Mails reagiert habe.

Wieder versteift Jamie sich, und dieses Mal kann ich es nachempfinden.

Murrays Blick richtet sich auf sie, und ich muss mich gewaltig zusammenreißen, um sie nicht wie ein Höhlenmensch hinter meinen Rücken zu ziehen. Oder meinen ehemaligen Agenten erneut zu schlagen, einfach nur, weil er sich in ihre Nähe gewagt hat.

»Was willst du?«, frage ich, bevor er etwas sagen kann. »Ich dachte, ich hätte meinen Standpunkt deutlich gemacht.«

Er bewegt den Kiefer, als könne er den Schlag noch immer spüren. »Ich bin an dein aufbrausendes Temperament ja schon gewöhnt.«

»Glaub mir, das war nicht aufbrausend«, versichere ich ihm kalt. »Das war wohl überlegt, und ich würde es jederzeit wieder tun.«

Sein Blick wird giftig. »Lassen wir das. Dein Vater versucht dich zu erreichen, Carter. Du kannst uns nicht ewig ignorieren.«

»Wollen wir wetten?«, frage ich durch zusammengebissene Zähne.

»Ich bin immer noch dein Agent«, meint er tonlos, woraufhin Jamie an meiner Seite unruhig wird. »Ein Schlag ins Gesicht ändert nichts an den Tatsachen.«

»Mag sein, dass du auf dem Papier mein Agent bist, Murray. Aber keine Sorge, ich werde mich darum kümmern.«

Eine seiner Augenbrauen wandert in die Höhe. »Du hast mir deine Karriere zu verdanken, Junge. Ohne mich wärst du immer noch irgendeine unbedeutende Besetzung in einer Seifenoper.«

Da hat er durchaus recht. Am Anfang meiner Schauspielkarriere hatte mir der nötige Biss gefehlt, um es auf die große Leinwand zu schaffen. Doch das ist Vergangenheit. »Ich denke, ich brauche dich nicht mehr.«

Er sieht mich wütend an, dann wendet er sich an Jamie. »Ich hoffe, du genießt deinen Platz in der ersten Reihe, wenn seine Karriere deinetwegen den Bach runtergeht.«

Jamie schnappt nach Luft. »Ich habe nie ...«

»Genau«, unterbricht er sie barsch. »Du hast nie auch nur einen Gedanken daran verschwendet, was deine kleine Ego-Show hier für die anderen bedeutet. Denkst du wirklich, dass Carter dich und dein Balg gebrauchen kann? Dass er sich das hier ausgesucht hätte? Degradiert zu werden, vom gefragten Prince Charming zum ... was? Sittsamen Familienvater? Du machst dir etwas vor, Mädchen, wenn du tatsächlich denkst, dass ihn dieses Leben auf Dauer ...«

»Es reicht!«, fahre ich wütend dazwischen und ziehe Jamie hinter meinen Rücken, als könne ich sie mit meinem Körper vor all dem Scheiß schützen, den Murray gerade bei ihr ablädt. »Ich schwöre dir, Murray, noch ein Wort, und ich erinnere dich daran, wie treffsicher mein rechter Haken ist. Wag dich noch einmal in ihre Nähe oder in die meiner Tochter, und ich garantiere für nichts!«

»Was ist nur aus dir geworden?«, spuckt er aus, tritt aber tatsächlich den Rückzug an. »Dein Vater hatte recht, du hast nicht das Zeug dazu!«

Ich mache mir nicht die Mühe zu antworten, sondern drehe mich zu Jamie um, sobald Murray außer Sichtweite ist. »Alles okay?«, frage ich sie und gehe ein Stück in die Knie, um ihr in die Augen schauen zu können.

Sie ist ein bisschen blass um die Nase, doch sie nickt und zieht die Augenbrauen zusammen. »So ein dämliches Arschloch!«

»Da kann ich dir nicht widersprechen.«

»Was glaubt der eigentlich, wer er ist?«, knurrt sie und schaut immer noch auf den Punkt in der Menge, wo Murray verschwunden ist. »Wenn du ihn das nächste Mal schlägst, dann sag Bescheid – ich trete nach.«

Trotz der Wut in meinem Bauch muss ich lachen. »Wow. Ganz ruhig, Baby.«

»Warum hast du ihn denn eigentlich geschlagen?«, fragt sie und sieht mich mit großen Augen an. »Ich glaube, das hast du mir noch nie erzählt.«

Einen Moment lang schaue ich ihr in die Augen, dann zucke ich mit den Schultern. »Weil ich herausgefunden habe, dass er von Lila wusste und es mir verschwiegen hat.«

Ihr Blick wird ein wenig glasig, aber sie hält meinem stand. Ein paar Sekunden stehen wir so da, dann verzieht sich ihr

Mund zu einem leisen Lächeln. »Wir sind schon eine merk-würdige Kombination.«

»Was für eine romantische Umschreibung.«

Sie lacht und schlägt mir gegen den Oberarm. »Komm, wir suchen uns etwas zu essen. Ich will mindestens Champagner und Kaviar.«

»Ich denke, das kriegen wir hin.«

JAMIE

Ich habe überraschend viel Spaß, wenn man bedenkt, dass ich im Leben nicht zugesagt hätte, wenn Carter mich in seine Pläne eingeweiht hätte. Abgesehen von der unschönen Begegnung mit Murray sind alle nett zu uns, und von Carters Kollegen fragt niemand nach unserer Beziehung oder Lila. Es ist richtig erfrischend – wir bewegen uns gemeinsam in der Öffentlichkeit, halten sogar Händchen, ohne Angst haben zu müssen, dass eine Meute Reporter uns einkesselt.

Carter hat recht gehabt. Das hier ist die beste Lösung für all das Chaos gewesen. Es ist, als wäre mir ein tonnenschwerer Stein vom Herzen gefallen, von dem ich nicht gewusst habe, dass er existiert. Ich habe mich so sehr auf meine Beziehung zu Carter und seine zu Lila konzentriert, dass mir nicht klar gewesen ist, wie sehr mich die Sache mit den Medien belastet hat.

Wir reden ein wenig über den Film, während wir durch den Saal schlendern, uns hin und wieder mit jemandem unterhalten und uns etwas zu essen holen. Allein für das Büfett hat sich unser Besuch mehr als gelohnt. Ich bin immer noch ein bisschen geplättet und zugegebenermaßen ziemlich beeindruckt. Vielleicht liegt es an den Heerscharen von Schmetterlingen in meinem Bauch, doch Carter auf der großen Leinwand zu sehen, war der Wahnsinn. Zeitweise habe ich mich sogar dabei erwischt, wie mein Blick stolz durchs Publikum gewandert ist, als wolle ich ihnen zeigen, dass dieser Mann allein mir gehört. Bislang war die Tatsache, dass Carter ein erfolgreicher Schauspieler ist, irgendwie unwirklich. Jetzt, da ich ihn in Aktion erlebt habe, kann ich kaum fassen, dass ich heute Abend seine Begleitung bin. Tatsächlich fühle ich mich ein wenig wie der Groupie, für den er mich bei unserer ersten katastrophalen Begegnung gehalten hat.

Natürlich bin ich noch nie auf einer After-Show-Party gewesen, aber sie ist in etwa so, wie ich sie mir vorgestellt habe. An jeder Ecke wird einem ein Glas Alkohol in die Hand gedrückt, alles ist supersauber, und mit ihren Outfits stellen die Frauen sich hier gegenseitig reihenweise in den Schatten. Ich weiß, dass mein Kleid nicht billig war, dennoch kann ich mit einigen dieser Roben nicht mithalten. Was mir allerdings nicht sonderlich viel ausmacht.

»Wollen wir tanzen?«, fragt Carter und bietet mir seinen Arm an.

Mir rutscht das Herz in die Hose. »Ich kann nicht tanzen!«

Er runzelt die Stirn. »Das ist nicht wahr. Wir haben schon miteinander getanzt.«

Ich verdrehe die Augen. »Das war für eine Szene, in der wir uns kaum von der Stelle rühren durften. Wir haben nur geschunkelt.«

»So ein Quatsch«, schnaubt er grinsend, nimmt meine Hand und führt mich zur Tanzfläche, auf der sich bereits mehrere Pärchen positioniert haben.

Ich will mich nicht mädchenhaft anstellen, also verzichte ich auf Gegenwehr und beschränke mich darauf, ihn böse anzusehen. »Keine Hebefiguren, klar?«

Er schmollt. »Verdammt.«

Lachend nehme ich seine Hand und lege meine freie auf seine Schulter. Als seine Finger meine Taille berühren, stockt mir der Atem. Wie ist es möglich, dass seine Berührungen immer noch so eine Wirkung auf mich haben? Das ist beinahe peinlich.

Carter zieht mich zu sich heran, so nah, dass meine Brust seine berührt. Ich mag keine Expertin sein, doch ich bin mir ziemlich sicher, dass das hier kein gebührender Tanzabstand ist – auch ich habe *Dirty Dancing* gesehen!

Wir wagen ein paar vorsichtige Schritte, und entgegen meiner Befürchtung klappt es ganz gut. Tatsächlich habe ich seit dem Tag am Set damals mit Carter nicht mehr getanzt, dennoch fühlt es sich für mich sofort vertraut an. Trotz der ungewöhnlichen Umgebung und allem, was passiert ist, schafft Carter es, dass ich mich geborgen fühle. Dass ein Teil meiner Sorgen bei seiner Berührung verschwindet und ich ein bisschen freier atmen kann. Ich fühle mich jünger, schöner und vor allem begehrt – Gefühle, die ich in den vergangenen Jahren kaum zugelassen habe.

Ich umfasse seine Hand fester und lege meinen Kopf an seine Brust, während wir langsame Schritte über das Tanzparkett machen. Ich höre seinen Herzschlag und bin mir ziemlich sicher, dass meines im selben Takt schlägt.

»Es fühlt sich an wie damals«, flüstert er, als er sich zu mir herunterbeugt. »Weißt du, woran ich in dieser Szene die ganze Zeit denken musste?«

Ich schüttle den Kopf.

Seine Hand wandert von meiner Taille hinauf und legt sich an meine Wange, sodass ich aufsehe. »Ich wollte dich so gerne küssen«, sagt er leise und grinst verhalten. »Ich hätte beinahe meinen Einsatz verpasst, weil ich die ganze Zeit darüber nachgedacht habe, wie es sich wohl anfühlen würde, dich zu küssen.«

Seine Worte verursachen einen warmen Schauer auf meiner Haut. Ich weiß noch, dass ich damals darüber nachgedacht habe, ob sein offensichtliches Interesse für die Kamera oder echt war. Jetzt habe ich die Antwort.

Ich stelle mich auf die Zehenspitzen und küsse ihn sanft auf die Lippen. Wir haben uns schon oft geküsst – leidenschaftlich, wild, hektisch und ein bisschen verzweifelt. Doch dieser Kuss ist anders. Er ist liebevoll und so süß, dass mein Herz einen Schlag aussetzt. Als wären wir zwei Teenager, die einander austesten, um zu sehen, ob das Ganze Potenzial hat.

Als ich mich wieder von ihm löse, liegt ein Leuchten in seinem Blick, das ich vorher noch nie bei ihm gesehen habe. Er sieht von meinen Augen zu meinen Lippen und dreht mich dann wieder zu sich. Dieses Mal durchfährt der Stromschlag meinen ganzen Körper, und aus den vorsichtigen, beinahe schüchternen Gefühlen wird etwas ganz anderes. Mein Körper beginnt zu kribbeln, und ich spüre, wie meine Brustwarzen sich gegen den Stoff meines Kleides drücken.

Carters Blick bohrt sich geradezu in meinen, dann reißt er sich los und sieht sich kurz um. »Ich denke, wir waren lang genug hier, meinst du nicht?«

Ich nicke eifrig. »Auf jeden Fall.«

Ein verschmitztes Lächeln breitet sich auf seinem Gesicht aus. »Wollen wir gehen?«

Wieder nicke ich. »Wir müssen dringend ins Bett.«

In seinen Augen lodert ein Feuer auf, das ich nur zu gut nachempfinden kann. Er löst sich von mir, nimmt jedoch gleichzeitig meine Hand und zieht mich von der Tanzfläche. Wir stürmen an den Leuten vorbei, von denen sich ein paar zu uns umdrehen und einige Carter etwas zurufen, was ich allerdings nicht verstehe. Ist wahrscheinlich auch gut so, denn ich bin mir ziemlich sicher, dass man uns ansieht, was wir vorhaben.

Wir bleiben am Hintereingang stehen, und ich sehe mich etwas hilflos um. »Wie kommen wir nach Hause?«

Carter holt sein Handy heraus und tippt eine schnelle Nachricht, dann sieht er mich eindringlich an. »Der Fahrer holt uns ab. Fünf Minuten.«

Ich weiß, wie lächerlich das klingt, aber fünf Minuten kommen mir in diesem Moment wie eine Ewigkeit vor. Ich mache einen Schritt auf Carter zu und stelle mich so dicht wie möglich neben ihn. Meine gesamte rechte Seite presst sich an seine linke, und ich ernte ein ersticktes Stöhnen.

»Gott, Jamie«, murmelt er so leise, dass nur ich es hören kann. »Wir haben alles gegeben, um einen würdevollen Auftritt hinzulegen, aber wenn du so weitermachst, nehme ich dich hier und jetzt auf der nächsten Motorhaube.«

Seine Worte gehen mir durch Mark und Bein, trotzdem gehe ich ein paar Zentimeter auf Abstand. Auch wenn ich wirklich scharf darauf bin, endlich nackte Haut zu spüren, will ich es nicht darauf anlegen.

Nach gefühlten Stunden hält endlich die schwarze Limousine am Straßenrand. Carter verliert keine Zeit, hält mir die Tür auf und rutscht dann hinter mir auf die Rückbank.

Sobald wir sitzen, lehnt er sich zum Fahrer vor. »Lassen Sie die Trennwand hoch«, bellt er. »Bitte. Und machen Sie Musik an.«

Mir schießt das Blut ins Gesicht, aber ich habe kaum Zeit, meine Gedanken zu ordnen. Sobald die Trennwand zwischen uns und dem Fahrer nach oben gefahren ist, ist Carter über mir. Sein Mund presst sich auf meinen, und seine Hände umfassen meine Taille, als würde er befürchten, dass ich mich ansonsten aus dem fahrenden Wagen werfe.

»Das war nicht gerade diskret«, keuche ich, während er meinen Hals mit Küssen bedeckt und jeden Quadratzentimeter meiner Haut in Brand steckt.

Er lacht, sodass sein warmer Atem mich trifft und erneut erschaudern lässt. »Diskretion war auch nicht meine Absicht, Süße.«

Ich fand derartige Kosenamen immer lächerlich, doch in diesem Moment, aus diesem Mund, ist es perfekt.

Die Unterhaltung gerät ins Stocken, als Carter mich stärker umfasst und auf seinen Schoß hebt. Ich wehre mich nicht – im Gegenteil. Sobald er locker lässt, lege ich die Hände auf seine Schultern und presse mich an ihn. Wir stöhnen beide gleichzeitig auf. Gott, was gäbe ich darum, diesen verdammten Fahrer fortzuschicken und mir von Carter das Kleid vom Leib reißen zu lassen. Denn trotz hochgefahrener Trennscheibe und Musik werde ich keinen Sex auf der Rückbank haben, während vorne ein Fremder sitzt und vermutlich mehr hört, als mir lieb ist.

Allerdings wird meine Vernunft mehr und mehr in den Hintergrund gedrängt. Jede Berührung, jeder Kuss und jeder kehlige Laut, der aus Carters Mund kommt, macht mich mutiger. Meine Hände fahren über die harten Brustmuskeln unter seinem Shirt, und ich presse mich so fest an ihn, dass ich deutlich seine Erektion zwischen meinen Schenkeln spüre. Ich keuche leise auf, als er sein Becken hebt und den Druck intensiviert. Ich lege den Kopf in den Nacken und schließe die Augen. Carter beugt sich vor, küsst erneut meinen Hals, während seine rechte Hand sich um meine Brust legt.

Hastig vergrabe ich das Gesicht in seiner Halsbeuge, um nicht zu schreien. Mit der einen Hand halte ich mich an der Rückenlehne fest, die andere krallt sich in sein Haar. Er schiebt erst den Stoff meines Kleides zur Seite, dann den BH. Als endlich Haut auf Haut trifft, explodieren tausend kleine Lichter in meinem Kopf. Ich komme beinahe, was wirklich peinlich ist. Seit Carter und ich das letzte Mal miteinander geschlafen haben, hatte ich nur einmal Sex. Ein One-Night-Stand, als Nell und ich an Silvester weg gewesen sind und ich mir vorgenommen habe, eine Nacht lang keine Mommy zu sein.

Doch das ist kein Vergleich zu dem hier. Das hier bedeutet so viel mehr, ist so viel intensiver und wirkungsvoller. Wie ein Versprechen, das mit jeder Berührung mehr besiegelt wird.

Carter löst auch die andere Hand von meiner Taille. Einige Sekunden später spüre ich sie an meinem Knie, dann fährt sie meinen nackten Oberschenkel hinauf. Ich halte die Luft an, während sie sich Zentimeter für Zentimeter weiter vortastet und mich beinahe um den Verstand bringt. Ich presse die Lippen auf Carters, ziehe sogar ein wenig an seinen Haaren. Sein raues Lachen geht mir unter die Haut und vibriert in meinen Knochen, während seine Finger an der Innenseite meines Oberschenkels verharren.

Ich weiche ein kleines Stück zurück. »Was ist?«

Sein Blick bohrt sich in meinen und birgt so viele Gefühle, dass ich ein bisschen überwältigt bin. »Ich liebe dich«, sagt er schlicht. Kein Grinsen, kein Feixen, nicht einmal ein Lächeln. Er sagt es so ernst, als würde die Welt davon abhängen. Und das tut sie irgendwie auch – meine Welt. »Ich glaube, ich habe dich damals schon geliebt. Aber da war ich … ich weiß auch nicht. Ich habe es nicht verstanden.«

Tausend Antworten wirbeln durch meinen Kopf. Einige davon recht plump, andere so schnulzig und tiefgründig, dass Carter mit Sicherheit überrascht wäre. Doch keine von ihnen kommt mir über die Lippen. Die leise Stimme in meinem Kopf, die ich so zuverlässig verdrängt habe, verlangt Aufmerksamkeit – erinnert mich daran, wie ich mich vor drei Jahren gefühlt habe. Als ich allein auf einer Bank auf dem Unigelände gesessen und geheult habe, weil Murray mir gesagt hat, Carter sei weder an mir noch an unserem Kind interessiert. Erinnert mich daran, wie verletzt ich war, und daran, was ich zu verlieren habe. Es wäre nicht die gleiche Situation wie damals, aber mit Sicherheit schmerzhaft. Vielleicht könnte ich einen Teil dieses Schmerzes abwenden, wenn ich meine Gefühle vor Carter verberge. Vielleicht würde es mich dann nicht ganz so hart treffen, sollte ihm wieder einfallen, wie sehr er sein Junggesellen-Dasein geliebt hat.

Statt einer Antwort ziehe ich ihn zu mir und küsse ihn. Eine Sekunde lang spüre ich ihn zögern, dann zieht er mich ebenfalls zu sich und erwidert meinen Kuss so stürmisch, dass ich beinahe von seinem Schoß rutsche. Seine Hand, die gerade noch innegehalten hat, setzt ihre Erkundungstour fort. Als sie mich endlich anfasst, stöhne ich auf. Ich lege den Kopf in den Nacken und schließe die Augen. All mein Denken, all meine Gefühle sind auf die Stellen meines Körpers fokussiert, an denen seine Haut meine berührt.

Gott, wie lange habe ich mir das gewünscht. Geküsst zu werden, begehrt zu werden und, ja, auch die magischen drei Worte aus Carters Mund zu hören. Ich mag sie nicht erwidert haben, das bedeutet jedoch nicht, dass sie nicht etwas tief in mir bewegen.

Carters Finger dringt vorsichtig in mich ein, dann ein zweiter. Mein Atem geht heftiger, ich kralle mich in seine Schultern und vergesse beinahe, dass wir nicht allein sind. Carter bringt meinen Seufzer mit einem Kuss zum Schweigen, während er mich weiter streichelt und mir Dinge ins Ohr flüstert, die mir bei klarem Verstand wahrscheinlich die Röte ins Gesicht treiben würden.

Mein Atem geht schneller, während die Gefühle sich zu

einem festen Knoten in meinem Bauch zusammenballen und Sternchen in meinem Blickfeld auftauchen. Carters Finger bewegen sich in einem sanften Rhythmus, der mich immer weiter an den Rand der Klippe treibt. Als der Orgasmus über mir zusammenbricht wie eine riesige Welle, vergrabe ich das Gesicht in seiner Halsbeuge. Mein ganzer Körper verkrampft sich, während ich gleichzeitig das Gefühl habe, sämtliche meiner Knochen haben sich in nichts aufgelöst.

2.15

JAMIE

Ich umklammere Carters Hand und lasse mich bereitwillig von ihm durch die Lobby seines Wohnbunkers ziehen. Meine Beine fühlen sich immer noch seltsam an, mein gesamter Körper steht unter Strom, und trotzdem komme ich mir ungewöhnlich leicht vor. Als würden meine Füße in den sauteuren, superhohen Schuhen überhaupt nicht den Boden berühren.

Ich hebe kurz die Hand und kichere, als wir am Portier vorbeirennen. Er nickt mir höflich zu, aber ich kann das Schmunzeln um seine Lippen erkennen. Mir ist klar, dass man uns ansieht, was wir vorhaben, doch zu meiner Überraschung ist mir das vollkommen egal.

Sobald die Aufzugtüren sich hinter uns schließen, dreht Carter mich zu sich herum, hebt mich hoch und drückt mich mit dem Rücken gegen die Wand. Sein Becken presst sich genau gegen meine Mitte, die nach seinem kleinen Spiel im Auto immer noch auffordernd pulsiert. Ich will ihn so sehr, dass es beinahe wehtut. Obwohl es nur vier Jahre her ist, kommt es mir wie eine Ewigkeit vor. Eine Ewigkeit, in der wir beide versucht haben, einander zu vergessen. Ohne Erfolg.

Carter küsst mich so leidenschaftlich, dass ich mir beinahe sicher bin, ihm geht Ähnliches durch den Kopf. Ich schlinge die Arme um seinen Hals, erwidere den Kuss und presse mich an ihn, während er sein Becken immer wieder gegen meines drückt. Himmelherrgott, wenn er so weitermacht, bin ich fertig, bevor wir überhaupt in der Wohnung sind.

Als der Aufzug hält und ein ›Pling‹ unsere Ankunft ankündigt, lädt er mich erneut auf seine Arme. Ohne mich loszulassen, stolpert er in die Wohnung. Turtle kommt schwanzwedelnd angerannt, und Carter stolpert beinahe über sie, wobei sie im letzten Moment beleidigt ausweicht.

»Bett«, murmle ich zwischen zwei Küssen und beginne an seinen Hemdknöpfen zu zerren. Die Krawatte hat er bereits irgendwo im Wagen verloren. Zu schade.

Carter marschiert zum Bett, hält dann aber inne, als er sieht, dass Turtle sich demonstrativ darauf ausgebreitet hat. Ohne unseren Kuss zu unterbrechen, macht er kehrt, geht zur Theke hinüber und setzt mich auf die Kücheninsel. Der Marmor strahlt kühl durch die vielen Lagen meines Kleides, und ich kann mir nur zu gut vorstellen, wie er sich auf der nackten Haut anfühlen wird.

Als ich es endlich geschafft habe, Carter das Hemd auszuziehen, hilft er mir bei seiner Hose. Ich sitze da und starre ihn an, nehme mir einen Augenblick, um jede Rundung seiner Muskeln, jedes Detail und jeden Zentimeter Haut zu betrachten. Carter Dillane ist ein verdammt schöner Mann. Ein Mann, der jetzt nackt vor mir steht und der im Augenblick nur mir gehört. Mein Blick wandert über seine Brust, seinen flachen Bauch hinunter bis in tiefere Gefilde. Ich fühle mich ein bisschen schamlos, kann den Blick jedoch nicht abwenden. Zwischen meinen Beinen beginnt es erneut auffordernd zu pulsieren, also strecke ich die Arme nach Carter aus und will ihn zu mir heranziehen.

»Moment noch«, sagt er schmunzelnd und deutet auf meinen Ausschnitt. »Wenn du mich anstarren darfst, will ich auch.«

Die Vorstellung, von ihm betrachtet zu werden, ist in dieser Sekunde überraschend prickelnd. Ich lasse die Arme sinken und beobachte Carter, wie er langsam an meine Seite tritt. Seine Hand berührt sanft meine Taille, und ich zucke zusammen.

Mein Herz beginnt zu rasen, als seine Finger nach dem Schiff-
chen des Reißverschlusses greifen und es langsam nach unten
ziehen. Der Stoff klafft auseinander, und kühle Luft trifft meine überhitzte Haut. Ich halte den Atem an. Vorsichtig schiebt
Carter mir die Träger von den Schultern, sodass das Kleid hi-
nunterrutscht und sich um meine Taille bauscht. Mit einer
Hand öffnet er den Verschluss meines BHs und zieht ihn über
meine Arme, bis er mit einem leisen Rascheln auf dem Boden
landet. Ich halte den Atem an, als sein Blick über mich wandert. Ich weiß, dass ich nicht perfekt bin, und ich weiß, dass ich
wegen Lila nicht mehr so aussehe wie vor vier Jahren. Doch
ich fühle mich schön, vielleicht gerade wegen der Spuren auf
meiner Haut, die mich daran erinnern, was ich geschafft und
geleistet habe.

Einen Moment steht Carter einfach da und sieht mich an,
dann breitet sich langsam ein beinahe stolzes Lächeln auf seinem Gesicht aus. Er macht einen Schritt auf mich zu, nimmt
mein Gesicht in seine Hände und küsst mich. Ich vergesse zu
denken, vielleicht sogar zu atmen. Ich spüre seine Berührungen
überall – auf meinen Lippen, meinen nackten Brüsten, meinen
Schultern und schließlich meinen Schenkeln, als seine Hände sich unter das Kleid schieben und mir den Slip abstreifen.
Ich höre das Knistern der Kondomverpackung und als Nächstes Carters schnellen Atem, sobald er sich fest an mich presst.
Ich spüre seine Erektion zwischen meinen Beinen, und mein
Herzschlag beschleunigt sich.

Als Carter in mich eindringt, verschwimmen sämtliche
Eindrücke und Emotionen zu einem undurchsichtigen Misch-
masch. Hinter meiner Stirn startet ein Feuerwerk, und ich keuche erstickt auf, als ich von all den Gefühlen übermannt werde.
Es ist fantastisch, Carter in mir zu spüren. Ich erinnere mich
daran, dass der Sex damals ziemlich gut gewesen ist. Allerdings

war das nichts im Vergleich zu dem hier. Seine Bewegungen sind kontrolliert und so perfekt, dass ich bei jedem kräftigen Stoß aufkeuche.

Auch sein Atem geht schneller und trifft meine Wange, während er mit einer Hand meinen Rücken hält, mit der anderen mein Bein packt und mich noch dichter an sich heranzieht.

Ich schreie auf.

»Fuck, Jamie«, keucht er und wird schneller. »Ich habe dich so vermisst.«

Ich kann nicht antworten. Zum einen, weil ich befürchte, dass ich zu sprechen verlernt habe, zum anderen, weil ich keinen klaren Gedanken fassen kann. Also küsse ich ihn und versuche alles, was es zu sagen gibt, in diesen einen Kuss zu legen.

Seine Bewegungen werden unkontrollierter, animalischer, und sein Atem kommt stoßweise aus seinem Mund, genau wie meiner. Als er kommt, drückt er mich so fest an sich, dass ich kaum noch Luft bekomme. Mit einem letzten kraftvollen Stoß dringt er tief in mich ein und bringt mich damit zum zweiten Mal an diesem Abend dazu, seinen Namen zu stöhnen. Mein Herz rast in meiner Brust, meine Haut scheint in Flammen zu stehen, und in meinen Adern rinnt Lava. Ich kann mich nicht daran erinnern, mich jemals so erschöpft und zugleich so lebendig gefühlt zu haben.

Carters Kopf sinkt auf meine Schulter, seine Hände umklammern mich immer noch. Er lacht hustend und drückt mir eine Reihe Küsse auf die Schulter. »Auf dem Tresen. Nicht schlecht, wenn man bedenkt, dass wir keine Teenager mehr sind.«

Ich schnaube atemlos. »Bei dir klingt es, als wären wir zwei Rentner.«

»Fühlt sich auch ein bisschen so an«, meint er und richtet sich ächzend auf. Sein Gesicht ist gerötet, und seine Haare sind so zerzaust, dass ich wieder lachen muss. »Was ist?«

»Du sieht durchgevögelt aus, Dillane.«

Er grinst und greift nach einer der vielen Haarsträhnen, die aus meiner ehemaligen Frisur entkommen sind. »Es war nur guter Sex, wenn man danach so aussieht.«

»Dann war er wohl sehr gut«, meine ich lächelnd und schließe die Augen, als er mir einen Kuss auf die Stirn drückt.

Carter betrachtet mich ein paar Sekunden, dann schiebt er die Hände unter meine Achseln und hilft mir von der Theke. Das Kleid rutscht ganz hinunter, und einen Moment lang muss ich mich an Carter festhalten, um nicht umzukippen.

»Wow«, sagt er tonlos und deutet dann zum Bad. »Komm mit. Wird Zeit, dass wir meine Badewanne einweihen.«

Ich ziehe eine Augenbraue hoch und sehe ihn skeptisch an. »Du willst mir nicht erzählen, dass du noch keinen von deinen Groupies da mit reingenommen hast, oder?«

Sein Blick wird ernst, dann lehnt er sich vor und streicht mit den Lippen über meine Ohrmuschel. Ich erschaudere. »Du bist die Einzige, Baby.«

Er bietet mir die Hand an und zuckt mit den Augenbrauen. Wieder eine Einladung, wieder ein unausgesprochenes Versprechen. Und dieses Mal zögere ich nicht, bevor ich meine Finger mit seinen verflechte und mich ins Bad ziehen lasse.

CARTER

Als mein Handy zum dritten Mal zu klingeln beginnt, wird Jamie unruhig. Ich drücke den Anrufer weg, beinahe im selben Augenblick ertönt allerdings die Melodie des Festnetztelefons in der Küche.

Jamie seufzt leise und dreht sich auf die andere Seite, wird aber Gott sei Dank nicht wach.

Verdammte Scheiße. Vorsichtig rutsche ich an die Bettkante, renne in die Küche und drücke den Anruf weg.

Wie auf Kommando fängt mein Handy erneut an zu klingeln. Ich stelle es auf lautlos, aber Murrays Name scheint mich vom Display aus ebenso laut anzuschreien wie das Geräusch des Klingelns zuvor.

Ich werfe einen Blick auf Jamie, die nach wie vor in meinem Bett liegt. Sie schläft zwar noch, doch sie wirkt unruhiger als noch vor fünf Minuten. Ich will sie nicht wecken, allerdings traue ich es Murray durchaus zu, dass er in einer halben Stunde hier auf der Matte steht, wenn ich seine Anrufe ignoriere.

Einen Moment lang sehe ich zwischen Jamie und meinem Handy hin und her, dann gebe ich fluchend auf. Ich werde Murray anrufen, ihm noch einmal klarmachen, dass er uns in Ruhe lassen soll und danach wieder zu Jamie ins Bett klettern. Wir haben noch ein paar Stunden, bis wir Lila abholen und mit ihr das Ich-bin-dein-Vater-Gespräch führen müssen. Bis dahin ist sicher noch ein bisschen Zeit, um auch das Bett einzuweihen.

Das Grinsen, das sich bei dem Gedanken auf meinem Gesicht ausgebreitet hat, verschwindet, als ich das Handy fester umfasse. Auf ein Gespräch mit Murray habe ich so gar keinen Bock. Ich will mich mit diesem Menschen nicht mehr beschäftigen, will ihn am liebsten nie wiedersehen. Nach allem, was er Jamie, Lila und mir angetan hat, soll er in der Hölle schmoren.

Trotzdem drücke ich auf ›Wählen‹, während ich Jamie noch einen Blick zuwerfe und mich dann ins Nebenzimmer zurückziehe. Es ist schallisoliert, weil ich beim Training für gewöhnlich laute Musik höre. Also werde ich Jamie da drin nicht stören.

Ich stolpere beinahe über ein paar herumliegende Puppen und setze mich schließlich auf die Hantelbank.

Murray nimmt nach dem zweiten Freizeichen ab. »Wow. Du rufst tatsächlich zurück.«

»Bevor ich mich persönlich mit dir auseinandersetzen muss, mache ich es lieber am Telefon«, meine ich ungerührt. »Was willst du?«

»Mit dir reden.«

»Ach was.«

Er schnaubt. »Hast du dein Handy gecheckt? Social Media oder die Klatschpresse?«

»Ich habe geschlafen«, sage ich trocken. »Bis du mich geweckt hast. Also komm zur Sache.«

Im Hintergrund höre ich irgendetwas rascheln und verdrehe die Augen. Das ist typisch Murray. Eine Riesenwelle schieben und es dann spannend machen, bevor er mit der ach so brisanten Neuigkeit herausrückt. Ich stelle ihn auf Lautsprecher, lege das Handy neben mich auf die Kommode und greife nach einem Paar Hanteln. Lila und Jamie haben mich in letzter Zeit ziemlich in Beschlag genommen, was dazu geführt hat, dass ich das Training ein wenig habe schleifen lassen. Kann also nicht schaden, wenn ich dieses nervtötende Telefonat irgendwie sinnvoll nutze.

»Die Zeitungen sind voll von dir und deiner Kleinen«, murrt Murray schließlich.

»Wie überraschend«, sage ich sarkastisch. »Rück mit der Sprache raus, oder ich lege auf. Ich habe wirklich Besseres zu tun.«

Zum Beispiel zurück ins Bett zu kriechen und ›meine Kleine‹ wie ein Stalker beim Schlafen zu beobachten. Sogar eine Ganzkörper-Haarentfernung ist verlockender, als mit Murray zu reden. Und, ja, ich spreche aus Erfahrung – schmerzhafte Sache.

»Ein paar finden euch supersüß und halten euch für das perfekte Paar.«

Ich grinse. »Da haben sie recht.«

»Aber ein paar machen sich über euch lustig, Carter«, verkündet er unheilvoll. »Wir haben deinen Ruf als Teenieschwarm aufgebaut, das ist dein größtes Verkaufsargument. Und jetzt können die Teenies sich nicht entscheiden, ob sie dich in deiner neuen Rolle niedlich finden oder dich als Arschloch bezeichnen sollen, weil du das naive Mädchen benutzt, dass du vor vier Jahren geschwängert und verlassen hast.«

»Sie werden sich daran gewöhnen«, sage ich knapp, auch wenn ich nicht mehr ganz so gut gelaunt bin wie noch vor ein paar Sekunden. Nicht, weil ich Angst um mein Verkaufsargument habe, sondern weil ich keine Lust auf neue Gerüchte habe. Damit soll eigentlich Schluss sein. »Sie müssen sich damit abfinden, Murray. Ihr alle müsst das.«

»Das kann dich deine Karriere kosten«, sagt er ernst. »Hast du einmal einen Ruf weg, wirst du nur noch für zweitklassige Komödien gebucht.«

»Das bleibt wohl abzuwarten.«

»Ist es das wirklich wert?«, fragt er beinahe wütend. »Noch kannst du das Ruder rumreißen!«

»Was interessiert es dich eigentlich?«, frage ich und setze mich auf. »Ich bin mir ziemlich sicher, dass ich dich gefeuert habe.«

»Da du nicht derjenige bist, der mich eingestellt hast, kannst du mich auch nicht entlassen.«

Ich lache trocken auf. »Es geht um meinen Vater, richtig? Du hast Angst, dass dein schillerndes Leben zu Ende ist, wenn er dir den Geldhahn zudreht.«

Er schnaubt empört. »Ich habe immer in deinem Interesse gehandelt, Carter. Ich habe immer nur das Bestmögliche für deine Karriere getan.«

Wieder muss ich lachen. Der Typ meint es tatsächlich ernst.

»Du hast mir meine Tochter vorenthalten«, erinnere ich ihn durch zusammengebissene Zähne. »Du hast mir erzählt, Jamie hätte sich für eine Abtreibung entschieden. Du hast mir vier Jahre mit meiner Familie genommen!«

»Ich habe getan, was nötig war«, sagt er ungerührt. »Du wärst mit diesem Leben nicht glücklich geworden.«

»Aber es ist *mein* Leben«, sage ich hart. »Du hast dich in Dinge eingemischt, die dich nichts angehen!«

»Und ich würde es wieder genauso machen.« Er seufzt. »Hättest du auf mich gehört, hätten wir diese ganze Sache mehr oder weniger aus den Medien raushalten können. Aber du musstest sie ja vor die Kamera schleifen und das dämlichste Statement aller Zeiten abgeben.«

Meine Worte triefen vor Sarkasmus. »Okay, dann mal her mit dem Plan. Was denkst du, was ich jetzt tun sollte?«

Ich höre, wie er beinahe erleichtert ausatmet. Gott, er glaubt wirklich, dass ich es ernst meine. Wie habe ich all die Jahre nicht bemerken können, wie dumm dieser Mensch ist?

»Wir werden deinen Ruf reinwaschen«, sagt er sachlich. Wie einen einstudierten Text. »Wir machen aus dem Sonnyboy einfach einen Prince Charming.«

Ich ziehe eine Augenbraue hoch. »Ach ja? Und wie gedenkst du das zu tun?«

»Miss Evans mag eine nette junge Frau sein, aber sie hat nichts vorzuweisen. Sie hat keine Ausbildung und kommt aus ärmlichen Verhältnissen. Sie wohnt bei ihrem Vater, die finanzielle Situation ist schwierig, und dieses baufällige Haus ist kein guter Ort für ein Kind. Und sie ist jung, vielleicht sogar zu jung, um derart viel Verantwortung zu übernehmen. Wer weiß, was sie noch alles auf dem Kerbholz hat.«

Wut explodiert in meinem Bauch, so heftig, dass ich kurz davor bin, das verdammte Telefon an die Wand zu klatschen.

Doch ich reiße mich zusammen, versuche mir nichts anmerken zu lassen. Auch wenn ich Murray allein für diese Kommentare über Jamie am liebsten noch einmal die Fresse polieren würde, will ich wissen, was er vorhat. Immerhin steckt er mit meinem Dad unter einer Decke, und seit dem Gespräch im Auto mit meinem Vater weiß ich, was dieser vorhat. Die beiden haben es bereits in der Vergangenheit geschafft, uns auseinanderzubringen. Es ist besser, im Vorfeld zu wissen, was sie planen, als hinterher mit den Folgen umgehen zu müssen.

Also beruhige ich mich und atme einmal tief durch. Pech für Murray, dass ich ein ganz hervorragender Schauspieler bin. »Und?«, frage ich ruhig. »Was hat das alles mit mir zu tun?«

»Dein Vater hat es dir bereits erklärt«, meint er nüchtern. »Wir fechten das Sorgerecht an.«

»Ja, er hat es mir bereits vorgeschlagen.«

»Das sollte kein Problem sein«, erklärt er mir ungerührt. »Und selbst wenn – dein Vater kennt einen spielsüchtigen Familienrichter, der die Nasenkorrektur seiner Tochter nicht bezahlen kann. Darüber musst du dir also keine Sorgen machen.«

Meine sorgsam errichtete Fassade bröckelt, aber ich darf jetzt nicht ausrasten. Ich muss wissen, ob sie schon etwas unternommen haben. Ob sie tatsächlich versuchen, Jamie unsere Tochter wegzunehmen. Ich brauche mehr Informationen, bevor ich mir überlege, was ich mit Murray und meinem Vater anstelle.

»Und dann?«, frage ich, ohne das Zittern voll und ganz aus meiner Stimme vertreiben zu können. »Wie geht es dann weiter?«

»Du behältst das Kind, und wir überholen unser Angebot an Miss Evans, ihr eine Abfindung zu zahlen. Unter diesen neuen Umständen wird sie es sich sicher noch einmal überlegen.«

Ich sehe rot. Ich bin mir ziemlich sicher, niemals einen Menschen so sehr gehasst zu haben wie diesen Mann. »Wow«, sage ich, so trocken ich kann. »Das ist ja ein genialer Plan.«

»Es ist ein Versuch«, bemerkt er, wobei ich mir ziemlich sicher bin, einen geschmeichelten Unterton aus seiner Stimme herauszuhören. »Ich kann dir gleich einen Termin beim Anwalt ausmachen, wenn du möchtest.«

Ernsthaft um Ruhe bemüht, atme ich durch. Ich kann einfach nicht fassen, dass Murray und mein Dad zu so etwas in der Lage wären. Ich habe nicht erwartet, dass mein Vater Jamie als seine Schwiegertochter annehmen oder lieben würde, doch dass er derart kaltschnäuzig mit der Zukunft seiner eigenen Enkelin umgeht, widert mich an.

»In dieser Zukunftsvision«, sage ich langsam, »was wäre da mit Lila? Sie mag ihre Mom recht gern.«

»Jamie dürfte sie natürlich sehen«, erklärt Murray versöhnlich. Ich könnte kotzen. »Es wäre das Beste für beide, glaub mir. Das Kind braucht ein ordentliches Umfeld und jemanden, der es später auf eine vernünftige Schule schicken kann.«

»Oh ja. Ich nehme an, ihre Bildung liegt euch sehr am Herzen.«

Murray grunzt. Keine Ahnung, ob es ein zustimmendes oder ablehnendes Grunzen ist, aber das geht mir auch ziemlich am Arsch vorbei.

2.16

JAMIE

Mit zitternden Händen schließe ich vorsichtig die Tür.

Ich habe genug gehört.

In meinem Kopf überschlagen sich die Gedanken, so viele, dass mir beinahe schwindelig wird. Mir rauscht das Blut in den Ohren, sodass ich meinen eigenen stockenden Atem nicht hören kann.

Es kann nicht sein. Vielleicht träume ich … einen sehr realistischen Albtraum. Es ist einfach nicht möglich, dass ich mich in Carter dermaßen geirrt habe. Dass ich nicht erkannt habe, was er vorhat. Dass Carter anscheinend einer der schlechtesten Menschen auf diesem Planeten ist.

Nein. Unmöglich.

Ich kenne Carter. Mag sein, dass er in der Vergangenheit Scheiße gebaut hat, doch das war nicht allein seine Schuld. Das war eine Gemeinschaftsaktion von ihm, seinem Vater und diesem Murray.

Ich kann nicht glauben, dass Carter sich mit Murray zusammentun würde. Bei der Premiere habe ich selbst erlebt, wie das derzeitige Verhältnis der beiden ist.

Nein. Bestimmt habe ich etwas falsch verstanden.

Unruhig tigere ich im Zimmer auf und ab. Ich muss mit Carter sprechen, ihm in die Augen sehen und ihn fragen, was das alles soll. Ich werde es sehen, wenn er mich anlügt. Er würde so etwas nicht tun.

Mein Blick schweift durch den Raum und sucht nach irgendetwas, was mich ablenken kann. Schließlich fällt er auf Carters Schreibtisch.

Stolpernd bleibe ich stehen. Meine Gedanken rattern durch meinen Kopf, überschlagen sich und nehmen mir beinahe den Atem.

Ich stürze vor und reiße die Türen auf, so schnell, dass ich sie mir beinahe selbst gegen den Kopf geschlagen hätte. Wieder kommen mir die Papiere entgegen, aber anders als beim letzten Mal habe ich jetzt keinerlei Scheu, sie herauszuziehen. Meine Sicht verschwimmt, während ich den Briefkopf mustere. Eine Anwaltskanzlei in Chicago.

Mit zitternden Fingern blättere ich durch die Ausdrucke, mein Blick springt von einer Textzeile zur nächsten, ohne wirklich etwas zu sehen.

Als mir ein Wort ins Auge fällt, verkrampft sich mein Herz. Sorgerechtsunterlagen.

Nein. Nein, nein, nein, bitte nicht. Am Ende des Stapels kleben neongelbe Zettel, auf denen ›Hier unterschreiben‹ steht. Ich blättere immer weiter durch und greife nach einem weiteren Post-it, der auf einer der Seiten klebt. Die Schrift verschwimmt vor meinen Augen, doch ich blinzle die Tränen weg und beginne zu lesen.

Argumente gegen die Mutter:
1. *Schwierige finanzielle Verhältnisse*
2. *Nicht zumutbares Elternhaus*
3. *Schwierige Familie*
4. *Keine Bildung*
5. *Wankelmütig*
6. *Zeitlich eingeschränkt*
7. *Zweifelhafte Entscheidungen in der Vergangenheit*
8. *Vater neigt zu Alkohol*

Ich werfe den Zettel beiseite, als hätte ich mich daran verbrannt. Ich kann nicht weiterlesen, kann mir das nicht länger antun. Mein Herz zieht sich so schmerzhaft zusammen, dass ich nach Luft schnappe.

Ich kann das alles nicht glauben. Es ergibt keinen Sinn. Allerdings liegt es hier schwarz auf weiß vor mir.

Warum sollte er diese ganze Show abgezogen haben? Lila und mich bei sich aufnehmen, einen auf heile Familie machen, mir vorgaukeln, sich in mich verliebt zu haben. Wenn er auf das Sorgerecht aus gewesen wäre, dann hätte er das von Anfang an durchziehen können. Denn auch wenn ich keine Ahnung von diesen Dingen habe, kann ich mir vorstellen, dass Carters Chancen nicht schlecht stehen würden, wenn es zu einer Verhandlung käme.

Ich schlucke, und meine Augen beginnen zu brennen. Oh Gott, das darf nicht passieren. Man darf mir Lila nicht wegnehmen, unter keinen Umständen.

Was, wenn Carter gar keinen Plan gehabt hat? Wenn er mich einfach bei Laune halten wollte, bis er und Murray sich etwas überlegt hatten?

Aber er hat Murray doch gefeuert. Das hat er mir zumindest erzählt. Genau wie er mir erzählt hat, dass er nichts von Lila gewusst hat. Wobei die größte Frage in dieser Sache wohl ist, inwieweit man den Worten eines gut ausgebildeten Schauspielers glauben soll.

Oh Gott, oh Gott, oh Gott.

War das alles nur ein Spiel? Ein Spiel, dessen Ziel es war, mich loszuwerden?

Ich rutsche nach hinten, um Abstand zwischen mich und das zu bringen, was ich gerade gelesen habe.

Panisch sehe ich mich um. Ich muss hier weg. Zu Lila und dann … keine Ahnung. Auf jeden Fall weg von Carter und weg aus dieser Wohnung, die in den vergangenen Wochen beinahe so etwas wie ein Zuhause geworden ist.

Mein Blick fällt auf das gigantische Bett, dessen Laken immer noch zerwühlt sind. Bilder von letzter Nacht steigen vor meinem inneren Auge auf, doch ich dränge sie zur Seite. Würde ich sie zulassen, würde ich mich innerhalb von Sekunden in ein heulendes Häufchen Elend verwandeln. Und dafür habe ich jetzt weder die Zeit noch die Kraft.

Kurzerhand schnappe ich mir eine von Carters Sporttaschen und stopfe alles hinein, was ich finden kann. Ich fluche leise, als mir einfällt, dass der Großteil unserer Sachen sich in dem Raum befindet, in dem Carter immer noch telefoniert. Ich könnte warten und ihm eine Szene machen, doch dafür reichen meine Nerven nicht. Ich muss verschwunden sein, bevor er herauskommt. Ich will ihm nicht die Gelegenheit geben, sich zu erklären.

Hastig ziehe ich mich um, putze mir in Windeseile die Zähne, steige in meine Schuhe und renne hinaus. Auf dem Weg greife ich nach den beschissenen Papieren und stopfe sie zurück in das Schreibtischfach. Als die Aufzugtüren sich vor mir schließen und die Wohnung aus meinem Sichtfeld verschwindet, atme ich erleichtert aus. Die Tränen kommen kaum eine Sekunde später. Schluchzend lasse ich mich mit dem Rücken gegen die Wand sinken und rutsche hinab auf den Fußboden.

Ich habe gedacht, das hier wäre mein Happy End. Der Abschluss einer scheinbaren Tragödie, die sich wie durch Zauberhand letztendlich zu etwas Gutem wandelt. Doch das war es nicht. Es war die Ruhe vor dem Sturm.

Und jetzt geht es weiter.

CARTER

»Wir wollen das Beste für dich«, sagt Murray und klingt dabei so väterlich, dass mir fast der Kragen platzt. Ich kann diese Heuchelei nicht mehr ertragen.

»Darf ich ehrlich sein, Murray?«, frage ich bemüht ruhig und setze mich auf der Hantelbank auf. Ich habe Angst, dass die Hantel durch eine der Wände kracht, wenn das hier so weitergeht.

»Natürlich.«

»Ich finde …«, beginne ich und balle die freie Hand zur Faust, »du und mein Dad – ihr habt einander verdient.«

»Ich fürchte, ich kann nicht folgen«, sagt er verwirrt.

»Dann helfe ich dir mal ein bisschen auf die Sprünge. Wie lange kennen wir beide uns, Murray? Fünf, sechs Jahre?«

»Sieben.«

»Sieben Jahre«, wiederhole ich mit einem trockenen Lachen. »Sieben Jahre, in denen ich die meiste Zeit gedacht habe, dass wir so etwas wie Freunde sind. Und mein Vater ist nun mal mein Vater. Ihr seid die beiden Menschen, die mir lange Zeit am nächsten gestanden haben, und gleichzeitig die beiden Menschen, die meine Tochter – *meine Tochter* – ohne Gewissensbisse ihrer Mutter wegnehmen und in irgendein Internat abschieben würden. Ihr seid die Menschen, die dafür gesorgt haben, dass ich die ersten drei Jahre ihres Lebens verpasst habe – und dass ihre Mutter denkt, ich sei das größte Arschloch der Nation. Ihr seid die Menschen, die mir zur Seite stehen und mich unterstützen sollten, aber stattdessen rottet ihr euch zusammen und schmiedet Pläne, wie ihr mein Leben noch beschissener machen könnt?!«

Murray schnappt am anderen Ende der Leitung nach Luft. »Wir wollten nie …«

»Genau, ihr wolltet nie«, unterbreche ich ihn. Inzwischen schreie ich beinahe, doch das ist mir ziemlich egal. »Ihr wolltet nie, dass ich glücklich bin. Mein Dad will, dass ich Erfolg habe, aber nur weil die Schauspielerei dann keine ganz so große Schande für seine Familie ist. Und du steckst schon seit Jahren so tief in seinem Arsch, dass du von der Realität überhaupt nichts mehr mitbekommst!«

»Carter!«

Ich stehe auf. »Ich bin noch nicht fertig!«, brülle ich ins Telefon. »Wenn einer von euch sich auch nur die Mühe gemacht hätte, Jamie kennenzulernen, dann wüsstet ihr, dass euer Plan völlig aussichtslos ist. Es mag ja sein, dass sie kein Vermögen auf dem Konto hat, doch sie ist die beste, liebevollste und verantwortungsbewusste Mom, die ich kenne. Sie liebt Lila mehr als sich selbst, und sie handelt immer so, wie es für sie am besten ist. An keinem Ort dieser Welt ist Lila besser aufgehoben als bei ihr. Und das wird jeder Richter Chicagos genauso sehen, darauf kannst du dich verlassen.«

»Es ist das Beste für …«

»Halt endlich die Schnauze!«, knurre ich. Meine Stimme zittert vor Wut, und ich hoffe, dass er das bemerkt. »Ich sage es dir jetzt zum allerletzten Mal, Murray: Lass mich und meine Familie ein für allemal in Ruhe. Ich will nichts mehr von dir hören, ich will dich nicht mehr sehen, ich will nicht einmal mehr an dich denken. Wenn du dich noch einmal bei mir, meiner Frau oder meiner Tochter meldest, dann wirst du es bereuen, das schwöre ich.«

Er hustet empört. »Drohst du mir etwa?«

»Oh ja«, versichere ich ihm ernst. »Ich bringe dich in den Knast, solltest du irgendetwas versuchen, was einem von uns schadet. Und du kannst dich drauf verlassen, ich werde etwas finden, was ich gegen dich verwenden kann. Ein Mann, der ein kleines Kind aus seiner Familie reißt, ohne mit der Wimper zu zucken, hat keine weiße Weste!«

Damit lege ich auf. Ein paar Sekunden lang stehe ich schwer atmend da und versuche mich zu beruhigen. Ein Teil von mir will auf irgendetwas einschlagen, ein anderer ist unendlich erleichtert.

Als ich schließlich das Zimmer verlasse, prickelt die Wut nach wie vor in meinen Adern, doch sie ist nicht mehr so allumfassend wie noch während des Telefonats. Ich werde weder Murray noch meinem Dad gestatten, Einfluss auf mich zu nehmen. Dafür ist der heutige Tag zu wichtig. Heute werde ich offiziell Lilas Dad. Das kann mir keiner der beiden nehmen.

Mein Blick fällt auf das Bett, in dem ich Jamie schlafend zurückgelassen habe.

Es ist leer. Vielleicht habe ich sie mit meinem kleinen Ausbruch doch geweckt. Ich gehe hinüber ins Bad, in der Erwartung, sie in der Dusche zu sehen, aber auch dieser Raum ist leer.

»Jamie?«, rufe ich verwirrt und gehe Richtung Küche. Nichts.

Ein ungutes Gefühl breitet sich in meiner Magengegend aus. Mit langen Schritten durchquere ich die Wohnung, sehe in jeden Raum, sogar in den Aufzug.

»Jamie!«, schreie ich panisch. Ich greife nach meinem Handy und wähle ihre Nummer, doch es meldet sich bloß die Mailbox.

Scheiße. Was ist passiert?

JAMIE

Der drohende Nervenzusammenbruch verfolgt mich – auf dem Weg zur U-Bahn, während ich auf einem der Klappsitze zwischen Männern in Anzügen sitze und als ich durch die vollgestopften Straßen Chicagos zur Wohnung meines Bruders stolpere. Ich habe das Gefühl, jeden Augenblick zusammenzubrechen. Als hätte ich meine Probleme die ganze Zeit über hinter einer hohen Mauer verschanzt, doch jetzt klettern sie übereinander wie die Zombies bei *World War Z* und drohen mich mit Haut und Haaren zu verschlingen. Mir ist klar, dass ich zu Kit muss. Zu Lila. Gleichzeitig will ich mich davor drücken, weil ich keine Ahnung habe, wie es dann weitergehen soll. Zurück zu Carter kommt immerhin nicht infrage, und Kits Wohnung ist bei Weitem nicht groß genug für uns drei. Was bedeutet, dass ich zurück zu Dad nach Muskegon muss. Das Leben, dass ich mir in den letzten Tagen zu erträumen erlaubt habe, wäre damit zu Ende. Zurück zur Uni, vielleicht ein neues Praktikum anfangen, einen Vater für Lila haben – all das kann ich vergessen.

Als Kits Wohnhaus in Sicht kommt, nehme ich mir einen Moment. Das ist eines der Dinge, die Nell mir damals gezeigt hat, um mich selbst zu beruhigen. Auch wenn ich Nell für das hasse, was sie mir angetan hat, sind ihre Tipps immer ganz hilfreich.

Ich konzentriere mich auf meinen Atem. In stressigen Situationen neigen wir Menschen dazu, sehr flach zu atmen oder sogar die Luft anzuhalten. Das signalisiert dem Körper, dass Gefahr droht. Also atme ich langsam und tief ein und aus und trete leicht auf der Stelle. Meine Füße treten fest auf den feuchten Asphalt, verbinden mich mit dem Boden und erinnern mich daran, im Hier und Jetzt zu bleiben. Es bringt nichts, mich zu fragen, was sein könnte. Was gewesen ist und was vielleicht passieren kann. Trotz all der Gefühle, die in meinem Inneren toben, muss ich mich zusammenreißen. Denn hier geht es nicht nur um mich – in allererster Linie geht es um Lila.

Sobald ich mich, soweit wie möglich, gesammelt habe, betrete ich das Gebäude und klopfe an die Tür zu Kits Wohnung im dritten Stock. Er wohnt in einer WG, allerdings ist sein Mitbewohner berufsbedingt selten zu Hause, weswegen er die meiste Zeit über alleine ist.

»Hey«, sagt er, sobald er die Tür öffnet. Er blickt über die Schulter und runzelt die Stirn. »Carter meinte, ihr würdet anrufen, wenn ihr vorbeikommt. Ich habe Lila gerade hingelegt.« Er sieht mich an, sieht mich richtig an und stockt dann. »Was ist passiert?«

Ich weiß, dass ich vermutlich fertig und verheult aussehe, doch die Sorge in seinem Gesicht lässt mich Schlimmes vermuten. »Kann ich reinkommen?«

Er tritt zur Seite und folgt mir in das winzige Wohnzimmer, wo ich mich auf die abgenutzte Couch fallen lasse. Mein Blick wandert zu seiner verschlossenen Schlafzimmertür. Es ist gut, dass Lila schläft, so muss sie das Folgende nicht mit anhören. Doch in meiner derzeitigen Verfassung will ich nichts dringender, als sie in den Arm zu nehmen.

»Was hat er gemacht?«, fragt Kit ohne Umschweife, als er sich neben mich setzt. Seine Hand greift nach meiner, aber ich entziehe sie ihm.

»Wow«, sage ich und lache freudlos. »Du bist nicht sehr überrascht.«

»Sag schon«, drängt er. »Muss ich ihn schlagen?«

Ich seufze. »Ja, vielleicht. Wobei wir dann vermutlich verklagt werden.« Ich vergrabe das Gesicht in den Händen und erzähle meinem Bruder die Geschichte. Angefangen bei der

Premiere, unserer Begegnung mit Murray und dem Telefonat, das ich mit angehört habe. Den unglaublichen Sex und Carters Liebesbekenntnis lasse ich weg. Das eine ist zu persönlich, das andere bringe ich einfach nicht über die Lippen.

Als ich geendet habe, sagt er eine Zeit lang gar nichts. Ich sehe auf und entdecke dieselbe Wut und Hilflosigkeit in seinem Blick, die ich in meinem Herzen fühle.

»Das kann er nicht machen«, poltert er schließlich und springt auf. Wieder sehe ich zur Schlafzimmertür, doch nichts regt sich. »Dieses Arschloch! Er denkt, er kann dir das Kind wegnehmen, das er drei Jahre lang ignoriert hat?«

»Die offizielle Version ist, dass er nichts von ihr gewusst hat«, erinnere ich ihn erschöpft. »Und es ist auch seine Tochter.«

»Sagt wer?«, knurrt Kit wütend.

Ich richte mich empört auf. »Was soll das denn heißen?«

Er zuckt mit den Schultern. »Behaupte einfach, es sei nicht seine Tochter. Erzähl es den Medien oder seinem beschissenen Anwalt – egal wem! Vielleicht reicht es, um sie loszuwerden.«

Ich schüttele den Kopf. »Carter weiß, dass sie von ihm ist. Wenn er es drauf anlegt, kann er einfach einen Vaterschaftstest verlangen.«

»Bullshit!«, brüllt Kit. Er marschiert Richtung Tür, macht dann kehrt, kommt zu mir zurück und rauft sich die Haare. »Den krall ich mir. Bestell ihn her, und ich verspreche dir, wenn er wieder geht, wird er nicht mal mehr wissen, wie man ›Anwalt‹ buchstabiert.«

Seufzend lehne ich mich zurück. Aus irgendeinem Grund werde ich immer ruhiger, je wütender Kit wird. »Wir sollten uns wohl eher benehmen, um beim Richter keinen schlechten Eindruck zu machen.«

»Welcher Richter würde einer Mutter ihr Kind wegnehmen und es irgendeinem Playboy aus Hollywood geben?«

»Murray hat irgendwas davon gesagt, dass ein Familienrichter Carters Dad noch einen Gefallen schuldet.«

»Dann zeigen wir den wegen Bestechung an!«

»Wir können uns nicht mit den Dillanes anlegen, Kit«, sage ich erstaunlich ruhig.

»Und ob wir das können!«

Ich zupfe mir mein Haargummi vom Arm und knote meine Haare zu einem unordentlichen Dutt. Ich sehe vermutlich aus wie eine Vogelscheuche und will zumindest ein bisschen vorzeigbar sein, falls Lila wach wird.

»Was willst du jetzt machen?«, fragt Kit, als ich nicht antworte. »*Irgendetwas* müssen wir machen.«

»Und was wäre das deiner Meinung nach?«

»Rede mit Dillane«, schlägt er wütend vor. »Rede mit ihm, und bringe ihn von diesem Scheiß ab.«

Ich sehe ihn skeptisch an. »Woher weiß ich, dass er mich nicht wieder anlügt?«, frage ich, wobei meine Stimme gefährlich zittert. Verdammt. »Er hat mich all die Wochen belogen, Kit, und ich habe es nicht einmal bemerkt. Er kann mir alles erzählen.«

»Beschissene Schauspieler.«

»Amen.«

Er knurrt wütend und lässt sich dann wieder neben mir auf die Couch fallen. »Bring Lila von hier weg«, sagt er schließlich. »Geht irgendwo anders hin, in einen anderen Bezirk. Irgendwohin, wo dieser verfluchte Richter nicht mehr zuständig ist.«

»Ich glaube nicht, dass das so läuft.«

»Verdammte Scheiße«, flucht er. Ich sehe die Verzweiflung in seinem Blick und kann sie nur zu gut nachvollziehen. Kit liebt seine Nichte abgöttisch. Er würde für uns durch die Hölle und wieder zurück gehen, doch genau wie ich hat er keine Lösung für dieses Problem.

»Ich denke, wir müssen abwarten«, sage ich müde. »Wenn es zu einer Verhandlung kommt, können wir immer noch gewinnen.«

Er sieht mich entschlossen an. »Wir werden gewinnen.«

Ich zwinge mich zu einem Lächeln, gebe jedoch schnell wieder auf. Ähnlich wie vor vier Jahren befürchte ich, dass meine Muskeln das Lächeln verlernt haben.

Eine Weile sitzen wir schweigend da und hängen unseren Gedanken nach. Die Luft scheint elektrisch geladen zu sein, wie vor einem Gewitter. Und so ist es ja auch irgendwie. Mein Leben scheint nicht zur Ruhe zu kommen – ständig bereite ich mich auf einen Sturm vor oder beseitige die Schäden.

Meine Brust wird eng, und ich bekomme nur noch mühsam Luft. Ich kann das alles nicht mehr. Jederzeit auf die nächste Katastrophe warten und sicherstellen, dass Lila davon unberührt bleibt. Dieses kleine Mädchen ist mein Leben, ich würde alles für sie tun. Es ist unerträglich, wenn Dinge passieren, vor denen ich sie nicht beschützen kann.

Kits Handy beginnt auf dem Tisch zu brummen, so laut, dass ich erschrocken zusammenzucke. Ich weiß es bereits, bevor ich es sehe – Carters Name erscheint auf dem Display.

»Geh nicht ran!«, rufe ich panisch.

Er wirft mir einen nachsichtigen Blick zu. »Ach was. Ich wollte gerade ein Pläuschchen mit ihm halten.«

Das Herz klopft mir bis zum Hals. »Er wird wissen, dass ich bei dir bin. Wir müssen hier weg.«

»Gott, Jamie, beruhig dich mal«, sagt Kit sanft und greift nach meiner Hand. »Der Typ will euch nicht umbringen. Selbst wenn er hier auftaucht, wird er dich nicht belästigen, glaub mir. Dafür sorge ich.«

Ich nicke, starre jedoch immer noch auf Kits Handy, das jetzt wieder schweigt. »Er weiß nicht, dass ich alles gehört habe.«

Kit sieht mich überrascht an. »Nicht?«

»Ich habe mich rausgeschlichen. Ich wette, jetzt gerade fragt er sich einfach, wo ich abgeblieben bin.«

Er zuckt die Schultern. »Dann soll er sich das fragen. Sobald Lila wach ist, bringe ich euch in ein Hotel. Dort könnt ihr euch erst mal beruhigen, und wir überlegen in Ruhe, wie es weitergeht.«

Als hätte das kleine Monster auf ihr Signal gewartet, öffnet sich mit einem leisen Klicken die Schlafzimmertür. Lila erscheint mit verschlafenen Augen und zerzausten Haaren. Sie sieht sich kurz um, dann entdeckt sie mich.

»Mommy!«, ruft sie und klettert auf meinen Schoß, als ich die Arme nach ihr ausstrecke.

Ihr Körper schmiegt sich an meinen, und ich spüre ihr warmes Gesicht in meiner Halsbeuge. Ich umfange sie, drücke sie fest an mich und lege meine Wange auf ihren Kopf. In diesem Moment fühlt es sich so an, als könne ich sie vor allem Bösen auf dieser Welt beschützen. Doch ich weiß, dass dem nicht so ist.

Tränen steigen mir in die Augen, als mir klar wird, was für ein Chaos uns beide erwartet. Ich wünsche ihr so viel mehr als dieses Leben, und es schmerzt unvorstellbar, dass ich es ihr nicht bieten kann.

Ich spüre Kits Hand auf meinem Knie und drücke mein Gesicht in Lilas Haar.

2.17

JAMIE

Das Hotelzimmer ist klein, aber sauber und einigermaßen schön – mehr, als ich für mein schmales Budget in Chicago zu bekommen geglaubt habe. Lila findet die ganze Sache ziemlich cool, für sie ist es eine Art Urlaub, und sie war regelrecht begeistert, als ich ihr erzählt habe, dass es hier einen Pool gibt.

Kit hat mir natürlich angeboten, bei ihm zu bleiben. Die Wohnung mag nicht groß sein, vorübergehend hätte es aber sicher geklappt. Allerdings wäre es nur eine Frage der Zeit gewesen, bis Carter vor seiner Tür aufgetaucht wäre. Und für dieses Gespräch bin ich noch nicht bereit.

Mein Handy habe ich ausgeschaltet, und ich meide die Zeitschriftenstapel unten in der Lobby. Mir ist klar, dass Carter und ich in allen Schlagzeilen sind, schließlich ist es so geplant gewesen. Doch da haben die Dinge anders gelegen. Im Moment wünsche ich mir, einfach unsichtbar zu sein. Bleibt zu hoffen, dass die Angestellten dieses Hotels verschwiegener sind, als Carter damals prophezeit hat, denn ich bin mir ziemlich sicher, dass eines der Zimmermädchen uns erkannt hat.

Lila springt kreischend auf dem Bett herum, während ich in einem der Sessel sitze und aus dem Fenster starre. Allmählich werde ich paranoid. Bei jeder schwarzen Limousine befürchte ich, dass Carter aussteigt. Als hätte ich einen Peilsender verschluckt.

Wobei ja überhaupt nicht klar ist, ob Carter mich tatsächlich sucht. Wäre es für seinen Plan nicht sogar förderlich, wenn ich in einem Hotel lebe? Das ist ja offensichtlich kein geeigneter Ort für ein kleines Kind.

Nach etwa zehn Minuten hat Lila keine Lust mehr, und wir gehen zu Malen über. Grundsätzlich eine meiner Lieblingsbeschäftigungen mit ihr, allerdings fällt mir nie ein passendes Motiv ein. Wie immer begnügt sie sich mit wilden Mustern und Farben mit vereinzelten, gerade eben zu erkennenden Strichmännchen. Diese formlosen Gestalten sind total ihr Ding, allerdings gerate ich immer ganz schön ins Schwitzen, wenn sie mich fragt, wen ich erkenne. In Wahrheit sehen sie nämlich alle gleich aus, und mindestens einem von ihnen fehlt standardmäßig ein Arm oder ein Bein.

»Das bist du!«, sagt Lila und deutet auf einen plumpen babyblauen Fleck am unteren Bildrand. »Du hast ein Kleid an, siehst du?«

Ich lege den Kopf schief und nicke eifrig. »Wahnsinn! Hab ich sofort erkannt!« Ich deute auf eine wesentlich kleinere Ansammlung von Strichen und Kreisen, dieses Mal in rot. »Und das bist du, richtig?«

Sie klatscht begeistert in die Hände. »Und das ist Carter!«

Der Name aus ihrem Mund versetzt mir einen schmerzhaften Stich. Sie über ihn reden zu hören ist schwerer, als ich es mir vorgestellt habe. »Carter ist auch dabei?«, frage ich tapfer und lächle, als sie die Stirn runzelt.

»Er ist doch immer dabei«, meint sie schlicht und malt weiter an etwas, das, schätze ich, eine Sonne darstellen soll.

Ich sehe sie an. Für sie ist die Welt so einfach. Ist jemand oft anwesend, gehört er einfach dazu. Punkt. Keine Zweifel, keine Sorgen über seine Absichten, kein Was-wäre-wenn. Ich wünschte, es wäre so einfach.

Nachdem wir schwimmen waren und eine weitere Runde Wer-springt-am-höchsten? auf dem Hotelbett gespielt haben, schläft Lila tief und fest. Ihre Wimpern ruhen auf ihren Wangen, ihr Atem geht langsam und gleichmäßig, und hin und wieder stiehlt sich ein Lächeln auf ihre Lippen.

Ich hasse Carter, dennoch kann ich mir nicht wünschen, ihn nie getroffen zu haben. Immerhin hat er genauso viel Anteil an diesem wunderschönen kleinen Menschen wie ich. Sie sieht ihm sogar ähnlich – die gleichen Augen, die gleiche gerade Nase. Normalerweise übersehe ich diese Details bewusst, doch in diesem Moment nehme ich mir die Zeit, nach ihnen zu suchen. Ich sehe so viel von ihm in ihr, dass mir beinahe schwindelig wird. Vielleicht liegt das daran, dass ich die beiden zusammen erlebt habe. Dass ich jetzt weiß, dass sie über dieselben Dinge lachen, einander verstehen und auf manche Dinge dieselbe Reaktion zeigen – auf Süßkartoffeln zum Beispiel. Wobei ich natürlich nicht wissen kann, ob auch diese Gemeinsamkeiten geschauspielert waren. Im Nachhinein weiß ich überhaupt nicht mehr, was und wem ich glauben soll.

Mein Herz stolpert schmerzhaft.

Wie kann es sein, dass mein Leben sich innerhalb eines Tages von beinahe vollkommen in eine Vollkatastrophe verwandelt hat?

Vielleicht hätte ich mit Carter reden sollen, anstatt einfach abzuhauen. Vielleicht hätten wir die Sache klären können wie Erwachsene. Immerhin habe ich nie etwas von ihm verlangt. Weder dass er eine Beziehung zu Lila aufbaut noch dass wir unsere wieder aufleben lassen. Alles, was ich wollte, war, dass er sich entscheidet. Für seine Tochter oder gegen sie. Hätte er von Anfang an deutlich gemacht, dass er kein Interesse an uns hat, dann hätte ich nicht so viel riskiert – meine Zukunft, meine Familie und mein Herz.

Er hat sich bewusst dafür entschieden, mir etwas vorzumachen. Ich hätte es ihm nicht übel genommen, wenn er auf Abstand gegangen wäre.

Ich wünschte, er hätte es getan. Wann genau kommt man eigentlich in dieses berühmte Alter, in dem man es besser weiß?

Seufzend greife ich nach meinem Handy und schalte es ein. Am liebsten würde ich es einfach in den nächsten Mülleimer werfen, doch ich musste mich bei Kit melden, und das Hoteltelefon wird pro Minute abgerechnet. Außerdem steht mir noch ein sicher wahnsinnig unangenehmes Gespräch mit meinem Vater bevor.

Das Display leuchtet auf, und sofort beginnt das Telefon zu summen. Es hört überhaupt nicht mehr auf. Am Ende habe ich vierunddreißig verpasste Anrufe und achtundsiebzig ungelesene Nachrichten.

Wow.

Ich überlege, ob ich einfach alles ungesehen löschen soll. Was hat es für einen Sinn? Trotzdem entscheide ich mich anders. Vielleicht ist es ein Anfall von Selbstgeißelung, oder ich bin einfach neugierig, ob er sich seiner Schuld bewusst ist.

Mit klopfendem Herzen öffne ich die erste Nachricht. Sie ist heute Morgen verschickt worden, schätzungsweise ein paar Minuten, nachdem ich aus der Wohnung verschwunden bin.

Carter: *Hey, wo bist du? Ich habe nicht mitbekommen, dass du aufgestanden bist.*

Carter: *Jamie?*

Carter: *Was ist los?*

Carter: *Jamie, melde dich bitte bei mir! Ich mache mir Sorgen! Was ist los?*

Carter: *HALLO?*

So geht es weiter – Carter tut unwissend und fragt mich,

warum ich nicht ans Handy gehe. Zwischendurch eine Nachricht von Kit, in der er mich fragt, ob es uns gut geht. Dann geht es weiter mit Carters Terror.

Carter: *Scheiße, Jamie, was hab ich gemacht? Falls es um die Schlagzeilen geht – das kriegen wir hin. Wir wussten doch, dass es Gegenwind gibt. Das ist wirklich kein Grund für das hier.*

Carter: *Sag mir wenigstens, dass es euch gut geht. Kit macht die Tür nicht auf, hast du Lila abgeholt?*

Carter: *JAMIE*

Carter: *Geh an dein verdammtes Handy!*

Die restlichen Nachrichten lösche ich ungelesen. Keine Ahnung, was ich erwartet habe. Vielleicht eine Entschuldigung, eine plausible Erklärung, vielleicht … vielleicht eine einfache Lösung für meine Probleme. Doch offensichtlich weiß er immer noch nicht, dass ich sein Gespräch belauscht und die Unterlagen gefunden habe. Denn auch in den letzten Nachrichten fragt er mich, was mein Problem sei. Wobei sein Ton um einiges rauer wird.

Ich gehe auf meine Textnachrichten und sehe, dass ich drei Sprachnachrichten auf der Mailbox habe. Ich zögere. Nachrichten lesen ist eine Sache, seine Stimme hören eine ganz andere.

Die ersten beiden lösche ich, bei der dritten wähle ich ›Abhören‹ und lehne mich mit klopfendem Herzen gegen das Kopfteil des Bettes.

»Jamie«, höre ich Carters leise, verzweifelte Stimme. Mir stockt der Atem, und meine Finger schließen sich fester um das Telefon. »Ich habe keine Ahnung, was los ist. Aber bitte, bitte, bitte melde dich bei mir. Ich mache mir Sorgen um dich und Lila, und ich weiß nicht, was ich falsch gemacht habe. Falls es um letzte Nacht geht, falls ich irgendwas gemacht habe …

Bitte ruf mich an. Oder komm vorbei. Irgendwas und völlig egal, wie spät es ist, okay? Was es auch ist, wir kriegen das hin. Melde dich bei mir!«

Ich merke erst, dass ich weine, als eine Träne von meinem Kinn in meinen Schoß tropft. Er ist wirklich ein ganz fantastischer Schauspieler. Man nimmt ihm die Hilflosigkeit beinahe ab.

Mir ist klar, dass ich mich von seinen Worten nicht einlullen lassen sollte. Dass ich seine Nummer löschen, ihn vergessen und einfach das Land verlassen sollte oder so. Dass er meine Tränen nicht wert ist. Dennoch dringt ein leises Schluchzen aus meinem Mund. Der Nervenzusammenbruch, der schon seit Stunden auf seine Gelegenheit wartet, bahnt sich endlich seinen Weg.

Um Lila nicht zu wecken, rolle ich mich, so leise ich kann, auf meiner Seite des Bettes zusammen, ziehe mir die Decke bis zum Kinn und schließe die Augen. Früher, als ich noch ein Kind war, hat mein Dad mir immer gesagt, dass im Licht eines neuen Tages alles besser wurde. Doch dieses Mal glaube ich nicht daran.

CARTER

»Sag mir noch mal, warum du mich mitten in der Nacht angerufen hast.«

Dexter gähnt schamlos und erinnert mich damit nur daran, dass ich selbst kaum ein Auge zugetan habe. Jamie ist verschwunden, genau wie Lila, wie ich nach einem Besuch bei Kit festgestellt habe. Keine Nachricht, keine Antwort auf meine Anrufe – gar nichts. Kit war anzumerken, dass er angepisst war, doch auch er ist nicht mit der Sprache rausgerückt.

Mir ist einfach nicht klar, was passiert ist. Wir hatten einen tollen Abend und eine noch bessere Nacht, und am nächsten Morgen ist die Welt untergegangen.

Nachdem ich zu Hause gesessen und gewartet habe, habe ich es irgendwann nicht mehr ausgehalten. Ich habe keine Ahnung, was ich tun soll. Im Moment zählt eigentlich nur, *irgendetwas* zu tun. Und nicht alleine zu sein, weil ich ernsthaft Angst habe, den Verstand zu verlieren.

»Wir müssen sie finden«, sage ich schlicht. »Ich muss etwas tun.«

»Vielleicht hat sie die Schnauze voll von dir«, meint er und beweist damit wieder einmal sein Feingefühl. »Weiber hauen nun mal ab, Carter, das haben sie schon immer getan.«

»Jamie ist nicht so«, erwidere ich überzeugt. »Sie würde mir nicht einfach meine Tochter wegnehmen, ohne irgendeine Erklärung.«

»Und was ist deiner Meinung nach passiert?« Er sieht mich an und hebt herausfordernd eine Augenbraue. »Jemand hat die beiden entführt, um Lösegeld von dem berühmten Carter Dillane zu fordern?«

Ich übergehe den Kommentar. In den vergangenen vier Jahren hat sich Dexter nicht gerade in eine gute Richtung entwickelt. Er hat den Verlust seiner Familie immer noch nicht überwunden und bereits zwei Entzüge hinter sich. Ich nehme ihm das alles nicht übel, doch manchmal ist es schwer, das nötige Verständnis aufzubringen. Vor allem, wenn ich derjenige bin, der Unterstützung braucht.

Trotzdem ist er das, was einem Bruder und Familie für mich am nächsten kommt.

»Du würdest also einfach nichts tun?«, frage ich ihn wütend. »Wenn deine Frau und dein Kind verschwunden wären?«

»Ich habe keine Frau und kein Kind, und wenn ich nichts

verpasst habe, seid ihr nicht verheiratet, und die Kleine kennst du erst … wie lange? Einen Monat?«

Ich schüttele den Kopf. »Das spielt keine Rolle.«

Statt einer Antwort zuckt er nur die Schultern, setzt sich aber auf und sieht mich an. »Ich verstehe dich, Mann. Ehrlich. Aber bist du dir sicher, was diese Jamie angeht? Sie ist schon einmal von jetzt auf gleich verschwunden, oder nicht?«

»Das war etwas anderes. Damals dachte sie, ich hätte sie sitzen lassen.«

Er grunzt nachdenklich. »Ich will nur verhindern, dass du dich in eine Sache reinhängst, die du nicht ändern kannst. Das würde dir einiges an Kummer ersparen.«

»Ich werde sie nicht aufgeben«, sage ich eindringlich und werfe erneut einen Blick auf mein Handy. »Keine von beiden.«

Dexter mustert mich einen Moment lang, dann nickt er und klatscht einmal in die Hände. »Also gut. Suchen wir deine Mädchen und bringen sie zurück nach Hause.«

Ich höre den bitteren Unterton in seiner Stimme, allerdings habe ich dieses Mal keine Zeit für ein schlechtes Gewissen. Dexter hat ein Problem mit dem Glück anderer Leute – es erinnert ihn daran, dass in seinem Leben alles drastisch bergab geht. Damit kann ich mich dieses eine Mal nicht beschäftigen. Jetzt gerade sind es allein meine Probleme, die für mich zählen.

»Okay«, sage ich und atme einmal tief durch, um meine Gedanken zu ordnen. »Ich denke nicht, dass sie bei Kit ist. Und auch nicht bei ihrem Vater.«

»Woher willst du das wissen?«

»Das sind die einzigen beiden Orte aus ihrem Leben, an denen ich schon einmal gewesen bin«, erkläre ich knapp. »Wenn sie mir aus dem Weg gehen will, wird sie kaum dahin zurückkehren, oder nicht?«

Er überlegt einen Moment. »Und wenn sie dir wirklich so

konsequent aus dem Weg gehen will, wäre es dann nicht vielleicht sinnvoll, ihr ein wenig Zeit zu geben?«

»Nein«, sage ich mit fester Stimme. In Wahrheit stehe ich kurz vor einem hysterischen Anfall, doch ich muss mich zusammenreißen. »Ich habe keine Ahnung, was in sie gefahren ist.«

»Außer dir?«

Ich sehe Dexter wütend an, dessen Mundwinkel verräterisch zucken. Schön, dass der Scheiß in meinem Leben ihn immerhin ein wenig aufheitert.

»Tut mir leid«, sagt er hastig, als er merkt, dass ich seine Belustigung nicht teile. »Also, was hast du vor? Es ist halb sechs Uhr morgens. Willst du durch die Stadt laufen und einfach laut nach ihr rufen?«

Ich schüttele den Kopf. »Wir klappern die Hotels ab. Und teilen uns dabei auf.«

Eine seiner Augenbrauen wandert in die Höhe. »Im Ernst?«

»Such dir billige Hotels«, erkläre ich knapp. Bei den Worten kommt mir beinahe die Galle hoch. Ich kenne Jamie – sie ist zu stolz, um ihren Bruder oder ihren Vater um Geld zu bitten, und mich schließt sie systematisch aus. Falls sie sich tatsächlich ein Zimmer genommen hat, bedeutet das, dass sie und Lila in irgendeiner Absteige hocken. »Frag an der Anmeldung nach einer jungen Frau mit einem kleinen Mädchen, die gestern eingecheckt haben.«

»Und die werden mir das einfach so sagen?«

Ohne mit der Wimper zu zucken, greife ich nach meinem Portemonnaie und halte ihm ein paar Scheine hin. Große Scheine. »Diese Menschen verdienen nicht sonderlich viel.«

Er runzelt die Stirn. »Ich glaube, du hast gerade sämtliche Hotelangestellten der Welt beleidigt.«

Das mag sein, ist mir jetzt gerade aber herzlich egal. »Ruf an, wenn du sie gefunden hast. Ich will selbst mit ihr reden.«

Eine Sekunde lang sieht Dexter mich an. Mir ist vollkommen klar, dass er mich und diesen Plan für verrückt hält. Vielleicht ist er das, doch ich habe die ganze Nacht darüber nachgedacht, und mir fällt einfach keine andere Lösung ein. Ich habe nichts mehr zu verlieren.

»Na gut«, sagt er schließlich und schiebt sich das Geld in die Hosentasche. »Der Rest ist dann wohl Trinkgeld.«

Ich verdrehe die Augen. »Wie auch immer. Ruf mich an.«

Er nickt, dann steht er auf und verlässt die Wohnung. Ich sehe ihm hinterher und schaue mich noch einmal um. Ohne Lila und Jamie wirken die Räume leblos. Obwohl die beiden nur ein paar Wochen hier mit mir zusammen gelebt haben, kann ich mir nicht mehr vorstellen, wie es ohne sie war. Und ich will es mir auch nicht mehr vorstellen.

Ich greife nach meiner Jacke, fühle Handy und Geldbörse und folge Dexter hinaus ins langsam erwachende Chicago.

Ich verlasse das vierte Hotel und trete wütend gegen eine Straßenlaterne. Am liebsten würde ich auf jemanden einschlagen – vorzugsweise auf Murray oder meinen Vater –, doch für den Moment muss die Laterne herhalten. Nur eine Hotelangestellte hat mir die Auskunft verwehrt, die anderen haben mich entweder erkannt und bereitwillig geredet, oder das Geld hat sie überzeugt.

Dennoch habe ich Jamie und Lila nicht gefunden. Möglich, dass ich angelogen wurde, aber davon gehe ich nicht aus. Immerhin sind wir in Chicago – ich weiß nicht, wie viele Hotels es hier gibt.

Allmählich schwindet meine Überzeugtheit von diesem Plan. Wenn ich nicht verdammtes Glück habe, dauert das hier noch Stunden. Stunden, in denen Jamie wer weiß was für Pläne schmieden kann.

Ich nehme mir kurz Zeit und versuche mich auf das Wesentliche zu konzentrieren. Was verdammt schwer ist. In meinem Kopf kämpfen so viele Gedanken um die Oberhand, dass ich keine Ahnung habe, was ich fühlen soll. Ich bin so verzweifelt wie noch nie in meinem Leben. Scheiße, ich kann mich nicht erinnern, wann ich das letzte Mal geheult habe. Als Kind vielleicht, als meine Mom mir meinen ersten Gameboy weggenommen hat, weil ich mit einem Edding obszöne Worte auf meine Kinderzimmerwand geschrieben habe.

Doch jetzt brennen meine Augen, und der Kloß in meinem Hals schnürt mir beinahe die Luft ab. Am liebsten würde ich mich einfach auf den Boden setzen und eine Runde schreien. Aber hier sind Leute unterwegs – Leute, die mich bei genauem Hinsehen trotz Sonnenbrille und Cap mit Sicherheit erkennen würden.

In meiner Tasche vibriert mein Handy. Ich hole es so hastig heraus, dass ich es beinahe fallen lasse. Es ist nicht Jamie, aber Dexter – die wohl zweitbeste Option aktuell.

»Wo ist sie?«, frage ich erstickt, ohne Zeit für eine Begrüßung zu verschwenden.

»North Shore«, antwortet er knapp. »Ich schicke dir die Adresse. Eine junge Frau und ein kleines Mädchen, aber der Typ will mir den Namen nicht verraten.«

»Egal«, sage ich, während ich bereits losrenne. »Bleib da, ich komme hin. Das ist bisher die beste Chance.«

Ich lege auf und wähle direkt Phils Nummer. Heute Morgen habe ich auf seine Dienste verzichtet, doch jetzt habe ich einfach keinen Nerv auf öffentliche Verkehrsmittel oder einen trantütigen Taxifahrer. Er antwortet gewohnt knapp, verspricht aber innerhalb weniger Minuten da zu sein.

Während ich warte, checke ich die Adresse, die Dexter mir geschickt hat. Ein mittelpreisiges Hotel, keine billige Absteige.

Sobald ich den Wagen sehe, renne ich los. Mit wild rasendem Herzen steige ich ein und belle Phil das Ziel entgegen. Meine Gedanken überschlagen sich. Ich bin kein gläubiger Mensch, aber in diesem Moment wünsche ich mir, es gäbe einen Gott, der meine Gebete erhören kann.

2.18

JAMIE

Um acht Uhr morgens klingelt das Festnetztelefon auf unserem Nachtschrank. Ich schrecke hoch und werfe einen schnellen Blick auf Lila, die immer noch schläft, immer noch wie ein Stein. Ich schiele zum Telefon und überlege, ob ich es ignorieren soll. Immerhin ist es durchaus möglich, dass Carter herausgefunden hat, dass ich hier bin. Als es jedoch nicht aufhört zu läuten, nehme ich seufzend ab. Lila soll noch nicht aufwachen, denn dann müsste ich mich erneut mit der harten Realität auseinandersetzen. Ich will einfach nicht, dass der Tag schon anbricht.

»Hallo?«, flüstere ich, ohne Lila aus den Augen zu lassen.

»Miss«, sagt eine freundliche Männerstimme am anderen Ende. »Ich möchte Sie nur informieren, dass ein junger Mann auf dem Weg zu Ihrem Zimmer ist.«

Ich setze mich so schnell auf, dass mir schwindelig wird. »Was? Wer?«

»Er hat mir seinen Namen nicht gesagt.«

Hektisch sehe ich mich in dem kleinen Zimmer um. Ich brauche einen Fluchtweg. Leider gibt es keinen, es sei denn, ich will mit einer Dreijährigen aus dem Fenster klettern. Im dritten Stock. »Kennen Sie Carter Dillane?«, frage ich vorsichtig und halte den Atem an.

»Ja, den kenne ich«, antwortet der Typ irritiert.

»Ist das der Mann, der zu mir will?«

»Nein, Miss.« Ich höre die Neugier in seiner Stimme, doch

offensichtlich ist er zu höflich, um weiter nachzufragen. »Kann ich sonst noch etwas für Sie tun?«

Ich schüttele den Kopf und lege auf, ohne zu antworten. Wenn es nicht Carter ist – wer dann? Dass Kit oder mein Dad unangemeldet hier auftauchen, glaube ich nicht. Ich habe seit gestern Abend weder einen Anruf noch eine Nachricht von ihnen bekommen.

Vorsichtig stehe ich auf, schlüpfe schnell in meinen Bademantel und beziehe vor der Tür Position. Mit klopfendem Herzen sehe ich durch den Spion in den leeren Hotelflur. Dunkelroter Teppich, weiße Wände und billige Landschaftsdrucke an den Wänden. Ich fühle mich wie in einem schlechten Horrorfilm und rechne jeden Moment damit, dass eine hässliche Zombiefratze in dem Bullauge auftaucht.

Über meinen eigenen Atem und Herzschlag hinweg höre ich Schritte. Ich halte die Luft an, als erst Füße, dann Beine und schließlich ein ganzer Körper samt Gesicht auftauchen. Was mir nicht wirklich weiterhilft, denn den Typen da vor meiner Tür kenne ich nicht.

Ich sehe, wie er die Hand hebt und öffne hastig die Tür. Mir ist klar, dass man so etwas eigentlich nicht tut, aber ich will Lila nicht wecken. Falls der Kerl ein Reporter ist, mache ich ihm die Hölle heiß.

»Wer sind Sie?«, frage ich geradeheraus und stelle sicher, dass mein Bademantel ganz geschlossen ist. »Und was wollen Sie von mir?«

»Wow«, antwortet der Mann trocken. »Schmeichelhaft, dass du mich offensichtlich nicht erkennst.«

Stirnrunzelnd mustere ich sein Gesicht. Er hat mittellange dunkelbraune Haare und einen Dreitagebart, und die Kapuze seines grauen Hoodies ist halb über den Kopf gezogen. Er kommt mir vage bekannt vor, doch wenn ich ihn tatsächlich schon einmal gesehen habe, fällt es mir nicht ein. »Falls du einer der Reporter vor meinem Haus warst, tut es mir wirklich sehr leid, dass du mir nicht aufgefallen bist. Jetzt verschwinde, oder ich rufe die Polizei!«

Er schüttelt ernst den Kopf. »Ich bin Dexter. Wir sind uns vor ein paar Jahren in der Bar begegnet, in der du gearbeitet hast. Ich war mit Carter da.«

Ich erinnere mich verschwommen an den grimmig dreinblickenden Typen, bei dem ich mich die ganze Zeit gefragt habe, was sein Problem war. »Mag sein. Das erklärt allerdings nicht, warum du vor meiner Tür stehst.«

»Gute Frage«, murmelt er, sieht mich dann jedoch eindringlich an. »Ich bin hier, weil ich Carter helfen musste.«

Verwirrt schüttele ich den Kopf. »Dexter, richtig?«, frage ich und warte, bis er nickt. »Gut, Dexter, nett, dich wiederzusehen. Jetzt komm zur Sache, meine Tochter schläft da drin.«

»Ist dir klar, dass er die ganze Stadt nach dir absucht?«, fragt er herausfordernd und deutet dann auf sich. »Und nach dir suchen *lässt*?«

Allein den Namen zu hören verursacht in mir eine ganze Flut an Gefühlen, die ich eigentlich nicht zulassen will. »Hör mal«, sage ich und zwinge mich zu einem einigermaßen freundlichen Tonfall. Immerhin kann dieser Dexter nichts für meine Situation, auch wenn er offensichtlich mit Carter befreundet ist und allein diese Tatsache vermutlich einiges über ihn aussagt. »Ich finde es ja niedlich, dass du hier auftauchst und dich für ihn einsetzt oder was auch immer du mit deinem Besuch bezwecken willst. Aber wir sind keine fünfzehn mehr, Dexter. Ich bin deutlich zu alt für solche Spielchen und habe keinerlei Interesse daran, mir deine Version der Ereignisse anzuhören, okay? Ich kenne dich nicht.«

Er legt den Kopf schief und sieht mich so eindringlich an,

dass mir unwohl wird. »Wenn du so sehr gegen Spielchen bist, warum veranstaltest du dann dieses Theater? Abhauen und dich in irgendeinem Hotel verschanzen, ohne ein Wort? Carter dreht durch vor Sorge und würde Himmel und Hölle in Bewegung setzen, um euch zu finden.«

Ich zucke mit den Schultern. »Das hätte er sich vorher überlegen sollen.«

»Vor was?«, fragt Dexter genervt. »Ich kenne Carter beinahe mein ganzes Leben lang, Jamie. Er hat keine Idee, was er angestellt haben soll. Was kann ein Mensch anstellen, um so etwas zu verdienen?«

»Das musst du ihn schon selbst fragen.«

»Glaub mir, das habe ich.« Er verschränkt die Arme vor der Brust. »Willst du Geld?«

»Was?«

»Geld«, wiederholt er ungerührt. »Geht es darum? Um Unterhaltsforderungen oder etwas in der Art? Wenn ja, kannst du dir das hier wirklich sparen. Carter steht zu seiner Verantwortung – sowohl dir gegenüber als auch dem Kind.«

»Das Kind ist ihm völlig egal«, fauche ich zurück. »Und ich auch. Für ihn zählt nur, wie er bei seinen Fans dargestellt wird.«

Er sieht mich an und lacht trocken. »Das glaubst du also?«

»Ich weiß es«, erwidere ich schlicht. Jedes meiner Worte fährt wie ein scharfes Messer durch mein Herz, und ich bin mir allmählich nicht mehr sicher, ob die Wunden jemals heilen werden.

»Du weißt nichts«, sagt Dexter mit verachtendem Blick. »Was auch immer du glaubst zu wissen, hast du dir die Mühe gemacht, mit Carter darüber zu sprechen? Hast du eine Minute lang nachgedacht, bevor du deine Sachen gepackt hast und abgehauen bist?«

Ich öffne den Mund, schließe ihn aber wieder. Ich komme

mir ertappt vor, auch wenn das lächerlich ist. Dexter hat keine Ahnung, wovon er redet. Nein, ich habe nicht mit Carter über das Telefonat gesprochen, dafür habe ich allerdings meine Gründe. Immerhin geht es hier um meine Tochter, und ich werde nicht das Risiko eingehen, mich von Carter um den Finger wickeln zu lassen. Erneut.

»Manche Menschen müssen hin und wieder daran erinnert werden, dass Arschlochsein keine Einbahnstraße ist«, sage ich und verschränke die Arme vor der Brust. »Ich kann auch eins sein. Und jetzt geh, oder ich rufe die Polizei.«

»Er liebt dich«, sagt Dexter beinahe niedergeschlagen. »Er liebt dich mehr, als er es selbst vielleicht weiß. Es mag sein, dass er seine Tochter nicht kennt, aber du hättest sein Gesicht sehen müssen, als du verschwunden bist. Tu, was du tun musst, aber sei wenigstens so fair mit ihm zu reden.«

Darauf antworte ich nichts. Ich deute lediglich mit dem Kopf den Gang hinunter und ziehe die Augenbrauen hoch. Einen Moment lang starrt er mich an, dann seufzt er und marschiert davon. Sobald seine Schritte in dem langen Flur verklingen, schlüpfe ich zurück ins Zimmer, schließe vorsichtig die Tür und lasse mich mit dem Rücken daneben sinken. Wieder kommen mir die Tränen, doch ich wische sie energisch fort. Ich habe genug Tränen an Carter Dillane verschwendet. Genug, dass es mindestens für ein Leben reicht.

Ich schüttele den Kopf. Dieser Dexter hat Nerven, hier aufzutauchen. Leider kann ich ihm wahrscheinlich nicht einmal einen Vorwurf machen. Ich habe am eigenen Leib erfahren, wie überzeugend Carter sein kann. Wahrscheinlich ist sein Freund genauso auf ihn hereingefallen wie ich.

Ich werfe einen raschen Blick auf Lila, die immer noch schläft. Mein Mund verzieht sich zu einem Lächeln. Solange ich ihr friedlich schlafendes Gesicht mustere, erscheinen mir meine Sorgen ein klein wenig unbedeutender. Diese Wirkung hat sie bereits auf mich gehabt, als ich sie das erste Mal in den Armen gehalten habe. Damals im Kreissaal hat die Hebamme mir dieses kleine Bündel auf die Brust gelegt, und ich habe mich sofort in sie verliebt. Ihre Augen waren geschlossen, ihre winzigen Wimpern lagen auf ihren Wangen, und sie war überall zerknautscht. Tatsächlich hat sie mehr wie eine Kartoffel als wie ein Kind ausgesehen, aber das war mir egal gewesen. Sie war die schönste Kartoffel, die ich je gesehen hatte.

Die Gedanken verschwimmen, und die drei Jahre ältere Version seufzt im Schlaf, bevor sie sich auf die andere Seite dreht und ich nur noch ihren Hinterkopf sehe. Ich stehe da und starre sie an. Ich weiß nicht, was ich tun soll. Mein Leben war nie einfach, doch noch nie habe ich vor einer so hohen Mauer gestanden wie jetzt. Eine Mauer, die mir immer dann den Weg zu versperren scheint, wenn ich denke, einen Weg an ihr vorbei gefunden zu haben. Eine Mauer, die so hoch ist, dass ich nicht darüber klettern kann und so dick, dass ich sie nicht durchbrechen kann.

Hinter mir klopft es leise an der Tür, und ich zucke zusammen. Mein Gott, was ist denn heute hier los?

In Erwartung, diesem Dexter wäre noch etwas eingefallen, öffne ich die Tür und hole gerade Luft, um ihm die Meinung zu geigen, als Carter vor mir steht.

Die Worte bleiben mir im Hals stecken, und ich fühle mich, als hätte mir jemand Eiswasser in die Adern gespritzt. Es ist gerade einen Tag her, dass ich Carter gesehen habe. Mit den neuen Informationen wirkt er auf mich allerdings wie ein ganz anderer Mensch. Er ist nicht mehr der Carter, der mit Lila Quatsch macht, der mich so sanft berührt, als wäre ich aus Porzellan, und der mich im Bett so fest umklammert hat, als fürchtete er, ich könne mich in Luft auflösen. Nein, dieser Carter ist der Mensch, der sich hinter meinem Rücken mit seinem Agenten verschwört und Pläne schmiedet, wie er mir meine Tochter wegnehmen kann.

»Jamie«, sagt er und klingt dabei so außer Atem, als wäre er das Treppenhaus hochgerannt. »Gott, ich habe mir solche Sorgen gemacht.«

Ich verschränke die Arme vor der Brust und versuche meine Gefühle hinter einer Maske der Gleichgültigkeit zu verbergen. »Was machst du hier?«

»Was ich hier mache?«, wiederholt er mit einem ungläubigen Lachen. »Du bist ohne ein Wort verschwunden, hast Lila mitgenommen, und ihr wart wie vom Erdboden verschluckt! Und du fragst mich, was ich hier mache?«

»Ist dir nicht in den Sinn gekommen, dass es einen Grund gibt, warum ich nicht ans Telefon gehe?«

»Das will ich schwer hoffen.« Seine Stimme klingt immer noch verzweifelt, doch jetzt liegt auch eine Spur Wut darin. »Und ich wäre dir wirklich unglaublich dankbar, wenn du mir den Grund verraten würdest!«

Ich ziehe die Augenbrauen hoch. »Du kannst mit dem Spiel aufhören, Carter«, sage ich so kalt wie möglich. »Ihr seid aufgeflogen, tut mir leid.«

»Ich habe keine Ahnung, wovon du sprichst!« Er schüttelt den Kopf und fährt sich mit der Hand durch die Haare, bis sie in alle Himmelsrichtungen abstehen. »Bitte, Jamie, lass uns drinnen in Ruhe reden.«

Meine Hände umklammern die Tür, als würde ich befürchten, er renne sie einfach ein. »Ich habe dich gehört, Carter«, informiere ich ihn, ohne ihn aus den Augen zu lassen. »Solche Gespräche solltest du nicht mit Lautsprecher führen. Kleiner Tipp fürs nächste Mal.«

»Wovon …« Er bricht ab, und ich sehe in seinem ratlosen

Gesicht, wie es ihm langsam dämmert. Ich bin fast ein bisschen beeindruckt von seiner Show. »Meinst du Murray? Sprichst du von dem Telefonat mit Murray?«

Ich spare mir eine Antwort, sondern sehe ihn nur hart an.

»Was genau denkst du, gehört zu haben?«, fragt er leise. »Sprich mit mir, Jamie.«

Jetzt ist es an mir, den Kopf zu schütteln. Die Worte mit anzuhören war schmerzhaft genug, ich werde sie garantiert nicht wiederholen. »Ich denke, es ist das Beste, wenn unsere Anwälte miteinander reden. Dann werden wir sehen, wer recht hat.«

»Jamie«, sagt er langsam und eindringlich. Er macht einen Schritt auf mich zu, doch ich schließe die Tür ein paar Zentimeter. Eine eindeutige Drohung. »Du hast da etwas missverstanden. Bitte, lass mich rein, und ich erkläre dir alles.«

»Ich glaube nicht, dass das eine gute Idee ist. Mein Anwalt hat mir geraten, nicht mehr mit dir zu sprechen.« Das ist eine glatte Lüge, aber ich bin mir ziemlich sicher, dass ein Anwalt so etwas in der Art raten würde.

»Du hast nicht alles gehört!«, ruft er verzweifelt, als ich die Tür einen weiteren Zentimeter vor seiner Nase schließe. »Ich schwöre dir, Jamie, ich wusste nichts von Murrays Plan! Ich habe nur mitgespielt, um herauszufinden, was er vorhat. Um dich zu schützen, und Lila. Um uns zu schützen!«

»Ich glaube dir nicht.«

»Du musst mir glauben!« Dieses Mal macht er einen weiteren Schritt und greift durch den inzwischen schmalen Türspalt nach meiner Hand. »Ich habe von alldem nichts gewusst, Jamie. Ich würde niemals etwas tun, was dich oder Lila gefährdet. Das habe ich Murray auch gesagt!«

Davon habe ich nichts gehört, aber ich muss zugeben, dass ich nicht bis zum Ende gewartet habe. Ja, es ist im Bereich des Möglichen, dass er die Wahrheit sagt. Doch genauso ist es möglich, dass er lügt. Und ich habe deutlich mehr zu verlieren, wenn ich seiner Lüge glaube.

Ich schüttle den Kopf und winde mein Handgelenk aus seinem Griff. Er lässt sofort los, bleibt aber so dicht vor mir stehen, dass ich seine Wimpern zählen könnte.

»Bitte, Jamie«, flüstert er mit zitternder Stimme. »Du musst mir glauben. Lass nicht zu, dass es so endet. Dann hätte Murray gewonnen.«

Ich muss schlucken. Meine viel zu dünne Fassade beginnt zu bröckeln, und ich spüre die Tränen in meinen Augen aufsteigen. Alles in mir schreit danach, ihm einfach zu glauben, mich in seine Arme zu werfen und einen Teil meiner Sorgen auf ihn abzuladen.

Doch das kann ich nicht. Ich bin zu durcheinander, zu unsicher, was ich glauben soll. Vor allem habe ich zu viel Angst davor, wieder auf ihn hereinzufallen und meine Tochter zu verlieren. Das kann ich nicht riskieren.

»Geh jetzt, Carter«, zwinge ich mich zu sagen und mache einen demonstrativen Schritt rückwärts. »Es mag sein, dass du recht hast. Dann tut es mir ehrlich von Herzen leid. Aber du musst verstehen, dass für mich zu viel auf dem Spiel steht.«

»Jamie …«

»Nein«, unterbreche ich ihn. Ich kann ihn nicht mehr ansehen, also richte ich den Blick auf einen Punkt über seiner linken Schulter. »Geh oder ich rufe die Polizei. Wenn du noch etwas zu sagen hast, richte es meinem Anwalt aus. Er wird sich bei dir melden. Wir regeln alles Nötige, und dann sehen wir weiter.«

Er öffnet den Mund, doch ich traue mir selbst nicht mehr. Noch ein Wort, und ich gebe nach. Also schließe ich energisch die Tür und mache hastig ein paar Schritte ins Zimmer hinein. Bringe Abstand zwischen mich und dem Menschen, von dem ich in den letzten Tagen zu hoffen gewagt habe, dass er ein Teil meines Lebens wird. Unseres Lebens.

Ich sehe die immer noch schlafende Lila an und beginne zu weinen.

»Es tut mir so leid«, flüstere ich, dann krabble ich zu ihr ins Bett und ziehe sie an mich. Ich muss dringend für eine Weile die Welt vergessen.

Am Vormittag habe ich versucht, für Lila gute Miene zum bösen Spiel zu machen. Trotzdem bin ich mir sicher, dass sie etwas merkt. Sie mag erst drei sein, und ihre Welt besteht hauptsächlich aus Disney-Helden, doch sie spürt mehr, als ich mir manchmal einzureden versuche. Wir sind im Park gewesen und haben unseren Purzelbaum perfektioniert, und sie hat immer wieder nach Carter gefragt. Wo er ist, wann er wiederkommt, wann sie sich wieder mit ihm zusammen schminken darf. Ich habe auf keine dieser Fragen eine Antwort, deswegen muss ich dringend mit ihr sprechen. Ihr die Sache irgendwie erklären, auch wenn ich selbst noch nicht genau weiß, wie.

Wird Carter ein Teil ihres Lebens bleiben? Selbst wenn ich ihn hasse und wir uns die kommenden Monate vermutlich lediglich vor Gericht sehen werden, hat er ein Recht auf seine Tochter. Und sie auf ihn. Oder?

Mir schwirrt der Kopf. Der Termin bei der übereifrigen Vertrauensdozentin passt mir überhaupt nicht in den Kram, doch er ist notwendig. Ich muss mir dringend Gedanken über mein Studium und meine berufliche Zukunft machen.

Lila winkt mir, und ich werfe ihr eine Kusshand zu, bevor ich mich auf den Weg zum College mache. Kit hat sich bereit erklärt, mit Lila ins Schwimmbad zu gehen, während ich unterwegs bin.

Als ich durch die kühlen Flure der Uni gehe, überschwemmt mich ein Gefühl von Wehmut, das mir beinahe die Luft nimmt. Ich will mein Studium nicht aufgeben, denn das würde bedeuten, dass ich auch meinen Traum, Dramaturgin zu werden, aufgeben muss. Nicht, dass ich in den nächsten Jahren mit einer steilen Karriere rechne, andererseits bin ich noch jung. In drei Jahren geht Lila zur Schule, und ich hätte mehr Zeit, mich auf meinen Beruf zu konzentrieren. Dafür brauche ich einen Abschluss.

Leise klopfe ich an die Tür und warte darauf, dass Miss Geeson mich hereinbittet.

Sie sitzt hinter ihrem wuchtigen Schreibtisch und hebt den Kopf, als ich, meine Tasche gegen die Brust gedrückt, das Büro betrete. Wie immer sieht sie aus wie eine Chefsekretärin, doch dieses Mal ist ihr Gesicht irgendwie weicher. Nicht mehr so, als hätte sie gerade in eine Zitrone gebissen, aber immer noch so, als hätte sie einen üblen Geschmack im Mund. Zumindest eine Verbesserung.

»Hallo Jamie«, sagt sie und legt den Stift beiseite, mit dem sie sich gerade Notizen gemacht hat. »Schön, Sie zu sehen. Setzen Sie sich.«

Ich gehorche und nicke ihr zu.

»Also.« Sie verschränkt die Hände und stützt ihr Kinn darauf. »Haben Sie Ihre Hausaufgaben gemacht?«

»Nein«, sage ich entschuldigend und hebe die Hand, als sie zum Sprechen ansetzt. »Es tut mir leid, Miss Geeson, ich weiß, dass Sie es gut meinen. Und ich verstehe auch, warum diese Träumerei und das Was-wäre-wenn in einer anderen Lebenssituation inspirierend sein können. Aber ich kenne meine eigene Situation, und ich weiß, was ich realisieren kann und was nicht.«

Sie sieht mich ungerührt an, lässt die Hände aber sinken.

»Was denken Sie, warum ich Sie gebeten habe, einen Plan ohne Einschränkungen zu erstellen?«

Ich zucke mit den Schultern.

»Es geht darum, dass Sie sich fokussieren, Jamie«, sagt sie, steht auf und kommt um den Schreibtisch herum. Sie lässt sich auf die Lehne eines der Besuchersessel sinken und wirkt auf einmal gar nicht mehr so streng. »Wir Menschen neigen dazu, hinter alles, was wir uns wünschen, ein ›aber‹ zu setzen. Und vergessen dabei, dass die Umsetzung manchmal nicht halb so kompliziert ist, wie wir befürchten. Oder versuchen es gar nicht erst.«

»Ich habe eine Tochter«, erinnere ich sie überflüssigerweise. »Ich habe es in den letzten Jahren kaum geschafft, zu den Kursen zu erscheinen. Große Sprünge sind im Moment einfach nicht möglich.«

Sie zieht eine schmale Augenbraue hoch. »Haben Sie sich schon einmal überlegt, dass Sie mit dem Studium, das Sie offensichtlich nur schwer bewerkstelligen, einen unnötigen Umweg gehen?«

»Ich brauche die Ausbildung«, sage ich langsam. Muss ich ihr das wirklich erklären? »Wenn ich in die Branche will, brauche ich den Abschluss. Das steht in jeder Stellenausschreibung.«

»Waren Sie mal bei den Verantwortlichen dieser Stellenausschreibungen?«, fragt sie.

»Wozu?«

Sie seufzt leise. »Ich kann Ihre Zweifel verstehen, Jamie, wirklich. Doch ich denke, dass Sie Talent haben – Ich habe Ihre Praktikumsbeurteilungen gelesen und weiß, dass CLT Ihnen eine Anstellung angeboten hat, bevor Sie abgebrochen haben. Sie haben Talent, das in dem ganzen Stress zwischen Studium und Familie unterzugehen droht.«

Ich runzle die Stirn. »Raten Sie mir etwa, das Studium abzubrechen?«

»Natürlich rate ich Ihnen das nicht, ich bin Ihre Studienberaterin«, sagt sie brüsk, aber ich bin mir fast sicher, ein Lächeln um ihre Lippen zucken zu sehen. »Ich rate Ihnen, sich nach möglichen Alternativen zu dem geraden Weg umzusehen. Nicht jede Bilderbuch-Karriere ist mit einem hektischen Leben vereinbar. Das bedeutet allerdings nicht, dass das Ziel nicht das gleiche sein kann.«

»Es tut mir leid«, sage ich und schüttle den Kopf. »Ich weiß wirklich nicht, was Sie meinen.«

»Ich meine damit, dass ich Ihnen zutraue, auch abseits des herkömmlichen Weges ans Ziel zu gelangen«, erklärt sie und greift an mir vorbei nach einem Zettel auf ihrem Schreibtisch. »Ich habe ein paar Telefonnummern für Sie. Diese Leute erwarten Ihren Anruf.«

Verwirrt betrachte ich den Zettel. Darauf stehen drei Namen samt Nummern, doch keiner von ihnen kommt mir bekannt vor. »Ich verstehe immer noch nicht.«

»Es gibt ein paar freie Praktikumsstellen«, sagt sie und deutet auf die ersten beiden Namen. »Ich kenne die Verantwortlichen persönlich und weiß, dass sie nach Talent urteilen und nicht nach Bildungsabschluss. Reden Sie mit ihnen, und dann sehen wir weiter.«

»Aber …«, sage ich verwirrt und sehe Miss Geeson an, die verhalten grinst. »Ich bin zeitlich unflexibel und weiß nicht mal, wo ich in zwei Wochen wohnen werde.«

Sie nickt. »Dann sagen Sie ihnen genau das.«

Ich suche nach Worten, doch mir fällt einfach nichts ein, was auch nur annähernd angemessen ist. »Danke«, sage ich schließlich und sehe von dem Zettel zu meiner Professorin. »Warum tun Sie das für mich?«

»Das ist mein Job«, sagt sie schlicht.

»Sie organisieren also für jeden Kursschwänzer Praktika?«, frage ich ungläubig.

Sie zwinkert mir zu. »Nur für die, bei denen ich mir sicher bin, dass es nicht aus Faulheit geschieht. Sie haben Potenzial, Jamie, verschwenden Sie das nicht.«

Seltsam beschwingt falte ich den Zettel zusammen und schiebe ihn vorsichtig in das vordere Fach meiner Tasche. »Vielen Dank«, sage ich noch einmal und strecke Miss Geeson die Hand entgegen. »Ich werde es versuchen, versprochen.«

»Da bin ich mir sicher.« Sie lächelt mich an und nickt dann Richtung Tür. »Der nächste Termin wartet leider bereits auf mich. Ich sehe Sie dann in einer Woche.«

Langsam stehe ich auf und gehe zur Tür. Als ich die Hand nach der Klinke ausstrecke, drehe ich mich noch einmal um. »Miss Geeson?«

»Hm?«

Sie sieht nicht einmal von ihren Papieren auf, was vielleicht gar nicht so schlecht ist. »Sie sind aber kein Fan, oder? Sie tun das nicht, weil Sie irgendein Interesse an Carter Dillane haben.«

Jetzt blickt sie auf. Wieder zuckt ein Lächeln um ihren Mund, doch ansonsten verzieht sie keine Miene. »Sie überschätzen mein Interesse an Ihrem Privatleben, Miss Evans. Bitte schließen Sie die Tür hinter sich.«

Ich muss grinsen, tue aber wie geheißen. Ich bin immer noch durcheinander und ratlos, doch im Gegensatz zu heute Morgen glimmt ein schwacher Hoffnungsschimmer irgendwo am Horizont.

Wenn mein Privatleben schon den Bach runtergeht, kann ich vielleicht wenigstens mein Berufsleben retten.

2.19

CARTER

Ich starre auf meine Hände, immer noch fassungslos über das, was passiert ist.

Eigentlich ist es dämlich, dass ich nicht selbst draufgekommen bin. Ich hätte nie gedacht, dass Jamie so viel in das hineininterpretiert, was sie gehört hat. Trotzdem hätte ich eher daran denken müssen. Für sie hat es vermutlich geklungen, als würde ich hinter ihrem Rücken mit Murray gemeinsame Sache machen. Kein Wunder, dass sie abgehauen ist.

Dennoch bin ich gekränkt, dass sie mir so etwas zutraut. Dass sie befürchtet, ich würde ihr Lila wegnehmen, nach allem, was zwischen uns passiert ist.

Ich lasse den Kopf in die Hände sinken und atme ein paar Mal tief ein und aus. Hieraus gibt es einen Ausweg, es muss einen geben. Das hier ist das wahre Leben, und dort gibt es immer einen Plan B. Ich muss ihn nur finden.

Ich könnte Murray überreden, mit Jamie zu sprechen. Er kann ihr bestätigen, dass ich nichts von der Sache wusste. Die Frage ist allerdings, ob Jamie ihm überhaupt glauben würde.

Oder ich rede mit Kit. Vielleicht ist er zugänglicher und hört sich an, was ich zu sagen habe. Auch das bezweifle ich ernsthaft. Als ich bei ihm war, hat er mich angestarrt, als hätte er meinen Tod bereits bis ins kleinste Detail geplant.

Irgendwie muss ich Jamie davon überzeugen, dass ich zu ihr halte. Dass ich das schon immer getan habe und dass meine Gefühle für sie und Lila echt sind.

Mein Blick fällt auf den Laptop auf meinem Schreibtisch.

Nein, das kann ich nicht tun. Das sind private Texte, quasi mein Tagebuch. Sie sind für niemand anderen bestimmt, sollen von niemandem gelesen werden. Als ich diese Mails geschrieben habe, war ich ein emotionales Wrack und habe einfach nur ein Ventil gebraucht. Eine Art Gefühlsmüllhalde, wo ich all das abladen konnte, das in meinem Kopf und meinem Herzen keinen Platz mehr hatte.

Ich starre den Laptop an. Das ist eine schreckliche Idee, und wahrscheinlich wird es nicht einmal etwas bringen. Zwar kann man sehen, wann die Mails versandt wurden, allerdings befürchte ich, dass Jamie selbst das für eine Fälschung halten wird. Sie scheint sich fest vorgenommen zu haben, mir nicht zu glauben.

Seufzend schiebe ich Turtles Kopf von meinem Schoß, stehe vom Bett auf und schalte den Laptop an. Ich setze mich zögernd auf den Stuhl, öffne das E-Mail-Programm und starre auf das Eingabefeld für das Passwort. Gott, es ist Jahre her, dass ich diesen Account erstellt habe. Und ein Teil von mir war damals fest davon überzeugt, das Passwort niemals wieder benutzen zu müssen.

Ich überlege ein paar Sekunden, dann versuche ich es ganz unkreativ mit meinem Geburtsdatum. Falsch. Als Nächstes meinen Namen und den Mädchennamen meiner Mutter, doch auch das bleibt ohne Ergebnis. Schließlich tippe ich langsam ›JAMIE‹ in das Eingabefeld. Bingo. Die Startseite baut sich vor mir auf und zeigt mir zweiunddreißig ungelesene E-Mails an. Sieben davon sind Spam, die restlichen stammen von mir selbst.

Mit klopfendem Herzen mustere ich die Betreffzeilen. Keine von ihnen deutet auf den Inhalt hin, dennoch werden meine Hände schwitzig. Vielleicht sollte ich sie lesen und aussortieren, bevor ich sie an Jamie weiterschicke. Ich befürchte hingegen, dass nach meiner Prüfung keine einzige übrig bleiben würde. Für gewöhnlich achte ich sorgsam darauf, was ich sage und wie viel ich von mir preisgebe. Ich mag es nicht, wenn man mir in die Karten schauen kann, wenn man mir meine Gefühle ansieht. Das habe ich von meinem Vater gelernt und seit meiner Kindheit dermaßen perfektioniert, dass ich es einfach nicht mehr ablegen kann.

In diesen Mails jedoch habe ich weder darauf geachtet, was ich von mir selbst erzähle, noch wie ich auf andere Leute wirken will. Weil ich nicht davon ausgegangen bin, dass sie jemals jemand zu Gesicht bekommt.

Bevor ich es mir anders überlegen kann, markiere ich sie alle und hänge sie an eine neue E-Mail an. Als ich auf ›Senden‹ klicke, bleibt mein Herz für einen Sekundenbruchteil stehen. Scheiße, es hört einfach auf zu schlagen. Vielleicht weiß es ebenso gut wie ich, dass das hier meine einzige Chance ist.

JAMIE

Kit und Lila rutschen gerade das gefühlt tausendste Mal die Wasserrutsche hinunter, während ich auf dem Bauch auf der Decke liege und die Namen von Miss Geesons Liste google. Es sind allesamt Dramaturgen von durchaus bedeutenden Produktionen. Einer arbeitet beim Film, die anderen beiden beim Theater, was der gängigste Arbeitsplatz für Dramaturgen ist. Und eindeutig mein Favorit.

Auf dem Weg zum Schwimmbad habe ich mit meinem Dad telefoniert, es jedoch nicht übers Herz gebracht, ihm von dem Bruch mit Carter zu erzählen. Ich werde es nicht ewig hinauszögern können, aber ehrlich gesagt will ich es so lange wie möglich vor mir herschieben.

Das Tablet vor mir piept und zeigt eine neue E-Mail an. Ich will sie schon löschen, weil ich außer Unikram normalerweise nur Spam erhalte, dann stutze ich. Der Absender wirkt nicht wie bei einer Spam-Mail, auch wenn er mir auf den ersten Blick nichts sagt.

Ich tippe drauf. Die Mail ist von einem gewissen ›wasweißich@gmail.com‹. Wie kreativ. In der Betreffzeile steht in Großbuchstaben: EVERYTHING I DIDN'T SAY.

Jamie.
Ich kann verstehen, warum du nicht mit mir sprechen willst.
Auch wenn du unrecht hast.
Achte auf die Daten – vielleicht helfen geschriebene Worte ja mehr als gesprochene. Auch wenn ich kein Händchen dafür habe.

Carter

Stirnrunzelnd lese ich den Text. Dann noch einmal, weil ich keine Ahnung habe, was er mir zu sagen versucht. Auf was für Daten soll ich achten? Und was für bedeutungsvolle geschriebene Worte sollen das sein, es sind gerade einmal vier Sätze!

Als ich die Mail schnaubend löschen will, fällt mir die kleine Büroklammer auf, die einen Anhang anzeigt. Und ich stutze, als sich nach und nach fünfundzwanzig Dateien aufbauen. Fünfundzwanzig! Will er mich verarschen?

Bei genauerem Hinsehen erkenne ich, dass es Mails sind. Fünfundzwanzig Mails ohne Betreff.

Einen Moment lang überlege ich, ob ich das Ganze einfach ignorieren soll. Ein Teil von mir hat seine Spielchen satt und will die ganze Sache einfach vergessen. Der andere Teil, der in den letzten Wochen zu hoffen gewagt hat, ist neugierig. Neugierig auf das, was mich in Carters Augen doch noch davon überzeugen kann, dass ich unrecht habe.

Ich klicke auf die erste E-Mail. Mein Blick wandert über die verschiedenen Daten, an denen die ursprünglichen Mails geschrieben wurden. Zuerst bin ich verwirrt, aber allmählich begreife ich, was ich hier vor mir habe. Texte, die Carter offensichtlich von seinem richtigen Account an sich selbst geschrieben hat.

Heiliger.

2.20

— *Weitergeleitete Nachricht* —
Von: Carter Dillane <contact@carterdillaneofficial.com>
An: wasweißich@gmail.com
Gesendet: 20. Oktober, 03:24 Uhr
Betreff: Kein Betreff

Ich habe keine Ahnung, was ich hier tue. Es ist Schwachsinn, aber vielleicht hilft es mir, den Kopf freizubekommen. Oder auch nicht, dann muss ich mir aber immerhin keine Gedanken darüber machen, wem ich was erzählt habe oder wer jetzt was von mir denkt. Das hier ist nur für mich.

Fuck, ich schreibe Tagebuch.

Vor ein paar Jahren habe ich gedacht, dass mein Leben kaum beschissener laufen könnte. Ich bin mir sicher, dass jedes Kind mit Eltern wie meinen irgendwann einmal an diesen Punkt kommt. Dann habe ich mit dem Schauspielern angefangen, und es ist irgendwie besser geworden. Ist es möglich, sich die eigene Situation schönzureden? Wahrscheinlich. Ich bin mir nicht sicher, ob mein Leben mir gefällt oder ob ich nur möchte, dass es mir gefällt.

Jamie hat mir gefallen. Sie als Person und die Zeiten, wenn wir zusammen waren. Ich weiß nicht, was es war. Klar, sie ist heiß. Sie ist bildhübsch und hat einen schrägen Humor. Doch etwas an ihrer Art hat mich zwischendurch dazu gebracht, weniger darüber nachzudenken, was ich tue. Und auch wenn ich bei der Nachricht von der Schwangerschaft aus den Latschen gekippt bin, war es im Nachhinein betrachtet kein so großer

Schock. Die Vorstellung, etwas zu haben, was mir auf seltsame Weise eine Alternative zu meiner beschissenen Familie geliefert hätte, ist nicht so schlecht.

Ich wäre ein cooler Dad geworden. Einer, den man nachts anruft, wenn man betrunken ist und sich verlaufen hat, und bei dem man sich sicher sein kann, dass er der nörgelnden Mom nichts davon erzählt. Ein Dad, dem man vertrauen kann.

Vielleicht hätte ich Jamie geheiratet, und wir wären in einen langweiligen Vorort gezogen. Unter der Woche wäre ich nach Chicago geflogen, mit meinem Privatjet. Und an den Wochenenden hätte ich die beiden mitgenommen, in all die schicken Hotels, während ich von einer Premiere oder Show zur nächsten rannte.

Klingt nicht schlecht.

Das alles ist eigentlich nichts, was ich mir jemals vorgestellt oder gewünscht habe. Hätte man mich vor ein paar Wochen gefragt, hätte ich Kinder und Familie niemals auch nur auf meine Prioritätenliste gesetzt. Aber jetzt, da es kurz real geworden ist, kriege ich es nicht mehr aus dem Kopf.

— *Weitergeleitete Nachricht* —
Von: Carter Dillane <contact@carterdillaneofficial.com>
An: wasweißich@gmail.com
Gesendet: 25. Oktober, 22:08 Uhr
Betreff: Kein Betreff

Liebes … keine Ahnung,
Tagebuchschreiben ist nichts für mich. Ich bin keine dreizehn mehr oder ein Teeniegirl. Also schreibe ich Briefe. Briefe klingen romantisch, auch wenn sie keinen Empfänger haben. Du bist weg. Und obwohl ich dich nicht kennengelernt habe und

du nie ein Teil meines Lebens werden solltest, fehlst du irgendwie.

Vielleicht, weil deine Mom abgehauen ist und es Murray überlassen hat, mir die Nachricht zu überbringen. Sie hat sich gegen dich entschieden, was ich ihr nicht vorwerfen kann, aber sie hat sich auch gegen mich entschieden. Verdammt beschissene Nummer, oder nicht? Nicht, dass sie mit mir zusammen sein *muss*, aber ich hätte definitiv ein verdammtes Recht darauf gehabt, an dieser Entscheidung beteiligt zu sein.

Ausgerechnet Murray. Der Kerl besitzt das Einfühlungsvermögen einer Kettensäge. Oder eines Laubbläsers, je nachdem, was lauter ist.

Ich kann nicht glauben, dass sie mit ihm gesprochen hat und nicht mit mir. Ich kann nicht glauben, dass sie sich gegen dich entschieden hat. Vielleicht kann ich ihre Situation nicht nachvollziehen, doch in den letzten Tagen hat sie irgendwie ... ich weiß nicht, optimistisch gewirkt. Entschlossen. Ja, Entschlossenheit passt zu Jamie, diese Nummer aber nicht.

Wobei man nicht sagen kann, dass sie in ihrem Verschwinden nicht konsequent ist. Ihr Handy ist aus, sie ist aus dem Wohnheim ausgezogen, hat bei CLT gekündigt und sich einfach in Luft aufgelöst.

Für sie ist das Kapitel offensichtlich beendet. Für mich leider nicht, und dafür könnte ich mir selbst eine knallen. Ich habe keine beschissene Ahnung, warum ich das hier mache. Warum ich hier sitze und dämliche E-Mails an mich selbst schreibe. Warum ich überhaupt noch darüber nachdenke.

Die Sache ist gelaufen. Aus und vorbei.

— Weitergeleitete Nachricht —
Von: Carter Dillane <contact@carterdillaneofficial.com>
An: wasweißich@gmail.com
Gesendet: 02. Januar, 14:56 Uhr
Betreff: Kein Betreff

Liebe Turtle,
weißt du, dass es Internetseiten gibt, auf denen die jeweiligen
Größen ungeborener Babys mit Reptilien verglichen werden?
Glaub mir, du willst nicht wissen, woher ich das habe. Es hat
schon einen Grund, warum man sein Handy betrunken nicht
in die Hand nehmen sollte.

Fakt ist, dass du jetzt ungefähr so groß sein solltest wie eine
Schildkröte. Keine Ahnung, welche Schildkröte, schließlich
gibt es da verschiedene Größenordnungen.

Und, ja, es sollte eigentlich keine Rolle spielen. Murray hat
mir versichert, dass du nicht mehr existierst. Oder nie existiert
hast, dazu gibt es ja verschiedene Meinungen.

Aber weißt du, was ich mich frage? Wenn deine Mom sich
tatsächlich gegen dich entschieden und die Sache durchgezo-
gen hat – warum ist sie dann abgehauen? Das erscheint mir
unnötig. Immerhin ist das Thema beendet, niemand wird es
je erfahren, und ich habe ihr gesagt, dass ich an ihrer Seite bin,
egal was sie tut.

Dass sie verschwunden ist, ergibt meiner Meinung nach nur
dann Sinn, wenn sie etwas zu verbergen hat. Einen Bauch von
der Größe einer Schildkröte zum Beispiel. Was weiß ich, vielleicht ist es ihr peinlich, vielleicht hat sie auch nur keinen Bock
darauf, ihr Leben mit mir zu teilen?!

Ich weiß, dass das Blödsinn ist. Ich kenne Jamie, sie würde
so was nicht machen. Trotzdem ist es unlogisch, und ein kleiner Teil von mir kommt einfach nicht davon los. Ich habe ver-

sucht, sie zu finden. Nicht konsequent genug vielleicht. Es ist nicht so, dass ich jede noch so kleine Möglichkeit ausgeschöpft habe. Sicher hat sie irgendwo Familie, bei der ich nachhaken könnte. Oder ich könnte einen Privatermittler engagieren.

Vielleicht bin ich zu feige. Wir sind hier ja unter uns, also kann ich es ruhig zugeben. Auf der einen Seite will ich sie finden, um die Zweifel, die bei mir immer wieder durchkommen, endlich zu begraben. Auf der anderen Seite will ich sie nicht sehen. Ich nehme es ihr verdammt übel, wie sie mich behandelt hat. Und auf der dritten Seite – gibt es eine dritte Seite in solchen Monologen? – will ich es vielleicht auch gar nicht wissen.

—— *Weitergeleitete Nachricht* ——
Von: Carter Dillane <contact@carterdillaneofficial.com>
An: wasweißich@gmail.com
Gesendet: 10. Juni, 11:58 Uhr
Betreff: Kein Betreff

Turtle,
ich habe eine Rolle in einem Kinofilm. Einem echten Kinofilm. Keiner kleinen Fernsehproduktion, nicht als Komparse, sondern eine echte Rolle mit Text und Drehbuch. Vielleicht keine Hauptrolle, doch das hier ist endlich der Anfang! Ich mag menschlich von Murray halten, was ich will, trotzdem hat er es fachlich echt drauf. Sogar mein Vater hat für ein paar Sekunden sein Durchfall-Gesicht abgelegt und so etwas gesagt wie »Immerhin!«. Mom hat sich gefreut, denke ich, aber das ist bei dem ganzen Botox in ihrem Gesicht schwer zu erkennen. Ist mir egal, mir ist im Moment alles egal. Das ist das Beste, was mir in den letzten Jahren passiert ist!

Blöd nur, dass es immer irgendwo bergab geht, wenn etwas

Geiles passiert. Dexter ist verknackt worden und muss für ein halbes Jahr in den Entzug. Was vielleicht nicht schlecht ist, trotzdem habe ich manchmal das Gefühl, dass das Glück im Leben begrenzt ist. Hast du in einem Bereich zu viel davon, wird in einem anderen etwas abgezwackt, um das Gleichgewicht wiederherzustellen.

Außerdem hat eine aus dem Make-up-Team sich von einem der Komparsen schwängern lassen. Ich muss wohl nicht erwähnen, dass ich an dich denken musste. Obwohl es nicht das Gleiche ist – das Maskenmädchen und der Komparse starten jetzt einen richtigen Rosenkrieg. Gestern hat sie sich heulend in einer der Toiletten eingeschlossen, weil er behauptet hat, das Kind könne von jedem aus der Crew sein. Womit er vielleicht nicht ganz unrecht hat, aber das ist nicht mein Bier.

Jamie und ich wären damit besser umgegangen. Wir mögen einen chaotischen Start gehabt haben, doch ich bin mir sicher, dass wir uns eingekriegt hätten.

Manchmal frage ich mich, wie es jetzt wäre. Ob mein Leben anders verlaufen wäre oder ob gleich, mit ein paar Zusatzpunkten. Meine pessimistische Seite ist froh über mein Singleleben und redet sich ein, dass ich mit Familie niemals die Rolle bekommen hätte. Dass meine Karriere unter der ganzen Situation gelitten hätte. Aber es ist durchaus denkbar, dass ich, als ich den Anruf von dem Produzenten bekommen habe, nach Hause zu meiner Frau und meinem Kind gegangen wäre und wir gemeinsam gefeiert hätten. Statt es meinem Arschloch-Dad, meiner Botox-Mom und meinem Säufer-Besten-Freund zu erzählen.

Tja, wir werden es wohl nie erfahren.

Irgendwie denke ich manchmal, dass ich aus der Stadt raus sollte. Ich bin nicht depressiv oder etwas in der Art, aber vielleicht ist in Chicago zu viel passiert. Manchmal kommt sie mir vor wie eine ungeliebte Ex-Freundin, die einem immer dann über den Weg läuft, wenn man gerade aussieht wie eine Mülltonne. New York wäre geil oder Los Angeles. Hollywood, auch wenn das ein Klischee ist.

Aber dann denke ich an dich und deine Mom, und eine ganz kleinlaute Stimme fragt, was passieren würde, wenn sie wiederkommen würde. Wenn sie tatsächlich Mist gebaut hat und sich irgendwann dazu entschließt, mich wieder ins Boot zu holen. Dann wäre ich weg. Wobei diese Überlegung bescheuert ist. Ich meine, ich kann schlecht mein Leben lang hier sitzen und auf etwas warten, was vermutlich niemals passiert.

Es passt nicht zu mir, über Vergangenes zu heulen. Ich sollte einen Schlussstrich unter das Kapitel Jamie ziehen. Was ich in gewissen Punkten auch getan habe, aber ganz komme ich einfach nicht drüber weg. Und das ist ihre Schuld. Sie hat verhindert, dass wir diese ganze Sache gemeinsam abschließen. Ich freue mich für sie, dass sie ihren Weg gegangen ist, doch es ist ja wohl offensichtlich, dass sie dabei keinen Gedanken an mich verschwendet hat. Was ganz schön an meinem Ego kratzt, muss ich zugeben. Als wir … zusammen waren … ist nicht richtig, aber mir fällt keine andere Bezeichnung für das ein, was wir hatten. Okay, als Jamie und ich Kontakt hatten, bin ich immer irgendwie davon ausgegangen, dass ich den Ton angebe. Ich war der Idiot, der dachte, sie wäre leichte Beute.

Dass sie mir die Tatsachen vor die Füße geworfen und dann abgehauen ist, ist nur schwer zu verdauen.

— *Weitergeleitete Nachricht* —
Von: Carter Dillane <contact@carterdillaneofficial.com>
An: wasweißich@gmail.com
Gesendet: 07. November, 04:01 Uhr
Betreff: Kein Betreff

Turtle!

Eine tatsache die du von vornherein wissen solltes: ich bin betrunken. Ich habe premiere gefeiert, mann! Also alles, was die
autokorrektur nich von alleine hingekommt, liegt am alkohol.

Das hier war der geilste abend meines gesamten lebens.
Nicht ist damit zu vergleichen, ganz im ernst. Sollte es dich
also doch geben, kleine schildkröte, dann werd unbegint schauspieler. Oder schauspielerin.

Mein eigenes gesicht auf dieser riesigen leinwand zu sehen
war so cool. Und ich sehe wirklich gut im kino aus, das kannst
du mir glauben. Selbst mit blut verschmiert und dreckig würde ich mich daten. Ich bin ein guter fang, wirklich. Ich bin nett
und anständig, ich behandle frauen gut und ih habe geld. Sogar
inzwischen geld das ich selbst verdient habe. Ich meine, das ist
doch was! Ich werde inzwischen soagr auf der straße erkannt
wie cool ist das denn?!

Deine mom hat keine ahnung, was sie verpasst. Vielleicht
sieht sie sich den film an und sieht wie gut ich aussehe. Und
erinnert sich daran wie nett ich zu ihr war. Und dann bereut sie
dass sie mich sitzen gelassen hat und kommt wieder und fragt
mich, ob ich mir ihr gehen will. Haha.

Aber soll ich dir mal was sagen? Ich würde nein sagen.
Einfach aus prinzip. Der zug ist abgefahren ein für alle mal.
Allemal. Alle Mal. Wie schreibt man das???

Also, ich würde nein sagen. Und ich sage dir auch warum.
Weil ich zu nett für sie bin. So jetzt ist es raus. Ich bin be-

stimmt jetzt superarrogant oder ein arschloch oder was auch immer aber es stimmt. Ich habe zu ihr gehalten als sie schwanger war. Ich bin nicht durchgedreht oder habe ihr vorgeworfen dass das kind nicht von mir ist wie justin neulich. Ich habe mir ihr zusammen überlegt was wir machen sollen und habe ihr meine hilfe angeboten. Das war sehr nett! Und was hat sie gemacht? Ist abgehaue und hat mich im regen stehen lassen.

Sie ist ab jetzt mein voldemort! Ich sage ihren namen nie wieder.

Weißt du eigentlich wer voldemort ist? Oh gott, ich hoffe wirklich dass seine mom die solche Dinge beibringt. Das ware ansonsten grob fahrlässig.

Aber das ist mir auch egal. Ich habe im auto vorhin eine entscheidung getroffen. Ich werde nicht mehr über euch nachdenken. Die-desse-name-nicht-genannt-werden-darf hat sich gegen uns entschieden und du bist nur ein hirngespinst. Ist sollte nicht mehr zulassen dass ein teil meines lebens euch gehört.

Dafür geht es mir zu gut. Ich bin ein fucking filmstar!

Also in diesem sinne: machs gut, kleine schildkröte. Es war ja nicht meine entscheidung!

— *Weitergeleitete Nachricht* —
Von: Carter Dillane <contact@carterdillaneofficial.com>
An: wasweißich@gmail.com
Gesendet: 07. April, 20:17 Uhr
Betreff: Kein Betreff

Turtle,
es gibt dich wirklich. Du bist ein existierender Mensch. Ein kleines Mädchen, das inzwischen vermutlich laufen und sprechen kann und mit Sicherheit nicht heißt wie eine verdammte Schildkröte.

Wie ist das möglich? Wie ist es möglich, dass ich aus den Medien von dir erfahre? Wie ist es möglich, dass das unbekannte Wesen, das lediglich als Platzhalter für ein beschissenes Tagebuch in meinem Kopf existiert hat, auf einmal real ist?

Ich bin mir nicht sicher, was ich tun soll. Ein Teil von mir ist dermaßen sauer auf Jamie, dass ich euch am liebsten direkt suchen und sie zur Rede stellen würde. Dann würde ich dir begegnen. Und ganz ehrlich? Ich fürchte mich vor dir. Ich glaube nicht, dass ich je vor etwas mehr Angst gehabt habe. Du siehst so unschuldig aus, zumindest auf dem verpixelten Foto in der Zeitung.

So unschuldig und gleichzeitig der Grund für so viel Chaos. Auf der einen Seite habe ich Angst, dass du mich überhaupt nicht kennst, noch nie von mir gehört hast. Beinahe noch gruseliger ist die Vorstellung, dass ich dein Dad sein soll. Ich bin kein Dad. Ich bin kein gutes Vater-Material. Ich meine, guck dir meinen an. Wir Dillanes haben es nicht sonderlich mit Familienliebe. Es wäre schlicht unverantwortlich, mir ein Kind zu überlassen.

Was hat deine Mom sich dabei gedacht? Dich vor mir zu verstecken, deine Existenz geheim zu halten und dann plötzlich in der Zeitung damit herauszurücken. Ausgerechnet in der Zeitung? Was erhofft sie sich davon? Wenn sie Geld will, dann hätte sie es verlangen können!

Gut, ich weiß nicht aus sicherer Quelle, dass Jamie diejenige war, die die Fotos an die Medien verkauft hat. Murray meint, es wäre am wahrscheinlichsten. In dem Artikel stehen ziemlich viele Details. Zum Beispiel, dass sie mit dir in Muskegon wohnt. Muskegon! Wer, zur Hölle, wohnt denn da? Das ist scheißweit weg!

Sag mir, was ich tun soll. Willst du mich überhaupt in deinem Leben haben? Wäre das eine Option? Oder hat es einen

Grund, dass ihr die letzten drei Jahre ohne mich verbracht habt? Einen so großen Grund, dass es vielleicht besser ist, wenn ich wegbleibe?

Ich weiß, dass es nicht fair ist, aber so habe ich mir das nicht vorgestellt. Ich habe sogar Angst, es laut auszusprechen, allerdings sind diese E-Mails ja genau dafür gedacht. Also, los geht's: Ich weiß nicht, ob ich dich kennenlernen will.

So, jetzt ist es raus. Mag durchaus sein, dass ich der schlechteste Mensch der Welt bin, aber was, wenn du mich nicht magst? Was, wenn deine Mom verhindert, dass wir jemals ein unbeschwertes Verhältnis zueinander haben? Dann wäre es wie bei meinem Dad und mir – wir wären Blutsverwandte, mehr nicht.

Vielleicht ist es besser, wenn du dieses abstrakte kleine Wesen in meinem Kopf bleibst. Vielleicht wäre es besser gewesen, wenn ich nicht von dir erfahren hätte.

— *Weitergeleitete Nachricht* —
Von: Carter Dillane <contact@carterdillaneofficial.com>
An: wasweißich@gmail.com
Gesendet: 17. April, 00:51 Uhr
Betreff: Kein Betreff

Es tut mir so unglaublich leid.
Ich weiß, was passiert ist. Ich weiß, was Murray getan hat – was er deiner Mom über mich erzählt hat und dass er mich angelogen hat.

Ich hätte mehr tun sollen. Ich hätte mich davon überzeugen sollen, dass er die Wahrheit sagt. Nach deiner Mutter und dir suchen – irgendwas!

Keine Ahnung, was ich sagen soll.

JAMIE

Ich scrolle durch die E-Mails und habe dabei das Gefühl, keine Luft zu bekommen. Die meisten von ihnen ähneln sich, manche sind inhaltlich eher belanglos – er erzählt von seinem Job, von diesem Dexter, von der Wohnungssuche. Andere hingegen sind so emotional, dass mir die Tränen kommen. Ich weiß, dass die Datierung der Mails gefälscht sein könnte. Dass das alles Teil eines großen Komplotts sein könnte. Doch das glaube ich nicht. Vielleicht ist es naiv und dumm, aber mein Herz hat eine eindeutige Meinung. Und zum ersten Mal seit Monaten gestatte ich mir, auf es zu hören.

Die Stellen, an denen er auf mir herumhackt, sind nur schwer zu ertragen. Allerdings kann ich ihn verstehen. Von seinem Standpunkt aus ist er beinahe noch nett zu mir gewesen. Immerhin war er der Ansicht, dass ich ihn einfach sitzen gelassen und mich ohne ein Wort aus dem Staub gemacht habe. Eigentlich das Gleiche, was ich über ihn gedacht habe. Der Grund, warum ich ihn am Anfang, als wir uns wiedergesehen haben, so mies behandelt habe.

Ich lese eine der Mails erneut. Dass sie an Lila gerichtet sind – auch wenn er sie ›Schildkröte‹ nennt –, zerreißt mir beinahe das Herz. Während dieser vier Jahre habe ich oft über ihn nachgedacht und mich gefragt, ob er hin und wieder an uns dachte. Und bin immer davon ausgegangen, dass er es nicht tat. Schwarz auf weiß zu sehen, worüber er nachgegrübelt hatte, ist beinahe unglaublich.

Die letzte Mail ist noch ungelesen, und ich fürchte mich ein bisschen davor, sie zu öffnen. Anders als die übrigen hat sie ein aktuelles Datum. Das von heute, um genau zu sein.

Mir laufen bereits jetzt die Tränen über die Wangen, und mein Herz droht in meiner Brust zu explodieren. Keine Ahnung, wie viel von diesem Gefühlswirrwarr es noch aushält, ohne letztendlich den Dienst aufzugeben. Verdenken könnte ich es ihm nicht.

Ich bin mir nicht sicher, was ich glauben soll. Meine Zweifel an der Geschichte vor vier Jahren sind spätestens seit diesen Mails verschwunden, doch was ist mit den neusten Ereignissen? Würde er tatsächlich mit Murray gemeinsame Sache machen, nach allem, was ich gerade gelesen habe? Eher unwahrscheinlich.

Ich atme einmal tief durch und klicke dann auf die letzte Mail. Der Text verschwimmt vor meinen Augen. Mit dem Handrücken wische ich die Tränen fort, umklammere das Tablet und beginne zu lesen.

— *Weitergeleitete Nachricht* —
Von: Carter Dillane <contact@carterdillaneofficial.com>
An: wasweißich@gmail.com
Gesendet: 21. Mai, 13:32 Uhr
Betreff: Die beste Umarmung der Welt

Kleine Turtle,
inzwischen ist deiner Mom wahrscheinlich aufgefallen, dass ich meinen Hund quasi nach dir benannt habe. Das tut mir ein bisschen leid, aber sie muss es verstehen – dieser Name hat in den letzten Jahren einen Platz in meinem Herzen bekommen, und ein Teil von mir wollte ihn real werden lassen. Und was wäre da passender, als meine beste Freundin nach dir zu benennen? Auch wenn sie ein schlecht erzogener, sabbernder Hund ist.

Ich möchte dir eine kleine Geschichte erzählen. Als deine Mommy und ich uns kennengelernt haben, hat sie mir gesagt, dass sie die beste Umarmerin der ganzen Welt ist. Umarmungen seien eine Kunst, die kaum ein Mensch richtig beherrsche. Da ginge es um die richtige Haltung der Arme, den angemessenen Druck, die Dauer und was weiß ich noch. Damals habe ich deine Mom für ein bisschen seltsam gehalten und, ganz unter uns, das tue ich immer noch. Doch ich muss zugeben, dass sie recht hatte. Sie ist verdammt gut im Umarmen.

Aber soll ich dir mal etwas sagen? Dir kann sie nicht das Wasser reichen. Als du mich umarmt hast, verkleidet als kleines glitzerndes Einhorn, war das die beste Umarmung, die ich jemals bekommen habe. Verrate das deiner Mom nicht, okay? Sonst bekomme ich Probleme – du kennst sie ja.

Um ehrlich zu sein, hast du dabei alles falsch gemacht, was deine Mutter mir beigebracht hat: Deine Hände lagen irgendwo in der Nähe meiner Kniekehlen, du hast mir beinahe die Knochen gebrochen, und es war so schnell vorbei, dass ich kaum zurückumarmen konnte. Außerdem habe ich danach überall geglitzert, als hätte es Einhörner geregnet. Trotzdem fand ich diese Umarmung toll. Und soll ich dir auch sagen, warum? Weil sie von dir kam.

Es gab eine Zeit in meinem Leben, in der ich nicht damit gerechnet habe, dass ich dich je kennenlernen könnte. Und es gab auch eine Zeit, in der ich nicht darum gebeten hätte. Doch dann bist du zusammen mit Mommy in mein Leben gerauscht, hast es auf den Kopf gestellt und so durcheinandergebracht, dass ich nicht mehr weiß, wie ich die Ordnung je wiederherstellen soll. So etwas hätte mich früher wahnsinnig gemacht, ich hätte es gehasst. Tue ich aber nicht, und das liegt nur an euch beiden. Das Chaos, das ihr zwei veranstaltet, ist so bunt und fröhlich, dass ich auf keinen Fall wieder zurück in mein geregeltes Schwarz-Weiß will.

Du hast mir gezeigt, wie einfach das Leben ist, kleine Schildkröte. Und das, ohne es wirklich zu verstehen oder eine

Ahnung zu haben, was du mit mir anstellst. Dafür bin ich dir unendlich dankbar.

Ich weiß, dass du nicht weißt, wer ich bin. Ich weiß, dass du nie begreifen wirst, was du und deine Mom mir bedeutet. Aber das ist okay. Vielleicht haben wir die Chance, einander kennenzulernen und unser gegenseitiges Leben noch ein wenig mehr durcheinanderzubringen.

Ich liebe dich, und ich liebe deine Mom. Sie will das nicht sehen, aber ich weiß, dass sie es tief in ihrem Herzen spürt. Deine Mom ist ein sehr kopflastiger Mensch, das weißt du sicher. Kannst du mir einen Gefallen tun? Vielleicht kannst du ja mit ihr sprechen und ihr erklären, dass wir drei zusammengehören. Denn das tun wir. Und ich verspreche dir, ich würde niemals etwas tun, was das gefährdet.

Ich hab dich lieb. Bis bald, kleine Schildkröte.
Daddy

2.21

CARTER

»Ja, es ist perfekt.«

Ich schüttle dem Schlipsträger die Hand und nicke meiner brandneuen Agentin zu, die sofort ihr Tablet zückt. Ich mache ein paar Schritte von den beiden weg und sehe mich um. Die Decken sind so hoch, dass ich die Details des Stucks kaum erkennen kann.

Langsam durchquere ich den verhältnismäßig kleinen Empfangsraum und bleibe im Wohnzimmer stehen. Es hat einen Durchbruch zur Küche und riesige Fenster zum Garten hin. Es ist alles nicht sehr groß, dafür gemütlich. Irgendwie heimelig – ein Zuhause, in das man nach einem langen Arbeitstag zurückkehren will. Es liegt nur eine halbe Autostunde von Chicago entfernt, hat aber alles, was man sich an Vorstadt-Flair nur wünschen kann – Bäume, ruhige Straßen, gute Schulen und Kindergärten.

Ich schaue auf das Exposé in meiner Hand. Drei Bäder, vier Schlafzimmer und ein kleiner, aber feiner Pool im Garten. Und das alles gehört jetzt mir.

Ein aufgeregtes Ziehen durchfährt meine Magengegend. Gott, ich habe ein Haus gekauft. Ich kann es selbst kaum glauben. Das Loft in Kenwood gehört zwar auch mir, doch das ist etwas anderes. Als ich es damals gekauft und mich beinahe ruiniert habe, waren keine großen Pläne damit verknüpft. Es war lediglich eine Wohnung, ein Statussymbol für meinen Erfolg.

Das hier ist etwas anderes. Es wird mein Zuhause werden. Das Haus, das ich meinen Kindern irgendwann weitervererbe und in dessen Garten meine Enkelkinder spielen sollen.

Bleibt nur zu hoffen, dass ich nicht zu hoch pokere, immerhin habe ich seit zwei Tagen nichts mehr von Jamie gehört. Sie hat weder auf meine Mails geantwortet noch ist sie an ihr Handy gegangen. Kein sonderlich gutes Zeichen, allerdings habe ich mir geschworen, ihr Zeit zu geben. Angemessen viel Zeit, bevor ich sie suche und sie auf Knien anflehe, mich zurückzunehmen. Ich bin zu absolut allem bereit.

»Sie setzen die Verträge auf«, sagt Joy und deutet durch die Fenster hinaus. »Der Garten wird noch gemacht. Nächste Woche können Sie unterschreiben.«

»Super, vielen Dank.« Ich bin mir noch nicht sicher, ob ich Joy behalte. Sie ist mir von einem Kollegen empfohlen worden, doch sie hat etwas von einer Sekretärin, was ich eigentlich nicht gebrauchen kann. Ich brauche eine nette Version von Murray, was ziemlich schwer zu finden ist. »Sie können Feierabend machen. Ich maile Ihnen, und dann planen wir die nächste Woche, würde ich vorschlagen.«

Sie nickt und macht sich höflich aus dem Staub. Ich blase die Wangen auf und lasse geräuschvoll die Luft entweichen. Es gibt noch so verdammt viele Baustellen in meinem Leben, dass ich nicht so richtig weiß, wo ich anfangen soll. Ein neuer Agent steht ziemlich weit oben auf meiner Liste, zumindest, wenn ich auch in Zukunft als Schauspieler arbeiten will. Ein Zuhause für Lila und Jamie kann ich abhaken, immerhin.

Ich schlendere durch mein neues Haus und versuche es in Gedanken einzurichten. Für so etwas habe ich kein Händchen, trotzdem habe ich eine ziemlich genaue Vorstellung davon, wie das hier später einmal aussehen soll. Ich zähle die Stufen, während ich nach oben gehe. Siebenundzwanzig. Vor der ersten Zimmertür bleibe ich stehen. Mein Herz stolpert ein wenig, als ich sie vorsichtig aufschiebe.

Das hier ist das größte der Schlafzimmer. Die Decken sind hier oben nicht ganz so hoch, doch dank der riesigen Fenster wirkt der Raum immer noch majestätisch. Das Besondere an diesem Raum ist die kleine Nische in der hinteren Ecke. Der Makler konnte mir nicht sagen, welchen Zweck sie genau erfüllt, doch das ist mir auch egal. Sie ist vielleicht drei Quadratmeter groß, so niedrig, dass ich kaum aufrecht darin stehen kann, und hat ein kleines rundes Fenster, das beinahe aussieht wie ein Bullauge. In der Sekunde, als ich dieses Zimmer bei der Besichtigung gesehen habe, wusste ich, dass es Lilas wird. Ein Besuch im Baumarkt und das Ding wird zu einer perfekten Burg. Oder einem Schloss, was bei einer Dreijährigen wohl eher gefragt ist.

Unten höre ich die Tür ins Schloss fallen und rechne mit Joy oder dem Immobilienmakler, der noch etwas vergessen hat. Dann höre ich Schritte auf der Treppe und die angeknackste Stufe, deren Holz leise quietscht, wenn man darauf tritt. Vielleicht lasse ich das so, es hat irgendwie seinen Charme.

Als die Tür hinter mir aufschwingt, drehe ich mich um.

Und erstarre, als ich Jamie und Lila entdecke. Hand in Hand stehen sie vor mir. Während Lila übers ganze Gesicht strahlt, wirkt Jamie unsicher und weicht meinem Blick aus.

»Was macht ihr denn hier?«, frage ich mit erstickter Stimme. Mein Hals ist wie zugeschnürt, und meine Hände kribbeln leicht. Vielleicht stehe ich unter Schock. Ich habe damit gerechnet, dass Jamie sich meldet. Nicht, dass sie einfach hier auftaucht. Hier, in dem Haus, das ich gerade für uns alle gekauft habe. »Woher habt ihr die Adresse?«

Sie zuckt kaum merklich mit den Schultern und sieht eine

Sekunde lang so aus, als würde sie sich selbst fragen, was sie hier macht. »Dieser Dexter hat mich angerufen«, sagt sie schließlich und zieht einen Mundwinkel hoch. »Du hast aufdringliche Freunde.«

»Im Ernst?«, frage ich überrascht.

»Er hat mir erzählt, was du hier vorhast.« Endlich sieht sie mich an. Ihr Blick trifft meinen, und wieder durchfährt es mich wie ein Stromschlag. »Du hast es gekauft?«

Jetzt ist es an mir, mit den Schultern zu zucken. »Du hast es selbst gesagt – das Loft ist nicht das Richtige für ein Kind.«

»Du scheinst dir recht sicher gewesen zu sein.«

»Ich habe mir vorgenommen, optimistisch zu sein.« Verzweifelt trifft es vielleicht eher, aber optimistisch reicht für den Anfang. »Was macht ihr hier, Jamie?«

Ihre Augen werden glasig, doch mit einem Blick hinunter auf Lila reißt sie sich zusammen. »Willst du es ihm sagen?«

Mein Blick richtet sich auf meine Tochter. »Na, Prinzessin?«, sage ich und gehe in die Hocke, um auf Augenhöhe mit ihr zu sein. »Was hast du so angestellt in den letzten Tagen?«

Sie strahlt mich so ehrlich an, dass mein Herz sich ein winziges bisschen verkrampft. »Ich war im Schwimmbad!«

»Sehr cool!«

Mit einem Blick hoch zu ihrer Mom beugt sie sich vor und winkt mich zu sich heran. »Mommy hat mir ein Geheimnis verraten.«

»Oha«, mache ich verschwörerisch. »Und darfst du es mir sagen?«

Wieder schaut sie auf, und Jamie nickt mit zusammengepressten Lippen. Ich habe keine Ahnung, wie ich ihren Gesichtsausdruck deuten soll.

Lila verengt die Augen ein wenig, wahrscheinlich, um geheimnisvoll zu wirken und formt mit ihren kleinen Händen eine Art Trichter um ihren Mund. »Weißt du, dass du mein Daddy bist?«

Ihre Worte treffen mich direkt ins Herz. Wie Kanonenkugeln schlagen sie in mein Innerstes ein und lösen eine derartige Flut an Gefühlen in mir aus, dass mir beinahe schwindelig wird. Ich spüre das Brennen in meinen Augen und versuche gar nicht erst, meine Rührung zu verbergen. Ich sehe zu Jamie auf, der die Tränen bereits über die Wangen laufen, und hebe die Brauen.

Ein winziges Lächeln breitet sich auf ihrem Gesicht aus, als sie nickt.

Ich muss zwei Mal schlucken, bevor ich etwas erwidern kann. »Ja, kleine Schildkröte«, sage ich leise und wuschle ihr sanft durch die Haare. »Ziemlich cool, oder nicht?«

Sie strahlt so breit, dass ich nicht anders kann, als ebenfalls zu lachen. Ich höre Jamie schluchzen, bevor sie ebenfalls auf die Knie geht und Lila in ihre Arme zieht. Man sieht Lila an, dass sie im Grunde nicht weiß, warum die Erwachsenen heulen, doch sie lächelt einfach tapfer vor sich hin.

»Tracy aus meiner Gruppe hat auch einen Dad«, nuschelt sie an Jamies Brust und klatscht in die Hände. »Der holt sie immer vom Kindergarten ab!«

»Tja«, sage ich leise. »Dann ist das jetzt wohl mein Job, was?«

Sie nickt zufrieden und greift nach meiner Hand. Sie wirkt so klein, so zerbrechlich.

»Ich passe gut auf sie auf, versprochen«, flüstere ich, als mein Blick den von Jamie trifft. »Auf euch beide, wenn du mich lässt.«

Jamie sieht mich an, immer noch mit Tränen in den Augen. Dann nickt sie und nimmt mir damit eine Last vom Herzen, die ich erst richtig bemerke, als sie verschwindet.

Da hocken wir drei – eine seltsame Version einer Familie, die sich kaum kennt, in einem leeren Haus, das hoffentlich bald ein Zuhause wird. Das hier ist weit entfernt von perfekt, trotzdem könnte ich nicht glücklicher sein.

DREI MONATE SPÄTER

JAMIE

»Sag ihnen, dass ich darauf nicht antworte«, murmelt Carter, während er sich die Interviewfragen durchliest. »Entweder sie streichen es, oder sie suchen sich einen anderen Gast.«

Ich umkreise die fragliche Passage und setze mir eine Erinnerung in meinem Handy. »Morgen holst du Lila ab, da bin ich noch in der Uni. Mein Dad holt sie dann später ab.«

Er nickt. »Und am Wochenende? Steht da etwas an?«

Routiniert checke ich seinen Kalender. »Nee. Nur der Geburtstag von diesem Jack.«

Carter runzelt die Stirn und sieht mich an. »Wer ist Jack?«

»Der kleine mit den braunen Locken«, sage ich grinsend und beobachte, wie sein Gesicht finster wird. »Der Lila gestern seinen Apfel geschenkt hat.«

Er schnaubt. »Ein Apfel ist ein mieses Geschenk.«

»Lila hat sich gefreut«, sage ich achselzuckend. »Und es ist 'ne Kostümparty. Sie ist total scharf drauf!«

»Ich bringe sie hin«, beschließt er grimmig. »Den Kerl sehe ich mir an.«

Ich lache laut auf, senke aber hastig die Lautstärke, um Lila nicht zu wecken. »Okay. Und nächste Woche hast du keine Termine, nur den normalen Dreh.«

Er grinst, steht auf und kommt um die Kücheninsel zu mir herum. Als ich mich zu ihm umdrehe, greift er nach meinen Kniekehlen und zieht mich auf dem Barhocker zu sich. Augenblicklich flattern Heerscharen von Schmetterlingen durch meinen Bauch. Er hat immer noch eine enorme Wirkung auf mich, auch wenn ich versuche, es mir nicht anmerken zu lassen. Carters Ego braucht nun wirklich kein Futter mehr.

»Du meinst, ich bin jeden Abend zu Hause?«

Ich seufze. »Sieht so aus.«

Statt einer Antwort lehnt er sich vor und vergräbt das Gesicht zwischen meiner Schulter und meinem Hals. Als sein Atem meine Haut trifft, erschaudere ich. »Das gefällt mir ziemlich gut.« Ich lache kehlig. »Du vertraust mir einfach zu sehr«, sage ich leise. »Vielleicht habe ich ja alle Termine abgesagt, damit du Lila jeden Abend ins Bett bringst.«

»Ich bin besser im ins-Bett-bringen als du«, murmelt er. »Ich kann Lila verstehen.«

»Das liegt nur daran, dass du neu bist. Wie ein neues Spielzeug. Bald wird ihr langweilig mit dir.«

Seine Lippen berühren meine Halsbeuge, und ich zucke leicht zusammen. »Du darfst gerne alle meine Termine absagen. Das ist dein Job.«

»Ist es nicht«, sage ich, während ich verzweifelt versuche, meine Gedanken zu ordnen. Was nicht so einfach ist, wenn er mich gleichzeitig küsst und berührt. »Ich bin nur so lange deine Agentin, bis mein Praktikum anfängt. Du bist lediglich ein Mittel zum Zweck.«

Er grunzt. »Ich könnte dafür sorgen, dass du noch mehr Erfahrungen sammeln kannst. Ich kenne eine Menge Leute.«

Ich schiebe ihn entschieden von mir und richte meine Bluse, deren obere Knöpfe wie durch Zauberhand offen stehen. »Das sind deine Leute«, sage ich energisch. »Ich will meine eigenen Leute und nicht an deinem Rockzipfel hängen.«

Er verdreht die Augen, zuckt aber mit den Schultern. »Wie auch immer. Denk dran, dass morgen der Landschaftsgärtner kommt, um den Garten mit dir zu besprechen.«

Mein Mund verzieht sich zu einem verträumten Lächeln. »Womit habe ich dich nur verdient?«

»Keine Ahnung«, sagt er lachend. »Das frage ich mich auch andauernd.«

Ich gebe ihm einen Klaps auf die Schulter und hüpfe von meinem Hocker. Unsere Küche ist fast fertig, es fehlt nur noch ein wenig Feinschliff, genau wie im Wohnzimmer. Wir haben sämtliche Möbel neu gekauft, was dazu geführt hat, dass unser Häuschen ein bisschen aussieht wie aus einem Möbelkatalog. Es braucht dringend eine persönliche Note, woran Lila mit Feuereifer arbeitet. Überall hängen selbst gemalte Bilder, was ziemlich niedlich ist, allmählich trotzdem ein wenig überhandnimmt.

Carter zieht einen Flunsch und trottet hinter mir her. »Musst du echt gehen?«

Ich seufze. »Ja.«

Ich will mich mit Nell treffen. Wobei, ›wollen‹ vielleicht nicht das passende Wort ist. Ich bin eher der Meinung, dass es richtig ist. Immerhin war sie lange Zeit meine beste Freundin und hat zu mir gestanden, als das bis auf meine Familie keiner getan hat. Ich will ihr zumindest die Chance geben, noch einmal mit mir zu sprechen. Danach kann ich immer noch entscheiden, ob ich sie hasse oder nicht. Carter ist dagegen, wobei er im Grunde nicht viel gegen sie sagen kann. Wir wissen schließlich nicht, ob wir je zueinandergefunden hätten, wenn Nell nicht geplaudert hätte.

Als ich mir die Jacke anziehe, umarmt er mich von hinten und legt das Kinn auf meine Schulter. »Sollen Lila und ich Abendessen machen?«

Lachend drehe ich mich in seinen Armen. »Bitte nicht! Ich bringe was von unterwegs mit.«

Er mustert mich eingehend und lächelt mich dann an. »Phil nimmt dich mit.«

»Ich weiß.«

»Er wartet vorm Café auf dich.«

»Auch das weiß ich.«

Er sieht mich lange an, dann küsst er mich. Nicht stürmisch, nicht leidenschaftlich, dafür aber so liebevoll, dass ich beinahe in seinen Armen dahinschmelze. »Ich liebe dich.«

Ich lächle. »Ich weiß.«

Er verdreht die Augen. »Hau ab jetzt, bevor ich es mir anders überlege.«

Hastig greife ich nach meiner Tasche und öffne die Haustür. Draußen vor dem Tor wartet bereits der Wagen, aber ich drehe mich noch einmal um. »Carter?«

Er zieht eine Augenbraue hoch. »Was?«

»Ich liebe dich«, sage ich und verschwinde dann schnell aus dem Haus. Das ist das erste Mal, dass ich es ausgesprochen habe. Die kompletten drei magischen Worte. Davor habe ich immer »Ich dich auch« oder einmal sogar »Gleichfalls« gesagt. Aus irgendeinem Grund habe ich gezögert, es zu sagen. Vielleicht, weil mein Herz dem Ganzen nicht getraut hat.

Doch es ist alles gut. Daran kann weder mein Pessimismus noch die Meinung mancher Hardcore-Fans etwas ändern, die denken, dass ich Carter ausnutze und ihm ein Kind unterschieben will. Denn trotz meines Spagats zwischen Uni, Arbeit und Familie, trotz Carters stressigem Job sind wir glücklich. Wir sind nicht konventionell oder passen in irgendein Bild.

Und genauso ist es perfekt.

Danksagung

Manch aufmerksamem Leser mag aufgefallen sein, dass vorn auf dem Cover, direkt über dem Titel, mein Name steht. Ziemlich groß und auffällig. Das suggeriert mehr oder weniger diskret, dass ich verantwortlich für dieses Buch bin. Für seine Figuren, seine Geschichte, seine Entstehung. Doch wie vermutlich bei jedem anderen Buch auch, gibt es so viel mehr Namen, die eigentlich neben meinem stehen sollten. Leider müsste das Cover, sollte man diese Notwendigkeit jemals in die Tat umsetzen, mindestens Din-A3-Größe haben. Dennoch – wie immer gibt es eine ganze Menge Menschen, die so viel Herzblut, Arbeit und Liebe in dieses Buch gesteckt haben, dass sie wenigstens hier Erwähnung finden sollten.

Zum einen danke ich selbstverständlich meinen grandiosen, wunderschönen und hochprofessionellen Agentinnen von der Langenbuch & Weiß Literaturagentur. Gesa und Kristina – ich danke euch tausendfach für das Vertrauen, das ihr vor vielen Jahren in mich investiert habt. Ich hoffe, es zahlt sich aus!

Dann selbstverständlich meiner Lieblingslektorin Steffi. Ich kann nur ahnen, wie oft du heimlich hinter deinem Bildschirm meinetwegen mit den Augen rollst. Danke, dass du es mich nie merken lässt.

Natürlich dem wundervollen Team vom LYX Verlag. Ruza, Simone, Anna, Sabrina – jedem Einzelnen. Ich kenne zum Großteil eure Namen nicht, also kann ich euch leider nicht alle aufzählen. Aber ihr dürft euch gerne vollzählig angesprochen fühlen!

Ich danke meinen wahnsinnig attraktiven und talentierten Autorinnen-Kolleginnen und Herzensmenschen Mona Kasten, Bianca Iosivoni und Laura Kneidl. Für eure Unterstützung, euer Vorbild und eure solidarische Empörung im richtigen Moment.

Ein ganz besonderes Dankeschön an meine Familie; meine brillante und immer wieder überraschend hilfreiche Schwester Eileen. Und meinem ganz persönlichen Traummann. Du magst kein Schauspieler sein, keinen privaten Fahrer haben oder mich nicht auf Filmpremieren einladen (zumindest noch nicht), aber das spielt keine Rolle. Du schenkst mir jeden Tag einen kleinen Schritt in Richtung unseres Happy Ends und bist ein toller Vater für unsere beiden Monster. Ohne dich gäbe es dieses Buch nicht.

Vielen Dank an euch alle für die Treue, und dass einige von euch mich bereits so lange begleiten. Vor allem danke ich den fantastischen und leicht wahnsinnigen Teilnehmern meines LLC-Workshops 2018: Ginger, Verena, Inga, Nadja, Monika, Christine, Melanie, Tanja, Louisa-Sophie, Roberta, Sophia, André, Tina und Katrin. Vielleicht ist euch aufgefallen, dass unsere Figur, Miss Geeson, nur am Rande erwähnt wird. Das liegt daran, dass diese Geschichte so viel Raum eingenommen hat, dass ich dieser tollen Figur einfach nicht gerecht werden konnte. Aber ich verspreche euch, dass ich das nachholen werde. Denn eine Weile bleiben wir noch in Chicago ☺!

So, wie immer starre ich an diesem Punkt auf das Dokument und überlege, wen ich wohl vergessen habe. Und dass ich jemanden vergessen habe, ist absolut sicher. Deswegen habt ihr hier und heute die einmalige Gelegenheit, legal und völlig berechtigt in dieses Buch zu schreiben. Jeder, der das hier liest, sich angesprochen fühlt und nicht erwähnt wurde, mag sich hier bitte eintragen:

Liebe*r _ _ _ _ _ _ _ _ _!
Vielen Dank für Deine tatkräftige Unterstützung, mental oder körperlich. Du bist der Hammer! Ich habe keine Ahnung, wie ich es ohne Dich geschafft hätte!
Deine Kim

Leseprobe

MORGANE MONCOMBLE

Never Too Close

Violette

Ich sehe toll aus. Ich sehe toll aus. Ich sehe ...

»Autsch!«

Ich lasse das Glätteisen fallen, um meine verbrannte Hand zu erlösen, und springe hastig beiseite, damit es nicht auch noch auf meinem Fuß landet. Verdammt! Mit dem schmerzenden Finger im Mund hebe ich es wieder auf. Wo war ich stehen geblieben? Ach ja. Ich sehe toll aus.

Der Spiegel zeigt allerdings etwas anderes.

Ich entkräusele die letzte meiner blonden Locken und achte darauf, das Glätteisen auszuschalten, ehe ich es ablege – ich bin gerade erst in diese Wohnung eingezogen und sollte vielleicht noch ein wenig warten, bis ich das Haus in Schutt und Asche lege.

Für ein natürlicheres Aussehen fahre ich mir mit den Fingern durch die Haare, ehe ich einen letzten Blick in den Spiegel werfe.

Toll ist vielleicht nicht die exakteste Bezeichnung für mein Aussehen an diesem Silvesterabend, aber egal. Es geht schon.

Immer noch besser als Anfang der Woche, als ich mich krank und hundeelend herumgeschleppt habe.

Scheißgrippe.

Ich trage transparenten Lipgloss auf, während ich versuche, mir mit einer Hand die High Heels anzuziehen. Wie eigentlich immer bin ich spät dran. Dabei habe ich extra zwei Stunden früher angefangen, mich fertig zu machen, um genau dieses Problem zu vermeiden. Aber das scheint unmöglich zu sein.

Die grünen Paillettenshorts liegen auf der Couch. Ich schaffe es reinzuschlüpfen, ohne eine Laufmasche in meine Strumpfhose zu reißen. Erste Herausforderung erfolgreich bestanden! Nachdem ich meine weiße Bluse abgebürstet und einen kurzen schwarzen Blazer angezogen habe, schaue ich mich in der Wohnung um.

»Hab ich was vergessen?«

Scheint nicht so. Also stopfe ich mein Handy und meine Schlüssel in die Tasche und lasse die Tür hinter mir zufallen. Schritt zwei: *Well done!* In diesem Augenblick vibriert es unter meinen Händen. Meine neue Freundin Zoé ruft an. Ich gehe dran, während ich den Fahrstuhlknopf drücke.

»Hallo?«

»Hi, ich bin's. Alles klar?«

»Bestens. Und bei dir?«

Der Aufzug befindet sich im obersten Stockwerk und braucht unendlich lange. Ich fluche leise vor mich hin. Zoé wird mich umbringen. Sie hasst unpünktliche Menschen.

»Sag bitte nicht, dass du zu spät kommst.«

»Ich? Auf keinen Fall«, leugne ich, während ich wie bescheuert immer wieder auf den Knopf drücke, als ob der Fahrstuhl dadurch schneller würde.

»Sicher?«

Sie kommt mir misstrauisch vor. Ich befürchte fast, dass sie im Aufzug steht, wenn sich die Türen öffnen, mit dem Finger auf mich zeigt und »LÜGNERIN!« ruft.

»Wenn ich es dir doch sage! Wo bist du gerade?«

»Vor der Bar gegenüber von Claires Wohnung.«

»Siehst du mich etwa nicht?«, erkundige ich mich, als wäre ich überrascht.

»Äh … nein.«

Ich weiß, dass sie mir nicht glaubt. Obwohl ich in Mathe eine totale Niete bin, rechne ich kurz nach. Wenn ich mich beeile, kann ich in einer Viertelstunde dort sein. Ich gehe zu Fuß. Zum Glück habe ich daran gedacht, mein Pfefferspray einzustecken – mein Vater wollte mich nicht aus dem Jura nach Paris ziehen lassen, ohne mich mit einer Großpackung davon zu versorgen. Er hat kein Vertrauen in diese Stadt. Als ob sich alle Perversen der Nation hier versammeln würden.

»Bist du blind oder was? Ich sehe dich doch! Ich winke dir sogar gerade.« Der Aufzug macht »Ding«. Ich huste, um es zu übertönen, und betrete die Kabine. »Okay, weißt du was? Bleib, wo du bist, ich komme zu dir.«

»Okay.«

Mit Sicherheit bringt Zoé mich um. Ich kenne sie zwar erst seit September, aber sie ist sehr emanzipiert und nimmt vor allem kein Blatt vor den Mund. Schon bei unserer zweiten Begegnung hat sie mir in der Toilette unserer Hochschule, der *École supérieure des arts et techniques de la mode*, ihre Brüste gezeigt und mich gefragt, ob ich ebenfalls der Ansicht wäre, dass sie auffällig groß seien. Ich musste ihre Brüste berühren. Zweimal.

Ich lege auf, während sich die Türen schließen. Gerade will ich meine Strumpfhose noch einmal zurechtziehen, als sich eine kräftige Hand zwischen die Türen des Fahrstuhls drängt.

Ein Typ steigt zu, begrüßt mich höflich und stellt sich vor mich. Langsam gleitet die Kabine nach unten. Die Stille nervt mich. Soll ich vielleicht ein Gespräch beginnen? Konversation gehört zu meinen starken Seiten, zumindest wenn mein Vater mich daran erinnert, keinesfalls über Pinguine zu reden – darauf komme ich später noch zurück. Immerhin bin ich erst vor Kurzem hier eingezogen, und es wäre vielleicht keine schlechte Idee, mich mit den Nachbarn gut zu stellen.

Die Art, wie der Typ mir den Rücken zukehrt, veranlasst mich jedoch, den Mund zu halten. Vermutlich ist er in Eile – oder ein Arsch.

Plötzlich erzittert der Aufzug und bringt mich ins Wanken.

Ich stütze mich an der rechten Wand ab, während mein Nachbar langsam seine verschränkten Arme löst. Der Aufzug bockt noch einmal, dann steht er still. Ich rühre mich nicht, denn ich habe Angst, etwas kaputtzumachen. Wer mich kennt, weiß, dass das nicht abwegig ist.

Sekundenlang stehe ich wie versteinert, bis die Information mein Gehirn erreicht. Wir stecken fest. Wir stecken fest! Als ich den Ernst der Lage begreife, reiße ich die Augen auf und schlucke. *Atmen, Violette. Einfach weiteratmen.* Das ist weder der richtige Zeitpunkt noch der Ort für eine Panikattacke. Seit ich in Paris wohne, hatte ich keine mehr und habe auch nicht vor, wieder eine zu bekommen. Ich bemühe mich also, meine Atmung zu kontrollieren, während der Mann schimpfend den Notfallknopf drückt.

»Was ist los?«

Es sieht mir ähnlich, nachzufragen, was los ist, obwohl die Antwort auf der Hand liegt. Trotzdem will ich es hören – will den Klang einer anderen Stimme hören. Ich muss wissen, dass ich nicht allein bin.

Keine Panik, Violette, keine Panik.

»Stecken wir fest?«

Jetzt gerate ich doch in Panik. Scheiße! Ich sehe zu, wie mein Nachbar versucht, die Türen mit beiden Armen auseinanderzustemmen. Er drückt und drückt, bis es ihm gelingt, doch er lässt sofort wieder los.

»Wir sind zwischen zwei Etagen«, murmelt er vor sich hin.

»Oh mein Gott.«

Mit einer Hand auf der Brust dränge ich mich an die Rückwand der Kabine. Ich zähle meine Atemzüge, merke aber sehr schnell, dass ich durcheinanderkomme. Als letzte Hoffnung suche ich den Blick meines Nachbarn. Ich will, dass er mich beruhigt und mir versichert, dass so was ständig passiert, aber in aller Regel schnell wieder in Ordnung kommt. Leider starrt er nur auf sein Handy, vermutlich auf der Suche nach einem Netz.

»Sagen Sie mir bloß nicht, dass wir hier ... für länger festhängen ...«

»Beruhigen Sie sich, ich bin bei der Feuerwehr«, sagt er, ohne mich auch nur eines Blickes zu würdigen.

»Glauben Sie, das macht es besser? Feuerwehrmann oder nicht, Sie stecken mit mir in diesem verdammten Fahrstuhl fest und ich habe keine Ahnung, wieso diese Information mich beruhigen sollte.«

Zum ersten Mal seit dem Betreten der Kabine schaut der Mann mich an. Und was kommt mir als Erstes in den Sinn? *Es muss einen Gott geben.* Wäre das nämlich nicht der Fall, würde ein solcher Blauton nicht existieren, eine unglaubliche Mischung aus Lapislazuli und Azur. Ein dunkles Blau wie eine sternlose Sommernacht. Sofort verliebe ich mich in diese Augen. Ernst und geduldig blicken sie mich an. Sieht aus, als wäre er so etwas gewohnt. Trotzdem erkenne ich in ihnen einen ungläubigen Schimmer.

»Wenn ich dir empfehle, dich zu beruhigen, dann weil ich weiß, dass es keinen Sinn hat, der Panik nachzugeben.«

Mein Herzrasen beruhigt sich trotzdem nicht wirklich. Meine Kehle zieht sich immer mehr zusammen, genau wie die Wände. Die Kabine ist zu klein und mir ist heiß, viel zu heiß.

»Ich leide unter Klaustrophobie«, presse ich als Erklärung hervor.

»Atme tief durch die Nase ein und aus. Ungefähr zehnmal.«

Ich gehorche und schlucke Tränen der Frustration hinunter. Ich hasse mich in diesem Zustand. Und dabei hatte ich es so gut unter Kontrolle! Jeder andere könnte mit einer solchen Situation gelassen umgehen, nur ich nicht. Was hier gerade passiert, ist einer meiner schlimmsten Albträume.

»Konzentrier dich auf positive Gedanken, das sollte funktionieren. Und keine Panik, alles wird gut.«

»Leichter gesagt als getan, Monsieur von der Feuerwehr«, flüstere ich.

Er geht über meine sarkastische Bemerkung hinweg, ohne mit der Wimper zu zucken, kommt zu mir in den hinteren Teil der Kabine, setzt sich und lehnt sich mit ausgestreckten Beinen an die Wand.

Ich gehorche, bin aber immer noch am Durchdrehen. Keine Ahnung, wie er es fertigbringt, in dieser Situation ruhig zu bleiben. Dann fällt mir ein: Er ist Feuerwehrmann. Er kennt vermutlich Schlimmeres.

Ich fühle mich, als würde mein Herz unter meinen Fingern davonrennen. Ich versuche, bewusst durch die Nase zu atmen, zapple aber in der engen Kabine herum. *Konzentrier dich auf positive Gedanken, Violette. PO-SI-TIV.* Eine Katze, die vor einer Gurke erschrickt? Eine rappende Oma? Die Herbst-Winter-Kollektion von Valentino? Offenbar ist das alles nicht positiv genug, sondern beunruhigt mich nur noch mehr. In meiner Qual trete ich meinem Nachbarn auf den Fuß.

Er schreit vor Schmerz auf. »Oh, sorry!«, rufe ich.

»Jetzt setz dich endlich und hör auf, dich zu bewegen.«

Mir gefällt nicht, wie er mit mir redet, auch wenn er so leise spricht, als hätte er Angst, jemanden aufzuwecken. Aber ich versuche, mich in seine Lage zu versetzen – am Silvesterabend mit einer klaustrophobischen Irren im Aufzug festzustecken. Nach einigen Sekunden Rebellion setze ich mich neben ihn.

Er schließt die Augen und lehnt den Kopf an die Wand. Ich nutze die Gelegenheit, um ihn verstohlen zu betrachten. Merkwürdigerweise beruhigt es mich, ihn anzusehen. Er ist nicht übel. Eigentlich sogar ziemlich süß. Der Feuerwehrmann hat an den Schläfen kurzes und oben längeres, kaffeebraunes Haar. Seine Kiefermuskeln sind ständig in Bewegung und seine Augen haben mich vorhin geradezu geblendet.

Mit gerunzelter Stirn erkenne ich einen seltsamen Fleck an seinem Hals. Zunächst denke ich an ein Muttermal, ehe mir klar wird, dass es unter seiner Jacke verschwindet und sich bis zum Kinnansatz hinaufzieht. Die Haut ist dort rosiger und glänzender. Wie nach einer Verletzung.

Ich wende den Blick ab, weil ich es unhöflich finde, ihn anzustarren, auch wenn er es nicht sieht.

»Erzähl mir von dem schlimmsten Einsatz, den du je erlebt hast.«

Es ist mir so herausgerutscht. Wenn ich ihn sprechen höre, muss ich vielleicht nicht ständig daran denken, dass ich mich in einem derart engen Raum befinde, und fühle mich weniger schuldig, Zoé und die anderen zu versetzen. Mein Nachbar hat mich gehört, das weiß ich. Trotzdem hält er die Augen geschlossen.

»Das willst du nicht hören.«

»Wie kommst du darauf? Schließlich habe ich dich darum gebeten!«

Ich kann den Blick nicht von seinem Gesicht abwenden. Er scheint ein wenig älter zu sein als ich. Wenn er schon Feuerwehrmann ist, kann es nur so sein. Ich bin fast neunzehn.

»Wenn das so ist, will ich eben nicht darüber reden.«

Okay. Wenn er Spielchen spielen will …

»Gut, dann vom zweitschlimmsten.«

Dieses Mal öffnet er die Augen und schenkt mir einen müden Blick.

»Du gibst wohl nie auf?«

Wenn aus besten Freunden plötzlich mehr wird ...

Morgane Moncomble
NEVER TOO CLOSE
Aus dem
Französischen von
Ulrike Werner-Richter
464 Seiten
ISBN 978-3-7363-1122-0

Seit sie gemeinsam in einem Aufzug eingeschlossen waren, sind Loan und Violette beste Freunde. Das zwischen ihnen ist vollkommen platonisch – zumindest bis jetzt. Denn als Violette beschließt, dass sie nicht länger Jungfrau sein will, ist es Loan, den sie bittet, ihr auszuhelfen. Schließlich vertraut sie niemandem so sehr wie ihrem besten Freund. Loan ist von der Idee zunächst alles andere als begeistert, doch schließlich willigt er ein. Es ist ja nur dieses eine Mal ... oder?

»Ich bin total verliebt – in die Atmosphäre, den Humor, die Figuren.« LA FÉE LISEUSE ET LES LIVRE

LYX

Nur bei ihm kann ich mich fallen lassen

Bianca Iosivoni
FALLING FAST
480 Seiten
ISBN 978-3-7363-0839-8

Hailee DeLuca hat einen Plan: Die Zeit, in der sie sich zu Hause verkrochen und vor der Welt versteckt hat, ist vorbei. Sie will mutig sein und sich all die Dinge trauen, vor denen sie sich früher immer zu sehr gefürchtet hat. Doch dann lernt sie Chase Whittaker kennen – und weiß augenblicklich, dass sie ein Problem hat. Denn mit seiner charmanten Art weckt Chase Gefühle in ihr, die sie eigentlich niemals zulassen dürfte. Und nicht nur das. Er kommt damit ihrem dunkelsten Geheimnis viel zu nahe ...

»Geheimnisvoll, berührend und aufwühlend. *Falling Fast* ist ein absolutes Must-Read!« MEIN BUCH, MEINE WELT

LYX